SÉRIE MUNDO EM CAOS • VOL. 3

HOMENS E MONSTROS

PATRICK NESS

Tradução de Edmundo Barreiros

intrínseca

Copyright do texto © 2010 Patrick Ness

"Idioteque", de Thomas Edward Yorke, Philip James Selway, Edward John O'Brien, Colin Charles Greenwood, Jonathan Richard Guy Greenwood e Paul Lansky © Warner/Chappell Music Ltd (PRS) e Warner/Chappell Music Publishing Ltd (PRS). Todos os direitos reservados.

Esta edição inclui o conto "Expianeve", publicado originalmente em 2018.

TÍTULO ORIGINAL
Monsters of Men

PREPARAÇÃO
Carolina Vaz
Giu Alonso

DIAGRAMAÇÃO E ADAPTAÇÃO DE ILUSTRAÇÕES
Julio Moreira | Equatorium Design

ARTE DE CAPA E ILUSTRAÇÕES
© 2018 Walker Books Ltd.
Reproduzido com autorização de Walker Books Ltd,
Londres SE11 5HJ, www.walker.co.uk

CIP-BRASIL. CATALOGAÇÃO NA PUBLICAÇÃO
SINDICATO NACIONAL DOS EDITORES DE LIVROS, RJ

N379h

    Ness, Patrick, 1971-
        Homens e monstros / Patrick Ness ; tradução Edmundo Barreiros. - 1. ed. - Rio de Janeiro : Intrínseca, 2022.
        560 p. ; 23 cm.   (Mundo em caos ; 3)

        Tradução de: Monsters of men
        ISBN 978-65-5560-424-5

        1. Ficção americana. I. Barreiros, Edmundo. II. Título. III. Série.

22-80484   CDD: 813
                        CDU: 82-3(73)

Gabriela Faray Ferreira Lopes - Bibliotecária - CRB-7/6643

[2022]
Todos os direitos desta edição reservados à
Editora Intrínseca Ltda.
Rua Marquês de São Vicente, 99, 6º andar
22451-041 – Gávea
Rio de Janeiro – RJ
Tel./Fax: (21) 3206-7400
www.intrinseca.com.br

NOTA DA EDITORA

A SÉRIE *MUNDO EM CAOS* é repleta de singularidades. Lançado originalmente no Reino Unido em 2008, o primeiro volume repercutiu em todo o mundo, sendo publicado em mais de trinta países. Patrick Ness se tornou referência não só para a literatura jovem, como também para escritores de fantasia e ficção científica.

O universo distópico de *Mundo em caos* é estruturado de forma bastante detalhada, criativa e coerente; nele, a linguagem marca o nível social e cultural dos personagens, além de ter papel fundamental na trama. Os leitores já tiveram esse gostinho nos volumes anteriores, e agora Todd, Viola, o Novo Mundo e os Ruídos estão de volta em uma última trama arrebatadora e imperdível.

Nesta edição de *Homens e monstros*, também optamos, em determinados momentos, pela linguagem coloquial a fim de respeitar o estilo do autor em sua língua de origem, o inglês. Ao longo de toda a história o leitor encontrará marcas de oralidade que não são mero acaso. Diversas ocorrências de colocação pronominal, ortografia e formas verbais, consideradas inadequadas pela gramática normativa da língua portuguesa, fazem parte de nossa tentativa de recriar o vasto universo de Patrick Ness.

Prepare-se para o desfecho impactante dessa jornada.

BOA LEITURA!

Para Denise Johnstone-Burt

Who's in the bunker?
Who's in the bunker?

Women and children first
And the children first
And the children

I laugh until my head comes off

I swallow 'til I burst

— Radiohead, "Idioteque"[1]

---

[1] Quem está no bunker?/ Quem está no bunker?/ Mulheres e crianças primeiro/ E as crianças primeiro/ E as crianças/ Rio até perder a cabeça / Engulo até explodir (N.T.)

— GUERRA — o prefeito Prentiss diz com os olhos brilhando. — Finalmente.

— Cala a boca — digo. — Não tem nada de *finalmente*. A única pessoa que quer isso é *você*.

— Mesmo assim — ele diz, virando pra mim com um sorriso. — Ela está chegando.

E claro que eu já não sei se ter soltado ele pra lutar nessa batalha foi o pior erro da minha vida.

Mas não…

Não, isso vai fazer com que ela fique em segurança. Foi o que precisei fazer pra ela *ficar em segurança*.

E eu vou dar um jeito do prefeito manter ela em segurança, mesmo que tenha que matar ele.

E é por isso que estou com o prefeito nos escombros da catedral, debaixo do pôr do sol, olhando pro outro lado da praça da cidade, enquanto o exército dos Spackle segue seu caminho pela estrada em zigue-zague escavada no morro adiante, soprando a trombeta de batalha que solta um som capaz de te rasgar ao meio…

Enquanto o exército de mestra Coyle, a Resposta, entra na cidade atrás da gente, explodindo tudo pelo caminho. *Bum! Bum! BUM!*…

Enquanto os primeiros soldados do próprio exército do prefeito começam a chegar em formação rápida pelo sul, com o sr. Hammar à frente, e atravessam a praça na direção da gente pra receber novas ordens...

Enquanto as pessoas de Nova Prentisstown correm pra tudo quanto é lado pra se salvar...

Enquanto a nave batedora da nova leva de colonos pousa em uma colina perto de mestra Coyle, o pior lugar possível pra eles...

Enquanto Davy Prentiss está morto nos escombros sob nossos pés, baleado pelo próprio pai, baleado pelo homem que eu acabei de libertar...

E enquanto Viola...

Minha Viola...

... corre a cavalo bem pro meio de tudo isso, com os tornozelos quebrados, sem conseguir nem ficar em pé sozinha...

Sim, penso.

Está chegando.

O fim de tudo.

O fim de todas as coisas.

— Ah, sim, Todd — o prefeito diz, esfregando as mãos. — Exatamente. E ele diz a palavra de novo, diz como se fosse seu maior sonho:

— *Guerra*.

A GUERRA COMEÇA

DUAS BATALHAS

[Todd]

— NÓS VAMOS ATACAR *os Spackle de frente!* — o prefeito grita pros homens, apontando seu Ruído bem no meio da cabeça de todo mundo.

Até da minha.

— *Eles vão se reunir no pé da estrada* — ele diz. — *Mas não vão avançar!*

Encosto no flanco de Angharrad embaixo de mim. Em poucos minutos, depois que Morpeth e Angharrad chegaram correndo de trás das ruínas da catedral, o prefeito botou a gente nos cavalos, e quando já estava todo mundo montado, passando por cima dos corpos dos homens inconscientes que tinham tentado me ajudar a derrubar o prefeito, o exército começou a se reunir de forma confusa na nossa frente.

Mas nem todo o exército, talvez menos da metade. O resto ainda estava espalhado pela estrada do sul até o morro com a fenda no meio, a estrada onde a batalha devia acontecer.

Memino potro?, Angharrad pensa, e sinto a tensão no corpo inteiro dela. Ela tá quase morta de medo.

Eu também estou.

— *BATALHÕES EM FORMAÇÃO!* — o prefeito grita, e na mesma hora o sr. Hammar, junto do sr. Tate e do sr. O'Hare e do sr. Morgan que chegaram depois, fazem continências, e os soldados começam a se alinhar nas formações certas, passando uns pelos outros em movimentos sinuosos e entrando em ordem tão depressa que meus olhos quase doem só de ver.

— Eu sei — o prefeito diz. — É uma beleza, não é?

Aponto o rifle pra ele, o rifle que peguei de Davy.

— Não esquece do nosso acordo — digo. — Você vai manter Viola em segurança e não vai me controlar com seu Ruído. Se obedecer, continua vivo. Essa é a única razão preu ter te soltado.

Os olhos dele brilham.

— Você entende que isso significa que não pode me perder de vista — ele diz. — Mesmo que tenha que me seguir até o banheiro. Você está pronto para isso, Todd?

— Tô — respondo, embora não esteja nem um pouco pronto, mas tento não pensar nisso.

— Tenho a sensação de que você vai se sair bem.

— Cala a boca — digo. — Eu já derrotei você uma vez, vou derrotar de novo.

Ele sorri.

— Disso eu não tenho dúvida.

— OS HOMENS ESTÃO PRONTOS, SENHOR! — o sr. Hammar grita de seu cavalo, com uma continência curta.

O prefeito não tira os olhos de mim.

— Os homens estão prontos, Todd — ele diz com voz provocadora. — E você?

— Só continua em frente.

E o sorriso dele fica ainda mais largo.

Ele vira pros homens.

— *Duas divisões vão pegar a estrada a oeste para o primeiro ataque!* — A voz dele serpenteia pela cabeça de todo mundo de novo, como um som que não dá pra ignorar. — *A divisão do capitão Hammar na frente e a do capitão*

Morgan na retaguarda! Os capitães Tate e O'Hare vão reunir o resto dos homens e os armamentos que vão chegar e se juntar à luta com a máxima rapidez.

Armamentos?, penso.

— *Se a luta já não tiver terminado a essa altura...*

Os homens riem disso, um riso nervoso e agressivo.

— *Então, como um só exército, vamos fazer os Spackle recuarem para o alto daquele morro e se arrependerem de TEREM NASCIDO!*

E os homens comemoram aos berros.

— Senhor! — o capitão Hammar grita. — E o exército da Resposta?

— Primeiro vamos derrotar os Spackle — o prefeito diz. — Depois a Resposta vai ser brincadeira de criança.

Ele olha pro exército de homens dele e de novo pro alto do morro, pro exército de Spackle que ainda está em marcha. Então ergue o punho e dá o grito mais alto de todos no Ruído dele, um grito que penetra até o centro de cada homem ali.

— *À BATALHA!*

— ***À BATALHA!*** — o exército grita em resposta.

Os soldados partem num ritmo feroz pela praça, correndo na direção do morro em zigue-zague...

O prefeito olha pra mim uma última vez, como se estivesse segurando o riso por conta de toda a graça que vê na situação. E, sem dizer mais nada, ele esporeia Morpeth com força, e eles galopam até a praça atrás do exército que se pôs em marcha.

O exército a caminho da guerra.

Seguir?, Angharrad pergunta, o medo emanando dela como suor.

— Ele tem razão — digo. — Não podemos perder ele de vista. Ele tem que manter a palavra dele. Tem que vencer essa guerra. Tem que salvar ela.

Por ela, Angharrad pensa.

Por ela, também penso, com todo meu sentimento por trás.

E penso no nome dela.

Viola.

E Angharrad dispara na direção da batalha.

{Viola}

Todd, penso, cavalgando Bolota através da confusão de pessoas que enchiam a estrada, todas tentando escapar daqueles toques horrendos de trombeta de um lado e das bombas de mestra Coyle do outro.

BUM!, faz outra, e vejo uma bola de chamas subir para o céu. Os gritos à nossa volta são quase insuportáveis. Pessoas que sobem a estrada se emaranham com pessoas que *descem* a estrada, e todo mundo fica em nosso caminho.

No caminho para chegarmos primeiro à nave batedora.

A trombeta toca outra vez, e ouço ainda mais gritos.

— Precisamos ir, Bolota — digo entre suas orelhas. — O que quer que seja esse som, as pessoas em minha nave podem...

Alguém agarra meu braço e quase me arranca da sela.

— *Me dê o cavalo!* — grita um homem, me puxando com mais força. — *Me dê!*

Bolota gira para tentar escapar, mas há gente demais na estrada, aglomerada à nossa volta...

— Me solte! — grito para o homem.

— *Me dê o cavalo!* — berra ele. — *Os Spackle estão chegando!*

Isso me surpreende tanto que ele quase me tira da sela.

— Os o *quê?*

Mas ele não está escutando, e, mesmo sob a luz do crepúsculo, posso ver o branco de seus olhos brilhando de terror...

SEGURE!, grita o Ruído de Bolota. Eu agarro sua crina com mais força ainda e ele empina, empurrando o homem para longe e saltando à frente para a noite. As pessoas gritam para sair de nosso caminho, e derrubamos algumas delas enquanto Bolota segue com dificuldade pela estrada, e eu vou agarrada a ele para não cair.

Nós chegamos a uma clareira, e ele avança ainda mais depressa.

— Os *Spackle?* — pergunto. — O que ele quis dizer? Eles com certeza não podem estar...

Spackle, pensa Bolota. **Exército de Spackle. Guerra dos Spackle.**

Eu me viro para olhar para trás enquanto Bolota corre, viro para olhar para as luzes que descem a distante estrada em zigue-zague na encosta.

Um exército de Spackle.

Um exército de Spackle está chegando, também.

Todd?, penso, sabendo que a cada batida de cascos fico ainda mais longe dele e do prefeito amarrado.

Nossa melhor chance é a nave. Eles vão conseguir nos ajudar. *De algum modo*, eles vão conseguir ajudar a mim e a Todd.

Nós já paramos uma guerra, podemos parar outra.

Então penso em seu nome novamente, *Todd*, enviando força para ele. Bolota e eu subimos correndo a estrada na direção da Resposta, na direção da nave batedora, e torço muito para estar certa...

[TODD]

Angharrad corre atrás de Morpeth enquanto o exército segue pela estrada na nossa frente, derrubando brutalmente qualquer cidadão de Nova Prentisstown que por acaso esteja no caminho. Tem dois batalhões, o primeiro liderado pelo sr. Hammar que tá gritando em cima do cavalo, e o segundo pelo sr. Morgan, que grita um pouco menos atrás dele. Devem ser uns quatrocentos homens no total, com os rifles erguidos e os rostos retorcidos em berros.

E o Ruído deles...

O Ruído deles é uma coisa monstruosa, sintonizada, junta e enroscada em torno dela mesma, roncando como uma única voz, como um gigante barulhento e raivoso caminhando pesadamente pela estrada.

Aquilo tá fazendo meu coração quase sair do peito.

— Fique perto de mim, Todd! — o prefeito grita do alto de Morpeth, chegando do meu lado enquanto avançamos a toda.

— Você não tem que se preocupar com isso — digo, agarrando meu rifle.

— Quer dizer, para salvar sua vida — ele diz, olhando pra mim. — E não se esqueça de sua parte no acordo. Eu odiaria que houvesse baixas devido a fogo amigo.

E pisca pra mim.

Viola, penso na direção dele, que nem um soco de Ruído.

Ele se encolhe.

E agora não está sorrindo mais tanto.

A gente vai atrás do exército pelo extremo oeste da cidade, seguindo a estrada principal, passando pelo que só podem ser os destroços das cadeias originais que a Resposta queimou em seu maior ataque até então. Eu só estive ali uma vez, quando vim correndo da outra direção com Viola nos braços, carregando ela pela estrada em zigue-zague quando ela estava morrendo, carregando ela pro que eu achava que fosse ser um lugar seguro, mas tudo o que encontrei foi o homem cavalgando ao meu lado, o homem que matou mil Spackle pra começar essa guerra, o homem que torturou Viola por uma informação que ele já sabia, o homem que assassinou o próprio filho...

— E que outro tipo de homem você queria que o liderasse em batalha? — ele pergunta, lendo meu Ruído. — Que outro tipo de homem é apropriado para a guerra?

Um monstro, penso, lembrando o que Ben me disse uma vez. *A guerra transforma homens em monstros.*

— Errado — o prefeito rebate. — Na verdade, é a guerra que nos transforma em homens. Até haver guerra, somos apenas crianças.

Outro toque da trombeta chega rugindo até a gente, tão alto que quase arranca nossas cabeças e faz o exército perder o ritmo por um ou dois segundos.

A gente olha pela estrada pro sopé do morro. Vê tochas de Spackle reunidas ali pra receber a gente.

— Pronto para virar homem, Todd? — o prefeito pergunta.

{VIOLA}

BUM!

Outra explosão logo à nossa frente lança detritos fumegantes bem alto, acima das árvores. Sinto tanto medo que me esqueço do estado de meus tornozelos e tento esporear Bolota como tinha visto em vídeos em minha nave, mas a dor é tanta que me curvo para a frente. As ataduras que Lee — ainda por ali em algum lugar, tentando encontrar a Resposta no lugar errado, ah, por favor, esteja em segurança, *por favor*, esteja em segurança —, as ataduras que ele enrolou em meus pés são boas, mas os ossos ainda estão quebrados, e por um minuto a agonia arde por todo meu corpo até a queimação latejando na fita de metal em torno de meu antebraço outra vez. Eu arregaço a manga para ver. A pele ao redor da fita está vermelha e quente, a própria fita apenas um pedaço de metal fino, irremovível, impossível de cortar, me marcando com o número 1391 até o dia de minha morte.

Esse foi o preço que paguei.

O preço que paguei para encontrá-lo.

— E agora precisamos fazer com que valha a pena — digo para Bolota, cujo Ruído diz em resposta *menina potra* para concordar comigo.

O ar está se enchendo de fumaça e vejo labaredas ardendo à frente. As pessoas ainda estão passando correndo por nós em todas as direções, embora cada vez menos à medida que chegamos aos limites da cidade.

Se mestra Coyle e a Resposta tinham saído da Secretaria da Pergunta e marchado na direção do centro da cidade vindo do leste, então elas já teriam passado pelo morro onde ficava a torre de comunicação. Que é o local mais provável de pouso da nave batedora. Mestra Coyle devia ter feito a volta e pegado uma carroça rápida para chegar lá, para ser a primeira a falar com eles, mas quem teria deixado no comando?

Bolota segue em frente e vira uma curva na estrada…

E **BUM!**

Há um clarão de luz quando outro alojamento explode em chamas, iluminando a estrada por um segundo…

E eu os vejo…

A Resposta.

Fileiras de homens e mulheres, com *R*s azuis no peito, às vezes até pintados no rosto.

E todos com armas em punho…

Diante de carroças carregadas de armamentos…

E, embora eu reconheça alguns deles (a mestra Lawson, Magnus, a mestra Nadari), é como se eu não os conhecesse. Eles parecem muito ferozes, muito focados, com medo e corajosos e comprometidos, e por um segundo puxo as rédeas de Bolota, assustada demais para seguir naquela direção.

O clarão da explosão se apaga, e eles desaparecem novamente na escuridão.

À *frente?*, pergunta Bolota.

Eu respiro fundo, me perguntando como eles vão reagir ao me ver, se vão sequer me ver, e não apenas me arrancar da sela no meio da confusão.

— Nós não temos escolha — digo, por fim.

Mas, justo quando ele se prepara para andar novamente, eu escuto da escuridão:

— Viola?

[TODD]

A estrada que sai da cidade chega numa clareira ampla, que dá no rio à direita, com a queda enorme da cachoeira e a estrada em zigue-zague que desce a encosta bem na nossa frente. O exército chega roncando na clareira, liderado pelo capitão Hammar, e apesar de eu só ter passado por ali uma vez, sei que tinha árvores ali antes, árvores e umas casinhas, então o prefeito deve ter mandado seus homens passarem esse tempo todo limpando aquela área, deixando ela pronta pra ser um campo de batalha...

Como se ele soubesse que aquilo ia acontecer...

Mas não consigo pensar sobre isso porque o sr. Hammar está gritando:

— ALTO!

E os homens param em formação e olham pro outro lado da clareira...

Porque ali estão...

As primeiras tropas do exército dos Spackle...

Espalhados pelo campo aberto, uma dezena, duas dezenas, dez dezenas deles, descendo o morro como um rio de sangue branco, com tochas bem no alto, arcos e flechas e umas coisas parecidas com bastões brancos nas mãos, e tem soldados Spackle de infantaria em volta de outros Spackle montados em criaturas brancas enormes, largas como bois, mas mais altas e fortes, e com um chifre só, enorme, na ponta do focinho, e as criaturas estão cobertas com uma armadura pesada que parece feita de barro, e vejo que muitos dos soldados Spackle estão usando uma também, a pele branca coberta de barro...

E outra trombeta soa, tão alto que juro que meus ouvidos estão começando a sangrar, e dá pra ver a trombeta com nossos próprios olhos, agora, presa nas costas de duas daquelas criaturas com chifres no alto do morro, e sendo tocada por aquele Spackle enorme...

E, ah, meu Deus...

Ah, meu Deus...

O *Ruído* deles...

Ele chega descendo pelo morro desabalado que nem uma arma, percorrendo o terreno aberto como espuma num rio revolto, e está vindo bem na direção da gente, com imagens do exército deles nos cortando, imagens dos soldados da gente sendo rasgados em pedaços, imagens de feiura e horror que nunca daria nem pra descrever, imagens...

Imagens que os próprios soldados da gente estão mandando de volta pra eles, imagens que se erguem da massa de homens na minha frente, imagens de cabeças arrancadas, de balas rasgando Spackle em pedaços, de matança, de infinito infinito...

— Mantenha o foco, Todd — o prefeito diz. — Ou a batalha vai matá-lo. E, para ser sincero, estou muito curioso para saber que tipo de homem você vai se revelar ser.

A gente escuta o sr. Hammar gritar:

— FORMEM UMA LINHA!

E os soldados atrás dele começam a se espalhar.

— PRIMEIRA ONDA A POSTOS! — ele grita, e os homens param e erguem os rifles, prontos pra correr adiante ao comando dele enquanto a segunda onda se alinha logo atrás.

Os Spackle pararam também, formando uma linha igualmente longa no pé do morro. Uma criatura com chifre divide a linha deles no meio, com um Spackle em pé em suas costas, atrás de uma coisa branca em forma de U que parece feita de osso, com a largura de um homem e montada numa plataforma na armadura da criatura.

— O que é aquilo? — pergunto ao prefeito.

Ele sorri.

— Acho que estamos prestes a descobrir.

— HOMENS A POSTOS! — o sr. Hammar grita.

— Fique na retaguarda comigo, Todd — o prefeito diz. — Mantenha-se fora do combate o máximo possível.

— É. Eu sei — digo, com uma sensação pesada em meu Ruído. — Você não gosta de sujar as mãos.

Ele encontra meu olhar.

— Ah, ainda teremos muitas oportunidades para sujar as mãos. Não se preocupe.

E então:

— ATACAR!!! — o sr. Hammar grita a plenos pulmões…

E a guerra começa.

{Viola}

— *Wilf!* — grito, cavalgando até ele.

Wilf está conduzindo um carro de boi na direção do flanco da primeira linha da Resposta, ainda seguindo pela estrada naquela escuridão enfumaçada.

— Cê tá *viva!* — diz Wilf, descendo do carro e caminhando até mim. — Mestra Coyle disse pra gente que cê tinha morrido.

Raiva enche meu estômago novamente pelo que mestra Coyle tentou fazer, com a bomba destinada ao prefeito, sem parecer se importar que me explodisse junto.

— Ela está errada sobre muitas coisas, Wilf.

Ele olha para mim e, sob a luz das luas, posso ver o medo em seu Ruído, medo no homem mais imperturbável que eu conheci em todo o planeta, no homem que arriscou a vida para salvar a mim e a Todd mais de uma vez, medo no único homem ali que nunca tem medo.

— Os Spackle tão chegando, Viola — diz ele. — Cê tem que fugir.

— Estou indo buscar ajuda, Wilf...

Mais um **BUM** atravessa um prédio do outro lado da estrada. Há uma pequena onda de choque, e Wilf tem que se segurar nas rédeas de Bolota para se manter de pé.

— *O que diabo eles estão fazendo*?! — grito.

— Ordens da mestra — diz Wilf. — Pra salvar o corpo, às vezes precisa amputar uma perna.

A fumaça me faz tossir.

— Esse é *exatamente* o tipo de coisa estúpida que ela diria. Onde ela está?

— Saiu quando aquela nave passou voando. Foi depressa pras bandas que ela pousou.

Meu coração dá um pulo.

— Onde a nave pousou, Wilf? Onde exatamente?

Ele faz um movimento na direção da estrada às suas costas.

— Naquele morro lá, onde ficava a torre.

— Eu *sabia*.

A trombeta soa novamente ao longe. Cada vez que ela toca, há mais gritos dos moradores da cidade que estão fugindo por toda parte. Ouço até alguns gritos do exército da Resposta.

— Cê tem que fugir, Viola — repete Wilf, tocando meu braço. — Um exército de Spackle é má notícia. Cê tem que ir embora. Tem que ir embora *agora*.

Eu controlo um momento de preocupação com Todd.

— Você precisa ir embora também, Wilf. A armadilha de mestra Coyle não funcionou. O exército do prefeito já está de volta à cidade.

Wilf estala a língua.

— Nós pegamos o prefeito — digo. — E Todd está tentando deter o exército, mas se atacarem de frente, vão ser massacrados.

Ele torna a olhar para a Resposta, descendo a estrada com expressões determinadas, embora alguns deles estejam vendo a mim e a Wilf, me vendo viva a cavalo, e a surpresa esteja começando a surgir. Eu ouço meu nome mais de uma vez.

— Mestra Coyle disse pra gente continuar em frente — explica Wilf. — Pra continuar co'as bombas, não importa o que ouvir.

— Quem ela deixou no comando? A mestra Lawson? — Há um silêncio, e eu torno a olhar para Wilf. — Foi você, não foi?

Ele assente lentamente.

— Ela disse que eu era o melhor pra seguir ordem.

— Mais um erro que ela cometeu — digo. — Wilf, você *precisa* fazer eles recuarem.

Wilf observa a Resposta, ainda se aproximando, ainda marchando.

— As outras mestra não vai me obedecer — diz ele, mas posso ouvi-lo pensar.

— Sim — digo, concordando com seu pensamento. — Mas todas as outras pessoas vão.

Ele torna a olhar para mim e fala:

— Vou fazer eles recuar.

— Preciso ir até a nave — digo. — Eles podem nos ajudar.

Wilf assente e aponta o polegar para trás.

— É a segunda estrada grande presse lado. Mestra Coyle tá uns vinte minutos na sua frente.

— Obrigada, Wilf.

Ele assente outra vez e se volta para a Resposta.

— *Recuar!* — grita. — *Recuar!*

Toco Bolota adiante, e passamos por Wilf e pelos rostos atônitos das mestras Lawson e Nadari à frente da linha da Resposta.

— E quem foi que colocou você no comando? — repreende a mestra Nadari.

— Eu mesmo! — Ouço Wilf dizer com mais força do que nunca.

Já estou passando pela Resposta e acelerando Bolota o máximo possível, por isso não vejo Wilf quando diz:

— E ela!

Mas eu sei que está apontando para mim.

[TODD]

Nossa linha de frente dispara pela clareira como uma parede desabando morro abaixo...

Homens correm em formação em V com o sr. Hammar gritando a cavalo na dianteira...

A próxima linha parte uma fração de segundo depois, então agora tem duas fileiras de homens correndo desabaladas na direção da linha de Spackle, com as armas na mão, mas...

— Por que eles não tão atirando? — pergunto ao prefeito.

Ele suspira.

— Eu diria que é excesso de confiança.

— O quê?

— Nós sempre lutamos contra os Spackle de perto, sabe? Era mais eficiente. Porém...

Os olhos dele passam pela linha de frente dos Spackle...

Que está parada.

— Acho que é melhor ficarmos um pouco mais para trás, Todd — ele diz, virando Morpeth pela estrada antes mesmo que eu consiga dizer qualquer coisa.

Eu olho de novo pros homens correndo...

E a linha dos Spackle parada...

E os homens chegando...

Mas por quê...?

— Todd — o prefeito chama, agora uns vinte metros atrás de mim...

Há um clarão de Ruído em meio aos Spackle...

Algum tipo de sinal...

Todos os Spackle na linha de frente levantam os arcos e flechas...

Ou os bastões brancos deles...

E o Spackle montado na criatura com chifre pega uma tocha acesa em cada mão...

— PREPARAR! — o sr. Hammar grita, trovejando à frente em seu cavalo, direto pra criatura com chifre...

Os homens erguem os rifles...

— Se fosse você, chegaria para trás! — o prefeito grita pra mim...

Eu puxo um pouco as rédeas de Angharrad...

Mas meus olhos ainda estão na batalha, nos homens correndo pela clareira e nos homens atrás deles prontos pra fazer o mesmo, e mais homens atrás *deles*...

E eu e o prefeito esperando no fim do grupo...

— APONTAR! — o sr. Hammar grita com a voz e com o Ruído...

Eu viro Angharrad e cavalgo até o prefeito...

— Por que eles não tão *atirando*? — pergunto...

— Quem? — o prefeito devolve, ainda estudando os Spackle. — Os homens ou os inimigos?

Eu olho pra trás...

O sr. Hammar está a menos de quinze metros da criatura com chifre...

Dez...

— Os dois — digo...

Cinco...

— Agora, *isso* — o prefeito diz — vai ser interessante.

E nós vemos o Spackle na criatura com chifre juntar as duas tochas por trás da coisa em forma de U...

E *VUUUUMP!*

Uma torrente de fogo explosiva, transbordante, atordoante e agitada jorra com um estrondo da coisa em forma de U, parecendo o rio rápido ao seu lado, *bem* maior do que parece possível, expandindo e crescendo e devorando o mundo como um pesadelo...

Indo direto pro sr. Hammar...

Que puxa o cavalo com força pra direita...

Tentando desviar...

Mas é tarde demais...

As chamas atingem ele...

Envolvendo o sr. Hammar e seu cavalo que nem um cobertor...

E eles estão queimando, queimando e queimando enquanto tentam se afastar daquilo...

Seguindo direto pro rio...

Mas o sr. Hammar não aguenta...

Ele cai da sela em chamas do seu cavalo em chamas...

Cai no chão numa pilha convulsiva de chamas...

E fica imóvel enquanto o cavalo mergulha na água...

Gritando e gritando...

Eu volto os olhos pro exército...

E vejo que os homens na linha de frente não têm cavalos pra fugir dali...

E o fogo...

Mais denso que fogo comum...

Mais denso e mais pesado...

Atravessa eles que nem um deslizamento de rocha...

Devorando os primeiros dez homens que toca...

Queimando eles tão rápido que quase não dá pra ouvir os gritos...

E esses são os que tiveram sorte...

Porque o fogo se espalha...

Grudando nos uniformes e nos cabelos...

E na pele...

E, meu Deus, na *pele* dos soldados nas laterais da linha de frente...

E eles caem...

E eles queimam...

E eles gritam que nem o cavalo do sr. Hammar...

E eles não param de gritar...

O Ruído deles aumenta e se espalha acima de todos os outros Ruídos...

Quando a explosão de chamas finalmente dissipa, o sr. Morgan grita "RECUAR!" pros soldados nas linhas de frente, que já estão virando e correndo mas também disparando os rifles, porque as primeiras flechas dos Spackle começam a voar em arco pelo ar, aí os outros Spackle levantam os bastões brancos e soltam brilhos das pontas, e os homens que levaram flechadas nas costas, na barriga e no rosto começam a cair, e os homens atingidos pelo brilho dos bastões brancos começam a perder pedaços dos braços, dos ombros e da cabeça e caem no chão mortos mortos mortos...

E quando agarro a crina de Angharrad com força suficiente pra arrancar os pelos...

Ela está tão aterrorizada que nem reclama...

Tudo o que consigo ouvir é o prefeito do meu lado...

Dizendo:

— Finalmente, Todd...

Ele vira pra mim e diz...

— Um inimigo digno.

{Viola}

Eu e Bolota estamos a menos de um minuto de distância do exército da Resposta quando passamos pela primeira estrada e reconheço aquele lugar. É a estrada para a casa de cura onde passei minhas primeiras semanas em Nova Prentisstown, a casa de cura de onde eu e Maddy fugimos certa noite.

A casa de cura para onde levamos o corpo de Maddy para prepará-lo para o enterro depois que o sargento Hammar atirou nela sem motivo algum.

— Continue em frente, Bolota — digo, afastando o pensamento. — A estrada para a torre deve estar por perto...

De repente, o céu noturno se ilumina às minhas costas. Eu me viro, Bolota faz o mesmo, e, embora a cidade esteja ao longe, atrás das copas das árvores, vejo um grande clarão, silencioso àquela distância, sem nenhum trovejar de explosão, apenas um brilho muito forte que cresce muito antes de se apagar, iluminando as poucas pessoas na estrada que conseguiram fugir da cidade, e eu me pergunto o que poderia ter acontecido para produzir uma luz como aquela.

Eu me pergunto se Todd está no meio daquilo.

[Todd]

A segunda explosão chega antes que a gente consiga se preparar...

VUUUUUMP!

Ela avança pelo terreno aberto e alcança os soldados em retirada, derretendo as armas e queimando os corpos, jogando eles no chão em pilhas horríveis...

— Nós precisamos ir embora daqui! — grito pro prefeito, que observa a batalha como se estivesse hipnotizado, imóvel, só os olhos se mexendo de um lado pro outro, absorvendo tudo.

— Aqueles bastões brancos — ele diz em voz baixa. — Obviamente algum tipo de balística, mas vê como são destrutivos?

Eu encaro ele com os olhos arregalados.

— FAZ ALGUMA COISA! — grito. — Os soldados estão sendo massacrados!

O prefeito ergue uma das sobrancelhas.

— Como exatamente você pensa que é uma guerra, Todd?

— Mas os Spackle agora têm armas melhores! A gente não vai conseguir parar eles!

— Não? — ele questiona, apontando com a cabeça na direção da batalha.

Eu olho também. O Spackle na criatura com chifre prepara as tochas pra outra explosão, mas um dos homens do prefeito levanta de onde estava caído, cheio de queimaduras, aponta a arma e dispara...

E o Spackle na criatura com chifre de repente larga uma das tochas e leva a mão ao pescoço, onde a bala acertou, então cai de cima da criatura pro chão...

Os homens do prefeito dão um grito entusiasmado quando veem o que aconteceu...

— Todas as armas têm suas fraquezas — o prefeito diz.

E, com a maior rapidez, eles começam a reagrupar, e o sr. Morgan toca seu cavalo adiante, liderando *todos* os homens, agora, e mais rifles são disparados e, embora mais flechas e clarões brancos estejam vindo dos Spackle e mais soldados estejam tombando, os Spackle tombam também, suas armaduras de barro estalando e explodindo, caindo sob os pés dos outros Spackle que marcham atrás...

Mas eles continuam avançando...

— Estamos em desvantagem — eu digo pro prefeito.

— Ah, sem dúvida. Eles têm dez vezes mais soldados do que nós — ele concorda.

Eu aponto pro alto do morro.

— E eles têm mais dessas coisas de fogo!

— Mas ainda não estão prontas, Todd — ele diz, e está certo, as criaturas estão retidas atrás de soldados Spackle na estrada em zigue-zague, sem poderem disparar a menos que queiram derrubar metade do próprio exército.

Mas a linha dos Spackle está caindo sobre a linha dos homens, agora, e vejo o prefeito começar a contar com as mãos antes de olhar pra estrada vazia atrás da gente.

— Sabe, Todd — ele diz, pegando as rédeas de Morpeth. — Acho que vamos precisar de todos os homens. — Ele vira pra mim. — É hora de lutarmos.

E sei, com uma pontada no coração, que se o próprio prefeito vai lutar...

Então a gente está *mesmo* com problemas.

{VIOLA}

— Ali! — grito, apontando para algo que só pode ser a estrada que sobe o morro até a torre.

Bolota sobe correndo a ladeira, com gotas de suor voando dos ombros e do pescoço.

— Eu sei — digo entre suas orelhas. — Estamos quase lá.

Menina potra, pensa ele, e por um segundo acho que ele pode até estar rindo de minha compaixão. Ou talvez esteja apenas tentando *me* confortar.

A estrada está incrivelmente escura quando faz uma curva ao redor da parte de trás do morro. Por um minuto inteiro, fico isolada de quase tudo, todo o som da cidade, toda a luz do que quer que esteja acontecendo, todo

Ruído que poderia me dizer o que se passa. É como se Bolota e eu estivésse-mos correndo pelo negrume que há além de si mesmo, aquele silêncio estra-nho de ser uma nave pequena na imensidão do espaço, cuja luz é tão fraca em relação à escuridão ao redor que é como se não tivesse luz nenhuma...

Então escuto um som vindo do alto do morro...

Um som que reconheço...

Vapor escapando por um duto de ventilação...

— Sistemas de resfriamento! — grito para Bolota, como se fossem as palavras mais felizes da história do mundo.

O som de vapor fica mais alto quando nos aproximamos da crista do morro, e eu visualizo em minha mente os dois dutos de ventilação enormes na parte traseira da nave batedora, logo acima dos motores, refrigerando--os depois da entrada na atmosfera...

Os mesmos dutos de ventilação que não se abriram em minha própria nave quando os motores pegaram fogo.

Os mesmos dutos de ventilação que nos fizeram cair e que mataram minha mãe e meu pai.

Bolota chega ao alto do morro e, por um segundo, só enxergo o vasto espaço vazio onde costumava ficar a torre de comunicação, a torre que mestra Coyle preferiu explodir a permitir que o prefeito entrasse em con-tato com a nave primeiro. A maior parte dos destroços tinha sido reunida em grandes pilhas de metal retorcido, e conforme Bolota corre pelo campo aberto, no início vejo apenas as três grandes pilhas à luz das luas, cobertas de poeira e embotamento dos meses desde a queda da torre...

Três montes de metal...

E atrás deles um quarto...

Com a forma de um gavião grande, de asas estendidas...

— Ali!

Bolota acelera na direção da parte de trás da nave batedora, com os dutos de ventilação lançando vapor e calor para o céu, e quando chegamos mais perto vejo um facho de luz à esquerda que deve ser a porta do compar-timento de carga aberta embaixo da asa da nave...

— É verdade — digo para mim mesma. — Eles estão mesmo *aqui*...

Porque eles estão *mesmo* aqui...

Eu quase acreditei que eles nunca iam chegar e me sinto mais leve, e minha respiração começa a se acelerar porque eles estão aqui, *aqui* de verdade...

Vejo três figuras paradas ao pé da porta do compartimento de carga, contra o facho de luz, e as silhuetas escuras se viram quando escutam o barulho dos cascos de Bolota...

Ao lado, vejo uma carroça parada na escuridão, os bois pastando na grama...

E nós nos aproximamos...

Cada vez mais...

E os rostos das figuras de repente tomam forma quando Bolota e eu entramos no facho de luz e paramos bruscamente...

E é, é exatamente quem eu pensei que seria, e meu coração bate de felicidade e saudade, e apesar de tudo o que está acontecendo, sinto meus olhos se encherem de lágrimas e um nó na minha garganta...

Porque são Bradley Tench da *Beta* e Simone Watkin da *Gama*, e sei que eles vieram *me* procurar, que eles fizeram toda essa viagem procurando minha mãe, meu pai e a mim...

Eles dão um passo para trás, assustados com minha aparição repentina, e então levam um segundo para ver além de toda a sujeira e imundície e do meu cabelo que está mais comprido...

E estou maior, também...

Mais alta...

Quase adulta...

E seus olhos se arregalam quando eles percebem quem eu sou...

E Simone abre a boca...

Mas não é sua voz que ouço.

É a voz da terceira figura, cujos olhos — agora que finalmente os vejo — se arregalam ainda mais, e ela diz meu nome com uma expressão de choque que, preciso admitir, me causa uma onda súbita de prazer.

— *Viola!* — exclama mestra Coyle.

— É — digo, olhando bem nos olhos dela. — É *Viola*.

[TODD]

Nem penso quando o prefeito e Morpeth correm atrás dos soldados pra batalha, eu só aperto Angharrad, e ela salta e segue logo atrás deles...

Eu não quero estar aqui...

Não quero lutar com ninguém...

Mas se isso vai manter ela em segurança...

(*Viola*)

Então eu vou lutar até o fim...

Passamos por soldados avançando a pé, o campo de batalha no pé do morro ondeando com homens e Spackle. Eu continuo a olhar pra estrada em zigue-zague que derrama mais e mais soldados Spackle e parece que sou uma formiga entrando num formigueiro, mal dá pra ver o chão e evitar corpos se contorcendo...

— Por aqui! — chama o prefeito, guinando pra esquerda, pra longe do rio.

As linhas de homens fizeram os Spackle recuar, contra o rio e contra o pé do morro, e seguraram eles ali...

MAS NÃO POR MUITO TEMPO, o prefeito diz dentro da minha cabeça.

— Nem ouse! — grito pra ele, erguendo meu rifle.

— Preciso de sua atenção e preciso de um bom soldado! — ele grita em resposta. — Se não você não tem serventia nesta guerra, e me dá ainda menos razões para ajudá-lo!

Eu penso comigo mesmo: quando *me* ajudar tinha passado a ser escolha *dele*? Eu tinha amarrado o prefeito, ele estava à minha mercê, eu tinha *ganhado*...

Mas não tenho tempo, porque vejo pra onde ele está indo...

O flanco esquerdo, do outro lado do rio, é o mais fraco, é onde os homens estão em menor número, e os Spackle perceberam isso e uma onda deles está avançando.

— SIGAM-ME! — o prefeito grita, e os soldados mais perto de nós viram e vão atrás dele...

Fazem isso imediatamente, como se nem pensassem...

Eles seguem a gente até o flanco esquerdo. Nós atravessamos o terreno muito mais rápido do que eu gostaria, e sou tomado por todos os lados pelo *barulho* daquilo, os homens gritando, as armas disparando, os corpos caindo no chão, aquela maldita trombeta Spackle tocando a cada dois segundos, e o Ruído, o Ruído, o Ruído, o Ruído...

Estou entrando num pesadelo.

Sinto um sopro de ar no ouvido, viro depressa e vejo um soldado atrás de mim ser atingido no rosto por uma flecha que por pouco não acertou minha cabeça...

Ele grita e cai...

Então é deixado pra trás...

TOME CUIDADO, TODD, o prefeito diz na minha cabeça. NÓS NÃO QUEREMOS PERDÊ-LO NA PRIMEIRA BATALHA, CERTO?

— PARA com essa droga! — grito, virando pra ele.

SE EU FOSSE VOCÊ, LEVANTARIA ESSA ARMA, ele pensa pra mim...

E eu viro...

E vejo...

Os Spackle estão em cima da gente...

{VIOLA}

— Você está viva! — diz mestra Coyle, e vejo seu rosto se transformar de um tipo de surpresa em um tipo *diferente* e falso de surpresa. — Graças a Deus!

— Não ouse! — grito para ela. — *Não ouse!*

— Viola... — ela começa a dizer, mas já estou desmontando de Bolota, gemendo forte por causa da dor em meus tornozelos.

Permaneço em pé, com dificuldade, e me viro para Simone e Bradley.

— Não acreditem em nada do que ela contou a vocês.

— Viola? — pergunta Simone, se aproximando. — É mesmo você?

— Esta mulher é tão responsável pela guerra quanto o prefeito. Não façam nada que ela...

Sou interrompida quando Bradley me dá um abraço tão apertado que mal consigo respirar.

— Ah, meu Deus, *Viola* — diz ele, com a voz embargada de emoção. — Nós não tivemos nenhuma notícia de sua nave. Nós achamos...

— O que *aconteceu*, Viola? — pergunta Simone. — Onde estão seus pais?

E fico estupefata ao vê-los, tanto que nem consigo falar por um momento, e me afasto um pouco de Bradley. A luz atinge seu rosto, e eu o vejo, realmente o *vejo*, vejo seus olhos castanhos bondosos, a pele daquela mesma tonalidade escura da de Corinne, o cabelo curto e encaracolado ficando grisalho nas têmporas, Bradley, que sempre foi meu favorito no comboio, que costumava me dar aulas de artes e matemática, e também vejo a mesma pele sardenta de Simone que conheço tão bem, o cabelo ruivo preso em um rabo de cavalo, a pequena cicatriz na curva do queixo, e penso em tudo o que aconteceu, em como eles desapareceram no fundo de minha mente, em quanto o processo de apenas sobreviver neste mundo extremamente estúpido me fazia esquecer que eu vinha de um lugar onde era amada, onde as pessoas se preocupavam comigo e umas com as outras, onde uma pessoa tão bonita e inteligente quanto Simone e tão gentil e engraçada quanto Bradley se importariam comigo, gostariam de fazer a coisa certa.

Meus olhos estão ficando marejados outra vez. Foi muito doloroso lembrar. Como se aquela vida pertencesse a uma pessoa diferente.

— Meus pais estão mortos — conto finalmente, com a voz embargada. — Nós caímos, e eles morreram.

— Ah, Viola... — diz Bradley, com a voz gentil.

— E eu fui encontrada por um garoto — continuo, me fortalecendo. — Um garoto corajoso e *brilhante* que me salvou várias vezes, e agora ele está lá embaixo tentando acabar com uma guerra que *ela* começou!

— Eu não fiz nada disso, minha garota — diz mestra Coyle, sem parecer mais falsamente surpresa.

— Não ouse me chamar assim...

— Estamos enfrentando um tirano lá embaixo, um tirano que matou centenas, se não milhares, que prendeu e marcou mulheres...

— *Cale a boca* — mando, com a voz baixa e ameaçadora. — Você tentou *me matar*, e não vai dizer mais *nada*.

— Ela fez *o quê*? — Eu ouço Bradley perguntar.

— Você mandou Wilf... o bom, doce e pacífico Wilf... marchar pela cidade explodindo prédios...

Mestra Coyle começa a dizer:

— *Viola*...

— Eu mandei você *calar a boca*!

E ela se cala.

— Você sabe o que está acontecendo lá embaixo agora? — questiono. — Sabe para onde você estava mandando a Resposta?

Ela apenas bufa para mim, com uma expressão tempestuosa.

— O prefeito descobriu seu plano — digo. — Ele teria um exército inteiro a postos quando vocês chegassem ao centro da cidade. Vocês teriam sido aniquilados.

Mas tudo o que ela retruca é:

— Não subestime o espírito de luta da Resposta.

— O que é a Resposta? — pergunta Bradley.

— Uma organização terrorista — digo, só para ver a expressão no rosto de mestra Coyle.

Vale a pena.

— Você está dizendo palavras *perigosas*, Viola Eade — avisa mestra Coyle, andando em minha direção.

— E o que você vai fazer? Vai tentar me explodir outra vez?

— Ei, ei — diz Simone, se colocando entre nós e se dirigindo a mestra Coyle: — O que quer que esteja acontecendo aqui, você com certeza não nos contou a história inteira.

Mestra Coyle dá um suspiro de frustração.

— Eu não menti para vocês sobre o que aquele homem fez — diz ela, então se vira para mim. — Menti, Viola?

Tento encará-la, mas não consigo. Ele fez mesmo coisas terríveis.

— Nós já o *derrotamos* — explico. — Todd está lá embaixo agora mesmo, com o prefeito amarrado, mas ele precisa de nossa ajuda porque...

— Nós podemos resolver nossas diferenças depois — interrompe mestra Coyle, dirigindo-se a Bradley e Simone. — É isso que estou tentando dizer a vocês. Tem um exército lá embaixo que precisa ser detido...

— Dois exércitos — corrijo.

Mestra Coyle se vira para mim, frustrada.

— A Resposta *não* precisa ser detida...

— Não é da Resposta que estou falando — interrompo. — Tem um exército de Spackle descendo o morro pelo lado da cachoeira.

— Um exército de quê? — pergunta Simone.

Mas continuo olhando para mestra Coyle.

Porque ela está boquiaberta.

E eu vejo o medo tomar conta de seu rosto.

[TODD]

Essa parte do morro é cheia de rochas altas e afiadas, então os Spackle não podem descer direto sobre a gente, mas estão chegando na clareira pelo ponto fraco na linha de homens, e lá vêm eles...

Lá vêm eles...

Lá vêm eles...

Eu levanto a arma...

Estou cercado por soldados, alguns avançando, outros recuando, esbarrando em Angharrad, que não para de chamar *memimo potro, memimo potro!* no Ruído dela...

— Está tudo bem, garota — minto...

Porque ali estão eles...

Tiros estouram por toda parte, como um bando de pássaros levantando voo...

Flechas zunem pelo ar...

Os Spackle disparam seus bastões...

E, antes que eu consiga pensar, um soldado na minha frente cambaleia pra trás com um som estranho e sibilante...

Segurando a garganta...

Que não existe mais...

E não consigo desviar os olhos quando ele cai de joelhos...

E tem sangue por todo lado, nele todo, sangue *de verdade*, sangue *dele*, tanto que consigo sentir o cheiro de ferro...

E ele está olhando pra mim...

Ele captura meu olhar e não solta...

E o Ruído dele...

Meu Deus, o Ruído dele...

E de repente estou *dentro* dele, dentro dos pensamentos dele, e vejo imagens da família dele, imagens da mulher e do filho bebê, e ele está tentando se aferrar a elas, mas o Ruído dele está se desfazendo em pedaços, e o medo dele me atravessa como uma luz vermelha brilhante, e ele está tentando alcançar a mulher, está tentando alcançar o filhinho...

Então uma flecha Spackle o atinge no peito...

E o Ruído dele para...

E sou puxado bruscamente de volta pro campo de batalha...

De volta pro inferno...

Mantenha-se firme, Todd!, o prefeito diz na minha cabeça.

Mas continuo olhando pro soldado morto...

Os olhos mortos dele olham pra mim...

— Mas que droga, Todd! — o prefeito grita comigo e...

Eu sou o Círculo e o Círculo sou eu.

Atingindo meu cérebro que nem um tijolo...

Eu sou o Círculo e o Círculo sou eu.

A voz dele e a minha...

Entrelaçadas...

Bem no centro da minha cabeça...

— Sai daí! — tento gritar...

Mas minha voz está estranhamente fraca...

E...

E...

E eu ergo os olhos...

E eu me sinto mais calmo...

Como se o mundo estivesse mais claro e lento...

E um Spackle surge numa brecha quando dois soldados se afastam...

E ele ergue o bastão branco na minha direção...

E eu vou ter que fazer aquilo...

(assassino...)

(você é um assassino...)

Vou ter que atacar ele antes que ele me ataque...

E eu levanto a arma...

A arma de *Davy*, a arma que eu peguei dele...

E penso, *Ah, por favor*, quando ponho o dedo no gatilho...

Ah, por favor, ah, por favor, ah, por favor, ah, por favor...

E...

Clique...

Eu olho pra baixo, chocado.

Minha arma não tá carregada.

{VIOLA}

— Você está mentindo — acusa mestra Coyle, mas ela já está se virando para tentar ver por cima das árvores até a cidade.

Ela não consegue, há apenas a silhueta da floresta contra o brilho distante. O vapor saindo dos dutos de ventilação faz tanto barulho que mal conseguimos nos ouvir, muito menos saber o que está acontecendo na cidade, e se ela havia partido na direção da nave no momento em que a viu se aproximar para pousar, não ouvira a trombeta.

— Isso é impossível — continua ela. — Eles concordaram. Eles assinaram uma trégua!

Spackle!, pensa Bolota às minhas costas.

— O que você falou? — pergunta Simone para mim.

— Não — diz mestra Coyle. — Ah, não.

— Alguém pode, por favor, nos explicar o que diabo está acontecendo? — pergunta Bradley.

— Os Spackle são uma espécie nativa — digo. — Inteligentes e espertos...

— Cruéis em batalha — interrompe mestra Coyle.

— O único que conheci era gentil e tinha muito mais medo de humanos do que os humanos aqui parecem ter deles...

— Você não lutou uma guerra contra eles — retruca mestra Coyle.

— Eu também não os escravizei.

— Não vou discutir com uma *criança*...

— Não é como se eles estivessem lutando sem motivo. — Eu me volto para Bradley e Simone. — Eles estão atacando porque o prefeito é um genocida que matou todos os escravos Spackle. Se conseguirmos *falar* com eles e explicar que não somos como o prefeito...

— Eles vão matar seu garoto precioso — interrompe mestra Coyle. — Não vão nem pensar duas vezes.

Paro de respirar e o pânico começa a crescer com o que ela diz, mas então tento lembrar que ela *quer* que eu entre em pânico. Se eu estiver com medo, será mais fácil me controlar.

Mas não preciso ter medo, porque vamos dar um fim nisso. Vamos dar um fim nisso tudo.

É o que eu e Todd fazemos.

— Nós *capturamos* o prefeito — prossigo. — E se os Spackle *virem* isso...

— Com todo o respeito — diz mestra Coyle, encarando Simone —, Viola tem um conhecimento extremamente limitado da história deste planeta. Se os Spackle estão atacando, temos que contra-atacar!

— *Contra-atacar*? — ecoa Bradley, franzindo o cenho. — Quem você acha que somos?

— Todd precisa de nossa ajuda — insisto. — Podemos voar até lá e acabar com isso antes que seja tarde demais...

— Já é tarde demais — interrompe mestra Coyle. — Se vocês me levarem em sua nave, eu posso lhes mostrar...

Mas Simone balança a cabeça.

— A atmosfera era mais densa do que esperávamos. Nós tivemos que aterrissar em modo refrigeração total…

— *Não!* — grito.

Mas é claro que eles fizeram isso, estão com os dois dutos de ventilação abertos…

— O que isso significa? — pergunta mestra Coyle.

— Significa que não podemos voar pelas próximas oito horas, enquanto os motores esfriam e reabastecem suas células de combustível — explica Simone.

— *Oito horas?*

Mestra Coyle ergue o punho, frustrada.

Eu sei como ela se sente.

— Mas precisamos ajudar Todd! — exclamo. — Ele não pode controlar um exército e deter outro…

— Ele vai ter que soltar o presidente — avisa mestra Coyle.

— Não — digo rapidamente. — Não, ele jamais faria isso.

Faria?

Não.

Não depois de termos lutado tanto.

— A guerra cria necessidades desagradáveis — diz mestra Coyle. — E por melhor que seu garoto seja, ele é um só contra milhares.

Luto novamente contra o pânico e me viro para Bradley.

— Nós precisamos fazer alguma coisa.

Ele olha com dureza para Simone, e sei que os dois estão se perguntando em que desastre se meteram. Então Bradley estala os dedos, como se tivesse se lembrado de alguma coisa.

— Esperem aqui! — exclama ele, e entra correndo na nave batedora.

[TODD]

Eu puxo o gatilho de novo…

E tudo o que consigo é outro *clique*…

Eu levanto os olhos...

O Spackle está erguendo o bastão branco...

(o que são aquelas coisas?)

(o que são aquelas coisas que machucam tanto?)

E eu estou morto...

Estou morto...

Estou...

BANG!

Uma arma dispara pertinho da minha cabeça...

E o Spackle com o bastão branco é atirado bruscamente pro lado, com sangue jorrando do pescoço acima da linha da armadura...

O prefeito...

O prefeito atirou no Spackle, de cima de Morpeth...

E olho fixamente pra ele, ignorando a luta que se desenrola a nossa volta...

— Você mandou seu filho pra guerra com uma *ARMA DESCARRE-GADA?* — grito...

Estou tremendo de raiva e por ter quase morrido...

— Agora não é a hora, Todd — o prefeito diz...

E eu me encolho outra vez quando uma flecha passa voando por mim, e agarro as rédeas e tento virar Angharrad pra dar o fora dali, e vejo um soldado cambalear pra trás até Morpeth, com sangue jorrando de um buraco assustador na barriga...

E ele levanta as mãos ensanguentadas do uniforme pro prefeito, em busca de ajuda...

E o prefeito pega o rifle do soldado e joga pra mim...

Eu seguro a arma por reflexo...

E minhas mãos na mesma hora ficam molhadas pelo sangue que está no cabo inteiro...

Agora também não é a hora para delicadezas, o prefeito fala em minha cabeça. Vire-se! Atire!

E eu viro...

E atiro...

{Viola}

— Sonda de exploração! — diz Bradley, descendo a rampa com o que parece ser um inseto imenso, de uns cinquenta centímetros de comprimento, com asas metálicas reluzentes sobre um corpo magro de metal.

Ele o ergue para Simone, como se pedisse sua permissão. Ela assente, e eu percebo que ela é a comandante da missão.

— Que tipo de sonda? — pergunta mestra Coyle.

— Elas observam a paisagem — explica Simone. — Vocês não tinham dessas quando pousaram?

Mestra Coyle estala a língua.

— Nossas naves deixaram o Velho Mundo vinte e três anos antes das suas, minha garota. Nós praticamente voamos até aqui a vapor em comparação com a tecnologia que vocês têm agora.

— O que aconteceu com as suas? — pergunta Bradley para mim, montando a sonda.

— Foram destruídas no acidente — explico. — Junto com quase tudo dentro da nave. Eu mal tinha comida.

— Ei — diz Simone de maneira delicada e reconfortante. — Mas você sobreviveu. Você está viva.

Ela passa o braço ao meu redor.

— Cuidado — aviso. — Meus tornozelos estão quebrados.

Simone fica horrorizada.

— *Viola…*

— Olhe, eu vou sobreviver — digo. — Mas só estou viva agora por causa de Todd, está bem? Se ele estiver com problemas lá embaixo, Simone, nós *precisamos* ajudá-lo…

— Sempre pensando no seu garoto — murmura mestra Coyle. — Tornando isso pessoal, à custa do mundo inteiro.

— É porque você não se importa com nada nem ninguém que está disposta a explodir o mundo!

Pedaços, pensa Bolota, movendo-se nervosamente.

Simone olha para o cavalo, franzindo a testa.

47

— Espere um minuto...

— Pronto! — exclama Bradley, se afastando da sonda com um pequeno controle na mão.

— Como ela sabe aonde ir? — pergunta mestra Coyle.

— Eu a programei para voar na direção da fonte mais brilhante de luz — explica Bradley. — Elas são apenas sondas locais com altitude limitada, mas deve ser suficiente para passar por alguns morros.

— Você pode programá-la para procurar uma pessoa específica? — indago.

Mas eu paro porque o céu noturno se ilumina outra vez com o mesmo brilho que vi enquanto me dirigia para cá. Todo mundo olha na direção da cidade.

— Ponha a sonda no ar! — digo. — Ponha ela no ar agora!

[TODD]

Disparo a arma antes mesmo de pensar se quero fazer isso...

BANG!

Não estava pronto pro coice, e o rifle me acerta na clavícula. Eu seguro as rédeas de Angharrad e nós giramos em um círculo completo antes que eu finalmente veja...

Um Spackle...

Caído no chão na minha frente...

(com uma faca enfiada no...)

Com um ferimento de bala sangrando no peito...

— Belo tiro — o prefeito comenta.

— *Você* fez isso — eu digo, virando pra ele. — Eu te falei pra ficar fora da droga da minha cabeça!

— Nem mesmo para salvar sua vida, Todd? — ele pergunta, disparando a arma de novo, e outro Spackle cai.

Eu viro com a arma erguida...

Eles continuam avançando...

Miro num Spackle que está apontando uma flecha prum soldado...

Eu disparo...

Mas no último segundo eu desvio o rifle pro lado de propósito, errando completamente o alvo (cala a boca)...

O Spackle, porém, saltou pro lado, então acertou...

— Não é assim que se ganha guerras, Todd! — o prefeito berra, atirando na direção do Spackle que errei de propósito, atingindo ele no queixo e deixando ele esparramado...

— Você precisa escolher — o prefeito continua, apontando a arma ao redor, à procura do próximo alvo. — Você disse que mataria por ela. Estava falando sério?

Então ouço outro silvo...

E o pior relincho de Angharrad...

Eu me viro na sela...

Ela foi atingida na anca direita por uma flecha...

Memino potro!, ela berra. *Memino potro!*

E eu imediatamente estendo o braço pra trás e tento tirar a flecha sem cair das costas dela, que está pulando de dor, mas a flecha se quebra na minha mão e um pedaço fica enfiado em sua perna traseira e *Memino potro! Memino potro! Todd!*, e tento acalmar ela pra que não me jogue no chão, na massa ondulante de soldados em volta da gente...

É então que acontece de novo...

VUUUMP!

Um clarão enorme, e eu viro pra olhar...

Os Spackle trouxeram outra arma de fogo pro pé do morro.

As chamas jorram do alto da criatura com chifre e atravessam os soldados, e os homens estão gritando e queimando, gritando e queimando, e os soldados estão dando meia-volta e fugindo e a linha de defesa é rompida e Angharrad está empinando, sangrando e gritando e somos atingidos por uma onda de homens em retirada e ela corcoveia outra vez...

Eu deixo cair minha arma...

E o fogo se expande pros lados e pra cima...

E os homens estão correndo...

E tem fumaça por toda parte…

E de repente Angharrad dispara e vamos parar num lugar onde não tem nenhum homem de pé, com o exército atrás de nós e os Spackle à frente, e eu estou sem o rifle e não sei onde está o prefeito…

E o Spackle montado na criatura com chifre, com a coisa que produz fogo, viu a gente…

E ele começa a vir bem na nossa direção…

{VIOLA}

Bradley pressiona a tela do controle remoto. A sonda se ergue com leveza do chão, emitindo só um pequeno *zip*. Ela paira por um segundo, estende as asas, então parte na direção da cidade tão rápido que quase não dá para vê-la.

— Uau — diz mestra Coyle em voz baixa. Ela torna a olhar para Bradley. — E nós vamos conseguir ver o que está acontecendo?

— E ouvir — responde ele. — Até certo ponto.

Bradley aperta uma tecla com o polegar até que uma luz brilha na extremidade do dispositivo remoto e projeta uma imagem tridimensional que flutua em pleno ar, iluminada em tons de verde devido à visão noturna. Árvores passam, um lampejo de estrada, algumas pessoas pequeninas correndo…

— A cidade fica a que distância daqui? — pergunta Bradley.

— Dez quilômetros, talvez? — estimo.

— Então ela deve estar quase…

A sonda chega nos limites da cidade, passando por cima de prédios incendiados pela Resposta, voando sobre multidões de moradores que fogem em pânico da praça…

— Meu Deus — sussurra Simone, voltando-se para mim. — Viola…

— Ainda está avançando — diz mestra Coyle enquanto observa.

A sonda *ainda* está avançando, passa voando pela praça da cidade e desce a estrada principal…

— A fonte de luz mais forte… — começa a dizer Bradley.

Então vemos exatamente qual é.

[TODD]

Homens queimando...

Por toda parte...

Os gritos...

E o cheiro terrível de carne cozida...

Sinto ânsia de vômito...

E o Spackle está vindo bem na minha direção...

Ele está nas costas da criatura com chifre, os pés e a parte inferior das pernas presas a umas botas nas laterais da sela, fazendo com que ele fique ali de pé sem precisar se equilibrar...

E ele tem uma tocha acesa em cada mão, e na frente a coisa em forma de U que produz fogo...

E vejo o Ruído dele...

Eu *me* vejo no Ruído dele...

Vejo Angharrad e eu sozinhos no meio de um vazio...

Ela está berrando e se contorcendo com a flecha quebrada no flanco...

Eu estou olhando pro Spackle...

Eu sem uma arma...

E atrás de mim está a parte mais fraca da nossa linha de defesa...

E vejo o Spackle disparar o fogo em seu Ruído e me matar e matar homens atrás de mim...

Isso daria aos Spackle a abertura pra entrarem numa onda pela cidade...

A guerra estava vencida praticamente antes de começar...

Agarro as rédeas de Angharrad e tento fazer com que ela se movimente, mas a dor e o medo invadem seu Ruído enquanto ela não para de chamar **Menino potro! Todd!**, e rasga meu coração quando faz isso, e eu olho em volta tentando encontrar o prefeito, tentando encontrar *qualquer pessoa* que possa atirar no Spackle em cima da criatura com chifre...

Mas não vejo o prefeito em lugar nenhum...

A fumaça esconde tudo e os homens em pânico...

E ninguém está erguendo uma arma...

E o Spackle está levantando as tochas pra disparar...

E eu penso: *Não*…

Penso: *Isso não pode acabar assim*…

Penso: *Viola*…

Penso: *Viola*…

E então penso: *"Viola"*?

Será que isso funcionaria com um Spackle?

E eu me sento na sela o mais alto que consigo…

E penso nela se afastando de mim montada no cavalo de Davy…

Penso nos tornozelos quebrados dela…

Penso na gente dizendo que nunca ia se separar, nem mesmo em pensamento…

Penso nos dedos dela entrelaçados nos meus…

(Não penso no que ela diria se soubesse que soltei o prefeito…)

Eu só penso *Viola*…

Penso **Viola**…

Direto pro Spackle em cima de criatura com chifre…

Eu penso…

VIOLA!

E a cabeça do Spackle é jogada pra trás, e ele larga as duas tochas e tomba por cima da criatura, saindo das botas e caindo no chão, e com a mudança repentina no peso a criatura com chifre cambaleia pra trás em meio aos Spackle que estão avançando, derrubando eles pra todos os lados…

E ouço um grito empolgado atrás de mim…

Eu viro e vejo uma linha de soldados se recuperando, avançando, passando por mim e ao meu redor…

E de repente o prefeito aparece a cavalo ao meu lado, e ele diz:

— Excelente trabalho, Todd. Eu sabia que você ia conseguir.

E Angharrad está ficando cansada, mas ainda chama…

Menino potro? Menino potro? Todd?

— Não há tempo para descansar — o prefeito diz…

E eu levanto os olhos e vejo a mesma parede enorme dos Spackle descendo o morro, chegando pra devorar a gente vivo…

{Viola}

— Ah, meu Deus — diz Bradley.

— Esses são...? — pergunta Simone, chocada, se aproximando da projeção. — Eles estão *pegando fogo*?

Bradley aperta o controle remoto e a imagem de repente se aproxima e...

Eles estão *mesmo* pegando fogo...

Através de grandes colunas de fumaça, nós vemos o caos, homens correndo para todos os lados, alguns avançando, alguns recuando às pressas...

E outros apenas queimando...

Queimando e queimando, às vezes correndo para o rio e às vezes caindo no chão e ficando ali.

E eu só penso: *Todd*.

— Você disse que havia uma *trégua*? — indaga Simone para mestra Coyle.

— Depois de uma guerra sangrenta que matou centenas de nós e milhares deles — responde mestra Coyle.

Bradley digita outra vez. A câmera recua e mostra toda a estrada e o sopé do morro, ocupados por um número impossível de Spackle em armaduras marrom-avermelhadas, segurando o que parecem ser bastões e montados em...

— O que é *aquilo*? — pergunto, apontando para uma espécie de animal enorme, parecido com um tanque, que desce pesadamente o morro, com um único chifre grosso e curvo na ponta do focinho.

— Rinotanques — diz mestra Coyle. — Pelo menos, era assim que *nós* os chamávamos. Os Spackle não tem linguagem falada, é tudo visual, mas nada disso importa! Se eles derrotarem o exército do prefeito, vão simplesmente continuar avançando e matar todo o restante.

— E se o prefeito derrotá-los? — pergunta Bradley.

— Se ele os derrotar, então seu controle sobre este planeta será absoluto, e esse não é um lugar onde vocês gostariam de viver.

— E se *você* tivesse o controle absoluto deste planeta? — pergunta Bradley, com ímpeto surpreendente na voz. — Que tipo de lugar seria?

Mestra Coyle parece surpresa.

— Bradley... — Simone começa a dizer...

Mas eu já não estou mais escutando os dois...

Estou olhando para a projeção...

Porque a câmera desceu o morro e se moveu um pouco para o sul...

E ali está ele...

Bem no meio de tudo...

Cercado por soldados...

Enfrentando os Spackle...

— *Todd* — sussurro...

Então vejo um homem a cavalo ao seu lado...

E sinto um medo súbito...

O *prefeito* está ao lado dele...

Desamarrado e solto, exatamente como disse mestra Coyle...

Todd o libertou...

Ou o prefeito o forçou a fazer isso...

E Todd está bem na linha de frente da batalha...

Então a fumaça sobe, e ele desaparece.

— Aproxime a câmera! — grito. — Todd está lá embaixo!

Mestra Coyle me lança um olhar enquanto Bradley mexe no controle outra vez, e a imagem na projeção procura em meio à batalha, mostrando corpos por toda parte, vivos e mortos, humanos e Spackle, misturados até que não dar mais para saber contra quem se está lutando, como disparar qualquer tipo de arma sem matar seu próprio lado?

— Nós precisamos tirá-lo de lá! — digo. — Precisamos salvá-lo!

— Oito horas — lembra Simone, balançando a cabeça. — Nós não podemos...

— Não! — grito, e vou cambaleando até Bolota. — Eu preciso ir até lá...

Mas então mestra Coyle diz para Simone:

— Você tem algum tipo de arma nessa nave, certo?

Eu giro.

— Vocês não teriam pousado desarmados aqui — insiste mestra Coyle.

O rosto de Bradley está sério como eu nunca vi.

— Isso não é da sua conta, senhora...

Mas Simone já está respondendo:

— Temos doze mísseis balísticos...

— *Não!* — exclama Bradley. — Isso *não é* quem somos. Nós viemos colonizar este planeta *pacificamente*...

— ... e o complemento padrão de elos — conclui Simone.

— Elos? — indaga mestra Coyle.

— Uma espécie de bomba pequena — explica Simone. — Lançadas em grupo, mas...

— Simone — interrompe Bradley, com raiva. — Nós *não* viemos aqui para entrar em uma...

Mestra Coyle o corta novamente.

— Vocês podem disparar alguma dessas armas com a nave pousada?

[Todd]

A gente avança...

Pra frente pra frente pra frente...

Penetrando na linha ofensiva dos Spackle...

São tantos...

E Angharrad está relinchando com dor e medo...

Desculpa, garota, desculpa...

Mas não temos tempo...

Não temos tempo pra nada na guerra exceto pra *guerra*...

— Aqui! — o prefeito diz, botando outra arma na minha mão...

E estamos na frente de uma pequena investida de homens...

Correndo na direção de uma investida maior de Spackle...

E eu aponto a arma...

E aperto o gatilho...

BANG!

Fecho os olhos com o estampido e não vejo pra onde atiro porque já tem fumaça demais no ar e tem Spackle caindo e homens gritando dos meus dois lados e Angharrad está relinchando e avançando mesmo assim, e a armadura dos Spackle racha e estoura sob tiros incessantes e tem mais flechas e bastões brancos e estou tão aterrorizado que nem consigo respirar e só disparo várias vezes sem nem ver pra onde as balas estão indo...

E os Spackle continuam chegando, passando por cima dos corpos de soldados, e os Ruídos deles estão escancarados, assim como o Ruído de todos os soldados, e é como mil guerras ao mesmo tempo, não apenas aquela que estou vendo, mas as várias que estão acontecendo no Ruído dos homens e dos Spackle ao meu redor até que o ar, meu cérebro e minha alma se enchem de guerra e estou sangrando pelos ouvidos e cuspindo sangue pela boca e é como se fosse a única coisa que eu já soube, a única coisa que consigo lembrar, a única coisa que vai acontecer comigo...

E vem um som *fervilhante* e uma sensação de ardência no meu braço, e eu me afasto instintivamente, mas vejo um Spackle com um daqueles bastões brancos apontados pra mim e vejo o tecido do uniforme queimando com uma fumaça fedida e sinto a pele embaixo como se tivesse levado um tapa, e percebo que se eu estivesse dois centímetros mais pro lado provavelmente teria perdido o braço e...

BANG!

Um rifle dispara ao meu lado, e o prefeito está ali e atirou no Spackle, atirou e derrubou ele, dizendo:

— Já é a segunda vez, Todd.

E ele volta a mergulhar na batalha.

{Viola}

Bradley faz menção de responder mestra Coyle, mas Simone fala primeiro:

— Sim, podemos.

— Simone! — diz Bradley com rispidez.

— Mas dispará-las onde? — continua Simone. — Em que exército?

— Nos Spackle! — grita mestra Coyle.

— Há poucos minutos você queria nossa ajuda para deter o exército desse tal de presidente! — retruca Bradley. — E Viola nos contou que você tentou matá-la para alcançar seus próprios objetivos. Por que deveríamos confiar em sua opinião?

— Vocês *não devem* — digo.

— Nem mesmo quando estou *certa*, minha garota? — rebate mestra Coyle, apontando para a projeção. — Estamos perdendo essa batalha!

Vemos uma ruptura na linha de homens e uma pulsação como um rio transbordando das margens quando os Spackle a atravessam.

Todd, penso. *Sai daí.*

— Nós poderíamos lançar um míssil balístico na base da colina — sugere Simone.

Bradley se volta para ela, chocado.

— E fazer com que nosso primeiro ato aqui seja matar centenas da espécie nativa *inteligente* com quem, caso você esteja esquecendo, vamos ter que conviver pelo *resto de nossas vidas*?

— Suas vidas vão ser bem curtas se não se apressarem e fizerem *alguma coisa*! — mestra Coyle praticamente grita.

— Nós poderíamos apenas mostrar nosso poder de fogo — sugere Simone para Bradley. — Fazer com que eles recuem, depois tentar negociar...

Mestra Coyle estala a língua.

— É *impossível* negociar com eles!

— Isso é culpa *sua* — diz Bradley, e se volta para Simone. — Olhe, vamos nos meter no meio de uma *guerra*? Sem nem mesmo saber em que lado *confiar*? Vamos só explodir alguma coisa e torcer para que as consequências não sejam muito terríveis?

— Pessoas estão morrendo! — berra mestra Coyle.

— Pessoas que você estava nos pedindo para MATAR! — grita Bradley em resposta. — Se o presidente cometeu genocídio, talvez os nativos estejam apenas atrás *dele*, e nosso ataque só vai provocar uma confusão ainda maior!

— Chega! — repreende Simone, agora com a autoridade de comandante da missão.

Bradley e a mestra se calam. Então Simone diz:

— Viola?

Todos olham para mim.

— É você quem estava aqui — prossegue Simone. — O que acha que devemos fazer?

[TODD]

A gente está perdendo…

Não resta dúvida disso…

Eu ter derrubado o Spackle de cima da criatura com chifre só facilitou as coisas pra gente por um segundo…

Os homens continuam a avançar e a disparar suas armas e os Spackle estão caindo e morrendo por todo lado…

Mas eles continuam a descer o morro…

E são muitos, muitos mais que a gente…

O que salvou nossa pele até agora é que eles ainda não conseguiram trazer outra daquelas coisas de fogo até o pé do morro…

Mas tem mais chegando…

E quando chegarem aqui…

EU SOU O CÍRCULO E O CÍRCULO SOU EU.

Isso quica na minha mente enquanto o cavalo do prefeito esbarra em Angharrad, tão exausta agora que mal consegue erguer o focinho…

— Mantenha a pressão! — ele grita, disparando a arma perto de mim. — Ou tudo estará perdido!

— Tudo *está* perdido! — grito em resposta. — Não tem como a gente vencer!

— É sempre mais escuro antes do amanhecer, Todd.

Eu olho pra ele, intrigado.

— Não é, não! Que ditado estúpido é esse? É sempre *mais claro* antes do amanhecer!

PARA BAIXO!, ele enfia em minha mente. Eu me abaixo sem pensar, e uma flecha passa voando bem onde estava minha cabeça.

— Agora já é a terceira vez — o prefeito diz.

Então a trombeta dos Spackle toca de novo, tão alto que quase dá pra ver o som curvando e distorcendo o ar, e ouço uma nova nota...

Uma nota de vitória...

Nós giramos pra trás...

A linha de soldados foi rompida...

O sr. Morgan foi esmagado sob os pés de uma das criaturas com chifre...

Spackle estão descendo o morro agora...

Seguindo pelo campo de batalha vindos de todas as direções...

Passando por cima dos homens que ainda lutam...

Se espalhando que nem uma onda até mim e o prefeito...

— Homens, preparem-se! — grita o prefeito...

— Precisamos recuar! — grito em resposta. — Precisamos sair daqui!

Eu tento girar as rédeas de Angharrad...

Mas olho por cima do ombro...

Os Spackle fizeram a volta por trás dos homens...

A gente tá cercado...

— Preparem-se! — o prefeito grita nos Ruídos dos soldados ao redor...

Viola, penso...

Eles são muitos, penso...

Ah, socorro, penso...

— LUTEM ATÉ O ÚLTIMO HOMEM! — o prefeito grita.

{Viola}

— *Ela?!* — diz mestra Coyle. — Ela é apenas uma *garota*...

— Uma garota em quem *confiamos* — retruca Simone. — Uma garota tão treinada para ser colona quanto seus pais.

Meu rosto enrubesce um pouco ao ouvir isso, mas apenas em parte por vergonha. Porque é *verdade*. Eu treinei para isso. E já passei por tanta coisa neste lugar que minha opinião tem que contar para algo...

Eu olho outra vez para a projeção da batalha, que parece estar ficando ainda pior, e tento *pensar*. Parece um inferno lá embaixo, mas os Spackle não estão atacando sem razão. E seu alvo talvez seja apenas o prefeito, e nós o derrotamos antes, mas...

— Seu Todd está lá embaixo — diz mestra Coyle. — Ele vai morrer se você não fizer alguma coisa.

— Você acha que eu não sei disso? — digo.

Porque essa é a questão que supera todas as outras. Eu me viro para Bradley e Simone.

— Desculpem, mas *temos* que salvá-lo. Nós *temos*. Eu e ele estivemos muito perto de salvar todo este planeta até que eles estragaram tudo...

— Mas salvá-lo não seria à custa de algo *maior*? — pondera Bradley, com simpatia, mas muito sério, tentando me fazer entender. — Pense bem. A sua primeira ação em qualquer lugar é lembrada *para sempre*. Isso determina todo o futuro.

— Não estou inclinada a confiar nesta mulher, Viola — diz Simone, e mestra Coyle a encara com raiva. — O que não quer dizer que ela não tenha razão em relação a isso. Se você disser que é certo, Viola, nós vamos intervir.

— Se você disser que é certo, Viola — concorda Bradley, repetindo a fala de Simone com uma pequena provocação —, começaremos nossa vida aqui como conquistadores, e você vai estar criando novas guerras para as gerações futuras.

— Ah, pelo amor de Deus! — grita mestra Coyle, frustrada. — O poder está *aqui*, Viola! É aqui que podemos mudar *tudo*! Nem mesmo para mim, minha garota, mas para *Todd*, para *você*! Bem aqui, agora mesmo, o que você decidir pode *acabar* com tudo isso!

— Ou... — diz Bradley — ... pode começar algo ainda pior.

Eles estão todos olhando para mim. Eu torno a observar a projeção. Os Spackle estão entre os homens agora, e mais e mais estão chegando...

E Todd está lá embaixo, no meio de tudo aquilo...

— Se você não fizer nada — insiste mestra Coyle —, seu garoto vai morrer.

Todd, penso...

Eu começaria uma nova guerra só para salvá-lo?

Eu faria isso?

— Viola? — chama novamente Simone. — Qual é a coisa certa a fazer?

[TODD]

Eu atiro, mas tem tantos Spackle e homens pra todo lado que preciso mirar alto pra me assegurar de não atingir ninguém do meu lado, e por causa disso eu também não acerto nenhum Spackle e um deles de repente está na minha frente apontando um bastão branco pra cabeça de Angharrad, e eu ataco com a coronha do rifle e acerto o Spackle com força atrás da orelha alta e ele cai e outro já está agarrando meu braço e penso **VIOLA** bem na cara dele, que cambaleia pra trás, e ouço um rasgo na minha outra manga, onde uma flecha passou de raspão e quase acertou o ponto macio embaixo de meu queixo, e puxo as rédeas de Angharrad pra dar a volta com ela porque não tem como sair disso vivo e a gente precisa *correr* e um soldado é atingido com a explosão de um bastão branco bem do nosso lado e um jato de sangue cobre meu rosto e eu viro e não vejo pra onde estou indo e puxo Angharrad comigo e tudo em que consigo pensar, tudo em que consigo pensar no meio de tanto Ruído, tudo em que consigo pensar enquanto escuto homens morrerem e Spackle morrerem e eu vejo eles morrerem no Ruído mesmo com os olhos fechados, tudo que consigo pensar é...

É isso que é a guerra?

É isso que os homens desejam tanto?

Isso que devia transformar eles em *homens*?

A morte avançando muito rápido na sua direção com um ronco e um grito, e você sem poder fazer nada...

Então escuto a voz do prefeito...

— *LUTEM!* — ele está berrando...

Na voz e no Ruído dele...

— *LUTEM!*

Então limpo o sangue e abro os olhos, e está muito claro que lutar é a única coisa que vai acontecer no mundo até a gente morrer e vejo o prefeito montando Morpeth e tanto ele quanto o cavalo estão ensanguentados e ele está lutando tanto que até posso ouvir seu Ruído e ele ainda é frio como pedra mas está dizendo ATÉ O FIM, ATÉ O FIM...

E ele encontra meu olhar...

E eu percebo que é mesmo o fim...

Nós perdemos...

Eles são muitos...

Nós perdemos...

E eu agarro a crina de Angharrad com ambas as mãos, seguro com força e penso: *Viola*...

E então...

BUM!

Toda a parte de baixo do morro que os Spackle estão descendo explode numa bola de fogo, terra e carne...

Jogando tudo pro alto, atirando pedras e terra e pedaços de Spackle sobre a gente...

E Angharrad grita e a gente cai de lado no chão e homens e Spackle gritam por todo o lado e correm em várias direções e minha perna está presa embaixo de Angharrad, que tenta se levantar, mas vejo o prefeito passar com Morpeth...

E posso ouvir que ele está *rindo*...

— Que diabo foi isso? — grito pra ele.

— UM PRESENTE! — ele grita em resposta enquanto segue em meio à terra e à fumaça e grita pros homens: — ATAQUEM! ATAQUEM AGORA!

{VIOLA}

Nós voltamos a atenção bruscamente para a projeção.

— O que foi isso? — pergunto.

Houve uma explosão repentina, mas tudo o que a sonda está mostrando é um pilar sólido de fumaça. Bradley digita na tela do controle remoto, e a sonda sobe novamente, mas a fumaça encobre tudo.

— Estava gravando? — pergunta Simone. — Você pode voltar?

Bradley digita um pouco mais e de repente a imagem retrocede para o interior da nuvem, onde a fumaça se junta em torno de si mesma e...

— Ali.

Bradley pausa a imagem e avança novamente em câmera lenta.

A batalha está caótica e terrível como antes, com os homens sendo cercados pelo exército Spackle, e então...

BUM!

Há uma explosão na base do morro, uma erupção repentina e violenta que levanta terra, pedras e corpos de Spackle e seus rinotanques no ar, girando na nuvem de fumaça que rapidamente encobre tudo...

Bradley retrocede de novo, e nós vemos, mais uma vez, um pequeno clarão, então toda aquela parte do morro é erguida no ar, e nós vemos os Spackle morrer bem ali na tela...

Morrer e morrer e morrer...

Dezenas deles...

E eu me lembro daquele Spackle na margem do rio...

Eu me lembro de seu *medo*...

— Isso foi você? — pergunta Simone para mestra Coyle. — Seu exército se juntou à luta?

— Nós não temos *mísseis* — responde mestra Coyle, sem tirar os olhos da projeção. — Se tivéssemos, eu não estaria aqui pedindo para disparar os seus.

— Então de onde veio isso? — questiona Simone.

Bradley mexe no controle e a imagem fica maior e mais clara, e na câmera mais lenta podemos ver algo voando pela base do morro, vemos ainda mais devagar a terra explodindo, os corpos dos Spackle sendo despedaçados, sem nenhuma preocupação com a vida que tinham, quem eles amavam, quais são ou eram seus nomes...

Apenas corpos voando aos pedaços...

Vidas terminando...

Nós fizemos isso com eles, nós os *fizemos* atacar, nós os escravizamos e matamos, ou pelo menos o prefeito fez isso...

E aqui estamos nós, matando-os novamente...

Simone e mestra Coyle estão discutindo, mas não presto atenção...

Porque também sei de uma coisa.

Quando Simone me perguntou o que fazer...

Eu ia dizer para disparar o míssil.

Eu ia.

Eu mesma ia causar aquela destruição. Eu ia dizer: sim, faça isso, dispare...

Mate todos esses Spackle, esses Spackle com motivos *reais* para atacar a pessoa que mais merece isso neste planeta...

Se fosse para salvar Todd, não teria importância, eu faria isso...

Eu teria matado centenas, *milhares* para salvá-lo.

Eu teria começado uma guerra ainda maior por Todd.

E compreender isso é tão monumental que tenho de apoiar uma das mãos em Bolota para me firmar.

Então escuto a voz de mestra Coyle se elevar acima da de Simone:

— Isso significa que ele está construindo a própria artilharia!

[TODD]

No meio da fumaça e dos gritos, Angharrad consegue levantar, com o Ruído agora em silêncio, quieta de um jeito que me deixa com muito medo, mas ela está em pé de novo, e olho pra trás e vejo de onde veio a explosão...

As outras unidades do exército. Lideradas pelo sr. Tate e pelo sr. O'Hare, que chegaram depois de buscar o resto dos soldados e os armamentos que o prefeito tinha falado.

Armamentos que eu, pelo menos, não sabia que ele tinha.

— Armas secretas só funcionam se forem secretas — ele comenta, cavalgando até mim.

Ele está com um sorriso largo agora.

Porque uma nova leva de soldados está chegando pela estrada da cidade, centenas de homens, descansados e gritando, prontos pra lutar...

E os Spackle já começam a recuar...

Os Spackle já olham pro morro, tentando encontrar um caminho pelo chão que explodiu...

E tem outro clarão e um assovio acima da nossa cabeça, e...

BUM!

Eu me encolho e Angharrad grita quando outro buraco explode no morro e mais terra, fumaça, corpos de Spackle e partes de criaturas com chifre saem voando.

O prefeito não se encolhe, apenas parece feliz quando os novos soldados chegam aos montes em volta da gente e o exército dos Spackle mergulha no caos e tenta fugir...

E é interrompido pelos nossos recém-chegados...

Estou respirando com dificuldade...

E estou observando a maré virar...

E preciso dizer...

Preciso dizer...

(cala a boca)

Sinto uma onda de adrenalina quando vejo isso...

(cala a boca)

Sinto alívio e alegria e meu corpo pulsando quando vejo os Spackle caírem...

(cala a boca cala a boca *cala a boca*)

— Você não estava preocupado, estava, Todd? — o prefeito pergunta.

Eu olho de novo pra ele, com terra e sangue secando no rosto, os corpos de homens e Spackle por toda parte, uma nova torrente brilhante de Ruído enchendo o ar embora eu achasse que o Ruído não pudesse ficar mais alto...

— Venha! — ele me chama. — Veja como é estar no lado vencedor.

E parte atrás dos novos soldados.

Eu vou atrás dele, com a arma erguida, mas sem atirar, apenas observando e sentindo...

Sentindo a emoção daquilo...

Porque é isso...

Esse é o segredo terrível da guerra...

Quando você está ganhando...

Quando você está ganhando, é muito *empolgante*...

Os Spackle estão correndo de volta pro morro, escalando os destroços e fugindo...

Fugindo de *nós*...

Eu levanto a arma...

E aponto pras costas de um Spackle que está correndo...

Meu dedo no gatilho...

E estou pronto pra apertar...

Então o Spackle tropeça no corpo de outro Spackle, mas não é apenas um corpo, são dois, são três...

Então a fumaça começa a dissipar, e vejo mais. Vejo corpos por todo lado, homens e Spackle e criaturas...

E estou de volta ao mosteiro, de volta onde os corpos dos Spackle foram empilhados...

E não parece mais tão empolgante...

— *SIGAM O INIMIGO MORRO ACIMA!* — o prefeito grita pros soldados. — *FAÇAM COM QUE ELES SE ARREPENDAM DE TER NASCIDO!*

{Viola}

— Está acabando — digo. — A batalha está acabando.

Bradley deixa que a projeção corra normalmente outra vez, e vemos a chegada do restante do exército.

Vemos a segunda explosão.

Vemos os Spackle se virarem e tentarem fugir correndo, passando por cima uns dos outros, por cima dos destroços da base do morro, e no caos alguns deles caíram no rio, na estrada abaixo, na batalha onde não duravam muito tempo.

A quantidade de mortes está me deixando enjoada, o resto do meu corpo latejando junto com meus tornozelos, e preciso me apoiar em Bolota enquanto os outros discutem.

— Se ele é capaz de fazer *isso* — começa mestra Coyle —, então é ainda mais perigoso para vocês do que eu acreditava. É *ele* que vocês querem no comando do mundo ao qual estão prestes a se juntar?

— Não sei — responde Bradley. — Você é a única alternativa?

— Bradley — diz Simone. — O que ela falou faz sentido.

— *Faz?*

— Não podemos criar um novo assentamento no meio de uma guerra — argumenta Simone. — E essa é nossa última parada. Não temos nenhum outro lugar para as naves irem. Precisamos encontrar um jeito de ficar *aqui*, e se estamos em perigo...

— Nós podemos aterrissar em outra parte do planeta — sugere Bradley.

Mestra Coyle respira fundo.

— Vocês não fariam isso.

— Não há lei que diga que *temos* que nos juntar ao povoado anterior — explica Bradley para ela. — Nós nunca recebemos nenhuma comunicação de vocês, por isso nossa intenção já era pousar supondo que vocês não tinham sobrevivido. Nós poderíamos simplesmente deixar vocês com sua guerra. Encontrar nosso próprio lugar para começar vida nova.

— *Abandoná-los?* — questiona Simone, parecendo chocada.

— Vocês também iam acabar lutando com os Spackle — alerta mestra Coyle. — Sem ninguém com experiência para ajudá-los.

— Enquanto aqui íamos acabar lutando tanto contra esses Spackle quanto contra os homens — rebate Bradley. — E, com o tempo, provavelmente contra você.

— Bradley... — diz Simone.

— *Não* — falo, alto o bastante para que eles me escutem.

Porque ainda estou assistindo à projeção, vendo homens e Spackle morrerem...

E ainda estou pensando em Todd, em todas as mortes que *eu* teria causado por ele...

Isso me deixa zonza.

Eu nunca mais quero ter que tomar uma decisão dessas.

— Nada de armas — digo. — Não vamos bombardear ninguém. Os Spackle estão recuando. Nós já derrotamos o prefeito antes e, se preciso for, vamos derrotá-lo outra vez. A mesma coisa em relação a uma trégua com os Spackle.

Eu olho para o rosto de mestra Coyle, que endurece com minhas palavras.

— Chega de mortes — continuo. — Não por minha escolha, nem mesmo para um exército que merece, Spackle ou humano. Vamos encontrar uma solução pacífica.

— Exatamente — diz Bradley com veemência.

E ele olha para mim com uma expressão de que me lembro bem, uma expressão cheia de bondade e amor e um orgulho tão forte que chega a doer.

E tenho que afastar os olhos porque sei que cheguei perto de fazer com que eles disparassem o míssil.

— Bom, então, se você está decidida... — diz mestra Coyle com a voz fria como o fundo de um rio. — Eu tenho vidas para salvar.

E antes que alguém possa detê-la, ela corre para sua carroça e parte pela noite.

[TODD]

— ACABEM COM ELES! — o prefeito está gritando. — BOTEM-NOS PARA CORRER!

Mas a verdade é que não importa o que ele diga; ele podia estar gritando tipos de fruta e os soldados ainda estariam subindo a parte mais baixa da estrada em zigue-zague, escalando a parte que foi explodida, golpeando, atacando e atirando nos Spackle correndo adiante.

O sr. O'Hare está à frente do novo grupo de homens, liderando o ataque, mas o prefeito parou o sr. Tate e chamou ele até a base onde estamos esperando.

Eu salto de Angharrad pra dar uma olhada na flechada que ela levou. Não parece muito ruim, mas ela ainda não está dizendo nada no seu Ruído, nem sons simples de cavalo, apenas silêncio, e não sei o que isso significa, mas tenho certeza de que não é bom.

— Garota? — chamo, tentando acalmar ela com um carinho no flanco. — A gente vai te costurar, tá bem? A gente vai deixar você novinha em folha, tá bem? Garota?

Mas ela abaixa a cabeça pro chão, com espuma em torno dos lábios e suor nos flancos.

— Desculpe pelo atraso, senhor — o sr. Tate fala pro prefeito atrás de mim. — Ainda precisamos melhorar a questão da mobilidade.

Eu olho pra onde a artilharia está parada: quatro canhões grandes na traseira de carroças de aço puxadas por bois de aspecto cansado. O metal dos canhões é escuro e grosso e parece querer arrancar cabeças. Armas, armas secretas, construídas em algum lugar longe da cidade, por homens mantidos isolados pra que seus Ruídos não fossem ouvidos, armas feitas pra serem usadas contra a Resposta, prontas pra explodi-la em pedacinhos e agora usadas pra fazer o mesmo com os Spackle.

Armas brutais e feias que tornaram o prefeito mais forte.

— Eu deixo as melhorias em suas mãos capazes, capitão — o prefeito diz. — Agora, encontre o capitão O'Hare e diga a ele para recuar até a base do morro.

— Recuar? — o sr. Tate pergunta, surpreso.

— Os Spackle estão fugindo — o prefeito explica, apontando com a cabeça na direção da estrada em zigue-zague, quase vazia de Spackle, que desaparecem por cima do morro pra parte do alto do vale. — Mas quem sabe quantos milhares estão esperando estrada acima? Eles vão se reagrupar e planejar um novo ataque, e nós devemos fazer o mesmo aqui.

— Sim, senhor — o sr. Tate diz, e vai embora em seu cavalo.

Eu me apoio em Angharrad e enfio o rosto no pelo dela, de olhos fechados mas vendo tudo no meu Ruído, os homens, os Spackle, a luta, o fogo, a morte, a morte, a morte...

— Você se saiu bem, Todd — o prefeito diz, chegando perto de mim a cavalo. — Na verdade, muito bem.

— Foi... — começo, mas paro.

Por que como foi?

— Estou orgulhoso de você — ele diz.

Eu viro pra ele, surpreso e irritado ao mesmo tempo.

O prefeito ri da minha expressão.

— *Estou* — ele garante. — Você não cedeu sob enorme pressão. Você manteve a cabeça no lugar. Manteve sua égua firme mesmo ela estando ferida. E, o mais importante, Todd, você manteve sua palavra.

Eu olho nos olhos dele, naqueles olhos escuros da cor das pedras de rio.

— Essas são atitudes de um homem, Todd, de verdade.

E a voz dele parece verdadeira, as palavras dele parecem verdadeiras.

Mas elas sempre parecem, não é?

— Eu não sinto nada — digo. — Nada além de ódio de você.

Ele só sorri pra mim.

— Pode parecer improvável, Todd, mas um dia você vai olhar para isso como o momento em que finalmente se tornou um homem. — Os olhos dele brilham. — O dia em que você foi transformado.

{Viola}

— Parece que a batalha está acabando — comenta Bradley, olhando para a projeção.

Uma separação está se abrindo na estrada em zigue-zague. Os homens do prefeito estão recuando, e os Spackle estão batendo em retirada, deixando parte do morro vazia entre eles. Nós podemos ver todo o exército do prefeito agora, os enormes canhões que ele deu um jeito de construir, seus soldados começando a se reunir em alguma ordem no sopé do morro, se reagrupando para se preparar para lutar novamente, sem dúvida.

Então vejo Todd.

Digo seu nome em voz alta, e Bradley usa o zoom para se aproximar do local para onde estou apontando. Meu coração dispara quando vejo como ele se apoia em Angharrad, e ele está vivo, vivo, vivo...

— Esse é seu amigo? — pergunta Simone.

— É — digo. — Esse é Todd, ele está...

Eu paro porque vejo o prefeito cavalgar até ele.

Indo falar com Todd como se fosse apenas um dia normal.

— Mas esse não é o tirano? — pergunta Simone.

Eu dou um suspiro.

— É complicado.

— É — comenta Bradley. — Estou ficando com essa impressão.

— Não — digo com firmeza. — Se vocês algum dia duvidarem de qualquer coisa aqui, se não souberem o que pensar nem em quem confiar, confiem em Todd, está bem? Lembrem-se disso.

— Certo — diz Bradley, sorrindo para mim. — Vamos lembrar.

— Mas resta a maior pergunta — começa Simone. — O que vamos fazer agora?

— Estávamos esperando encontrar povoados mortos, e com sorte você e seus pais no meio de tudo — explica Bradley. — Em vez disso, encontramos um ditador, uma revolucionária e um exército de nativos atacando.

— Qual o tamanho do exército dos Spackle? — pergunto, voltando-me para a projeção. — Você pode fazer a sonda voar mais alto?

— Não muito.

Mas ele digita alguma coisa e a sonda sobe o morro em zigue-zague, chega ao topo e...

— Ah, meu Deus — digo, ouvindo Simone arquejar.

Iluminada pela luz das duas luas, das fogueiras acesas e das tochas que estão segurando...

Toda uma nação de Spackle se estende ao longo da estrada do rio, acima da cachoeira, na parte superior do vale, muito, muito maior que o exército do prefeito, o suficiente para sobrepujá-los em uma torrente, o suficiente para nunca, nunca ser derrotada.

Milhares deles.

Dezenas de milhares.

— Números superiores — diz Bradley — contra um poder de fogo superior. A receita para uma matança interminável.

— Mestra Coyle disse que havia uma trégua — argumento. — Se havia uma antes, pode haver outra.

— E os exércitos em conflito? — pergunta Simone.

— Na verdade, generais em conflito. Se conseguirmos lidar com esses dois, vai ficar mais fácil.

— E talvez nós devêssemos começar encontrando seu Todd — diz Bradley para mim.

Ele digita no controle remoto outra vez até que o zoom volta para os homens a cavalo, e Todd ao lado de Angharrad.

Então Todd ergue os olhos, direto para a sonda, direto para a projeção...

Direto para mim.

Nós vemos o prefeito perceber e erguer os olhos também.

— Eles se lembraram de que estamos aqui — diz Simone.

Ela começa a subir a rampa para entrar na nave batedora.

— Vou pegar alguma coisa para seus tornozelos, Viola. Então vou entrar em contato com o comboio. Embora eu não tenha ideia de como começar a explicar...

Ela desaparece no interior da nave. Bradley se aproxima de mim, estende a mão e aperta meu ombro com delicadeza.

— Eu sinto muito por seus pais, Viola. Não consigo dizer quanto.

Eu pisco para tirar novas lágrimas dos olhos, causadas não só pela menção de minha mãe e meu pai morrendo no acidente, mas pela bondade de Bradley...

Então me lembro, quase com um susto, de que foi Bradley quem me deu o presente que se revelou tão útil, a caixa que fazia fogo, a caixa que fazia luz em meio à escuridão, a caixa que acabou explodindo uma ponte inteira para salvar a mim e a Todd.

— O céu tremeluz — digo.

— O que foi? — pergunta ele, erguendo os olhos.

— Quando estávamos no comboio, você me pediu para lhe contar como era o céu noturno à luz do fogo, porque eu seria a primeira a saber. Ele tremeluz.

Bradley sorri ao se lembrar da conversa e inspira fundo pelo nariz.

— Então esse é o cheiro de ar fresco — diz ele, porque, claro, é a primeira vez que o sente. Ele também passou a vida inteira em uma nave. — É diferente do que eu esperava. — Bradley olha para mim. — Mais forte.

— Muitas coisas são diferentes do que esperávamos.

Ele aperta meu ombro outra vez.

— Nós estamos aqui, agora, Viola. Você não está mais sozinha.

Eu engulo em seco e olho novamente para a projeção.

— Eu já não estava sozinha.

Bradley suspira, olhando comigo.

O céu tremeluz, diz ele.

— Vamos ter que acender uma fogueira para você ver por conta própria — comento.

— Ver o quê?

— Que tremeluz.

Ele olha para mim intrigado por um minuto.

— Voltou para o assunto de antes?

— Não — digo. — Agora mesmo, você falou...

Do que ela está falando?, diz ele.

Mas ele não diz.

Meu estômago se embrulha.

Não.

Ah, não.

— Você ouviu isso? — pergunta ele, com aparência ainda mais intrigada e virando para trás. — Pareceu minha voz...

Mas como pode ser minha...?, pensa ele, então para.

Olha para mim.

E diz: **Viola?**

Mas diz em seu Ruído.

Diz em seu novo Ruído.

[TODD]

Seguro o curativo em cima do ferimento no flanco de Angharrad e deixo que o remédio entre no sangue dela. Ela ainda não diz nada, mas mantenho as mãos nela e não paro de dizer seu nome.

Cavalos não podem ficar sozinhos, preciso mostrar que sou parte do bando dela.

— Volta pra mim, Angharrad — sussurro em seus ouvidos. — Vamos lá, garota.

Eu olho pro prefeito falando com seus homens, e tento entender como diabo a situação chegou nesse ponto.

A gente tinha *derrotado* ele. Tinha mesmo. Derrotado e amarrado ele, a gente tinha *vencido*.

Mas agora.

Agora ele está fazendo rondas outra vez como se fosse o dono daqui, como se estivesse no controle dessa porcaria de mundo inteiro de novo, como se o que fiz com ele, como derrotei ele, não tivesse nenhuma importância.

Mas eu derrotei ele. E vou derrotar outra vez.

Eu libertei um monstro pra salvar Viola.

E agora preciso dar um jeito de prender ele de novo.

— O olho no céu ainda está ali — o prefeito diz pra mim quando se aproxima, e ergue os olhos pro ponto de luz que tem quase certeza de que é algum tipo de sonda.

A gente viu aquilo pairando acima da gente pela primeira vez uma hora antes, quando o prefeito estava dando ordens pra seus capitães, dizendo a eles pra montar um acampamento ali na base do morro, pra mandar espiões verem o que teriam que enfrentar e tropas pra descobrir o que aconteceu com o exército da Resposta.

Mas até então ninguém tinha sido enviado até a nave batedora.

— Eles já podem nos ver — o prefeito diz, ainda olhando pra cima. — Quando quiserem uma reunião, podem simplesmente me procurar, não podem?

Ele observa lentamente os homens que estão se arrumando pro que resta da noite.

— Apenas escute as vozes — ele diz em um sussurro estranho.

O ar ainda está cheio do Ruído dos homens, mas a expressão nos olhos do prefeito faz que eu me pergunte se ele está falando de alguma outra coisa.

— Que vozes? — pergunto.

Ele pisca, como se estivesse surpreso por eu ainda estar ali, então sorri outra vez e estende a mão pra crina de Angharrad.

— Não encosta nela — digo, e olho de cara feia até ele tirar a mão.

— Sei como você se sente, Todd — ele fala com delicadeza.

— Não sabe, não.

— Eu sei — insiste. — Eu me lembro de minha primeira batalha na primeira guerra dos Spackle. Você acha que vai morrer agora. Acha que é a pior coisa que já viu e como pode continuar vivendo agora que viu tudo isso? Como *qualquer pessoa* pode continuar vivendo depois de ver tudo isso?

— Sai da minha cabeça.

— Estou só falando, Todd. É tudo o que estou fazendo.

Eu não respondo. Continuo sussurrando pra Angharrad:

— Estou aqui, garota.

— Mas você vai ficar bem — o prefeito continua. — Seu cavalo também. Vocês dois vão ficar mais fortes. Você vai ficar melhor.

Eu olho pra ele.

— Como alguém pode ficar melhor depois daquilo? Como alguém pode ser mais *homem* depois daquilo?

Ele se inclina pra perto de mim.

— Porque também foi incrível, não foi?

Eu não respondo nada.

(porque foi…)

(por um minuto…)

Mas aí me lembro do soldado morrendo e vendo o filho no Ruído dele, o que nunca mais vai ver o filho de novo…

— Você ficou empolgado quando nós os perseguimos morro acima — o prefeito diz. — Eu vi. Toda a sua empolgação ardeu pelo Ruído como uma chama. Cada homem no exército sentiu a mesma coisa. Um homem nunca está mais vivo que numa batalha, Todd.

— E nunca mais morto que depois — digo.

— Ah, filosofia. — Ele sorri. — Eu não sabia que você tinha esse lado.

Eu tiro os olhos dele e viro pra Angharrad.

Então eu escuto.

EU SOU O CÍRCULO E O CÍRCULO SOU EU.

Eu olho bem na cara do prefeito e acerto ele com um *VIOLA*.

Ele estremece, mas não perde o sorriso.

— Exatamente, Todd. Eu disse isso antes. Controle seu Ruído e você controla a si mesmo. Controle a si mesmo…

— … E você controla o mundo — termino. — É, eu te ouvi na primeira vez. Eu só quero me controlar, obrigado, não tenho interesse no resto do mundo.

— Todos dizem isso. Até sentirem o gosto do poder pela primeira vez. — Ele ergue os olhos de volta pra sonda. — Eu me pergunto se os amigos de Viola poderiam nos dizer o tamanho do exército que estamos enfrentando.

— Eles são *muitos*, é isso o que são — respondo. — Provavelmente os Spackle do planeta inteiro tão lá em cima. Você não pode matar todos eles.

— Canhões contra flechas, meu garoto — ele responde, olhando de novo pra mim. — Mesmo com a engenhosa nova arma de fogo e o que quer que sejam aqueles bastões brancos, eles não têm canhões. — O prefeito aponta com a cabeça o horizonte ao leste, onde a nave batedora pousou. — Eles não têm naves voadoras. Eu diria que estamos empatados.

— Mais razão ainda pra acabar com isso agora — digo.

— Mais razão ainda para continuar a lutar — ele rebate. — Só há lugar neste planeta para um lado dominante, Todd.

— Não se nós...

— Não — ele diz com mais força. — Você me libertou por uma razão. Para tornar este planeta seguro para sua Viola.

Eu não respondo.

— Eu concordei com sua condição, e agora você vai me deixar fazer o que precisa ser feito. Você vai me deixar tornar este planeta seguro para ela e para o restante de nós. E vai me deixar fazer isso, porque não consegue fazer você mesmo.

Aí eu lembro como os soldados seguiram todas as ordens dele, se jogando na batalha e morrendo, só por que ele mandou.

E ele tá certo, eu não sei se algum dia seria capaz de uma coisa dessas.

Eu preciso dele. Odeio admitir, mas preciso.

Eu viro de costas pra ele outra vez. Fecho os olhos e aperto a testa na Angharrad.

Eu sou o Círculo e o Círculo sou eu, penso.

Se consigo controlar meu Ruído, consigo me controlar.

E se consigo me controlar...

Talvez eu consiga controlar ele.

— Talvez você consiga — ele concorda. — Eu sempre disse que você tinha poder.

Eu olho pro prefeito.

Ele ainda tá sorrindo.

— Prepare seu cavalo para a noite e descanse um pouco — ele diz, e inspira fundo o ar que está começando a ficar frio agora que a gente não tá pensando que vai morrer a cada segundo, e olha pro alto do morro, pro brilho das fogueiras dos Spackle acima do cume. — Nós ganhamos a primeira batalha, Todd. Mas a guerra só começou.

E uma terceira

O Solo espera. Eu espero com eles.

E eu *queimo* com a espera.

Porque nosso inimigo estava derrotado. Aos pés de seu próprio morro, nos limites de sua própria cidade, nós tínhamos o exército de homens cercado e à nossa mercê. Eles estavam abalados e confusos, prontos para serem conquistados...

A batalha estava quase vencida. Eles estavam *derrotados*.

Mas o chão explodiu sob nossos pés, e nossos corpos foram lançados no ar.

E nós recuamos. Nós fugimos, correndo aos tropeções morro acima, em meio a rochas quebradas e à estrada destruída, até chegar ao cume para poder cuidar de nossas feridas e chorar pelos nossos mortos.

Mas estávamos perto da vitória. Estávamos tão perto que eu podia senti-la.

Eu *ainda* posso senti-la, enquanto olho para o vale abaixo, onde os homens da Clareira montam acampamento, cuidam de suas próprias feridas e enterram seus próprios mortos, mas deixam os nossos jogados em pilhas desleixadas.

Eu me lembro de outras pilhas de corpos em outro lugar.

E queimo novamente com essa lembrança.

Então vejo alguma coisa da minha posição na beira do morro, onde o rio despenca no vale abaixo. Vejo uma luz pairando no ar noturno.

Nos observando. Observando o Solo.

Eu me levanto para ir me encontrar com o Céu.

Sigo pela estrada do rio, adentrando mais em nosso acampamento, onde a escuridão da noite é interrompida por fogueiras. Borrifos molhados do rio se transformam em névoa, e o fogo ilumina tudo com um brilho fraco. O Solo me observa enquanto eu serpenteio entre eles, seus rostos amigáveis, mesmo que cansados da batalha, suas vozes abertas.

O Céu?, mostro com minha voz enquanto ando. *Qual o caminho para o Céu?*

Em resposta, eles me mostram o rumo em meio às fogueiras e abrigos naturais secretos, os locais de alimentação dos pequenos e os cercados dos rinotanques...

Rinotanque, ouço um sussurro repleto de choque e até aversão vindo de fora de meu campo de visão, pois a palavra não é na língua do Solo, é uma palavra na língua do inimigo, da Clareira, por isso eu torno minha voz ainda mais alta para encobri-la e mostro *O Céu?*

O Solo continua a me mostrar o caminho.

Mas, por trás de seu auxílio, são dúvidas que escuto?

Pois quem sou eu, afinal de contas?

Um herói? Um salvador?

Ou um destroçado? Um perigo?

Sou o começo ou o fim?

Eu sou realmente do Solo?

Para falar a verdade, também não sei.

Por isso, enquanto me mostram o caminho para o Céu e sigo entre eles pela estrada, me sinto uma folha flutuando no rio: acima dele, dentro dele.

Mas talvez não parte dele.

Então eles começam a enviar a notícia de minha chegada.

O Retorno se aproxima, mostram uns para os outros. *O Retorno se aproxima.*

Pois esse é o nome que deram para mim. O Retorno.

Mas tenho outro nome também.

Eu tive que aprender como o Solo chama as coisas, extraindo palavras de sua língua sem palavras, da grande voz unificada do Solo, para que pudesse entendê-los. O Solo é como eles chamam a si mesmos, sempre chamaram a si mesmos, pois não são eles o próprio solo desse mundo? Com o Céu lhes protegendo?

Os homens não os chamam de Solo. Inventaram um nome com base em uma primeira tentativa equivocada de comunicação e nunca foram curiosos o suficiente para corrigi-lo. Talvez tenha sido esse o princípio de todos os problemas.

"A Clareira" é o nome do Solo para os homens, os parasitas que chegaram do nada e procuraram fazer deste mundo um lugar próprio, matando tantos do Solo até que uma trégua forçou uma separação, distanciando o Solo e a Clareira para sempre.

Exceto o Solo que ficou para trás. O Solo que permaneceu escravizado pela Clareira como uma concessão em nome da paz. O Solo que deixou de ser chamado de Solo, o Solo que deixou de *ser* Solo, forçado até a usar a língua da Clareira. O Solo que ficou para trás era uma grande vergonha para o Solo, uma vergonha que passou a se chamar Fardo.

Até que esse Fardo foi eliminado pela Clareira em uma única tarde de matança.

Só restei eu, o Retorno. Chamado assim não apenas porque sou o único sobrevivente que voltou do Fardo, mas porque meu retorno fez com que o *Solo* voltasse para cá, para o alto deste morro, depois de anos de trégua, a postos acima da Clareira, com armas melhores, com números melhores, com um Céu melhor.

Tudo isso por causa do Retorno. Por causa de mim.

Mas não estamos atacando.

* * *

O Retorno se aproxima, mostra o Céu quando eu o encontro, de costas para mim. Ele está se dirigindo às Trilhas, sentadas em um semicírculo à sua frente. Ele lhes mostra mensagens para levar a todo o Solo, mensagens que passam tão depressa que tenho dificuldade de lê-las.

O Retorno vai reaprender a língua do Solo, mostra o Céu, terminando com as Trilhas e se aproximando de mim. *Com o tempo.*

Eles entendem minhas palavras, mostro em resposta, olhando para o Solo, que me observa enquanto falo com o Céu. *Eles mesmos as usam quando falam de mim.*

As palavras da Clareira estão na memória do Solo, mostra o Céu, me pegando pelo braço e me levando para longe. *O Solo nunca esquece.*

*Vocês se esqueceram de **nós***, mostro a ele, sem conseguir suprimir o ardor por trás de minhas palavras. *Nós esperamos por vocês. Esperamos por vocês até nossas mortes.*

O Solo está aqui agora, mostra ele.

O Solo recuou, mostro, com mais ardor. *O Solo espera no alto de um morro quando poderia estar destruindo a Clareira agora mesmo, esta noite. Nós estamos em maior número. Mesmo com as novas armas deles, nós...*

Você é jovem, mostra-me ele. *Você viu muito, viu coisas **demais**, mas ainda nem terminou de crescer. Você nunca viveu em meio ao Solo. O coração do Solo chora por ter sido tarde demais para salvar o Fardo...*

Eu o interrompo, uma grosseria desconhecida no Solo.

*Você nem **sabia**...*

Mas o Solo se alegra pelo Retorno ter se salvado, continua ele, como se eu não tivesse mostrado nada. *O Solo se alegra por poder vingar a memória do Fardo.*

*Ninguém está vingando **nada**!*

Minhas memórias se derramam em minha voz, e é só aqui e agora, quando a dor fica grande demais, quando sou incapaz de falar a língua do Fardo, é só *agora* que falo a verdadeira língua do Solo, sem palavras, só sentimento se derramando de mim de uma vez só. Não consigo parar de mostrar a eles minha perda, de mostrar como a Clareira nos tratava feito animais, como viam suas vozes e as nossas como maldições, algo a ser *curado*, e não consigo deixar de mostrar ao Solo minhas memórias do Fardo morrendo nas mãos da Clareira, das balas, das lâminas e dos gritos silenciosos, das pilhas enormes de corpos...

E daquele cuja perda eu mais senti.

O Céu me mostra conforto em sua voz, assim como todo o Solo à nossa volta, até que me vejo nadando em um rio de vozes que se estendem e tocam a minha para tranquilizá-la e acalmá-la, e nunca me senti tão parte do Solo, nunca me senti tão em casa, tão confortado, tão unido com a voz única do Solo...

E eu me surpreendo ao perceber que isso só acontece quando sinto tanta dor que me esqueço de mim mesmo.

Mas isso vai passar, mostra o Céu. *Você vai crescer e se curar. Vai achar mais fácil estar em meio ao Solo...*

Eu vou achar mais fácil, mostro, *quando a Clareira tiver desaparecido para sempre.*

Você fala a língua do Fardo, mostra ele. *Que também é a língua da Clareira, dos homens contra quem lutamos, e embora nós o recebamos como a um irmão que retornou ao Solo, a primeira coisa que você precisa aprender... mesmo enquanto eu digo isso a você em uma língua que você vai entender... é que não tem eu e não tem **você**. Há apenas o Solo.*

Eu não mostro nada a ele em resposta.

Você procurava o Céu?, pergunta ele, por fim.

Eu olho novamente em seus olhos, pequenos para o Solo — embora nada como a pequenez horrenda dos olhos da Clareira, olhos minúsculos e maus que escondem, escondem e escondem —, mas grandes o bastante para refletir as luas, a luz das fogueiras e eu mesmo os encarando.

E eu sei que ele espera por mim.

Pois vivi minha vida entre a Clareira e aprendi muito com eles.

Inclusive a esconder meus pensamentos por trás de outros pensamentos, a esconder o que sinto e penso. A dispor minha voz em camadas para torná-la mais difícil de ler.

Sozinho em meio ao Solo, não estou completamente unido à voz única do Solo.

Ainda não.

Faço ele esperar por um momento, então abro a voz para mostrar a ele a luz que vi pairando, o que desconfio que seja. Ele entende rápido.

Uma versão menor do que voou por cima do Solo enquanto marchávamos até aqui, mostra ele.

Sim, mostro e me lembro. Luzes no céu, uma de suas máquinas voando sobre a estrada, tão alto que não era quase nada além de um som.

Então o Solo deve dar uma resposta, mostra o Céu, e ele pega meu braço novamente para me levar de volta à borda do morro.

Enquanto o Céu observa a luz pairando do alto do morro, eu olho para a Clareira que se recolhe para a noite. Observo seus rostos pequenos demais em corpos atarracados e curtos em tonalidades doentias de cor-de-rosa e areia.

O Céu sabe o que estou procurando.

Você o procura, mostra ele. Você procura a Faca.

Eu o vi na batalha. Mas eu estava muito para trás.

Para a segurança do próprio Retorno, mostra o Céu.

*Ele é **meu**...*

Mas eu paro.

Porque então o vejo.

No meio do acampamento, ele está encostado em seu animal, seu *cavalo,* como dizem em sua língua, falando com ele, sem dúvida com grande sentimento, com grande angústia pelo que viu.

Sem dúvida com grande preocupação, emoção e bondade.

E é por isso, perversamente, que o Retorno odeia a Faca, mostra o Céu.

Ele é pior que os outros, mostro. *É o pior deles.*

Porque...

*Porque ele **sabia** que seus atos eram errados. Ele sentia a **dor** de suas ações...*

Mas isso não o impediu, mostra o Céu.

O resto vale tanto quanto seus animais, mostro. *Mas pior é aquele que sabe e não faz **nada**.*

A Faca libertou o Retorno, diz o Céu.

Ele devia ter me matado. Matou um do Solo antes com a faca em sua voz que não consegue conter. Mas foi covarde demais para sequer fazer esse favor para o Retorno.

Se ele tivesse matado você, como desejava, mostra o Céu de um jeito que atrai meus olhos para os dele, *o Solo não estaria aqui.*

Sim, mostro. *Aqui onde não fazemos nada. Aqui onde esperamos e observamos em vez de* **lutar**.

Esperar e observar são parte da luta. A Clareira ficou mais forte durante a trégua. Seus homens estão mais ferozes, assim como suas armas.

Mas o Solo também é feroz, mostro. *Não é?*

O Céu me encara por um longo momento, então se vira e fala na voz do Solo, começando uma mensagem que é passada de um para outro até chegar a uma do Solo que eu agora vejo ter preparado um arco com uma flecha em chamas. Do alto do morro, ela aponta e dispara a flecha na noite.

Todo o Solo a observa voar, ou com os próprios olhos ou através das vozes dos outros, até que a flecha atinge a luz que pairava no ar, que cai girando em espirais até o rio lá embaixo.

Hoje foi uma batalha, mostra-me o Céu, quando um pequeno clamor se ergue do acampamento da Clareira. *Mas uma guerra é feita de muitas batalhas.*

Então ele segura meu braço, aquele no qual mantenho a manga de líquen mais grossa, o que dói, o que nunca vai cicatrizar. Eu me solto, mas o Céu estende a mão de novo, e desta vez permito que seus dedos longos e brancos o levantem delicadamente pelo pulso e que ele afaste a manga.

E não vamos esquecer porque estamos aqui, mostra o Céu.

E isso se espalha, na língua do Fardo, na língua que o Solo teme por sua vergonha, se espalha pelo Solo até que posso ouvi-los todos, senti-los todos.

Sentir todo o Solo dizendo: *Nós não vamos esquecer.*

Enquanto todos eles veem meu braço através dos olhos do Céu.

Enquanto veem a fita de metal com escritos na língua da Clareira.

Enquanto veem a marca permanente em meu corpo, o verdadeiro nome que me separa deles para sempre.

1017.

SEGUNDAS CHANCES

A CALMARIA

{VIOLA}

A URGÊNCIA DO Ruído de Bradley é horrível.

Alto *É tão alto*

Simone e Viola estão olhando para mim como se eu

estivesse morrendo

Estou morrendo?

Pousar no meio de uma guerra

55 dias para o comboio

Tem algum outro lugar para onde ir?

55 dias até remédios de verdade chegarem

55 dias para esperar a morte

Estou morrendo?

— Você não está *morrendo* — digo da cama onde Simone está injetando reparo ósseo em meus tornozelos. — Bradley…

— Não — pede ele, erguendo a mão para me interromper. — Eu me sinto… — Nu nu NU. — Não consigo explicar o quanto isso me faz sentir nu.

Simone transformou o aposento de dormir da nave batedora em uma casa de cura improvisada. Estou em uma das camas e Bradley está na outra, com os olhos arregalados, as mãos quase sempre nos ouvidos, seu Ruído ficando cada vez mais alto…

— Você tem certeza de que ele vai ficar bem? — sussurra Simone ao meu ouvido quando termina as injeções e começa a enfaixar meus tornozelos. Consigo ouvir a tensão em sua voz.

— Tudo o que sei — sussurro em resposta — é que os homens aqui acabaram se acostumando com isso e que...

— Havia uma cura — interrompe ela. — Uma cura que esse tal de prefeito queimou até a última gota.

— Sim — respondo. — Mas pelo menos isso significa que é possível.

Parem de sussurrar sobre mim, diz o Ruído de Bradley.

— Desculpe — falo.

— Por quê? — pergunta ele, olhando para nós, então compreende. — Vocês podem, por favor, me deixar sozinho por um tempo?

E seu Ruído diz **Pelo amor de Deus vão embora daqui e me deixem em paz!**

— Só espere eu terminar de curar Viola — responde Simone, com a voz ainda trêmula e tentando não olhar para ele.

Ela amarra a última faixa ao redor de meu tornozelo esquerdo.

— Você pode pegar outra? — peço a ela em voz baixa.

— Para quê?

— Eu conto lá fora. Não quero aborrecê-lo ainda mais.

Simone olha para mim com desconfiança por um segundo, mas então pega outra atadura em uma gaveta e nós seguimos para a porta enquanto o Ruído de Bradley preenche todo o pequeno aposento.

— Eu não entendo — fala Simone enquanto andamos. — Eu estou ouvindo com meus ouvidos, mas dentro da minha mente, também. Palavras... — Ela observa Bradley, arregalando os olhos. — E imagens.

Ela está certa, imagens estão começando a sair dele, imagens que poderiam estar em sua cabeça ou pairando no ar à sua frente...

Imagens nossas paradas ali olhando para ele, imagens dele mesmo na cama...

Então imagens do que vimos na projeção, de quando uma flecha Spackle em chamas atingiu a sonda e cortou o sinal...

Então imagens da nave batedora durante a entrada na atmosfera, imagens deste planeta lá embaixo enquanto se aproximavam, um vasto oceano azul-esverdeado ao lado de quilômetros de floresta, sem sequer pensar em procurar um exército Spackle se misturando à margem do rio enquanto a nave sobrevoava Nova Prentisstown...

Então outras imagens...

Imagens de Simone...

Imagens de Simone e Bradley...

— Bradley! — exclama Simone, dando um passo para trás.

— *Por favor!* — implora ele. — Só me deixem em paz! Isso aqui é *insuportável*!

Também estou chocada, porque as imagens de Bradley e Simone são muito claras, e quanto mais Bradley tenta encobri-las, mais claras elas ficam. Puxo Simone pelo braço e a tiro dali, tocando um painel para fechar a porta às nossas costas, o que apenas abafa o Ruído dele da mesma maneira que abafaria uma voz alta.

Nós chegamos do lado de fora da nave.

Menina potra?, diz Bolota, vindo até nós de onde estava pastando.

— E os animais também... — comenta Simone, enquanto eu acaricio o focinho de Bolota. — Que tipo de lugar é este?

— É informação — digo, lembrando-me de Ben contando a mim e a Todd como era o Novo Mundo para os primeiros colonos, naquela noite no cemitério que agora parece ter acontecido tanto tempo atrás. — Informação o tempo todo, sem parar, querendo ou não.

— Ele parece tão assustado — diz ela, com a voz vacilando na última palavra. — E aquelas *coisas* que ele estava pensando...

Simone vira o rosto e estou envergonhada demais para perguntar se as imagens que Bradley pensou eram lembranças ou desejos.

— Ele ainda é o mesmo Bradley — garanto. — Você precisa se lembrar disso. Como seria se todo mundo pudesse ouvir cada pensamento que você não quer dizer em voz alta?

Ela dá um suspiro e olha as duas luas, altas no céu.

— Há mais de dois mil colonos do sexo masculino no comboio, Viola. Dois mil. O que vai acontecer quando todos acordarem?

— Eles vão se acostumar — digo. — Os homens se acostumam.

Simone escarnece com a voz um pouco embargada.

— E as mulheres?

— Bom, essa é uma questão um pouco complicada por aqui.

Ela balança a cabeça outra vez, então percebe que ainda está segurando a atadura.

— Para que você precisa disso?

Eu mordo o lábio por um segundo.

— Por favor, não surte.

Eu enrolo lentamente a manga da blusa e mostro a ela a fita de metal em meu braço. A pele ao redor está mais vermelha do que antes, e é possível ver meu número brilhando ao luar. 1391.

— Ah, *Viola* — diz Simone com a voz perigosamente baixa. — Aquele homem fez isso com você?

— Não comigo. Mas com a maior parte das mulheres, sim. — Solto uma tosse fraca. — Eu fiz isso comigo mesma.

— Com *você mesma*?

— Foi por uma boa razão. Olhe, eu explico depois, mas botar uma atadura nisso ia cair muito bem agora.

Ela hesita por um momento, então, mantendo os olhos nos meus, enrola a atadura delicadamente em meu braço. O frescor do remédio faz com que a dor diminua imediatamente.

— Querida? — pergunta ela, com tanta ternura na voz que é difícil encará-la. — Você está *mesmo* bem?

Eu abro um sorriso fraco para afastar um pouco de sua preocupação.

— Tenho muita coisa para contar a você.

— Acho que tem mesmo — concorda ela, amarrando a atadura. — E talvez você devesse começar.

Eu balanço a cabeça.

— Não posso. Preciso encontrar Todd.

Simone franze a testa.

— O quê... Você quer dizer *agora*? — Ela se apruma. — Você não pode se meter no meio de uma guerra!

— A batalha terminou. Nós vimos.

— Nós vimos dois exércitos enormes acampados na linha de frente, e aí nossa sonda foi derrubada do céu! Você não vai descer até lá de jeito nenhum.

— É onde Todd está — digo. — É para lá que *tenho* que ir.

— Você não vai. Como comandante da missão, eu a proíbo, e não se fala mais nisso.

Eu franzo o cenho.

— Você *proíbe*?

E sinto uma raiva surpreendente começar a brotar em meu estômago.

Simone vê a expressão em meu rosto e suaviza a dela.

— Viola, sei que você sobreviveu a coisas inimagináveis nos últimos cinco meses, mas *nós* estamos aqui, agora. Amo você demais para permitir que se exponha a esse tipo de perigo. Você não pode ir. De jeito nenhum.

— Se queremos paz, não podemos deixar que a guerra continue.

— E como você e um garoto vão parar *tudo isso*?

Minha raiva começa a se espalhar, e tento me lembrar de que ela não sabe. Ela não sabe pelo que passei, o que Todd e eu fizemos. Ela não sabe que a Viola que obedecia a ordens sem questionar já não existe há tempos.

Eu pego as rédeas de Bolota e ele se abaixa.

— Viola, *não* — insiste Simone, vindo em passos largos...

Submeta-se!, berra Bolota, nervoso.

Simone se assusta e recua. Eu passo minha perna dolorida, mas em recuperação, por cima da sela de Bolota.

— Ninguém manda em mim, Simone — digo em voz baixa, tentando permanecer calma, mas surpresa com a força que sinto. — Se meus pais estivessem vivos, talvez fosse diferente. Mas não estão.

Ela parece querer se aproximar, mas está temerosa de Bolota agora.

— Só porque seus pais não estão aqui não significa que não existam pessoas que ainda se preocupam com você, que *podem* se preocupar com você.

— Por favor — peço. — Você precisa confiar em mim.

Ela me encara com uma mistura de frustração e tristeza.

— É cedo demais para você ter crescido tanto assim.

— Bem... Às vezes a gente não tem escolha.

Bolota se levanta, pronto para partir.

— Vou voltar assim que puder.

— Viola...

— Eu *preciso* encontrar Todd. É só isso. E agora que a batalha terminou, preciso encontrar mestra Coyle também, antes que ela comece a explodir coisas outra vez.

— No mínimo você não deveria ir sozinha — diz Simone. — Eu vou com você...

— Bradley precisa de você mais que eu — retruco. — Mesmo que existam coisas que você não queira descobrir, ele precisa de você.

— *Viola*...

— Não *queria* ter que entrar a cavalo em uma zona de guerra — digo, com um pouco mais de delicadeza, tentando me desculpar agora que percebo o quanto estou com medo. Eu olho para a nave batedora. — Talvez você possa mandar outra sonda me seguir.

Simone fica pensativa por um momento, então diz:

— Eu tenho uma ideia melhor.

[TODD]

— Nós recolhemos os cobertores das casas próximas — o sr. O'Hare anuncia pro prefeito. — Comida, também. Vamos trazer um pouco para o senhor assim que possível.

— Obrigado, capitão — o prefeito responde. — Não se esqueça de trazer algo para Todd, também.

O sr. O'Hare ergue os olhos bruscamente.

— Tudo está bem escasso, senhor...

— Traga comida para Todd — o prefeito diz com mais firmeza. — E um cobertor. Está esfriando.

O sr. O'Hare inspira fundo de um jeito que não parece muito satisfeito.

— Sim, *senhor*.

— Pro meu cavalo também — digo.

Ele me olha de cara feia.

— Para o cavalo também, capitão — o prefeito reforça.

O sr. O'Hare assente e vai embora irritado.

Os homens do prefeito limparam um cantinho pra gente na beira do acampamento. Tem uma fogueira, espaço pra sentar em torno dela e algumas tendas sendo montadas pro prefeito e pros oficiais dormirem. Eu sento um pouco afastado dele, só o suficiente pra ficar de vigia. Angharrad tá aqui comigo, ainda de cabeça baixa, seu Ruído ainda silencioso. Eu não paro de abraçar e de acariciar ela, mas ela não diz nada, nada mesmo.

Até agora também não tive muito a dizer pro prefeito. Tem sido um relatório atrás do outro, com o sr. Tate e o sr. O'Hare mantendo ele atualizado sobre diversas coisas. E soldados também não paravam de chegar, tímidos, pra parabenizar ele pela vitória, parecendo esquecer que foi ele que criou todo aquele problema.

Eu encosto o rosto em Angharrad.

— O que eu faço agora, garota? — sussurro.

Porque o que eu *faço* agora? Eu libertei o prefeito, e ele ganhou a primeira batalha, manteve o mundo seguro pra Viola, como fiz ele prometer.

Mas ele tem um exército disposto a fazer tudo o que ele mandar, disposto a *morrer* por ele. De que adianta eu ser capaz de derrotar ele se todos aqueles homens não me deixariam nem tentar?

— Senhor presidente?

O sr. Tate chega, carregando um dos bastões brancos dos Spackle.

— Primeiro relatório sobre as novas armas.

— Conte, capitão — o prefeito diz, parecendo muito interessado.

— Elas parecem ser uma espécie de rifle de ácido — o sr. Tate explica. — Há uma câmara com uma mistura de duas substâncias, provavelmente de origem botânica. — Ele sobe a mão pelo bastão branco até um buraco escavado. — Então uma espécie de trava dispensa uma dose dessa mistura em uma terceira substância na forma de gel, que é instantaneamente liberada por meio de um pequeno dispositivo incendiário... — O sr. Tate indica a ponta do bastão. — E ela é disparada por aqui, sendo vaporizada mas de algum modo mantendo a coesão até atingir seu alvo, e então...

— E então se transforma em um ácido corrosivo o suficiente para arrancar um braço — o prefeito conclui. — Trabalho impressionante em tão pouco tempo, capitão.

— Eu encorajei nossos químicos a trabalhar rápido, senhor — o sr. Tate diz com um sorriso que me deixa nervoso.

— Mas que droga tudo aquilo significa? — pergunto ao prefeito quando o sr. Tate vai embora.

— Você não teve aulas de química na escola?

— Você fechou a escola e queimou todos os livros.

— Ah, é, eu fiz isso.

Ele olha pro alto do morro, pro brilho que a gente vê no céu, na nuvem de gotículas da cachoeira, o brilho das fogueiras do exército dos Spackle.

— Eles costumavam ser apenas caçadores e coletores, Todd, com técnicas de cultivo rudimentares. Não cientistas.

— O que isso significa?

— Significa que nosso inimigo passou os treze anos desde a última guerra nos escutando, aprendo conosco, sem dúvida, neste planeta de informação. — Ele dá um tapinha no queixo. — Eu me pergunto *como* eles aprendem. Se são parte de uma única voz maior.

— Se não tivesse matado todos os Spackle da cidade, você podia ter *perguntado*.

Ele me ignora.

— O resultado de tudo isso é que nosso inimigo fica mais formidável a cada instante.

Eu franzo a testa.

— Você parece quase feliz com isso.

O sr. O'Hare volta até a gente, com as mãos cheias e o rosto azedo.

— Cobertores e comida, senhor — ele anuncia.

O prefeito aponta a cabeça na minha direção, forçando o sr. O'Hare a entregar aquilo tudo direto pra mim. Então ele vai embora outra vez, mas, que nem com o sr. Tate, não dá pra ouvir o Ruído dele pra saber o que está deixando ele com tanta raiva.

Eu abro o cobertor sobre Angharrad, mas ela continua toda quieta. O ferimento já está cicatrizando, então não é isso. Ela só fica ali parada, de cabeça baixa, olhando fixo pro chão, sem comer, sem beber, sem reagir a nada que eu faço.

— Você pode amarrá-la com os outros cavalos, Todd — o prefeito sugere. — Assim, ela pelo menos ficaria mais aquecida.

— Ela precisa de mim — digo. — Tenho que ficar junto com ela.

Ele assente.

— Sua lealdade é admirável. Uma bela qualidade que sempre percebi em você.

— Ao contrário de você, que não tem nenhuma?

Ele só abre aquele sorriso outra vez, aquele que dá vontade de arrancar a cabeça dele fora.

— Você deveria comer e dormir enquanto pode, Todd. Nunca se sabe quando a batalha vai precisar de você.

— Uma batalha que você começou — digo. — A gente nem estaria aqui se você não tivesse...

— Lá vamos nós outra vez — ele interrompe, com a voz mais vigorosa. — Já é hora de você parar de se lamentar sobre o que poderia ter sido e começar a pensar no que é.

Isso me deixa com um pouco de raiva.

Então olho pra ele...

E penso no que é...

Penso nele caindo nas ruínas da catedral depois que eu atingi ele com o nome de Viola. Penso nele atirando no próprio filho sem pensar duas vezes...

— Todd...

Penso nele vendo Viola se debater embaixo dágua na Secretaria da Pergunta, enquanto torturava ela. Penso na minha mãe falando dele no diário quando Viola leu pra mim e no que ele fez com as mulheres da velha Prentisstown...

— Isso não é verdade, Todd — o prefeito diz. — Não foi isso o que aconteceu...

Penso nos dois homens que me criaram, que me *amaram*, e como Cillian morreu na nossa fazenda pra que eu tivesse tempo de fugir, e como Davy atirou no Ben na beira da estrada por fazer a mesma coisa. Penso no Manchee, o meu cachorro tão maravilhoso, que também morreu depois de me salvar...

— Isso não teve nada a ver comigo...

Penso na queda de Galholongo. Penso nas pessoas de lá sendo baleadas enquanto o prefeito assistia. Penso em...

Eu sou o Círculo e o Círculo sou eu.

Ele manda as palavras, com força, bem no meio de minha cabeça.

— *Pare com isso!* — grito, me encolhendo.

— Você revela muita coisa, Todd Hewitt — ele me repreende, finalmente parecendo quase com raiva. — Como você pretende liderar homens se anuncia todo e qualquer sentimento?

— Eu não quero liderar ninguém — respondo, irritado.

— Você ia liderar este exército quando eu estava amarrado. E, se esse dia chegar novamente, você vai precisar ser discreto, não vai? Você continuou a praticar o que lhe ensinei?

— Não quero aprender nada com você.

— Ah, mas quer, sim.

Ele chega mais perto.

— Vou repetir sempre que necessário para que acredite: há poder em você, Todd Hewitt, poder capaz de controlar este planeta.

— Poder capaz de controlar *você*.

Ele sorri de novo, mas é um sorriso abrasador.

— Sabe como faço para que meu Ruído não seja ouvido, Todd? — o prefeito pergunta, com a voz sinuosa e baixa. — Sabe como impeço que todo mundo escute meus segredos?

— Não...

Ele se inclina pra frente.

— Com o mínimo de esforço possível.

E eu digo:

— Sai de perto!

Mas...

De novo, direto em minha cabeça: **Eu sou o Círculo e o Círculo sou eu**...

Mas dessa vez é diferente...

Tem uma leveza...

Uma sensação de tirar o fôlego...

Uma falta de peso que me embrulha o estômago...

— Estou lhe dando um presente — ele diz, a voz flutuando na minha cabeça como uma nuvem em chamas. — O mesmo presente que dei a meus capitães. Use-o. Use-o para me derrotar. Eu o *desafio*.

Eu olho nos olhos dele, na escuridão deles, na escuridão que me envolve por inteiro...

Eu sou o Círculo e o Círculo sou eu.

E isso é tudo o que consigo escutar no mundo inteiro.

{Viola}

A cidade está tão parada que chega a ser assustador, enquanto atravesso as ruas com Bolota. Partes dela estão totalmente silenciosas, depois que as pessoas de Nova Prentisstown fugiram na noite fria. Não consigo imaginar o quanto devem estar aterrorizadas, sem saber o que está acontecendo nem o que está por vir.

Olho para trás quando passo pela praça vazia diante das ruínas da catedral. Pairando ali no céu, acima da torre do sino ainda de pé, há outra sonda, mantendo distância das flechas Spackle, mas me seguindo e observando minha viagem.

Mas isso não é tudo o que eu trouxe.

Bolota e eu saímos da praça e pegamos a estrada que leva ao campo de batalha, chegando cada vez mais perto do exército. Perto o suficiente para que eu possa ver os soldados ali, esperando. Eles me observam enquanto me aproximo, sentados em seus sacos de dormir, agachados em torno de fogueiras. Seus rostos estão cansados, quase chocados, olhando para mim como se eu fosse um fantasma saindo da escuridão.

— Ah, Bolota — sussurro nervosamente. — Na verdade, eu não tenho nenhum plano.

Um dos soldados se levanta e aponta o rifle para mim.

— Pare bem aí — diz.

Ele é jovem, de cabelo sujo, com um ferimento recente no rosto, mal costurado à luz da fogueira.

— Eu quero ver o prefeito — digo, tentando manter a voz firme.

— Quem?

— Quem é? — pergunta outro soldado, jovem, talvez da idade de Todd, também se levantando.

— Uma daquelas terroristas — diz o primeiro. — Veio aqui para botar uma bomba.

— Eu não sou terrorista — respondo, olhando por cima de suas cabeças, tentando encontrar Todd, tentando ouvir seu Ruído no **RONCO** crescente...

— Desça do cavalo — ordena o primeiro soldado. — Agora.

— Meu nome é Viola Eade — digo, com Bolota agitando-se embaixo de mim. — O prefeito, seu *presidente*, me conhece.

— Não me importa qual seja seu nome — insiste o homem. — Desça do cavalo.

Menina potra, alerta Bolota...

— Eu disse para *descer do cavalo*!

Ouço um rifle engatilhando e grito:

— *Todd!*

— Não vou avisá-la de novo! — diz o soldado, e mais homens estão ficando de pé...

— TODD! — grito novamente...

O segundo soldado segura as rédeas de Bolota enquanto outros se aproximam.

Submetam-se!, reclama Bolota, com os dentes expostos, mas o soldado bate em sua cabeça com o rifle...

— *TODD!*

E mãos começam a me agarrar, e Bolota relincha *Submetam-se, submetam-se!*, mas os soldados me puxam da sela e eu me seguro com toda a força...

— Soltem-na — cumprimenta uma voz, cortando todos os gritos, embora não pareça nada elevada.

Os soldados me soltam imediatamente, e eu me ajeito na sela de Bolota.

— Bem-vinda, Viola — cumprimenta o prefeito, enquanto os soldados se afastam de nós.

— Onde está o Todd? — pergunto. — O que você fez com ele?

Então eu escuto sua voz...

— Viola?

... um passo atrás do prefeito, e ele o afasta com um empurrão forte no ombro para abrir caminho até mim, com olhos selvagens e atordoados, ali está ele...

— *Viola* — diz ele, erguendo os braços em minha direção, e ele está sorrindo, e estendo os braços também...

Mas por um instante, por um instante rápido, seu Ruído parece estranho, como se estivesse leve e desaparecendo...

Por um instante, eu mal consigo ouvi-lo...

Então seus sentimentos se derramam em seu Ruído e ele é Todd novamente e me abraça com força e diz:

— Viola.

[TODD]

— E então Simone disse: *eu tenho uma ideia melhor* — Viola fala, e abre a aba da bolsa nova que está carregando.

Ela enfia a mão lá dentro e pega duas coisas de metal achatado. São pequenas como seixos, curvas e brilhantes, moldadas pra caber certinho na palma da mão.

— Comunicadores — ela diz. — Você e eu vamos poder falar um com o outro, não importa onde estejamos.

Ela estende o braço e põe um comunicador na minha mão...

E eu toco os dedos dela por um segundo e sinto alívio de novo, o alívio de ver ela e de ter ela *aqui*, bem na minha frente, mesmo que o seu silêncio ainda me incomode, mesmo que ela ainda esteja olhando pra mim de um jeito estranho...

É pro meu Ruído que ela está olhando. Eu sei que é.

Eu sou o Círculo e o Círculo sou eu. Ele botou isso na minha cabeça, leve e evanescente. Disse que era uma "téquinica", algo que eu podia praticar pra ficar tão silencioso quanto ele e seus capitães.

E, por um minuto, por um minuto acho que eu estava...

— Comunicador um — ela diz no aparelho, e de repente o metal do meu vira uma tela do tamanho da palma da minha mão tomada pelo rosto sorridente de Viola.

É como se eu estivesse segurando ela na mão.

Viola mostra o comunicador dela com um risinho, e ali está meu rosto, parecendo surpreso.

— O sinal é transmitido pela sonda — ela diz, apontando pra trás na direção da cidade, onde um ponto de luz voa acima da estrada, a distância. — Simone a está mantendo afastada para que não seja derrubada.

— Uma atitude inteligente — o prefeito comenta de onde está parado ali perto. — Posso ver?

— Não — Viola responde, sem nem olhar pra ele. — Se você fizer *isso* — ela diz pra mim, apertando a borda do comunicador —, pode falar com a nave batedora, também. Simone?

— *Estou aqui* — diz uma mulher, aparecendo ao lado de Viola na tela na minha mão. — *Você está bem aí embaixo? Houve um momento em que...*

— Eu estou bem — Viola interrompe. — Estou com Todd. É ele aqui, aliás.

— É um prazer conhecê-lo, Todd — a mulher diz.

— Ah — falo. — Oi?

— Eu volto assim que puder — Viola avisa pra mulher.

— *Vou estar de olho. E Todd?*

— Sim? — digo, olhando pra carinha da mulher.

— *Cuide da Viola, está ouvindo?*

— Pode deixar.

Viola aperta o comunicador outra vez, e os rostos desaparecem. Ela respira fundo e dá um sorriso cansado pra mim.

— Então eu te deixo sozinho por cinco minutos e você entra em uma *guerra?* — ela pergunta, tentando ser um pouco engraçada, mas me pergunto...

Eu me pergunto se ter visto tanta morte faz com que ela pareça um pouco diferente pra mim. Mais *real*, mais *presente*, como se fosse a coisa mais incrível no mundo nós dois ainda estarmos *vivos*, e eu sinto o peito ficar todo engraçado e apertado, e penso: *Aqui está ela, bem aqui, minha Viola, ela veio atrás de mim, ela está* aqui...

E penso que quero pegar a mão dela outra vez e nunca soltar, sentir a pele dela, o calor dela, apertar a mão dela com força e...

— Seu Ruído está engraçado — ela diz, olhando daquele jeito estranho pra mim de novo. — Está turvo. Posso perceber os sentimentos nele... — Ela afasta os olhos, e meu rosto fica vermelho sem motivo. — Mas é difícil ler com clareza.

Estou prestes a contar a ela sobre o prefeito, sobre como eu meio que apaguei por um minuto e quando abri os olhos de novo, meu Ruído *estava* mais leve, *estava* mais quieto...

Estou prestes a dizer isso...

Mas ela baixa a voz e se inclina pra perto de mim.

— É como com seu cavalo? — ela pergunta, pois viu como Angharrad estava quieta quando se aproximou, e Bolota não recebeu nem mesmo uma saudação de manada. — É por causa do que você viu?

E isso é suficiente pra fazer a batalha tomar conta dos meus pensamentos, com todo o seu horror, e mesmo que meu Ruído esteja turvo, ela deve perceber, porque pega minha mão cheia de cuidado e calma, e eu de repente sinto que quero me aninhar nela pelo resto da vida e só ficar ali chorando pra sempre, e meus olhos ficam molhados, e ela vê e sussurra *"Todd"* com tanta bondade, e tenho que afastar os olhos de novo, e a gente acaba olhando pro prefeito, parado do outro lado da fogueira, observando tudo o que a gente faz.

Eu escuto ela suspirar.

— Por que você o *soltou*, Todd? — ela sussurra.

— Eu não tive escolha — respondo com um sussurro também. — Os Spackle estavam chegando, e ele era o único que o exército ia seguir pra guerra.

— Mas os Spackle provavelmente estão atrás dele. Eles só atacaram por causa do genocídio.

— Bom, eu não tenho tanta certeza disso — digo, e pela primeira vez me permito pensar no 1017 de novo, em mim quebrando o braço dele por raiva, puxando ele da pilha de corpos de Spackle, em como, não importava o que eu fizesse, bom ou ruim, ele ainda queria que eu morresse.

Eu volto a olhar pra ela.

— O que a gente faz agora, Viola?

— Acabamos com a guerra, é isso o que vamos fazer — ela diz. — Mestra Coyle disse que havia uma trégua, portanto nós podemos tentar fazer outra. Talvez Bradley e Simone possam conversar com os Spackle. Dizer a eles que não somos todos assim.

— Mas e se eles atacarem outra vez antes disso?

Nós dois olhamos de novo pro prefeito, que acena com a cabeça.

— A gente vai precisar que ele impeça os Spackle de matarem a gente enquanto isso — falo.

Viola franze o cenho.

— Então ele se safa de seus crimes outra vez. Porque precisamos dele.

— É ele quem tem o exército — digo. — Os homens vão seguir ele. Não eu.

— E ele segue você?

Eu dou um suspiro.

— Esse é o plano. Até agora ele manteve a palavra.

— Até agora — ela repete em voz baixa.

Então Viola boceja e esfrega os olhos com a mão.

— Não consigo me lembrar da última vez que dormi.

Eu olho pra minha própria mão, que não está mais segurando a dela, e lembro do que ela disse pra Simone.

— Então você vai voltar?

— Eu preciso — ela diz. — Preciso encontrar mestra Coyle antes que ela piore ainda mais as coisas.

Dou outro suspiro.

— Está bem, mas lembra o que eu disse. Eu não vou te deixar. Nem na minha mente.

Então ela pega minha mão de novo e não diz nada, mas nem precisa porque eu sei, eu *conheço* ela e ela me conhece, e a gente fica ali sentado por mais algum tempo até ela ter que ir. Ela fica em pé com dificuldade. Bolota acaricia Angharrad pela última vez com o focinho, então se aproxima pra pegar Viola.

— Vou dar notícias — ela diz, erguendo o comunicador. — Vou avisar onde estou. E volto assim que puder.

— Viola? — o prefeito diz, se aproximando enquanto ela sobe na sela de Bolota.

Viola revira os olhos.

— *O quê?*

— Eu estava me perguntando — ele começa, como se só estivesse pedindo um ovo emprestado — se você, por favor, poderia fazer a gentileza de dizer às pessoas em sua nave que eu gostaria de encontrá-las assim que lhes for conveniente.

— Sim, com certeza vou fazer isso — Viola diz. — Em resposta, deixe-me dizer uma coisa. — Ela aponta pra sonda pairando lá no céu. — Nós estamos observando você. Se encostar em Todd, há armas naquela nave que vão explodi-lo em pedaços. Basta que eu diga a eles para fazer isso.

E eu juro que o sorriso do prefeito só aumenta.

Viola me dá um último olhar demorado, mas estão vai embora, de volta pra cidade, de volta pra descobrir onde mestra Coyle está escondida.

— Ela é uma garota e tanto — o prefeito diz, parando ao meu lado.

— Você não tem permissão de falar sobre ela. Nunca.

Ele deixa isso passar.

— Está quase amanhecendo — ele comenta. — Você deveria descansar um pouco. Foi um dia longo.

— Um que não quero repetir.

— Infelizmente, não tem nada que possamos fazer em relação a isso.

— Tem, sim — digo, me sentindo melhor agora que Viola falou que pode ter uma saída. — A gente vai fazer um novo acordo de paz com os Spackle. Você só precisa segurar eles até a gente fazer isso.

— É mesmo? — ele pergunta, parecendo achar graça.

— É — digo, com um pouco mais de dureza.

— Não é bem assim que isso funciona, Todd. Eles não vão estar interessados em conversar com você se acharem que estão em vantagem. Por que eles iriam querer paz se estão certos de que podem nos aniquilar?

— Mas...

— Não se preocupe, Todd. Eu conheço esta guerra. Eu sei como *vencer* esta guerra. Você mostra ao inimigo que é capaz de derrotá-lo, e então pode conseguir qualquer tipo de paz que desejar.

Eu penso em dar alguma resposta, mas finalmente me sinto cansado demais pra discutir. Também não me lembro da última vez que dormi.

— Sabe de uma coisa, Todd? — o prefeito diz. — Eu tenho a impressão de que seu Ruído está um pouco mais quieto.

E...

EU SOU O CÍRCULO E O CÍRCULO SOU EU.

Ele manda isso pra minha cabeça de novo, com a mesma leveza, a mesma sensação de falta de peso...

A mesma sensação que faz meu Ruído desaparecer...

A sensação sobre a qual não contei a Viola...

(porque ela também faz os gritos da guerra desaparecerem, faz com que eu não tenha que rever as mortes várias vezes...)

(e será que tem mais alguma coisa aí?)

(um zumbido baixo por trás da leveza...)

— Fica fora da minha cabeça. Eu falei que, se você tentasse me controlar, eu...

— Eu não estou em sua cabeça, Todd — ele diz. — Essa é a beleza da coisa. É tudo você. Pratique. É um presente.

— Não quero nenhum presente de você.

— Tenho certeza de que esse é o caso — ele retruca, ainda sorrindo.

— Senhor presidente?

É o sr. Tate interrompendo de novo.

— Ah, sim, capitão — o prefeito cumprimenta. — Os primeiros relatórios dos espiões chegaram?

— Ainda não — o sr. Tate diz. — Acreditamos que chegarão logo após o amanhecer.

— Eles vão nos contar que há pouco movimento ao norte acima do rio, que é largo demais para as tropas Spackle cruzarem, e ao sul ao longo da serra de montanhas, que é distante demais para que os Spackle usem com eficiência. — O prefeito olha de novo pro alto do morro. — Não, eles vão nos atacar dali. Disso eu não tenho dúvida.

— Não foi por isso que eu vim, senhor — o sr. Tate diz, segurando uma pilha de roupas dobradas. — Levei algum tempo para encontrá-las nos destroços da catedral, mas estão surpreendentemente limpas.

— Excelente, capitão — o prefeito diz, pegando a roupa com prazer verdadeiro na voz. — Excelente mesmo.

— O que é? — pergunto.

Com um movimento rápido, o prefeito desdobra a roupa e a levanta. É uma jaqueta de aspecto elegante, com uma calça combinando.

— Meu uniforme de general — ele diz.

O sr. Tate e eu e todos os soldados nas fogueiras ali por perto observavam enquanto ele tira o casaco manchado de sangue e terra de sempre e veste o uniforme azul-escuro bem cortado com uma faixa dourada que corre por cada manga. Ele alisa o tecido com a palma das mãos e olha de novo pra mim, ainda com aquele brilho divertido no olhar.

— Que comece a batalha pela paz.

{Viola}

Bolota e eu voltamos pela estrada e passamos pela praça enquanto o céu distante ganha uma coloração rosada com a aproximação da alvorada.

Eu observei Todd até não conseguir mais vê-lo. Estou preocupada com ele, preocupada com seu Ruído. Mesmo quando fui embora, ainda havia uma turbidez estranha nele, que tornava difícil ver detalhes, mas ainda assim estava tão *vívido* de sentimentos...

(... mesmo *aqueles* sentimentos, os que surgiam por um instante antes que ele ficasse envergonhado, as sensações físicas, os sentimentos sem palavras, os concentrados na minha pele, em como ele queria tocá-la, aqueles sentimentos e sensações que me davam vontade de...)

... e eu me pergunto outra vez se ele está no mesmo estado de choque que Angharrad, se o que viu em batalha foi tão ruim que o deixou incapaz até de *revivê-lo*, mesmo em seu Ruído, e meu coração se parte ao pensar nisso...

Outra razão para não haver mais guerra.

Eu puxo mais o casaco que Simone me deu. Está frio e estou tremendo, mas também sinto o suor escorrendo pelo corpo, o que sei, devido a meu treinamento de curandeira, que significa que estou com febre. Arregaço a manga esquerda e olho por baixo da atadura. A pele em torno da fita continuava inchada e vermelha.

E agora há linhas vermelhas correndo até meu punho.

Linhas que eu sei que sinalizam uma infecção. Uma infecção séria.

Uma infecção que não foi contida pela atadura.

Abaixo a manga e tento não pensar naquilo, tento não pensar que também não contei a Todd como aquilo estava ruim.

Porque ainda preciso encontrar mestra Coyle.

— Bom — digo para Bolota. — Ela vive falando sobre o oceano. Eu me pergunto se é mesmo tão distante quanto ela...

Eu dou um pulo quando o comunicador apita em meu bolso.

— Todd? — digo, atendendo imediatamente.

Mas é Simone.

— *É melhor você voltar direto para cá.*

— Por quê? — pergunto, alarmada. — O que aconteceu?

— *Eu encontrei sua Resposta.*

Antes

O sol está prestes a nascer quando eu pego um pouco de comida das fogueiras usadas para cozinhar. Membros do Solo observam enquanto encho uma panela de guisado. Suas vozes estão abertas — de forma alguma eles poderiam fechá-las e continuar a pertencer ao Solo —, então as escuto discutindo sobre mim, seus pensamentos se espalhando de um para o outro, formando uma opinião, então uma contrária, e depois voltando para a primeira, tudo tão rápido que mal consigo acompanhar.

Então chegam a uma decisão. Uma do Solo se levanta e me oferece uma colher grande de osso para que eu não tenha que beber o guisado da tigela, e atrás dela posso ouvir as vozes do Solo, a voz deles, oferecendo-a a mim em sinal de amizade.

Eu estendo a mão para pegá-la.

Obrigado, digo na língua do Fardo...

E ali está novamente o leve desconforto com a língua que falo, a aversão por algo tão diferente, tão *individual*, tão representativo de algo vergonhoso. Isso é rapidamente afastado e repelido na voz agitada, mas sem dúvida esteve presente por um instante.

Eu não pego a colher. Escuto suas vozes me chamando, pedindo desculpas enquanto eu me afasto, mas não me viro. Em vez disso, caminho até uma trilha que encontrei e começo a subir a colina rochosa ao lado da estrada.

O Solo montou acampamento ao longo da parte plana da estrada, mas vejo outros na encosta enquanto subo, outros vindos de áreas onde o Solo vive em montanhas e que ficam mais confortáveis com a inclinação. Da mesma maneira, abaixo, estão aqueles do Solo que vivem perto de rios e dormem em barcos feitos rapidamente.

Na verdade, o Solo é apenas um, não é? O Solo não tem *outros*, não tem *esses* ou *aqueles*.

Há apenas um Solo.

E sou eu que estou fora dele.

Chego a um ponto em que o morro fica tão íngreme que preciso me apoiar no chão para subir. Vejo um afloramento rochoso onde posso me sentar e olho para o Solo abaixo de mim, da mesma forma que o Solo pode olhar pela borda do morro e ver a Clareira.

Um lugar onde posso ficar sozinho.

Eu não deveria estar sozinho.

Aquele que era especial para mim deveria estar aqui comigo, para fazermos nossas refeições juntos enquanto o amanhecer clareia lentamente, lutando contra o sono, esperando lado a lado pela fase seguinte da guerra.

Mas ele não está aqui.

Porque aquele que era especial para mim foi morto pela Clareira quando o Fardo foi reunido pela primeira vez, retirado de quintais e porões, de quartos trancados e alojamentos de criados. Ele e eu éramos mantidos em um barraco no jardim e quando a porta do barraco foi aberta naquela noite, aquele que era especial para mim lutou. Lutou por mim. Lutou para impedir que me levassem.

E foi abatido por uma espada.

Eu fui arrastado, fazendo os sons estalados e inadequados com os quais a Clareira nos deixou depois de nos forçar a tomar sua "cura", sons que não diziam *nada* sobre como era ser separado à força dele e jogado no meio de um bando reunido do Fardo que precisou me segurar para impedir que eu voltasse correndo para o barraco.

Para impedir que eu também fosse morto.

Eu odiei o Fardo por isso. Odiei por não me deixar morrer ali, naquele momento, quando minha tristeza não era suficiente para me matar. Odiei como eles...

Como *nós* aceitamos nossos destinos, como nós íamos para onde mandavam ir, como comíamos o que mandavam, dormíamos onde mandavam. Durante todo esse tempo, nós reagimos uma vez, uma vez só. Contra a Faca e o outro com ele, o que falava alto e era maior, mas parecia mais novo. Nós lutamos contra eles quando o amigo da Faca prendeu uma fita de metal em torno do pescoço de um de nós por pura diversão cruel.

Por um momento, em silêncio, o Fardo tornou a entender uns aos outros. Por um momento fomos um outra vez, conectados.

Não sozinhos.

E nós lutamos.

E alguns de nós morreram.

E nós não lutamos outra vez.

Não quando um grupo da Clareira voltou com rifles e espadas. Não quando eles nos enfileiraram e começaram a nos matar. A atirar em nós e a nos golpear com as espadas, fazendo o som alto e gaguejante que eles chamam de *risada*. Matando velhos e jovens, mães e bebês, pais e filhos. Se tentássemos resistir, éramos mortos. Se não resistíssemos, éramos mortos. Se tentássemos correr, éramos mortos. Se não corrêssemos, éramos mortos.

Um depois do outro depois do outro depois do outro.

Sem termos como dividir nosso medo. Sem termos como nos coordenar e tentar nos proteger. Sem termos como ser confortados enquanto morríamos.

Então morremos sozinhos. Todos nós.

Todos menos um.

Todos menos o 1017.

Antes do início da matança, eles conferiram nossas fitas até me encontrar, e me arrastaram para uma parede e me obrigaram a assistir. Assistir enquanto os cliques do Fardo ficavam cada vez menos numerosos, enquanto a grama ficava mais grudenta com nosso sangue, enquanto eu, finalmente, virei o único do Fardo vivo neste mundo inteiro.

Então me bateram com um porrete na cabeça e acordei em uma pilha de corpos com rostos que eu reconhecia, mãos que tocaram as minhas em conforto, bocas que dividiram seu alimento, olhos que tentaram compartilhar seu horror.

Eu acordei, sozinho em meio aos mortos, e eles me pressionavam, me sufocavam.

Então a Faca apareceu.

Ele está aqui, agora...

Está me puxando dos corpos do Fardo...

Nós tombamos no chão, e eu caio para longe dele...

Nós nos encaramos, com nossas respirações formando nuvens no frio...

A voz dele está totalmente aberta com dor e horror diante do que vê...

A dor e o horror que sempre sente...

A dor e o horror que sempre ameaçam derrubá-lo...

Mas nunca o fazem.

— Você está *vivo* — diz ele, e está muito *aliviado*, muito feliz ao me ver no meio de toda aquela morte onde estou sozinho, sozinho, sozinho para sempre, ele está tão feliz que eu juro matá-lo...

Então ele me pergunta sobre aquela que é especial para ele...

Pergunta se, em meio a toda morte de minha própria espécie, eu vi uma das *deles*...

E meu juramento se torna inquebrável...

Eu mostro a ele que vou matá-lo...

Na fraqueza de minha voz que está retornando, eu mostro a ele que vou matá-lo...

E eu vou...

Eu vou fazer isso agora, vou fazer isso *agora mesmo*...

Você está em segurança, diz uma voz...

* * *

Eu estou de pé, agitando os punhos em pânico.

Minhas mãos são presas com facilidade nas palmas maiores do Céu, e quando eu me afasto do choque do sonho, quase caio do afloramento rochoso. Ele tem que me pegar outra vez, mas sua mão segura a fita e dou um grito quando ele me ergue, com sua voz cercando instantaneamente a dor na minha, envolvendo-a e livrando-se dela, atenuando-a, segurando-a até que o fogo em meu braço se acalme.

Ela continua muito forte?, pergunta o Céu com delicadeza na língua do Fardo.

Estou respirando com dificuldade, pela surpresa de ter sido acordado, pela surpresa de encontrar o Céu perto de mim, pela surpresa da dor. *Continua* é tudo o que posso mostrar no momento.

Sinto muito por não termos conseguido curar isso, mostra ele. *O Solo vai redobrar seus esforços.*

Os esforços do Solo são mais bem utilizados em outro lugar, mostro. *É um veneno da Clareira, feito para seus animais. Provavelmente só eles têm o poder de curá-lo.*

O Solo aprende muito sobre os modos da Clareira, mostra o Céu. *Nós ouvimos sua voz mesmo quando eles não ouvem a nossa. E nós aprendemos. Sua voz se ergue com sentimento real. Nós vamos salvar o Retorno.*

Eu não preciso ser salvo, mostro.

*Você não **quer** ser salvo, o que é uma questão diferente. Uma que o Solo também vai resolver.*

A dor em meu braço está melhorando, e esfrego o rosto para tentar acordar de vez.

Eu não queria dormir. Não queria dormir nunca mais, até que a Clareira estivesse fora daqui.

E só então seus sonhos terão paz?, mostra o Céu, confuso.

Você não entende, mostro. *Você não consegue.*

Mais uma vez, sinto seu calor envolver minha voz. *O Retorno está enganado. O Céu pode compartilhar o passado na voz do Retorno, essa é a natureza da voz do Solo, em que toda experiência é como uma, em que nada é esquecido, em que todas as coisas são...*

Não é o mesmo que estar ali, interrompo, novamente ciente da grosseria. *Uma memória não é a coisa lembrada.*

Ele faz outra pausa, mas o calor permanece. *Talvez não*, mostra ele, por fim.

O que você quer?, mostro, um pouco alto demais, sentindo vergonha por sua bondade.

Ele põe a mão em meu ombro, e olhamos para o Solo espalhado abaixo de nós pela estrada, à direita até a extremidade do morro que dá para a Clareira, à esquerda até onde a vista alcança, além de uma curva no rio e bem depois disso, eu sei.

O Solo descansa, mostra o Céu. *O Solo espera. Espera pelo Retorno.*

Eu não mostro nada.

Você pertence ao Solo, mostra ele. *Por mais separado que se sinta agora. Mas isso não é tudo o que o Solo espera para este dia.*

Eu olho para ele. *Houve uma mudança? Nós vamos atacar?*

Ainda não, mostra ele. *Mas há várias maneiras de lutar uma guerra.*

Então ele abre sua voz e me mostra o que outros no Solo estão vendo...

Os outros sob a luz do sol nascente que acaba de chegar às partes mais profundas do vale...

E eu vejo.

Vejo o que está por vir.

E sinto meu próprio pequeno lampejo de calor.

A Tempestade

{Viola}

— Você consegue pensar em um lugar mais seguro, minha garota? — pergunta mestra Coyle.

Depois do chamado de Simone, Bolota e eu voltamos depressa para o alto do morro.

Onde a Resposta está montando acampamento.

O sol frio nasce em uma área gramada cheia de carroças, pessoas e fogueiras sendo montadas. Eles já organizaram uma tenda de refeitório onde mestra Nadari e mestra Lawson estão ocupadas coordenando suprimentos e racionando comida, com *R*s azuis ainda escritos em suas roupas e em alguns rostos espalhados pela multidão. Magnus e outras pessoas que reconheço estão começando a armar tendas, e eu aceno para Wilf, que cuida dos animais da Resposta. Sua mulher, Jane, está com ele, e ela acena para mim com tanto vigor que parece até que vai se machucar.

— Seus amigos podem não querer se envolver em uma guerra — diz mestra Coyle, tomando seu café da manhã na traseira da carroça onde armou a cama, estacionada perto das portas do compartimento de carga da nave batedora —, mas se o prefeito ou os Spackle decidirem nos atacar, imagino que eles estejam dispostos a se proteger.

— Você é ousada — digo com raiva, ainda montada em Bolota.

— Sim, eu sou — concorda ela, comendo outra colherada de mingau. — Porque ousadia é exatamente o que vai manter as pessoas do meu povo vivo.

— Até você decidir sacrificá-las de novo.

Seus olhos brilham ao ouvir isso.

— Você acha que me conhece. Diz que sou má e tirânica, e, sim, eu tomei decisões difíceis, mas sempre com um objetivo, Viola. Livrar-nos daquele homem e voltar ao Refúgio que tínhamos antes. *Não* matar por matar. *Não* o sacrifício de pessoas boas sem razão. Mas com o mesmo objetivo que você, minha garota. *Paz*.

— Você tem um jeito bem belicoso de fazer isso.

— Eu tenho um jeito *adulto* de fazer isso — retruca ela. — Um jeito que não é legal nem bonito, mas que garante que o serviço seja feito. — Mestra Coyle olha para alguém atrás de mim. — Bom dia.

— Bom dia — diz Simone, descendo a rampa da nave.

— Como ele está? — pergunto a ela.

— Conversando com o comboio. Vendo se eles têm alguma orientação médica. — Simone cruza os braços. — Até agora, nada.

— Não me sobrou nenhuma cura — diz mestra Coyle. — Mas há remédios naturais que podem ajudar a diminuir a força do Ruído.

— Fique longe dele — digo.

— Você pode não gostar de mim, mas eu sou uma *curandeira*, Viola. Poderia até curar *você*, pois percebo só de olhar que você está febril.

Simone se volta para mim, preocupada.

— Ela tem razão, Viola. Você não parece bem.

— Essa mulher nunca mais vai tocar em mim — digo. — Nunca mais.

Mestra Coyle dá um suspiro profundo.

— Nem mesmo para corrigir meus erros, minha garota? Nem mesmo como um primeiro gesto de paz entre nós?

Eu a encaro, refletindo sobre ela, me lembrando de como ela curava bem, de como lutou pela vida de Corinne, de como conseguiu, com pura força de vontade, transformar um bando de curandeiras e desgarrados em um exército que poderia ter derrubado o prefeito, exatamente como disse que faria, se os Spackle não tivessem chegado.

Mas também me lembro das bombas.

Eu me lembro da última bomba.

— Você tentou me matar.

— Eu tentei matar *o prefeito* — corrige ela. — É diferente.

— Tem espaço para mais um aí em cima? — pergunta uma voz atrás de nós.

Todos nos viramos. É um homem coberto de terra, com um uniforme em farrapos e uma expressão astuta nos olhos que eu reconheço.

— Ivan? — digo.

— Acordei na catedral e de repente estávamos em guerra — comenta ele.

Vejo outros homens atrás dele, seguindo para a tenda de alimentação. Os homens que tentaram ajudar Todd e eu a derrubar o prefeito, os que ficaram desacordados devido ao ataque do Ruído do prefeito. Ivan, o último a cair.

Não sei bem se estou feliz em vê-lo.

— Todd sempre falou que você ia para onde estava o poder — digo.

Seus olhos brilham.

— Foi o que me manteve vivo até agora.

— Você é muito bem-vindo aqui — garante mestra Coyle, como se estivesse no comando.

Ivan assente e vai se alimentar. Eu olho novamente para mestra Coyle e vejo que ela sorri com o que falei sobre poder.

Porque ele veio até ela, não foi?

[Todd]

— É a coisa inteligente a fazer — o prefeito diz. — É o que eu faria no lugar dela. Tentar recrutar os novos residentes para o seu lado.

Viola me chamou imediatamente e contou que a Resposta tinha aparecido no alto do morro. Eu tentei esconder isso do prefeito, tentei manter meu Ruído leve, tentei fazer isso sem nenhum esforço.

Mesmo assim ele me ouviu.

— Não existem *lados* — digo. — Não podem mais existir. Agora, é a gente contra os Spackle.

O prefeito só faz um som de *uhum* com a garganta.

— Senhor Presidente?

É o sr. O'Hare, com outro relatório. O prefeito lê, com olhar faminto.

Porque não aconteceu nada ainda. Acho que ele esperava uma batalha com a primeira luz da manhã, mas o sol frio nasceu e nada aconteceu, e agora está perto do meio-dia e nada, ainda. Como se toda aquela luta da véspera nunca tivesse acontecido.

(só que aconteceu...)

(só que *ainda* está acontecendo na minha cabeça...)

(*Eu sou o Círculo e o Círculo sou eu*, penso, com a maior leveza que consigo...)

— Nada muito esclarecedor — o prefeito diz pro sr. O'Hare.

— Os relatos de um possível movimento para o sul...

O prefeito devolve os papéis bruscamente pro sr. O'Hare, interrompendo ele.

— Você sabia, Todd, que se eles resolverem nos atacar com todo o seu contingente, não há nada que possamos fazer? Nossas armas iam acabar ficando sem munição, nossos homens iam acabar morrendo, e ainda haveria um número mais do que suficiente deles para acabar conosco. — Ele estala os dentes com um clique, pensativo. — Então por que não estão fazendo isso? — Ele vira pro sr. O'Hare. — Diga aos homens para se aproximarem.

O sr. O'Hare parece surpreso.

— Mas senhor...

— Nós precisamos saber — o prefeito diz.

O sr. O'Hare encara ele por um segundo, então responde antes de sair:

— Sim, senhor.

Mas dá pra perceber que ele não está satisfeito com isso.

— Talvez os Spackle não pensem como você — digo. — Talvez o objetivo deles não seja simplesmente a guerra.

Ele ri.

— Perdão, Todd, mas você não conhece nosso inimigo.

— Vai ver que você também não conhece. Não tanto quanto pensa.

Ele para de rir.

— Eu já os derrotei antes. E vou derrotá-los outra vez, mesmo que estejam melhores, mesmo que estejam mais inteligentes. — Ele limpa poeira da calça de general. — Eles vão atacar, pode acreditar no que estou dizendo. E quando fizerem isso, vou derrotá-los.

— Então a gente vai fazer paz — digo com firmeza.

— Claro, Todd. Como você quiser.

— Senhor?

Dessa vez, é o sr. Tate.

— O que é? — o prefeito pergunta, virando pra ele.

Mas o sr. Tate não está olhando pra nós. Ele está olhando pra *além* de nós, pro exército, onde o **RONCO** dos homens muda quando eles também veem.

O prefeito e eu viramos pra olhar.

E, por um segundo, não acredito no que estou vendo.

{Viola}

— Eu acho mesmo que mestra Coyle devia dar uma olhada nisso, Viola — diz mestra Lawson, com suas mãos preocupadas fazendo um novo curativo em meu braço.

— A senhora está se saindo bem sozinha.

Estamos de volta à salinha de cura improvisada na nave batedora. Com o passar da manhã, comecei a me sentir mal e procurei mestra Lawson, que quase morreu de preocupação quando me viu. Mal parando para obter a permissão de Simone, ela me arrastou para dentro da nave e começou a ler as instruções de todas as ferramentas ali dentro.

— Esses são os antibióticos mais fortes que encontrei — diz ela, terminando o curativo novo.

Há uma sensação de frescor quando o remédio penetra minha pele, embora as faixas vermelhas agora estejam se estendendo em ambas as direções a partir da fita.

— Tudo o que podemos fazer é esperar.

— Obrigada — digo, mas ela mal me escuta antes de voltar para o inventário de suprimentos médicos da nave batedora.

Ela sempre foi a mestra mais bondosa, baixa e gorda, encarregada de curar as crianças de Refúgio, sempre desejando acima de tudo acabar com o sofrimento alheio.

Eu a deixo entretida e torno a descer a rampa do compartimento de carga até o alto do morro, onde o acampamento da Resposta já está parecendo quase permanente, com a sombra em forma de falcão da nave batedora assomando sobre eles. Há fileiras de tendas e fogueiras organizadas, áreas de suprimentos e locais de reunião. Na duração de uma manhã, já se parece com o acampamento que tinham na mina assim que me juntei à Resposta. Alguns deles ficaram felizes ao me cumprimentar quando caminhei pela área, mas outros não falaram comigo, sem saber ao certo qual é o meu lugar em tudo isso.

Eu também não sei.

Pedi que mestra Lawson cuidasse de mim porque vou descer novamente para ver Todd, embora eu esteja tão cansada que não tenho certeza de que não vou dormir na sela. Já falei com ele duas vezes nesta manhã. Sua voz no comunicador é fraca e distante, e seu Ruído é abafado, sobrepujado pelo Ruído do exército ao redor nos pequenos alto-falantes dos comunicadores.

Mas ver seu rosto ajuda.

— Então todos esses são amigos seus? — pergunta Bradley, descendo pela rampa às minhas costas.

— Oi! — cumprimento, indo direto para seu abraço. — Como você está se sentindo?

Barulhento, diz seu Ruído, e ele me dá um sorrisinho, mas na verdade está um pouco mais calmo hoje, menos em pânico.

— Você *vai* se acostumar com isso. Prometo.

— Por mais que eu não queira — responde Bradley.

Ele afasta um fio de cabelo de meus olhos. **Tão crescida**, diz seu Ruído. **E parece tão pálida**. Ele mostra um retrato meu do ano passado, aprendendo matemática nas aulas que ele ministrava. Eu pareço tão pequena, tão *limpa*, que tenho que rir.

— Simone está falando com o comboio — diz Bradley. — Eles concordam com a abordagem pacífica. Vamos tentar nos encontrar com esses Spackle e oferecer ajuda humanitária para as pessoas daqui, mas a última coisa que queremos é nos envolver em uma guerra que não tem nada a ver conosco.

Ele aperta meu ombro.

— Você estava certa em nos manter fora disso, Viola.

— Eu só queria saber o que fazer agora — comento, me lembrando de como cheguei perto de escolher o outro caminho. — Estou tentando fazer com que mestra Coyle me conte como a primeira trégua foi negociada, mas...

Eu paro, porque nós dois vemos alguém correndo pelo alto do morro e olhando de um lado para outro, observando cada rosto, então enxerga a nave, *me* enxerga, e corre ainda mais depressa...

— Quem é esse? — pergunta Bradley, mas eu já estou me afastando dele...

Porque é...

— LEE! — grito, e começo a correr em sua direção.

Viola, seu Ruído está dizendo. **Viola, Viola, Viola**, e ele estende os braços para mim e me gira em um abraço tão apertado que me tira o fôlego e faz meu braço doer.

— Graças a Deus!

— Você está bem? — pergunto quando ele me solta. — Onde você...?

— O rio! — diz ele, com a respiração ofegante. — O que aconteceu com o rio?

Ele olha para Bradley e de volta para mim. Seu Ruído fica mais alto, assim como sua voz.

— *Vocês não viram o rio?*

[Todd]

— Mas *como*? — digo, olhando pro alto, pra cachoeira...

Olhando enquanto ela vai ficando cada vez mais silenciosa...

Olhando enquanto ela começa a desaparecer...

Os Spackle estão cortando o rio.

— Muito inteligente — o prefeito diz pra si mesmo. — Muito inteligente mesmo.

— *O que é?* — quase grito com ele. — O que eles estão *fazendo*?

Todo homem no exército está olhando agora, **RONCANDO** alto de um jeito inacreditável, observando a cachoeira virar um filete como se alguém tivesse fechado uma torneira, e o rio embaixo encolhendo também, com metros de lama surgindo onde antes ficavam as margens.

— Nenhuma notícia de nossos espiões, capitão O'Hare? — o prefeito pergunta com uma voz nada satisfeita.

— Nenhuma, senhor — o sr. O'Hare responde. — Se há uma represa, é bem longe.

— Então precisamos descobrir exatamente, *não é*?

— Agora, senhor?

O prefeito vira pra ele com olhos furiosos. O sr. O'Hare bate continência e vai embora depressa.

— O que está *acontecendo*? — pergunto.

— Eles querem fazer um cerco, Todd — o prefeito explica. — Em vez de uma batalha, vão cortar a nossa água e esperar até ficarmos tão fracos que possam passar por cima de nós. — A voz dele parece quase raivosa. — Não é isso o que eles deveriam fazer, Todd. E nós *não vamos* aceitar isso. Capitão Tate!

— Sim, senhor — responde o sr. Tate, que estava esperando e observando com a gente.

— Ponha os homens em formação de batalha.

O sr. Tate parece surpreso.

— Senhor?

— Não entendeu suas ordens, capitão?

— A batalha morro acima. O senhor mesmo disse...

— Isso foi antes de os inimigos se recusarem a seguir as regras.

Suas palavras começam a encher o ar, girando ao redor e penetrando nas cabeças dos soldados nas margens do acampamento...

— Todo homem vai cumprir com seu dever — o prefeito continua. — Todos os nossos homens vão lutar até que a batalha seja vencida. Eles não vão estar esperando que nós os ataquemos com tanta força, e a surpresa nos fará ganhar a batalha. Isso está claro?

O sr. Tate concorda:

— Sim, senhor.

E segue pro exército, gritando ordens, enquanto os soldados mais próximos já pegam seu equipamento e entram em formação.

— Prepare-se, Todd — o prefeito diz enquanto observa o sr. Tate se afastar. — Hoje é o dia em que vamos resolver isso.

{Viola}

— *Como*? — diz Simone. — Como eles fizeram isso?

— Vocês podem enviar a sonda rio acima? — pergunta mestra Coyle.

— Eles a derrubariam novamente — responde Bradley, digitando no painel remoto da sonda.

Nós nos reunimos em torno da projeção tridimensional enquanto Bradley a aponta para a sombra projetada pela asa da nave. Estamos eu, Simone, Bradley, Lee e mestra Coyle, e cada vez mais gente da Resposta se aproxima conforme a notícia se espalha.

— Ali — diz Bradley, e a projeção fica ainda maior.

Exclamações de espanto se espalham pela multidão. O rio está quase seco. A cachoeira praticamente desapareceu. A imagem se eleva mais um pouco, mas tudo o que conseguimos ver é o rio morrendo acima da cachoeira e o exército dos Spackle, uma massa branca e bege na estrada ao lado.

— Há outras fontes de água? — pergunta Simone.

— Algumas — diz mestra Coyle. — Riachos e lagos aqui e ali, mas...

— Isso é um problema — interrompe Simone. — Não é?

Lee se volta para ela, perplexo.

— Você acha que nossos problemas só estão começando *agora*?

— Eu disse que vocês não deveriam subestimá-los — diz mestra Coyle para Bradley.

— Não — rebate Bradley. — *Você* disse que nós deveríamos jogar uma bomba para acabar com eles, sem nem mesmo tentar um acordo de paz.

— E você acha que eu estava errada?

Bradley digita no painel remoto outra vez, e a sonda sobe ainda mais, mostrando que o exército dos Spackle se estende aos milhares pela estrada. Há mais exclamações de espanto quando a Resposta vê o tamanho do exército pela primeira vez.

— Nós não poderíamos matá-los todos — diz Bradley — Nós só estaríamos garantindo nosso próprio fim.

— O que o prefeito está fazendo? — pergunto com a voz tensa.

Bradley muda o ângulo da projeção, e nós vemos o exército dos homens se organizando em fileiras.

— Não — sussurra mestra Coyle. — Ele não pode.

— Não pode o quê? Não pode *o quê*?

— Atacar — responde ela. — Seria suicídio.

Meu comunicador toca, e eu atendo imediatamente.

— Todd?

— *Viola*? — diz ele, seu rosto preocupado em minha mão.

— O que está acontecendo? — pergunto. — Você está bem?

— *O rio, Viola, o rio está…*

— Nós vimos. Nós estamos vendo agora…

— *A cachoeira!* — exclama ele. — *Eles estão na cachoeira!*

[TODD]

Tem uma linha de luzes escondida nas sombras por baixo da cacheira, que está desaparecendo, se estende pela trilha que eu e Viola percorremos quando estávamos fugindo de Aaron, a trilha de pedra larga e escorregadia por trás da parede dágua que levava a uma igreja abandonada numa saliência. A parede interna estava marcada com um círculo branco e dois círculos menores ao redor, representando este planeta e as duas luas dele, e dá pra ver seu brilho ali, acima da linha de luzes reunidas sobre a face rochosa do que agora é apenas um penhasco molhado.

— Você tá vendo eles? — pergunto pra Viola pelo comunicador.

— *Espere.*

— Você ainda tem aquele binóculo, Todd? — o prefeito pergunta.

Eu esqueci que tinha tomado o binóculo de volta dele. Eu corro até onde Angharrad ainda está parada em silêncio ao lado das minhas coisas.

— Não se preocupa — digo pra ela enquanto procuro em minha bolsa. — Vou te proteger.

Encontro o binóculo e nem volto até o prefeito antes de levar ele aos olhos. Aperto alguns botões e aproximo com o zoom...

— *Nós estamos vendo os Spackle agora, Todd* — Viola diz pelo comunicador na minha outra mão. — *Tem um bando deles naquela saliência rochosa onde corremos...*

— Eu sei — digo. — Estou vendo também.

— O *que* você está vendo, Todd? — o prefeito pergunta enquanto se aproxima de mim.

— *O que eles estão segurando?* — pergunta Viola.

— Um tipo de arco — respondo. — Mas aquilo não parece...

— *Todd!* — ela chama, e eu olho por cima do binóculo...

Um ponto de luz está deixando a linha da cachoeira, voando por baixo do símbolo da igreja em um arco lento na direção do leito do rio...

— O que é? — o prefeito pergunta. — É grande demais para ser uma flecha.

Eu volto a olhar pelo binóculo, tentando encontrar a luz que se aproxima a cada segundo...

Ali está ela...

Parece estar tremeluzindo, acendendo e apagando...

Todo mundo vira quando ela voa até o rio em um arco, acima dos últimos filetes dágua...

— *Todd?* — Viola pergunta.

— O que é, Todd? — o prefeito rosna pra mim.

E eu vejo pelo binóculo...

Quando o caminho da luz faz uma curva no ar...

E começa a voltar na direção do exército...

Na direção da gente...

Não está nada tremeluzente, afinal de contas...

Está *girando*...

E a luz não é apenas luz...

É *fogo*...

— A gente precisa recuar — digo, sem tirar o binóculo. — A gente precisa voltar pra cidade.

— *Está indo bem na sua direção, Todd!* — Viola grita...

O prefeito não se aguenta mais e tenta arrancar o binóculo da minha mão...

— Ei! — grito...

E dou um soco na cara dele...

Ele cambaleia pra trás, mais surpreso que machucado...

E são os gritos que fazem a gente virar...

O fogo girando alcançou o exército...

A multidão de soldados está tentando se afastar, tentando sair do caminho enquanto o fogo voa na direção deles...

Voa na direção *da gente*...

Voa na *minha* direção...

Mas tem soldados demais, pessoas demais no caminho...

E o fogo chega girando e atravessa e queima eles...

Bem na altura da cabeça...

E os primeiros soldados a serem atingidos praticamente explodem...

E o fogo não está *parando*...

Ele não está *parando, droga*...

O giro não perde nem velocidade...

Ele rasga os soldados como fósforos sendo riscados...

Destruindo os homens no seu caminho...

E engolfando os soldados dos dois lados em uma chama densa e branca...

E *ainda* está voando...

Ainda rápido como antes...

Vindo bem na minha direção...

Bem na minha direção e na do prefeito...

E não tem nenhum lugar pra gente correr...

— *Viola!* — grito...

{VIOLA}

— Todd! — berro no comunicador enquanto observamos o fogo fazer uma curva no ar e atingir um grupo de soldados...

Atravessar um grupo de soldados...

Gritos começam a se erguer atrás de nós, vindos das pessoas que assistem à projeção...

O fogo corta o exército com a facilidade de alguém desenhando uma linha com uma caneta, fazendo uma curva e rasgando os soldados em pedaços, lançando-os pelos ares, ateando fogo a tudo do que se aproxima...

— *Todd!* — grito no comunicador. — *Sai daí!*

Mas não consigo mais ver seu rosto, apenas o fogo abrindo caminho na projeção, matando tudo em seu rastro, e então...

Então o fogo *se eleva*...

— Mas que diabo? — questiona Lee ao meu lado...

O fogo se ergue acima do exército, se afastando da multidão e dos homens que estava matando...

— Está fazendo uma curva — diz Bradley.

— O que é isso? — pergunta Simone à mestra Coyle.

— Nunca vi isso antes — responde ela sem tirar os olhos da projeção. — Os Spackle obviamente não ficaram parados.

— *Todd?* — chamo em meu comunicador.

Mas ele não responde.

Bradley desenha um quadrado com o polegar no controle remoto e uma caixa surge na projeção, cercando a coisa em chamas e a aumentando ao lado da imagem principal. Ele digita um pouco mais e a imagem desacelera. O fogo queima em uma lâmina giratória em forma de S, tão forte e feroz que é difícil até de olhar...

— Está voltando para a cachoeira! — exclama Lee, apontando para a projeção principal, onde a coisa em chamas subiu e se afastou fazendo uma curva, ainda com velocidade assustadora.

Nós a observamos se erguer ainda mais no ar, completando um círculo longo, subir o morro em zigue-zague e seguir na direção da saliência de rocha embaixo da cachoeira seca, girando e queimando. Agora vemos os Spackle ali, dezenas deles, segurando mais lâminas em chamas na ponta dos arcos. Eles nem piscam quando a chama que voa se aproxima, e vemos um Spackle com um arco vazio, o que disparou o primeiro tiro...

Nós o observamos erguer o arco, revelando um gancho curvo na parte inferior, e rapidamente ele pega o S voador e o gira com um movimento treinado, e o arco, que é da sua altura, está pronto para disparar outra vez.

Na luz refletida do fogo, vemos que as mãos, os braços e o corpo dos Spackle estão cobertos por um barro grosso e flexível que os protege de queimaduras.

— Todd? — digo no comunicador. — Você está aí? Você precisa correr, Todd! Você precisa *correr*...

E, na imagem maior, vemos todos os Spackle levantando seus arcos...

— *Todd!* — grito. — *Responda!*

E como se fossem um só...

Todos eles disparam...

[TODD]

— *VIOLA!* — grito...

Mas não estou mais com o comunicador, nem com o binóculo...

As duas coisas caíram das minhas mãos quando uma parede de soldados veio correndo, empurrando, se acotovelando e gritando...

E queimando...

O fogo giratório abriu uma curva entre os homens bem na minha frente, matando eles tão rápido que mal perceberam o que aconteceu, e ateando fogo em duas ou três fileiras dos lados...

E quando o fogo estava prestes a arrancar a minha cabeça...

Ele subiu...

Subiu no ar...

Fez uma curva na outra direção...

E voltou pra saliência de onde veio...

Eu giro pra ver pra onde posso correr...

Então, acima do grito dos soldados...

Ouço o berro de Angharrad...

E volto aos encontrões, batendo e empurrando os homens pra chegar ao meu cavalo...

— Angharrad! — grito. — ANGHARRAD!

Não consigo ver ela...

Mas ouço seus gritos de terror...

Abro caminho com ainda mais força...

E sinto alguém segurar minha gola...

— *Não*, Todd! — o prefeito grita, me puxando pra trás...

— Eu preciso alcançar ela! — grito em resposta, e me solto...

— *Nós precisamos fugir!* — ele grita...

E isso é uma coisa tão impossível de ser dita pelo prefeito que eu me viro pra ele...

Mas ele está olhando pra cachoeira...

E eu olho também...

E...

E...

Santo Deus...

Um arco de chamas em expansão sai voando da saliência rochosa...

Os Spackle dispararam todos os arcos...

Dezenas deles...

Dezenas deles vão reduzir o exército a cinzas e corpos...

— *Vamos!* — o prefeito grita, me agarrando novamente. — *Para a cidade!*

Mas eu vejo uma abertura no meio dos homens...

Vejo Angharrad empinar de medo...

Os olhos dela estão arregalados e mãos tentam segurar ela...

E eu parto na direção dela...

E me afasto do prefeito...

Tem soldados no espaço entre a gente...

— Estou aqui, garota! — grito, abrindo caminho...

Mas ela só grita sem parar...

Eu chego onde ela está e derrubo um soldado que tentava subir na sela dela...

E as chamas giratórias estão se aproximando cada vez mais...

E fazendo curva pros dois lados...

Vindo dos dois lados...

E os homens estão correndo em todas as direções: pra estrada que leva até a cidade, pro rio seco, até pro morro em zigue-zague...

E eu digo:

— Você precisa *correr*, garota!

E o fogo giratório alcança a gente...

{VIOLA}

— Todd! — torno a gritar, e vejo as chamas se aproximando acima do rio e algumas vindo pelo outro lado, fazendo curvas ao redor das colinas do vale...

Atingindo o exército pelos dois lados...

— Onde está ele? — grito. — Você consegue vê-lo?

— Não consigo ver nada nessa confusão — diz Bradley.

— Nós precisamos fazer alguma coisa!

Mestra Coyle capta meu olhar. Ela está examinando meu rosto, examinando com muita atenção...

— Todd? — chamo no comunicador. — Responda, *por favor*!

— O fogo chegou ao exército! — grita Lee.

E nós tornamos a olhar para a projeção...

Onde as chamas giratórias estão atravessando o exército que foge em todas as direções...

Elas vão alcançar Todd...

Elas vão matá-lo...

Elas vão matar todos os homens lá embaixo...

— Nós temos que parar isso! — grito.

— Viola... — diz Bradley, com um alerta na voz.

— Parar como? — pergunta Simone, e vejo que está refletindo novamente sobre isso.

— Sim, Viola — diz mestra Coyle, olhando em meus olhos. — Parar como?

Eu torno a observar a projeção, com o exército queimando e morrendo...

— Eles vão matar seu garoto — diz mestra Coyle, como se estivesse lendo minha mente. — Desta vez não vai ter jeito.

E ela vê meu rosto...

Me vê pensando...

Pensando outra vez...

Pensando sobre todas aquelas mortes.

— Não — sussurro. — Não podemos.

Podemos?

[TODD]

ZUUUUUMM!

Uma chama giratória cai perto da gente à esquerda e vejo a cabeça de um soldado que tentou se esquivar ser arrancada...

Eu puxo as rédeas de Angharrad, mas ela empina de novo, em pânico, com os olhos arregalados e brancos, o Ruído dela um grito agudo que mal consigo suportar...

E outra chama passa com um ZUM pela trilha à nossa frente, incendiando tudo, e Angharrad está com tanto medo que me puxa pelas rédeas e me derruba, e caímos em meio a uma multidão de soldados...

Eu ouço atrás de mim:

— POR AQUI!

O prefeito está gritando enquanto um fogo giratório transforma os soldados logo atrás de mim e de Angharrad numa parede de chamas...

E, quando ele grita isso, sinto um *puxão* nos pés, e quase giro pra olhar pra ele...

Mas eu me obrigo a virar pra Angharrad...

— Vamos *lá*, garota! — grito, tentando fazer ela andar...

— TODD! DEIXE A ÉGUA!

Eu viro e vejo o prefeito, montado de novo em Morpeth, saltando entre homens e correndo por baixo de uma chama giratória que volta a subir no céu...

— PARA A CIDADE! — ele grita pros soldados...

Plantando isso em seus Ruídos...

Plantando isso no meu...

Pulsando através dele com um zumbido baixo...

E eu arranco ele da minha cabeça...

Mas os soldados estão correndo ainda mais rápido...

Eu levanto os olhos e vejo as chamas rasgando o céu como pássaros...

Mas elas estão voltando pra saliência rochosa...

Tem homens em chamas por toda parte, mas os que ainda estão vivos também percebem que as chamas estão voltando...

Que temos poucos segundos antes que elas retornem...

E os primeiros homens estão chegando à cidade agora, subindo a estrada até onde o prefeito está gritando...

— TODD! VOCÊ PRECISA CORRER!

Mas Angharrad continua gritando, continua tentando se afastar de mim, continua se debatendo de terror...

E minha cabeça está partindo ao meio...

— VAMOS, GAROTA!

— TODD! — o prefeito grita...

Mas eu não vou deixar Angharrad...

— EU NÃO VOU DEIXAR ELA! — respondo pra ele com um berro...

Droga, eu *não vou*...

Eu abandonei Manchee...

Eu deixei ele pra trás...

Não vou fazer isso outra vez...

— *TODD!*

E eu olho pra trás...

E ele está de costas pra mim, voltando pra cidade...

Com o resto dos homens...

E Angharrad e eu somos deixados no acampamento vazio...

{VIOLA}

— Nós *não* vamos disparar um míssil — diz Bradley, com o Ruído roncando. — Essa decisão já foi tomada.

— Vocês têm mísseis? — pergunta Lee. — Por que diabo não estão usando?

— Porque nós queremos fazer um acordo de paz com essa espécie! — grita Bradley. — Se disparássemos, as consequências seriam desastrosas!

— O desastre está acontecendo *agora*! — diz mestra Coyle.

— Um desastre para um exército contra o qual *você* queria que nós lutássemos — rebate Bradley. — Um desastre para o exército que provocou o ataque!

— Bradley... — diz Simone.

Ele gira na direção dela, com o Ruído cheio de palavras incrivelmente rudes.

— Nós temos quase cinco mil pessoas sob nossa responsabilidade. Você quer mesmo que eles acordem e descubram que nós os enfiamos em uma guerra impossível de vencer?

— Vocês já estão *na* guerra! — exclama Lee.

— Não estamos, *não*! — retruca Bradley ainda mais alto. — E porque não estamos, talvez consigamos tirar o resto de vocês dela!

— Tudo o que vocês precisam fazer é mostrar a eles que nós temos mais do que canhões com que deveriam se preocupar — diz mestra Coyle para *mim*, estranhamente, em vez de para Bradley ou Simone. — Nós negociamos a paz com eles na primeira vez, minha garota, porque estávamos em uma posição de força. É assim que as guerras funcionam, é assim que as *tréguas* funcionam. Nós mostramos que temos mais poder do que eles imaginam, e eles ficam mais dispostos a manter a paz.

— Então voltam cinco anos depois, mais fortes, e matam todos os humanos aqui — diz Bradley.

— Em cinco anos nós podemos criar laços com eles e garantir que uma nova guerra não seja necessária — responde mestra Coyle.

— Vocês obviamente fizeram um trabalho *fantástico* da última vez!

— O que estão esperando? Disparem o míssil! — grita Ivan da multidão, e mais vozes se juntam a sua.

— Todd — sussurro para mim mesma e torno a olhar para a projeção...

Os fogos flamejantes estão voando de volta para a cachoeira, sendo capturados e recarregados...

E eu o *vejo*...

— Ele está sozinho! — grito. — Eles estão *deixando Todd pra trás*!

O exército está fugindo pela estrada que leva à cidade, passando por Todd, empurrando uns aos outros e entrando no meio das árvores...

— Ele está tentando salvar o cavalo! — diz Lee.

Eu clico o comunicador de novo e de novo.

— Droga, Todd! *Responda!*

— Minha garota! — exclama rispidamente mestra Coyle para chamar minha atenção. — Nós estamos no momento crucial outra vez. Você e seus amigos estão tendo uma segunda chance de tomar sua decisão.

O Ruído de Bradley faz um som raivoso e ele se volta para Simone em busca de ajuda, mas os olhos dela apenas percorrem a multidão à nossa volta exigindo que disparemos o míssil.

— Eu não creio que tenhamos escolha — diz ela. — Se não fizermos nada, todas aquelas pessoas vão morrer.

— E se fizermos alguma coisa, aquelas pessoas *também* vão morrer — argumenta Bradley, sua surpresa visível por toda a parte. — E nós também, assim como todo mundo que chegar nas naves. Essa luta não é nossa!

— Um dia vai ser — insiste Simone. — Seria uma demonstração de força. Isso pode deixá-los dispostos a negociar conosco *agora*.

— Simone! — diz Bradley, e seu Ruído diz algo *realmente* grosseiro. — O comboio quer soluções pacíficas...

— O comboio não está vendo o que estamos vendo — retruca Simone, impassível.

— Eles estão disparando outra vez! — aviso...

Outro arco de chamas giratórias é disparado da saliência debaixo da cachoeira...

E eu penso comigo mesma: *O que Todd ia querer?*

Ele ia querer, em primeiro lugar, que eu estivesse em segurança...

Todd ia querer um mundo que fosse seguro para mim...

Ele ia querer, eu sei que ia...

Mesmo que ele não estivesse nesse mundo...

Mas ele ainda está lá embaixo, no meio da batalha...

Ainda está lá embaixo sozinho, com as chamas dos Spackle voando em sua direção...

E o fato que não consigo tirar da cabeça, com ou sem paz, é algo que também sei ser verdadeiro...

Verdadeiro, mas não certo...

Verdadeiro, mas muito perigoso...

Que se eles o matarem...

Se eles *machucarem* Todd...

Então não vai haver armas suficientes nessa nave para todos os Spackle que vão ter que pagar por isso.

Eu olho para Simone, que lê meu rosto com facilidade.

— Eu vou preparar um míssil — diz ela.

[TODD]

— Vamos lá, garota, *por favor* — digo…

Tem mortos em volta da gente pra todo lado, queimando em pilhas, alguns homens ainda gritam…

— Vamos *lá*! — grito…

Mas ela resiste, joga a cabeça de um lado pro outro, se afasta do fogo e da fumaça, dos corpos, dos poucos soldados que ainda passam correndo por nós…

Então ela cai…

Pra trás e pro lado…

E me derruba com ela…

Eu caio ao lado da cabeça dela…

— Angharrad — chamo, direto em seus ouvidos. — *POR FAVOR, levanta!*

E o pescoço dela gira…

As orelhas dela giram…

E os olhos dela viram pra mim…

Viram pra mim pela primeira vez…

E…

Memimo potro?

Trêmulo e baixo…

Baixinho, silencioso e cheio de medo…

Mas está ali…

— Eu estou bem *aqui*, garota!

Memimo potro?

E meu coração salta com esperança…

— Vamos lá, garota! Levanta, levanta, levanta, levanta…

E estou ajoelhado, puxando as rédeas…

— Por favor por favor por favor por favor por favor…

E ela levanta a cabeça…

E os olhos dela voltam pra cachoeira…

Memimo potro!, ela grita…

E eu olho pra trás…

Outro arco de chamas giratórias está vindo em nossa direção…

— Vamos!

Ela fica de pé, sem muita firmeza, e se afasta com passos incertos de um corpo em chamas perto da gente…

Memino potro!, ela continua gritando.

— Vamos lá, garota! — digo, e tento chegar ao lado dela…

Subir na sela dela…

Mas os fogos chegam…

Como águias em chamas mergulhando…

Uma passa bem por cima dela…

Exatamente onde estaria minha cabeça se eu tivesse montado…

E de repente ela sai correndo, morta de medo…

Eu seguro as rédeas e disparo atrás dela…

Aos tropeções pelo chão…

Meio correndo, meio sendo arrastado…

Enquanto fogos giratórios chegam voando de todas as direções…

Como se todo o *céu* estivesse em chamas…

E minhas mãos estão retorcidas nas rédeas…

E Angharrad está berrando, **Memino potro!**

E eu caio…

As rédeas se afastam…

Memino potro!

— Angharrad!

Então eu escuto: **Submeta-se!**

Gritado na voz de um cavalo diferente…

E, quando caio no chão, escuto outros cascos, outro cavalo…

O prefeito, montado em Morpeth…

Ele bota um pano em volta da cabeça de Angharrad…

Cobrindo seus olhos, cegando ela pra chuva de chamas que está caindo em torno da gente…

Então ele estende a mão e me puxa com força pelo braço…

E me levanta…

E me tira do caminho de uma chama giratória que queima o chão onde eu tinha acabado de cair...

— VAMOS! — ele grita...

E eu subo em Angharrad e pego as rédeas pra conduzir ela...

E o prefeito está cavalgando em círculo em volta da gente...

Se esquivando dos fogos no céu...

Me observando...

Me observando ficar em segurança...

Ele voltou pra me salvar...

Ele voltou pra *me* salvar...

— DE VOLTA PARA A CIDADE, TODD! — ele grita. — O ALCANCE DELES É LIMITADO! ELES NÃO CONSEGUEM ALCANÇAR...

E ele desaparece quando uma chama giratória acerta o peito largo de Morpeth...

{Viola}

— Pense no que você está fazendo — pede Bradley, com o Ruído roncando **Vaca estúpida e egoísta** atrás de Simone no assento do cockpit. — Desculpe — diz ele imediatamente, por entre os dentes. — Mas nós não precisamos fazer isso!

Estamos apertados ali, com Bradley e mestra Coyle disputando espaço atrás de mim e de Lee.

— Eu tenho telemetria — diz Simone.

Um painel pequeno se abre, revelando um botão azul quadrado. Não basta tocar uma tela para disparar uma arma. É preciso ser algo físico. Precisa ser intencional.

— Alvo em posição — avisa Simone.

— O campo está praticamente vazio! — exclama Bradley, apontando para a tela acima do cockpit. — Nem parece que as chamas podem ir mais adiante!

Simone não responde, mas seus dedos hesitam acima do botão azul...

— Seu garoto ainda está lá embaixo, minha garota — diz mestra Coyle, falando diretamente comigo, como se eu estivesse no comando dessa coisa toda...

Mas é verdade, ele *ainda está* lá embaixo, tentando erguer Angharrad, e nós ainda conseguimos vê-lo, no meio da fumaça e do fogo serpenteantes, pequeno, sozinho e sem responder a meu comunicador...

— Sei o que você está pensando, Viola — diz Bradley, tentando manter a voz calma mesmo enquanto seu Ruído se enfurece. — Mas é uma vida contra milhares.

— Chega de conversa! — berra Lee. — Disparem essa maldição!

Mas, na tela de visão, vejo que o campo de batalha está quase vazio, sobrando apenas Todd e alguns outros retardatários, e eu penso que, se ele conseguir, se ele conseguir *escapar*, então talvez seja verdade, talvez o prefeito tome consciência de que está inferiorizado contra armas tão poderosas, porque quem gostaria de lutar contra aquilo? Quem poderia?

Mas Todd tem que conseguir...

Ele *precisa*...

E seu cavalo está correndo, agora, arrastando-o junto...

E as chamas chegam zunindo...

Não, *não*...

Os dedos de Simone hesitam acima do botão...

— *Todd* — digo em voz alta...

— Viola — diz Bradley energicamente, chamando minha atenção...

Eu me viro para ele...

— Sei o quanto Todd deve ser importante para você — garante ele. — Mas não podemos, há muito mais vidas em jogo...

— Bradley — digo...

— Não por uma pessoa — insiste ele. — Você não pode tornar a guerra pessoal...

— OLHEM! — grita mestra Coyle...

E eu me volto para a tela...

E vejo...

Uma chama giratória atinge um cavalo correndo de frente...

— NÃO! — grito. — *NÃO!*

Então a tela irrompe em uma explosão de chamas...

E, gritando a plenos pulmões, eu me jogo na frente de Simone e aperto o botão azul com o punho...

[TODD]

Morpeth nem tem tempo de berrar...

Os joelhos dele cedem quando o raio de fogo atravessa ele...

Eu salto pra longe da explosão, puxando as rédeas de Angharrad, afastando ela das chamas que roncam bem acima da gente...

Ela anda com mais facilidade agora que está com os olhos cobertos, e o Ruído dela tenta encontrar o chão onde correr...

E o dardo de fogo continua a derramar chamas pra todo lado...

Mas outras chamas separam dele...

E caem prum lado e atingem o chão...

O prefeito rola furiosamente na minha direção...

Eu pego o cobertor de Angharrad e jogo em cima dele, abafando as chamas do uniforme de general...

Ele rola mais algumas vezes na terra enquanto eu salto em volta, batendo em pontos de fogo em cima dele...

Percebo muito de longe que as chamas estão voltando pra saliência de rocha...

Que a gente tem mais alguns segundos pra começar a se mexer...

O prefeito levanta com dificuldade, ainda soltando fumaça, com o rosto sujo de fuligem e o cabelo um pouco queimado, mas no geral bem...

Ao contrário de Morpeth, cujo corpo ficou quase irreconhecível pegando fogo numa pilha...

— Eles vão pagar por isso — o prefeito diz com a voz rouca devido à fumaça...

— Vamos lá! — grito. — Nós podemos escapar se corrermos!

— Não é assim que as coisas deveriam ser, Todd — ele diz com raiva enquanto seguimos pela estrada. — Mas eles não conseguem alcançar a cidade, e acho que têm limitações verticais, também, por isso que não atiraram do alto do morro...

— Só cala a boca e *corre*! — berro, ofegante, enquanto toco Angharrad, pensando que a gente não vai conseguir escapar antes que cheguem as próximas chamas...

— Estou lhe dizendo isso para que você não ache que fomos derrotados! — o prefeito grita. — Isto não é uma vitória para eles. É apenas um revés! Nós ainda vamos atrás deles, ainda vamos...

Então tem um som estridente no ar acima da gente, um movimento rápido como o de uma bala e...

BUM!

... toda a encosta explode como um vulcão de poeira e fogo, e a onda de choque derruba o prefeito, Angharrad e eu no chão, e uma chuva de pedrinhas desaba em cima da gente, e pedregulhos grandes que podiam esmagar a gente caem ali perto...

— O *quê?!* — o prefeito exclama, olhando pra cima...

A cachoeira seca está desmoronando no poço vazio abaixo, levando junto todos os Spackle e chamas giratórias, e poeira e fumaça sobem no céu enquanto a estrada em zigue-zague é destruída, também, e toda a parte da frente do morro desaba, deixando uma encosta destruída e irregular no topo...

— Isso foram seus homens? — grito, com os ouvidos apitando devido à explosão. — Isso foi a artilharia?

— Nós não tivemos tempo! — grita ele de volta, enquanto seus olhos avaliam a destruição. — E não temos nada como esse tipo de poder.

As primeiras colunas de fumaça começam a se dissipar um pouco, mostrando um funil grande e aberto onde antes ficava a borda do morro, com pedras irregulares em todo lado, uma cicatriz rasgada na encosta...

E *Viola*, penso...

— É verdade — o prefeito diz ao também perceber isso, com um prazer repentino e feio na voz.

E, parado em frente a um campo de soldados mortos, um campo coberto com os restos queimados de homens que vi andando e falando menos de dez minutos atrás, homens que lutaram e morreram por ele em uma batalha que *ele* começou...

Em frente a tudo isso...

O prefeito diz:

— Seus amigos entraram na guerra.

E sorri.

Armas de guerra

A explosão atinge todos nós.

O morro de onde se vê o vale é arrancado da terra. Os arqueiros do Solo morrem instantaneamente, assim como todo o Solo que estava próximo da beira do morro quando ele explodiu. O Céu e eu somos salvos pela distância de apenas alguns corpos.

E a explosão continua a acontecer, ecoando pela voz do Solo, seguindo pelo rio, se amplificando várias vezes até parecer estar acontecendo sem parar, seu choque rolando através de nós inúmeras vezes, deixando o Solo igualmente atônito, se perguntando o que aquela explosão tão grande significa...

Se perguntando o que virá depois...

Se perguntando se será grande o suficiente para matar todos nós.

O Céu parou o rio logo depois do nascer do sol. Ele mandou uma mensagem através das Trilhas para o Solo que estava construindo a represa rio acima, dizendo a eles para erguer as paredes finais, jogar as últimas pedras e fazer com que o rio se voltasse sobre si mesmo. O rio começou a secar lentamente, depois cada vez mais rápido até que os arcos coloridos projetados pelos borrifos da cachoeira desapareceram e a grande largura do rio se transformou em uma planície lamacenta. Quando o som da água corrente desapareceu, ouvimos as vozes da Clareira altas, perplexas e amedrontadas no sopé do morro.

Então chegou a hora dos arqueiros, e nossos olhos foram com eles. Eles tinham entrado por trás da cachoeira em meio à escuridão e esperaram o sol nascer e a água parar.

Então ergueram suas armas e atiraram.

Todo o Solo observou isso acontecer, vendo pelos olhos dos arqueiros as lâminas em chamas atravessarem a Clareira, enquanto a Clareira corria, gritava e morria. Nós observamos como um só a nossa vitória se desenrolar, observamos a impotência deles em retaliar...

Então algo rasgou o ar de repente, o *zuuum* de algo se movendo tão rápido que foi mais sentido que visto, até um impacto e um clarão finais que encheram a mente, a alma e a voz de todos os membros do Solo, sinalizando que nossa vitória aparente teria um custo, que a Clareira tinha armas maiores do que pensávamos, que agora iria usá-las para destruir todos nós...

Mas outras explosões não chegam.

A nave que voou sobre nós, mostro ao Céu quando o Solo começa a ficar de pé outra vez. Ele me ajuda a me levantar de onde caí quando a explosão nos derrubou. Nossos únicos machucados são pequenos cortes, mas o chão ao redor está coberto de corpos do Solo.

A nave, concorda o Céu.

Nós começamos a trabalhar na mesma hora, temendo a todo momento uma segunda explosão. Ele dá ordens para o Solo se reagrupar de pronto, e eu o ajudo a levar os feridos para centros de cura, enquanto um novo acampamento já se organiza mais acima do leito do rio seco, desde os primeiros momentos após a explosão, porque foi isso o que ordenou o Céu, um lugar para a voz do Solo se juntar, para se tornar uma novamente.

Mas não *muito* acima do leito do rio. O Céu quer a Clareia à vista, embora o morro esteja tão destruído agora que não há espaço para um exército marchar por ele, a menos que desça escalando em fila.

Há outros meios, mostra-me ele, e já ouço as mensagens sendo passadas para as Trilhas, mensagens que mudam a localização do corpo do Solo, mensagens que dizem para começarem a seguir por estradas das quais a Clareira não tem conhecimento.

É estranho, mostra ele, horas depois, quando finalmente paramos para comer e uma segunda explosão ainda não ocorreu. *Disparar somente uma vez.*

Talvez eles só tivessem uma arma dessas, mostro. *Ou talvez saibam que essas armas são inúteis contra a força de um rio represado. Se eles nos destruírem, nós vamos liberá-lo e destruí-los.*

Destruição mútua garantida, diz o Céu, palavras que soam estranhas em sua voz, como uma língua estrangeira. Sua voz se revira sobre si mesma por um momento, buscando respostas no fundo da voz do Solo.

Então ele se levanta. *O Céu deve deixar o Retorno por enquanto.*

Deixar?, mostro. *Mas há trabalho a fazer...*

Há coisas que o Céu precisa fazer sozinho primeiro. Ele vê minha confusão. *Encontre-me perto de minha montaria ao anoitecer.*

Sua montaria?, mostro, mas ele já está se afastando.

Quando a tarde definha, faço como pede o Céu e volto pelo leito do rio, passo pelas fogueiras de cozinhar e pelos centros de cura, passo pelos soldados do Solo, que estão se recuperando depois da explosão, cuidando de suas armas, se preparando para o ataque seguinte e lamentando pelos membros do Solo que morreram.

Mas o Solo também precisa continuar a viver, e quando me afasto pelo rio do local da explosão, passo por membros do Solo regurgitando os materiais usados para construir novos bivaques, com *várias* cabanas já tendo sido erguidas naquele fim de tarde imóvel e enfumaçado. Passo pelo Solo que está cuidando dos bandos de aves brancas e malhadas, parte de nossa despensa viva. Passo pelos bivaques de grãos e as peixarias, agora reabastecidas pelo rio esvaziado. Passo pelo Solo que está escavando novos buracos para latrinas e até por um grupo de jovens cantando canções que vão lhes ensinar a separar a história do Solo de todas as vozes, a girar, torcer e tecer a massa de som em uma única voz que vai dizer quem são, para todo o sempre.

Uma canção cuja língua ainda me esforço para falar, mesmo quando o Solo fala comigo no ritmo que usaria com uma daquelas crianças.

Eu atravesso a cantoria até me encontrar no cercado dos rinotanques.

Rinotanques.

Eles sempre tinham sido criaturas lendárias para mim, vistos apenas nas vozes do Fardo enquanto eu crescia, em sonhos, contos e histórias da guerra que havia nos deixado com a Clareira. Eu meio que acreditava que fossem fantasia, monstros exagerados que ou não existiam ou que seriam uma grande decepção em carne e osso.

Eu estava errado. Eles são magníficos. Enormes e brancos, exceto quando cobertos em armadura de batalha de barro. Mesmo sem ela, seu couro é grosso e formado de placas duras. São quase tão largos quanto minha altura, com costas amplas sobre as quais é possível ficar de pé com facilidade, e o Solo usa as selas de pé tradicionais para se manter no lombo deles.

A montaria do Céu é a maior de todas. O chifre que se projeta do focinho é mais comprido que o meu corpo. Ele também tem um raro chifre secundário, que só cresce no líder do bando.

Retorno, mostra o rinotanque quando me aproximo do cercado. A única palavra do Fardo que ele conhece, ensinada pelo Céu, sem dúvida. *Retorno*, mostra ele, e é gentil, receptivo. Eu estendo o braço, ponho a mão no espaço entre seus chifres e o acaricio com delicadeza. Ele fecha os olhos de prazer.

Essa é uma fraqueza da montaria do Céu, mostra o Céu, chegando às minhas costas. *Não, não pare.*

Tem novidades?, mostro, retirando a mão. *Você tomou uma decisão?*

Ele dá um suspiro diante de minha impaciência. *As armas da Clareira são mais fortes que as nossas*, mostra ele. *Se tiverem mais, o Solo vai morrer em ondas.*

Eles já mataram milhares nesses últimos anos. Vão matar mais milhares mesmo que não façamos nada.

Nós vamos continuar com nosso plano original, mostra o Céu. *Nós mostramos nossa nova força e os fizemos recuar. Nós controlamos o rio, que os priva de água e faz com que saibam que podemos afogá-los a qualquer momento, se o liberarmos de uma vez. Agora, vamos ver como eles respondem.*

Eu fico mais aprumado e levanto a voz.

"Ver como eles respondem?" *O que de positivo isso pode...?*

Eu hesito quando um pensamento me vem, um pensamento que se sobre-põe a todos os outros.

Você não está insinuando, mostro, me aproximando. *Você **não pode** estar insinuando que vai esperar para ver se eles oferecem uma solução pacífica...*

Ele muda de posição. *O Céu nunca mostrou isso.*

*Você **prometeu** que eles seriam destruídos*, mostro. *O massacre do Fardo não significa **nada** para você?*

Acalme-se, mostra ele e, pela primeira vez, é uma ordem. *Vou ouvir seu conselho e experiência, mas vou fazer o que for melhor para o Solo.*

O que foi melhor antes foi deixar o Fardo para trás! Como escravos!

Nós éramos um Solo diferente naquela época, mostra ele. *Sob um Céu diferente e com habilidades e armas diferentes. Nós estamos melhores agora. Mais fortes. Nós aprendemos muito.*

*E **mesmo assim** você faria a paz...*

Eu também não mostrei isso, meu jovem amigo. Sua voz está ficando mais calma, mais tranquilizadora. *Mas há mais naves chegando, não há?*

Eu pisco, surpreso.

Você nos contou isso, você mesmo ouviu na voz da Faca. Há um comboio de naves chegando com mais armas como a que foi disparada hoje. Isso deve ser levado em conta para a sobrevivência a longo prazo do Solo.

Eu não respondo. Guardo minha voz para mim mesmo.

Por isso, vamos mover o corpo do Solo para uma posição vantajosa e esperar. O Céu caminha até sua montaria e acaricia seu focinho. Eles logo vão descobrir que não podem viver sem água. Eles vão agir, e mesmo que isso envolva outra arma como a de hoje, vamos estar prontos. Ele se volta para mim. E o Retorno não se decepcionará.

Quando o entardecer vira noite, voltamos para a fogueira do próprio Céu. E quando o Solo e o Céu se preparam para dormir, enquanto a Clareira não faz nenhum movimento para atacar novamente, eu encubro minha voz como aprendi a fazer passando a vida com a Clareira, e dentro dela, examino duas coisas.

Destruição mútua garantida, mostrou o Céu.

Comboio, mostrou o Céu.

Palavras na língua do Fardo, palavras na língua da Clareira.

Mas uma expressão que eu não conheço. E uma palavra que eu nunca usei.

Palavras que não são da longa memória do Solo.

São palavras *novas*. Quase dava para sentir o aroma de seu frescor.

Quando a noite se aprofunda e o cerco à Clareira começa, é isso o que mantenho escondido em minha voz.

O Céu me deixou, hoje, para ficar sozinho, como faz de vez em quando. É uma necessidade do Céu, de qualquer Céu.

Mas ele voltou com palavras novas.

Então... onde as escutou?

CONTROLE-SE

NO VALE

{VIOLA}

— ACHEI QUE VOCÊ TIVESSE SIDO atingido — digo, botando as mãos na cabeça. — Vi uma daquelas coisas acertar alguém em um cavalo e achei que fosse você.

Eu torno a olhar para ele, cansada e trêmula.

— Achei que eles tivessem matado você, Todd.

Ele abre os braços e me encolho junto a ele, que, apenas me abraça enquanto choro. Estamos sentados ao lado de uma fogueira feita pelo prefeito na praça, onde o exército está montando seu novo acampamento. Restaram menos da metade dos soldados depois do ataque das chamas giratórias.

O ataque que parou quando disparei um míssil.

Desci correndo com Bolota imediatamente depois da explosão, cavalgando pela praça, gritando o nome de Todd até encontrá-lo. E ali estava ele, com o Ruído ainda em choque e ainda mais indistinto após outra batalha, mas vivo.

Vivo.

E precisei mudar o destino do mundo inteiro para garantir isso.

— Eu teria feito a mesma coisa — diz Todd contra minha cabeça.

— Não, você não entende. — Eu me afasto um pouco. — Se eles tivessem machucado você, se tivessem *matado* você... — Eu engulo em seco. — Eu teria matado até o último deles.

— Eu faria o mesmo, Viola — repete ele, sério. — Sem nem pensar duas vezes.

Eu limpo o nariz na manga da camisa.

— Eu sei, Todd. Mas isso nos torna perigosos?

Mesmo com a aparência indistinta, seu Ruído adquire uma sensação confusa.

— O que você quer dizer com isso?

— Bradley sempre diz que a guerra não pode ser pessoal — explico. — Mas eu arrastei todos eles para essa guerra por *sua* causa.

— Com o tempo eles iam ter que fazer alguma coisa, se são tão legais quanto você diz...

Minha voz se eleva.

— Mas eu não deixei que escolhessem.

— Pare com isso.

E ele me puxa para um abraço outra vez.

— Está tudo bem? — pergunta o prefeito, aproximando-se de nós.

— Vai embora — diz Todd.

— Pelo menos deixe-me agradecer a Viola...

— Eu disse...

— Ela salvou nossas vidas, Todd — insiste o prefeito, chegando um pouco perto demais. — Com um único gesto, ela mudou tudo. Não tenho como lhe dizer o quanto sou grato.

E, nos braços de Todd, eu fico absolutamente imóvel.

Eu ouço Todd insistir:

— Deixa a gente em paz. Agora.

Há uma pausa, em seguida o prefeito diz:

— Muito bem, Todd. Estarei por perto caso precise de mim.

Eu olho para Todd quando o prefeito vai embora.

— *Caso precise de mim?*

Todd dá de ombros.

— Ele podia simplesmente ter me deixado morrer. As coisas iam ser mais fáceis pra ele sem mim. Mas ele não fez isso. Ele me salvou.

— Ele deve ter uma razão — digo. — E das boas.

Todd não responde, apenas olha longamente para o prefeito, que está falando com seus homens, mas nos observando também.

— Ainda é difícil ler seu Ruído — comento. — Mais do que antes.

Todd não me encara diretamente.

— Foi a batalha — explica ele. — Todos aqueles gritos…

E eu escuto algo, no fundo de seu Ruído, algo sobre um círculo…

— Mas *você* está bem? — pergunta ele. — Você não parece bem.

E agora sou eu quem viro o rosto e percebo que, sem querer, comecei a puxar a manga para baixo.

— Falta de sono — respondo.

Mas é um momento estranho, como se houvesse alguma coisa não exatamente verdadeira pairando entre nós dois.

Eu enfio a mão na bolsa.

— Pegue isso — digo, entregando a ele meu comunicador. — Para substituir o seu. Vou conseguir um novo quando voltar.

Ele parece surpreso.

— Você vai *voltar*?

— Eu preciso. Agora estamos em guerra, e é minha culpa. Fui *eu* que disparei aquele míssil. *Eu* preciso consertar as coisas…

E fico aborrecida de novo, porque não paro de rever a cena em minha cabeça. Todd em segurança na tela, vivo, afinal de contas, e o exército saindo do alcance das chamas giratórias.

O ataque tinha acabado.

E eu disparei mesmo assim.

Arrastei Simone, Bradley e todo o comboio para uma guerra que agora poderia ser dez vezes pior.

— Eu teria feito a mesma coisa, Viola — diz Todd mais uma vez.

E eu sei que ele está falando a verdade.

Mas quando ele me abraça novamente, antes que eu parta, não consigo evitar pensar em algo várias vezes.

Se é isso que Todd e eu faríamos um pelo outro, isso nos torna corretos?
Ou nos torna perigosos?

[TODD]

Os dias seguintes são de uma calmaria um pouco assustadora.

Passou uma noite, um dia e mais uma noite depois do ataque das chamas giratórias, e não aconteceu mais nada. Nada dos Spackle no alto do morro, embora a gente ainda veja as fogueiras deles brilhando à noite. Também nada da nave batedora. Viola contou a eles tudo sobre o prefeito e que tipo de homem ele é. Acho que vão esperar até o prefeito procurar e vão enviar mensagens através de mim. O prefeito não parece ter pressa. Por que teria? Ele conseguiu o que queria sem nem precisar pedir.

Enquanto isso, botou uma guarda pesada em volta do grande tanque dágua de Nova Prentisstown, que fica em uma rua lateral, perto da praça. Ele também mandou soldados começarem a recolher toda a comida da cidade e juntar tudo num velho estábulo perto do tanque pra criar um depósito. Tudo sob o controle dele, é claro, perto do acampamento novo.

Também na praça.

Eu achei que eles iam tomar as casas próximas, mas ele disse que preferia uma barraca e uma fogueira porque assim parecia mais uma guerra de verdade, em campo aberto, com o Ruído do exército **RONCANDO** em volta dele. O prefeito pegou até um dos uniformes do sr. Tate e mandou ajustarem pra ele, então voltou a ser um general alinhado outra vez.

Mas também mandou montar uma barraca pra mim em frente à dele e à dos capitães. Como se eu fosse um de seus homens mais importantes. Como se eu fosse merecedor da vida que ele tinha voltado pra salvar. Ele armou até uma cama preu dormir, preu *finalmente* dormir depois de ter passado dois dias inteiros acordado, na batalha. Parecia quase vergonhoso e praticamente impossível dormir no meio duma guerra, mas eu tava tão cansado que caí no sono mesmo assim.

E sonhei com ela.

Sonhei com ela indo me procurar depois da explosão e eu abraçando ela quando ela ficou aborrecida, e como o cabelo dela fedia um pouco e as roupas estavam suadas e como ela estava ao mesmo tempo com frio e com calor, mas era ela, era *ela* nos meus braços...

— Viola — digo, acordando de novo, com a respiração fazendo nuvem no frio.

Respiro com força por um ou dois segundos pra recuperar o fôlego, então levanto e saio da tenda. Vou direto até onde está Angharrad, enfio o rosto no flanco quente dela e escuto:

— Bom dia.

Eu ergo os olhos. O soldado jovem que está alimentando Angharrad desde que montamos acampamento chegou com o café da manhã dela.

— Bom dia — respondo.

Ele não está olhando direto pra mim. É mais velho que eu, mas mesmo assim parece tímido. Prende uma bolsa de ração em Angharrad e outra em Julieta Alegre, a égua do sr. Morgan que o prefeito pegou agora que Morpeth morreu, uma égua autoritária que range os dentes pra tudo o que passa.

Submeta-se!, ela diz pro soldado.

— Você que se submeta — ele murmura, e eu dou uma risada, porque é o que eu digo pra ela também.

Eu acaricio o flanco de Angharrad e ajeito seu cobertor pra ela ficar bem quentinha. **Memino potro**, ela diz. **Memino potro**.

Ela ainda não está bem. Mal consegue levantar a cabeça, e eu nem tentei montar nela desde que a gente voltou pra cidade. Mas pelo menos ela está falando de novo. E o Ruído dela parou de gritar.

Sobre a guerra.

Eu fecho os olhos.

(*Eu sou o Círculo e o Círculo sou eu*, penso, leve como uma pena...)

(porque você pode silenciar o Ruído dela pra ela, também...)

(silenciar os gritos, silenciar os que estão morrendo...)

(silenciar tudo o que viu e que não quer ver de novo...)

(e aquele zumbido continua no fundo, mais sentido que ouvido...)

— Você acha que alguma coisa vai acontecer em breve? — pergunta o soldado.

Eu abro os olhos.

— Se nada acontece — digo —, então ninguém morre.

Ele assente e desvia o olhar.

— James — ele diz, e através de seu Ruído vejo que ele está dizendo o próprio nome com a esperança amigável de alguém cujos amigos estão todos mortos.

— Todd.

Ele capta meu olhar por um segundo, então olha pra trás de mim e sai correndo pra seja qual for seu trabalho seguinte.

Porque o prefeito está saindo da barraca.

— Bom dia, Todd — ele diz, espreguiçando os braços.

— O que tem de bom nele?

Ele apenas dá seu sorriso estúpido.

— Eu sei que esperar é difícil. Especialmente sob a ameaça de um rio que pode nos afogar.

— Por que a gente não vai embora, então? — questiono. — Viola me disse uma vez que havia velhos povoados no oceano, a gente podia reagrupar lá e…

— Porque esta é *minha* cidade, Todd — ele responde, servindo uma xícara de café da fogueira. — E deixá-la significaria uma vitória para eles. O jogo é assim. Eles não vão liberar o rio, porque senão vamos enviar mais mísseis. Por isso todo mundo vai encontrar outro jeito de lutar essa guerra.

— Esses mísseis não são seus.

— Mas são de Viola — ele diz com um sorriso pra mim. — E nós vimos o que ela é capaz de fazer para proteger você.

— Senhor presidente?

É o sr. Tate, chegando da patrulha noturna com um velho que nunca vi antes e se aproximando da fogueira.

— Um representante solicita uma audiência.

— Um representante? — o prefeito pergunta, fingindo estar impressionado.

— Sim, senhor — o velho responde, segurando o chapéu nas mãos e sem saber muito bem pra onde olhar. — Da cidade.

Eu e o prefeito olhamos automaticamente pros prédios que cercam a praça e as ruas ao redor. A cidade está deserta desde o primeiro ataque dos Spackle. Mas olhe agora. Na rua principal, depois das ruínas da catedral, tem uma fila de pessoas a distância, a maioria mais velha, mas algumas mulheres mais novas, uma delas com uma criança no colo.

— Nós não sabemos o que está acontecendo — o velho diz. — Nós ouvimos as explosões da batalha e corremos...

— Guerra é o que está acontecendo — o prefeito interrompe. — O acontecimento determinante para o futuro de todos.

— Bom, sim — o velho concorda. — Mas aí o rio secou...

— E agora você está na dúvida se a cidade seria o lugar mais seguro, no fim das contas — o prefeito diz. — Qual é o seu nome, representante?

— Shaw — o velho responde.

— Bem, sr. Shaw, este é um momento crucial em que sua cidade e seu exército precisam de vocês.

Os olhos do sr. Shaw correm nervosos de mim pro sr. Tate e pro prefeito.

— Nós sem dúvida estamos prontos para dar apoio a nossos soldados corajosos — ele diz, torcendo o chapéu nas mãos.

O prefeito assente, quase que em encorajamento.

— Mas não tem eletricidade, tem? Não desde que a cidade foi abandonada. Não tem aquecimento. Não tem como cozinhar.

— Não, senhor — o sr. Shaw diz.

O prefeito fica em silêncio por um segundo.

— Vou lhe dizer uma coisa, sr. Shaw. Vou mandar alguns de meus homens religarem a central elétrica. Vamos ver se eles conseguem acender as luzes em pelo menos parte da cidade.

O sr. Shaw parece atônito. Eu sei como ele se sente.

— *Obrigado*, senhor presidente. Eu só vim perguntar se havia problema em...

— Não, não — o prefeito diz. — Qual a razão dessa guerra senão o bem de vocês? Agora que isso foi resolvido, gostaria de saber se posso contar com sua ajuda e a ajuda de outros moradores da cidade para fornecer suprimentos vitais para a linha de frente. Estou falando de comida, principalmente, mas ajudem a racionar água também. Nós estamos nisso juntos, sr. Shaw, e meu exército não é nada sem o apoio de vocês.

—Ah, é claro, senhor presidente. — O sr. Shaw está tão surpreso que não consegue falar quase nada. — Obrigado.

— Capitão Tate? — o prefeito chama. — Quer mandar uma equipe de engenheiros acompanhar o sr. Shaw e ver se conseguimos impedir que as pessoas que estamos protegendo morram congeladas?

Olho completamente pasmo pro prefeito, enquanto o sr. Tate leva o sr. Shaw embora.

— Como você pode dar a eles aquecimento quando tudo o que temos são fogueiras? — pergunto. — Como pode dispensar os homens?

— Porque, Todd, há mais de uma batalha sendo travada aqui. — Ele olha pra estrada enquanto o sr. Shaw volta até os outros moradores da cidade com as boas notícias. — E eu quero ganhar todas elas.

{Viola}

— Certo — diz mestra Lawson enquanto faz um curativo em meu braço. — Nós sabemos que a fita é feita para se unir à pele do animal hospedeiro de forma permanente, e que, se for retirada, os produtos químicos vão impedir que o sangramento pare. Se a fita for mantida, a pele deveria cicatrizar, mas isso *não* está acontecendo com você.

Estou na cama da sala de cura da nave batedora, um lugar onde passei muito mais tempo do que gostaria desde que vi Todd. Os remédios de mestra Lawson estão impedindo que a infecção piore, mas nada além disso. Ainda estou febril, e a fita em meu braço ainda queima, o suficiente para fazer com que eu fique voltando para essa cama.

Como se os dois últimos dias já não tivessem sido difíceis o bastante.

Minha recepção ao voltar ao topo do morro me surpreendeu. Estava escurecendo quando cheguei, mas as luzes das fogueiras permitiram que as pessoas da Resposta me vissem chegar.

E elas vibraram.

Pessoas que conheço, como Magnus, mestra Nadari e Ivan, se aproximaram para acariciar os flancos de Angharrad e dizer coisas como "Agora eles vão ver!" e "Muito bem!". Elas achavam que disparar o míssil tinha sido a melhor escolha possível para nós. Até Simone me disse para tentar não me preocupar.

Lee fez o mesmo.

— Eles vão continuar vindo se não mostrarmos que podemos revidar — comentou ele naquela noite, sentado ao meu lado em um toco de árvore enquanto a gente jantava.

Eu olhei para ele, com o cabelo louro bagunçado tocando a gola de seu casaco, os olhos azuis grandes refletindo a luz das luas, a maciez de sua pele na base do pescoço...

Enfim.

— Mas eles podem vir *piores* agora — falei, um pouco alto demais.

— Você teve que fazer aquilo. Você teve que fazer aquilo pelo seu Todd.

E, no Ruído dele, eu vi que ele queria passar o braço pelos meus ombros.

Mas não fez isso.

Bradley, por outro lado, nem falava comigo. Ele não precisava. Garota egoísta e milhares de vidas e deixar uma criança nos arrastar para uma guerra e coisas ainda mais grosseiras em seu Ruído me fustigavam toda vez que eu me aproximava dele.

— Eu só estou com raiva — explicou Bradley. — Desculpe por você ter que escutar isso.

Mas ele não pediu desculpas por pensar aquilo e passou o dia seguinte inteiro contando ao comboio o que aconteceu. E me evitando.

Naquele dia, eu fiquei de cama por mais tempo do que pretendia, tanto que nem consegui conversar com mestra Coyle. Simone saiu para tentar encontrá-la e acabou passando o dia ajudando-a na organização de grupos de busca por fontes de água, fazendo inventário dos alimentos e determinando um lugar para que todas aquelas pessoas fossem ao banheiro, o que envolvia um conjunto de incineradores químicos da nave batedora que deviam ser usados pelos primeiros colonos.

Essa é mestra Coyle: sempre se aproveitando de tudo.

Então, à noite, a febre piorou mais uma vez, e *ainda* estou aqui de manhã, mesmo com tanto trabalho pela frente, tanta coisa que preciso fazer para tentar consertar o mundo.

— A senhora não deveria estar desperdiçando tanto tempo comigo, mestra Lawson — digo. — Eu *escolhi* receber essa fita. Eu sabia que era um risco, e se…

— Se isso está acontecendo com você — interrompe ela —, imagine o que está acontecendo com todas as outras mulheres escondidas aí fora, que não tiveram escolha?

Eu pisco, confusa.

— A senhora não acha…?

VIOLA, escuto vindo do corredor. Viola MÍSSIL Viola SIMONE Ruído idiota…

Bradley enfia a cabeça na sala de cura.

— Acho que é melhor vocês virem até aqui — diz ele. — As duas.

Eu me sento na cama e fico tão tonta que preciso esperar alguns momentos antes de me levantar. Quando consigo ficar de pé, Bradley já está conduzindo mestra Lawson para fora da sala de cura.

— Eles começaram a descer o morro uma hora atrás — diz para ela. — Vinham em grupos de dois ou três, no início, mas agora…

— Quem? — pergunto, seguindo atrás deles.

Nós descemos a rampa e nos juntamos a Lee, Simone e mestra Coyle. Eu olho para o alto do morro.

Que agora tem três vezes mais pessoas do que ontem. Grupos de todas as idades, de aparência maltrapilha, alguns ainda vestindo os pijamas que estavam usando quando o ataque dos Spackle começou.

— Será que tem alguém que precisa de cuidados médicos? — pergunta mestra Lawson, que não espera uma resposta e parte na direção do maior grupo de recém-chegados.

— Por que estão vindo *para cá*? — pergunto.

— Eu andei falando com alguns deles — diz Lee. — As pessoas não sabem se é mais seguro serem protegidas pela nave batedora aqui ou pelo exército, na cidade. — Ele olha para mestra Coyle. — Quando souberam que a Resposta estava aqui, isso fez alguns deles se decidirem.

— Como assim? — pergunto, franzindo o cenho.

— Deve haver quinhentas pessoas aqui — diz Simone. — Nós não temos suprimento de alimentos ou água para tanta gente.

— A Resposta tem, a curto prazo — retruca mestra Coyle. — Mas podem apostar que teremos mais. — Ela se volta para Bradley e Simone. — Eu vou precisar de sua ajuda.

Como se precisasse pedir, fala o Ruído de Bradley.

— O comboio concorda que nossa missão principal é humanitária — diz ele, então olha para mim e para Simone, e seu Ruído se agita mais.

Mestra Coyle assente.

— Nós provavelmente deveríamos ter uma conversa sobre a melhor maneira de fazer isso. Eu vou reunir as mestras e...

— E vamos incluir também uma conversa sobre uma nova trégua com os Spackle — digo.

— Essa é uma questão delicada, minha garota. Você não pode simplesmente chegar lá pedindo paz.

— E você também não pode só ficar sentada esperando por mais guerra.

Posso perceber pelo Ruído de Bradley que ele está prestando atenção.

— Nós precisamos encontrar um jeito de fazer este mundo funcionar com todos nós.

— Ideais, minha garota — diz mestra Coyle. — É sempre mais fácil acreditar neles que viver de acordo com eles.

— Mas se você nem mesmo *tentar* — diz Bradley —, então não tem porque estar vivo.

Mestra Coyle olha para ele com sagacidade.

— Esse é outro ideal.

— Com licença — diz uma mulher, aproximando-se da nave.

Ela encara nós três com uma expressão nervosa antes de pousar os olhos em mestra Coyle.

— A senhora é a curandeira, não é?

— Sou — responde mestra Coyle.

— Ela é *uma* curandeira — digo. — Uma de muitas.

— A senhora pode me ajudar? — pergunta a mulher.

E ela levanta a manga da camisa e revela uma fita tão infeccionada que fica claro, até mesmo para mim, que ela vai precisar amputar o braço.

[TODD]

— *Eles foram chegando durante a noite* — Viola diz pelo comunicador. — *Tem três vezes mais gente aqui agora.*

— A mesma coisa aqui — digo.

Falta pouco pra amanhecer. Um dia depois do sr. Shaw falar com o prefeito, um dia depois dos moradores da cidade também começarem a aparecer no morro de Viola, e mais gente continuava a aparecer por toda parte, embora a maioria das pessoas na cidade fossem homens e no morro, mulheres. Nem todos, mas a maioria.

— *Então o prefeito conseguiu o que queria.*

Viola dá um suspiro, e mesmo na tela pequena posso ver como ela continua pálida.

— *Homens e mulheres separados.*

— Você está bem? — pergunto.

— *Estou, sim* — ela diz, um pouco rápido demais. — *Ligo para você depois, Todd. Tenho um dia cheio pela frente.*

A gente desliga, e eu saio da minha tenda e encontro o prefeito me esperando com duas xícaras de café. Ele oferece uma. Depois de um segundo, eu aceito. Nós dois ficamos ali parados, bebendo café, tentando nos esquentar um pouco enquanto o céu vai ficando mais rosa. Mesmo a essa hora, tem luzes acesas em alguns dos prédios maiores, onde os homens do prefeito ligaram a energia pros moradores da cidade poderem se reunir no calor.

Os olhos do prefeito, como sempre, estão no alto do morro dos Spackle na metade do céu que continua escura, no morro que ainda esconde da vista um exército inteiro. E eu percebo que, neste exato momento, só por estes poucos minutos enquanto o exército do prefeito dorme, dá pra ouvir alguma coisa além do **RONCO** adormecido dos homens, alguma coisa leve e distante.

Os Spackle também têm um **RONCO**.

—A voz deles — o prefeito comenta. — E eu acho que é mesmo uma grande voz única, evoluída para se encaixar perfeitamente a este mundo, conectando a todos.

Ele bebe o café.

— Dá para ouvi-la às vezes, em noites silenciosas. Todos aqueles indivíduos falando como um. Como se fosse a voz deste mundo inteiro, dentro de sua cabeça.

Ele continua olhando pro morro de um jeito bem assustador, então eu pergunto:

— Seus espiões não escutaram eles planejarem nada?

Ele toma mais um gole, mas não responde.

— Os espiões não podem chegar muito perto, né? — digo. — Senão os Spackle já teriam ouvido os *nossos* planos.

— Esse é o cerne da questão, Todd.

— O sr. O'Hare e o sr. Tate não têm Ruído.

— Eu já perdi dois capitães — o prefeito diz. — Não posso perder mais.

— Bom, você não queimou mesmo a cura toda, queimou? É só dar pros seus espiões.

Ele não diz nada.

— Você não pode ter feito isso — digo, mas então entendo. — Você *fez mesmo*.

Ele continua quieto.

— *Por quê?* — pergunto, olhando pros soldados que estão em volta.

O **RONCO** está ficando mais alto conforme eles acordam.

— Os Spackle com certeza podem ouvir a gente. Você teria uma vantagem...

— Eu tenho outras vantagens — ele retruca. — Além disso, em breve talvez haja outra pessoa entre nós que poderá ser muito útil em relação à espionagem.

Eu franzo a testa.

— Eu nunca vou trabalhar pra você — digo. — Nunca.

— Você *já* trabalhou para mim, meu caro. Por vários meses, se bem me lembro.

Sinto meu mau humor crescer, mas paro porque James chegou com o saco do café da manhã pra Angharrad.

— Eu fico com isso — digo, deixando meu café no chão.

Ele me entrega o saco, que prendo com delicadeza em volta da cabeça dela.

Memino potro?, ela pergunta.

— Está tudo bem — digo enquanto faço um carinho nas orelhas dela com os dedos. — Come, garota.

Leva mais um minuto, mas então começo a ver os dentes dela morderem os primeiros bocados.

— Boa garota — digo.

James ainda está ali, com um olhar vazio na minha direção, e as mãos erguidas depois de ter me passado o saco de ração.

— Obrigado, James.

Ele continua ali parado, olhando fixamente, sem piscar, com as mãos no mesmo lugar.

— Eu disse *obrigado*.

Então eu escuto.

É difícil perceber no **RONCO** do Ruído de todas as outras pessoas, até de James, que está pensando em como costumava viver rio acima com o pai e o irmão e se juntou ao exército que passou em marcha por lá porque era isso ou morrer lutando contra eles e agora ali está, em uma guerra com os Spackle, mas agora ele está feliz, feliz por estar lutando, feliz por estar servindo ao presidente…

— Não está, soldado? — o prefeito pergunta, tomando outro gole de seu café.

— Estou — James responde, sem pensar. — Muito feliz.

E por baixo de tudo isso está o pequeno zumbido do Ruído do prefeito, penetrando no de James e se enroscando em volta dele como uma cobra, moldando ele em uma forma que não é desagradável pra James, mas que não é exatamente dele.

— Você pode ir — o prefeito diz.

— Obrigado, senhor.

James pisca e deixa as mãos caírem ao lado do corpo. Ele me dá um sorrisinho engraçado e então volta pro meio do acampamento.

— Você não pode fazer isso — digo ao prefeito. — Não com todos eles. Você disse que tinha acabado de conseguir controlar pessoas. Foi isso o que você *disse*.

Ele não responde, apenas olha novamente pro alto do morro.

Eu encaro ele, compreendendo aos poucos.

— Mas você está ficando mais forte — continuo. — E, se eles estivessem curados...

— A cura, na verdade, mascarava tudo — o prefeito explica. — Ela os tornava, digamos, mais difíceis de alcançar. Você precisa de uma alavanca para mover um homem. E o Ruído é uma ferramenta muito boa.

Eu olho de novo ao redor.

— Mas você não *precisa* fazer isso — digo. — Eles já estão seguindo você.

— Sim, Todd, mas isso não significa que não estejam abertos a sugestão. Você deve ter percebido como seguem minhas ordens rapidamente em batalha.

— Você está treinando pra controlar um exército inteiro. Um *mundo* inteiro.

— Você faz isso parecer muito sinistro. — Ele dá aquele sorriso. — Eu só usaria isso para o bem de todos nós.

Então ouvimos um barulho atrás da gente, passos rápidos. É o sr. O'Hare, sem fôlego, com o rosto afogueado.

— Eles atacaram nossos espiões — ele relata pro prefeito, ofegante. — Só um homem do norte e um do sul voltaram. Obviamente foram poupados para que pudessem nos contar o que aconteceu. Os Spackle mataram o resto.

O prefeito faz uma careta e olha pro alto do morro.

— Então, é assim que eles estão jogando.

— O que você quer dizer com isso? — pergunto.

— Ataques pela estrada do norte e pelos morros do sul — ele responde. — Os primeiros passos em direção ao inevitável.

— O inevitável o quê?

Ele ergue as sobrancelhas.

— Eles estão nos cercando, é claro.

{VIOLA}

Menina potra, cumprimenta-me Bolota quando lhe dou uma maçã que roubei da tenda de alimentação. Ele descansa em uma área na linha das árvores para onde Wilf levou todos os animais da Resposta.

— Ele está lhe dando trabalho, Wilf? — pergunto.

— Não, senhora — diz Wilf, prendendo sacos de alimentos a uma dupla de bois perto de Bolota. **Wilf**, dizem eles enquanto comem. **Wilf, Wilf.**

Wilf, diz Bolota, enfiando o focinho em meus bolsos à procura de outra maçã.

— Onde está Jane? — pergunto, olhando ao redor.

— Tá ajudando as mestras a distribuir comida — responde Wilf.

— Isso é a cara de Jane. Escute, você viu Simone? Preciso falar com ela.

— Simone saiu pra caçar com Magnus. Ouvi mestra Coyle sugerir isso pra ela.

Desde que os moradores da cidade começaram a aparecer, a comida passou a ser nossa questão mais urgente. Mestra Lawson, como sempre, está encarregada de controlar o estoque e montou uma rede para alimentar as pessoas que estão chegando, mas os estoques de comida da Resposta não vão durar para sempre. Magnus estava liderando grupos de caça para suplementá-los.

Mestra Coyle, enquanto isso, estava profundamente ocupada nas tendas médicas, cuidando de mulheres com braços infeccionados. Há uma grande variação na seriedade das feridas. Algumas mulheres estão tão doentes que mal conseguem ficar de pé; já para outras, não passa de uma alergia. Aquilo, porém, parece afetar todas as mulheres de algum modo. Todd diz que o prefeito está oferecendo atendimento médico para as poucas mulheres lá embaixo também, todo preocupado com as fitas que *ele mesmo* botou, dizendo que vai fazer o que for necessário para ajudá-las, que essa não era sua intenção.

Isso faz com que eu me sinta ainda pior.

— Eu devia estar na sala de cura quando ela saiu — digo, sentindo a queimação em meu braço, me perguntando se minha temperatura está subindo *outra vez*. — Acho que vou ter que falar com Bradley então.

Torno a me dirigir à nave batedora e ouço Wilf dizer enquanto me afasto:

— Boa sorte.

Eu escuto o Ruído de Bradley, mais alto do que o de qualquer outro homem ali, até que encontro seus pés se projetando de um ponto na frente da nave, com um painel no chão e ferramentas por toda parte.

Motor, pensa ele. Motor e guerra e míssil e pouca comida e Simone nem olha para mim e Tem alguém aí?

— Tem alguém aí? — pergunta ele, saindo de onde estava.

— Só eu — respondo enquanto ele aparece.

Viola, pensa Bradley.

— Posso ajudar? — diz ele, muito mais secamente do que eu gostaria.

Divido com ele o que Todd me contou sobre os Spackle e os espiões do prefeito, sobre eles talvez estarem em movimento.

— Vou ver o que posso fazer para tornar as sondas mais eficientes.

Ele dá um suspiro e olha para o acampamento que agora cerca completamente a nave batedora, por todos os lados da clareira, com outras barracas improvisadas além da linha das árvores.

— Nós precisamos protegê-los — diz ele. — É nosso dever, agora que aumentamos a aposta.

— Desculpe, Bradley. Eu não podia ter feito outra coisa.

Ele ergue o rosto bruscamente.

— Você podia, sim. — Ele fica de pé e insiste, com mais firmeza: — Você podia ter feito outra coisa, *sim*. Certas escolhas podem ser inacreditavelmente difíceis, mas nunca são impossíveis.

— E se fosse Simone lá embaixo em vez de Todd? — pergunto.

E Simone aparece por todo o seu Ruído, seus sentimentos profundos por ela, sentimentos que não acho que sejam retribuídos.

— Você tem razão — diz ele. — Eu não sei o que faria. Torço para que eu fizesse a escolha certa, mas, Viola, é uma escolha. Dizer que você não teve escolha é se livrar da responsabilidade, e não é assim que uma pessoa íntegra age.

Uma criança, diz seu Ruído, **UMA CRIANÇA**, então sua voz se suaviza.

— E eu acredito que você seja uma pessoa íntegra.

— Acredita?

— Claro que sim — responde ele. — O importante é assumir a responsabilidade pelas próprias escolhas. Aprender com elas. Usá-las para melhorar as coisas.

E eu me lembro de Todd dizendo *A questão não é se nós caímos. É se a gente consegue se levantar de novo*.

— Eu sei. Estou tentando acertar as coisas.

— Acredito em você. Estou tentando, também. Você disparou o míssil, mas nós permitimos que você fizesse isso.

E eu escuto **Simone** em seu Ruído novamente, com algumas farpas ao redor.

— Diga a Todd para avisar ao prefeito que nós só vamos ajudar a *salvar* vidas, que estamos trabalhando pela paz, mais nada.

— Já fiz isso.

Devo parecer tão sincera que ele sorri. Estou esperando por um sorriso há tanto tempo que sinto uma pequena palpitação em meu peito. Porque seu Ruído está sorrindo também. Um pouco.

Então vemos mestra Coyle sair de uma tenda de cura, com sangue no jaleco.

— Infelizmente, acho que a estrada para a paz passa por ela — diz Bradley.

— É, mas ela está sempre muito ocupada. Ocupada demais para conversar.

— Talvez você devesse se ocupar também — sugere ele. — Se tiver disposição para isso.

— Não importa se estou com disposição ou não. É algo que preciso fazer.

Eu olho para trás, para onde Wilf está cuidando dos animais.

— Acho que sei exatamente a quem perguntar.

[Todd]

Meu querido filho, leio. *Meu querido filho.*

As palavras que minha mãe usa no alto de toda página do diário dela, palavras escritas pra mim nos tempos logo antes e depois que eu nasci, contando tudo o que aconteceu com ela e meu pai. Estou na minha barraca, tentando ler.

Meu querido filho.

Mas são praticamente as únicas palavras que consigo identificar nessa porcaria toda. Passo os dedos pela página e depois pela seguinte também, olhando pras palavras rabiscadas que se espalham por todo lado.

Minha mãe, falando e falando.

E eu não consigo ouvir ela.

Reconheço meu nome aqui e ali. E o de Cillian. E o de Ben. E meu coração começa a doer um pouco. Quero ouvir minha mãe falando sobre Ben. O Ben que me criou, o Ben que perdi *duas vezes*. Eu quero ouvir a voz dele novamente.

Mas não posso...

(idiota estúpido)

Então escuto: *Comida?*

Eu baixo o diário e boto a cabeça pra fora da barraca. Angharrad está olhando pra mim. *Comida, Todd?*

Eu levanto imediatamente, vou até ela imediatamente, concordo imediatamente.

Porque é a primeira vez que ela diz meu nome desde...

— Claro, garota — digo. — Vou buscar um pouco de comida pra você agora mesmo.

Ela esfrega o focinho de cavalo no meu peito, quase brincalhona, e fico tão aliviado que meus olhos enchem dágua.

— Eu já volto.

Olho em volta e não vejo James em lugar nenhum. Saio andando e passo pela fogueira, onde o prefeito está olhando com cara preocupada pra mais relatórios com o sr. Tate.

Ele não podia dispensar muitos homens, mas depois dos ataques contra os espiões desta manhã, disse que não tinha escolha em relação a mandar pequenos esquadrões de homens pro norte e pro sul com ordens de seguir em frente até ouvirem o RONCO dos Spackle, então acampar ali, longe o suficiente pra que os Spackle soubessem que a gente não ia deixar eles entrarem na cidade e passarem por cima de nós. Os esquadrões vão nos dizer quando a invasão estiver chegando, pelo menos, mesmo que não sejam capazes de impedir.

Eu vou andando pelos soldados, olhando pro outro lado da praça, onde dá pra ver o topo do tanque dágua surgindo por trás do depósito de alimentos, prédios que nunca tinha me dado ao trabalho de olhar com atenção até se transformarem numa questão de vida ou morte.

Eu vejo James vindo pela praça daquela direção.

— Oi, James — cumprimento ele. — Angharrad precisa de mais comida.

— Mais? — Ele parece surpreso. — Ela já foi alimentada hoje.

— É, mas ainda está saindo do choque da batalha e tudo o mais. Além disso... — digo, coçando a orelha. — É a primeira vez que ela está *pedindo* comida.

Ele dá um sorriso inteligente.

— Você precisa tomar cuidado, Todd. Cavalos sabem como tirar vantagem. Se você começar a alimentá-la toda vez que ela pedir, ela vai pedir o tempo inteiro.

— É, mas…

— Você precisa mostrar a ela quem é que manda. Diga que ela já foi alimentada hoje e que ela vai receber mais comida de manhã, como deve ser.

Ele continua sorrindo, o Ruído dele continua amistoso, mas sinto que estou ficando um pouco irritado.

— Mostra onde tá a comida que eu mesmo pego um pouco.

Ele franze a testa.

— Todd…

— Ela *precisa* de comida — digo, levantando a voz. — Ela está se recuperando de um ferimento…

— Eu também. — Ele levanta a barra da camisa. Tem uma queimadura que atravessa toda a sua barriga. — E *eu* só comi uma vez hoje.

E entendo o que ele está dizendo, e posso ver como ele está sendo amistoso, mas tem **Memimo potro?** correndo por todo o meu Ruído, e eu me lembro de como ela gritou quando foi atingida e do silêncio que veio em seguida e das poucas palavras que consegui arrancar dela depois disso, mas ainda tão pouco comparado com o jeito antigo dela e se ela quer comer então que o diabo me leve se eu não vou dar comida pra ela, e esse mijo de porco pequeno e irritante precisa *pegar essa porcaria pra mim* porque eu sou o Círculo e o Círculo sou eu…

— Eu vou pegar para você — ele diz…

E ele está olhando pra mim…

E ele não está piscando…

E sinto algo se torcendo, uma linha invisível e sinuosa se enroscando no ar…

E ela está entre o meu Ruído e o Ruído dele…

E tem um pequeno zumbido…

— Vou pegar agora mesmo — ele diz sem piscar. — Já vou trazer.

E ele dá a volta e sai andando na direção do depósito de alimentos.

Sinto o zumbido ainda ricocheteando pelo meu Ruído, difícil de seguir, difícil de identificar, como uma sombra que acabou de deixar o ponto pra onde virei o olhar…

Mas isso não importa...

Eu queria que ele fizesse isso, eu *queria* que acontecesse...

E aconteceu.

Eu controlei ele. Igual ao prefeito.

Eu observo ele andar na direção do depósito de alimentos, como se ele mesmo tivesse tido aquela ideia.

Minhas mãos estão tremendo.

Maldição.

{VIOLA}

— Você é a pessoa que mais sabe sobre a trégua aqui — digo. — Você era uma líder de Nova Prentisstown na época, então é claro que...

— Eu era uma líder de *Refúgio*, minha garota — corrige mestra Coyle, sem erguer os olhos enquanto serve comida para uma fila comprida de moradores da cidade. — Eu não tenho nada a ver com *Nova Prentisstown*.

— Tá aqui! — quase grita Jane ao nosso lado, botando as pequenas porções de hortaliças e carne-seca em qualquer recipiente que as pessoas tragam.

A fila se estende pelo topo do morro, onde quase não dá para ver o chão. O lugar praticamente se tornou uma cidade amedrontada e faminta.

— Mas você disse que sabia detalhes sobre a trégua.

— Claro que eu sei sobre a trégua — diz mestra Coyle. — Eu ajudei a negociá-la.

— Bom, então você podia negociar *novamente*. Ou pelo menos me contar como começou.

— Cês num tão *falando demais*? — pergunta Jane, se inclinando em nossa direção, com preocupação no rosto. — Em vez de servir comida?

— Desculpe — digo.

— É que as mestra fica com raiva quando alguém fala demais — explica Jane, e se vira para a pessoa seguinte na fila, uma mãe segurando a mão da filha pequena. — Eu me meto em problema *o tempo todo*.

Mestra Coyle dá um suspiro e baixa a voz.

— Nós começamos impondo uma derrota tão grande aos Spackle que eles *tiveram* que negociar conosco, minha garota. É assim que essas coisas funcionam.

— Mas...

— Viola. — Ela se vira para mim. — Você se lembra do medo que sentiu se espalhar pelas pessoas quando elas souberam que os Spackle estavam atacando?

— Bom, sim, mas...

— É porque nós chegamos muito perto de sermos destruídos da última vez. Isso é uma coisa que não se esquece nunca.

— Mais razão ainda para impedir que aconteça novamente — argumento. — Nós mostramos aos Spackle quanto poder nós temos...

— Que se iguala ao poder que eles têm de liberar o rio e destruir a cidade — retruca ela. — Deixando o resto de nós vulneráveis em caso de uma invasão. É um impasse.

— Mas não podemos simplesmente ficar aqui parados esperando outra batalha. Isso só vai dar *mais* vantagem aos Spackle, só vai dar mais vantagem ao *prefeito*...

— Não é isso o que está acontecendo, minha garota.

Sua voz tem um tom engraçado.

— O que você quer dizer com isso?

Escuto Jane estalar a língua ao meu lado. Ela parou de servir comida, a irritação visível no rosto.

— Cê vai se meter em *problema* — sussurra ela para mim, um pouco alto demais.

— Desculpe, Jane, mas tenho certeza de que posso falar com mestra Coyle.

— É ela que fica com mais raiva.

— Sim, Viola — concorda mestra Coyle. — Sou *eu* quem fica com mais raiva.

Eu aperto bem os lábios.

— O que você quis dizer com isso? — pergunto em voz baixa por causa de Jane. — O que está acontecendo com o prefeito?

— Espere só — diz mestra Coyle. — Espere só para ver.

— Esperar para ver enquanto pessoas morrem?

— Elas não estão morrendo.

Ela aponta para a fila, para a fileira de rostos famintos olhando para nós — em sua maioria mulheres, mas alguns homens, também, e crianças, todos abatidos e mais sujos do que de costume —, mas mestra Coyle está certa, essas pessoas não estão morrendo.

— Pelo contrário — continua ela. — As pessoas estão vivendo, sobrevivendo juntas, contando umas com as outras. E é exatamente disso que o prefeito precisa.

Eu estreito os olhos.

— O que você está dizendo?

— Olhe ao redor. Metade do planeta humano está aqui, a metade que não está lá embaixo com ele.

— E?

— E ele não vai nos *deixar* aqui, vai? — Ela balança a cabeça. — Ele precisa de nós para ter a vitória que tanto almeja. Não precisa só das armas em sua nave, mas do resto de nós para governar depois, e sem dúvida do comboio também. É assim que ele pensa. Ele está lá embaixo esperando que nós o procuremos, mas preste atenção. Vai chegar um dia, e esse dia será *logo*, em que ele vai vir procurar por nós, minha garota.

Ela dá um sorriso e volta a servir a comida.

— E, quando ele fizer isso... — continua mestra Coyle. — Eu vou estar esperando.

[TODD]

No meio da noite, eu canso de rolar na cama e vou até a fogueira pra me esquentar. Não consigo dormir depois daquela coisa estranha com James.

Eu controlei ele.

Por um minuto, controlei.

E não tenho ideia de como.

(mas tive a sensação...)

(tive uma sensação de poder...)

(uma sensação *boa*...)

(cala a boca)

— Não consegue dormir, Todd?

Eu faço um som irritado. Estendo as mãos pro fogo e vejo ele me olhando do outro lado da fogueira.

— Você não pode me deixar em paz só uma vez? — digo.

Ele dá uma risada.

— E deixar passar o que aconteceu com meu filho?

Meu Ruído grita por pura surpresa.

— Não fale comigo do Davy. Nem *tenta*.

O prefeito levanta as mãos de um jeito apaziguador.

— Eu só estava me referindo à forma como você o redimiu.

Ainda estou furioso, mas a palavra chama minha atenção.

— Redimi?

— Você o mudou, Todd Hewitt — ele diz. — Nenhuma outra pessoa poderia tê-lo feito mais. Ele era um imprestável, e você quase fez dele um homem.

— A gente nunca vai saber — rosno. — Porque você matou ele.

— As guerras são assim. É preciso fazer escolhas impossíveis.

— Você não precisava fazer aquilo.

Ele olha nos meus olhos.

— Talvez não. Mas *se* eu não precisava, é você quem está me mostrando isso. — Ele dá um sorriso. — Parece que você está me mudando também, Todd.

Eu fecho a cara.

— Não tem nada nessa terra que possa redimir *você*.

E nesse momento todas as luzes na cidade apagam.

De onde estamos, ainda vemos algumas do outro lado da praça, dando sensação de segurança aos moradores da cidade.

E num instante elas somem.

Então a gente escuta tiros vindos de uma direção diferente...

Apenas uma arma, de algum modo completamente sozinha...

Bang e depois *bang* de novo...

E o prefeito logo pega o rifle, e vou logo atrás dele, porque está vindo de trás da central elétrica, de uma estrada menor perto do leito vazio do rio, e alguns soldados já estão correndo nessa direção também, com o sr. O'Hare, e fica mais escuro quando todos deixam o acampamento do exército, mais escuro e sem nenhum outro som de qualquer coisa acontecendo...

Então a gente chega lá.

Tinha só dois guardas na central elétrica, na verdade apenas engenheiros, porque quem é que vai atacar a central de energia quando tem um exército inteiro entre ela e os Spackle...

Mas vejo o corpo de dois Spackle no chão perto da porta. Eles estão caídos do lado de um dos guardas, que teve o corpo dividido em três pedaços grandes, destroçado por aquele rifle de ácido deles. Por dentro, a central de energia está destruída, o equipamento derretendo com o ácido que é tão bom pra acabar com coisas quanto com pessoas.

A gente encontra o segundo guarda a cem metros de distância, no meio do leito do rio. Ele obviamente estava atirando nos Spackle enquanto eles corriam.

A parte de cima de sua cabeça está faltando.

O prefeito não está nada satisfeito.

— Não é assim que nós deveríamos lutar — ele diz, com a voz baixa e irritada. — Nos esgueirando como ratos-das-cavernas. Ataques noturnos em vez de batalhas diretas.

— Vou receber os relatórios dos esquadrões que nós mandamos, senhor — o sr. O'Hare fala. — Descobrir onde foi a brecha.

— Faça isso, capitão — o prefeito diz. — Mas duvido que lhe contem algo além de que não viram nenhum movimento.

— Eles queriam nossa atenção em outro lugar — comento. — Olhando pra fora, não pra dentro. Foi por isso que mataram os espiões.

O prefeito me encara lenta e cautelosamente.

— Você está corretíssimo, Todd.

Então vira pra olhar pra cidade, agora mais escura, com moradores nas ruas com pijamas, querendo saber o que aconteceu.

Eu escuto o prefeito sussurrar sozinho:

— Que assim seja. Se essa é a guerra que querem, então essa é a guerra que vamos dar a eles.

O abraço do Solo

O Solo perdeu uma parte de si mesmo, mostra o Céu, abrindo os olhos. Mas o trabalho está feito.

Sinto o vazio que ecoa pelo Solo com a perda daqueles que lideraram o menor ataque no coração da Clareira, aqueles que partiram sabendo que provavelmente não voltariam. Mas é graças a suas ações que a voz do Solo podia seguir cantando.

Eu daria minha própria voz, mostro ao Céu enquanto a fogueira nos esquenta na noite fria, se isso significasse o fim da Clareira.

Mas que perda seria o silêncio do Retorno, mostra ele, projetando sua voz na minha. Quando você viajou tanto para se juntar a nós.

Viajei tanto, penso.

Porque eu viajei muito.

Depois que a Faca me tirou dos corpos do Fardo, depois que mostrei a ele meu juramento de matá-lo, depois que ouvimos a aproximação de cavalos na estrada e ele implorou que eu corresse...

Eu corri.

A cidade, na época, estava no meio de um caos, em chamas, e a confusão e a fumaça me deixaram atravessar a parte sul dela sem ser visto. Então me escondi até anoitecer, depois subi pela estrada sinuosa para deixar a cidade. Oculto pelos arbustos, subi em zigue-zague até não ter mais a cobertura das folhagens, então tive que me levantar e correr, totalmente exposto no último trecho, esperando o tempo todo uma bala na nuca vinda do vale abaixo...

Um fim que eu desejava muito, mas também temia...

Mas cheguei até o topo.

E corri.

Corri na direção de um rumor, de uma lenda que vivia na voz do Fardo. Nós éramos do Solo, mas alguns nunca o haviam visto, alguns dos jovens como eu, nascidos na guerra que tinha deixado o Fardo para trás após o Solo prometer nunca retornar. Então o Solo, como seus rinotanques, não passava de sombras e fábulas, histórias e sussurros, sonhos com o dia em que eles voltariam para nos libertar.

Alguns de nós desistiram dessa esperança. Alguns nunca a tiveram, pois nunca perdoaram o Solo por nos abandonar.

Alguns, como aquele que era especial para mim, que, embora fosse mais velho que eu por apenas algumas luas e também nunca tivesse visto o Solo, me mostrava com delicadeza que eu deveria abandonar qualquer esperança de resgate, de qualquer vida além da que poderíamos criar para nós mesmos em meio às vozes da Clareira, me mostrava isso nas noites em que eu ficava com medo, me mostrava que nosso dia chegaria, sim, mas seria nosso dia, e não o dia de um Solo que nitidamente tinha nos esquecido.

Então aquele que era especial para mim foi levado.

Assim como o resto do Fardo.

Deixando apenas a mim para reencontrá-lo.

Então o que eu podia fazer além de correr na direção do rumor?

Eu não dormi. Corri pelas florestas e planícies, subi e desci morros, atravessei córregos e rios. Corri através de povoados da Clareira, queimados e abandonados, cicatrizes deixadas no mundo em todos os lugares tocados pela Clareira. O sol nasceu e se pôs sem que eu dormisse, não parei de correr nem quando meus pés ficaram cobertos de bolhas e sangue.

Mas eu não vi ninguém. Ninguém da Clareira, ninguém do Solo.

Ninguém.

Comecei a achar que era não apenas o último do Fardo, mas o último do Solo, que a Clareira tinha alcançado seu objetivo e eliminado o Solo da face do planeta.

Que eu estava sozinho.

E, na manhã em que pensei isso, uma manhã em que estava parado à margem de um rio, quando olhei ao redor novamente e vi apenas a mim mesmo, apenas o 1017 com a marca permanente queimando em seu braço...

Eu chorei.

Eu desabei no chão e chorei.

E foi então que fui encontrado.

Eles saíram das árvores do outro lado da estrada. Quatro, depois seis, depois dez. Ouvi suas vozes primeiro, mas minha própria voz estava começando a voltar, estava voltando a me dizer quem eu era depois que a Clareira tinha tirado isso de mim. Pensei que fosse eu mesmo me chamando. Achei que fosse meu próprio ser me chamando para minha morte.

Eu teria ido de bom grado.

Mas foi então que os vi. Eles eram mais altos do que qualquer um no Fardo, mais largos, também, e carregavam lanças, e eu soube que eram guerreiros, que ali estavam os soldados que iam me ajudar a me vingar da Clareira, que iam reparar todas as injustiças cometidas contra o Fardo.

Mas quando eles mandaram suas saudações, eu achei difícil entendê-los. Eles pareceram dizer que suas armas eram apenas lanças de pesca e eles mesmos, simples pescadores.

Pescadores.

Nenhum guerreiro. Eles não tinham saído à caça da Clareira. Não estavam indo atrás de vingança pela morte do Fardo. Eles eram pescadores, que tinham ido até o rio porque ouviram dizer que a Clareira havia abandonado aquele trecho.

Então contei a eles quem eu era. Falei com eles na língua do Fardo.

Houve um grande choque, um recuo de surpresa que senti, mas mais que isso...

Houve aversão pelo tom estridente de minha voz e pela língua que eu falava.

Houve medo e vergonha do que eu representava, do que eu significava.

E houve uma breve hesitação antes que cruzassem o trecho final de estrada em minha direção, antes que se aproximassem com sua assistência. E eles se aproximaram, me ajudaram a ficar de pé e perguntaram minha história, que contei na língua do Fardo. Eles me escutaram com preocupação, me escutaram com horror e ultraje, me escutaram enquanto faziam planos sobre aonde me levar e o que ia acontecer em seguida, me assegurando o tempo inteiro que eu era um deles, que tinha voltado para eles, que agora estava em segurança.

Que não estava sozinho.

Mas, antes que eles fizessem tudo isso, houve choque, houve aversão, houve medo, houve vergonha.

Ali finalmente estava o Solo. E tinha medo de me tocar.

Eles me levaram para um acampamento, bem ao sul, em meio a uma floresta densa depois de uma cordilheira. Centenas deles viviam ali em abrigos bulbosos escondidos, tantos e tão barulhentos e curiosos que eu quase dei meia-volta e fugi.

Eu não me parecia com eles: era mais baixo, mais magro, com a pele de um tom diferente de branco, o líquen que crescia em mim era de um tipo diferente. Eu mal reconhecia suas comidas, suas músicas compartilhadas ou seu modo comunitário de dormir. Memórias distantes das vozes do Fardo tentavam me tranquilizar, mas eu me sentia diferente, eu era diferente.

Diferente principalmente na língua. A deles era praticamente sem fala, compartilhada tão rápido que eu quase nunca conseguia acompanhar, como se eles fossem apenas partes diferentes de uma única mente.

O que, é claro, eles eram. Eram uma mente chamada Solo.

Não era assim que o Fardo falava. Forçados a interagir com a Clareira, forçados a obedecê-la, nós adotamos sua língua, mas não apenas isso: nós adotamos sua habilidade de disfarçar a voz, de mantê-la separada, particular. O que é bom quando se tem outros com quem falar quando a privacidade não é mais desejada.

Mas não havia mais Fardo com quem falar.

E eu não sabia como falar com o Solo.

Enquanto eu descansava, me alimentava e me curava de todos os meus ferimentos, com exceção da dor lancinante da fita 1017, uma mensagem foi passada pela voz do Solo até chegar a uma Trilha, que a levou direto até o Céu, mais rápido do que de qualquer outro jeito. Em alguns dias, o Céu chegou ao acampamento no alto de seu rinotanque, acompanhado por cem soldados e com mais a caminho.

O Céu está aqui para ver o Retorno, mostrou ele, em um só instante dando-me meu nome e afirmando minha diferença, antes mesmo de me ver em carne e osso.

Então botou os olhos em mim, e aqueles eram os olhos de um guerreiro, de um general e de um líder.

Eram os olhos do Céu.

E olharam para mim como se me reconhecessem.

Nós entramos em um esconderijo criado especialmente para nossa reunião, com as paredes curvas unidas em um ponto bem acima de nós. Contei ao Céu a história como a conhecia, até o último detalhe, de meu nascimento no Fardo até a matança de todos nós, menos um.

E, enquanto eu falava, sua voz me envolveu em uma canção triste de lamento e pesar a que se uniu todo o Solo no acampamento e, até onde sei, todo o Solo deste mundo, e eu estava preso dentro dela, com o Solo me colocando no centro de suas vozes, de sua única voz, e por um momento, por um breve momento...

Eu não me senti sozinho.

Nós vamos vingá-lo, mostrou-me o Céu.

E isso foi ainda melhor.

E o Céu mantém sua promessa, mostra-me ele agora.

Ele mantém, mostro. Obrigado.

Isto é apenas o começo, mostra ele. Mais coisas vão acontecer, mais coisas que agradarão ao Retorno.

Incluindo uma chance de encontrar a Faca em batalha?

Ele olha para mim por um momento. Todas as coisas em sua devida hora.

Enquanto eu o observo se levantar, parte de mim ainda se pergunta se ele está deixando aberta a possibilidade de uma solução pacífica, uma que evitaria o massacre completo da Clareira, mas sua voz se recusa a responder minhas dúvidas. Por um momento, sinto vergonha de ter pensado nisso, especialmente depois de um ataque que levou parte do Solo.

O Retorno também se perguntou se eu tenho uma segunda fonte de informação, mostra o Céu.

Eu ergo o rosto bruscamente.

Você percebe muito, mostra o Céu. Mas o Céu também.

Onde?, mostro. Como o resto do Solo não sabe disso? Como a Clareira...?

O Céu agora pede a confiança do Retorno, mostra ele, e há desconforto em sua voz, mas também um alerta. E essa deve ser uma conexão inquebrável. Você precisa prometer confiar no Céu, não importa o que veja ou ouça. Você precisa confiar que há um plano maior que pode não ser aparente para você. Um propósito maior que inclui o Retorno.

Mas eu consigo ouvir algo nas profundezas de sua voz.

Tive experiência durante toda a vida com as vozes da Clareira, vozes que se escondem, vozes que se entrelaçam em nós, enquanto a verdade é sempre mais nua do que eles pensam. Eu tenho muito mais prática em descobrir esse tipo de coisa que o restante do Solo.

E, nas profundezas de sua voz, vejo não apenas que o Céu, como o Retorno, consegue ocultar coisas com sua voz, mas também vejo parte do que ele está ocultando...

Você precisa confiar em mim, repete ele, mostrando-me seus planos para os dias seguintes...

Mas ele não vai me mostrar a fonte de sua informação.

Porque sabe como vou me sentir traído quando finalmente fizer isso.

ATAQUE

[TODD]

TEM SANGUE POR TODO LADO. Na grama do jardim, no caminho que leva até a casa, no chão dentro dela, muito mais sangue do que parece possível sair de gente de verdade.

— Todd? — o prefeito pergunta. — Você está bem?

— Não — digo, olhando pra todo aquele sangue. — Que tipo de pessoa estaria bem?

Eu sou o Círculo e o Círculo sou eu, penso.

Os ataques dos Spackle continuam. Todo dia, desde o primeiro na central de energia. Oito dias seguidos, sem dar trégua. Eles atacam e matam soldados que estão distantes, tentando cavar poços pra conseguir a água tão necessária pra gente sobreviver. Eles atacam à noite e matam guardas em pontos aleatórios nos limites da cidade. Até incendiaram uma rua inteira. Ninguém morreu, mas eles tacaram fogo em outra rua enquanto os homens do prefeito tentavam apagar o fogo da primeira.

E, durante esse tempo todo, ainda não veio um relatório dos esquadrões ao norte e ao sul. Os dois só ficam lá parados sem fazer nada, sem ouvir nenhum som de Spackle passando por eles pra chegar na cidade nem voltando de outro ataque bem-sucedido. Nada das sondas de Viola também. É como se os Spackle estivessem sempre num lugar diferente daquele pra onde você olha.

E agora eles fizeram uma coisa nova.

Grupos de moradores da cidade, normalmente acompanhados por um ou dois soldados, têm percorrido as casas mais distantes à procura de qualquer alimento pro depósito.

Um grupo foi recebido por Spackle.

Em plena luz do dia.

— Eles estão nos testando, Todd — o prefeito diz, franzindo a testa. Estamos parados na porta da casa, ao leste das ruínas da catedral. — Isso tudo é uma preparação para alguma coisa. Anote minhas palavras.

Treze Spackle mortos estão espalhados pela casa e pelo jardim. Do nosso lado, vejo um soldado na sala e os corpos de dois moradores da cidade, dois homens mais velhos, atrás da porta da despensa, e uma mulher e um menino que morreram escondidos na banheira. Tem um segundo soldado caído no jardim. Um médico tá tentando ajudar ele, mas o homem perdeu uma perna e não vai ficar mais muito tempo neste mundo de jeito nenhum.

O prefeito vai até ele e ajoelha.

— O que você viu, soldado? — ele pergunta, com aquela voz baixa e quase afetuosa que eu conheço muito bem a essa altura. — Conte-me o que aconteceu.

A respiração do soldado está ofegante, os olhos dele estão arregalados, e o Ruído é uma coisa que mal dá pra encarar, cheio de Spackle atacando, cheio de soldados e gente da cidade morrendo, cheio, principalmente, de como ele perdeu a perna e de como isso é uma coisa que não tem volta, nunca mais mesmo...

— Acalme-se — o prefeito diz.

E escuto o zumbido baixo. Enroscando no Ruído do soldado, tentando acalmar ele, tentando fazer com que ele se concentre.

— Eles não paravam de chegar — o soldado diz, ofegando muito entre cada palavra, mas pelo menos falando. — A gente atirou. E eles caíram. Mas aí chegaram outros.

— Mas sem dúvida vocês receberam algum aviso, soldado — o prefeito diz. — Sem dúvida vocês os ouviram.

— Por todos os lados — o soldado continua, ofegante, jogando a cabeça pra trás por causa de uma nova onda de dor invisível.

— Por todos os lados? — o prefeito repete com a voz calma, mas com o zumbido ficando mais alto. — O que você quer dizer com isso?

— *Por todos os lados* — o soldado insiste, com a garganta ansiando por ar, como se estivesse falando contra sua vontade. Coisa que provavelmente era verdade. — Eles vieram. De todo lado. Rápido demais. Correndo. A toda velocidade. Disparando os bastões. Minha perna. Minha PERNA!

— Soldado — o prefeito chama novamente, botando mais força no zumbido...

— Eles não paravam de chegar! Eles não paravam de...

Então o soldado apaga. O Ruído dele vai ficando mais baixo até desaparecer completamente. Ele morre bem ali na nossa frente.

(eu sou o Círculo...)

O prefeito levanta com o rosto irritado. Ele dá uma última olhada na cena, nos corpos, nos ataques que parece não conseguir prever nem impedir. Ele tem homens ao redor, esperando pra receber ordens, homens que parecem cada vez mais nervosos à medida que os dias passam e nenhuma batalha que possam lutar surge à frente deles.

— Venha, Todd! — o prefeito diz finalmente, então sai andando com passos pesados até onde nossos cavalos estão amarrados, e eu corro atrás dele sem nem parar pra pensar que ele não tem o direito de me comandar.

{VIOLA}

— *Você tem certeza que não ficou sabendo de nada?* — pergunta Todd pelo comunicador.

Ele está montado em Angharrad atrás do prefeito, deixando o local do oitavo ataque seguido, uma casa fora da cidade, e percebo a preocupação e o cansaço em seu rosto mesmo pela tela pequena.

— Eles são difíceis de localizar — explico, deitada na cama na sala de cura *de novo*, com a febre alta *de novo*, tão constante que nem consegui visitar Todd. — Às vezes captamos pequenos vislumbres, mas nada útil, nenhuma pista que possamos seguir. — Eu baixo a voz. — Além disso, Simone e Bradley estão mantendo as sondas mais perto do alto do morro, agora. Os moradores da cidade estão pedindo.

E estão mesmo. Está tão cheio aqui em cima que praticamente não tem espaço para se mexer. Tendas de aparência paupérrima, feitas de tudo, de cobertores a sacos de lixo, se estendem por toda a estrada principal ao lado do leito do rio seco. Além disso, os suprimentos estão ficando escassos. Há riachos perto daqui, e Wilf traz tonéis de água duas vezes por dia, então nossos problemas em relação a isso são menores do que os que Todd diz estar enfrentando na cidade. Mas nós só temos a comida que a Resposta estava guardando, suprimento para duzentas pessoas que agora tem que alimentar mil e quinhentas. Lee e Magnus continuam a liderar grupos de caça, mas não é nada em comparação aos alimentos armazenados em Nova Prentisstown, fortemente guardados por soldados.

Eles têm comida suficiente, mas não têm água.

Nós temos água suficiente, mas não temos comida.

Mas nem o prefeito nem mestra Coyle sequer considerariam deixar os lugares onde são mais fortes.

Pior, rumores se espalham quase de imediato em um grupo de pessoas assim tão próximas. Depois que os ataques na cidade começaram, as pessoas passaram a achar que os Spackle nos atacariam em seguida, que eles já estavam cercando o morro, prontos para avançar e matar todos nós. Não era o caso, não há sinal deles ao nosso redor, mas os antigos moradores da cidade não param de perguntar o que estamos fazendo para mantê-los em segurança e de dizer que é nossa responsabilidade proteger todo mundo que está no morro primeiro, antes das pessoas da cidade lá embaixo.

Alguns deles até começaram a se sentar em volta das portas do compartimento de carga da nave batedora, sem dizer nada, apenas observando o que fazemos e reportando tudo para os outros no alto do morro.

Ivan normalmente fica na frente. Ele até começou a chamar Bradley de "O Humanitário".

E não de um jeito simpático.

— *Eu sei como é* — diz Todd. — *O clima não está melhor aqui embaixo.*

— Eu aviso se alguma coisa acontecer.

— *Eu também.*

— Alguma notícia? — pergunta mestra Coyle, entrando na sala de cura quando Todd desliga.

— Você não deveria escutar as conversas particulares das pessoas.

— Não há nada neste planeta que seja particular, minha garota. Esse é o problema. — Ela dá uma olhada em mim deitada na cama. — Como está o braço?

Meu braço dói. Os antibióticos pararam de fazer efeito, e as faixas vermelhas voltaram a se espalhar. Mestra Lawson me deixou aqui com uma nova combinação de curativos, mas até eu consegui perceber que ela estava preocupada.

— Não é nada — digo. — Mestra Lawson está fazendo um belo trabalho.

Mestra Coyle olha para os próprios pés.

— Sabe, eu tive algum sucesso curando infecções com um conjunto de...

— Tenho certeza de que mestra Lawson vai fazer isso quando estiver pronta — interrompo. — Você precisa de alguma coisa?

Ela dá um longo suspiro, como se estivesse decepcionada comigo.

Foi assim nos últimos oito dias também. Mestra Coyle se recusando a fazer qualquer coisa além do que mestra Coyle quer fazer. Ela se mantém tão ocupada com a administração do acampamento — separando a comida, tratando das mulheres, passando muito tempo com Simone — que nunca parece haver oportunidade para falar de paz. Quando consigo encontrá-la, nas raras ocasiões em que não estou presa nesta cama idiota, ela diz que está esperando, que a paz só pode chegar no momento certo, que os Spackle vão agir e que o prefeito vai responder, e então, só então, nós poderemos intervir e fazer um acordo de paz.

Mas isso sempre parece paz para alguns, e não para todo mundo.

— Eu queria falar com você, minha garota — diz ela, me olhando nos olhos, talvez para ver se eu afastaria o rosto.

Não faço isso.

— Quero falar com você também.

— Então deixe-me começar, minha garota.

Então mestra Coyle diz algo que eu nunca teria imaginado.

[TODD]

— Fogo, senhor — o sr. O'Hare avisa menos de um minuto depois que eu termino de falar com Viola.

— Eu não sou cego, capitão — o prefeito diz. — Mas obrigado mais uma vez por apontar o óbvio.

A gente para na estrada enquanto voltamos pra cidade da casa ensanguentada porque tem pontos de fogo no horizonte. Algumas das fazendas abandonadas na colina ao norte do vale estão em chamas.

Pelo menos eu espero que estivessem abandonadas.

O sr. O'Hare alcança a gente com um grupo de cerca de vinte soldados, que parecem tão cansados quanto eu me sinto. Eu observo e leio os Ruídos deles. Eles são de todas as idades, velhos e jovens, mas todos têm olhos de velhos agora. Praticamente ninguém desse grupo queria ser soldado, mas foram forçados a isso pelo prefeito, afastados à força das famílias, fazendas, lojas e escolas deles.

Então começaram a ver morte todo dia.

Eu sou o Círculo e o Círculo sou eu, penso de novo.

Faço isso o tempo todo agora, procuro o silêncio, afasto os pensamentos e lembranças, e na maior parte do tempo funciona no exterior também. As pessoas não conseguem ouvir meu Ruído, eu consigo *ouvir elas* não me ouvindo, assim como o sr. Tate e o sr. O'Hare, e acho que foi por esse motivo, em parte, que o prefeito me mostrou isso, preu virar um de seus homens.

Como se isso fosse acontecer algum dia.

Mas não contei a Viola sobre isso. Não sei por quê.

Talvez porque eu não tenha *visto* ela, coisa que odiei nos últimos oito dias. Ela ficou no alto do morro pra vigiar mestra Coyle, mas sempre que eu ligo ela está naquela cama e parece mais pálida e mais fraca, e *sei* que ela está doente e piorando e não quer me contar, provavelmente pra não me deixar preocupado, o que só faz com que eu fique *mais* preocupado, porque se tem alguma coisa errada, se alguma coisa acontecer com ela...

Eu sou o Círculo e o Círculo sou eu.

E tudo acalma um pouco.

Eu não contei a ela, não quero que ela se preocupe. Está tudo sob controle.

Memino potro?, Angharrad pergunta nervosamente.

— Está tudo bem, garota — digo. — A gente vai estar em casa logo.

Eu não teria levado ela se soubesse como a cena na casa ia ser ruim. Ela só tinha me deixado montar de novo dois dias atrás e ainda se assusta com o pequeno estalo de um graveto partido.

— Posso mandar homens para combater os incêndios — o sr. O'Hare diz.

— Não adianta — o prefeito responde. — Deixe que queimem.

Submeta-se!, Julieta Alegre berra pra ninguém.

— Eu *preciso* de um cavalo novo — o prefeito murmura.

Então levanta a cabeça de um jeito que chama minha atenção.

— O que foi? — pergunto.

Mas ele está olhando ao redor, primeiro pra trilha que leva de volta pra casa do massacre, depois pra estrada que dá na cidade. Nada mudou.

Exceto a expressão no rosto do prefeito.

— *O que foi?* — insisto.

— Você não está ouvindo...?

Ele fica quieto de novo.

Então eu escuto...

Ruído...

Ruído que não é humano...

Vindo de todos os lados...

Por todos os lados, como falou o soldado...

— Eles não fariam isso — o prefeito diz com o rosto retorcido de raiva. — Eles não *ousariam*.

Mas eu ouço com toda a clareza agora...

Estamos cercados, simples assim.

Os Spackle estão avançando direto pra gente.

{Viola}

O que mestra Coyle me diz é:

— Eu nunca pedi desculpas a você pela bomba na catedral.

Não digo nada.

Estou surpresa demais.

— Não foi uma tentativa de matar você — continua ela. — Também não achei que sua vida valesse menos do que a de qualquer outra pessoa.

Eu engulo em seco.

— Vá embora — digo, e me surpreendo comigo mesma. Deve ser a febre. — *Agora mesmo*.

— Eu achei que o presidente revistaria sua mochila — continua ela. — Que ele pegasse a bomba, e esse seria o fim dos nossos problemas. Mas também achei que ela só entraria em ação se você fosse capturada. E, se fosse capturada, provavelmente já estaria morta.

— Não cabia a você tomar essa decisão.

— Cabia, minha garota.

— Se você tivesse me perguntado, eu podia até ter concordado...

— Você não faria nada que pudesse machucar seu garoto.

Ela espera que eu retruque. Não faço isso.

— Líderes, às vezes, precisam tomar decisões monstruosas — diz ela. — E minha decisão monstruosa foi que, como sua vida provavelmente já seria perdida em uma tarefa que você insistiu em fazer, então eu pelo menos poderia aproveitar a chance, por menor que fosse, de fazer com que sua morte valesse a pena.

Sinto que meu rosto está ficando vermelho e começo a tremer tanto de febre quanto de raiva.

— Esse é só *um jeito* como as coisas podiam ter se desenrolado. Tinha muitos outros, e todos eles acabariam comigo e com Lee em pedaços.

— Então você teria sido uma mártir da causa — argumenta mestra Coyle. — E nós teríamos lutado em seu nome. — Ela olha para mim com dureza. — Você ficaria surpresa com o poder de um mártir.

— Essas são palavras que uma terrorista usaria.

— *Ainda assim*, Viola, eu queria lhe dizer que você estava certa.

— Já chega.

— Deixe-me acabar — insiste ela. — Foi um erro, a bomba. Embora eu tivesse boas razões por trás de meu desespero para matá-lo, isso ainda não justifica correr um risco tão grande com uma vida que não é a minha.

— Você tem razão.

— E, por isso, peço desculpas.

Um silêncio pesa depois daquelas palavras, um silêncio que se prolonga, depois se prolonga um pouco mais, e só então ela se movimenta para ir embora.

— O que você quer aqui? — pergunto, detendo-a. — Você quer mesmo paz ou só quer derrotar o prefeito?

Ela ergue uma das sobrancelhas para mim.

— Com certeza um é necessário para o outro.

— Mas e se, ao tentar alcançar os dois objetivos, você não conseguir alcançar nenhum?

— Tem que ser uma paz que valha a pena ser vivida, Viola — diz ela. — Se as coisas apenas voltarem a ser como eram antes, então para que tudo isso? Para que qualquer uma dessas pessoas morreu?

— Há um comboio de quase cinco mil pessoas a caminho. Não vai ser *de jeito nenhum* como era antes.

— Sei disso, minha garota...

— Já pensou na posição poderosa em que pode ficar se for a pessoa a nos ajudar a fazer uma nova trégua? A deixar o mundo pacífico para os novos colonos?

Ela parece refletir por um instante, então passa a mão no batente da porta para não ter que olhar para mim.

— Eu lhe disse antes como estava impressionada com você. Lembra-se disso?

Engulo em seco, porque essa memória envolve Maddy, que foi baleada enquanto me ajudava a causar uma *impressão*.

— Eu lembro.

— Ainda estou impressionada. Mais do que antes.

Ela continua sem olhar para mim.

— Eu nunca fui criança aqui, sabia? Já era adulta quando pousamos e tentei ajudar a fundar a aldeia de pescadores com alguns outros. — Ela comprime os lábios. — E nós fracassamos. Os peixes comeram mais de *nós* do que nós, deles.

— Você pode tentar de novo — digo. — Com os novos colonos. Você falou que o oceano não era tão longe, dois dias a cavalo...

— Um dia, na verdade — corrige ela. — Algumas horas em um cavalo rápido. Eu disse que eram dois dias porque não queria que você me seguisse até lá.

Eu franzo o cenho.

— *Mais* uma mentira...

— Mas eu estava errada sobre isso também, minha garota. Você teria ido mesmo se levasse um mês. Esse é o tipo de coisa que me impressiona em você. Como você sobreviveu, como se manteve em uma posição de causar um impacto verdadeiro, como está tentando conquistar sua paz, sozinha.

— Então *me ajude*.

Ela bate duas vezes no batente da porta com a base da mão, como se ainda estivesse pensando.

— Eu só estou me perguntando, minha garota — diz ela, por fim —, se você está pronta.

— Pronta para quê?

Mas ela se vira e vai embora sem dizer mais uma palavra.

— Pronta para *quê*? — grito, então decido sair da cama, ponho os pés no chão e me levanto.

E caio imediatamente em cima da outra cama, por tonteira.

Respiro fundo algumas vezes até o mundo parar de girar...

Então me levanto de novo e vou atrás dela.

[TODD]

Os soldados levantam os rifles e começam a olhar em volta, mas o RONCO dos Spackle parece estar vindo de todos os lados, chegando rápido de todas as direções...

O prefeito está com o rifle erguido. Posiciono o meu também, com uma das mãos em Angharrad pra acalmar ela, mas não dá pra ver nada, ainda não...

Então um soldado na estrada adiante cai no chão, gritando, com as mãos no peito...

— Ali! — o prefeito grita...

Com a mesma rapidez, um pelotão inteiro de Spackle, *dezenas* deles, sai a toda da mata e chega na estrada, disparando seus bastões brancos, e os soldados começam a cair enquanto atiram neles também...

E o prefeito passa por mim, atirando com o rifle, e desvia de uma flecha que voa na direção dele...

Menino potro!, Angharrad grita, e quero sair com ela dali, tirar ela desse...

E tem Spackle caindo por todo lado com os tiros dos rifles...

Mas, assim que um cai, vem outro logo atrás...

RECUEM!, escuto no meu Ruído.

É o prefeito...

RECUEM COMIGO!

Sem gritar, sem zumbido, apenas ali, dentro da minha cabeça...

E eu vejo...

Sem acreditar por um segundo...

Todos os soldados que continuam vivos, uma dúzia deles, começam a andar juntos...

RECUEM COMIGO!

Como um rebanho de ovelhas correndo do latido de um cachorro...

TODOS JUNTOS!

Eles andam, ainda disparando suas armas, mas recuando na direção do prefeito, as pisadas no mesmo ritmo, todos aqueles homens diferentes de repente parecendo o mesmo, como se fossem *um*, pisando nos corpos de outros soldados como se nem estivessem ali...

COMIGO!

COMIGO!

E até *eu* sinto minhas mãos puxarem as rédeas de Angharrad pra me alinhar atrás do prefeito...

Pra andar junto com eles...

Memimo potro?!

Eu me xingo e guio Angharrad pra longe da luta...

Mas os soldados ainda estão chegando, mesmo quando um e depois outro caem, eles chegam e agora formam duas fileiras pequenas, disparando ao mesmo tempo...

E Spackle estão morrendo, caindo no chão...

E os homens recuam...

E o sr. O'Hare chega do meu lado no cavalo dele, atirando no mesmo ritmo que os outros, e vejo um Spackle sair da mata mais perto da gente, apontando um bastão branco direto pro sr. O'Hare e...

SE ABAIXA!, penso...

Penso, mas não digo...

E um zumbido passa de mim pra ele, num segundo...

E ele se abaixa, e o tiro do Spackle passa por cima dele...

O sr. O'Hare levanta outra vez e atira no Spackle, então vira de novo pra mim...

Mas, em vez de agradecer, os olhos dele estão cheios de fúria...

Então, de repente, tem apenas silêncio...

Os Spackle foram embora. Não que a gente tenha visto eles fugindo, eles simplesmente desapareceram, e o ataque termina e tem soldados mortos e Spackle mortos e a coisa toda durou menos de um minuto...

E as fileiras de soldados sobreviventes estão em duas linhas exatas, com os rifles levantados na mesma posição, todos olhando pro ponto onde os Spackle começaram a surgir, todos esperando pra atirar novamente...

Todos esperando pela próxima ordem do prefeito.

Vejo o rosto dele, ardendo de concentração e com uma ferocidade que é até difícil de encarar.

E eu sei o que isso significa.

Significa que o controle dele está ficando melhor.

Ficando mais rápido, mais forte e mais aguçado.

(*Mas o meu também*, penso. *O meu também*)

— É verdade — o prefeito diz. — Está mesmo, Todd.

E levo um segundo pra perceber que, embora meu Ruído estivesse silencioso, mesmo assim ele me ouviu...

— Vamos voltar para a cidade, Todd — o prefeito diz, sorrindo pela primeira vez em séculos. — Acho que talvez seja a hora de tentarmos uma coisa nova.

{VIOLA}

— Isso é ótimo, Wilf.

Eu escuto Bradley dizer isso quando saio da nave batedora, olhando ao redor à procura de mestra Coyle. Wilf está conduzindo uma carroça com tonéis enormes de água para perto da nave, prontos para distribuição.

— Num foi nada — responde Wilf. — Só tô fazendo o que precisa fazer.

Eu escuto atrás de mim:

— Ainda bem que alguém está fazendo isso.

É Lee, voltando mais cedo da expedição de caça do dia.

— Você viu para onde foi mestra Coyle? — pergunto a ele.

— Oi para você também.

Ele ri. Então ergue os frangos-do-mato que está carregando.

— Vou guardar o mais gordo para nós. Simone e o Humanitário podem ficar com o pequeno.

— Não o chame assim — digo, franzindo o cenho.

Lee olha para Bradley, que está voltando para a nave. As pessoas que se sentam em semicírculo perto das portas do compartimento de carga para observar — em maior número hoje — apenas trocam murmúrios, e no Ruído dos poucos homens ali, inclusive no de Ivan, eu ouço novamente: **O Humanitário.**

— Ele está tentando nos salvar — digo para eles. — Está tentando fazer com que todas as pessoas que estão vindo para cá possam viver em paz. *Com* os Spackle.

— É — diz Ivan. — E, enquanto ele faz isso, parece não perceber que suas armas trariam a paz muito mais rápido do que *esforços humanitários*.

— Os esforços humanitários dele podem nos garantir uma vida longa, Ivan — aviso. — E você deveria cuidar da sua vida.

— Eu acho que tentar sobreviver é cuidar da minha vida — retruca Ivan, erguendo a voz.

Uma mulher ao lado dele concorda com um sorriso presunçoso no rosto sujo. Embora ela pareça pálida devido à mesma febre que tenho e use a mesma fita que eu, ainda assim quero muito bater nela para que nunca mais me olhe desse jeito.

Mas Lee já está pegando meu braço e me levando embora, fazendo a volta na nave batedora para o lado oposto, perto dos motores ainda desligados, ainda frios, mas o único lugar no morro onde ninguém vai montar uma tenda.

— Pessoas estúpidas que pensam pequeno... — reclamo.

— Desculpe, Viola — diz Lee. — Mas eu meio que concordo com eles.

— *Lee*...

— O presidente Prentiss matou minha mãe e minha irmã. Eu concordo com qualquer coisa que possamos fazer para ajudar a deter os Spackle *e* ele.

— Você é tão ruim quanto mestra Coyle — disparo. — E *ela* tentou matar *você*.

— Só estou dizendo que, se temos as armas, poderíamos demonstrar mais força…

— E garantir um massacre pelos próximos anos!

Ele dá um sorriso malicioso, o que é de enfurecer.

— Você parece o Bradley. Ele é o único aqui que fala assim.

— Sim, porque um monte de pessoas assustadas e famintas vai mesmo oferecer *racionalidade*…

Então eu paro, porque Lee está apenas olhando para mim. Olhando para o meu *nariz*. Sei disso porque vejo a mim mesma em seu Ruído, vejo a mim mesma gritando, vejo meu nariz franzindo como deve acontecer quando fico com raiva, vejo o calor de seus sentimentos em torno daquele franzido…

E, em um lampejo, surge uma imagem de nós dois em seu Ruído, nos abraçando apertado, sem roupa nenhuma, e vejo os pelos louros em seu peito que nunca vi na vida real, a plumagem macia e surpreendente densa que desce até o umbigo e mais abaixo e…

— Ah, droga — xinga ele, se afastando.

— Lee? — chamo.

Mas ele já está fazendo a volta e indo embora depressa, e seu Ruído se enche com uma vergonha amarela e ele diz:

— Vou voltar para o grupo de caça.

E sai andando ainda mais rápido…

Quando volto a procurar mestra Coyle, percebo que minha pele está incrivelmente quente, como se eu estivesse corando inteira…

[Todd]

Menino potro?, Angharrad diz pra mim durante todo o caminho até a cidade depois do ataque dos Spackle, indo até mais rápido do que estou pedindo. **Menino potro?**

— Estamos quase chegando, garota.

Entro no acampamento logo atrás do prefeito, que ainda está *radiante* pela forma como controlou os homens na estrada. Ele desce de Julieta Alegre e entrega a égua pro James, que está esperando. Eu também vou até ele e salto da sela de Angharrad.

— Preciso de comida pra ela — digo rapidamente. — Um pouco dágua, também.

— Estou com a ração pronta — ele avisa enquanto conduzo Angharrad até minha tenda. — Mas estamos racionando água, portanto…

— Não — digo, desafivelando a sela dela o mais rápido possível. — Você não entende. Ela precisa de água agora. Nós acabamos de…

— Ela está sendo mandona com você de novo? — James pergunta.

E eu viro pra ele, com os olhos bem abertos. Ele está sorrindo pra mim, sem entender nada do que acabamos de passar, achando que estou sendo manipulado pela minha égua e não que eu sei como cuidar dela, que ela *precisa* de mim…

— Ela é uma beleza — ele diz, desfazendo um nó na crina de Angharrad. — Mas ainda é você quem manda.

E posso ver James pensar, pensar na fazenda dele, pensar nos cavalos que ele e o pai tinham, três deles, todos alazões com focinhos brancos, pensar em como eles foram levados pelo exército e como não viu nenhum deles depois disso, o que provavelmente significa que morreram em batalha…

Um pensamento que faz Angharrad dizer **Memino potro?** outra vez, toda preocupada…

E isso me deixa com ainda mais raiva…

— Não — digo pra James. — Pega um pouco mais de água pra ela agora.

E quase sem perceber o que estou fazendo, olho pra ele com uma expressão dura, fazendo força com o meu Ruído, tentando alcançar e agarrar o dele…

Tomando posse do Ruído dele…

Tomando posse *dele*…

E eu sou o Círculo e o Círculo sou eu...

— O que você está fazendo, Todd? — ele pergunta, agitando a mão diante do rosto como se estivesse espantando uma mosca.

— Água — digo. — *Agora*.

E sinto o zumbido chegando, sinto ele se agitando no ar...

Estou suando, mesmo no frio...

E vejo James começar a suar também...

Está suado e confuso...

Ele franze a testa.

— Todd?

E diz isso de um jeito tão triste, de um jeito que parece, não sei, *traído*, como se eu tivesse enfiado a mão em seu interior e feito uma bagunça, que eu quase paro de me concentrar, quase paro de tentar alcançar ele...

Mas só quase.

— Vou pegar bastante água para ela — ele diz, com olhos sem brilho. — Vou fazer isso agora mesmo.

E vai embora, de volta pro tanque dágua.

Eu levo um segundo pra recuperar o fôlego.

Eu consegui.

Eu consegui de novo.

E me senti *bem*.

Eu me senti *poderoso*.

— Ah, socorro — sussurro, e estou tremendo tanto que preciso sentar.

{Viola}

Encontro mestra Coyle junto a um pequeno grupo de mulheres perto das tendas de cura, de costas para mim.

— Ei! — chamo enquanto ando até ela.

Minha voz está *muito* alta depois do que acabou de acontecer com Lee, mas também me sinto mais fraca, e me pergunto se estou prestes a cair de cara no chão.

Mestra Coyle se vira, e vejo três mulheres com ela. Mestra Nadari e mestra Braithwaite; aquelas duas não se deram sequer ao trabalho de me dirigir a palavra desde que a Resposta chegou ao alto do morro, mas nem olho para elas.

Estou olhando só para Simone.

— Você deveria estar na cama, minha garota — diz mestra Coyle.

Eu lanço um olhar penetrante para ela.

— Você não pode questionar se estou pronta para alguma coisa e depois simplesmente *ir embora*.

Mestra Coyle olha para as outras, inclusive para Simone, que assente.

— Muito bem, minha garota. Se você está tão empenhada em saber...

Ainda respiro com dificuldade e percebo por seu tom de voz que provavelmente não vou gostar nada do que ela tem a dizer. Mestra Coyle estende a mão de um jeito que pergunta se pode segurar meu braço; não permito, mas a sigo quando ela sai andando das tendas de cura, com as outras duas mestras e Simone vindo atrás de nós como guarda-costas.

— Nós estamos trabalhando em uma teoria — diz mestra Coyle.

— Nós? — pergunto, olhando mais uma vez para Simone, que continua em silêncio.

— Uma que infelizmente faz cada vez mais sentido com o passar dos dias.

— Você pode ir direto ao ponto, por favor? — digo. — Foi um dia longo, e eu não me sinto bem.

Ela assente.

— Está bem, minha garota.

Então para e olha para mim.

— Estamos começando a achar que talvez não exista cura para as fitas.

Eu levo a mão ao braço sem nem perceber.

— O quê?

— Nós as temos há *décadas* — explica ela. — Nós as tínhamos no Velho Mundo, pelo amor de Deus, e claro que houve casos de crueldade ou trotes em que humanos foram marcados. Mas não conseguimos, nem mesmo Simone, em seu vasto banco de dados, encontrar nem um único outro caso desse tipo de infecção.

— Mas então como...?

Eu paro. Porque percebo o que ela está sugerindo.

— Você acha que o prefeito botou alguma outra coisa nelas?

— Seria um jeito de atingir um grande número de mulheres sem que ninguém soubesse de seu verdadeiro objetivo.

— Mas nós teríamos descoberto — digo. — Com todo o Ruído dos homens, haveria rumores...

— Pense bem, minha garota — insiste mestra Coyle. — Pense na história dele. Pense no extermínio das mulheres na velha Prentisstown.

— Ele diz que foi suicídio — retruco, sabendo como esse argumento parece fraco.

— Nós encontramos produtos químicos nas fitas que nem eu consigo identificar, Viola — diz Simone. — O perigo é real. As implicações também.

Sinto um embrulho no estômago com o jeito que ela diz *implicações*.

— Desde quando você tem dado tanto ouvido às mestras?

— Desde que descobri que você e todas as mulheres marcadas podem estar correndo risco de vida por causa daquele homem.

— Tome cuidado — aviso. — Ela tem um jeito de conseguir que as pessoas façam o que ela quer. — Eu olho para mestra Coyle. — E de conseguir que as pessoas se sentem em semicírculo para julgar os demais.

— *Minha garota* — começa mestra Coyle —, *eu não...*

— O que você quer *comigo*? — pergunto. — O que você quer que eu faça em relação a isso?

Mestra Coyle dá um suspiro irritado.

— Nós queremos descobrir se seu Todd sabe de alguma coisa, se tem algo que ele não está nos contando.

Antes mesmo que ela termine de falar, já estou balançando a cabeça.

— Ele teria me contado. No segundo em que viu isso no meu braço.

— Mas será que ele poderia descobrir, minha garota? — A voz dela está tensa. — Ele nos ajudaria a descobrir?

Eu levo um momento para compreender. Mas, quando isso acontece...

— Ah, *agora* eu entendi.

— Entendeu o quê? — pergunta mestra Coyle.

— Você quer um espião. — Minha voz fica mais forte conforme a raiva aumenta. — São os velhos truques de sempre, não são? A velha mestra Coyle de sempre, explorando cada oportunidade para conseguir mais poder.

— Não, minha garota — responde ela. — Nós encontramos produtos químicos...

— Você está tramando alguma coisa — acuso. — Esse tempo todo, se recusando a me contar como fez a primeira trégua, esperando que o prefeito *faça seu movimento*, e agora está tentando usar Todd como usou...

— É fatal, minha garota — interrompe ela. — A infecção é *fatal*.

[TODD]

— A vergonha passa, Todd — o prefeito comenta, aparecendo atrás de mim daquele jeito dele enquanto observo James seguir pelo acampamento do exército pra buscar a água extra de Angharrad.

— Você fez isso comigo — digo, ainda tremendo. — Você botou isso na minha cabeça e me *fez*...

— Eu não fiz nada — ele retruca. — Apenas mostrei a você o caminho. Você o percorreu sozinho.

Eu não digo nada. Porque sei que é verdade.

(mas eu escuto aquele zumbido...)

(aquele zumbido que finjo que não está ali...)

— Eu não estou controlando você, Todd — ele insiste. — Isso foi parte de nosso acordo, que eu estou respeitando. Tudo o que aconteceu foi que você encontrou o poder que avisei várias vezes que existia aí dentro. É desejo, sabe? Você *desejou* que isso acontecesse. Esse é o segredo.

— Não, não é — digo. — Todo mundo tem desejos, mas ninguém sai por aí conseguindo controlar pessoas.

— Isso porque o desejo da maioria é que outras pessoas lhes digam o que fazer.

Ele torna a olhar pra praça, ocupada por barracas, soldados e moradores da cidade, todos amontoados.

— As pessoas dizem que querem liberdade, mas o que realmente querem é ser livres de preocupações. Se seus problemas forem resolvidos, elas não se importam que eu lhes diga o que fazer.

— *Algumas* pessoas — retruco. — Não todo mundo.

— Não — ele concorda. — Não você. O que, paradoxalmente, torna você melhor para controlar os outros. Há dois tipos de pessoa neste mundo, Todd. Eles. — Ele aponta pro exército. — E nós.

— Não me inclui em nenhum *nós*.

Mas ele só dá outro sorriso torto.

— Tem certeza? Acredito que os Spackle são conectados por seu Ruído, todos unidos em uma só voz. O que faz você pensar que os homens são diferentes? O que conecta nós dois, Todd, é que sabemos *como* usar essa voz.

— Eu não vou ser como você — digo. — *Nunca* vou ser como você.

— Não — ele concorda de novo, com os olhos brilhando. — Acho que você vai ser ainda melhor.

Então de repente há um clarão...

Mais forte do que qualquer luz elétrica que temos...

Iluminando a praça...

Tão perto do exército quanto é possível chegar sem estar no meio dele...

— O tanque de água — o prefeito grita, já correndo. — Eles atacaram o tanque de água!

{VIOLA}

— Fatal? — pergunto.

— Quatro mulheres até agora — diz mestra Coyle. — Outras sete que não vão sobreviver até o final da semana. Não estamos revelando isso porque não queremos causar pânico.

— Isso são apenas dez entre mil — argumento. — As que já estavam fracas e doentes...

— Você está disposta a arriscar sua vida por essa crença? A vida de todas as mulheres marcadas? Nem *amputações* funcionaram, Viola. Você acha que isso parece uma infecção normal?

— Se está me perguntando se acho que você mentiria para me forçar a fazer exatamente o que quer, qual você *acha* que é minha resposta?

Mestra Coyle respira fundo vagarosamente, como se estivesse tentando manter a calma.

— Eu sou a melhor curandeira aqui, minha garota — diz ela, com a voz ardente e sentida. — E mesmo assim não consegui impedir a morte dessas mulheres.

Seus olhos se voltam para o curativo em meu braço.

— Eu talvez não consiga impedir a morte de nenhuma das mulheres que tenha a fita.

Ponho a mão delicadamente no braço outra vez e o sinto latejar.

— Viola — diz Simone em voz baixa. — As mulheres estão mesmo doentes.

Mas não, penso. *Não...*

— Você não entende — digo, balançando a cabeça. — É assim que ela age. Ela transforma uma pequena verdade em uma mentira maior para que você faça o que ela quer...

— *Viola* — fala mestra Coyle...

— Não — digo, mais alto porque estou pensando mais. — Não posso correr o risco de ser verdade, posso? Se é uma mentira, é uma mentira inteligente, porque se eu estiver errada, todas morremos. Então, está bem, vou ver o que posso descobrir com Todd.

— Obrigada — agradece mestra Coyle, irritada.

— Mas *não* vou pedir a ele que espione para você, e você *vai* fazer uma coisa em troca.

Os olhos de mestra Coyle se fixam em meu rosto, vendo que estou falando sério.

— Fazer o quê? — pergunta ela, por fim.

— Você vai parar de me evitar e vai me contar, passo a passo, tudo o que fez para conseguir o acordo de paz com os Spackle — respondo. — Então vai me ajudar a começar o processo de novo. Sem mais atrasos, sem mais espera. Vamos começar amanhã.

Posso ver o cérebro dela em funcionamento, procurando qualquer vantagem que possa tirar disso.

— Vamos fazer o...

— Chega de acordos — interrompo. — Ou você faz tudo o que eu peço, ou fica sem nada.

Há apenas uma pausa mínima dessa vez.

— Fechado.

Então ouvimos um grito vindo da nave batedora. Bradley desce a rampa correndo, com o Ruído roncando.

— Tem alguma coisa acontecendo na cidade!

[TODD]

A gente corre na direção do tanque dágua, e os soldados na frente da gente se afastam pra abrir caminho, mesmo quando estão de costas...

E eu ouço o prefeito na cabeça deles, dizendo pra eles se mexerem, dizendo pra saírem do caminho...

E, quando a gente chega lá, vê...

O tanque dágua balançando...

Uma pilastra foi praticamente explodida por inteiro, talvez por um daqueles fogos giratórios disparados a curta distância, porque chamas brancas grudam e se espalham pela madeira quase como se fossem líquidas...

E tem Spackle por todo lado...

Rifles estão atirando em todas as direções, os Spackle disparam os bastões brancos deles, e homens estão caindo, e Spackle estão caindo, mas esse não é o pior problema...

— FOGO! — o prefeito grita, atingindo a mente de todos em volta dele. —APAGUEM O FOGO!

E os homens começam a se mexer...

Mas aí alguma coisa dá errado, *muito* errado...

Soldados na linha de frente largam os rifles pra pegar baldes dágua...

Soldados que estavam atirando, soldados que estavam bem perto dos Spackle...

Eles simplesmente viram as costas e vão embora como se de repente tivessem esquecido da batalha que estavam lutando...

Mas os Spackle *não* esqueceram, e cada vez mais homens morrem, sem nem mesmo olharem pra quem está matando eles...

Eu escuto o prefeito pensar:

ESPEREM! CONTINUEM A LUTAR!

Mas agora tem alguma coisa estranha, porque alguns dos soldados que largaram as armas pegam de novo, mas outros só ficam ali parados, meio que congelados, sem saber o que fazer.

E aí eles também caem no chão, atingido pelos Spackle...

E vejo o rosto do prefeito, vejo ele quase rachando de concentração, tentando fazer com que alguns homens façam uma coisa e outros façam outra, e o resultado é que ninguém está fazendo nada e mais homens estão morrendo e o tanque dágua vai *cair*...

— Senhor presidente?! — o sr. O'Hare grita, chegando com seu rifle e sendo quase imediatamente emudecido pelo controle caótico do prefeito...

E os Spackle percebem que o exército está confuso e que a gente não está fazendo o que devia, que só alguns soldados estão atirando e os outros estão parados e que o fogo está se espalhando pro depósito de alimentos e a gente está deixando...

E eu posso *sentir* no Ruído dos Spackle, mesmo que eu não conheça as palavras, que eles estão farejando uma vitória maior do que achavam ser possível, talvez a *grande* vitória...

E em nenhum momento eu congelo...

Não sei por quê, mas sou o único que não parece estar sob o controle do prefeito...

Talvez ele não esteja na minha cabeça afinal...

Mas não posso parar pra pensar no que isso significa...

E pego meu rifle pelo cano e bato com força na orelha do prefeito...

Ele dá um grito e cambaleia pro lado...

Os soldados próximos berram também, como se alguém tivesse socado eles...

O prefeito cai de joelho, com a mão na cabeça e sangue escorrendo entre os dedos, com um *gemido* no ar vindo do Ruído dele...

Mas eu já estou me virando pro sr. O'Hare e gritando:

— Ponha uma fileira de homens pra atirar, vai, vai, VAI!

Estou sentindo um pouco do zumbido, e não sei se são minhas palavras ou se ele percebe o que precisa ser feito, mas já está correndo e gritando com os soldados mais perto pra ficarem na posição, levantarem a droga dos rifles e ATIRAREM...

E, quando os disparos começam a rasgar o ar de novo e os Spackle começam a cair e a recuar, tropeçando uns nos outros com a mudança repentina, vejo o sr. Tate correr até a gente, mas nem deixo ele abrir a boca...

— APAGA o fogo! — berro.

E ele olha pro prefeito, de joelhos, sangrando, então assente e começa a gritar com outro grupo de soldados pra pegarem baldes, pra salvarem a água e a comida...

E o mundo está se destruindo em volta da gente, gritando e berrando e rasgando em pedaços, e tem uma linha de homens avançando agora, forçando os Spackle a recuarem pra longe do tanque dágua...

E estou parado do lado do prefeito, que continua ali ajoelhado, segurando a cabeça, com sangue espesso escorrendo, e eu não ajoelho. Não vejo se ele está bem, não faço nada pra ajudar ele.

Mas descubro que eu também não saio do lado dele.

Eu escuto ele dizer com uma voz tão densa quanto o sangue:

— Você me bateu, Todd.

— Você precisava que alguém te batesse, seu idiota! Você ia fazer todo mundo morrer!

Com isso, ele ergue os olhos, com a mão ainda na cabeça.

— Tem razão — ele diz. — Você fez bem em me deter.

— *É sério?*

— Mas você conseguiu, Todd — o prefeito diz, respirando com dificuldade. — Por um minuto, quando se fez necessário, você foi um líder de homens.

E então o tanque dágua desaba.

{VIOLA}

— Houve um grande ataque — avisa Bradley enquanto corremos em sua direção.

— De que tamanho? — pergunto, pegando imediatamente meu comunicador.

— Houve um breve clarão em uma das sondas, e então...

Ele para porque ouvimos outro som.

Um grito vindo da orla da floresta.

— O que é isso? — pergunta Simone.

Vozes se elevam na linha das árvores, e vemos pessoas se levantando ao redor de suas fogueiras e mais gritos...

E Lee...

Lee...

Sai cambaleante da multidão...

Coberto de sangue...

Com as mãos no rosto...

— LEE!

Corro o mais rápido que posso, embora a febre esteja reduzindo minha velocidade e eu não consiga recuperar o fôlego. Bradley e mestra Coyle passam correndo por mim, pegam Lee e o deitam no chão. Mestra Coyle precisa fazer força para tirar as mãos dele do rosto ensanguentado...

E mais uma voz grita na multidão...

E nós vemos...

Os olhos de Lee...

Eles desapareceram...

Simplesmente *desapareceram*...

Queimados em um talho sangrento...

Parecendo terem sido queimados por ácido...

— Lee! — grito, me ajoelhando ao lado dele. — Lee, você consegue me ouvir?

— Viola? — chama ele, estendendo as mãos ensanguentadas. — Eu não consigo ver você! Eu não consigo ver!

— Estou aqui! — Eu seguro suas mãos e as aperto com firmeza. — Estou *aqui*!

— O que aconteceu, Lee? — pergunta Bradley, com voz baixa e calma. — Onde está o restante do grupo de caça?

— Eles morreram — responde Lee. — Meu Deus, eles morreram. Magnus *morreu*.

E nós já sabemos o que ele vai dizer em seguida, sabemos porque vemos em seu Ruído...

— Os Spackle — diz Lee. — Os Spackle estão chegando.

[TODD]

As colunas cedem, e o enorme tanque dágua de metal desaba, quase devagar demais pra ser real...

Ele espatifa no chão, esmagando pelo menos um soldado...

E cada gota dágua que tínhamos pra beber escorre em uma parede sólida...

Seguindo bem na nossa direção...

O prefeito ainda está cambaleante, confuso...

— CORRAM! — grito, transmitindo isso em meu Ruído enquanto puxo o prefeito pelo uniforme e arrasto ele dali...

A parede dágua atinge a rua e chega até a praça atrás da gente, derrubando soldados e Spackle, carregando tendas e camas em uma grande sopa...

E apaga o fogo no depósito de alimentos, mas faz isso com o resto de água que a gente tinha...

E estou praticamente arrastando o prefeito dali, tirando a gente do caminho, gritando pra qualquer soldado que se aproxima:

— SAI DA FRENTE!

E eles saem...

E a gente chega aos degraus de uma casa...

E a água passa correndo, na altura do joelho, mas corre rápido, baixando a cada segundo, afundando na terra...

Junto com o futuro da gente.

Então, quase tão rápido como chegou, ela termina, deixando uma praça alagada, coberta de sujeira e corpos de todo tipo...

E, quando recupero o fôlego e olho pro caos, com o prefeito se recuperando do meu lado...

Então eu vejo...

Ah, não...

Ali, no chão, levado pela água...

Não...

James.

James, caído de costas, olhando fixamente pro céu...

Com um buraco na garganta.

Estou pouco consciente de largar meu rifle, de correr até lá, chapinhando pela água, e de ajoelhar ao lado dele.

James, que eu controlava. James, que mandei pra lá só com meu *desejo*...

James, que mandei direto pra morte.

Ah, não.

Ah, por favor, não.

— Bom, isso é uma pena — o prefeito diz atrás de mim, parecendo sincero, parecendo quase *bondoso*. — Sinto muito por seu amigo. Mas você *me* salvou, Todd. Duas vezes. Primeiro de minha própria tolice e depois de uma parede de água.

Eu não digo nada. Não paro de olhar o rosto de James, inocente e simpático, aberto e amistoso, mesmo quando não tem mais nenhum som vindo dele.

A batalha está se afastando agora. As armas do sr. O'Hare disparam em ruas distantes, mas isso vai servir pra quê?

Eles destruíram o tanque dágua.

Eles mataram a gente.

Quase não escuto o prefeito suspirar.

— Acho que chegou a hora de me encontrar com aqueles seus amigos colonos, Todd — ele diz. — E acho que finalmente chegou a hora de ter uma boa e longa conversa com mestra Coyle.

Uso as pontas dos dedos pra fechar os olhos de James e lembro quando fiz isso pro Davy Prentiss, sentindo o mesmo vazio no meu Ruído, e não consigo pensar que *estou arrependido* porque isso não chega nem perto do que sinto, de jeito nenhum, por mais que eu repita isso pelo resto da vida.

— Os Spackle se transformaram em terroristas, Todd — o prefeito continua, embora eu não esteja prestando atenção. — E talvez seja preciso uma terrorista para enfrentar terroristas.

Então a gente escuta, acima do caos na praça, outro *RONCO*, um tipo completamente diferente de ronco em um mundo que parece ser *feito* de roncos.

Nós olhamos pro leste, acima das ruínas da catedral, além da frágil torre do sino, que continua de pé, mesmo parecendo que não devia estar.

Lá longe, a nave batedora levantou voo.

Quase

Estou submerso na voz do Solo.

Estou atacando a Clareira, sentindo as armas dispararem em minhas mãos, vendo seus soldados morrerem com meus olhos, ouvindo os berros e gritos de batalha em meus ouvidos. Estou no alto do morro, na borda irregular de onde se avista o vale abaixo, mas estou lá na batalha também, vivendo-a através das vozes daqueles que a estão lutando, daqueles que estão abrindo mão de suas vidas pelo Solo.

E vejo o tanque de água cair, embora o Solo que está perto o suficiente para vê-lo cair morra rapidamente nas mãos da Clareira, cada morte um rasgo terrível na voz do Solo, uma ausência repentina que aperta e machuca...

Mas é necessário...

Necessário apenas em pequenos números, mostra para mim o Céu, observando também. *Necessário para salvar todo o corpo do Solo.*

E necessário para terminar essa guerra antes que o **comboio** *chegue*, mostro em resposta, enfatizando a palavra estranha que não ensinei a ele.

Há tempo, mostra o Céu, ainda concentrado na cidade abaixo, ainda concentrado nas vozes que nos chegam de lá, agora em menor número, agitadas pela fuga.

Há?, pergunto, surpreso, me questionando como ele pode ter certeza disso...

Mas afasto essas preocupações, porque a voz do Céu se abre para me lembrar do que ainda acontecerá à noite, agora que o primeiro objetivo de derrubar o tanque foi alcançado.

De um jeito ou de outro, esta noite a guerra vai mudar.

A água deles foi o primeiro passo.

Uma invasão total será o segundo.

O Solo não ficou ocioso nos últimos dias. Grupos do Solo atacaram a Clareira de forma imprevisível, de direções diferentes, em momentos diferentes, atingindo-os com força em pontos surpreendentes e isolados. O Solo fica muito mais à vontade com o chão e as árvores do que a Clareira, e consegue se disfarçar com mais facilidade. Além disso, as luzes voadoras da Clareira não ousam se aproximar muito, senão o Solo vai derrubá-las.

A Clareira poderia disparar suas armas maiores na direção do rio, é claro, atingindo até mesmo o próprio Céu, embora eles não tenham como saber que ele os observa de tão perto.

Mas, se disparassem, o rio os sobrepujaria.

E talvez haja outra razão. Afinal, por que a Clareira teria uma arma tão poderosa e não a utilizaria? Por que eles se permitiriam ser atacados repetidas vezes, com cada vez maior severidade, sem reagir?

A menos que, como de início ousamos torcer vagamente, eles não tenham mais armas para disparar.

Eu queria estar lá embaixo, mostro enquanto continuamos a observar através da voz do Solo. *Eu queria estar disparando um rifle. Queria disparcá-lo na Faca.*

Não, mostra o Céu, com a voz grave e pensativa. *Eles vão se desesperar agora. Nós só chegamos até este ponto porque eles não deram uma resposta coordenada.*

E você quer que eles façam isso, mostro.

O Céu quer que a Clareira se revele.

Nós podemos atacar agora, mostro, com animação crescente. *Eles estão em caos. Se agíssemos agora...*

Nós vamos esperar, mostra o Céu. *Até ouvirmos as vozes do topo do morro distante.*

O topo do morro distante. Nossas vozes distantes, as partes do Solo que saem para recolher informação, nos mostraram que a Clareira se dividiu em dois acampamentos. Um na cidade abaixo, outro no topo de um morro distante. Nós, até o momento, deixamos o topo do morro em paz porque eles parecem ser aqueles da Clareira que fugiram da batalha, aqueles que não estão interessados em lutar. Mas também sabemos que a nave pousou ali e que a arma maior provavelmente foi disparada de lá.

Nós não conseguimos chegar perto o suficiente para ver se eles têm mais armas.

Mas esta noite vamos descobrir.

O Solo está pronto, mostro, sem conseguir conter a animação. *O Solo está pronto para atacar.*

Sim, mostra o Céu. *O Solo está pronto.*

E em sua voz, eu os vejo.

Os corpos do Solo concentrados ao norte e ao sul da cidade, reunidos ali pouco a pouco durante os últimos dias, por trilhas que a Clareira não conhece, ficando apenas longe o suficiente para que a Clareira não consiga ouvi-los.

E na voz do Céu vejo mais um grupo, escondido, mas pronto e esperando perto do topo do morro distante.

Agora, neste momento, o Solo está pronto para marchar com toda a força sobre a Clareira.

E matar todos eles.

Vamos esperar por notícias do topo do morro distante, mostra novamente o Céu, dessa vez com mais firmeza. *Paciência. O guerreiro que ataca cedo demais é um guerreiro perdido.*

E se as vozes mostrarem o que nós queremos que elas mostrem?

Ele olha para mim com um brilho nos olhos, um brilho que se expande em sua voz, que cresce até ficar do tamanho do mundo ao meu redor, mostrando o que está por vir, mostrando o que vai acontecer, mostrando tudo o que quero que seja verdade.

Se, mostra ele, as vozes do alto do morro descobrirem que a Clareira já usou todas as suas maiores armas...

Então a guerra termina esta noite, mostro. Com a nossa vitória.

Ele aperta meu ombro com a mão, me envolvendo em sua voz, me aquecendo com ela, puxando-me para a voz de todo o Solo.

Se, apenas se, mostra ele.

Se, apenas se, mostro em resposta.

E, em voz baixa, talvez uma voz que apenas eu possa ouvir, o Céu mostra: *O Retorno agora confia no Céu?*

Confio, mostro sem hesitação. Desculpe se duvidei de você.

E tenho uma sensação no estômago, uma sensação vibrante de profecia e futuro, uma sensação de que isso deve acontecer esta noite, de que isso *vai acontecer*, de que tudo o que quero para o destino da Clareira está aqui agora, à minha frente, à frente de todos nós, de que o Fardo será vingado, de que aquele que era especial para mim será vingado, de que eu serei vingado...

Então um ronco repentino divide a noite ao meio.

O que é?, mostro, mas sinto a voz do Céu procurando também, se estendendo para a noite, olhando com os próprios olhos, procurando o som, sentindo o terror crescente de que haja outra arma, de que estejamos enganados, de que...

Ali, mostra ele.

A distância, bem longe e pequena, no topo do morro distante...

A nave está levantando voo.

Nós a observamos subir pesadamente na noite, como um cisne de rio nas primeiras batidas fortes das asas...

Nós não podemos ver mais de perto?, mostra o Céu, transmitindo isso amplamente. *Não há nenhuma voz mais perto?*

A nave, pouco mais que uma luz ao longe, faz um círculo lento sobre o morro distante, inclinando-se ao virar, e vemos pequenos brilhos saindo dela e caindo na floresta abaixo, brilhos que de repente ficam mais fortes ao atingir as árvores, acompanhados instantes mais tarde por estrondos que rolam pelo vale em nossa direção.

Então chegam as vozes do alto do morro...

O Céu grita, e de repente estamos sob as luzes que caem da nave, sob os grandes estrondos de explosões que atravessam as árvores. Há clarões por toda parte e por todos os lados, inescapáveis, detonando o mundo inteiro, e os olhos do Solo veem os clarões e sentem a dor, em seguida se apagam como um fogo extinto...

E eu ouço o Céu enviar o comando imediato para recuar.

Não!, grito.

O Céu olha bruscamente para mim.

Você quer que eles sejam massacrados?

*Eles estão **dispostos** a morrer. Agora é a nossa chance...*

O Céu acerta um tapa em meu rosto com as costas da mão.

Eu cambaleio para trás, atônito, sentindo a dor reverberar pela minha cabeça.

Você disse que confiava no Céu, não disse?, mostra ele, a raiva na voz me agarrando com tanta força que dói.

Você me bateu.

NÃO DISSE? Sua voz expulsa qualquer outro pensamento de minha cabeça.

Eu olho para ele e sinto minha própria raiva crescendo. Mas mostro: *Sim.*

Então você vai confiar em mim agora. O Céu se volta para as Trilhas, que estão esperando em um semicírculo atrás dele. *Tragam o Solo de volta do topo do morro distante. O Solo ao norte e ao sul devem esperar minhas instruções.*

As Trilhas saem no mesmo instante para transmitir as ordens do Céu diretamente para o Solo que aguarda.

Ordens dadas na língua do Fardo, para que eu as entenda.

Ordens de retirada.

Não de ataque.

O Céu não olha para mim, mantendo-se de costas, mas eu o leio melhor do que qualquer um do Solo, talvez melhor do que o Solo deva ler seu Céu.

Você esperava por isso, mostro. Você esperava por mais armas.

Ele continua sem olhar para mim, mas uma mudança em sua voz me mostra que estou certo. *O Céu não mentiu para o Retorno, mostra ele. Se não houvesse mais armas, nós os estaríamos derrotando neste exato momento.*

Mas você sabia que haveria armas. Você me levou a acreditar...

Você acreditou no que torcia para ser verdade, mostra o Céu. Nada que eu dissesse teria tirado isso de você.

Minha voz ainda ecoa a dor de seu tapa.

Desculpe por ter batido em você, mostra ele.

E, em suas desculpas, pelo mais breve dos segundos, eu vejo.

Como o sol através das nuvens, um clarão inconfundível.

Eu vejo sua natureza pacífica.

Você deseja fazer a paz com eles, mostro. Você deseja uma trégua.

A voz dele endurece. *Eu não mostrei que o contrário é verdade?*

Você está mantendo a possibilidade aberta.

Nenhum líder sábio faria diferente. E você vai aprender isso. Você precisa.

Eu pisco, intrigado. *Por quê?*

Mas ele apenas olha novamente para o topo do morro distante, do outro lado do vale, que a nave ainda sobrevoa.

Nós despertamos a fera, mostra ele. Agora vamos ver o tamanho de sua raiva.

ALIANÇA

FALANDO COM O INIMIGO

{VIOLA}

MEU COMUNICADOR TOCA e sei que é Todd ligando, mas estou na sala de cura da nave batedora, segurando a cabeça de Lee em meu colo, e isso ocupa todo o meu pensamento.

— Segure com firmeza, Viola — ordena mestra Coyle, se equilibrando quando a nave batedora se inclina outra vez.

— *Vamos pousar em breve* — avisa Simone pelo sistema de comunicação.

Nós ouvimos os estrondos abafados reverberando pelo chão onde Simone está jogando os elos, pequenos pacotes de bombas unidas magneticamente que se espalham quando caem, cobrindo a floresta com fogo e explosões.

Mais uma vez, estamos bombardeando os Spackle.

Depois que Lee nos disse que eles estavam chegando, ajudei a carregá-lo para a nave batedora onde mestra Coyle e mestra Lawson começaram imediatamente a examiná-lo. Do lado de fora, mesmo pelas portas da nave, ouvíamos os gritos das pessoas no alto do morro. Ouvimos seu terror, mas também sua raiva. Eu conseguia imaginar exatamente aquele semicírculo de observadores, liderados por Ivan, exigindo saber o que Simone e Bradley fariam em relação àquilo, agora que tínhamos sido alvos de um ataque direto.

Eu ouvi Ivan gritar:

— Eles podem estar em *QUALQUER LUGAR*!

Então, enquanto mestra Coyle sedava Lee e mestra Lawson lavava o sangue aparentemente infinito de suas órbitas oculares destruídas, ouvimos Simone e Bradley subirem a bordo, discutindo. Simone foi para o cockpit, e Bradley entrou na sala de cura e informou:

— Nós vamos decolar.

— Estou no meio de uma operação — disse mestra Coyle, sem erguer os olhos de Lee.

Bradley abriu um painel e pegou um aparelhinho.

— Bisturi giroscópico — explicou. — Ele vai ficar firme mesmo que a nave vire de cabeça para baixo.

— Ah, então era *isso* — disse mestra Lawson.

— Como estão as coisas lá fora? — perguntei.

Bradley apenas franziu o cenho, com o Ruído cheio de imagens de pessoas confrontando-o, chamando-o de Humanitário.

Algumas delas cuspindo nele.

— *Bradley* — falei.

— Não vai demorar mais que um minuto — disse ele, e ficou conosco em vez de se juntar a Simone no cockpit.

Mestras Coyle e Lawson continuavam a trabalhar furiosamente. Eu tinha esquecido como era incrível ver mestra Coyle trabalhar. Feroz e concentrada, com toda a atenção dedicada a salvar Lee, mesmo quando sentimos os motores serem ligados, a nave subir lentamente no ar, inclinando-se ao circundar o topo do morro, e as primeiras bombas explodirem sob nós.

Mestra Coyle continuava a trabalhar.

Agora Simone está completando a última volta, e sinto na intensidade do Ruído de Bradley o que vamos encontrar no alto do morro quando abrirmos as portas.

— Tão ruim assim? — pergunta mestra Coyle, finalizando com cuidado o último ponto.

— Eles não estavam nem interessados em recuperar os corpos das pessoas que morreram — diz Bradley. — Só queriam atacar, *imediatamente*.

Mestra Coyle se dirige a uma pia presa à parede para lavar as mãos.

— Eles vão ficar satisfeitos. Você cumpriu seu dever.

— Esse é nosso dever, agora? — questiona Bradley. — Bombardear um inimigo que nunca vimos?

— Você entrou nesta guerra — diz mestra Coyle. — E agora não pode simplesmente sair dela. Não quando há vidas em jogo.

— O que, é claro, é exatamente o que você queria.

— Bradley — digo. Meu comunicador continua tocando, mas ainda não estou pronta para deixar Lee. — Eles *nos atacaram*.

— Depois que *nós* os atacamos — rebate Bradley. — Depois que eles nos atacaram depois que nós os atacamos, e assim por diante até que estejamos todos mortos.

Eu torno a olhar para o rosto de Lee, o pouco dele que consigo ver por baixo dos curativos: a ponta do nariz, a boca aberta, a respiração difícil, o cabelo louro sujo de sangue. Sob a ponta dos dedos, sinto o calor ferido de sua pele, o peso de seu corpo inconsciente.

Ele nunca mais vai ser o mesmo, nunca, o que me dá um nó na garganta e uma dor no peito.

É isso o que a guerra faz. Está bem aqui, em minhas mãos. Isto é guerra.

Em meu bolso, o comunicador toca mais uma vez.

[TODD]

— Terreno neutro? — o prefeito pergunta, levantando as sobrancelhas. — Eu me pergunto onde será isso.

— A velha casa de cura de mestra Coyle — respondo. — Foi isso o que Viola disse. Mestra Coyle e as pessoas da nave batedora vão encontrar você lá ao amanhecer.

— Não é exatamente *neutro*, é? — o prefeito diz. — Mas é inteligente.

Ele parece pensativo por um segundo e torna a olhar pros relatórios do sr. Tate e do sr. O'Hare em seu colo, que contam como as coisas estão ruins.

Elas estão bem ruins.

A praça está um caos. Metade das barracas foi levada pela água do tanque. Felizmente, a minha estava longe o suficiente e Angharrad também está em segurança, mas o resto é uma confusão encharcada. Uma parede do depósito de alimentos desabou por causa da água, e o prefeito mandou homens irem lá pra examinar com cuidado o que restou e ver exatamente quando o fim vai chegar.

— Eles nos causaram muitos danos, Todd — o prefeito diz, franzindo a testa pros papéis. — Com uma ação, reduziram em 95% nossos estoques de água. Mesmo se reduzirmos as porções, isso vai durar apenas quatro dias, e faltam quase seis semanas para a chegada da nave.

— E a comida?

— Nós tivemos um pouco de sorte quanto a isso — responde, estendendo um relatório pra mim. — Veja por si mesmo.

Eu olho pros papéis na mão dele. Vejo os rabiscos da letra do sr. Tate e do sr. O'Hare correndo em manchas e curvas pela página como os ratinhos pretos que costumávamos pegar no celeiro da fazenda, se virando e retorcendo tão rápido quando alguém levantava uma tábua que era difícil ver unzinho sequer. Eu olho pras páginas e pergunto como diabo alguém consegue ler qualquer coisa quando as letras parecem tão diferentes em lugares tão diferentes, mas ainda são a *mesma* coisa...

— Desculpe, Todd — o prefeito diz, abaixando os papéis. — Eu esqueci.

Eu viro pra Angharrad, sem acreditar que o prefeito esqueça *nada*.

— Sabe — ele começa, e a voz não está nada rude. — Eu poderia ensiná-lo a ler.

E aquelas palavras fazem com que eu fique ainda mais quente, com embaraço e vergonha e uma raiva que dá vontade de arrancar a cabeça de alguém...

— Pode ser mais fácil do que você pensa — ele continua. — Eu tenho trabalhado em maneiras de usar o Ruído para aprender e...

— O quê, em troca de ter salvado sua vida? — digo, alto. — Você não gosta de estar em dívida comigo, é isso?

— Acho que talvez já estejamos empatados nesse placar, Todd. Além disso, não há nada do que se envergonhar...

— Só cala a boca, tá bem?

Ele olha pra mim por um longo momento.

— Está bem — ele concorda enfim, com delicadeza. — Não foi minha intenção aborrecê-lo. Diga a Viola que vou me encontrar onde eles quiserem.

Ele fica em pé.

— Além disso, diga que vou acompanhado apenas por você.

{VIOLA}

— Isso parece suspeito — digo no comunicador.

— *Eu sei* — responde Todd. — *Achei que ele fosse tentar discutir, mas ele concordou com tudo.*

— Mestra Coyle falou que ele ia procurá-la. Acho que ela estava certa.

— *Por que eu não me sinto tão bem com isso?*

Eu rio um pouco, o que me faz tossir.

— *Você tá bem?* — pergunta Todd.

— *Sim, sim* — digo rapidamente. — Eu estou preocupada é com Lee.

— *Como ele está?*

— Estável, mas ainda mal. Mestra Coyle só o tira da sedação para alimentá-lo.

— *Caramba* — diz Todd. — *Fala pra ele que eu mandei um oi.*

Eu o vejo olhar para a direita.

— *Sim, só um maldito minuto!*

Ele torna a olhar para mim.

— *Eu preciso ir. O prefeito quer conversar sobre amanhã.*

— Tenho certeza de que mestra Coyle também vai querer — digo. — Vejo você de manhã.

Ele dá um sorriso tímido.

— *Vai ser bom ver você. Quer dizer, pessoalmente. Faz muito tempo. Tempo demais.*

Eu me despeço, e nós desligamos.

Lee está na cama ao lado da minha, em sono profundo. Mestra Lawson está sentada no canto, conferindo sua condição nos monitores da nave a cada cinco minutos. Ela também confere meu estado, testando os tratamentos cronometrados da mestra Coyle para a infecção em meu braço, que agora parece estar se movendo para meus pulmões.

Fatal, como mestra Coyle disse que seria.

Fatal.

Se ela disse a verdade, *se* não enxergou para me forçar a ajudá-la...

E acho que é por isso que não contei a Todd o quanto estou doente. Porque, se ele ficasse preocupado com isso, e certamente ficaria, eu teria que começar a pensar que aquilo poderia ser verdade...

Mestra Coyle chega.

— Como você está se sentindo, minha garota?

— Melhor — minto.

Ela assente e vai ver como Lee está.

— Teve notícias deles?

— O prefeito concordou com tudo — digo, tossindo novamente. — E vai sozinho. Só ele e Todd.

Mestra Coyle ri com escárnio.

— Que homem arrogante. Está tão certo que não vamos lhe fazer mal que está fazendo disso um espetáculo.

— Eu disse que faríamos a mesma coisa. Só eu, você, Simone e Bradley. Vamos trancar a nave e cavalgar até lá.

— Um plano excelente, minha garota — diz ela, verificando os monitores. — Com algumas mulheres da Resposta armadas e fora de vista, é claro.

Eu franzo o cenho.

— Então nós não vamos nem começar com boas intenções?

— Quando você vai aprender? — pergunta mestra Coyle. — Boas intenções não significam nada sem força por trás.

— Isso é um caminho para uma guerra sem fim.

— Talvez — responde ela. — Mas também é o único caminho para a paz.

— Eu não acredito nisso — retruco.

— Continue sem acreditar. Quem sabe você esteja certa? — Ela se vira para sair. — Até amanhã, minha garota.

E em sua voz percebo o quanto ela está ansiosa por aquele dia.

O dia em que o prefeito vai procurá-la.

[TODD]

O prefeito e eu seguimos a cavalo pela estrada até a casa de cura na escuridão fria antes do amanhecer, passando pelas árvores e prédios que eu costumava ver todo dia quando ia pro mosteiro com Davy.

É a primeira vez que eu vou lá sem ele.

Memino potro, Angharrad pensa, e vejo Bolota no Ruído dela, Bolota que Davy sempre montava e tentava chamar de Armadilha Mortal, Bolota que Viola agora monta e que provavelmente também vai estar lá hoje.

Mas Davy não vai. Davy nunca mais vai estar em lugar nenhum.

— Você está pensando em meu filho — o prefeito diz.

— Você não pode falar dele — respondo, quase por reflexo. Então digo: — Como você ainda consegue me ler? Mais ninguém consegue.

— Eu não sou como os outros, Todd.

Isso com certeza, penso, pra ver se ele escuta.

— Mas você tem toda a razão — ele diz, puxando Julieta Alegre pelas rédeas. — Você se saiu excepcionalmente bem. Pegou o jeito mais rápido que qualquer um de meus capitães. Quem sabe, no fim, do que você vai ser capaz?

E ele dá um sorriso pra mim que é quase *orgulhoso*.

O sol ainda não nasceu no fim da estrada, na direção em que a gente está seguindo, tem apenas um tom rosado no céu. O prefeito insistiu pra que chegássemos lá primeiro, insistiu pra que a gente estivesse esperando por eles quando aparecessem.

Eu, ele e o grupo de homens que está seguindo a gente.

A gente chega aos dois celeiros que marcam a entrada pra casa de cura e segue por ali na direção do rio vazio. O céu ainda está praticamente todo escuro quando a gente faz uma curva e vê ela.

A casa não está como a gente esperava. Em vez de uma construção onde a gente podia entrar e fazer o encontro, só sobrou uma estrutura de madeira carbonizada, sem telhado e com destroços queimados espalhados na grama em frente. Primeiro penso que os Spackle devem ter queimado o lugar, mas então lembro que a Resposta explodiu tudo quando marchou sobre a cidade, até os próprios prédios. O prefeito ter transformado a casa em cadeia, não mais um lugar de cura, deve ter facilitado.

A outra surpresa é que eles já estão lá, esperando pela gente na estrada. Viola está montada em Bolota, ao lado de uma carroça puxada por bois com um homem de pele escura e uma mulher de aparência rígida que só pode ser mestra Coyle. O prefeito não foi o único que quis chegar primeiro.

Eu sinto a irritação dele do meu lado, mas ele esconde isso rápido quando a gente para na frente dos outros.

— Bom dia — o prefeito diz. — Eu conheço Viola e, claro, a famosa mestra Coyle, mas creio que ainda não tive o prazer de conhecer o cavalheiro.

— Tem mulheres armadas nas árvores — Viola diz antes mesmo de dizer oi.

— Viola! — mestra Coyle ralha.

— Tem cinquenta homens na estrada — digo. — Ele falou que era pra gente falar que é pra proteção contra os Spackle.

Viola acena com a cabeça pra mestra Coyle.

— Ela só disse que deveríamos mentir.

— O que seria difícil — o prefeito comenta — porque eu consigo vê-las claramente no Ruído do cavalheiro, a quem, repito, não fui apresentado.

— Bradley Tench — o homem responde.

— Presidente David Prentiss — o prefeito diz. — Ao seu dispor.

— E você só pode ser Todd — mestra Coyle comenta.

— E você só pode ser aquela que tentou me matar e matar a Viola — digo, olhando nos olhos dela.

Ela só dá um sorriso.

— Não acho que sou a única pessoa aqui que fez isso.

Ela é mais baixa do que eu esperava. Ou talvez eu esteja maior. Depois de tudo o que Viola disse que ela fez, liderar exércitos, explodir metade da cidade, se colocar em posição de ser a próxima líder da cidade, eu esperava uma giganta. Ela é forte, claro, como muita gente neste planeta — como todo mundo que tem que trabalhar pra viver. Mas os olhos dela olham pra você sem tolerar discussões, sem nunca parecer duvidar de si mesma, mesmo quando deviam. Talvez sejam os olhos de uma giganta, afinal de contas.

Vou com Angharrad até Bolota pra poder cumprimentar Viola direito, já sentindo aquela onda quente que sinto sempre que vejo ela, mas também vejo como ela está com uma cara de doente, pálida e…

Ela está olhando pra mim, intrigada, com a cabeça inclinada.

E percebo que ela está tentando ler meu Ruído.

E não consegue.

{Viola}

Olho para Todd. Olho insistentemente para ele.

E não o escuto.

Nada.

Achei que os horrores da guerra o haviam traumatizado, chocado e deixado em um estado indistinto, mas isso é diferente. Isso é quase silêncio.

É como o prefeito.

— Viola? — sussurra ele.

— Achei que haveria um quarto membro em seu grupo — diz o prefeito.

— Simone resolveu ficar na nave — explica Bradley.

Embora eu não tire os olhos de Todd, ouço o Ruído de Bradley cheio de Ivan e dos outros, que ameaçaram reagir com violência se nós os deixássemos desprotegidos. Simone finalmente teve que concordar em ficar para trás. Era Bradley quem devia ter ficado, claro, com seu Ruído gritando a todo segundo, mas as pessoas no alto do morro, lideradas por Ivan, não iam aceitar serem protegidas pelo Humanitário.

— É uma pena — diz o prefeito. — Os antigos moradores da cidade estão obviamente famintos por uma liderança forte.

— É um jeito de ver as coisas — retruca Bradley.

— Então cá estamos — diz o prefeito. — Em uma reunião que vai determinar o rumo deste mundo.

— Cá estamos — concorda mestra Coyle. — Vamos começar?

Então ela fala, e suas palavras fazem até mesmo eu parar de olhar para Todd.

— Você é um criminoso e um assassino — diz ela para o prefeito, com a voz calma feito pedra. — Você cometeu um genocídio dos Spackle que provocou esta guerra. Você aprisionou, escravizou e então marcou permanentemente todas as mulheres em quem conseguiu botar as mãos. Você se mostrou incapaz de deter os ataques dos Spackle que lhe custaram metade do exército, e é só questão de tempo antes que seus soldados se levantem contra sua liderança e decidam se juntar ao poder de fogo superior da nave batedora, pelo menos para sobreviver às semanas até que o comboio de colonos chegue.

Ela sorri durante todo esse discurso, apesar da maneira como eu e Bradley estamos olhando para ela, da maneira como *Todd* está olhando para ela...

Mas então vejo que o prefeito também sorri.

— Então por que nós não devemos cruzar os braços e deixar que você se autodestrua? — termina mestra Coyle.

[TODD]

— Você — o prefeito diz pra mestra Coyle, depois de um longo momento de silêncio — é uma criminosa e uma terrorista. Em vez de trabalhar comigo para fazer de Nova Prentisstown um paraíso acolhedor para os colonos que vão chegar, tentou explodi-la. Decidiu que preferia destruí-la a permitir que fosse algo diferente do que você mesma escolhesse. Matou soldados e civis inocentes, cometeu um atentado contra a vida da jovem Viola, apenas para me derrubar e se estabelecer como a governante inconteste de alguma nova Coyleville.

Ele aponta a cabeça na direção de Bradley.

— A tripulação da nave batedora está nitidamente apoiando você com relutância, depois de, sem dúvida, ter manipulado Viola para que disparasse aquele míssil. E quantas armas a tripulação tem, afinal de contas? O suficiente para destruir cem mil ou *um milhão* de Spackle que vão chegar, onda após onda, até matar todos nós? Você, mestra, sabe responder esta questão tanto quanto eu.

E ele e mestra Coyle continuam sorrindo um pro outro.

Bradley dá um suspiro alto.

— Bom, isso foi divertido. Podemos agora começar a falar sobre as razões pelas quais estamos aqui?

— E quais exatamente seriam essas razões? — o prefeito pergunta a ele, como se estivesse falando com uma criança.

— Que tal evitar uma aniquilação completa? — Bradley diz. — Que tal criar um planeta que tenha espaço suficiente para todo mundo, incluindo vocês dois? O comboio agora está a quarenta dias de distância, então que tal um mundo pacífico para eles pousarem? Cada um de nós tem poder. Mestra Coyle tem um grupo dedicado por trás dela, embora menor e não tão bem equipado quanto o seu exército. Nossa posição é mais fácil de defender que a sua, mas não temos espaço para abrigar uma população cujo nervosismo cresce a cada dia. Enquanto isso, você está sujeito a ataques que não consegue impedir...

— Sim — o prefeito interrompe. — A estratégia militar de combinar nossas forças é óbvia...

— Não é disso que eu estou falando — Bradley corta, e a voz dele fica mais acalorada, e o Ruído também, mais rude e estranho do que o de qualquer pessoa que já vi, e zunindo com a sensação de que ele está certo, de que está *seguro* de estar fazendo a coisa certa, e de que tem força pra apoiar isso.

Estou meio que começando a gostar dele.

— Não estou falando de nenhuma *estratégia militar* — ele continua. — Estou dizendo que *eu* tenho os mísseis, *eu* tenho as bombas, e já deixo avisado que posso alegremente deixar vocês dois lidarem com seu pequeno conflito sozinhos se não concordarem que o que precisamos discutir aqui é um jeito de combinar nossas forças para *acabar* com essa guerra, e não para *ganhá-la*.

E, por um segundo muito breve, o prefeito não ri.

— Isso vai ser fácil — Viola diz, tossindo. — Nós temos água, vocês têm comida. Nós trocamos o que temos pelo que precisamos. Nós mostramos aos Spackle que estamos unidos, que não vamos a lugar nenhum, e que queremos paz.

Mas só consigo ver o quanto ela está tremendo de frio.

— Fechado — mestra Coyle diz, parecendo satisfeita com o andamento das coisas até agora. — Então, como primeiro ponto de negociação, talvez o presidente pudesse fazer a gentileza de nos contar como reverter os efeitos das fitas, que, como tenho certeza de que era sua intenção desde o início, estão matando todas as mulheres que as usam.

{VIOLA}

— O quê?! — grita Todd.

— Não tenho ideia do que ela está falando — responde o prefeito rapidamente, mas a expressão de Todd já é uma tempestade.

— É apenas uma teoria — digo. — Elas não provaram nada.

— E você está se sentindo muito bem, não está? — ironiza mestra Coyle.

— Não, mas não estou *morrendo*.

— Isso porque você é jovem e forte — continua mestra Coyle. — Nem todas têm essa sorte.

— São fitas comuns para gado que vocês tinham em Refúgio — diz o prefeito. — Se você está sugerindo que eu as modifiquei para matar as mulheres que foram marcadas, então está terrivelmente equivocada e eu me sinto *muito* ofendido...

— Não me venha com essa sua presunção — rebate mestra Coyle. — Você matou todas as mulheres na velha Prentisstown...

— As mulheres da velha Prentisstown cometeram suicídio — retruca o prefeito. — Porque estavam perdendo uma guerra que *elas* começaram.

— *O quê?!* — pergunta Todd novamente, girando para olhar para o prefeito, e eu percebo que é a primeira vez que ouve a versão dele dos acontecimentos.

— Sinto muito, Todd — diz o prefeito. — Mas eu lhe contei que o que você sabia não era a verdade...

— Ben contou pra gente o que aconteceu! — grita Todd. — Não tenta fugir disso agora! Eu não esqueci nem um pouco o tipo de homem que você é, e se você machucar Viola...

— *Eu não machuquei Viola* — interrompe o prefeito com veemência. — Eu não machuquei *nenhuma* mulher intencionalmente. Você vai se lembrar de que só comecei com as fitas depois dos ataques terroristas de mestra Coyle, *depois* que ela passou a matar civis inocentes da cidade, *depois* que precisamos monitorar aquelas que estavam nos atacando. Se há alguém a culpar pela necessidade dos braceletes de identificação...

— *Braceletes de identificação?!* — grita mestra Coyle.

— ... então podem culpá-la. Se eu quisesse matar as mulheres, o que *não* aconteceu, teria feito isso no momento em que o exército entrou na cidade, mas não era o que eu queria na época e não é o que quero *agora*!

— Mesmo assim — diz mestra Coyle. — Sou a melhor curandeira neste planeta e sou incapaz de curar a infecção. Isso parece provável para você?

— Certo — diz o prefeito, lançando um olhar duro para ela. — Nosso primeiro acordo, então. Você vai ter acesso total às informações que possuo sobre as fitas e sobre como estamos tratando as mulheres afetadas na cidade, embora elas não estejam, devo dizer, tão mal quanto você sugeriu.

Eu olho para Todd, mas ele obviamente não sabe o quanto disso é verdade. Posso ouvir um pouquinho de seu Ruído agora, em grande parte preocupação e algum sentimento em relação a mim, mas nada está claro, ainda não é como costumava ser.

É quase como se o Todd que eu conheço não estivesse aqui.

[TODD]

— Você tem certeza que tá bem? — pergunto pra Viola quando me aproximo dela, ignorando os outros que continuam a falar. — Você tem *certeza*?

— Não há nada com que se preocupar — ela responde, e percebo que está mentindo pra me fazer sentir melhor, o que, claro, só me faz sentir pior.

— Viola, se tem alguma coisa errada com você, se alguma coisa *aconteceu...*

— É só mestra Coyle tentando me assustar para que eu faça o que ela quer, só isso...

Mas olho nos olhos dela e percebo que essa não é toda a verdade, e fico angustiado, porque se alguma coisa acontecer com ela, se eu *perder* ela, se ela...

Eu sou o Círculo e o Círculo sou eu, penso.

E meu Ruído vai embora, perde força, fica quieto, e percebo que fechei os olhos e, quando abro, Viola está me encarando, horrorizada.

— O que você acabou de fazer? — ela pergunta. — O pouco do seu Ruído que eu estava ouvindo desapareceu.

— É uma coisa que eu consigo fazer agora — digo, afastando os olhos. — Fazer minha cabeça ficar silenciosa.

A testa dela se franze de surpresa.

— Você *quer* que ela fique silenciosa?

— É uma coisa boa, Viola — comento, com o rosto um pouco quente. — Eu finalmente posso guardar um segredo ou outro.

Mas ela balança a cabeça.

— Achei que você tinha visto algo tão ruim que tinha calado seu Ruído. Não achei que você estivesse fazendo isso de propósito.

Eu engulo em seco.

— Eu *vi* coisas muito ruins. Isso faz com que elas *parem*.

— Mas onde você aprendeu? É *ele* que sabe como fazer isso, não é?

— Não se preocupa — digo. — Tá tudo sob controle.

— Todd...

— É só uma ferramenta. Você recita essas palavras, fica focado, junta isso com sua vontade e...

— Você parece *ele* falando. — Viola baixa a voz. — Ele acha que você é especial, Todd. Sempre achou. Ele pode estar tentando você a fazer algo que não quer, algo perigoso.

— Você acha que eu *não sei* que não posso confiar nele? — digo, um pouco irritado. — Ele não pode me controlar, Viola. Eu sou forte o suficiente pra enfrentar ele...

— *Você* consegue controlar pessoas? — ela pergunta, também irritada. — Se consegue ficar silencioso, esse não é o próximo passo?

E a imagem surge em minha cabeça novamente, a imagem de James caído morto na praça, e por um segundo não consigo afastar ela e minha vergonha cresce de novo, como se eu fosse vomitar, e eu sou o Círculo e o Círculo sou eu...

— Não, eu ainda não consigo fazer isso — respondo. — De qualquer modo, é ruim. Eu não ia querer fazer isso.

Ela aproxima Bolota de mim e então o próprio rosto do meu.

— Você não pode redimi-lo, Todd — ela diz, com um pouco mais de delicadeza, mas eu encolho ao ouvir a palavra *redimir*. — Você *não pode*. Porque ele não quer.

— Eu sei — respondo, ainda sem olhar direito pra ela. — Eu sei disso.

Por um segundo, a gente apenas observa mestra Coyle e o prefeito discutirem.

— Você tem mais que isso! — diz mestra Coyle. — Nós conseguimos ver o tamanho dos depósitos com as sondas...

— Suas sondas conseguem ver *dentro* dos depósitos, mestra? Porque essa tecnologia impressionaria até a mim...

Viola tosse, protegendo a boca com a mão.

— Você está mesmo bem, Todd?

Em vez de responder, eu pergunto:

— Você está mesmo em perigo por causa da fita?

E ninguém responde.

E a manhã parece mais fria.

{VIOLA}

As conversas duram horas, ocupando a manhã inteira, até o sol estar alto no céu. Todd não fala muito e, toda vez que tento participar, sou vencida por minha tosse. Ficam apenas Bradley, o prefeito e mestra Coyle discutindo, discutindo, discutindo.

Muitas coisas, porém, são decididas. Além da troca de informações médicas, transportes vão começar duas vezes por dia, com água seguindo para um lado e comida para o outro, e o prefeito vai fornecer veículos adicionais junto com as carroças da Resposta, assim como soldados para proteção durante a troca. Faria *muito* mais sentido para todos nós nos reunirmos em um lugar só, mas o prefeito se recusa a sair da cidade e mestra Coyle, do alto do morro. Por isso somos obrigados a transportar a água dez quilômetros para um lado e a comida, dez quilômetros para o outro.

É um começo, acho.

Bradley e Simone vão fazer patrulhas aéreas sobre a cidade e o alto do morro todo dia, na esperança de manter os Spackle afastados apenas com essa ameaça. E, no acordo final após um dia muito longo, ficou decidido que mestra Coyle vai fornecer a experiência de algumas das melhores mulheres da Resposta para ajudar o prefeito a enfrentar os ataques sorrateiros contra a cidade.

— Mas só em defesa — insisto. — Vocês dois precisam fazer gestos de paz para os Spackle. Do contrário, nada disso vai adiantar.

— Você não pode apenas parar de lutar e chamar isso de paz, minha garota — diz mestra Coyle. — A guerra continua mesmo enquanto você negocia com o inimigo.

E ela está olhando para o prefeito quando diz isso.

— É verdade — concorda o prefeito, também olhando para ela. — Foi assim que foi feito antes.

— E vocês vão fazer isso dessa vez? — pergunta Bradley. — Nós temos sua palavra?

— Não é uma barganha ruim pela paz — responde o prefeito, dando aquele sorriso. — E, quando a paz for alcançada, quem sabe em que posição todos nós estaremos?

— Especialmente se você conseguir se tornar um pacificador logo antes da chegada do comboio — diz mestra Coyle. — Pense em como eles ficarão impressionados.

— E como eles ficarão impressionados com você, mestra, por me trazer habilmente para a mesa de negociação.

— Se eles vão ficar impressionados com alguém — interrompe Todd —, vai ser com a Viola, aqui.

— E com Todd — intervém Bradley antes que eu consiga dizer o mesmo. — Na verdade, foram eles dois, que fizeram com que isso acontecesse. Mas, honestamente, se algum de vocês quer um papel no futuro deste planeta, é melhor começarem a agir assim agora, porque neste momento qualquer um pode perceber que o presidente é um assassino em massa e mestra Coyle é uma terrorista.

— Eu sou um general — diz o prefeito.

— E eu estou lutando pela liberdade — retruca mestra Coyle.

Bradley dá um sorriso triste.

— Acho que enfim acabamos aqui — diz ele. — Nós concordamos a respeito do que começa hoje e do que vai acontecer amanhã. Se conseguirmos fazer isso por mais quarenta dias, então talvez, no fim das contas, haja um futuro para este planeta.

[TODD]

Mestra Coyle pega as rédeas e estala nos bois, que respondem Wilf?

— Você vem? — ela grita pra Viola.

— Pode ir na frente — Viola responde. — Eu quero falar com Todd.

Mestra Coyle parece já estar esperando por isso.

— Foi bom finalmente conhecer você, Todd — ela diz, olhando pra mim por um bom tempo enquanto a carroça se afasta.

O prefeito se despede deles com um aceno de cabeça e diz:

— Quando você estiver pronto, Todd.

E segue lentamente pela estrada com Julieta Alegre pra me deixar sozinho com Viola.

— Você acha que isso vai funcionar? — ela pergunta, cobrindo a boca com a mão enquanto tosse forte.

— Seis semanas até as naves chegarem — digo. — Nem isso. Cinco e meia.

— Cinco semanas e meia, e tudo muda outra vez.

— Cinco semanas e meia, e a gente vai poder ficar junto.

Mas ela não diz nada em relação a isso.

— Tem certeza de que sabe o que está fazendo com ele, Todd?

— Ele fica diferente perto de mim, Viola. Não está tão maluco e mau como costumava ser. Acho que consigo manter ele na linha o suficiente pra não matar a gente.

— Não permita que ele entre em sua cabeça — ela avisa, séria como eu nunca ouvi antes. — É aí que ele causa mais dano.

— Ele não tá na minha cabeça. E sei me cuidar. Então você se cuida. — Eu tento sorrir. Não consigo. — Fica viva, Viola Eade. E melhora. Se mestra Coyle pode te curar, você tem que forçar ela a *fazer isso*.

— Não estou morrendo. Eu lhe contaria se estivesse.

Ficamos em silêncio por um segundo, então ela diz:

— Você é a única coisa que importa para mim, Todd. Neste planeta inteiro, você é a única coisa que importa.

Eu engulo em seco.

— Você também.

E a gente sabe que está falando sério, mas quando se despede e ela vai prum lado e eu pro outro, aposto que os dois estão pensando se o outro não mentiu sobre coisas importantes.

— Ora, ora — o prefeito diz quando eu o alcanço na estrada pra cidade. — O que você achou daquilo, Todd?

— Se a infecção da fita matar Viola — começo —, você vai me implorar pra morrer depois do que eu fizer contigo.

— Acredito em você — ele diz enquanto seguimos em frente, com o **RONCO** da cidade aumentando pra nos saudar. — E *você* tem de acreditar que eu nunca faria isso.

E juro que ele fala como se fosse verdade.

— Você também precisa manter sua palavra sobre esses acordos — completo. — Nosso objetivo agora é a paz. De verdade.

— Você acha que eu quero a guerra pela guerra, Todd — o prefeito explica. — Não. Eu quero a *vitória*. E às vezes a vitória significa paz, não é? O comboio pode não gostar de tudo o que fiz, mas tenho a impressão de que eles vão escutar um homem que conquistou a paz contra probabilidades devastadoras.

Probabilidades que você criou, penso.

Mas não digo.

Porque, mais uma vez, ele parece estar falando a verdade.

Talvez *eu* esteja influenciando ele.

— E agora — o prefeito continua —, vamos ver se conseguimos fazer um mundo pacífico.

O Fim das Trilhas

Aliso o líquen recém-crescido por cima da fita no braço e a toco com delicadeza. Outro dia termina, e estou sentado sozinho em meu afloramento rochoso. A dor da fita ainda está presente, segue sendo meu lembrete diário de quem sou, de onde vim.

Embora não esteja curada, não tomo mais os remédios do Solo.

É ilógico, mas ultimamente passei a acreditar que a dor só vai passar quando a Clareira tiver sumido.

Ou talvez só então o Retorno se permita ser curado, mostra o Céu, subindo ao meu lado. Venha, mostra ele. Está na hora.

Hora de quê?

Ele dá um suspiro diante de meu tom hostil.

Hora de mostrar a você porque vamos vencer essa batalha.

Sete noites se passaram desde que a nave da Clareira bombardeou o Solo e o Céu interrompeu nossa invasão. Sete noites em que não fizemos nada além de observar vozes distantes relatarem que os dois grupos da Clareira estavam em contato de novo, que começaram a trocar suprimentos para se ajudarem, que a nave no topo do morro distante decolou mais uma vez para sobrevoar o vale, bem acima de todos os exércitos, o que se repetiu diariamente desde então.

Sete noites em que o Céu deixou a Clareira ficar mais forte.

Sete noites enquanto esperávamos por paz.

O que o Retorno não sabe, mostra o Céu enquanto seguimos em meio ao Solo. *É que o Céu comanda sozinho.*

Eu observo os rostos do Solo quando passamos, unindo suas vozes umas às outras para formar uma só voz, a conexão fácil que ainda acho tão difícil de fazer. *Sim*, mostro. *Eu sabia disso.*

Ele para. *Não, você não sabia. Você **não** sabe.*

E ele abre sua voz, mostrando-me o que quer dizer, mostrando-me que ser chamado de "Céu" é o mesmo exílio que ser chamado de "Retorno", e um exílio que ele não escolheu, pois era apenas outro membro do Solo antes de ser nomeado Céu.

E de ser separado da voz para se tornar isso.

Eu vejo como ele era feliz antes, feliz em sua conexão com aqueles de quem era mais próximo, sua família, seus companheiros de caça, aquela especial para ele com quem planejava acrescentar à voz do Solo, mas então eu o vejo ser afastado dela, deles todos, separado, elevado, e vejo o quanto era jovem, só um pouco mais velho que...

Que o Retorno é agora, mostra ele.

Ele assoma sobre mim com a armadura endurecida pelo sol, o capacete pesado sobre o pescoço, os ombros largos, mas mantido no alto por esses mesmos músculos. *O Solo olha fundo dentro de si a fim de encontrar o novo Céu e o escolhido não tem opção. A vida passada acaba e deve ser deixada para trás, pois o Solo precisa que seu Céu cuide dele e o Céu não pode ter outro além do Solo.*

E ali está ele em sua voz, assumindo pela primeira vez os paramentos do novo papel ao tomar o nome "o Céu" e se afastando para sempre daqueles que iria governar.

Você governa sozinho, mostro, sentindo o peso disso.

Mas eu nem sempre estive sozinho, mostra ele. *Nem o Retorno.*

Sua voz se estende para mim de repente, e antes mesmo que eu tenha consciência...

Estou de volta com...

Aquele que era especial para mim no barracão onde vivíamos, trancados à noite por nossa mestra da Clareira, a mestra de cujo jardim cuidamos, com flores brotando e hortaliças crescendo. Nunca conheci aqueles que me geraram porque fui dado a nossa mestra antes que eu tivesse qualquer lembrança disso, e na verdade conheci apenas aquele que era especial para mim, não muito mais velho que eu, mas que me mostrou como fazer nosso trabalho bem o bastante para que as surras não sejam frequentes, que agora está me mostrando como acender o fogo para cozinhar, esfregando as lascas de pederneira uma na outra para produzir nossa única fonte de calor...

... aquele que era especial para mim me deixando ficar em silêncio quando levamos as hortaliças de nossa mestra para o mercado e encontramos outros membros do Fardo cujas vozes se projetam em nossa direção em saudações amistosas que fazem com que eu me volte para mim mesmo com vergonha, mas aquele que era especial para mim atrai a atenção dos outros e deixa que eu seja tímido pelo tempo que eu precisar...

... aquele que era especial para mim enroscado junto à minha barriga, tossindo, doente com a febre que é o pior sinal de infecção no Fardo faz com que sejamos levados para os veterinários da Clareira e nunca mais vistos. Eu me aperto naquele que era especial para mim, implorando à lama, às pedras, ao barraco, implorando a todos eles que, por favor, permitam que a temperatura caia, por favor, façam com que ela caia...

... aquele que era especial para mim em silêncio comigo depois que nossas vozes são roubadas pela Clareira e somos isolados um do outro e postos em margens separadas, como se gritássemos através de um abismo distante demais para nos ouvir, aquele que era especial para mim tentando me fazer entender, lenta e delicadamente, através de estalos e gestos, que...

... aquele que era especial para mim se levantando quando a porta do barraco é aberta e a Clareira aparece com suas armas de fogo e espadas, e aquele que era especial para mim parando à minha frente, me protegendo pela última vez...

O Céu me libera quando eu grito, o horror vivo de novo em minha voz, vivo como se estivesse acontecendo agora, tudo outra vez...

Você sente falta dele, mostra o Céu. *Você o amava.*

Eles mataram aquele que era especial para mim, mostro, queimando e morrendo e queimando outra vez. *Eles o arrancaram de mim.*

É por isso que eu o reconheci no primeiro dia em que o vi, mostra o Céu. *Nós somos iguais, o Céu e o Retorno. O Céu fala pelo Solo, e o Retorno fala pelo Fardo. E, para fazer isso, nós dois precisamos estar sozinhos.*

Ainda respiro com dificuldade. *Por que você faz com que eu me lembre disso agora?*

Porque é importante que você entenda quem é o Céu, mostra ele. *Porque é importante **lembrar**.*

Eu levanto a cabeça. *Por quê?*

Mas tudo o que ele mostra é: *Siga-me.*

Nós seguimos pelo acampamento até chegarmos a um caminho pequeno através de algumas árvores. Logo no início, há dois guardas das Trilhas que curvam a cabeça em respeito ao Céu e nos deixam passar. O caminho, depois de um ângulo pronunciado e repentino, leva a arbustos que nos escondem quase imediatamente. Nós subimos muito, até o que deve ser o ponto mais alto da parte superior do vale, seguindo uma vereda estreita em que só um de nós consegue passar por vez.

É uma dificuldade necessária que o Solo às vezes guarde segredos de si mesmo, mostra o Céu enquanto andamos. *É o único jeito de tornar a esperança possível.*

É por isso que eles criam o Céu?, mostro em resposta, seguindo-o por uma estrada de pedra. *Para suportar o peso do que precisa ser feito?*

Sim. É exatamente por isso. E outra coisa que nos torna parecidos. Ele olha para mim. *Os segredos que aprendemos a guardar.*

Chegamos a uma cortina de ervas que pendem dos galhos acima. O Céu usa o braço comprido para afastá-la e revelar a abertura por trás.

Há um círculo de Trilhas parado na clareira. As Trilhas são membros do Solo com vozes especialmente abertas, escolhidos ainda novos para serem os mensageiros mais rápidos do Céu por todo o vasto corpo do Solo, propagando a voz com rapidez. Mas eles estão todos virados para dentro, concentrando suas vozes na direção um do outro, criando um elo num círculo fechado.

O Fim das Trilhas, mostra-me o Céu. *Eles vivem a vida inteira aqui, com suas vozes treinadas desde o nascimento para esse único objetivo. Depois que entram, podem remover um segredo de uma voz e guardá-lo aqui em segurança até que seja necessário outra vez. É onde o Céu deixa pensamentos que são perigosos demais para serem conhecidos por todos.*

Ele se volta para mim. *E outra coisa além disso.*

Ele levanta a voz para o Fim das Trilhas, e o círculo se move um pouco, criando uma abertura.

E eu vejo o que há ali no meio.

No centro do círculo há uma cama de pedra.

E na cama de pedra há um homem deitado.

Um homem da Clareira, inconsciente.

E sonhando.

Sua Fonte, mostro baixinho enquanto entramos no círculo, que se fecha a nossa volta outra vez.

Um soldado, mostra o Céu. *Encontrado num barranco da estrada, supostamente morto devido aos ferimentos. Mas então sua voz surgiu, sem bloqueios e aberta no limite do silêncio. Nós impedimos que ela desaparecesse por completo.*

Impediram?, mostro, encarando o homem com a voz coberta pelas vozes das Trilhas, removendo-a da voz maior de modo que seu segredo nunca deixe este círculo.

Toda voz que pode ser ouvida pode ser curada, mostra o Céu. Mesmo que esteja longe do corpo. E estava muito longe. Nós tratamos seus ferimentos e começamos a chamar por sua voz, trazendo-a de volta para ele.

Trazendo-o de volta à vida, mostro.

Sim. E o tempo todo sua voz nos contou coisas, coisas que nos deram grande vantagem sobre a Clareira, coisas que se tornaram ainda mais valiosas depois que o Retorno voltou para o Solo.

Eu ergo os olhos. Vocês já estavam planejando um ataque à Clareira antes da minha volta?

É um dever do Céu se preparar para qualquer ameaça em potencial ao Solo.

Eu olho para a Fonte novamente. E é por isso que você disse que nós vamos vencer?

A voz da Fonte nos diz que o líder da Clareira é um homem que não forma alianças de verdade. Que ele só vai governar sozinho, não importa as medidas temporárias que tome com o topo do morro distante. Que, se pressionado, ele vai trair o outro lado sem hesitação. Essa é sua fraqueza, e uma fraqueza que o Solo pode explorar. Nossos ataques recomeçam ao amanhecer. Nós vamos descobrir como sua aliança resiste à pressão.

Eu o encaro. Mas você ainda faria a paz com eles. Eu vejo isso em você.

Se isso pudesse salvar o Solo, sim, o Céu faria isso. E o Retorno também.

Ele não está me perguntando. Está afirmando.

Mas é por isso que eu o trouxe aqui, mostra ele, dirigindo minha voz de volta para o homem. Se a paz chegar, se as coisas forem resolvidas desse jeito, então eu vou lhe dar a Fonte. Para fazer o que quiser.

*Eu olho para ele, intrigado. **Dá-lo** a mim?*

Ele está quase curado, mostra o Céu. Nós o mantemos dormindo para ouvir sua voz desprotegida, mas poderíamos acordá-lo a qualquer momento.

Eu me viro para o homem. Mas por que isso me traria vingança? Por que...?

O Céu faz um gesto na direção do Fim das Trilhas para que suas vozes deem espaço para a voz do homem...

Para que eu possa escutá-la.

* * *

Sua voz...

Eu me aproximo do bloco de pedra e me debruço sobre o homem esgotado, o rosto cheio dos pelos que marcam metade das pessoas da Clareira. Vejo as pastas de cura do Solo no peito dele, as roupas esfarrapadas que cobrem seu corpo.

E o escuto o tempo todo.

Prefeito Prentiss, diz ele.

E *armas*.

E *carneiros*.

E *Prentisstown*.

E *de manhã cedo*.

Então ele diz...

Ele diz...

Todd.

Eu me viro para o Céu. *Mas este é...*

Sim, mostra o Céu.

Eu o vi na voz da Faca...

Sim, mostra o Céu mais uma vez.

Este homem se chama **Ben**, mostro, com minha voz se abrindo com o espanto. *Ele vale quase tanto para a Faca quanto aquela que é especial para ele.*

E, se a paz for nosso resultado, mostra o Céu, *então, em retribuição por tudo o que a Clareira fez você sofrer, ele é seu.*

Eu me volto outra vez para o homem.

Eu me volto para Ben.

Ele é meu, penso. *Se houver paz, ele é meu.*

Meu para matar.

O PROCESSO DE PAZ

[TODD]

A GENTE OUVE ELES chegarem pelas árvores, longe, mas chegando rápido.

— Espere — o prefeito sussurra.

— Eles estão vindo pra cima da gente — digo.

Os primeiros raios enevoados do amanhecer brilham no rosto do prefeito quando ele vira pra mim.

— Esse é o risco de ser isca, Todd.

Memimo potro?, Angharrad chama nervosamente abaixo de mim.

— Está tudo bem, garota — digo, mas não tenho a menor certeza disso.

Submeta-se!, Julieta Alegre pensa ao lado da gente.

— Cala a boca — o prefeito e eu dizemos ao mesmo tempo.

O prefeito sorri pra mim.

Por um segundo, retribuo o sorriso.

As duas últimas semanas foram quase boas em comparação a antes. As trocas de água e comida correram como deveriam, sem nenhuma gracinha nem do prefeito nem de mestra Coyle. É meio que uma regra da vida: você fica automaticamente mais feliz quando não tem que se preocupar em ter o que beber. As coisas ficaram calmas nos acampamentos, a cidade está quase parecendo uma cidade de novo, e Viola diz que o morro também ficou mais calmo, quase normal. Ela diz até que está se sentindo melhor, se bem que não tenho como saber se isso é verdade pelo comunicador, porque ela encontrou razões todo dia pra gente não se ver, e isso me preocupa. Não consigo parar de pensar que...

(*Eu sou o Círculo e o Círculo sou eu*)

Mas também estive ocupado com o prefeito. Que ficou todo *amigável*. Ele passou a visitar os soldados pelo acampamento e a perguntar sobre as famílias e as antigas casas deles, e o que eles esperam pra depois da guerra com os novos colonos e assim por diante. Ele também faz isso com os moradores da cidade.

E ele também tem me dado todo tipo de coisa boa. Mandou um resmunguento sr. O'Hare deixar minha barraca muito mais confortável, com uma cama mais macia e montes de cobertores pra me proteger do frio. Ele sempre garante que Angharrad tenha alimento e água além da sua cota. E me conta todo dia o que os médicos dele estão fazendo pra tentar curar as fitas, pra assegurar que Viola não está em perigo.

Tem sido estranho.

Mas bom.

Embora todas essas coisas boas só tenham sido possíveis porque faz uma semana que não tem ataques de Spackle. Não que a gente tenha parado de se planejar pra eles. Usando as sondas, Bradley e Simone descobriram alguns caminhos que os Spackle podiam usar pra entrar escondidos na cidade, e o prefeito começou a transformar esses caminhos em bons alvos. E, com a ajuda das novas aliadas que não têm Ruído e não podem ser ouvidas andando pela mata à noite, eles preparavam coisas.

Nesse momento, parece que os preparativos foram uma boa ideia.

Estamos de frente pruma estradinha que atravessa a mata ao sul da cidade e podemos ouvir Spackle chegando, exatamente por onde achamos que eles chegariam.

E os barulhos estão ficando mais altos.

— Não há nada com que se preocupar — o prefeito me diz, olhando por entre as árvores pra sonda que paira no céu atrás da gente. — Tudo está correndo de acordo com o plano.

O Ruído dos Spackle aumenta um pouco, cada vez mais alto e constante, rápido demais pra gente conseguir ler qualquer coisa nele.

Todd, Angharrad diz, ficando mais nervosa. **Todd!**

— Acalme seu cavalo, Todd — o prefeito diz.

— Nós estamos bem, garota — falo, esfregando o flanco dela.

Mas também puxo as rédeas pro lado, de modo que a gente fica um pouco mais pra trás do equipamento de escavação de poços que eu e o prefeito estamos fingindo vigiar.

Eu levanto meu comunicador.

— Consegue ver alguma coisa na sonda?

— *Nada claro* — Viola responde. — *Algum movimento, mas está tão borrado que podia ser o vento soprando.*

— Não é o vento.

— *Eu sei* — ela diz, e tosse, protegendo a boca com a mão. — *Aguente firme.*

O Ruído dos Spackle fica ainda mais alto...

E mais alto...

— Chegou a hora — o prefeito diz. — Aí vêm eles.

— *Estamos prontos* — uma voz diz no comunicador, mas não é Viola. É mestra Coyle.

Então os Spackle começam a jorrar das sombras, como uma inundação repentina...

Eles vêm pela trilha e correm na direção da gente...

Suas armas estão erguidas e prontas...

— Espere — o prefeito me diz, apontando o rifle...

Eles continuam a surgir na trilha...

Vinte, trinta, quarenta...

E eu e o prefeito sozinhos...

— *Espere* — ele repete.

O Ruído deles está enchendo o ar…

E eles continuam chegando…

Continuam chegando até estarem ao alcance das armas…

Então há um chiado quando um dos bastões brancos é disparado…

— Viola! — grito, e ouço mestra Coyle pelo comunicador…

— *Agora!*

BUM!

As árvores dos dois lados da estrada explodem em um milhão de lascas incandescentes que rasgam os Spackle e fazem eu e o prefeito cambalearmos, e preciso me esforçar muito pra impedir Angharrad de sair correndo ou me derrubar…

Quando viro de novo, a fumaça já está sumindo e podemos ver árvores caídas e troncos em chamas…

E nenhum sinal de nenhum Spackle…

Apenas corpos na estrada…

Muitos corpos.

— Que diabo foi isso?! — grito no comunicador. — Isso foi *muito* maior do que vocês disseram que ia ser!

— *Um erro na mistura, sem dúvida* — mestra Coyle responde. — *Vou ter uma conversa com mestra Braithwaite.*

Mas eu posso ver ela sorrindo na tela.

— Talvez um certo excesso de entusiasmo — o prefeito diz, cavalgando na minha direção com um grande sorriso também. — Mas o processo de paz começou!

Então ouvimos outro som atrás da gente. O grupo de soldados que estava esperando na estrada caso alguma coisa desse errado e a gente precisasse de ajuda. Eles estão marchando em nossa direção, rápidos e felizes…

E estão *vibrando*.

O prefeito cavalga entre seus homens em triunfo, como se já esperasse isso.

{Viola}

— Isso foi um massacre — diz Bradley com raiva. — Como isso vai nos levar à paz?

— Nós cozinhamos a mistura por tempo demais. — Mestra Coyle dá de ombros. — Foi apenas nossa primeira tentativa. Lição aprendida para a próxima vez.

— A próxima vez... — Bradley começa a dizer, mas a mestra já está saindo do cockpit, onde nós observamos o ataque acontecer na tela principal.

Simone está lá fora com o projetor remoto, exibindo tudo em três dimensões para as pessoas no alto do morro.

Teve uma grande celebração quando a explosão aconteceu. E uma celebração ainda maior quando mestra Coyle sai.

— Ela fez isso de propósito — acusa Bradley.

— Claro que fez — digo. — É isso o que ela faz. Você oferece a mão, e ela pega o braço.

Eu me levanto da cadeira...

E me sento de novo porque minha cabeça está girando.

— Você está bem? — pergunta Bradley com o Ruído cheio de preocupação.

— O mesmo de sempre.

Embora isso não seja bem verdade. Os tratamentos cronometrados de mestra Coyle funcionaram bem, mas minha febre voltou com força esta manhã e ainda não passou. Mais seis mulheres morreram, todas mais velhas e doentes, mas há muitas de nós piorando. Às vezes, dá para saber quem tem uma fita e quem não tem apenas observando seus rostos.

— Ela não encontrou nada na informação que o prefeito forneceu? — pergunta Bradley.

Eu balanço a cabeça, começando a tossir.

— Isso se ele forneceu tudo.

— Faltam trinta e três dias até a chegada do comboio com um departamento médico inteiro — diz Bradley. — Você consegue aguentar até lá?

Eu assinto, mas só porque estou tossindo demais para falar.

A semana anterior foi enervantemente calma. Wilf transportava pela estrada tanques de água e voltava com carroças cheias de comida, sem nenhum problema. O prefeito mandou até soldados para protegê-lo e engenheiros para melhorar a coleta de água. Ele também aceitou que mestras Nadari e Lawson ajudassem a fazer um inventário dos alimentos e supervisionassem sua distribuição.

Mestra Coyle, enquanto isso, parece mais feliz do que eu jamais a vi. Ela começou até a falar sobre como fazer a trégua. Aparentemente, isso envolve explodir muitas coisas. Mestra Braithwaite, responsável por meu treinamento militar no que parece ter sido outra vida, colocou bombas nas árvores, na esperança de mostrar aos Spackle que podemos ser mais inteligentes do que eles e de capturar um que não morra na explosão. Então vamos mandá-lo de volta com a mensagem de que vamos continuar a explodir coisas se eles não aceitarem conversar conosco sobre uma trégua.

Mestra Coyle diz que foi assim que funcionou na vez passada.

Meu comunicador toca. É Todd chamando para conversarmos após o ataque.

— Ninguém sobreviveu, não foi? — pergunto, tossindo um pouco mais.

— *Não* — diz ele, parecendo preocupado. — *Viola, você está...*

— Estou bem. É só tosse.

Eu tento contê-la.

Só o vi pelo comunicador desde nossa grande reunião perto da casa de cura, na semana passada. Eu não desci até a cidade nem ele subiu até aqui. Coisas demais a fazer, digo a mim mesma.

Eu também digo a mim mesma que não é porque um Todd sem Ruído faz com que eu me sinta...

Faz com que pareça...

— Vamos tentar novamente amanhã — falo. — E de novo e de novo até funcionar.

— *Sim* — diz Todd. — *Quanto antes conseguirmos começar essas conversas sobre a trégua, mais cedo isso vai acabar e a gente vai poder deixar você boa.*

— E mais cedo você vai poder se afastar *dele* — digo, percebendo tarde demais que falei em voz alta. Febre estúpida.

Todd franze o cenho.

— *Eu estou bem, Viola. Juro. Ele está sendo mais agradável que nunca.*

— Agradável? — pergunto. — Quando ele já foi *agradável*?

— *Viola...*

— Trinta e três dias — digo. — É só isso que temos que aguentar. Só mais trinta e três dias.

Mas preciso admitir que parece uma eternidade.

[TODD]

Os ataques dos Spackle continuam. E a gente continua a impedir cada um deles.

Nós ouvimos Julieta Alegre gritando pela estrada: *Submeta-se! Submeta-se!*

E ouvimos o prefeito rindo.

Sons pesados de cascos chegam da escuridão, e os dentes do prefeito reluzem à luz das luas. Dá até pra ver o brilho dos fios de ouro na manga do uniforme dele.

— Agora, AGORA! — ele grita.

Mestra Braithwaite estala a língua com desprazer, aperta um botão em um dispositivo remoto e a estrada atrás do prefeito explode em uma tempestade de chamas, queimando instantaneamente os Spackle que estavam nos perseguindo. Spackle que acharam ter encontrado um soldado isolado longe do que parecia ser a armadilha óbvia que pusemos em outra trilha.

Mas aquela armadilha não era uma armadilha. O soldado isolado era.

Esse é o quinto ataque que a gente impede em cinco dias, cada um mais inteligente do que o outro, e a gente tá ficando mais inteligente também, com armadilhas falsas e falsas armadilhas falsas e diferentes trilhas de ataque e assim por diante.

Na verdade, isso é muito bom, como se a gente estivesse finalmente *fazendo* alguma coisa, como se estivesse finalmente...

(ganhando...)

(ganhando a guerra...)

(é incrível...)

(cale a boca)

(mas é...)

Julieta Alegre para ofegante ao lado de Angharrad, e a gente observa as chamas se juntarem em uma nuvem que sobe pelas árvores e dissipa contra o céu frio da noite.

— Avante! — grita o prefeito, com seu zumbido voando pelo Ruído dos soldados reunidos atrás da gente, e eles passam em formação, correndo pela estrada atrás de algum Spackle que ainda possa estar vivo.

Mas, pelo tamanho das chamas, parece que dessa vez também não vai sobrar ninguém. O sorriso do prefeito desaparece quando ele vê o tamanho da destruição na estrada.

— E, mais uma vez — ele diz, virando pra mestra Braithwaite —, sua detonação é misteriosamente poderosa demais para deixar sobreviventes.

— Preferia que tivessem matado você? — a mestra pergunta de um jeito que dá a entender que isso não seria um problema pra ela.

— Vocês só não querem que a gente pegue um Spackle primeiro — digo. — Você quer levar um deles pra mestra Coyle.

Ela me lança um olhar gelado.

— Eu gostaria que você não falasse com os mais velhos desse jeito, garoto.

Isso faz o prefeito rir alto.

— Eu falo com você da droga do jeito que eu quiser, *mestra* — digo. — Eu conheço sua líder. Não tem como fingir que ela não está tramando alguma coisa.

Mestra Braithwaite olha novamente pro prefeito, sem mudar a expressão.

— Encantador.

— Ainda assim, preciso — o prefeito rebate. — Como sempre.

Sinto meu Ruído ficar um pouco rosa com o elogio inesperado.

— Por favor, informe sua mestra do sucesso habitual — o prefeito diz pra mestra Braithwaite. — E do fracasso habitual.

Ela sai na direção da cidade com mestra Nadari, e as duas olham pra gente de cara feia quando partem.

— Se eu fosse ela, faria a mesma coisa, Todd — o prefeito comenta quando os soldados começam a voltar do fogo, sem terem encontrado, de novo, nenhum Spackle vivo. — Impediria meu adversário de obter qualquer vantagem.

— A gente devia estar trabalhando *juntos* — reclamo. — A gente devia estar trabalhando pela paz.

Mas ele não parece muito preocupado com isso. Só olha pros soldados que passam marchando, rindo e brincando com o que consideram outra vitória depois de tantas derrotas. E ainda vai ter mais gente pra dar os parabéns a ele quando a gente voltar pra praça.

Viola me contou que mestra Coyle está recebendo o mesmo tratamento de heroína perto da nave batedora.

Os dois estão travando uma guerra pra ver quem consegue ser mais pacífico.

— Acho que talvez você esteja certo, Todd — o prefeito diz.

— Sobre o quê?

— Nós deveríamos estar trabalhando juntos.

Ele vira pra mim com aquele sorriso no rosto.

— Acho que talvez seja hora de tentarmos uma abordagem diferente.

{Viola}

— O que está acontecendo agora? — pergunta Lee, coçando por baixo do curativo.

— Pare com isso — digo, dando um tapinha de brincadeira em sua mão, embora o movimento cause uma dor terrível em meu braço.

Estamos na sala de cura da nave batedora, e os monitores de vídeo nas paredes mostram as sondas que pontilham o vale. Depois do ataque demasia-

253

do feroz da véspera por mestra Braithwaite, o prefeito surpreendeu a todos sugerindo que Simone liderasse a missão seguinte. Mestra Coyle concordou, e Simone começou a trabalhar, planejando a coisa toda com o único foco de capturar um Spackle e mandá-lo de volta a seu povo com uma mensagem de paz.

O que parece estranho depois de termos matado tantos deles, mas estava óbvio desde o começo que guerras não fazem sentido. Você mata pessoas para dizer a elas que quer parar de matá-las.

Homens se transformam em monstros, penso. *Mulheres também.*

Hoje Simone preparou uma tática diversionista ainda maior, posicionando as sondas à luz do dia para fazer com que pareça que esperamos que os Spackle cheguem por uma trilha específica do sul, onde mestra Braithwaite plantou bombas para enganá-los, programadas para disparar cedo demais, como se tivéssemos cometido um erro. Enquanto isso deixamos uma trilha aberta para o norte, uma trilha onde mulheres da Resposta, armadas e lideradas por Simone, esperam escondidas para capturar um Spackle, torcendo para que sua falta de Ruído os surpreenda.

— Você não está me contando nada — diz Lee, coçando o curativo novamente.

— Não seria melhor o Bradley ficar sentado aqui com você? — pergunto. — Você podia ver o que acontece através do Ruído dele.

— Eu prefiro você — responde Lee.

E eu me vejo em seu Ruído. Não é íntimo nem nada, apenas uma versão mais bonita de mim, limpa, lavada e arrumada, em vez de febril, magra e suja de um jeito que nenhum banho parece resolver.

Ele só falou de sua cegueira para fazer piadas sobre ela, e quando há outra pessoa com Ruído por perto, ele ainda pode ver essas imagens, e disse que é quase tão bom quanto ter olhos. Mas eu fico muito com ele quando está sozinho, pois nós dois parecemos morar nesta estúpida sala de cura nos últimos dias, e eu vejo isso nele, vejo como a maior parte de sua vida desapareceu de uma vez, que de repente tudo o que ele vê são memórias e as versões do mundo de outras pessoas.

Vejo que ele não consegue nem chorar porque as queimaduras são terríveis.

— Quando você fica em silêncio — diz ele —, sei que está me lendo.

— Desculpe — falo, afastando os olhos e tossindo um pouco mais. — Eu só estou preocupada. Isso *precisa* funcionar.

— Você precisa parar de achar que é responsável — rebate ele. — Você estava protegendo Todd, só isso. Se tivesse sido necessário começar uma guerra para salvar minha mãe e minha irmã, eu não teria hesitado.

— Mas você não pode tornar a guerra pessoal — argumento. — Ou você nunca vai tomar as decisões certas.

— Se você não tomasse decisões pessoais, não seria uma *pessoa*. Toda guerra é pessoal, não é? Para alguém? Só que em geral é movida por ódio.

— Lee...

— Só estou dizendo que Todd tem sorte de ter alguém que o ame a ponto de enfrentar o mundo inteiro por ele. — O Ruído de Lee está desconfortável, se perguntando qual minha aparência, como estou reagindo. — Isso é tudo o que estou dizendo.

— Ele faria o mesmo por mim — digo em voz baixa.

Eu também faria o mesmo por você, diz o Ruído de Lee.

E eu sei que é verdade.

Mas aquelas pessoas que morrem porque fazemos isso não têm pessoas que matariam por elas?

Então quem está certo?

Eu apoio a cabeça nas mãos. Ela dói. Todo dia mestra Coyle tenta abordagens diferentes para tratar da infecção, e todo dia eu me sinto melhor por algum tempo, mas aí volta um pouco pior.

Fatal, penso.

E ainda faltam *semanas* para a chegada do comboio, se é que eles vão conseguir ajudar...

Há um crepitar repentino no sistema de comunicação da nave que nos dá um susto.

— *Eles conseguiram* — diz a voz de Bradley, parecendo surpreso.

Eu ergo os olhos.

— Conseguiram o quê?

— *Pegaram um* — diz Bradley. — *Ao norte.*

— Mas é cedo demais. — falo, olhando de tela para tela. — Não houve...

— *Não foi Simone.* — Bradley parece estar tão confuso quanto eu. — *Foi Prentiss. Ele capturou um Spackle antes mesmo de botarmos o plano em ação.*

[TODD]

— Mestra Coyle vai ficar *furiosa* — digo enquanto o prefeito aperta a mão dos soldados que chegaram pra dar os parabéns a ele.

— Eu me sinto estranhamente calmo diante dessa perspectiva, Todd — ele responde enquanto saboreia a vitória.

Porque ainda tinha aquele esquadrão de soldados no norte, não tinha? Sem fazer nada, sendo motivo de riso pros Spackle que passavam escondidos por eles pra atacar a cidade.

Mestra Coyle esqueceu deles. Assim como Bradley e Simone. E eu também.

O prefeito, não.

Ele observou pelo comunicador Simone fazer o grande plano dessa noite e concordou com o lugar e a hora em que mestra Braithwaite colocaria as bombas que serviriam de isca. E então, quando os Spackle descobriram que uma parte do vale na estrada do norte estava vulnerável a ataques enquanto a gente fingia não estar vigiando o sul, eles mandaram um grupo pequeno pra passar escondido por nossos soldados, como sempre, como tinham feito dezenas de vezes antes...

Só que, dessa vez, a gente não estava pra brincadeira.

O prefeito movimentou seus homens exatamente pro lugar certo, e eles fizeram a volta, em um movimento pelo flanco, cortaram a rota de fuga dos Spackle e derrubaram a maioria deles com tiros antes que soubessem o que estava acontecendo.

Só dois Spackle não foram mortos, e foram levados pela cidade menos de vinte minutos depois, com um **RONCO** do exército que observava. O sr. Tate e o sr. O'Hare levaram eles até os estábulos dos cavalos atrás da catedral enquanto o prefeito termina de ser parabenizado por toda Nova Prentisstown. Eu faço a caminhada longa e lenta pela multidão com ele, cheia de apertos de mãos, vivas e tapinhas nas costas por todo lado.

— Você podia ter me *avisado* — digo, erguendo a voz acima da algazarra.

— Você tem razão, Todd — ele diz, parando pra olhar pra mim enquanto as pessoas continuam agitadas em volta da gente. — Eu devia ter lhe avisado, peço desculpas. Na próxima vez, farei isso.

E, pra minha surpresa, parece que ele está falando sério.

A gente segue pela multidão e por fim faz a volta e chega nos estábulos. Onde duas mestras muito raivosas esperam.

— Eu exijo que você nos deixe entrar aí! — mestra Nadari diz, e mestra Lawson resmunga ao lado dela, concordando.

— Segurança em primeiro lugar, senhoras. — O prefeito sorri pra elas. — Nós não temos ideia do quanto um Spackle capturado pode ser perigoso.

— *Agora* — mestra Nadari insiste.

Mas o prefeito continua sorrindo.

E continua sendo seguido por soldados sorridentes.

— Vou apenas garantir que é seguro antes de fazer isso, está bem? — ele diz, desviando das mestras, que são detidas por uma fileira de soldados quando o prefeito entra no estábulo.

Eu vou atrás dele. E sinto um nó apertado no estômago.

Porque ali dentro estão dois Spackle amarrados em cadeiras, com os braços presos pra trás de um jeito que eu conheço muito bem.

(mas nenhum deles é o 1017 e não sei se fico aliviado ou aborrecido…)

Um deles tem sangue vermelho na pele branca nua, e o líquen que ele usava foi arrancado e jogado no chão. Mas ele está com a cabeça erguida, com olhos arregalados, e o Ruído dele mostra todo tipo de imagens em que a gente paga pelo que fez…

Mas o Spackle ao lado dele…

O Spackle ao lado dele não parece mais um Spackle.

Estou pronto pra começar a gritar, mas...

— *Que diabo é isso?!* — o prefeito grita primeiro, me surpreendendo. Surpreendendo os homens também.

— As Perguntas, senhor — o sr. O'Hare diz, com as mãos e os punhos ensanguentados. — Nós aprendemos bastante coisa em muito pouco tempo. — Ele gesticula na direção do Spackle machucado. — Antes que esse infelizmente sucumbisse aos ferimentos infligidos durante...

Há um zunido que eu não escutava fazia muito tempo, um tapa, um soco, uma bala de Ruído do prefeito, e a cabeça do sr. O'Hare é jogada pra trás, e ele cai no chão, tremendo como se estivesse tendo um espasmo.

— Nós devíamos estar em busca de *paz*! — o prefeito grita com os outros homens, que olham pra ele atônitos, como carneiros. — Eu *não* autorizei tortura.

O sr. Tate limpa a garganta.

— Este se mostrou mais resistente ao interrogatório — ele informa, apontando pro Spackle que ainda está vivo. — É um espécime muito forte.

— Sorte a sua, capitão — o prefeito diz com a voz ainda inflamada.

— Vou deixar que as mestras entrem — eu falo. — Elas podem tratar dele.

— Não vai, não — o prefeito diz. — Porque nós vamos soltá-lo.

— O quê?

— *O quê?* — o sr. Tate repete.

O prefeito vai pra trás do Spackle.

— Nosso plano era capturar um Spackle e mandá-lo de volta com a notícia de que queremos paz.

Ele saca a faca.

— Então é isso o que vamos fazer.

— Senhor presidente...

— Abra a porta dos fundos, por favor — o prefeito diz.

O sr. Tate para.

— A porta dos *fundos*?

— Depressa, capitão.

O sr. Tate vai e abre a porta dos fundos dos estábulos, a que leva pra longe da praça...

Pra longe das mestras.

— Ei! — grito. — Você não pode fazer isso. Você fez um acordo...

— Que estou respeitando, Todd. — Ele debruça até a boca ficar ao lado do ouvido do Spackle. — Imagino que a voz saiba falar nossa língua, certo?

E eu penso: *a voz?*

Mas já tem uma leve agitação de Ruído indo de um lado pro outro entre o prefeito e o Spackle, algo profundo e escuro que corre forte entre eles tão depressa que ninguém consegue acompanhar.

— O que você está dizendo? — pergunto, me aproximando. — O que você está dizendo pra ele?

O prefeito olha pra mim.

— Estou contando que desejamos a paz desesperadamente, Todd.

Ele inclina a cabeça.

— Você não confia em mim?

Eu engulo em seco.

Eu engulo em seco de novo.

Sei que o prefeito quer a paz pra ter o crédito por ela.

Sei que ele tem estado melhor desde que eu salvei ele no ataque do tanque dágua.

Também sei que ele não foi redimido.

Sei que é impossível redimir ele.

(não é?)

Mas ele tem *agido* como se fosse possível.

— Você é mais que bem-vindo para também dizer isso a ele.

O prefeito mantém os olhos em mim e faz um movimento com a faca. O Spackle se move bruscamente pra frente, surpreso, com os braços livres. Ele olha em volta por um minuto, sem saber o que vai acontecer, até que os olhos dele encontram os meus...

E, em um instante, tento deixar meu Ruído pesado, tento fazer com que fique alto, e isso *dói*, como um músculo que não é usado faz muito tempo, mas tento atingir o Spackle, com força, com tudo o que a gente quer de verdade, não importa o que o prefeito possa ter dito, que eu e Viola, a gente *quer* paz, quer que tudo aquilo acabe e...

O Spackle me interrompe com um sibilar...

Eu me vejo no Ruído dele...

E escuto...

Reconhecimento?

E palavras...

Palavras na minha língua...

Eu escuto...

A Faca.

— A Faca? — repito.

Mas o Spackle apenas sibila de novo, anda na direção da porta e começa a correr, correr e correr...

Levando seja lá que mensagem de volta pro povo dele.

{Viola}

— É muita *ousadia* — diz mestra Coyle por entre dentes cerrados. — E como o exército estava entusiasmado ao seu redor. Como nos piores dias quando ele governava a cidade.

— Eu gostaria de ter tido ao menos a chance de falar com o Spackle — diz Simone, de volta após uma viagem raivosa de carroça até a cidade com as outras mestras. — De falar para ele que nem todos os humanos são iguais.

— Todd disse que conseguiu transmitir o que realmente queria — informa, tossindo forte. — Então precisamos torcer para que seja essa a mensagem transmitida.

— Se for transmitida — diz mestra Coyle —, Prentiss vai reivindicar todo o crédito por isso.

— Não se trata de quem marca mais pontos — retruca Bradley.

— Não? — questiona mestra Coyle. — Você quer mesmo dar qualquer vantagem àquele homem quando o comboio chegar? É nesse povoamento que você está interessado?

— Você fala como se tivéssemos a autoridade para remover alguém de seu posto — diz Bradley. — Como se pudéssemos simplesmente chegar aqui e impor nossa vontade.

— Ora, por que vocês não podem fazer isso? — pergunta Lee. — Ele é um assassino. Ele assassinou minha mãe e minha irmã.

Bradley ia começar a responder, mas Simone diz, reprimindo o estrondo chocado no Ruído dele:

— Eu sou propensa a concordar. Se as atitudes dele estiverem botando em risco a vida de todo mundo...

— Nós viemos *aqui* — interrompe Bradley — para estabelecer uma colônia para quase cinco mil pessoas que não merecem acordar no meio de uma *guerra*.

Mestra Coyle dá um suspiro pesado, como se não estivesse escutando.

— É melhor eu ir explicar às pessoas por que não fomos *nós* que o capturamos — diz ela, se encaminhando para a porta da pequena sala de cura. — E se aquele Ivan disser alguma coisa, vou partir a cara dele.

Bradley olha para Simone, com o Ruído cheio de perguntas e discordâncias, cheio de coisas que precisa saber dela, imagens dela aparecendo por toda parte, imagens do quanto ele deseja tocá-la...

— Você quer parar com isso, por favor? — pede Simone, afastando os olhos.

— Desculpe — diz ele, recuando um passo, depois outro, em seguida deixando a sala sem dizer mais nada.

— Simone... — começo.

— Não consigo me acostumar com isso — diz ela. — Sei que deveria, sei que *preciso* me acostumar, mas é que...

— Pode ser uma coisa boa — respondo, pensando em Todd. — Esse tipo de proximidade.

(mas eu não consigo mais escutá-lo...)

(e não sinto ele próximo…)

Tusso outra vez, expelindo coisas verdes de meus pulmões.

— Você parece exausta, Viola — comenta Simone — Alguma objeção contra um sedativo leve para ajudá-la a descansar?

Eu balanço a cabeça.

Ela vai até uma gaveta, pega um adesivo e o prende delicadamente embaixo de meu queixo.

— Dê uma chance a ele — digo enquanto o remédio começa a fazer efeito. — Ele é uma boa pessoa.

— Eu sei — responde Simone quando minhas pálpebras começam a se fechar. — Eu sei que é.

Eu mergulho na escuridão da sedação, e fico sem sentir nada por um bom tempo, saboreando o vazio, apenas escuridão como a escuridão à frente…

Mas isso acaba…

E eu ainda durmo…

E sonho…

Sonho com Todd…

Logo ali, fora de alcance…

E não consigo ouvi-lo…

Não consigo ouvir seu Ruído…

Não consigo ouvir seus pensamentos…

Ele olha para mim como um recipiente vazio…

Como uma estátua sem ninguém dentro…

Como se estivesse morto…

Como se, ah, Deus, não…

Ele está morto…

Ele está *morto*…

Eu escuto:

— Viola.

Abro os olhos, e Lee está estendendo a mão para me acordar, com o Ruído cheio de preocupação e de mais alguma coisa…

— O que aconteceu? — pergunto, sentindo o suor da febre no meu corpo, nas minhas roupas e nos lençóis encharcados…

(Todd, escapando de mim...)

Vejo Bradley parado ao pé de minha cama.

— Ela fez alguma coisa — diz ele. — Mestra Coyle saiu e fez alguma coisa.

[TODD]

É um som baixo que eu não deveria conseguir ouvir, através do Ruído adormecido da maioria do acampamento.

Mas é um som que eu reconheço.

Um *zunido*.

No ar.

Memino potro?, Angharrad diz nervosamente enquanto deixo minha barraca e sigo pelo escuro que fica mais frio a cada dia que passa.

— É uma traçante — falo pra ela, pra qualquer um, tremendo um pouco e olhando em volta à procura do som, vendo os homens do exército que ainda estão acordados começarem a procurar por ela também, até haver uma explosão nos seus Ruídos quando eles veem a bomba fazendo um arco no céu de um jeito vacilante a partir do leito seco do rio, perto do pé da cachoeira. Ela segue pro norte, pra onde alguns grupos de Spackle devem estar escondidos nos morros...

— Que diabo elas pensam que estão fazendo?

O prefeito aparece de repente ao meu lado, com os olhos fixos na traçante. Ele vira pro sr. O'Hare, que saiu com olhos sonolentos da própria barraca.

— Encontre mestra Braithwaite. Agora.

O sr. O'Hare sai correndo só parcialmente vestido.

— Uma traçante é lenta demais para causar grande dano — o prefeito diz. — Isso deve ser uma distração.

Os olhos dele se movem pro morro em zigue-zague que tinha sido destruído.

— Você poderia, por favor, chamar Viola, Todd?

Vou até minha barraca buscar o comunicador e, quando estou saindo, a gente escuta o *BUM* distante da traçante atingindo as árvores em algum lugar ao norte. Mas o prefeito tem razão, até *bois* são mais rápidos que uma traçante, por isso ela só está servindo a um propósito.

Desviar a atenção dos Spackle.

Mas de onde?

O prefeito continua olhando pras bordas irregulares do morro de onde vieram os Spackle, o morro pelo qual um exército não podia mais descer…

Nem subir…

Mas uma pessoa podia…

Uma pessoa poderia subir pelos escombros…

Uma pessoa sem Ruído…

Os olhos do prefeito ficam arregalados, e eu sei que ele também está pensando nisso.

E é então que acontece…

BUM!

Bem do alto do morro em zigue-zague.

{VIOLA}

— Como ela fez isso? — pergunta Bradley enquanto observamos a traçante fazer um arco pelo céu em nossos monitores na sala de cura, com Lee vendo através do Ruído de Bradley. — Como ela fez isso sem que nós soubéssemos?

Meu comunicador toca imediatamente.

— Todd?

Mas não é Todd.

— *Se eu fosse vocês, apontaria uma sonda para o alto do morro agora mesmo* — diz mestra Coyle, sorrindo para mim na tela.

— Onde está Todd? — Tusso. — Como você conseguiu um comunicador?

Um som no Ruído de Bradley faz com que eu me vire. Eu o vejo se lembrar de Simone no armário de sobressalentes, mexendo em mais dois comunicadores e dizendo a ele que estava apenas fazendo um inventário.

— Ela não faria isso — insiste Bradley. — Não sem me contar.

— Nós deveríamos olhar para o alto do morro — digo.

Ele toca uma tela para acessar o controle, em seguida move a sonda para o alto do morro e aciona a visão noturna, de modo que tudo fica verde e preto.

— O que nós devemos procurar?

Começo a ter uma ideia.

— Procurem calor corporal.

Ele aperta algo na tela novamente e...

— Ali — digo.

Vemos uma figura humana solitária descendo o morro, se mantendo entre os arbustos, mas se movendo rápido o suficiente para ficar claro que não se importa muito em ser vista.

— Só pode ser uma mestra — digo. — Eles teriam ouvido se fosse um homem.

Bradley sobe um pouco a sonda para podermos ver a borda do morro. Há Spackle parados ao longo da encosta irregular, olhando para o norte, para a floresta atingida pela traçante.

Sem olhar para baixo, para a mestra que está fugindo.

Então a tela se enche com um clarão, sobrecarregando os sensores de calor, e um segundo depois ouvimos o *bum* rugir pelos alto-falantes da sonda.

E é aí que escutamos uma gritaria empolgada vindo de fora da nave.

— Eles estão *assistindo?* — pergunta Lee.

Vejo Simone no Ruído de Bradley outra vez, junto com várias palavras grosseiras. Eu pego meu comunicador de novo.

— O que você fez?

Mas mestra Coyle não está mais lá.

Bradley digita na tela novamente para que um comunicador transmita para fora da nave. Seu Ruído está trovejando, ficando mais alto e decisivo a cada segundo.

— Bradley, o que você está...?

— Saiam da área próxima à nave — diz ele no comunicador, e ouço sua voz ecoar pelo topo do morro. — A nave batedora vai decolar.

[TODD]

— Aquela vaca — o prefeito xinga, lendo os soldados em volta dele.

A praça está um caos. Ninguém sabe o que aconteceu. Continuo tentando chamar Viola, mas o sinal não funciona.

— Normalmente, quando um homem chama uma mulher de vaca — uma voz diz do alto de uma carroça, que para perto da gente na beira do acampamento —, é porque ela está fazendo alguma coisa certa.

Mestra Coyle sorri pra gente, parecendo um cachorro que encontrou um balde de restos de comida.

— Nós já mandamos uma mensagem de *paz* — o prefeito troveja. — Como você *ousa*...?

— Não fale comigo sobre *ousar* — ela esbraveja em resposta. — Tudo o que fiz foi mostrar aos Spackle que aqueles de nós sem Ruído podem atacar a qualquer momento, mesmo no próprio quintal deles.

O prefeito bufa por um segundo, mas em seguida a voz dele fica assustadoramente sedosa.

— Você veio para a cidade sozinha, mestra?

— Não, sozinha, não — ela diz, apontando pra sonda que paira acima do acampamento. — Eu tenho amigos influentes.

Então a gente escuta um estrondo ao longe, vindo do alto do morro distante. A nave batedora está subindo lentamente, e mestra Coyle demora um pouco pra esconder a surpresa no rosto.

— *Todos* os seus amigos estavam de acordo seu planinho, mestra? — o prefeito pergunta, parecendo satisfeito novamente.

Meu comunicador toca, e dessa vez o rosto de Viola aparece.

— Viola...

— *Espere* — ela diz. — *Nós estamos a caminho.*

Ela desliga e escuto um novo ronco repentino vindo do exército ao nosso redor. O sr. O'Hare chega pela estrada principal, empurrando mestra Braithwaite de um jeito que não parece agradá-la. Ao mesmo tempo, o sr. Tate está voltando de trás do depósito de alimentos com as mestras Nadari e Lawson, segurando uma mochila com o braço estendido.

— Diga para seus homens tirarem as mãos dessas mulheres — mestra Coyle ordena. — Imediatamente.

— Eles apenas se deixaram levar pelo calor do momento, eu lhe garanto — o prefeito diz. — Nós somos todos aliados aqui, no fim das contas.

— Nós a capturamos bem no pé do morro — o sr. O'Hare grita ao se aproximar. — Com a mão na massa.

— E essas duas estavam escondendo explosivos nos próprios quartos — o sr. Tate acusa, entregando a bolsa pro prefeito.

— Explosivos que usamos para ajudar *você*, idiota — diz mestra Coyle com raiva.

— A nave está chegando — aviso, levando a mão pra proteger meus olhos do vento quando a nave batedora começa a descer.

O único lugar que ela tem pra pousar é a praça, que está cheia de soldados, já correndo pra sair do caminho. Não parece que ela solta muito calor nem nada, mas ainda é enorme. Eu me viro pra afastar o rosto da ventania quando a nave faz contato com o chão...

E levanto os olhos de novo pro morro em zigue-zague.

Onde tem luzes se reunindo...

A porta da nave batedora abre antes mesmo que ela tenha pousado totalmente, e Viola está ali, e ela parece doente, mais doente que nunca, mais doente do que eu *temia*, quase não consegue ficar de pé e usar o braço que tem a fita, e eu não devia ter deixado ela lá em cima sozinha, foi tempo demais, e passo correndo pelo prefeito que tenta me parar, mas eu desvio dele...

E chego até Viola...

E os olhos dela encontram os meus...

E ela está dizendo...

Quando chego aonde ela está...

— Eles estão vindo, Todd. Eles estão descendo o morro.

Aquelas sem voz

Isso não é o que parece, mostra o Céu, enquanto observamos o projétil de aparência frágil se erguer lentamente no ar e seguir na direção do extremo norte do vale, onde o Solo se retira com facilidade do lugar onde ele pode cair.

Fiquem atentos, mostra o Céu para o Solo. *Todos os olhos atentos.*

A Clareira começou a mostrar sua força. Na mesma manhã em que começamos a atacá-los outra vez, eles de repente descobriram de onde estávamos vindo. Todos observamos aquele primeiro ataque pelos olhos do Solo que o empreendeu, observamos para ver como a Clareira se reagrupou em sua nova unidade, para tentar descobrir seus pontos fracos.

E aquelas vozes foram cortadas em um clarão de fogo e estilhaços.

Só pode haver uma explicação, mostrou o Céu para mim nas horas que se seguiram.

A Clareira sem voz, mostrei.

E o Céu e eu voltamos para o Fim das Trilhas.

O Fim das Trilhas une as vozes daqueles que ali entram.

O conhecimento de quem era a Fonte, de que ele era praticamente o pai da Faca, a pessoa de quem a Faca tinha saudade na sua voz quando achava que não havia ninguém ouvindo, de que esse homem estava ao meu alcance todo esse tempo, um jeito de atingir a Faca onde mais doía...

Esses sentimentos ardiam em mim, tão claros e evidentes que teria sido impossível escondê-los do Solo. Mas o Céu ordenou que o Fim das Trilhas falasse como um, circundando nossas vozes, assegurando que nossos pensamentos sobre o assunto permanecessem apenas nessa Trilha. Aquela informação estaria em nossas vozes, nunca entraria na voz única do Solo. Ela voltaria direto para cá, para o Fim das Trilhas.

Nós entendíamos que aquelas sem voz eram oprimidas, mostrou o Céu enquanto estávamos de pé ao lado da Fonte na noite do primeiro contra-ataque da Clareira. *Mas agora elas se juntaram à batalha.*

Elas são perigosas, mostrei, pensando em minha antiga mestra, que esperava atrás de nós em silêncio e nos batia sem aviso. *A Clareira com voz não confiava nelas, mesmo enquanto vivia entre elas.*

O Céu colocou uma das mãos espalmada sobre o peito da Fonte. *Portanto, agora nós devemos descobrir.*

Ele estendeu sua voz, que cercou a voz da Fonte.

E a Fonte, em seu sono infinito, começou a falar.

Estávamos em silêncio ao sair do Fim das Trilhas naquela noite, enquanto descíamos a colina e seguíamos para o acampamento no alto do morro de onde se avistava a Clareira.

Eu não esperava por isso, mostrou, por fim, o Céu.

Não?, mostrei. *Ele disse que elas eram combatentes perigosas, que ajudaram a derrotar o Solo na última grande guerra.*

Ele também disse que eram pacificadoras, mostrou o Céu, acariciando o queixo. *Que foram traídas pela Clareira com voz e levadas à morte. Ele* olhou para mim. *Não sei o que pensar disso.*

Quer dizer que a Clareira é mais perigosa para nós que nunca, mostrei. *Quer dizer que agora é a hora de acabar com eles de uma vez por todas,* que deveríamos liberar o rio e apagá-los deste planeta como se nunca houvessem existido.

E a Clareira que está a caminho?, perguntou o Céu. E a Clareira que vai chegar depois? Porque onde houve dois, haverá mais.

Podemos mostrar a eles o que vai acontecer se não respeitarem o Solo.

E eles vão usar suas armas superiores para nos matar do ar, onde não podemos alcançá-los. O Céu tornou a olhar para a Clareira. O problema permanece sem solução.

Por isso enviamos mais grupos de ataque todos os dias, mais testes dessas novas forças.

E fomos ludibriados e derrotados todas as vezes.

Até que hoje, o Solo foi capturado pela Clareira.

E foi devolvido, com duas mensagens diferentes.

Vazio.

Isso foi o que mostrou o Solo que retornou para nós, o que foi torturado por eles, forçado a assistir a outro ser morto na sua frente, então devolvido pelo líder da Clareira com a mensagem exata do que ele queria.

Uma mensagem de vazio, de silêncio, do silenciar de todas as vozes.

Ele lhe mostrou isso?, perguntou o Céu, enquanto eu o observava com atenção.

O que voltou nos mostrou a mensagem mais uma vez.

O vazio absoluto e seu silêncio completo.

Mas isso é o que ele **quer**?, mostrou o Céu. Ou ele estava **se mostrando** para nós? Ele se virou para mim. Você disse que eles veem suas vozes como uma maldição, como algo que deve ser "curado". Talvez isso seja tudo o que ele realmente quer.

Ele quer nossa aniquilação, mostrei. É isso o que significa. Nós devemos atacá-los. Nós devemos **derrotá-los** antes que fiquem fortes demais...

Você está deliberadamente ignorando a outra mensagem.

Eu franzi a testa. A outra mensagem foi enviada pela Faca, que obviamente também tinha começado a tomar a "cura" e se esconder, como o covarde que é. O Céu pediu ao Solo que voltou para nos mostrar a mensagem da Faca mais uma vez, e ali estava...

Seu horror pela forma como o Solo tinha sido tratado, um horror antigo, um horror inútil que eu conhecia bem demais, e como ele... e outros também, incluindo aqueles na nave e aquela que é especial para a Faca... como eles não queriam nenhuma guerra, que acima de tudo queriam um mundo onde todos fossem bem-vindos, onde todos pudessem viver.

Um mundo pacífico.

A Faca não fala por eles, mostrei. *Ele não pode...*

Mas eu vi aquela ideia reverberando pela voz do Céu.

Ele, então, saiu, e me disse que não o seguisse quando tentei ir atrás dele.

Eu fervilhei por horas, sabendo que ele só podia ter ido ao Fim das Trilhas para pensar em como nos trair e forçar a paz. Quando o Céu finalmente voltou na escuridão fria, sua voz ainda estava agitada.

O que fazemos agora?, mostrei com raiva.

Então veio o som de um assovio no ar, do foguete estranhamente lento.

Todos os olhos, fiquem atentos, mostra o Céu novamente, e observamos o foguete fazer um arco e mergulhar em curva mais uma vez em direção ao chão. Nós observamos o céu acima do vale à procura de um míssil maior ou da volta da nave voadora e observamos as estradas que chegavam do vale em busca de exércitos em marcha. Esperamos, observamos e nos perguntamos se aquilo era um acidente, um sinal ou um ataque equivocado.

Nós observamos tudo, menos o morro sob nossos pés.

A explosão é um choque para todos os sentidos, abalando olhos, ouvidos, bocas, narizes e peles de todo o Solo porque parte de nós morre, despedaçados quando a beira do morro explode mais uma vez, e membros do Solo morrem com as vozes abertas, transmitindo suas mortes para todos nós, de modo que nós todos morremos com eles, somos todos feridos com eles, ficamos todos cobertos pela mesma fumaça, pela mesma chuva de terra e pedra que derruba a mim e...

O Céu, escuto...

O Céu?, começa a pulsar por meu corpo. *O Céu?* A pulsação que se estende por todo o Solo, porque por um momento, pelo mais breve dos momentos...

A voz do Céu fica em silêncio.

O Céu? O Céu?

E meu coração se acelera, minha própria voz se ergue para se juntar às outras e me levanto cambaleante e enfrento a fumaça, enfrento o pânico chamando: *O Céu! O Céu!*

Até que...

O Céu está aqui, mostra ele.

Começo a afastar as pedras que o cobrem, e outras mãos chegam e o tiram dos escombros, com sangue escorrendo pelo rosto e pelas mãos, mas sua armadura o salvou, e ele fica de pé, com fumaça e poeira rodopiando ao seu redor...

Tragam-me um mensageiro, mostra ele.

O Céu manda um mensageiro até a Clareira.

Não a mim, embora eu tenha implorado por isso.

Ele manda o que foi capturado e voltou. Nós todos observamos através dele enquanto as Trilhas o seguem pela face rochosa do morro, parando em intervalos pelo caminho para que a voz do Solo possa se comunicar com a Clareira, falando através do escolhido.

Nós vemos através de seus olhos quando ele entra na Clareira, observa os rostos da Clareira quando se afastam e abrem caminho para nós, sem agarrá-lo, sem comemorarem sua presença como tinham feito da outra vez, e em suas vozes, ele ouve a ordem dada pelo líder para deixar que o escolhido vá até ele sem ser tocado.

Nós deveríamos liberar o rio **agora**, mostro.

Mas a voz do Céu enterra a minha.

Então o Solo caminha por suas ruas, deixando a última Trilha para trás, dando ele mesmo os passos finais através da praça central na direção do líder da Clareira, um homem chamado *Prentiss* na língua do Fardo, que espera de pé para nos receber como se fosse o Céu da Clareira.

Mas há outros também. Três da Clareira sem voz, incluindo aquela que é especial para a Faca, em quem a Faca pensava com tanta frequência que conheço seu rosto quase tão bem quanto o meu próprio. A Faca está ao lado dela, silencioso como antes, mas mesmo agora sua preocupação inútil é evidente.

— Saudações — diz uma voz...

Uma voz que não é a do líder.

É de uma das sem voz. Fazendo os cliques com a boca, a mulher passou à frente do líder da Clareira com a mão estendida, para apertar a de nosso mensageiro. Mas seu braço é agarrado pelo líder da Clareira, e por um momento há uma luta entre os dois.

Então a Faca se adianta e passa por eles.

Vai até o mensageiro.

O líder e a sem voz o observam, ainda segurando um ao outro.

E a Faca diz com a boca:

— Paz. Nós queremos paz. Não importa o que esses dois digam a vocês. Paz é o que queremos.

E sinto o Céu ao meu lado, sinto sua voz absorver as palavras da Faca, a forma como ele as diz, então sinto o Céu se projetar ainda mais através do mensageiro, para o interior da própria Clareira, penetrando fundo na voz silenciosa da Faca.

A Faca engole em seco.

E o Céu escuta.

O Solo não escuta o que o Céu escuta.

O que você está fazendo?, mostro.

Mas o Céu já está mandando uma resposta através das Trilhas...

Fazendo com que a voz única do Solo desça o morro, pela estrada e pela praça, até a voz do mensageiro...

Tão rapidamente que o Céu devia estar planejando isso...

Uma única palavra...

Uma palavra que faz com que minha voz se eleve em uma fúria incontrolável...

Paz, mostra o Céu para a Clareira. *Paz.*

O Céu lhes oferece paz.

Eu me afasto irritado do Céu, de todo o Solo, e subo, primeiro devagar e depois correndo, até meu afloramento rochoso...

Mas não há como escapar do Solo. O Solo é o mundo, e o único meio de deixá-lo é deixar o mundo.

Olho para a fita em meu braço, para a coisa que me separa deles para sempre, e faço meu juramento.

Matar o Ben da Faca não será suficiente, embora eu vá fazer isso e vá me certificar de que a Faca saiba que eu fiz...

Mas vou fazer mais.

Vou impedir essa paz, vou impedi-la mesmo que isso me mate.

O Fardo vai ser vingado.

Eu vou ser vingado.

E não haverá paz.

O EMISSÁRIO

A DELEGAÇÃO

[TODD]

— É ÓBVIO — o prefeito diz. — Sou *eu* quem vai.

— Só por cima do meu cadáver — mestra Coyle retruca.

O prefeito dá um sorriso malicioso.

— Posso aceitar isso.

A gente está apertado em uma salinha na nave batedora. Eu, o prefeito, mestra Coyle, Simone e Bradley, com Lee — o rosto coberto por ataduras assustadoras — e Viola — parecendo péssima — deitados em camas. É aqui que a gente está tendo a conversa mais importante da história humana do Novo Mundo. Em uma salinha com cheiro de doença e suor.

Paz, o Spackle disse pra gente. *Paz* emitida com toda a clareza, como um farol, como uma exigência, como uma resposta pro que a gente estava perguntando.

Paz.

Mas havia mais alguma coisa ali, algo que tocou minha mente por um minuto, parecido com o prefeito faz, só que mais rápido, mais suave, e não era como se estivesse vindo do Spackle na nossa frente, era como se houvesse algum tipo de mente por trás da dele, se projetando *através* dele e me lendo, lendo minha verdade, mesmo que eu estivesse em silêncio...

Como se houvesse apenas uma única voz no mundo inteiro e ela estivesse falando só comigo...

E ela ouviu que eu estava falando sério.

Então o Spackle disse *Amanhã de manhã. No alto do morro. Tragam dois.* Ele olhou pra gente, um de cada vez, e parou por um segundo no prefeito, que olhou de volta com uma cara séria, então virou e foi embora sem nem mesmo ver se concordávamos.

Foi aí que a discussão começou.

— Você sabe muito bem, *David* — mestra Coyle diz —, que uma das pessoas da nave batedora tem que ir. E isso significa que só há espaço para um de nós...

— E não vai ser você — o prefeito retruca.

— Talvez seja uma armadilha — Lee sugere, com o Ruído roncando. — Nesse caso, eu voto pelo presidente.

— Talvez Todd deva ir — Bradley diz. — Foi com ele que os Spackle falaram.

— Não — o prefeito rebate. — Todd fica.

Eu giro pra trás.

— *Você* não manda em mim.

— Se você não estiver aqui, Todd — o prefeito responde —, o que vai impedir que as boas mestras ponham uma bomba na minha barraca?

Mestra Coyle dá um sorriso.

— Que ideia esplêndida.

— Chega de discussão — Simone diz. — Mestra Coyle e eu faríamos uma dupla perfeitamente...

— Eu vou — Viola interrompe com uma voz baixa.

Todos param e olham pra ela.

— De jeito nenhum — começo, mas ela já está balançando a cabeça.

— Eles só querem dois de nós — ela diz da cama, com uma tosse forte. — E todos sabemos que não podem ser o prefeito nem mestra Coyle.

O prefeito dá um suspiro.

— Por que vocês dois ainda *insistem* em me chamar de...?

— E também não pode ser você, Todd — ela continua. — Alguém precisa impedir que esses dois matem todos nós.

— Mas você tá doente... — digo.

— Fui eu que disparei o míssil na encosta — ela retruca em voz baixa. — Preciso consertar isso.

Eu engulo em seco, mas posso ver em seu rosto que ela está falando sério.

— Eu concordo, na verdade — mestra Coyle diz. — Viola vai ser um bom símbolo do futuro pelo qual estamos lutando. E Simone pode ir com ela para presidir as conversas.

Simone se apruma, mas Viola fala:

— Não. — Ela tosse mais um pouco. — Bradley.

O Ruído de Bradley se acende com a surpresa. O de Simone teria feito o mesmo, se ela tivesse Ruído.

— A escolha não é sua, Viola — Simone diz. — Eu sou a comandante da missão aqui e sou eu quem...

— Eles vão lê-lo — Viola interrompe.

— *Exatamente*.

— Se mandarmos duas pessoas sem Ruído — Viola continua —, o que vão pensar? Eles vão ler Bradley e vão ver paz, *de verdade*. Todd pode ficar aqui com o prefeito. Simone e mestra Coyle podem manter a nave batedora no ar enquanto conversamos, para garantir nossa segurança, e eu e Bradley vamos subir aquele morro. — Ela tosse de novo. — E agora vocês todos precisam ir embora e me deixar descansar para amanhã de manhã.

Há silêncio enquanto todo mundo pensa sobre esse plano.

Eu odiei.

Mas até eu admito que faz sentido.

— Bom — Bradley diz. — Imagino que esteja decidido.

— Tudo bem, então — o prefeito concorda. — Vamos encontrar algum lugar para discutir os termos?

— Sim — mestra Coyle responde. — Vamos fazer isso.

Todos começam a sair em fila, e o prefeito dá uma última olhada em volta antes de deixar a nave.

— É uma bela nave — ele diz ao desaparecer pela porta.

Lee vai embora também, usando o Ruído de Bradley pra se guiar. Viola começa a dizer que ele pode ficar, mas acho que Lee está deixando a gente sozinho de propósito.

— Tem certeza disso? — pergunto a ela quando todos vão embora. — Você não sabe o que vai ter lá em cima.

— Eu também não gosto muito da ideia — Viola responde. — Mas é como tem de ser.

E diz isso com certa dureza e olha pra mim sem falar mais nada.

— O quê? — pergunto. — Qual o problema?

Ela começa a balançar a cabeça.

— *O quê?*

— Seu Ruído, Todd — Viola responde. — Eu o odeio. Desculpe. Eu o *odeio*.

{VIOLA}

Ele olha novamente para mim, intrigado.

Mas Todd não soa intrigado. Ele não emite som *nenhum*.

— É uma coisa *boa* que eu esteja quieto, Viola. Isso vai ajudar a gente, vai *me* ajudar, porque se eu puder…

Ele se cala porque ainda está vendo a expressão em meu rosto.

Preciso desviar o olhar.

— Ainda sou eu — diz ele em voz baixa. — Ainda sou Todd.

Mas ele não é. Ele não é o mesmo Todd cujos pensamentos se derramavam por toda parte em uma grande confusão de cores, que não conseguia mentir nem que sua vida dependesse disso, que *não* mentiu nem quando sua vida dependia *mesmo* disso, o Todd que salvou minha vida mais de uma vez, de mais de um jeito, aquele Todd de quem eu podia ouvir todos os pensamentos desconfortáveis, com quem eu podia contar, que eu sabia…

Que eu…

— Eu não mudei — insiste ele. — Só estou mais parecido com você, mais parecido com todos os homens que você conheceu antes, mais como *Bradley* costumava ser.

Eu continuo sem encará-lo, torcendo para que ele não consiga ver como me sinto cansada, como meu braço lateja a cada respiração, como a febre está acabando comigo.

— Estou muito cansada, Todd — digo. — É logo amanhã de manhã. Eu preciso descansar.

— Viola...

— Você precisa ficar com eles — insisto. — Para garantir que o prefeito e mestra Coyle não se instalem como líderes interinos.

Ele olha fixamente para mim.

— Não sei o que *interino* significa.

E isso é tão Todd que sorrio um pouco.

— Eu vou ficar bem. Só preciso dormir um pouco.

Ele ainda me encara.

— Você tá morrendo, Viola?

— O quê? — pergunto. — Não, não, não estou...

— Você tá morrendo e só não tá me contando?

Os olhos dele me perfuram agora, cheios de preocupação.

Mas ainda não consigo ouvi-lo.

— Eu não estou melhorando — respondo. — Mas isso não significa que vou morrer a qualquer momento. Mestra Coyle está dedicada a encontrar uma cura e, se ela não conseguir, o comboio tem todo tipo de equipamento médico avançado que a nave batedora não tem. Eu aguento até lá.

Ele continua olhando para mim.

— Porque eu não ia aguentar se... — A voz dele está embargada. — Eu simplesmente não ia aguentar, Viola. Simplesmente não ia.

Então ele surge...

Seu Ruído, ainda muito baixo, mas ali, ardendo por baixo de tudo, ardendo com seus sentimentos e como isso é verdadeiro e como ele está preocupado comigo, e consigo ouvir, bem de leve, mas consigo...

Então eu escuto: Eu sou o Círculo...

E ele fica silencioso novamente, silencioso como uma pedra.

— Eu não estou morrendo — insisto, afastando os olhos dele.

Todd fica ali parado por um segundo.

— Vou lá pra fora — diz ele, por fim. — Me chama se precisar de qualquer coisa. Me chama, e eu pego pra você.

— Combinado.

Todd assente, com os lábios apertados. Então assente outra vez.

E vai embora.

Fico em silêncio por algum tempo, ouvindo o **RONCO** do exército na praça ali fora e as vozes elevadas do prefeito, de mestra Coyle, de Simone, Bradley e Lee ainda discutindo.

Mas não ouço Todd.

[TODD]

Bradley dá um suspiro alto depois do que parecem horas passadas discutindo em volta da fogueira, tremendo na noite congelante.

— Então está acertado? — ele pergunta. — Nós oferecemos um cessar-fogo imediato, deixando de lado todas as ações passadas. Depois disso, falamos sobre o rio, então começamos a estabelecer as bases para nossa convivência futura.

— Concordo — o prefeito responde. Ele nem parece cansado.

— Sim, certo — mestra Coyle diz, grunhindo ao levantar. — Está quase amanhecendo. Nós precisamos voltar.

— *Voltar?* — questiono.

— As pessoas no alto do morro precisam saber o que está acontecendo, Todd — ela explica. — Além disso, preciso mandar Wilf trazer o cavalo de Viola para cá, porque ela com certeza não vai conseguir subir aquele morro a pé. Não com tanta febre.

Eu olho de novo pra nave batedora, torcendo pra que Viola esteja pelo menos dormindo ali dentro, torcendo pra que ela realmente se sinta melhor quando acordar.

Sem saber se ela mentiu sobre estar morrendo.

— Como ela está, de verdade? — pergunto pra mestra Coyle, levantando depois dela. — É muito grave?

Mestra Coyle me encara por um momento muito longo.

— Viola não está bem, Todd — ela responde, muito séria. — Eu só espero que todo mundo esteja fazendo o possível para ajudá-la.

E me deixa ali parado. Eu olho pro prefeito, que observa mestra Coyle ir embora e então se aproxima.

— Você está preocupado com Viola — ele adivinha. — Concordo que ela já esteve melhor.

— Se alguma coisa acontecer com ela por causa daquela fita — ameaço, com a voz baixa e raivosa —, juro por Deus que vou...

Ele ergue a mão pra me interromper.

— Eu compreendo, Todd, mais do que você pensa. — E, mais uma vez, a voz dele parece muito verdadeira. — Vou mandar meus médicos redobrarem todos os esforços. Não se preocupe. Não vou deixar que nada aconteça com ela.

— Nem eu — Bradley diz. Ele ouviu nossa conversa. — Ela é determinada, Todd, e se acha que está forte o bastante para subir aquele morro amanhã, temos que acreditar nela. E eu vou estar lá para garantir que nada aconteça, pode acreditar.

E escuto no Ruído que ele está falando sério. Bradley dá um suspiro profundo.

— Embora isso signifique que também vou precisar de um cavalo.

Embora eu não saiba montar, o Ruído dele acrescenta, um pouco preocupado.

— Vou pedir a Angharrad pra levar você — digo, olhando pra onde ela está mastigando um pouco de feno. — Ela pode cuidar de vocês dois.

Bradley dá um sorriso.

— Sabe, Viola uma vez nos disse que, se estivéssemos em dúvida em relação ao que estava acontecendo aqui, poderíamos contar com você, acima de qualquer coisa.

Sinto meu rosto esquentar.

— É, bom...

Ele dá um tapinha forte e amistoso no meu ombro.

— Vamos voltar para cá ao amanhecer — Bradley continua. — Quem sabe? Talvez tenhamos um acordo de paz até o fim do dia. — Ele pisca. — E aí talvez você possa me mostrar como faz pra ficar tão quieto.

Ele, Lee, Simone e mestra Coyle voltam pra nave batedora. Mestra Coyle está deixando o carro de bois pra trás, pra Wilf buscar. Bradley faz um anúncio em um alto-falante pra que todo mundo se afaste. Os soldados obedecem, os motores começam a girar e a nave se ergue no ar.

Ouço a voz do prefeito antes mesmo que a nave esteja na metade do caminho de volta pro morro.

— Cavalheiros! — ele grita, com a voz se revirando pelo interior dos homens próximos e ecoando pra todos na praça. — Eu anuncio a vocês: *VITÓRIA!*

E, quando os vivas começam, duram muito, muito tempo.

{Viola}

Acordo quando a nave pousa aos solavancos no alto do morro e as portas se abrem.

Ouço mestra Coyle gritar para a multidão à espera:

— Nós somos VITORIOSOS!

E escuto um grande rugido de júbilo através das paredes de metal grosso da nave.

— Isso não pode ser bom — diz Lee, de volta à cama perto da minha, com o Ruído imaginando mestra Coyle, de braços erguidos no ar, e as pessoas levantando-a nos ombros e carregando-a em uma volta olímpica.

— Provavelmente você não está muito longe da verdade — digo, rindo um pouco, o que me lança em uma longa série de tosses.

A porta se abre, e Bradley e Simone entram.

— Vocês estão perdendo o comício — comenta Bradley com sarcasmo.

— Ela tem direito a seu momento — retruca Simone. — Ela é uma mulher impressionante, de várias maneiras.

Penso em responder, mas a tosse começa outra vez, tão forte que Bradley pega um adesivo de remédio e põe em minha garganta. Seu frescor traz uma melhora imediata, e respiro devagar algumas vezes para fazer com que os vapores entrem em meus pulmões.

— Qual é o plano, então? — pergunto. — Quanto tempo temos?

— Algumas horas — responde Bradley. — Vamos voar novamente até a cidade, e Simone vai preparar as projeções lá embaixo e aqui em cima, de modo que todo mundo possa ver o que está acontecendo. Então vai manter a nave no ar durante toda a nossa reunião.

— Vou estar de olho em vocês — avisa Simone. — Nos dois.

— Bom saber — diz Bradley, baixo mas calorosamente. Então ele me fala: — Wilf vai trazer Bolota para você montar, e Todd vai me emprestar o cavalo dele.

Eu sorrio.

— Vai mesmo?

Bradley retribui o sorriso.

— Uma demonstração de boa-fé, acho.

— Isso quer dizer que ele espera que você volte.

Ouvimos duas pessoas subirem pela rampa da nave e mais gritos empolgados, também, embora não tanto quanto antes. As vozes que se aproximam estão discutindo.

— Eu não acho que isso seja aceitável, mestra — diz Ivan quando mestra Coyle entra pela porta antes dele.

— E o que faz você pensar que sua ideia de *aceitável* é de algum modo relevante? — questiona ela com aquela ferocidade na voz que fazia qualquer um obedecer por medo.

Mas não Ivan, não mesmo.

— Eu falo pelo povo.

— *Eu* falo pelo povo, Ivan — corrige ela. — Não você.

Ivan olha para mim e para Bradley.

— Você vai mandar uma criança e o Humanitário para um encontro com um inimigo forte o suficiente para aniquilar todos nós — diz ele. — Não posso dizer que essa seja a preferência do povo, mestra.

— Às vezes o povo não sabe o que é melhor, *Ivan* — retruca ela. — Às vezes as pessoas precisam ser convencidas de coisas que são necessárias. Isso que é liderança. Não sair gritando em apoio a qualquer capricho.

— Espero que esteja certa, mestra. Para seu próprio bem.

Ivan dá uma última olhada para nós e vai embora.

— Tudo bem aí fora? — pergunta Simone.

— Bem, bem — concorda mestra Coyle, nitidamente com a mente longe.

— Eles começaram a gritar outra vez — diz Lee.

E todos escutamos.

Mas os gritos não são para mestra Coyle.

[TODD]

Memino potro, Angharrad diz, esfregando o focinho em mim. Então acrescenta: *Memino potro, sim.*

— É pra ela, na verdade — digo. — Se alguma coisa acontecer, quero que ele consiga tirar ela de lá mesmo que seja carregada, tá bem?

Memino potro, Angharrad repete, enfiando a cara em mim de novo.

— Mas você tem certeza, garota? Tem certeza que tá bem? Porque não vou te mandar a lugar nenhum se não estiver...

Todd, ela diz. *Por Todd*.

E eu sinto um aperto na garganta e preciso engolir em seco algumas vezes antes de conseguir responder:

— Obrigado, garota.

Tento não pensar no que aconteceu na última vez que pedi a um animal pra ser corajoso por mim.

Então escuto atrás de mim:

— Você é um jovem impressionante, sabia disso?

Eu dou um suspiro. É ele de novo.

— Só estou falando com o meu cavalo.

— Não, Todd — o prefeito diz, chegando de sua barraca. — Há algumas coisas que ando querendo dizer a você, e gostaria que você me permitisse dizê-las antes que o mundo mude.

— O mundo muda o tempo todo — retruco, puxando as rédeas de Angharrad. — Pelo menos pra mim.

— Escute, Todd — ele continua, de um jeito sério de verdade. — Quero lhe dizer o quanto passei a respeitá-lo. Respeitar como você lutou ao meu lado, sim, como estava presente durante todos os desafios e perigos, mas também como me enfrentou quando ninguém mais ousava fazer isso, como *você* conquistou essa paz, enquanto, à sua volta, o mundo estava perdendo a cabeça.

Ele põe a mão em Angharrad e acaricia o flanco dela com delicadeza. Ela se remexe um pouco, mas deixa.

Então eu também deixo.

— Acho que é com você que os novos colonos vão querer conversar, Todd — ele diz. — Não serei eu, não será mestra Coyle; é você que eles verão como o líder aqui.

— Bom, vamos esperar até conseguir a paz antes de começar a dar crédito a alguém por ela, pode ser?

Ele exala uma nuvem de ar frio pelo nariz.

— Quero lhe dar uma coisa, Todd.

— Eu não quero nada de você — respondo.

Mas ele já está me estendendo uma folha de papel.

— Pegue.

Espero um segundo, mas então pego. Tem uma linha de palavras escritas, densa, negra e incompreensível.

— Leia.

De repente eu fico com *muita* raiva.

— Você tá querendo apanhar?

— Por favor — ele diz, e parece tão gentil e verdadeiro que, mesmo com raiva, eu baixo os olhos pro papel. Ainda são só palavras, escritas no que eu acho ser a letra do prefeito, um emaranhado escuro numa linha, como um horizonte do qual você nunca consegue se aproximar.

— Olhe para as palavras — ele pede. — Diga-me o que elas dizem.

O papel tremeluz à luz do fogo. Nenhuma palavra é muito longa, e reconheço pelo menos duas delas como meu nome...

Até um idiota como eu sabe isso...

E a primeira palavra é...

Meu nome é Todd Hewitt e eu sou um homem de Nova Prentisstown.

Eu pisco.

É isso o que diz na página, todas as palavras queimando, nítidas como o sol.

Meu nome é Todd Hewitt e eu sou um homem de Nova Prentisstown.

Eu ergo os olhos de novo. O rosto do prefeito está com uma expressão dura de concentração, olhando profundamente pra mim, sem zumbido de controle, apenas uma vibração suave.

(aquela mesma vibração que escuto quando penso *Eu sou o Círculo...*)

— O que diz aí? — ele pergunta.

Eu olho pra baixo...

E leio...

Leio em voz alta.

— Meu nome é Todd Hewitt e eu sou um homem de Nova Prentisstown.

Ele solta um suspiro longo, então a vibração desaparece.

— E agora?

Eu olho de novo pras palavras. Elas ainda estão na página, mas estão escapando de mim, perdendo seus significados...

Mas não completamente.

Meu nome é Todd Hewitt e eu sou um homem de Nova Prentisstown.

É isso o que diz.

É isso o que *ainda* diz.

— Meu nome é Todd Hewitt — leio, falando mais devagar, porque ainda estou tentando *ver*. — E eu sou um homem de Nova Prentisstown.

— Você certamente é — o prefeito diz.

Eu olho pra ele.

— Mas isso não é ler de verdade. É só você botando palavras na minha cabeça.

— Não. Andei pensando sobre como os Spackle aprendem, como devem transmitir informações. Eles não têm linguagem escrita, mas se estão conectados uns aos outros o tempo inteiro, não precisam dela. Apenas trocam seu conhecimento diretamente. Eles carregam quem são e o que sabem em seu Ruído e compartilham isso em sua voz única. Talvez na voz única deste mundo.

Eu levanto os olhos ao ouvir isso. Uma voz única. O Spackle que veio até a praça. A voz *única* que parecia ser o mundo inteiro falando. Falando *comigo*.

— Eu não lhe dei palavras, Todd — o prefeito diz. — Eu lhe dei meu *conhecimento* de leitura, e você conseguiu absorvê-lo de mim do mesmo jeito que compartilhei meu conhecimento de como ficar em silêncio. Acho que esse foi o início de uma conexão, maior até do que eu imaginava, uma conexão como a dos Spackle. Nesse momento, é um processo grosseiro e deselegante, mas poderia ser refinado. Pense só no que conseguiríamos fazer se dominássemos isso, Todd, quanto conhecimento poderíamos compartilhar, e com que facilidade.

Eu olho de novo pro papel.

— Meu nome é Todd Hewitt — leio em voz baixa, ainda vendo a maioria das palavras.

— Se me permitir — ele diz, com a voz aberta soando honesta —, acredito que poderia lhe dar conhecimento suficiente para que consiga ler o diário de sua mãe até os colonos chegarem.

Eu penso nisso. O livro da minha mãe. Perfurado pela facada de Aaron, ainda escondido, lido só uma vez, na voz de Viola...

Eu não confio nele, nunca, ele *não* pode se redimir...

Mas estou vendo o prefeito de um jeito um pouco diferente, vendo ele como um homem, não um monstro.

Pois, se a gente está conectado de algum jeito, conectado em uma voz única...

(aquela vibração...)

Talvez seja um caminho de mão dupla.

Talvez ele esteja me mostrando como fazer coisas…

E talvez eu esteja tornando ele uma pessoa melhor.

Nós ouvimos um estrondo distante, o som familiar da nave batedora decolando. No céu ao leste, a nave e o sol estão ambos começando sua subida.

— Nós vamos ter que deixar essa discussão para depois, Todd — o prefeito diz. — É hora de fazer a paz.

{Viola}

— Um grande dia, minha garota — diz mestra Coyle para mim. Estamos todos reunidos na sala de cura enquanto Simone voa na direção da cidade. — Para você e para todos nós.

— Eu sei a dimensão do que estamos fazendo — falo em voz baixa.

Bradley está observando as telas para monitorar nosso progresso. Lee ficou no alto do morro para vigiar Ivan durante o dia.

Eu ouço mestra Coyle rir consigo mesma.

— O quê? — pergunto.

— Ah — responde ela. — Só a ironia de estar depositando todas as minhas esperanças na garota que mais me odeia.

— Eu não *odeio* você — digo, me dando conta de que, apesar de tudo o que aconteceu, é verdade.

— Talvez não, minha garota. Mas sem dúvida não confia em mim.

Eu fico em silêncio.

— Faça a paz, Viola — continua ela, com mais seriedade. — Faça uma *boa* paz. Faça isso de modo que todos saibam que foi *você* a responsável, e não aquele homem. Eu sei que você não quer um mundo onde eu esteja no comando, mas também não podemos deixar que *ele* esteja.

Mestra Coyle me encara.

— Esse precisa ser o objetivo, acima de tudo.

Sinto o meu estômago embrulhar.

— Vou fazer o possível.

Ela balança a cabeça, devagar.

— Você tem sorte, sabia? Tão nova. Tantas oportunidades à frente. Você pode se tornar uma versão melhorada minha. Uma versão minha que nunca será forçada a ser tão implacável.

Não sei o que dizer quanto a isso.

— Mestra Coyle...

— Não se preocupe, minha garota — interrompe ela, ficando de pé enquanto a nave se prepara para pousar. — Você não precisa ser minha amiga. — Uma pequena chama brilha em seus olhos. — Você só precisa ser inimiga dele.

E sentimos o pequeno solavanco do pouso.

Está na hora.

Eu me levanto da cama e vou até a porta do compartimento de carga. A primeira coisa que vejo quando ela se abre para a praça é Todd, à frente de um mar de soldados, parado ali com Angharrad de um lado e Bolota e Wilf do outro.

No meio do **RONCO** dos soldados que nos observam e do prefeito que também nos observa — com o uniforme passado e arrumado, aquela expressão que dá vontade de dar um tapa na cara dele —, e das sondas no ar transmitindo tudo para uma projeção no alto do morro para que as pessoas de lá assistam, e com todo mundo reunido atrás de mim na rampa, estamos prontos para começar algo muito, muito grande...

No meio de tudo isso, Todd me vê e diz:

— Viola.

E é só então que eu realmente sinto o peso do que estamos prestes a fazer.

Saio pela porta do compartimento de carga, com os olhos de todos os humanos do mundo sobre nós, de todos os Spackle do mundo também, até onde sei, e ignoro a mão estendida do prefeito e deixo que ele cumprimente as outras pessoas.

Vou direto até Todd entre os cavalos.

— Oi — diz ele, com aquele sorriso torto no rosto. — Você está pronta?

— Tão pronta quanto alguém poderia estar.

Os cavalos conversam um com o outro acima de nós, *Menino potro, menina potra, liderar, seguir*, com todo o calor que um animal de rebanho sente por outro membro de seu rebanho, duas paredes felizes nos bloqueando da multidão por um minuto.

— Viola Eade — diz Todd. — A pacificadora.

Eu dou uma risada nervosa.

— Estou com tanto medo que mal consigo respirar.

Ele está um pouco tímido comigo depois da última vez que conversamos, mas pega minha mão, simples assim.

— Você vai saber o que fazer.

— Como pode ter tanta certeza?

— Porque você sempre soube. Quando precisou, você sempre fez a coisa certa.

Não quando disparei o míssil, penso, e ele deve ver isso em meu rosto, porque aperta minha mão outra vez e de repente isso não é suficiente, mas, embora eu ainda odeie não ouvir seu Ruído, embora seja como falar com uma fotografia do Todd que eu conhecia, eu o abraço com força. Ele gruda o rosto em meu cabelo, que deve estar fedendo a febre e suor, mas só para ficar perto dele, sentir seus braços ao meu redor e estar cercada por tudo o que eu conheço dele, mesmo que eu não possa ouvi-lo...

Eu só preciso confiar que ainda é Todd ali dentro.

Então, em algum lugar no mundo próximo, o prefeito começa seu maldito discurso.

[TODD]

O prefeito subiu numa carroça perto da nave batedora pra ficar acima da multidão.

— Hoje é tanto um clímax quanto um recomeço! — ele diz, e a voz dele troveja pelo Ruído dos soldados reunidos na praça, dos homens que não são soldados também, um Ruído que amplifica a voz dele, de modo que não tem ninguém ali que não consiga ouvir, e todos estão olhando pra ele, cansados mas esperançosos, até as mulheres, algumas até segurando crianças, que elas normalmente fazem de tudo pra manter escondidas, mas todos, jovens e velhos, desejam que as palavras do prefeito sejam verdade.

— Nós enfrentamos nosso inimigo com grande astúcia e bravura — ele continua. — E nós o pusemos de *joelhos*!

Isso provoca gritos de apoio, embora não tenha sido lá muito bem o que aconteceu.

Mestra Coyle observa ele de braços cruzados, e então eu vejo ela sair andando na direção da carroça do prefeito.

— O que ela está fazendo? — Bradley pergunta, se aproximando de mim e de Viola.

Nós vemos ela subir na carroça e parar ao lado do prefeito, que lança um olhar de morte na direção dela, mas não interrompe seu discurso.

— Este dia será lembrado por seus filhos e pelos filhos dos seus filhos!

— BOA GENTE! — mestra Coyle grita, mais alto que ele. Porém, ela não está olhando pra multidão, e sim pra sonda que está transmitindo pro morro. — HOJE É UM DIA DO QUAL VAMOS NOS LEMBRAR PARA O RESTO DE NOSSAS VIDAS!

O prefeito ergue a voz pra se igualar à dela.

— ATRAVÉS DE SUA CORAGEM E SACRIFÍCIO...

— TEMPOS DUROS QUE ENFRENTARAM COM CORAGEM... — mestra Coyle grita.

— NÓS ALCANÇAMOS O IMPOSSÍVEL — o prefeito grita.

— OS COLONOS A CAMINHO VERÃO O MUNDO QUE CRIAMOS PARA ELES...

— NÓS FORJAMOS ESTE MUNDO NOVO COM NOSSO PRÓPRIO SANGUE E DETERMINAÇÃO...

— Vamos embora — Viola diz.

Eu e Bradley olhamos pra ela, surpresos, mas então vejo um brilho malicioso no Ruído dele. Eu peço a Angharrad e a Bolota pra se abaixarem e ajudo Viola a subir em Bolota. Wilf ajuda Bradley a subir em Angharrad. Mas a verdade é que ele não parece muito seguro em cima dela.

— Não se preocupa — digo. — Ela vai cuidar bem de você.

Menino potro, ela diz.

— Angharrad — respondo.

— Todd — Viola diz, ecoando ela.

E eu olho outra vez pra Viola e falo:

— Viola.

Só isso, apenas o nome dela.

E a gente percebe que chegou a hora.

Isso é o começo.

— UM EXEMPLO BRILHANTE DE PAZ EM NOSSA ÉPOCA...

— EU OS LIDEREI EM UMA GRANDE VITÓRIA...

Os cavalos começam a se mover pela praça, passam pela carroça dos discursos, pelo meio dos soldados que saem do caminho, e seguem na direção da estrada que leva ao morro dos Spackle.

A voz do prefeito vacila um pouco quando ele vê o que está acontecendo. Mestra Coyle não para de gritar porque só olha pra sonda no alto e ainda não viu eles, até que o prefeito diz rapidamente:

— E NÓS ENVIAMOS NOSSOS EMBAIXADORES DA PAZ, A CAMINHO COM VOZES GENEROSAS!

A multidão vibra nesse exato momento, interrompendo mestra Coyle, coisa que ela não parece gostar muito.

— Viola vai ficar bem — Wilf diz, nós dois de olho nela, sumindo na estrada. — Ela sempre fica.

A multidão ainda está vibrando, mas o prefeito salta da carroça e se aproxima de mim e de Wilf.

— E eles partiram — diz, com a voz um pouco irritada. — Um tanto mais cedo do que eu esperava.

— Você teria falado a manhã inteira — retruco. — E têm perigo esperando por eles no alto daquele morro.

— Senhor presidente.

Mestra Coyle faz uma careta quando passa por nós a caminho da rampa da nave batedora.

Eu continuo observando Viola e Bradley até que eles desaparecem da praça, então olho pra grande projeção que Simone montou enquanto todo mundo estava discursando, pairando acima das ruínas da catedral, a mesma imagem transmitida pro alto do morro, a imagem de Viola e Bradley seguindo a cavalo pela estrada, seguindo pra zona da morte do campo de batalha.

— Eu não me preocuparia, Todd — o prefeito diz.

— Eu sei. Qualquer sinal suspeito e a nave batedora vai explodir os Spackle pro espaço.

— Sim, verdade — o prefeito concorda, mas de um jeito que faz eu me virar, porque ele parece saber mais do que está contando.

— O quê? — pergunto. — O que você fez?

— Por que você sempre desconfia de que eu fiz alguma coisa, Todd? Mas ele ainda está com aquele sorriso.

{Viola}

Nós seguimos até os limites da cidade e passamos por um campo coberto de corpos queimados depois dos ataques das flechas em chamas, espalhados por toda parte como árvores derrubadas.

— Em um lugar com toda essa beleza e potencial — diz Bradley, olhando ao redor —, nós repetimos os mesmos erros. Odiamos tanto o paraíso que precisamos transformá-lo em um monte de lixo?

— Essa é sua ideia de uma conversa animadora? — pergunto.

Ele ri.

— Considere isso uma promessa de fazer melhor.

— Olhe — digo. — Eles abriram uma trilha para nós.

Nós nos aproximamos do sopé do morro que leva ao acampamento dos Spackle. Rochedos e pedras foram retirados do caminho, junto com corpos de Spackle e os restos de suas montarias — a devastação causada pela artilharia do prefeito, um míssil meu e uma bomba de mestra Coyle, então todos tivemos um dedo nisso.

— Só pode ser um bom sinal — diz Bradley. — Pequenas boas-vindas, tornando nosso caminho mais fácil.

— Ou tornando mais fácil de cair em uma armadilha? — questiono, segurando nervosamente as rédeas de Bolota.

Bradley se movimenta para subir a trilha primeiro, mas Bolota se coloca na frente de Angharrad, sentindo a hesitação dela, tentando deixá-la mais confortável aparentando confiança. **Siga**, diz seu Ruído, quase com delicadeza. **Siga**.

E ela faz isso. E nós subimos.

Enquanto subimos, ouvimos o zumbido de motores no vale atrás de nós quando Simone decola com a nave para nos observar como um gavião planando em uma corrente de ar ascendente, pronta para mergulhar com todas as armas se alguma coisa der errado.

Meu comunicador toca no bolso. Pego e vejo Todd olhando para mim.

— *Você está bem?*

— A gente acabou de se ver — respondo. — E Simone já está a caminho.

— *É* — diz ele. — *Dá pra ver você, em tamanho bem grande. Como se você fosse a estrela do seu próprio vídeo.*

Eu tento rir, mas tudo o que sai é uma tosse.

— *Qualquer sinal de perigo…* — continua ele, mais sério. — *Qualquer sinal mesmo, você sai daí.*

— Não se preocupe. — Então chamo: — Todd?

Ele olha para mim pelo comunicador, adivinhando o que estou prestes a dizer.

— *Você vai ficar bem* — garante ele.

— Se alguma coisa acontecer comigo…

— *Não vai.*

— Mas se acontecer…

— *Não vai* — repete ele, quase com raiva. — *Eu não vou me despedir de você, Viola, por isso nem tenta. Você vai chegar lá em cima, conseguir a paz e voltar aqui pra baixo pra gente poder te deixar boa de novo.* — Ele se inclina para mais perto do comunicador. — *A gente se vê daqui a pouco, tá bem?*

Eu engulo em seco.

— Está bem.

Ele clica e desliga.

— Está tudo bem? — pergunta Bradley.

Eu assinto.

— Vamos acabar logo com isso.

Nós subimos a trilha improvisada, nos aproximando do alto do morro. A nave está alta o bastante para ver o que nos espera.

— *Parece um comitê de boas-vindas* — diz Simone pelo comunicador de Bradley. — *Terreno aberto e aquele que deve ser o líder sentado em um daqueles rinotanques.*

— Alguma coisa ameaçadora? — pergunta Bradley.

— Nada óbvio. Mas estão em grande número.

Nós seguimos em frente e, nos escombros do morro, vejo que devemos estar no local em que Todd e eu corremos para escapar de Aaron, saltando até a saliência sob a cachoeira, a mesma saliência em que os Spackle se alinharam e da qual dispararam suas flechas incendiárias, a saliência que não existe mais, porque eu a explodi...

Nós passamos pelo lugar onde eu fui baleada e onde Todd derrotou Davy Prentiss Jr...

E nos aproximamos da subida final, onde restaram apenas fragmentos da forma original da montanha, mas ainda se parece com o último lugar em que Todd e eu acreditamos estar seguros, olhando para o que achávamos ser Refúgio.

Mas que, em vez disso, nos levou até esta situação.

— Viola? — chama Bradley, em voz baixa. — Você está bem?

— Acho que a febre está piorando de novo — respondo. — Eu estava divagando um pouco.

— Estamos quase lá — diz ele com delicadeza. — Eu vou saudá-los. Tenho certeza de que vão retribuir a saudação.

Aí veremos o que vai acontecer, acrescenta seu Ruído.

Nós percorremos o último trecho da estrada em zigue-zague destruída e chegamos ao alto do morro.

Ao acampamento dos Spackle.

[Todd]

— Eles estão quase lá — digo.

Eu, Wilf, o prefeito e todo mundo na praça assistimos à grande projeção acima das ruínas da catedral enquanto Viola e Bradley e dois cavalos que de repente parecem muito pequenos entram em um semicírculo de Spackle que estavam esperando por eles.

— Aquele deve ser o líder deles — o prefeito diz, apontando pro que está montado no maior rinotanque.

Nós observamos o Spackle quando ele vê Viola e Bradley chegarem ao alto do morro nos cavalos, com aquele semicírculo deles que não deixa nenhuma rota de fuga, a não ser voltar pelo caminho por onde vieram.

— Primeiro eles vão trocar cumprimentos — o prefeito prevê, sem tirar os olhos da imagem. — É assim que essas coisas começam. Depois os dois lados vão dizer o quanto são fortes, em seguida vão indicar suas intenções. É tudo muito formal.

Nós observamos Bradley na projeção. Ele parece estar fazendo exatamente o que o prefeito previu.

— O Spackle está descendo — falo.

O líder desmonta do animal devagar, mas com graça. Tira da cabeça a coisa que parece um capacete e entrega pro Spackle do lado dele.

Então sai andando pela clareira.

— Viola tá descendo do cavalo — diz Wilf.

E está mesmo. Bolota está se abaixando pra que ela desmonte, e ela salta pro chão de um jeito cuidadoso. Dá as costas pra Bolota, pronta pra encontrar o líder dos Spackle, que se aproxima dela devagar, com a mão estendida...

— Está tudo correndo bem, Todd — o prefeito comenta. — Muito bem mesmo.

— Não diz isso.

— Ei! — Wilf grita de repente, levantando...

E eu vejo...

298

Tem um estrondo em meio à multidão de soldados quando eles veem também...

Um Spackle sai correndo do semicírculo...

Ele rompe fileiras e corre na direção do líder dos Spackle...

Segue bem na direção dele...

E o líder dos Spackle vira...

Como se estivesse surpreso...

E, na luz fria da manhã, nós podemos ver...

Que o Spackle correndo tá carregando uma espada...

— Ele vai matar o líder... — digo, levantando...

E o **RONCO** da multidão aumenta...

E o Spackle chega ao líder, com a espada erguida...

Chega até ele...

E passa...

Passa pelo líder, que ergue os braços pra impedir ele...

Mas o Spackle desvia...

E continua a correr...

Na direção de Viola...

E aí eu reconheço ele...

— Não — digo. — *Não!*

É o 1017...

Correndo direto pra Viola...

Com uma espada na mão...

Ele vai matar ela...

Ele vai matar ela pra *me* punir...

— Viola! — grito... — VIOLA!

Aquela que é especial

O amanhecer está chegando, mostra o Céu. *Eles logo estarão aqui.*

Ele está parado acima de mim com sua armadura completa cobrindo peito e braços, esculpida em barro, ornamentada e bonita demais para ser usada em batalha. O capacete cerimonial balança em sua cabeça como uma cabana comprida e pontuda, combinando com uma espada cerimonial de pedra pesada ao seu lado.

Você parece ridículo, mostro.

Eu pareço um líder, mostra ele em resposta, sem nenhuma raiva.

Nós nem sabemos se eles virão.

Eles virão, mostra ele. *Eles virão.*

Ele ouviu meu juramento de impedir a paz, sei que ouviu. Eu estava com raiva demais para tentar esconder, e o Céu provavelmente o ouviria de qualquer jeito. E, ainda assim, ele me manteve ao seu lado, tão confiante em minha insignificância que não consegue nem fingir que me vê como ameaça.

Não pense que eu vou lhes entregar a paz a troco de nada, mostra ele. *Não pense que eles terão a liberdade de fazer o que quiserem com este mundo. O que aconteceu com o Fardo jamais se repetirá, não enquanto eu for o Céu.*

E eu vejo algo em sua voz, lampejos de algo bem no fundo.

Você tem um plano, escarneço.

Digamos que não vou entrar nessas conversas sem estar preparado para qualquer eventualidade.

Você só diz isso para me manter quieto, mostro. *Eles vão tomar tudo o que puderem e depois vão tomar mais à força. Não vão parar até terem tirado tudo de nós.*

Ele dá um suspiro. *O Céu novamente pede a confiança do Retorno. E, para provar isso, o Céu gostaria muito que o Retorno estivesse ao seu lado quando a Clareira chegar até nós.*

Eu ergo os olhos para ele, surpreso. A voz dele é sincera...

(... e minha própria voz deseja tocar a dele, deseja saber que ele está fazendo o melhor por mim, pelo Fardo, pelo Solo, quero tanto confiar nele que é como uma dor no peito...)

Minha promessa a você se mantém, mostra ele. A Fonte será sua para fazer o que quiser.

Eu continuo a observá-lo, a ler sua voz, a ler tudo nela: a responsabilidade terrível e incrível que ele sente pelo Solo pesando sobre seus ombros a todo momento, dia e noite; a preocupação que ele sente por mim, por eu estar sendo devorado vivo pelo ódio e pela vingança; sua preocupação com os dias à frente e as semanas e meses depois disso, pois, independentemente do que aconteça hoje, o Solo será mudado para sempre, já está mudando para sempre; e vejo que, caso seja forçado, ele vai agir sem mim, vai me deixar para trás, pelo bem do Solo.

Mas também vejo como isso iria entristecê-lo.

E também vejo, sem dúvida escondido no Fim das Trilhas, que ele tem um plano.

Eu vou com você, mostro.

A luz rosada do sol começa a aparecer no horizonte distante. O Céu está montado em seu rinotanque. Seus melhores soldados, também em trajes cerimoniais, com espadas cerimoniais de pedra, estão arrumados em um semicírculo amplo que abarca a encosta irregular do morro. A Clareira terá permissão de entrar aqui, mas não de ir além.

A voz do Solo está aberta, todos observando a encosta através de seu Céu. *Nós falamos como um*, mostra o Céu, enviando isso através deles. *Nós somos o Solo e falamos como um.*

O Solo repete o cântico, que os une em um único laço inquebrável enquanto encaram o inimigo.

Nós somos o Solo e falamos como um.

Exceto pelo Retorno, penso, porque a fita em meu braço está doendo outra vez. Eu afasto o líquen para olhar para ela, a pele em volta do metal feia e esticada, inchada e dura com cicatrizes, a fita causando dor a todo momento desde que me foi imposta.

Mas a dor física incessante não é nada em comparação ao que aconteceu com a minha voz.

Porque a Clareira fez isso comigo. A Faca fez isso. É a coisa que me marca como o Retorno, a coisa que me mantém para sempre separado do Solo enquanto eles recitam à minha volta, levantando sua voz única em uma língua que a Clareira vai entender.

Nós somos o Solo e falamos como um.

Exceto pelo Retorno, que fala sozinho.

*Você **não** fala sozinho*, mostra o Céu, olhando para mim de cima de sua montaria. *O Retorno é o Solo e o Solo é o Retorno.*

O Solo é o Retorno, vem a cantilena à nossa volta.

Fale, mostra-me o Céu. *Fale para que a Clareira saiba com quem eles estão lidando. Fale para que nós falemos juntos.*

Ele estende a mão como se fosse me tocar, mas está longe demais, muito alto em seu rinotanque.

*Fale para que você **seja** o Solo.*

E sua voz também se estende em minha direção, me cercando, me pedindo para me juntar a ele, me juntar ao Solo, me permitir me tornar parte de algo maior, mais grandioso, algo que pode...

A nave da Clareira de repente se ergue no ar à nossa frente e espera.

O Céu olha para ela, e a cantilena continua às nossas costas. *Está na hora*, mostra ele. *Eles chegaram.*

* * *

Eu a reconheço imediatamente. Minha surpresa é tão gritante que o Céu olha para mim por um momento rápido.

Eles a mandaram, mostro.

Eles mandaram aquela que é especial para a Faca.

Minha voz se eleva. Ele teria vindo com ela? Ele faria...?

Mas não. É outro da Clareira, com a voz tão alta e caótica quanto a de qualquer um deles. E é caótica com *paz*. O desejo de paz toma todo ele, a esperança por ela, o medo dela, a coragem para buscá-la.

Eles desejam paz, mostra o Céu, e há diversão na voz do Solo.

Mas eu olho para o Céu. E vejo paz ali, também.

A Clareira avança em suas montarias e entra no semicírculo, mas para a certa distância, olhando para nós nervosamente, a voz dele alta e esperançosa, a dela o silêncio daquelas sem voz.

— Meu nome é Bradley Tench — diz ele por meio de sua boca e de sua voz. — Esta é Viola Eade.

Ele espera para ver se entendemos sua língua e, depois de um breve aceno de cabeça do Céu, prossegue:

— Nós viemos fazer a paz, para acabar com esta guerra sem mais derramamento de sangue, para ver se é possível corrigir o passado e criar um novo futuro onde nossos povos possam viver lado a lado.

O Céu não mostra nada por um longo momento, um eco silencioso da cantilena que corre incessante atrás dele.

Eu sou o Céu, mostra o Céu, na língua do Fardo.

O homem da Clareira parece surpreso, mas percebemos pela sua voz que ele entende. Eu observo aquela que é especial para a Faca. Ela olha fixamente para nós, pálida e trêmula no frio do início da manhã. O primeiro som que ela emite é uma longa sequência de tosses atrás da mão fechada. Então:

— Nós temos o apoio de nosso povo inteiro — diz ela, apenas clicando as palavras com a boca, e o Céu abre sua voz um pouco para garantir que ele a entenda.

Ela gesticula para a nave, ainda pairando perto do morro, sem dúvida pronta para disparar ao primeiro sinal de problema.

— Apoio para fazermos a paz — continua ela.

Paz, penso amargamente. *Paz que exige que sejamos escravos.*

Silêncio, mostra o Céu para mim. Uma ordem, mostrada com delicadeza, mas firme.

Então ele desmonta de seu rinotanque. Ele desce para o chão com um baque seco e sólido. O Céu tira o capacete, entrega-o ao soldado mais próximo e começa a andar na direção da Clareira. Na direção do homem que, agora que consigo ler sua voz mais de perto, é apenas um recém-chegado, um precursor de todos os que ainda estão por vir. Ainda estão por vir, para expulsar o Solo de seu próprio mundo. Ainda estão por vir, para fazer de *todos nós* o Fardo. E mais, sem dúvida, virão depois. E outros mais depois disso.

E penso que preferiria morrer a deixar que isso aconteça.

Um dos soldados ao meu lado se vira, com choque na voz, me dizendo na língua do Solo para ficar quieto.

Meus olhos se dirigem à espada cerimonial em seu cinto.

O Céu segue devagar, pesadamente, *como um líder*, até a Clareira.

Até aquela que é especial para a Faca.

A Faca que, embora sem dúvida se afligisse e se preocupasse com a paz, embora sem dúvida tivesse a *intenção* de fazer a coisa certa, enviou aquela que é especial para ele no seu lugar, com medo de nos encarar pessoalmente...

E eu penso nele me puxando da pilha de corpos do Fardo...

E penso em meu juramento de matá-lo...

E eu me vejo pensando: *Não.*

Sinto a voz do Solo sobre mim, sinto-a se estender para me calar nesse momento tão importante.

E, mais uma vez, eu penso: *Não.*

Não, não pode terminar assim.

Aquela que é especial para a Faca desce de sua montaria para cumprimentar o Céu.

E estou em movimento antes mesmo de me dar conta.

Pego a espada cerimonial do soldado ao meu lado tão depressa que ele não oferece resistência, apenas solta uma exclamação de surpresa, e eu a ergo enquanto corro. Minha voz está estranhamente calma, vendo apenas o que está à minha frente, as pedras no caminho, o leito seco do rio, a mão do Céu se estendendo para me deter quando passo por ele, mas lenta demais em sua armadura elaborada...

Eu percorro o caminho na direção dela...

Minha voz está ficando mais alta, e um grito emerge dela, sem palavras seja nas línguas do Fardo ou do Solo...

Sei que estamos sendo observados, observados pela nave, observados pelas luzes que pairam ao seu lado...

Estou torcendo para que a Faca possa ver...

Enquanto corro para matar aquela que é especial para ele...

A espada alta em minhas mãos...

Ela me vê chegando e cambaleia para trás, na direção de sua montaria...

O homem da Clareira grita alguma coisa, sua própria montaria tentando se posicionar entre mim e aquela que é especial para a Faca...

Mas sou rápido demais, a distância é curta demais...

E o Céu também grita atrás de mim...

A voz dele, a voz de todo o *Solo* troveja atrás de mim, se estende para me deter...

Mas uma voz não pode deter um corpo...

E ela cai para trás...

Cai sob as pernas de sua própria montaria, que também está tentando protegê-la, mas está emaranhada a ela...

E não há tempo...

Há apenas eu...

Apenas minha vingança...

A espada está erguida...

Pronta, pesada e sedenta pelo golpe...

Dou meus passos finais...

E ponho meu peso por trás da espada para começar o fim...

E ela levanta o braço para se proteger...

BARGANHANDO

{VIOLA}

O ATAQUE VEM DO NADA. O líder dos Spackle, o Céu, como ele disse se chamar, se aproxima de nós para nos cumprimentar…

Mas de repente outro Spackle vem correndo na direção dele, com uma lâmina de pedra brutal na mão, polida e pesada…

E ele vai matar o Céu…

Vai matar seu próprio líder…

No meio das conversas de paz, isso vai acontecer…

O Céu se vira, vê o outro com a espada se aproximar e estende os braços para detê-lo…

Mas o que está com a espada se esquiva com facilidade e passa por ele…

Se esquiva dele e corre até mim e Bradley…

Corre até *mim*…

Eu escuto Bradley gritar:

— *Viola!*

E ele começa a virar Angharrad para se colocar entre nós, mas eles estão pelo menos dois passos atrás…

E não há nada entre mim e o Spackle correndo…

Eu cambaleio para trás entre as patas de Bolota…

Menina potra!, diz Bolota.

E cai no chão...

E não há tempo...

O Spackle está sobre mim...

A espada está no ar...

E eu levanto o braço em uma tentativa desesperada de me proteger...

E...

A espada não me atinge.

A espada não me atinge.

Eu olho para cima.

O Spackle está olhando fixamente para meu braço.

Minha manga subiu e meu curativo escapou quando eu caí, e o Spackle está olhando fixamente para a fita em meu braço...

A fita vermelha, inflamada e pustulenta, com o número 1391 gravado nela...

Então eu vejo...

No antebraço dele, tão marcada e feia quanto a minha...

Uma fita que diz 1017...

E esse é o Spackle de *Todd*, o que ele libertou do genocídio do prefeito no mosteiro, com uma fita que claramente o infectou também...

Ele congela no meio do movimento, com a espada no ar, pronta para golpear, mas sem fazer isso, enquanto olha fixamente para meu braço...

Então um par de cascos o atinge com força no peito e o lança para trás pelo terreno limpo...

[Todd]

— Viola!

Estou gritando sem parar, procurando um cavalo pra montar, um veículo de fissão, *qualquer coisa* pra me levar pro alto daquele morro...

— Está tudo bem, Todd! — o prefeito grita, olhando pra projeção. — Está tudo bem. Seu cavalo o escoiceou para longe.

Eu olho de volta pra projeção bem a tempo de ver o 1017 cair todo embolado a alguns metros de onde ele estava parado, e as patas traseiras de Angharrad voltarem pro chão...

— Ah, *boa garota!* — grito. — Bom cavalo!

E pego meu comunicador e grito:

— Viola! Viola, você está aí?

Então vejo Bradley ajoelhar ao lado de Viola, e o líder dos Spackle pegar o 1017 e praticamente *jogar* ele de volta pros outros Spackle, que arrastam ele dali, e vejo Viola levar a mão ao bolso pra pegar o comunicador...

— *Todd?* — ela chama.

— Você está bem? — pergunto.

— *Era o seu Spackle, Todd! O que você libertou!*

— Eu sei. Se eu encontrar ele de novo, vou...

— *Ele parou quando viu a fita no meu braço.*

— *Viola?* — Simone interrompe, da nave batedora.

— *Não dispare!* — Viola diz rapidamente. — *Não dispare!*

— *Nós vamos tirar você daí* — Simone avisa.

— *NÃO!* — Viola grita bruscamente. — *Vocês não estão vendo que eles não esperavam por isso?*

— Deixa ela tirar você daí, Viola! — grito. — Não é seguro. Eu *sabia* que nunca devia ter deixado você...

— *Me escutem, vocês dois* — ela interrompe. — *Está tudo bem, vocês não podem...*

Viola para de falar e, na projeção, o líder dos Spackle chega perto deles novamente, com as mãos estendidas de um jeito calmo.

— *Ele está pedindo desculpas* — Viola continua. — *Está dizendo que não era isso que eles queriam...* — Ela para um segundo. — *Seu Ruído é mais imagens que palavras, mas acho que ele está dizendo que o outro é louco, ou algo assim.*

Sinto uma pontadinha com isso. O 1017 louco. O 1017 enlouquecido.

Claro que ele ficaria assim. Quem não ficaria depois do que aconteceu com ele?

Mas isso não significa que ele pode atacar Viola...

— *Ele está dizendo que quer que as negociações de paz continuem* — Viola diz. — *E, ah...*

Na projeção, o líder dos Spackle pega a mão dela e ajuda Viola a levantar. Ele gesticula pros Spackle no semicírculo, e eles se afastam e mais alguns Spackle trazem aquelas cadeiras feitas de tiras finas de madeira trançadas, uma pra cada um deles.

— O que está acontecendo? — pergunto no comunicador.

— *Eu acho que ele está...* — Ela para quando o semicírculo abre mais uma vez e outro Spackle chega, com os braços cheios de frutas e peixes, e o Spackle ao lado dele carrega uma mesa de madeira trançada. — *Estão nos oferecendo comida* — Viola conclui.

Ao mesmo tempo escuto Bradley dizer ao fundo:

— *Obrigado.*

— *Acho que as conversas de paz recomeçaram* — Viola diz.

— *Viola...*

— *Não, estou falando sério, Todd* — interrompe ela. — *Quantas chances nós vamos ter?*

Fico furioso por um segundo, mas ela está com a voz parecendo decidida.

— Bom, deixa o comunicador aberto, está ouvindo?

— *Concordo* — Simone diz no outro canal. — *E não se esqueça de dizer ao líder deles o quanto estiveram perto de virarem fumacinha agora mesmo.*

Tem uma pausa e, na projeção, o líder dos Spackle senta ereto na cadeira.

— *Ele diz que sabe* — Viola responde. — *E que...*

Então a gente escuta as palavras saindo, e é nossa língua, em uma voz que parece um pouco com a nossa, mas é como se fosse feita de um milhão de vozes dizendo exatamente a mesma coisa.

O Solo lamenta as atitudes do Retorno, a voz diz.

Eu olho pro prefeito.

— O que *isso* significa?

{Viola}

— A grande verdade — explica Bradley — é que não podemos ir embora. Foi uma viagem só de vinda, com décadas de duração. Nossos ancestrais viram este planeta como um candidato excelente para colonização, e as sondas de espaço profundo... — Ele limpa a garganta, em desconforto, embora já dê para ver o que ele vai dizer em seu Ruído. — ... As sondas de espaço profundo não mostraram nenhum sinal de vida inteligente aqui, por isso...

Por isso a Clareira não pode ir embora, completa o Céu, olhando para a nave batedora pairando atrás de nós. *A Clareira não pode ir embora.*

— Desculpe? — diz Bradley. — A o quê?

Mas a Clareira tem que responder por muitos feitos, continua o Céu, e seu Ruído nos mostra uma imagem daquele que correu sobre nós com uma espada, o que tem uma fita no braço, o Spackle que Todd conhece...

E há sentimentos por trás, comunicados *diretamente* como sentimentos, sem linguagem, sentimentos de tristeza terrível, não por nós, não pela interrupção das conversas de paz, mas pelo que nos atacou, tristeza chegando agora com imagens do genocídio dos Spackle, imagens do 1017 sobrevivendo e encontrando o resto dos Spackle, sentimentos de como ele está ferido, como *nós* o ferimos...

— Não quero me esquivar da responsabilidade — interrompo —, mas não fomos nós que fizemos isso.

O Céu cessa seu Ruído e olha para mim. E parece que todo Spackle deste planeta também está olhando para mim.

Escolho minhas palavras com cuidado.

— Bradley e eu somos novos aqui — digo. — E estamos *muito* ávidos para não repetir os erros dos primeiros colonos.

Erros?, questiona o Céu, e seu Ruído se abre novamente com imagens do que só pode ser a primeira guerra dos Spackle...

Imagens de morte em uma escala que eu nem tinha imaginado...

Imagens de Spackle morrendo aos milhares...

Imagens de atrocidades sofridas nas mãos de homens...

Imagens de crianças, bebês...

— Nós não podemos mudar o que aconteceu — respondo, tentando desviar o olhar, mas seu Ruído está por toda parte. — Mas nós *podemos* impedir que isso torne a acontecer.

— Começando com um cessar-fogo imediato — acrescenta Bradley, parecendo chocado pelo peso das imagens. — Essa é a primeira coisa que podemos acordar. Não vamos mais atacar vocês, e vocês não vão nos atacar.

O Céu abre seu Ruído novamente, mostrando uma parede de água com a altura de dez homens correndo pelo leito do rio onde estamos, destruindo tudo à sua frente quando atinge o vale abaixo, apagando Nova Prentisstown do mapa.

Bradley dá um suspiro, em seguida abre o próprio Ruído com mísseis da nave batedora incinerando o alto daquele morro, depois mais mísseis caindo da órbita, de uma altura contra a qual os Spackle não teriam como retaliar, destruindo toda a raça dos Spackle em uma nuvem de fogo.

O Ruído do Céu tem uma sensação satisfeita, como se estivéssemos apenas confirmando o que ele já sabia.

— Então essa é nossa situação — digo, tossindo. — Agora o que vamos fazer em relação a isso?

Há uma pausa mais longa, em seguida o Ruído do Céu se abre novamente.

E começamos a conversar.

[Todd]

— Eles estão nisso tem horas — digo, assistindo à projeção de perto da fogueira. — Por que tá demorando tanto?

— Silêncio, por favor, Todd — o prefeito pede, tentando captar todas as palavras pelo meu comunicador. — É importante que saibamos tudo o que está sendo discutido.

— O que tem pra discutir? — pergunto. — Todos paramos de lutar e vivemos em paz.

O prefeito olha pra mim.

— Tá certo — digo. — Mas Viola não tá bem. Ela não pode simplesmente ficar sentada lá em cima no frio o dia inteiro.

Eu e o prefeito estamos em volta da fogueira agora, com o sr. Tate e o sr. O'Hare assistindo junto. Todo mundo na cidade também está vendo as projeções, embora com menos interesse com o passar do tempo porque assistir a pessoas conversando por horas não é lá muito interessante, por mais importante que o assunto seja. Wilf, depois de algum tempo, disse que precisava voltar pra Jane e levou o carro de bois de mestra Coyle de volta pro alto do morro.

Nós ouvimos pelo comunicador:

— *Viola?*

É Simone.

— *Sim* — Viola responde.

— *Apenas uma atualização sobre o combustível, querida* — Simone diz. — *As células podem nos manter pairando aqui até o entardecer, mas depois disso é mehor vocês pensamos em sair daí e voltar amanhã.*

Eu aperto um botão no meu comunicador.

— Não deixa ela lá — digo. Eu vejo o líder dos Spackle e Bradley ficarem surpresos na projeção. — Não perde ela de vista.

Mas é mestra Coyle quem responde:

— *Não se preocupe, Todd. Eles vão saber nossa força e nosso comprometimento nem que tenhamos que secar esta nave.*

Eu olho confuso pro prefeito.

— Nós estamos transmitindo para as pessoas no alto do morro, não estamos, mestra? — o prefeito pergunta, levantando a voz pra que o comunicador a transmita.

— *Será que dá para todo mundo calar a boca, por favor?* — Viola pede. — *Ou eu vou desligar essa coisa.*

Isso causa outra série de tosses, e vejo como Viola parece pálida, magra e *pequena* na projeção. É a pequenez que machuca. Em termos de tamanho, ela sempre foi um pouco menor que eu.

Mas eu penso nela e sinto que ela é grande como o mundo.

— Me chama se precisar de qualquer coisa — digo pra ela. — Qualquer coisa mesmo.

— *Eu chamo*.

Então há um bipe, e a gente não escuta mais nada.

O prefeito olha surpreso pra projeção. Bradley e Viola estão falando outra vez com o líder dos Spackle, mas a gente não consegue ouvir nada. Ela cortou o som.

— *Muito obrigada, Todd* — mestra Coyle reclama, toda irritada, pelo comunicador.

— Ela não *me* mandou calar a boca — digo. — Foram vocês que ficaram tentando se intrometer.

Então escuto o sr. O'Hare murmurar do outro lado da fogueira:

— Garotinha estúpida.

— O que foi que você disse?! — grito, ficando de pé e mandando um olhar bem feio na direção dele.

O sr. O'Hare também levanta, com a respiração ofegante, procurando briga.

— Agora nós não podemos ouvir o que está acontecendo, não é? É nisso que dá mandar uma garotinha para...

— Cala a boca!

As narinas dele dilatam e os punhos fecham.

— Senão você vai fazer o quê, garoto?

E eu vejo que o prefeito se movimenta pra intervir...

— Dê um passo pra frente — digo...

E minha voz está calma, meu Ruído está leve...

Eu sou o Círculo...

E o sr. O'Hare dá um passo pra frente sem hesitar...

Direto pra fogueira.

Ele fica parado ali por um segundinho só, sem perceber. Então solta um grito de dor e dá um pulo, com as barras da calça em chamas, correndo pra encontrar água, e eu escuto o prefeito e o sr. Tate rindo muito.

— Bom, Todd — o prefeito diz. — Muito impressionante.

Eu pisco. Estou me tremendo todo.

Eu podia ter machucado ele.

Eu podia, só de pensar.

(e é meio que uma sensação *boa*...)

(cala a boca...)

— Agora que obviamente temos tempo para matar enquanto as negociações continuam — o prefeito prossegue, ainda rindo —, o que você acha de fazermos uma leitura leve?

Ainda estou recuperando o fôlego, então levo outro minuto pra perceber do que ele está falando.

{Viola}

— Não — diz Bradley, balançando a cabeça novamente, com sua respiração condensando a medida que o sol se aproxima do poente. — Não podemos começar com punição. O começo vai determinar o tom de tudo o que virá depois.

Eu fecho os olhos e me lembro dele dizendo a mesma coisa para mim no que parece uma eternidade atrás. E estava certo. Nós começamos com desastre, e só tivemos desastres depois disso.

Levo as mãos à cabeça. Estou muito cansada. Sei que minha febre piorou outra vez, apesar dos remédios que trouxemos, e embora os Spackle tenham feito uma fogueira perto de nós quando esfriou, continuo tremendo e tossindo.

O dia, porém, transcorreu muito bem, melhor do que esperávamos. Nós concordamos com todo tipo de coisa: um cessar-fogo completo dos dois lados enquanto conversamos, a formação de um conselho para resolver todas as disputas, até mesmo o princípio de um acordo sobre a terra onde os colonos poderão viver.

Mas durante todo o dia um entrave se manteve.

Crimes, diz o Céu em nossa língua. *Crimes é a palavra na língua da Clareira. Crimes contra o Solo.*

Nós descobrimos que o Solo são eles e que a Clareira somos nós, e que para eles, até nosso *nome* é um crime. Mas querem algo específico. Eles querem que nós lhes entreguemos o prefeito e seus principais homens para serem punidos pelos crimes contra um grupo de Spackle que eles chamam de Fardo.

— Mas vocês também mataram homens — digo. — Vocês mataram centenas deles.

A Clareira começou a guerra, responde ele.

— Mas os Spackle também têm culpa — insisto. — Houve atitudes erradas dos dois lados.

E imediatamente imagens do genocídio do prefeito reaparecem no Ruído do Céu...

Inclusive uma de Todd caminhando entre pilhas de corpos na direção do 1017...

— NÃO! — grito, e o Céu, sentado, recua com surpresa. — Ele não teve *nada* a ver com isso. Você não *sabe*...

— Está bem, está bem — interrompe Bradley, com as mãos para cima. — Está ficando tarde. Podemos concordar que este foi um primeiro dia muito produtivo? Vejam até onde chegamos. Sentados à mesma mesa, comendo a mesma comida, trabalhando na direção do mesmo objetivo.

O Ruído do Céu se aquieta um pouco, mas tenho aquela sensação outra vez, a sensação de que os olhos de todos os Spackle estão sobre nós.

— Vamos nos reunir novamente amanhã — prossegue Bradley. — Vamos falar com nosso povo, vocês falem com o seu. Vamos ter novas perspectivas.

O Céu permanece pensativo por um momento. A Clareira e o Céu vão ficar aqui esta noite, diz ele. A Clareira é nossa convidada.

— Onde? — pergunto, alarmada. — Não, nós não podemos...

Mas outros Spackle já começaram a trazer três barracas, então nitidamente isso estava planejado desde o começo.

Bradley põe a mão em meu braço.

— Talvez seja bom fazermos isso — diz ele, com a voz baixa. — Talvez seja uma demonstração de confiança.

— Mas a nave...

— A nave não precisa estar no ar para disparar as armas — explica ele, um pouco mais alto para que o Céu possa ouvir, e dá para ver pelo seu Ruído que ele escutou.

Eu encaro Bradley, observo seu Ruído, e vejo a bondade e a esperança que sempre estiveram ali, que não foram expulsas dele por este planeta, pelo Ruído, pela guerra nem por nada que aconteceu até agora. É mais para manter essa bondade do que por realmente concordar que digo:

— Está bem.

As barracas, feitas do que parece musgo trançado com cuidado, são erguidas em questão de momentos, e o Céu diz um boa-noite longo e formal para nós antes de entrar na dele. Bradley e eu nos levantamos e vamos cuidar dos cavalos, que nos saúdam com relinchos cálidos.

— Isso na verdade correu bastante bem — comento.

— Acho que o ataque contra você pode ter funcionado a nosso favor — diz Bradley. — Isso os deixou mais dispostos a concordar conosco. — Ele baixa a voz. — Mas você teve essa sensação? Como se estivéssemos sendo observados por todos os Spackle do planeta?

— Sim — sussurro em resposta. — Tenho pensado nisso o dia inteiro.

— Acho que o Ruído é mais que apenas comunicação para eles — sussurra Bradley, cheio de assombro. — Acho que é quem são. Acho que eles *são* sua voz. E se pudéssemos aprender a usar o Ruído como eles, se pudéssemos nos *juntar* à sua voz...

Ele se cala, com o Ruído vibrante e brilhoso.

— O quê?

— Bom... Eu me pergunto se já não estaríamos a meio caminho de nos tornar um único povo.

[TODD]

Eu observo Viola dormir na projeção. Eu disse pra ela não passar a noite lá em cima, e Simone e mestra Coyle concordaram. Ela ficou mesmo assim, e a nave batedora retornou ao morro distante ao anoitecer. Viola deixou a parte da frente da barraca dela aberta pro fogo e vejo ela ali dentro, tossindo e se remexendo, e meu coração tenta alcançar ela, meu coração quer estar lá.

Eu me pergunto no que ela está pensando. Se é em mim. Eu me pergunto quanto tempo isso tudo vai durar, pra a gente poder começar a viver em paz e fazer ela melhorar, preu poder cuidar dela e ouvir ela conversar comigo pessoalmente e não pelo comunicador, e ela poder ler o livro da minha mãe pra mim de novo.

Ou eu podia ler o livro pra ela.

— Todd? — o prefeito chama. — Estou pronto, se você estiver.

Eu balanço a cabeça e vou pra minha barraca. Pego o livro da minha mãe na mochila e passo as mãos pela capa como sempre faço, por cima de onde a faca de Aaron cortou na noite em que o livro salvou minha vida. Eu abro as páginas pra olhar pra escrita, a escrita da própria mão da minha mãe, escrita nos dias depois que eu nasci e antes que ela fosse morta na guerra dos Spackle ou pelo próprio prefeito ou pela mentira do suicídio que ele está tentando dizer que é verdade. Eu fico com um pouco de raiva dele outra vez, fico com um pouco de raiva do formigueiro de letras derramado sobre as páginas, denso e nervoso, e já estou mudando de ideia sobre fazer isso e...

Meu querido filho, leio, e as palavras de repente estão ali na página, bastante claras. *Nem um mês de idade, e a vida já está preparando desafios para você!*

Engulo em seco, com o coração batendo acelerado, a garganta fechando, mas não tiro os olhos da página, porque ali está ela, ali está ela...

A safra de milho foi um fracasso, filho. O segundo ano seguido, o que é bem ruim, já que o milho alimenta os carneiros de Ben e de Cillian, e os carneiros de Ben e de Cillian alimentam todos nós...

Sinto o zumbido baixo, sinto o prefeito atrás de mim, na entrada da minha barraca, botando o aprendizado dele dentro da minha cabeça, *compartilhando* ele comigo...

... e se isso não fosse ruim o bastante, filho, o pastor Aaron começou a culpar os Spackle, as criaturinhas tímidas que nunca parecem ter comida o

suficiente. Temos ouvido relatos de Refúgio sobre problemas com os Spackle por lá, também, mas nosso militar, David Prentiss, diz que deveríamos respeitá-los, que não deveríamos buscar bodes expiatórios para um simples fracasso na colheita...

— Você disse isso? — pergunto, sem tirar os olhos da página.

— Se sua mãe diz que sim — o prefeito responde com a voz tensa. — Não posso fazer isso para sempre, Todd. Desculpe, mas o esforço que exige...

— Só mais um segundo — digo.

Mas agora você acordou outra vez no quarto ao lado. Como é engraçado que, quando você me chama de lá, faz com que eu pare de conversar com você aqui. Mas isso significa que sempre consigo falar com você, filho, portanto como eu poderia ser mais feliz? Como sempre, meu homenzinho forte, você...

Então as palavras escapam da página e da minha cabeça, e engasgo com o choque e, embora eu veja o que vem em seguida (*todo o meu amor,* diz ela, ela diz que tenho todo o amor dela), fica mais difícil, complicado e pesado, com a floresta de palavras se fechando na minha frente.

Eu viro pro prefeito. Ele está com a testa suada, e percebo que eu também.

(e mais uma vez tem aquele zumbido baixo no ar...)

(mas isso não está me incomodando, não está...)

— Desculpe, Todd. Eu não consigo fazer isso por muito tempo — o prefeito explica, então dá um sorriso. — Mas estou ficando melhor.

Eu não digo nada. Minha respiração está pesada, assim como meu peito, e as palavras da minha mãe estão desabando pela minha cabeça que nem uma cachoeira, e ela *estava* ali, ela estava falando comigo, falando *comigo*, me falando das esperanças dela, me falando do amor dela...

Eu engulo em seco.

Eu engulo em seco de novo.

— Obrigado — digo, por fim.

— Ora, tudo bem, Todd — o prefeito diz, mantendo a voz baixa. — Está tudo bem.

E percebo, enquanto estamos ali parados na minha barraca, como estou alto...

Quase consigo olhar direto nos olhos dele...

E mais uma vez vejo o homem à minha frente...

(o menor dos zumbidos, quase agradável...)

Não o monstro.

Ele tosse.

— Sabe, Todd, eu poderia...

Aí a gente escuta:

— Senhor presidente?

O prefeito sai da minha barraca e eu sigo ele com pressa caso alguma coisa esteja acontecendo.

— Está na hora — o sr. Tate diz, parado em posição de sentido.

Eu olho de novo pra projeção, mas nada mudou. Viola continua dormindo na barraca, todo o resto está como antes.

— Hora de quê? — pergunto.

— Hora — o prefeito responde, endireitando as costas — de ganhar a discussão.

— O quê? O que você quer dizer com *ganhar a discussão*? Se Viola está em perigo...

— Ela está, Todd — ele confirma pra mim com um sorriso. — Mas eu vou salvá-la.

{Viola}

— Viola.

Eu escuto, abrindo os olhos e me perguntando onde estou.

Há chamas perto dos meus pés, me esquentando de um jeito agradável, e estou deitada em uma cama que parece feita de raspas de madeira tecidas, mas é tão macia...

— Viola — torna a sussurrar Bradley. — Tem alguma coisa acontecendo.

Eu me sento rápido demais, e minha cabeça gira. Preciso me inclinar para a frente com os olhos fechados para recuperar o fôlego.

— O Céu levantou há uns dez minutos — sussurra ele. — E ainda não voltou.

— Talvez ele tenha apenas ido ao banheiro — digo, com a cabeça começando a latejar. — Imagino que eles façam *isso*.

O fogo está ofuscando um pouco o semicírculo de Spackle por trás, a maioria deles dormindo. Eu puxo os cobertores ao meu redor. Eles parecem feitos de líquen, como o tipo que os Spackle deixam crescer em seus corpos para servir de roupa, mas de perto é diferente do que eu esperava, muito mais parecido com tecido, mais pesado e muito quente.

— Tem mais — diz Bradley. — Vi uma coisa no Ruído deles. Só uma imagem. Fugaz e rápida, mas nítida.

— O que foi?

— Um grupo de Spackle. Armados até os dentes e entrando escondidos na cidade.

— Bradley — começo —, o Ruído não funciona assim. São fantasias, memórias, desejos e coisas reais ao lado de coisas falsas. Leva muita prática para descobrir o que *pode* ser verdade no meio de tudo que a pessoa *queira* que seja verdade. É uma confusão, pura e simples.

Ele não diz nada, mas a imagem que viu se repete em seu próprio Ruído. É exatamente o que ele descreveu. Ela também é projetada para o mundo, atravessando o semicírculo e chegando aos Spackle.

— Tenho certeza de que não é nada — digo. — Aquele Spackle nos atacou, não? Talvez ele não fosse o único que não votou pela paz...

Um bipe alto em meu comunicador dá um susto em nós dois. Eu pego o aparelho embaixo dos cobertores.

— *Viola!* — grita Todd quando eu atendo. — *Vocês estão em perigo! Vocês precisam sair daí!*

[TODD]

O prefeito derruba o comunicador da minha mão.

— Ela vai correr ainda mais perigo se você fizer isso — ele diz enquanto corro atrás do aparelho.

O comunicador não parece quebrado, mas desligou, e já estou apertando botões pra chamar ela de volta.

— Não estou brincando, Todd — o prefeito insiste, com força o bastante pra me fazer parar e olhar pra ele. — Se eles tiverem qualquer indício de que sabemos o que está acontecendo, então não posso garantir a segurança dela.

— Então conta o que está acontecendo — digo. — Se ela está em perigo...

— Ela está — ele confirma. — Nós todos estamos. Mas, se você confiar em mim, Todd, eu posso nos salvar.

Ele vira pro sr. Tate, que continua ali parado.

— Está tudo pronto, capitão?

— Sim, senhor — o sr. Tate responde.

— Pronto pra quê? — pergunto, olhando de um pro outro.

— *Essa* — o prefeito diz, virando pra olhar pra mim — é a questão interessante, Todd.

O comunicador bipa na minha mão. Eu escuto:

— *Todd? Todd, você está aí?*

— Você confia em mim, Todd? — o prefeito pergunta.

— Me conta o que está acontecendo.

Mas ele apenas repete:

— Você confia em mim?

— *Todd?* — Viola chama.

{Viola}

Finalmente eu escuto outra vez:

— *Viola?*

— Todd, o que está acontecendo? — pergunto, olhando preocupada para Bradley. — O que você quer dizer com "estamos em perigo"?

— *Só...* — Uma pausa. — *Espera aí um segundo.*

E ele desliga.

— Vou pegar os cavalos — diz Bradley.

— Espere. Ele falou para esperarmos.

— Ele também disse que estamos em perigo — retruca Bradley. — E se o que eu vi for verdade...

— Até onde você acha que nós chegaríamos se eles quisessem nos machucar?

Vemos alguns rostos do semicírculo dos Spackle olhando para nós, tremeluzindo à luz do fogo. Não *parecem* ameaçadores, mas aperto o comunicador com força, torcendo para que Todd saiba o que está fazendo.

— E se esse fosse o plano deles o tempo todo? — sugere Bradley, mantendo a voz baixa. — Fazer com que começássemos a negociar e então demonstrar do que são capazes?

— Não tive nenhuma sensação do Céu de que estávamos em perigo — digo. — Nem uma vez. Por que ele faria isso? Por que correria esse risco?

— Para ter mais vantagem.

Eu faço uma pausa quando entendo o que ele quer dizer.

— As punições.

Bradley assente.

— Talvez eles estejam indo atrás do presidente.

Eu me sento mais aprumada, me lembrando das imagens de genocídio que o Céu mostrou.

— O que significa que eles também estão atrás do Todd.

[TODD]

— Faça os últimos preparativos, capitão.

— Sim, senhor.

O sr. Tate bate continência.

— E acorde o capitão O'Hare, por favor.

O sr. Tate sorri.

— Sim, senhor — repete, e aí vai embora.

— Me diz o que está acontecendo — mando. — Ou eu mesmo vou subir até lá e trazer a Viola pra cá. Estou confiando em você, por enquanto, mas isso não vai durar...

— Sei o que estou fazendo, Todd — o prefeito diz. — Você vai ficar satisfeito quando descobrir quanto.

— Sabe como? — pergunto. — Como você pode saber qualquer coisa sobre o que está acontecendo?

— Digamos — ele responde, com os olhos brilhando — que o Spackle que capturamos nos contou mais do que imagina.

— O quê? O que ele contou pra gente?

Ele sorri, quase como se não conseguisse acreditar.

— Eles estão vindo nos pegar, Todd — o prefeito diz com um tom divertido. — Eles estão vindo pegar eu e você.

{Viola}

— *O que deveríamos estar procurando?* — pergunta Simone da nave batedora, ainda estacionada no alto do morro.

— Qualquer coisa incomum nas sondas. — Eu olho para Bradley. — Bradley acha que viu um grupo de ataque no Ruído deles.

— *É uma demonstração de força* — diz mestra Coyle. — *Tentando provar que ainda estão em vantagem.*

— Achamos que eles podem estar indo atrás do prefeito — digo. — Pediram várias vezes que o entregássemos para que pudessem puni-lo por seus crimes.

— *E isso seria ruim?* — indaga mestra Coyle.

— Se eles forem atrás do presidente — explica Bradley, me olhando nos olhos —, Todd vai estar bem ao lado dele.

— *Ah* — diz mestra Coyle. — *E isso é um pouco mais problemático para todo mundo, não é?*

— Nós não temos certeza de nada disso — eu falo. — Pode ser apenas um mal-entendido. O Ruído deles não é como o nosso, é...

— *Esperem* — interrompe Simone. — *Estou vendo alguma coisa.*

Eu olho do alto do morro e vejo uma das sondas voando na direção ao sul da cidade. Posso ouvir pelo Ruído dos Spackle atrás de mim que eles também estão prestando atenção.

— Simone?

— *Luzes* — diz ela. — *Tem alguma coisa acontecendo.*

[TODD]

— Senhor! — o sr. O'Hare diz com o rosto todo inchado, como se tivesse acabado de acordar. — Há luzes ao sul da cidade! Os Spackle estão atacando!

— Estão? — o prefeito pergunta, fingindo surpresa. — Então é melhor você enviar tropas para enfrentar nosso inimigo, não é, capitão?

— Já ordenei que esquadrões se preparassem para marchar, senhor — o sr. O'Hare informa, parecendo satisfeito e lançando uma expressão de desgosto pra mim.

— Excelente — o prefeito responde. — Aguardo ansiosamente seu relatório.

— Sim, senhor!

O sr. O'Hare bate uma continência e sai andando pra encontrar os esquadrões, pronto pra liderar eles em batalha.

Eu franzo a testa. Alguma coisa não está certa.

A voz de Viola chega pelo meu comunicador.

— *Todd! Simone diz que há luzes na estrada ao sul! Os Spackle estão chegando!*

— É — digo, ainda olhando pro prefeito. — O prefeito está mandando homens pra enfrentar eles. Você está bem?

— *Nenhum Spackle está nos incomodando, mas não vemos o líder deles há algum tempo.* — Ela fala mais baixo. — *Simone está preparando a nave para decolar e as armas, também.* — Eu escuto a decepção surgir na voz dela. — *Parece que não vai haver paz, afinal de contas.*

Estou prestes a responder quando escuto o prefeito dizer pro sr. Tate, que esperava pacientemente:

— *Agora*, capitão.

O sr. Tate pega uma tocha em chamas na fogueira.

— Agora o quê? — pergunto.

O sr. Tate levanta a tocha bem alto.

— Agora *o quê?*

Então o mundo parte em dois.

{VIOLA}

BUM!

Uma explosão soa pelo vale e ecoa sobre si mesma repetidas vezes, ribombando como um trovão. Bradley me ajuda a ficar de pé, e olhamos para fora da tenda. As luas são linhas finas no céu noturno e é difícil ver qualquer coisa além das fogueiras da cidade.

— O que aconteceu? — pergunta Bradley. — O que foi *isso*?

Ouço um aumento no Ruído e olho para trás. O semicírculo de Spackle está acordado agora, todos se levantando e se aproximando de nós, nos pressionando na direção da encosta do morro enquanto também olham para o vale...

Onde todos vemos fumaça subindo.

— Mas... — começa a dizer Bradley...

O Céu irrompe pela linha de Spackle atrás de nós. Nós o ouvimos antes de vê-lo, seu Ruído uma torrente de som e imagens e...

E surpresa...

Ele está *surpreso*...

Ele passa apressadamente por nós, vai até a beirada e olha para a cidade...

Eu ouço Simone chamar no comunicador:

— *Viola?*

— Isso foi você?

— *Não, nós não estávamos prontos ainda...*

— *Então quem disparou?* — intervém mestra Coyle.

— E onde? — pergunta Bradley.

Porque a fumaça não está vindo do sul, onde ainda podemos ver luzes nas árvores e outro conjunto de luzes saindo da cidade para encontrá-las.

A fumaça e a explosão vieram do norte do rio, no alto da encosta, nos pomares abandonados.

Então há outra.

[TODD]

BUM!

A segunda é tão alta quanto a primeira e ilumina a noite ao norte e ao oeste da cidade. Os soldados saem de suas barracas quando escutam o estrondo e olham fixamente pra fumaça que começa a subir.

— Acho que mais uma deve ser suficiente, capitão — o prefeito diz.

O sr. Tate assente e levanta a tocha novamente. Agora consigo ver outro homem no alto da catedral em ruínas, que acendeu uma tocha quando o sr. Tate levantou a dele pela primeira vez, passando a mensagem adiante pra homens na margem do rio...

Homens nos controles da artilharia que o prefeito ainda comanda...

A artilharia que foi retirada de uso quando de repente passamos a ter uma nave batedora pra nos proteger, com armas maiores e melhores...

Mas artilharia que ainda funciona muito bem, obrigado...

BUM!

Eu levanto de novo o comunicador, com várias vozes berrando, inclusive a de Viola, tentando descobrir o que aconteceu...

— É o prefeito — digo.

— *Onde ele está atirando?* — ela pergunta. — *Não era de lá que as luzes estavam chegando...*

Então o comunicador é tomado da minha mão pelo prefeito, com triunfo estampado no rosto, simplesmente radiante à luz do fogo...

— Sim, mas é lá que os Spackle *realmente* estão, querida — ele diz, girando pra impedir que eu pegue o comunicador de volta. — Pergunte só a seu amigo Céu. Ele vai lhe dizer.

E eu pego o comunicador do prefeito, mas o sorriso em seu rosto continua tão enervante que quase não consigo olhar pra ele.

É um sorriso como se ele tivesse ganhado alguma coisa importante. Como se tivesse ganhado a coisa mais importante de todas.

{VIOLA}

— *O que ele quer dizer com isso?* — pergunta mestra Coyle em pânico pelo comunicador. — *Viola, o que ele quer dizer com isso?!*

O Céu se vira em nossa direção, seu Ruído girando tão rápido com imagens e sentimentos que é impossível ler qualquer coisa.

Mas ele não parece satisfeito.

— *Estou com as sondas onde o presidente disparou* — avisa a voz de Simone. — *Ah, meu Deus.*

— Aqui — diz Bradley, pegando o comunicador de mim.

Ele aperta algumas coisas, e de repente o comunicador projeta uma imagem tridimensional menor, parecida com a dos projetores remotos maiores que temos lá embaixo, pairando no ar da noite, iluminada pelo meu comunicador pequeno...

Corpos.

Corpos de Spackle. Carregando todas as armas que Bradley viu no vislumbre de Ruído. Dezenas deles, o suficiente para causar todo tipo de destruição na cidade...

O suficiente para pegar Todd e o prefeito, para *matar* os dois se eles não pudessem ser capturados...

E nenhuma luz à vista em lugar nenhum.

— Se esses corpos estão nas colinas ao norte — pergunto —, o que são as luzes no sul?

[TODD]

— Nada! — o sr. O'Hare grita enquanto corre de volta pro acampamento. — Não há nada lá! Algumas tochas acesas deixadas no chão, mais nada!

— Sim, capitão — o prefeito diz. — Eu sei.

O sr. O'Hare para de repente.

— O senhor *sabia*?

— Claro que sim.

O prefeito vira pra mim.

— Posso usar o comunicador outra vez, Todd?

Ele estende a mão. Eu não entrego o comunicador pra ele.

— Eu prometi salvar Viola, não foi? — ele lembra. — O que você acha que teria acontecido com ela se os Spackle tivessem conseguido obter sua pequena vitória esta noite? O que você acha que teria acontecido *conosco*?

— Como você sabia que eles iam atacar? — pergunto. — Como você sabia que era um truque?

— Como eu salvei todos nós, você quer dizer? — Ele ainda está com a mão estendida. — Vou lhe perguntar mais uma vez, Todd. Você confia em mim?

Eu olho pro rosto dele, pro rosto que não merece nenhuma confiança e é completamente irredimível.

(e eu ouço o zumbido, só um pouco…)

(e tá bem, eu *sei*…)

(sei que ele está na minha cabeça…)

(não sou nenhum idiota…)

(mas ele salvou a gente…)

(e ele me deu as palavras da minha mãe…)

Eu entrego o comunicador pra ele.

{Viola}

O Ruído do Céu rodopia como uma tempestade. Todos vimos o que aconteceu na projeção. Todos ouvimos a vibração dos soldados lá embaixo na cidade. Todos sentimos o ronco distante da nave batedora quando ela decola e atravessa o vale novamente.

Eu me pergunto o que vai acontecer comigo e com Bradley. Eu me pergunto se vai ser rápido.

Bradley, porém, ainda está discutindo.

— Vocês nos atacaram. Nós viemos aqui de boa-fé, e vocês...

O comunicador toca, muito mais alto que o normal.

— *Acho que está na hora de minha voz ser ouvida, Bradley.*

É o prefeito outra vez, e de algum modo seu rosto está grande, exultante e sorridente na imagem flutuante projetada por ele. Ele até se virou como se estivesse olhando para o Céu.

Como se estivesse olhando bem nos olhos dele.

— *Você achou que tinha descoberto algo importante, não é?* — pergunta ele. — *Achou que seu soldado capturado tinha olhado para mim e visto que eu era capaz de ler o Ruído tão profundamente quanto você, não foi? Então você pensou consigo mesmo: posso usar isso a meu favor.*

Então ouvimos a voz de mestra Coyle:

— *Como ele está fazendo isso? Ele está transmitindo para o alto do morro...*

— *Então você o mandou de volta até nós como um emissário da paz* — continua o prefeito, como se não a tivesse escutado. — *E fez com que ele me mostrasse apenas o suficiente para me fazer achar que tinha descoberto seu plano de nos atacar do sul. Mas havia outro plano por baixo, não havia? Enterrado bem fundo, para que ninguém...* — ele faz uma pausa dramática — *... da* Clareira *lesse.*

O Ruído do Céu se incendeia.

— *Tirem esse comunicador dele!* — grita a voz de mestra Coyle. — *Façam com que ele se cale!*

— *Mas você não contava com* minhas *habilidades* — diz o prefeito. — *Você não contava que eu talvez pudesse ler mais fundo que qualquer Spackle, fundo o bastante para ver o plano* verdadeiro.

O rosto do Céu está inexpressivo, mas seu Ruído está barulhento, aberto e agitado pela raiva.

Agitado por saber que as palavras do prefeito são totalmente verdadeiras.

— *Eu olhei nos olhos de seu emissário da paz. Olhei nos* seus *olhos e li tudo. Ouvi a voz* falar *e os vi chegar.*

Ele chega o comunicador para a frente, para que seu rosto fique maior na projeção.

— *Então preste bastante atenção no que vou lhe dizer. Se houver uma batalha entre nós, a vitória será minha.*

Então o prefeito desaparece. Seu rosto e a imagem piscam e se apagam, de modo que o Céu fica apenas olhando fixamente para nós. Ouvimos os motores da nave batedora, mas ainda está a meio vale de distância. Os Spackle aqui estão armados, mas isso pouco importa porque o próprio Céu pode derrotar a mim e a Bradley sozinho se for preciso.

Mas ele permanece imóvel, com o Ruído girando e rodopiando de forma sombria, como se os olhos de todos os Spackle estivessem dentro dele mais uma vez, nos observando e pensando sobre o que aconteceu...

E decidindo o movimento seguinte.

Então ele dá um passo à frente.

Eu recuo sem pensar, esbarrando em Bradley, que põe a mão em meu ombro.

Que seja, diz o Céu.

Então ele diz: *Paz.*

[TODD]

Paz, a gente ouve no Ruído do próprio líder dos Spackle que troveja pela praça, como fez a voz do prefeito, com o rosto enchendo a projeção...

E os gritos empolgados ao nosso redor são muito altos.

— Como você fez isso? — pergunto, olhando pro meu comunicador.

— Você precisa dormir de vez em quando, Todd — responde ele. — É natural que eu me interesse por novas tecnologias.

— Meus parabéns, senhor — o sr. Tate diz, apertando a mão do prefeito. — Isso ensinou uma lição a eles.

— Obrigado, capitão.

Ele vira pro sr. O'Hare, que está parecendo muito aborrecido por ter recebido ordens de sair correndo à toa.

— Você fez um belo trabalho — o prefeito diz. — Era necessário que parecêssemos convincentes. Por isso não pude lhe contar.

— Claro, senhor — o sr. O'Hare concorda, parecendo bem insatisfeito.

Então os soldados chegam aos montes, todos querendo apertar a mão do prefeito, todos dizendo como ele foi mais inteligente que os Spackle, que foi ele que conquistou a paz, que fez isso sem a ajuda da nave batedora, que mostrou a eles quem é que manda, não foi?

E o prefeito apenas ouve tudo isso, aceitando todas as palavras.

Todas as palavras de louvor por sua vitória.

E por um segundo, apenas por um segundo...

Eu sinto um pouco de orgulho.

Eu levanto minha faca

Eu levanto minha faca, a que roubei das cabanas de cozinha a caminho daqui, uma faca usada para cortar caça, comprida e pesada, afiada e brutal.

Eu a levanto acima da Fonte.

Eu podia ter tornado a paz impossível, podia ter tornado esta guerra uma guerra sem fim, podia ter arrancado a vida e o coração da Faca...

Mas não fiz isso.

Eu vi a fita dela.

Vi a dor dela, óbvia mesmo em uma das pessoas sem voz da Clareira.

Ela também tinha sido marcada, como o Fardo foi marcado, com o que parecia ser o mesmo efeito.

E eu me lembrei da dor da colocação da fita, da dor não apenas em meu braço, mas na maneira como a fita me envolvia *inteiro*, na maneira como pegava aquilo que era eu e tornava menor, de modo que a Clareira só via a fita em meu braço, não a mim, não meu rosto, não minha voz, que também foi tirada...

Tirada para nos tornar iguais às pessoas sem voz da Clareira.

E eu não pude matá-la.

Ela era como eu. Tinha sido marcada como eu.

Então o animal levantou as patas traseiras e me escoiceou para o chão, provavelmente quebrando ossos em meu peito, ossos que mesmo agora me doem. Mas isso não impediu o Céu de me levantar e me jogar nos braços do Solo, mostrando: *Se você não fala junto com o Solo, é por escolha **sua***.

E eu entendi. Estava sendo exilado. O Retorno não ia voltar.

O Solo me levou do local das conversas de paz para o fundo do acampamento, onde me mandaram grosseiramente seguir meu caminho.

Mas eu não ia embora sem a promessa final do Céu.

Eu roubei uma faca e vim até aqui...

Onde estou prestes a matar a Fonte.

Eu ergo os olhos quando notícias das tentativas do Céu de atacar secretamente a Clareira surgem no Fim das Trilhas. Então *esse* era o plano que ia mostrar à Clareira o inimigo efetivo que somos, que poderíamos entrar em sua fortaleza durante conversações de paz, capturar os inimigos específicos que quiséssemos e dar a eles a justiça que mereciam. A paz decorrente disso, se houvesse paz, seria ditada por *nós*.

Foi por isso que ele me pediu que confiasse nele.

Mas ele fracassou. Ele admitiu a derrota. Ele pediu paz. E o Solo vai se encolher sob a Clareira e a paz não será uma paz de força para o Solo, será uma paz de fraqueza...

E eu estou parado ao lado da Fonte com minha faca. Estou pronto para ter a vingança que há muito tempo me é negada.

Estou pronto para matá-lo.

Eu sabia que era para cá que você vinha, mostra o Céu, entrando no Fim das Trilhas atrás de mim.

Você não tem uma paz para fazer?, mostro em resposta, sem me mexer. *Você não tem um Solo para trair?*

Você não tem um homem para matar?, mostra ele.

333

Você me prometeu, mostro. Você prometeu que ele seria meu para fazer o que quisesse. Por isso vou matá-lo, e depois vou embora.

Então o Retorno estará perdido para nós, mostra o Céu. Estará perdido para si mesmo.

Torno a olhar para ele, apontando para a fita com minha faca. *Eu me perdi para mim mesmo quando eles puseram isto em mim. Eu me perdi para mim mesmo quando eles mataram todos os outros membros do Fardo. Eu me perdi quando **o Céu** se recusou a se vingar pela minha vida.*

Então vingue-se agora, mostra o Céu. Não vou detê-lo.

Eu olho dentro dele, dentro de sua voz, dentro de seu *fracasso.*

E eu vejo, ali no Fim das Trilhas onde vivem os segredos, que é um fracasso ainda maior do que eu imaginava.

*Você ia me dar a Faca. Eu fico pasmo. Essa era sua surpresa. Você teria me dado **a Faca**.*

Minha voz começa a queimar quando me dou conta disso. Eu podia ter tido a Faca, eu podia ter tido a própria Faca...

Mas você não conseguiu fazer nem isso, mostro, furioso.

Então você terá a sua vingança com a Fonte, mostra ele. Repito: eu não vou detê-lo.

Não, quase cuspo nele. *Não, você **não** vai.*

E eu torno a me virar para a Fonte...

E eu levanto a faca...

Ele está deitado, com sua voz borbulhando em meio aos sonhos. Ele tinha entregado todos os seus segredos no Fim das Trilhas, deitado ali por semanas e meses, aberto e útil, voltando dos limites do silêncio, imerso na voz do Solo.

A Fonte. O pai da Faca.

Como a Faca vai chorar quando souber. Como ele vai chorar e gemer e se culpar e me odiar, quando eu tirar dele alguém amado...

(E eu sinto a voz do Céu atrás de mim, me mostrando aquele que era especial para mim, mas por que agora...?)

Eu vou ter minha vingança...

Vou fazer a Faca sofrer como eu sofro...

Eu *vou*...

Vou fazer isso **agora**...

E...

E...

E surge em mim um grito...

Crescendo por minha voz e para o mundo, o grito vira um ronco de todo o meu ser, toda a minha voz, todo o meu sentimento e todas as minhas cicatrizes, todas as minhas feridas e todo o meu sofrimento, um ronco de minhas memórias e minha perdição, um ronco por aquele que era especial para mim...

Um ronco por mim mesmo...

Um ronco por minha fraqueza...

Porque...

Eu não consigo fazer isso...

Eu não consigo fazer isso...

Eu sou tão ruim quanto a própria Faca.

Eu não consigo fazer isso.

Desabo no chão, com o ronco ecoando no Fim das Trilhas, ecoando na voz do Céu, ecoando, até onde sei, por todo o Solo e através do vazio que se abriu em mim, um vazio grande o suficiente para me engolir inteiro...

Então sinto a voz do Céu em mim, sua gentileza...

Eu o sinto segurar meu braço e me ajudar a ficar de pé...

Sinto calor à minha volta. Sinto compreensão.

Sinto amor.

Eu tiro sua mão de mim e me afasto. *Você sabia*, mostro.

O Céu não sabia, mostra ele em resposta. Mas o Céu tinha esperança.

Você fez isso para me torturar com meu próprio fracasso.

Não é fracasso, mostra ele. É sucesso.

Eu ergo os olhos. *Sucesso?*

Porque agora o seu retorno está completo, mostra ele em resposta. Agora seu nome é verdadeiro no momento exato em que se torna falso. Você retornou para o Solo e não é mais o Retorno.

Eu olho para ele, desconfiado. *Do que você está falando?*

É só a Clareira que mata por ódio, que luta guerras por motivos pessoais. Se tivesse feito isso, você teria se tornado um deles. E nunca teria retornado para o Solo.

Você matou a Clareira, mostro. Você os matou às centenas.

Nunca quando vidas do Solo não estavam em jogo.

Mas você concordou com a paz deles.

Eu quero o que é melhor para o Solo, mostra ele. Isso é o que o Céu **sempre** *deve querer. Quando a Clareira nos matou, eu os enfrentei, porque isso era o melhor para o Solo. Quando a Clareira quis paz, eu lhes dei paz, porque isso era o melhor para o Solo.*

Você os atacou esta noite, mostro.

Para lhe trazer a Faca e levar o líder deles à justiça por seus crimes contra o Fardo. Isso também era o melhor para o Solo.

Eu olho para ele, pensando. *Mas a Clareira talvez entregue seu líder. Nós vimos suas desavenças. Eles talvez o entreguem a você por seus crimes.*

O Céu reflete sobre o que estou dizendo. *É possível.*

Mas a Faca, mostro. Eles teriam lutado por ele. Se você o tivesse trazido para cá...

Você não o teria matado. Você acabou de mostrar isso.

Mas eu **podia** *ter matado. Então a guerra não teria fim. Por que arriscar tanto por mim? Por que arriscar* **tudo** *por mim?*

Porque poupar a Faca mostraria à Clareira nossa piedade. Mostraria que nós escolhermos não matar mesmo quando tínhamos razão para isso. Seria um gesto poderoso.

Eu o encaro. *Mas você não **sabe** o que eu teria feito.*

O Céu olha para a Fonte, ainda dormindo, ainda vivo. *Eu acreditava que você não faria isso.*

Por quê?, mostro, insistindo. *Por que é tão importante o que eu faço?*

Porque, mostra ele, *você vai precisar desse conhecimento quando for o Céu.*

O que você disse?, mostro depois de um momento longo e intenso.

Mas ele vai até a Fonte, põe as mãos sobre os seus ouvidos e olha para o seu rosto.

Quando eu for o Céu?, mostro alto. *O que você quer dizer com isso?*

Acho que a Fonte cumpriu sua função. Ele olha novamente para mim, com um brilho na voz. *Acho que chegou a hora de acordá-lo.*

*Mas **você** é o Céu*, mostro, chocado. *Aonde você vai? Você está doente?*

Não, mostra ele, tornando a olhar para a Fonte. *Mas um dia eu vou partir.*

Eu fico boquiaberto. *E, quando você fizer isso...*

Acorde, mostra o Céu, enviando sua voz para o interior da Fonte como uma pedra jogada na água...

Espere!, mostro...

Mas os olhos da Fonte já começam a piscar e abrir, e ele respira fundo. Sua voz se acelera e se acelera de novo, se iluminando com uma sensação forte de estar acordado, e ele pisca um pouco mais, olhando para mim e para o Céu com surpresa...

Mas não medo.

Ele tenta se sentar, de início cai por fraqueza, mas o Céu o ajuda a se erguer sobre os cotovelos, e ele nos encara. Leva a mão ao ferimento no peito, sua voz ecoa uma lembrança confusa, e ele olha novamente para nós.

Eu tive um sonho tão estranho, mostra ele.

E embora ele nos mostre na língua da Clareira...

Ele nos mostra na voz perfeita e inconfundível do Solo.

A VIDA EM TEMPOS DE PAZ

OS DIAS DE GLÓRIA

{VIOLA}

— Escutem-nos — diz Bradley quando, mesmo a essa distância, o RONCO da cidade está alto o bastante para fazê-lo levantar a voz. — Finalmente comemorando alguma coisa *boa*.

— Você acha que vai nevar? — pergunto, tirando os olhos da sela de Bolota e olhando para as nuvens que chegaram, uma visão rara no que tem sido um inverno frio e de céu claro. — Eu nunca vi neve.

Bradley sorri.

— Nem eu.

E seu Ruído também está sorrindo diante da aleatoriedade de meu comentário.

— Desculpe. É a febre.

— Estamos quase lá — diz ele. — Nós vamos esquentar você e deixá-la confortável.

Estamos voltando pelo morro em zigue-zague, descendo pela estrada que leva até a praça.

Voltando na manhã seguinte após o ataque de artilharia.

A manhã seguinte após firmarmos o acordo de paz. Desta vez, de verdade.

Nós conseguimos. Mesmo que tenha sido a ação do prefeito que tenha conquistado isso — algo que não vai deixar mestra Coyle nada satisfeita —, nós realmente conseguimos. Dentro de dois dias, vamos ter a primeira reunião de um conselho com humanos e Spackle para estabelecer todos os detalhes. Até agora, o conselho é composto por mim, Bradley, Simone, Todd, o prefeito e mestra Coyle, e nós seis vamos ter que trabalhar juntos de alguma forma para fazer deste um novo mundo com os Spackle.

E esse objetivo talvez realmente nos faça trabalhar *juntos*.

Por outro lado, eu gostaria de estar me sentindo melhor. A paz chegou, paz de verdade, tudo o que eu queria, mas minha cabeça lateja tanto e minha tosse não para...

— Viola? — pergunta Bradley, com preocupação na voz.

Então, no fim da estrada, vejo Todd correndo para nos encontrar, e minha febre está tão ruim que parece que ele está surfando até aqui em uma onda de aplausos, e o mundo fica claro demais por um segundo, e eu preciso fechar os olhos, e Todd está ao meu lado, estendendo as mãos em minha direção...

— Não consigo te ouvir — digo.

E eu caio da sela de Bolota em seus braços...

[TODD]

— *Este novo dia glorioso* — a voz do prefeito troveja. — *Este dia em que derrotamos nosso inimigo e começamos uma nova era!*

E a multidão lá embaixo vibra.

— Já ouvi o suficiente — murmuro pra Bradley, segurando Viola do meu lado no banco.

Estamos sentados numa carroça, em frente à praça cheia de gente, com o rosto do prefeito não apenas na projeção flutuante atrás de nós, mas na lateral de dois prédios também. Outra coisa que ele descobriu como fazer sozinho. Bradley está de testa franzida enquanto o prefeito fala todo animado. Mestra Coyle e Simone estão do outro lado, com a testa ainda mais franzida.

Sinto Viola virar a cabeça.

— Você acordou.

— Eu estava dormindo? — pergunta ela. — Por que ninguém me levou para a cama?

— *Exatamente* — digo. — O prefeito disse que você tinha que aparecer aqui primeiro, mas ele tem mais ou menos dois segundos antes que eu...

— *Nossa pacificadora acordou!* — o prefeito diz, olhando novamente pra gente. Tem um microfone na frente dele, mas tenho quase certeza que nem precisava.

— *Vamos lhe dar os agradecimentos que ela merece por ter salvado nossas vidas e acabado com essa guerra!*

E, de repente, parece que a gente está se afogando no **RONCO** crescente da multidão.

— O que está acontecendo? — Viola pergunta. — Por que ele está falando desse jeito sobre mim?

— Porque ele precisa de um herói que não seja eu — mestra Coyle reclama.

— *Não podemos nos esquecer, é claro, da formidável mestra Coyle* — o prefeito diz. — *Que foi de muita ajuda em minha campanha contra a insurgência dos Spackle.*

O rosto de mestra Coyle fica tão vermelho que parece que daria pra fritar um ovo nele.

— *De muita ajuda?* — ela repete com raiva.

Mas mal dá pra ouvir ela acima da voz do prefeito.

— *Antes que eu passe a palavra à mestra para que ela também se dirija a vocês* — o prefeito continua —, *tenho um anúncio a fazer. Algo que eu queria especialmente que Viola ouvisse.*

— Que anúncio? — Viola pergunta pra mim.

— Não tenho ideia — digo.

E não sei mesmo.

— *Nós fizemos uma descoberta* — o prefeito anuncia. — *Exatamente neste dia, fizemos uma descoberta sobre o problema terrível e imprevisto das fitas de identificação.*

Eu aperto Viola com mais força sem nem querer. A multidão ficou em silêncio, tanto quanto é possível. As sondas também estão transmitindo isso pras pessoas no alto do morro. Todos os humanos deste planeta estão ouvindo o prefeito.

E ele continua:

— *Nós encontramos uma cura.*

— O QUÊ?! — grito, mas sou engolido pelo alvoroço na mesma hora.

— *É muito apropriado que isso aconteça em nosso primeiro dia de paz* — o prefeito continua. — *É maravilhoso e uma bênção que, no alvorecer de uma nova era, eu também possa anunciar para vocês que a doença das fitas acabou!*

Ele está se dirigindo às sondas agora, direto pra onde a maioria das mulheres está doente, pra onde as mestras não conseguiram curar elas.

— *Não há tempo a perder* — ele diz. — *Vamos começar a distribuir a cura o quanto antes.* — Então ele vira de novo pra mim e pra Viola. — *E vamos começar com nossa pacificadora.*

{VIOLA}

— Ele ficou com *todo* o crédito! — grita mestra Coyle, andando de um lado para outro da sala de cura da nave batedora enquanto voamos de volta. — Ele tem todos na palma da *mão*!

— Você não vai nem *experimentar* a cura? — pergunta Bradley.

Mestra Coyle olha para ele como se ele tivesse acabado de lhe pedir que tirasse toda a roupa.

— Você acha mesmo que ele acabou de *descobrir* isso? Ele já tinha a cura esse tempo todo! Se é que é mesmo uma cura e não outra bomba-relógio.

— Mas por que ele faria algo assim? — insiste Bradley. — Se curar todas as mulheres fará com que ele fique ainda mais popular?

— Ele é um gênio — diz mestra Coyle, ainda falando alto. — Até eu tenho que admitir isso. Ele é um gênio maldito, selvagem e brutal.

— O que *você* acha, Viola? — pergunta Lee da cama ao lado.

A única coisa que consigo fazer em resposta é tossir. Mestra Coyle entrou na minha frente quando o prefeito tentou me dar os novos curativos e se recusou a deixar que eles me tocassem até que ela e as outras mestras os testassem primeiro.

E as multidões a vaiaram, realmente a *vaiaram*.

Especialmente quando o prefeito mostrou três mulheres com fitas. Três mulheres sem nenhum sinal de infecção.

— Nós ainda não descobrimos um jeito de remover as fitas com segurança — disse o prefeito. — Mas os resultados iniciais são evidentes.

As coisas meio que foram ladeira abaixo depois disso, e mestra Coyle nem conseguiu fazer seu discurso, embora as pessoas provavelmente só fossem continuar a vaiá-la. Depois que descemos da carroça, Todd disse que não sabia mais do que nós.

— Mestra Coyle pode fazer os testes — disse ele para mim. — E eu vou ver o que consigo descobrir.

Mas Todd estava segurando meus braços com firmeza, não sei se por esperança ou medo.

Porque eu não conseguia escutá-lo.

O resto de nós finalmente voltou para a nave batedora, e mestra Lawson foi conosco para ajudar a testar a cura do prefeito.

— Não sei no que acreditar — digo, então. — Só que *seria* do interesse dele nos salvar.

— Então temos que basear nossa decisão no que seria melhor para ele? — retruca mestra Coyle. — Brilhante. Simplesmente brilhante.

— *Nós já vamos pousar* — avisa Simone a todos pelo sistema de comunicação.

— Vou lhes dizer uma coisa — continua mestra Coyle. — Quando estivermos juntos naquele conselho, ele vai descobrir que os dias em que me superou chegaram ao *fim*.

Sentimos um solavanco quando pousamos.

— E agora — diz ela, com a voz queimando de raiva —, eu tenho que fazer meu próprio discurso.

Antes que os motores tivessem sido completamente desligados, ela saiu andando da sala, passou pela porta do compartimento de carga e entrou na multidão que nos esperava, uma multidão que posso ver nos monitores.

Ela é recebida por alguns aplausos.

Mas não muitos.

Nem perto do que o prefeito conseguiu na cidade.

Então a multidão, liderada por Ivan e outras vozes, começa a vaiá-la também.

[TODD]

— *Por que* eu faria mal às mulheres? — o prefeito diz pra mim do outro lado da fogueira, quando a noite começa a cair em seu dia de glória. — Mesmo que você de algum modo ainda acredite que estou disposto a matar todas elas, por que eu faria isso *agora*, em meu momento de maior triunfo?

— Mas por que não me contou que estava tão perto de uma cura? — pergunto.

— Porque eu não queria decepcioná-lo se falhasse.

Ele olha pra mim por um longo tempo, tentando me ler, mas agora estou tão bom nisso que acho que nem *ele* consegue.

— Posso tentar adivinhar no que você acredita? — ele diz, por fim. — Acho que você quer dar essa cura a Viola o mais rápido possível. Acho que está preocupado que mestra Coyle não aja com rapidez suficiente em seus testes porque ela não quer que eu esteja certo.

E eu acho isso. Eu *acho*.

Quero tanto que a cura seja verdade que quase não consigo respirar.

Mas é o prefeito.

Mas isso poderia salvar Viola.

Mas é o *prefeito*...

— Também acho que você quer acreditar em mim — ele diz. — Que eu faria mesmo isso. Se não por ela, então por você.

— Por mim? — pergunto.

— Acho que descobri seu talento especial, Todd Hewitt. Algo que devia ter ficado óbvio pelo comportamento de meu filho.

Meu estômago se embrulha de raiva, de tristeza, como sempre acontece quando Davy é mencionado.

— Você o tornou melhor — o prefeito continua, com a voz suave. — Você o deixou mais inteligente, mais bondoso e mais consciente do mundo e de seu lugar nele. — Ele pousa a xícara de café. — E, goste eu ou não, você fez o mesmo por mim.

E ali está o zumbido baixo…

Conectando a gente…

(mas eu sei que está ali e não está me afetando…)

(não está…)

— Eu me arrependo do que aconteceu com David — ele diz.

— Você atirou nele — digo. — Não foi nada que só *aconteceu*.

Ele assente.

— Eu me arrependo mais a cada dia que passa. A cada dia que estou com *você*, Todd. Todo dia, você me torna melhor. Saber que tenho você para vigiar minhas ações.

Ele dá um suspiro.

— Mesmo hoje, no que é provavelmente a maior vitória que eu já conquistei, meu primeiro pensamento foi: *O que Todd vai achar disso?*

Ele gesticula na direção do céu que escurece acima da gente.

— Este mundo, Todd… Este mundo e a forma como ele *fala*, o quanto sua voz é alta…

Ele se distrai um pouco, com olhos no horizonte.

— Às vezes é tudo o que consigo ouvir, quando o mundo tenta fazer com que eu desapareça dentro dele e me transforme em *nada*. — O prefeito agora está quase sussurrando. — Mas então eu escuto *sua* voz, Todd, e ela me traz de volta.

Não sei do que ele está falando, então apenas pergunto:

— Você já tinha a cura das fitas esse tempo todo? Você estava apenas esperando?

— Não. Botei meus homens para trabalhar nisso vinte e quatro horas por dia. Para conseguir salvar Viola para *você*, Todd. Para lhe mostrar o quanto você passou a significar para mim. — Sua voz agora está vigorosa, quase emotiva. — Você me *redimiu*, Todd Hewitt. Me redimiu quando ninguém mais teria achado isso possível.

Ele sorri de novo.

— Ou mesmo desejável.

Eu continuo sem dizer nada. Porque é impossível redimir ele. Até Viola disse isso.

Mas...

— Elas vão fazer seus testes — ele diz. — Vão descobrir que é uma cura, e então você vai ver que estou lhe dizendo a verdade. É tão importante que nem vou pedir que confie em mim.

Ele espera outra vez que eu diga alguma coisa. Continuo sem fazer isso.

— E agora — ele continua, espalmando as mãos nas coxas —, é hora de começarmos a nos preparar para nossa primeira reunião do conselho.

Ele dá uma última olhada pra mim, então volta pra barraca dele. Eu levanto depois de um minuto e vou até Angharrad, amarrada com Julieta Alegre perto da minha tenda, comendo o que adora, feno e maçãs.

Ela salvou a vida de Viola no alto daquele morro. Eu nunca vou esquecer isso.

E agora o prefeito está oferecendo uma forma de salvar ela aqui embaixo.

E eu desejo poder acreditar nele. Eu *quero*.

(*redimido...*)

(mas até que ponto...?)

Memino potro, Angharrad diz, esfregando o focinho no meu peito.

Submeta-se!, exclama Julieta Alegre, com olhos arregalados.

E, antes que eu consiga dizer qualquer coisa, Angharrad retruca *Submeta-se!* ainda mais alto.

E Julieta Alegre abaixa a cabeça.

— *Garota!* — exclamo, impressionado. — *Essa* é minha garota.

Menino potro, ela diz, e eu abraço ela, sentindo o calor, o cheiro sufocante de cavalo fazendo cócegas no meu nariz.

Eu abraço ela e penso em redenção.

{VIOLA}

— Você *não* vai estar no conselho com os Spackle, Ivan — diz mestra Coyle, enquanto Ivan entra com passos pesados atrás dela na nave batedora. — E você *não* tem permissão de entrar aqui.

Faz um dia desde que voltamos da cidade, e *ainda* estou na cama, me sentindo pior que nunca, sem que a febre responda a nenhuma das novas combinações de antibióticos de mestra Coyle.

Ivan fica ali parado por um momento, olhando de um jeito desafiador para mestra Coyle, para mim, para mestra Lawson, que está removendo os últimos curativos de Lee, na outra cama.

— Você ainda está agindo como se estivesse no comando aqui, mestra — diz Ivan.

— Eu *estou* no comando aqui, *sr.* Farrow — responde mestra Coyle com muita raiva. — Até onde sei, ninguém indicou você como nova mestra.

— É por isso que as pessoas estão voltando para a cidade aos montes? — questiona ele. — É por isso que metade das mulheres já está usando a nova cura do prefeito?

Mestra Coyle gira na direção de mestra Lawson.

— O quê?

— Eu só dei o remédio às que estavam morrendo, Nicola — explica mestra Lawson, um pouco amedrontada. — Se é preciso escolher entre a morte certa e a morte possível, a decisão é muito fácil.

— Agora não são apenas as que estão morrendo — informa Ivan. — Não depois que o resto viu como funciona bem.

Mestra Coyle o ignora.

— E você não *me* contou?

Mestra Lawson baixa os olhos.

— Eu sabia como você ia ficar aborrecida. Tentei convencer as outras a não fazerem isso...

— Suas próprias mestras estão enfrentando sua autoridade — diz Ivan.

— Cale a boca, Ivan Farrow — dispara mestra Coyle.

Ivan passa a língua nos lábios, nos estudando mais uma vez, então vai embora e volta para a multidão do lado de fora.

Mestra Lawson começa imediatamente a se desculpar.

— Nicola, eu sinto muito...

— Não — interrompe-a mestra Coyle. — Você está certa, é claro. As que estão piores, as que não têm nada a perder... — Ela esfrega a testa. — As pessoas estão mesmo voltando para a cidade?

— Não tantas quanto ele deu a entender — diz mestra Lawson. — Mas algumas.

Mestra Coyle balança a cabeça.

— Ele está ganhando.

E todos sabemos que ela está falando do prefeito.

— Você ainda tem o conselho — digo. — Você vai ser melhor nisso que ele.

Ela torna a balançar a cabeça.

— Ele provavelmente está planejando alguma coisa agora mesmo.

Então suspira pelo nariz e vai embora também, sem falar mais nada.

— Ele não vai ser o único planejando alguma coisa — diz Lee.

— E nós vimos como os planos dela funcionaram bem no passado — comento.

— Vocês dois, fiquem quietos — retruca rispidamente mestra Lawson. — Muitas pessoas estão vivas hoje por causa dela.

Ela arranca o último curativo do rosto de Lee com mais vigor do que é realmente necessário. Então morde o lábio e olha para mim. Acima da ponte do nariz de Lee há apenas cicatrizes rosadas onde ficavam seus olhos, as órbitas agora cobertas por pele arroxeada, os olhos azuis perdidos para sempre.

Lee pode ouvir nosso silêncio.

— Está tão ruim assim?

— Lee... — começo a dizer, mas seu Ruído diz que ele não está pronto, e ele muda de assunto.

— Você vai tomar a cura? — pergunta.

E eu vejo todos os sentimentos que ele tem por mim bem na frente de seu Ruído. Imagens minhas, também. Muito mais bonita do que eu jamais poderia ser.

Mas do jeito como ele vai me ver para sempre, agora.

— Não sei — digo.

E *não sei* mesmo. Não estou melhorando, e o comboio ainda está a semanas de distância, se é que eles serão mesmo capazes de ajudar quando chegarem.

Fatal, continuo a pensar, e agora isso não parece apenas mestra Coyle tentando me assustar. Eu me pergunto se sou uma daquelas mulheres que mestra Lawson mencionou que têm que escolher entre a morte certa e a morte possível.

— Não sei — repito.

— Viola? — chama Wilf, surgindo na porta.

— *Ah* — diz Lee, com seu Ruído se dirigindo a Wilf, quase espontaneamente vendo o que Wilf está vendo...

Vendo seus próprios olhos cicatrizados.

— *Uau* — comenta ele, mas é possível ouvir o nervosismo, a falsa coragem. — Não está tão ruim assim. Vocês duas fizeram com que eu achasse que estava parecido com um Spackle.

— Eu trouxe Bolota da cidade — diz Wilf para mim. — Ele tá com meus bois.

— Obrigada, Wilf — digo.

Ele assente.

— E o jovem Lee, aqui... Se algum dia precisar que eu veja procê, é só pedir.

Há uma torrente de surpresa e emoção no Ruído de Lee, clara o suficiente para Wilf ver sua resposta.

— Ei, Wilf? — chamo, tendo uma ideia, uma que me parece melhor a cada segundo.

— Sim?

— O que você acha de estar no novo conselho?

[Todd]

— É uma ótima ideia — digo, vendo o rosto de Viola no meu comunicador. — Sempre que eles querem fazer alguma coisa estúpida, Wilf nem diz que não, só diz o que obviamente devia ser feito em vez daquilo.

— *Foi o que pensei* — ela diz, e se dobra ao meio, tossindo outra vez.

— Como estão indo os testes? — pergunto.

— *As mulheres que usaram não apresentaram nenhum problema até agora, mas mestra Coyle quer fazer mais testes.*

— Ela nunca vai aprovar, vai?

Viola não discorda.

— *O que você acha?*

Eu respiro fundo bem devagar.

— Eu não confio nele — digo. — Não importa o quanto ele diga que se redimiu.

— *Ele diz isso?*

Eu assinto.

— *Bom, é exatamente o tipo de coisa que ele diria.*

— É.

Ela espera que eu diga mais.

— *Mas?*

Eu olho de novo pra ela, olho pra ela através do comunicador, ali, no alto do morro, no mesmo mundo que eu, mas tão distante.

— Ele parece *precisar* de mim, Viola. Não sei por que, mas é como se eu fosse importante pra ele.

— *Ele já o chamou de filho antes, quando nós estávamos lutando contra ele. Disse que você tinha poder.*

Eu concordo com a cabeça.

— Não acho que o prefeito faça nada disso por bondade no coração que ele não tem. — Eu engulo em seco. — Mas acho que ele faria isso pra me fazer ficar do lado dele.

— *Isso é razão o suficiente para arriscar?*

— Você está morrendo — digo, então continuo, porque ela já está falando ao mesmo tempo que eu. — Você está morrendo e está mentindo pra mim que não e se alguma coisa acontecer com você, Viola, se alguma coisa *acontecer...*

Sinto um nó na garganta, como se não conseguisse respirar mesmo.

E por um segundo não consigo dizer mais nada.

(*Eu sou o Círculo...*)

— *Todd?* — ela diz, por fim, pela primeira vez sem negar estar mais doente do que admitia. — *Todd, se você me disser para usar, eu uso. Não vou esperar mestra Coyle.*

— Mas eu não *sei* — respondo, com os olhos ainda marejados.

— *Nós voamos amanhã de manhã para o primeiro conselho.*

— É?

— *Se você quiser que eu use, quero que você mesmo ponha os curativos em mim.*

— Viola...

— *Se for você fazendo isso, Todd, nada pode dar errado. Se for você fazendo isso, sei que vou estar segura.*

E eu espero um longo minuto.

E não sei o que dizer.

E não sei o que fazer.

{Viola}

— Então você vai usar também? — pergunta mestra Coyle da porta depois que eu desligo com Todd.

Estou prestes a reclamar de ela ter ouvido uma conversa particular outra vez, mas mestra Coyle faz isso com tanta frequência que nem estou com raiva.

— Ainda não foi decidido.

Estou sozinha com ela. Simone e Bradley estão se preparando para a reunião de amanhã, e Lee saiu com Wilf, para aprender sobre os bois, cujo Ruído ele consegue ver.

— Como estão indo os testes? — pergunto.

— Excelentes — diz ela, sem descruzar os braços. — Antibióticos agressivos combinados com um aloé que Prentiss diz ter encontrado nas armas dos Spackle e que permite uma dispersão do remédio dez ou quinze vezes mais rápida do que conseguíamos antes. É tão rápido que não há tempo para qualquer reação. É brilhante mesmo. — Ela me encara fundo nos olhos, e juro ver tristeza ali. — Um verdadeiro avanço.

— Mas você ainda não confia nessa cura?

Ela se senta ao meu lado com um suspiro pesado.

— Como eu poderia confiar? Depois de tudo o que ele fez? Como posso não ficar aqui sentada, me desesperando por todas as mulheres que não param de procurar a cura, morrendo de preocupação que estejam apenas caindo numa armadilha? — Ela morde o lábio. — E agora você.

— *Talvez*.

Ela inspira longamente e expira.

— Nem todas as mulheres estão aceitando, sabe? Há algumas, um bom número, que preferem confiar em mim para encontrar uma cura melhor para elas. E eu vou, sabe. Eu vou encontrar.

— Acredito em você — digo. — Mas rápido o bastante?

Seu rosto assume uma expressão tão incomum para ela que levo um segundo para perceber o que é.

Ela parece quase derrotada.

— Você esteve tão doente — comenta ela —, presa nesta saleta, que não percebe a heroína que é lá fora.

— Eu não sou uma *heroína* — retruco, surpresa.

— Por favor, Viola. Você enfrentou os Spackle e venceu. Você é tudo o que eles mesmos querem ser. Um símbolo perfeito para o futuro.

Ela ajeita o peso do corpo.

— Não como aqueles de nós que foram deixados no passado.

— Eu não acho que isso seja verdade...

— Você saiu uma menina e voltou uma mulher — continua ela. — Me perguntam quinhentas vezes por dia como está a pacificadora.

E só então entendo a importância do que ela está dizendo.

— Se eu usar a cura, você acha que todo mundo vai querer também? — pergunto.

Mestra Coyle fica em silêncio.

— E ele vai conseguir uma vitória completa — continuo. — É isso o que você acha.

Ela continua sem dizer nada, olhando para o chão. Quando fala, é inesperado.

— Sinto falta do oceano — comenta ela. — Em um cavalo rápido, eu poderia partir agora e chegar lá antes do pôr do sol, mas não vejo o oceano desde que fracassamos em criar uma aldeia de pescadores. Eu me mudei para Refúgio e nunca olhei para trás. — Sua voz está baixa como eu nunca ouvi. — Achei que aquela vida tinha terminado. Achei que em Refúgio havia coisas pelas quais valia a pena lutar.

— Você ainda *pode* lutar por elas.

— Acho que talvez eu esteja lutando em vão, Viola — responde.

— Mas...

— Não, eu deixei o poder escapar de mim antes, minha garota. Eu conheço a sensação. Mas eu sempre soube que voltaria. — Ela se vira para mim, com olhos tristes, mas, fora isso, impossíveis de ler. — Mas você não está derrotada, está, minha garota? Ainda não.

Ela assente, como se consigo mesma, então faz isso novamente e se levanta.

— Aonde você vai?! — exclamo para ela.

Mas ela segue em frente e não olha para trás.

[Todd]

Eu levanto o livro da minha mãe.

— Quero ler o fim.

O prefeito ergue os olhos dos seus relatórios.

— O fim?

— Quero descobrir o que aconteceu com ela — digo. — Nas palavras dela mesma.

O prefeito se recosta.

— E você acha que tenho medo de que você descubra isso?

— Você tem? — pergunto, olhando ele nos olhos.

— Só de como vai ser triste para você, Todd.

— Triste pra *mim*?

— Foi uma época terrível — ele explica. — E não há versão dessa história, nem a minha, nem a de Ben, nem a de sua mãe, em que haja um final feliz.

Eu continuo a encarar ele.

— Está bem — o prefeito diz. — Abra no fim.

Olho pra ele por mais um segundo, então abro o livro e viro as páginas até chegar na última anotação, e meu coração titubeia um pouco diante do que encontro ali. As palavras são a mesma confusão habitual, derramadas por toda parte como um deslizamento de pedras (embora eu esteja melhor em identificar algumas delas, é verdade), e meus olhos vão direto pro fim, pros últimos parágrafos, pras últimas coisas que ela escreveu pra mim...

Então, de repente, quase antes que eu esteja pronto...

Esta guerra, meu filho querido...

(ali está ela...)

Esta guerra que odeio pela forma como ameaça todos os seus dias futuros, Todd, esta guerra que era ruim o suficiente quando estávamos apenas lutando contra os Spackle. Mas agora há divisões se formando, divisões entre David Prentiss, o líder de nosso pequeno exército, e Jessica Elizabeth, nossa prefeita, que tem reunido as mulheres e muitos homens ao seu lado, inclusive Ben e Cillian, pessoas que não concordam com a maneira como a guerra está sendo conduzida.

— Você estava dividindo a cidade?

— Eu não era o único — responde o prefeito.

E, ah, como isso entristece meu coração, Todd, nos ver divididos assim, divididos antes mesmo de fazermos a paz, e eu me pergunto como este pode ser um Novo Mundo verdadeiro quando tudo o que fazemos é trazer nossas velhas disputas para ele.

A respiração do prefeito está leve, e de algum modo sei que ele não está fazendo nem metade do esforço de antes.

(e o leve zumbido continua ali...)

(que eu sei que é ele conectando a gente...)

Mas então há você, filho, que neste momento é a criança mais nova na cidade, talvez em todo este mundo, e você vai ter que ser aquele que conserta as coisas, está ouvindo? Você nasceu no Novo Mundo, então não precisa repetir nossos erros. Você pode se livrar do passado e talvez, apenas talvez, trazer o paraíso para este lugar.

E sinto um leve nó no estômago, porque ela desejou isso pra mim desde a primeira página.

Mas isso provavelmente é responsabilidade suficiente para um dia, hein? Preciso ir agora para a reunião secreta convocada pela prefeita Elizabeth.

E, ah, meu menino bonito, estou com medo do que ela vai sugerir.

E é isso.

Depois disso, está tudo em branco. Não tem mais nada.

Eu olho pro prefeito.

— O que a prefeita Elizabeth sugeriu?

— Ela sugeriu o ataque contra mim e meu exército, Todd. Um ataque que eles perderam, por mais que nós tentássemos não transformá-lo em uma luta perigosa. Então as mulheres se mataram para garantir nosso fim. Sinto muito, mas foi o que aconteceu.

— Não, não foi — retruco, começando a ferver. — *Minha* mãe não faria isso comigo. Ben disse...

— Eu não posso convencê-lo, Todd — ele interrompe, franzindo a testa com tristeza. — Não há nada que eu possa dizer que vá convencê-lo, eu sei. E estou certo de ter cometido erros na época, talvez até erros que levaram a consequências piores do que era minha intenção. Talvez isso seja mesmo verdade.

Ele se inclina pra frente.

— Mas isso foi antes, Todd. Não é agora.

Meus olhos ainda estão molhados, pensando na minha mãe terminando de escrever.

Com medo do que estava por vir.

O que quer que fosse.

Porque a resposta não está ali. O que realmente aconteceu não está ali. Eu sei tanto sobre o prefeito quanto antes.

— Sou um homem ruim, Todd — o prefeito diz. — Mas estou ficando melhor.

Toco a capa do diário da minha mãe com a ponta dos dedos e sinto a marca da faca. Não acredito na versão dele da história, simplesmente não acredito, nem nunca vou acreditar.

Mas eu acredito que *ele* acredita.

Acredito que ele pode até mesmo estar arrependido.

— Se você machucar Viola — digo —, você sabe que eu te mato.

— Uma das muitas razões por que eu nunca faria isso.

Eu engulo em seco.

— A cura vai fazer ela ficar boa? Vai salvar a vida dela?

— Sim, Todd, vai.

E é só isso que ele diz.

Eu olho pro céu, pra outra noite congelante, nublada, imóvel, mas ainda sem neve. Outra noite com pouco ou nenhum sono, a noite anterior à primeira grande reunião do conselho. A noite antes de começarmos a fazer o novo mundo de verdade.

Como minha mãe disse.

— Traga as ataduras — falo. — Eu mesmo vou aplicar nela.

Ele faz um som baixo, quase como se fosse em seu Ruído, e no rosto dele está estampado um sorriso, um sorriso real, verdadeiro e sincero.

— Obrigado, Todd.

E ele parece estar falando sério.

Espero por um bom tempo antes de dizer…

Mas finalmente digo:

— De nada.

Então a gente escuta:

— Senhor presidente?

O sr. O'Hare se aproxima, esperando pra interromper.

— O que foi, capitão? — o prefeito pergunta, ainda olhando pra mim.

— Tem um homem aqui — o sr. O'Hare explica. — Ele está perturbando os homens a noite inteira para ver o senhor. Ele quer oferecer seu apoio.

O prefeito nem tenta esconder a impaciência.

— Se eu tiver que escutar todo homem deste planeta declarar seu apoio...

— Ele mandou dizer que o nome dele é Ivan Farrow — o sr. O'Hare interrompe.

E o prefeito parece surpreso.

Então abre um tipo de sorriso diferente no rosto.

Ivan Farrow. Que vai aonde está o poder.

{VIOLA}

— *Veja que bonito* — diz Simone pelo sistema de comunicação quando sentimos a nave batedora subir lentamente no ar.

Há um clique, e todas as telas na sala de cura mostram o sol se elevando sobre o oceano distante, tingindo o céu de cor-de-rosa.

Ele fica ali por um breve momento antes que as nuvem tornem a encobri-lo.

— O nascer do sol — diz Bradley, com o Ruído se dirigindo a Lee para mostrar a ele.

— Um bom presságio — comenta Lee. — O sol aparecendo em uma manhã cinzenta.

— Nós vamos voar até lá para criar um novo mundo — anuncia Bradley, com o Ruído quente e animado. — Um novo mundo *de verdade*, dessa vez.

Ele sorri, e a sala se enche com sua alegria.

Wilf é o único que não está conosco porque está levando Bolota até a cidade para mim e vai nos encontrar lá. Mestra Coyle está sentada na cadeira ao lado de minha cama. Ela ficou fora a noite toda, sem dúvida pensando na melhor maneira de dar a volta por cima em sua disputa com o prefeito.

Ou talvez aceitar sua derrota.

O que me deixa surpreendentemente triste.

— Você já decidiu se vai usar a cura, Viola? — pergunta ela, apenas para mim, mantendo a voz baixa.

— Não sei — digo. — Vou conversar com Todd sobre isso. Mas não vai ser porque estou tentando irritar *você*. Isso não precisa mudar nada...

— Mas vai, minha garota. — Ela se vira para mim. — Não me entenda mal. Eu estou em paz com isso. Parte de ser líder é saber quando entregar as rédeas.

Eu tento me sentar.

— Eu não quero pegar as *rédeas* de ninguém...

— Você tem a boa vontade do povo, Viola. Com um pouco de habilidade, você poderia facilmente transformar isso em força.

Eu tusso.

— Eu na verdade não sinto vontade de...

— Este mundo precisa de você, minha garota — insiste ela. — Se você for o rosto da oposição, está bom para mim, desde que a oposição *tenha* um rosto.

— Só estou tentando criar o melhor mundo possível.

— Bom, continue a fazer isso — diz ela. — E tudo vai ficar bem.

Ela não diz mais nada, e pousamos logo depois. A rampa desce sobre a praça, e o RONCO da multidão se eleva para nos saudar.

— Os Spackle nos esperam ao meio-dia — diz Simone quando saímos, com Bradley me ajudando. — O presidente prometeu cavalos para nós e um bom tempo esta manhã para discutirmos nossos objetivos.

— Todd falou que o prefeito concordou em encurtar o discurso para a multidão — aviso, virando-me para mestra Coyle. — E em garantir que você tenha uma chance de dizer alguma coisa dessa vez.

— Muito obrigada, minha garota — responde ela. — Embora você talvez também queira planejar o que dizer.

— Eu? — pergunto. — Mas eu não…

— E aí está ele — interrompe ela, olhando para a rampa.

Todd está caminhando em nossa direção através da multidão.

E carrega um rolo de ataduras embaixo do braço.

Eu escuto mestra Coyle dizer em voz baixa:

— Está decidido.

[TODD]

— Eu não sei o que estou fazendo — digo enquanto desenrolo as ataduras que o prefeito me deu.

— Só enrole como um pano — Viola explica. — Apertado, mas não muito.

Estamos na minha barraca, sentados em minha cama de campanha, e o mundo do lado de fora segue com seus assuntos barulhentos e seu **RONCO**. O prefeito, mestra Coyle, Bradley, Simone, Wilf e Lee, que meio que se convidou pro conselho também, estão todos discutindo sobre quem vai falar primeiro com os Spackle, o que eles vão dizer e blá-blá-blá.

— Em que você está pensando? — Viola pergunta, olhando atentamente pra mim.

Eu sorrio um pouco.

— Estou pensando que *eu não sei o que estou fazendo*.

Ela sorri um pouco em resposta.

— Se você é assim agora, acho que vou simplesmente ter que me acostumar.

— Você não odeia mais?

— Sim, mas isso é problema meu, não seu.

— Ainda sou eu — digo. — Ainda sou Todd.

Ela vira o rosto e olha na direção das ataduras.

— Você tem certeza? — ela pergunta. — Tem certeza de que nada disso é mentira?

— Ele sabe que eu mataria ele se machucasse você — digo. — E o jeito que ele tem agido...

Ela ergue os olhos.

— Mas ele provavelmente está só *fingindo*...

— Acho que *eu* estou mudando *ele*, Viola — explico. — O suficiente pra ele querer salvar você pra mim, pelo menos.

Ela continua olhando pra mim, continua tentando me ler.

Eu não sei o que ela vê.

E, depois de um minuto, ela estende o braço.

— Certo — digo. — Vamos lá.

Começo a desenrolar o curativo antigo que ainda está sobre o ferimento. Tiro uma bandagem, depois outra, e então aparece a fita, 1391. Está com uma cara horrível, pior até do que eu esperava, com a pele ao redor vermelha, sensível e esticada de um jeito feio, e as partes mais distantes escurecidas em tons errados de roxo e amarelo, e também tem um cheiro, um cheiro de doença e coisa ruim.

— Meu Deus, Viola — sussurro.

Ela não diz nada, mas vejo ela engolir em seco, por isso só pego a primeira atadura e enrolo por cima da fita. Ela ofega quando a primeira onda de remédio entra no corpo dela.

— Tá doendo? — pergunto.

Ela morde o lábio e mexe a cabeça rápido, dizendo que sim, mas em seguida faz um gesto preu continuar. Desenrolo a segunda e a terceira ataduras e enrolo em torno das bordas da primeira, como o prefeito me explicou, e ela ofega de novo.

— Olha, Todd — ela diz, com a respiração acelerada e entrecortada.

Os hematomas e as áreas escuras no seu braço já estão esmaecendo, e dá pra ver o remédio circular, combatendo a infecção bem ali sob a pele.

— Qual a sensação? — pergunto.

— Como facas em brasa — ela diz, com uma lágrima escorrendo de cada olho...

E eu estendo a mão...

E toco o rosto dela com o polegar...

Com muita delicadeza…

Limpando as lágrimas dela…

Sentindo a pele dela sob a minha mão…

Sentindo o calor e a maciez dela…

Sentindo como se eu quisesse continuar a tocar ela pra sempre…

E fico envergonhado por pensar isso…

Então percebo que ela não pode ouvir…

E começo a pensar em como isso deve ser horrível pra ela…

Então sinto ela apertar o rosto com mais força contra os meus dedos…

Ela vira a cabeça, de modo que a palma da minha mão segura ela…

Segura ela ali…

E outra lágrima escorre…

E ela vira mais…

Vira de modo que seus lábios pressionam a palma da minha mão…

— Viola — digo…

— Estamos prontos para ir — Simone avisa, enfiando a cabeça na barraca.

Eu tiro a mão com pressa, mesmo sabendo que a gente não está fazendo nada errado.

E, depois de um momento longo e estranho, Viola diz:

— Já estou me sentindo melhor.

{VIOLA}

— Vamos? — diz o prefeito com um sorriso largo no rosto, o uniforme com faixas douradas nas mangas parecendo, de algum modo, novo em folha.

— Se está na hora — responde mestra Coyle.

Wilf se juntou a nós e nos reunimos diante das ruínas da catedral, na traseira de uma carroça com um microfone em cima para mestra Coyle ser ouvida. Projeções estão sendo enviadas para o alto do morro, mostradas nas laterais dos dois prédios outra vez e flutuando acima dos escombros às nossas costas.

A multidão já está vibrando.

— Viola? — chama o prefeito, estendendo o braço para pegar minha mão e me conduzir até o palco. Todd se levanta para me seguir.

— Se ninguém se incomodar — diz mestra Coyle —, eu acho que esta manhã deveria haver apenas discursos bem curtos, tanto do presidente Prentiss quanto meu.

O prefeito parece surpreso, mas eu falo primeiro:

— É uma boa ideia. Vai fazer as coisas andarem muito mais rápido.

— Viola... — começa o prefeito.

— E eu gostaria de me sentar por um minuto e deixar a cura agir um pouco mais também.

— Obrigada — diz mestra Coyle, com a voz grave. — Você vai ser uma líder muito boa, Viola Eade. — Então, como se para si mesma, diz: — Sim, vai sim.

O prefeito ainda está procurando um jeito de conseguir o que quer, mas Simone e Bradley não se mexem, e ele finalmente concorda.

— Está bem, então — diz ele, estendendo o braço para mestra Coyle. — Vamos falar com as massas?

Mestra Coyle ignora o braço dele e sai andando na direção do palco. O prefeito a segue rapidamente para conseguir passar à sua frente e fazer com que a multidão o veja subir primeiro.

— Pra que tudo isso? — pergunta Todd enquanto os observa se afastarem.

— É — diz Bradley, com o Ruído intrigado. — Desde quando você deixa ela fazer as coisas como quer?

— Seja um pouco mais gentil com mestra Coyle, por favor — diz Simone. — Acho que entendo o que Viola está fazendo.

— E o que é? — pergunta Todd.

Então ouvimos a voz de mestra Coyle começar a trovejar pelos alto--falantes:

— *Bom povo do Novo Mundo, vejam onde chegamos.*

— Mestra Coyle acha que seus dias como líder estão chegando ao fim — explica Simone. — Esse é o jeito dela de dizer adeus.

O rosto de Wilf assume uma expressão engraçada.

— Adeus?

— *Até onde o presidente Prentiss nos levou* — continua mestra Coyle. — *A lugares que nem sabíamos existir.*

— Mas ela ainda é nossa líder — diz Lee, sentado atrás da gente. — Há muita gente, muitas *mulheres...*

— Mas o mundo está mudando — comento. — E não foi ela quem o mudou.

— Então ela vai se retirar à própria maneira — completa Simone, com alguma emoção na voz. — Eu a admiro por isso. Saber quando sair de cena.

— *Nos levou da beira de um abismo* — diz mestra Coyle — *direto para a beira de outro.*

— *Adeus?* — repete Wilf, com mais força.

Eu me viro para ele, ouvindo a preocupação em sua voz.

— O que foi, Wilf?

Mas agora Todd também está entendendo, e seus olhos se arregalam.

— *Que matou para nos proteger* — prossegue mestra Coyle. — *Matou, matou e matou.*

E vindo da multidão há um murmúrio desconfortável, que vai ficando mais alto.

— Ela acha que esse é o fim, Viola — diz Todd, com alarme surgindo em sua voz. — Ela acha que esse é o *fim*.

E eu me viro novamente para o palco.

E entendo, tarde demais, o que mestra Coyle fez.

[TODD]

Estou correndo antes mesmo de saber exatamente por quê, sabendo só que preciso chegar ao palco, preciso chegar lá antes que...

Então escuto Viola chamar atrás de mim:

— Todd!

E eu viro sem parar de correr e vejo Bradley segurar Viola pelo ombro, e Simone e Wilf estão correndo atrás de mim, correndo na direção do palco...

Correndo pra onde o discurso da mestra Coyle não está agradando a multidão...

— *Uma paz banhada em sangue...* — ela diz no microfone. — *Uma paz pavimentada com os cadáveres de mulheres...*

A multidão começa a vaiar, e chego na parte traseira da plataforma...

O prefeito está sorrindo pra mestra Coyle, e é um sorriso perigoso, um sorriso que conheço muito bem, um sorriso que vai deixar ela seguir em frente e piorar as coisas cada vez mais pra ela mesma...

Mas não é isso o que eu percebo.

Então salto na traseira da plataforma, com mestra Coyle à minha direita e o prefeito à minha esquerda...

E Simone dá um salto e sobe atrás de mim, com Wilf logo em seguida...

— *Uma paz* — mestra Coyle continua — *que ele tomou com os punhos ensanguentados...*

E o prefeito olha pra ver o que estou fazendo...

No momento em que mestra Coyle vira na direção dele...

Dizendo:

— *Mas alguns de nós ainda se preocupam demais com este mundo para deixar que isso aconteça...*

E ela começa a abrir os botões do casaco...

Mostrando a bomba que tem presa em volta da cintura...

{VIOLA}

— Me solta! — grito, tentando me livrar de Bradley quando Todd salta em cima da plataforma, com Simone e Wilf logo atrás dele.

Porque agora eu também estou entendendo...

Você ficaria surpresa com o poder de um mártir, disse-me uma vez mestra Coyle...

Como as pessoas lutam em nome dos mortos...

E ouço os sons de surpresa da multidão quando vê a projeção...

Quando Bradley e eu vemos também...

Mestra Coyle, sua presença impressionante, o rosto calmo como um pires de leite, abrindo o casaco para mostrar a bomba presa em torno de seu corpo como um espartilho, com explosivos suficientes para matá-la e matar o prefeito.

Matar Todd...

— TODD! — grito...

[TODD]

Eu escuto Viola gritar lá atrás:

— TODD!

Mas a gente está longe demais de mestra Coyle...

São muitos passos pela plataforma pra conseguir deter ela...

E as mãos dela se movem prum botão na bomba...

— PULEM! — grito. — SAIAM DA CARROÇA!

E eu pulo enquanto grito...

Pulo pra sair do caminho...

Pulo pro lado...

E agarro o casaco de Simone pra levar ela comigo...

— *Por um Novo Mundo* — mestra Coyle diz, com o microfone ainda trovejando. — *Por um futuro melhor.*

E ela aperta o botão...

{VIOLA}

BUM

Chamas explodem de mestra Coyle em todas as direções, tão rápido que o calor me joga para trás, na direção de Bradley, que chia de dor quando minha cabeça bate no queixo dele, mas eu me mantenho de pé dentro da onda de choque, vendo as chamas cascatearem da carroça, e grito:

— *TODD!*

Porque eu o vi pular da carroça, arrastando alguém com ele, e ah, por favor, ah, por favor, ah, por favor, e a explosão inicial está subindo pelo ar em uma coluna de fumaça e fogo, e a carroça está queimando, e as pessoas estão gritando, e o *Ruído* de tudo aquilo, e eu me solto de Bradley e começo a correr...

— TODD!

[TODD]

Eu escuto de novo:

— TODD!

Meus ouvidos apitam, minhas roupas estão quentes e ardendo...

Mas só penso em Simone...

Eu agarrei ela e joguei nós dois pra fora da carroça, e o fogo zuniu ao nosso redor, mas a gente girou enquanto caía e sei que ela recebeu o pior da explosão, o fogo acertou ela em cheio, e estou batendo em suas roupas pra apagar, e a fumaça está me cegando e grito:

— Simone! Você tá bem? *Simone!*

E uma voz, grunhindo de dor, diz:

— Todd?

E...

Não é a voz de Simone.

A fumaça começa a sumir.

Não é Simone.

— Você me *salvou*, Todd — o prefeito diz, deitado ali com queimaduras feias no rosto e nas mãos, as roupas soltando fumaça que nem um incêndio na mata. — Você salvou minha vida.

E os olhos dele estão cheios de assombro por isso...

Porque a pessoa que escolhi salvar na onda da explosão...

A pessoa que escolhi sem nem pensar...

(sem ele nem ter tempo pra me controlar...)

(sem tempo pra ele me *obrigar* a fazer isso...)

... foi o prefeito.

Então escuto Viola gritar:

— TODD!

E eu viro pra olhar...

Wilf está levantando com dificuldade de onde ele caiu quando pulou da carroça...

E ali está Viola, correndo...

Olhando pra mim e pro prefeito no chão, o prefeito ainda respirando, ainda *falando*...

— Acho que preciso de atendimento médico, Todd — ele está dizendo...

E não consigo ver Simone em lugar nenhum...

Simone, que estava parada bem na frente de mestra Coyle quando a bomba explodiu...

Simone, que estava no alcance da minha mão...

— Todd? — Viola pergunta, parando um pouco longe da gente, com Wilf tossindo, mas olhando também, e Bradley chegando correndo atrás deles...

Todo mundo vendo que eu salvei o prefeito...

E não Simone...

E Viola diz de novo...

— Todd?

E ela nunca pareceu tão distante de mim.

A Fonte

Através do círculo do Fim das Trilhas à nossa volta, temos um vislumbre rápido do sol rosado nascendo a leste antes de desaparecer por trás do cobertor de nuvens cinzentas que paira sobre nós faz dois dias.

Paira sobre mim e sobre a Fonte, enquanto esperamos o conselho de paz.

Esse era o desejo do Céu enquanto se preparava para a reunião do conselho, que eu ficasse aqui, levasse comida para a Fonte, o ajudasse a ficar de pé outra vez até que recuperasse as forças para caminhar depois de seu longo sono, lavasse-o e vestisse-o e tirasse seus pelos à moda da Clareira e, durante esse tempo, lhe mostrasse tudo o que tinha acontecido enquanto ele servia como Fonte para o Solo.

Enquanto, aparentemente, ele *se tornava* parte do Solo.

A Fonte abre sua voz, me mostrando outras alvoradas que viu, onde os campos ficavam dourados e a Fonte e aquele que era importante para ele interrompiam as tarefas do início da manhã para ver o sol nascer, uma memória simples, entretanto coberta de alegria, perda, amor e tristeza...

E esperança.

Tudo mostrado perfeitamente na voz do Solo e com a mesma alegria assombrosa que ele demonstrou desde acordar.

Então sua voz me mostra *por que* ele está esperançoso. A Fonte vai ser devolvida à Clareira hoje como um gesto surpresa de boa vontade.

Ele vai ver a Faca outra vez.

Ele olha para mim, com calor transbordando em sua voz, calor que não consigo evitar sentir também.

Eu me levanto depressa para escapar daquele sentimento. *Vou buscar comida para nós*, mostro.

Obrigado, mostra ele enquanto me dirijo ao fogo de cozinhar.

Eu não mostro nada em resposta.

Nós ouvimos a voz dele pelos últimos meses, mostrou-me o Céu naquela primeira noite em que acordamos a Fonte. Ele também devia estar ouvindo, aprendendo a falar nossa voz, acostumando-se a ela e finalmente abraçando-a. A voz do Céu mudou de forma a minha volta. Assim como o Céu esperava que o Retorno fizesse.

*Eu **abracei** a voz do Solo, mostrei em resposta. O máximo que consigo.*

A Fonte fala a língua do Solo como se fosse a sua própria, mas você ainda fala apenas a língua do Fardo.

É minha primeira língua, mostrei, então afastei os olhos. Era a língua daquele que era importante para mim.

Eu também estava junto ao fogo de cozinhar naquele momento, preparando a primeira refeição adequada para a Fonte depois de meses sendo alimentado com líquidos pelos tubos que desciam por sua garganta. Só porque ele fala com nossa voz, mostrei, não significa que ele seja um de nós.

Não?, perguntou o Céu. O que é o Solo se não sua voz?

Eu tornei a olhar para ele.

Você não está sugerindo...?

*Eu apenas sugiro que, se ele pode mergulhar tão fundo no Solo, com um entendimento tão óbvio, e **se sentir** parte do Solo...*

Isso não o torna perigoso?, mostrei. Isso não o torna uma ameaça para nós?

Ou o torna um aliado?, mostrou o Céu em resposta. Ou nos dá mais esperança para o futuro do que achávamos ser possível? Se ele pode fazer isso, será que outros também podem? Será possível mais entendimento?

Eu não tinha resposta, e ele começou a se afastar.

O que você quis dizer sobre eu me tornar o Céu?, mostrei. *Por que eu, de todo o Solo?*

Primeiro achei que ele não fosse responder. Mas ele respondeu.

Porque você, de todo o Solo, entende a Clareira, mostrou o Céu. *Você, de todo o Solo, entende mais completamente o que significaria convidá-los para entrar em nossa voz, caso esse dia chegue. E, de todo o Solo, você escolheria a guerra mais prontamente.* Sua voz ficou mais forte. *Então quando você escolher* **a paz**... *isso vai ter um significado ainda maior.*

Levo o café da manhã para a Fonte, um guisado de peixe diferente de tudo o que já vi a Clareira comer, mas a Fonte não reclama.

Ele não reclama de *nada*.

Não reclama de o termos mantido como prisioneiro, adormecido por todo esse tempo. Em vez disso, ele nos agradece, agradece a *mim* por curar o ferimento a bala em seu peito, como se eu tivesse feito isso pessoalmente, um ferimento a bala posto ali, para minha surpresa, pelo amigo da Faca que falava alto, o mesmo que pôs a fita em meu braço.

Ele também não reclama por termos lido sua voz e obtido qualquer vantagem possível. Embora ele esteja triste por muitos de sua espécie terem morrido na guerra, por um lado está feliz por ter ajudado a obtermos a vitória sobre o líder da Clareira e, por outro, mais feliz ainda por isso ter levado à paz.

Eu não reclamo porque fui transformado, mostra ele quando lhe entrego seu café da manhã. *Eu escuto a voz do Solo. É muito estranho, porque ainda sou* **eu**, *ainda sou um indivíduo, mas agora também sou* **muitos**, *faço parte de algo maior.* Ele come um bocado da comida. *Acho que posso ser a próxima etapa evolutiva para o meu povo. De forma muito parecida com você.*

Eu me sento ereto, surpreso. **Eu?**

Você pertence ao Solo, mostra ele. *Mas pode ocultar e turvar seus pensamentos como um homem. Você pertence ao Solo, mas fala minha língua melhor que eu, melhor que qualquer homem que já conheci. Nós somos as pontes entre nossos povos, você e eu.*

Eu me irrito. *Algumas pontes nunca deveriam ser cruzadas.*

E ainda assim ele sorri. *Esse é o pensamento que nos manteve em guerra por tanto tempo.*

*Pare de ser tão **feliz**, mostro.*

Ah, sim, mas hoje, mostra ele, hoje vou ver Todd novamente.

A Faca. Ele me mostrou a Faca, várias e várias vezes, com tanta frequência que é como se a Faca estivesse ali conosco no Fim das Trilhas, uma terceira presença. E como ele parece brilhante na voz da Fonte, como parece jovem, enérgico e forte. Como é amado.

Eu contei à Fonte tudo o que aconteceu, nos mínimos detalhes, até seu despertar, incluindo todas as ações que a Faca fez ou deixou de fazer, mas em vez de decepção, a Fonte está *orgulhosa.* Orgulhosa de como a Faca superou dificuldades. Ele sente e lamenta tudo o que a Faca sofreu, todo erro que a Faca cometeu. E cada vez que a Fonte pensa na Faca, uma estranha melodia da Clareira acompanha isso, uma canção cantada para a Faca quando era jovem, uma canção que une a Faca à Fonte...

— Me chame de Ben, por favor — diz a Fonte, usando a boca. — E a Faca se chama Todd.

O Solo não usa nomes, mostro em resposta. Se você nos entende, então entende isso.

É isso o que o Retorno pensa?, mostra ele, sorrindo com a boca cheia de guisado.

E, mais uma vez, minha voz se enche de calor e humor quando não quero isso.

Você está determinado a não gostar de mim, não está?, mostra ele.

Minha voz endurece. *Você matou meu povo. Matou e o escravizou.*

Ele se dirige a mim com sua voz, de um jeito delicado que nunca senti vindo da Clareira. *Só alguns de nós agiram desse jeito. O homem contra quem você luta matou aquele que era importante para mim também, por isso luto contra ele ao seu lado.*

Eu me levanto para ir embora, mas ele mostra: *Por favor, espere.* Eu paro. *Nós, mostra ele, o meu povo, fizemos muito mal a você, eu sei disso, e ninguém pode negar que seu povo errou ao me manter aqui esse tempo todo.*

Mas eu pessoalmente não fiz nada de mau contra você. E **você** *não fez nada de mau contra* **mim**.

Tento manter longe da minha voz o momento em que levantei a faca sobre ele.

Então, mudo de ideia. Mostro a ele o que poderia ter feito. O que eu queria fazer...

Mas você hesitou, mostra ele. E sem dúvida isto aqui, este entendimento entre nós dois, a voz de um único homem contatando a voz de um único membro do Solo, sem dúvida **este** *é o começo de uma paz verdadeira.*

É verdade, mostra o Céu, entrando no Fim das Trilhas. É o melhor começo de todos.

A Fonte baixa sua refeição. *Está na hora?, mostra ele.*

Está na hora, concorda o Céu.

A Fonte solta um suspiro satisfeito e mais uma vez sua voz se enche com a Faca.

— Todd — diz ele nos chilreios da Clareira.

E nesse momento ouvimos uma explosão ao longe.

Todos nos viramos rapidamente na direção do horizonte, embora não haja chance de ver nada com nossos olhos físicos.

O que aconteceu?, pergunta a Fonte. Nós fomos atacados?

"*Nós*"?, mostro a ele em resposta.

Esperem, mostra o Céu. Já vamos descobrir...

E isso acontece um momento depois, quando as vozes das Trilhas recebem as vozes do Solo que estão lá embaixo e nos mostram a explosão no meio da cidade, à frente de uma grande multidão da Clareira, embora os olhos através dos quais vemos isso estejam bem acima da cidade, na beira do morro, e tudo o que podemos ver é um clarão de fogo e uma coluna de fumaça.

Isso é um ataque do Solo?, pergunta a Fonte. O Solo fez isso?

Não, mostra o Céu. Ele sai rapidamente do Fim das Trilhas, gesticulando para que o sigamos. Vamos para a trilha íngreme que vou ter de ajudar a

Fonte ainda fraca a descer, e ao chegar lá, a voz da Fonte está cheia de uma única coisa...

Medo.

Não por si mesmo, não pelo processo de paz...

Medo pela Faca. Tudo que sua voz consegue mostrar é o quanto ele teme perder a Faca na exata manhã em que os dois iam se reencontrar, medo de que o pior tenha acontecido, que ele tenha perdido o filho, seu amado filho, e sinto seu coração doer de preocupação, doer com amor e aflição...

Uma dor que conheço, uma dor que senti...

Uma dor que passa da Fonte para mim enquanto descemos...

A Faca...,

Todd...

Surgindo em minha voz, tão real, frágil e digno de vida quanto qualquer outro...

E eu não quero isso.

Não quero.

SEPARAÇÕES

[TODD]

UMA INSPIRAÇÃO CURTA é a única reação do prefeito quando mestra Lawson aperta as ataduras na parte de trás do couro cabeludo dele, embora as queimaduras ali sejam horríveis de ver.

— Severas — mestra Lawson diz —, mas superficiais. O clarão foi tão rápido que as queimaduras não foram muito profundas. Você vai ficar com cicatrizes, mas vai se curar.

— Obrigado, mestra — o prefeito agradece, enquanto ela passa um gel transparente nas queimaduras do rosto dele, que não estão tão ruins quanto as na parte de trás da cabeça.

— Estou apenas fazendo meu trabalho — mestra Lawson responde, irritada. — E agora há outros para serem tratados.

Ela sai da sala de cura da nave batedora levando uma pilha de ataduras. Estou sentado numa cadeira perto do prefeito, com gel pra queimadura nas mãos. Wilf está na outra cama, com o rosto queimado, mas vivo, porque já estava pulando da plataforma quando a bomba explodiu.

Do lado de fora é outra história. Usando o Ruído da multidão, Lee está ajudando as dezenas de pessoas que foram queimadas e feridas no suicídio de mestra Coyle.

Mortas, também. Pelo menos cinco homens e uma mulher na multidão.

E a própria mestra Coyle, claro.

E Simone.

Viola não falou comigo desde a explosão. Ela e Bradley saíram pra fazer alguma coisa.

Alguma coisa longe de mim.

— Vai ficar tudo bem, Todd — o prefeito diz, ao me ver encarando a porta. — Eles vão entender que você precisou tomar uma decisão em uma fração de segundo e eu estava mais perto...

— Não estava, não. — Eu fecho os punhos e me encolho com a dor das queimaduras. — Eu precisei ir mais longe pra te puxar.

— E você me puxou — o prefeito diz, um pouco maravilhado.

— É, é, pois é.

— Você me *salvou* — ele continua, quase pra ele mesmo.

— É, eu *sei*...

— Não, Todd — o prefeito interrompe, sentando na cama, mesmo que isso obviamente faça ele sentir dor. — Você *me* salvou quando não precisava. Não tenho como expressar o quanto isso significa para mim.

— Mas continua tentando.

— Nunca vou me esquecer disso, que você achou que eu merecia ser salvo. E eu *mereço*, Todd. E foi você que fez isso comigo.

— Para de falar assim — digo. — Outras pessoas morreram. Pessoas que eu não salvei.

Ele só balança a cabeça e faz eu me sentir um lixo de novo por não ter salvado Simone.

Então ele diz:

— Ela não terá morrido em vão, Todd. Nós vamos garantir isso.

E ele parece sincero, como sempre.

(com certeza *parece* sincero...)

(e o zumbido baixo...)

(está brilhando de *alegria*...)

Eu olho pra Wilf. Ele encara o teto, com a pele coberta de fuligem aparecendo por trás das ataduras brancas.

— Acho que cê pode ter me salvado também — ele comenta. — Cê disse: *Pulem*. Cê disse: *Saiam da carroça*.

Eu limpo a garganta.

— Isso não foi salvar você, Wilf. Isso não salvou Simone.

— Cê tava na minha cabeça — continua Wilf. — Cê tava na minha cabeça me dizendo pra pular e meus pés pularo antes mesmo que eu dissesse preles obedecer. Cê me *fez* pular. — Ele pisca pra mim. — Como que cê fez isso?

Eu afasto os olhos quando penso nisso. Deve ser verdade, eu controlei ele pelo Ruído, e como Simone não tinha Ruído, ela não respondeu o meu comando.

Mas talvez o prefeito, sim. Talvez eu nem *precisasse* ter puxado ele.

O prefeito põe os pés no chão e, devagar e cheio de dor, fica de pé.

— Onde você pensa que vai? — pergunto.

— Vou me dirigir à multidão — ele diz. — Precisamos dizer a eles que o processo de paz não termina por causa das ações de uma única mestra. Precisamos mostrar a eles que *eu* ainda estou vivo e que *Viola* ainda está viva.

Ele põe uma das mãos cautelosamente na nuca.

— A paz é frágil. As *pessoas* são frágeis. Precisamos dizer a elas que não há razão para perder a esperança.

Eu me encolho um pouco quando escuto a última palavra.

O sr. Tate entra pela porta carregando uma pilha de roupas.

— Como solicitado, senhor — ele diz, e entrega elas pro prefeito.

— Você vai trocar de roupa? — pergunto.

— E você também — ele responde, entregando metade da pilha pra mim. — De forma alguma podemos aparecer lá fora vestindo trapos queimados.

Eu olho pras minhas roupas, pro que restou delas depois que mestra Lawson removeu as partes queimadas da minha pele.

— Vista-as, Todd — o prefeito diz. — Você vai ficar surpreso com o quanto elas farão você se sentir melhor.

(e o zumbido suave…)

(a alegria dele…)

(está meio que fazendo eu não me sentir tão terrível...)

Eu começo a vestir as roupas novas.

{VIOLA}

— Ali. — Bradley aponta para a tela do cockpit. — Ele *está* mais perto de Simone, mas Prentiss está mais perto da beira da plataforma.

Ele reduz a velocidade da gravação e pausa no momento em que mestra Coyle está prestes a apertar o botão da bomba. O momento em que Simone ainda está seguindo na direção dela e Wilf está prestes a saltar da carroça.

E o momento em que Todd já está tentando alcançar o prefeito.

— Ele não deve ter tido chance nem de pensar — comenta Bradley, com a voz rouca. — Muito menos escolher.

— Ele foi direto para o prefeito — digo. — Ele não *teve* que pensar.

Nós vemos a explosão novamente, uma imagem que foi transmitida para a cidade inteira e para as pessoas assistindo no alto do morro, que agora estão pensando *sabe-se lá o quê*.

Nós vemos o prefeito ser salvo novamente.

E Simone, não.

O Ruído de Bradley está muito triste, *arrasado*. Eu mal consigo olhar para ele.

— Você me falou que eu poderia duvidar de qualquer um neste planeta, mas que Todd era aquele em quem eu poderia confiar — diz ele, fechando os olhos. — *Você* disse isso, Viola. E você sempre esteve certa.

— Menos dessa vez. — Porque posso ler o Ruído de Bradley, ler o que ele *realmente* pensa. — Você também o culpa.

Ele afasta os olhos, e vejo seu Ruído lutando consigo mesmo.

— Todd obviamente se arrepende — comenta ele. — Está estampado no rosto dele.

— Mas você não consegue *ouvir* isso. Não no Ruído. Não a verdade.

— Você perguntou a ele?

Eu apenas olho novamente para a tela, para o fogo e o caos depois que mestra Coyle explodiu.

— *Viola*...

— Por que ela fez isso? — pergunto, alto demais, tentando ignorar o buraco repentino que Simone deixou no mundo. — Por quê, quando tínhamos a paz?

— Talvez ela esperasse que, com os dois mortos, o planeta se reunisse em torno de alguém como você — sugere Bradley com tristeza.

— Eu não *quero* essa responsabilidade. Eu não pedi nada disso.

— Mas você provavelmente conseguiria suportá-la — diz ele. — E você a usaria com sabedoria.

— Como você sabe? — rebato. — Nem *eu* sei disso. Você disse que a guerra não podia ser pessoal, mas ela *sempre* foi para mim. Se eu não tivesse disparado aquele míssil, nós nem estaríamos aqui. Simone ainda estaria...

— Ei — diz Bradley, me interrompendo, porque estou ficando ainda mais abalada. — Olhe, eu preciso entrar em contato com o comboio, contar a eles o que aconteceu.

O Ruído dele é tomado pela tristeza e pelo luto.

— Contar a eles que nós a perdemos.

Eu assinto, com os olhos ficando ainda mais marejados.

— E você precisa conversar com seu garoto — diz ele.

Ele levanta meu queixo.

— E se ele precisar ser salvo, então você vai salvá-lo. Não é o que você me disse que vocês fazem um pelo outro?

Eu derramo mais algumas lágrimas, mas então assinto.

— Várias e várias vezes.

Ele me dá um abraço, um abraço forte e triste, e eu o deixo para que ele possa entrar em contato com o comboio. Volto pelo corredor curto o mais devagar possível até a sala de cura, sentindo como se alguém houvesse me rasgado ao meio. Não consigo acreditar que Simone está morta. Não consigo acreditar que *mestra Coyle* está morta.

E não consigo acreditar que Todd salvou o prefeito.

Mas é Todd. Todd, a quem eu confio minha vida. *Literalmente*. Eu confiei nele para botar estas ataduras em mim, o que francamente fez com que eu me sentisse melhor do que me sentia há meses.

E, se ele salvou o prefeito, então deve haver uma boa razão. *Deve* haver.

Eu respiro fundo em frente à porta da sala de cura.

Porque a razão é *bondade*, não é? Não é isso o que basicamente define Todd? Apesar dos erros, apesar de matar o Spackle à beira do rio, apesar do trabalho que ele fez para o prefeito, Todd é essencialmente bom, eu sei disso, eu vi isso, eu *senti* em seu Ruído...

Mas não consigo mais sentir.

— Não — digo novamente. — É Todd. É *Todd*.

Eu aperto o painel para abrir a porta.

Então vejo Todd e o prefeito com uniformes idênticos.

[TODD]

Eu vejo Viola na porta, vejo a aparência saudável dela...

Eu vejo ela ver as roupas que eu e o prefeito estamos usando, igual até a faixa dourada nas mangas do casaco.

— Não é o que você está pensando — digo. — Minhas roupas foram queimadas...

Mas ela já está recuando, indo embora...

— *Viola* — o prefeito diz, forte o suficiente pra que ela pare. — Sei que esse é um momento difícil para você, mas devemos falar com as pessoas. Devemos garantir a elas que o processo de paz vai seguir em frente como planejado. E, assim que pudermos, devemos mandar uma delegação até os Spackle para assegurar a eles a mesma coisa.

Viola olha bem nos olhos do prefeito.

— Você diz *devemos* com muita facilidade.

O prefeito tenta sorrir mesmo com as queimaduras.

— Se não falarmos com as pessoas agora mesmo, Viola, tudo pode desmoronar. A Resposta pode querer terminar o que mestra Coyle começou e se utilizar desse momento de caos. Os Spackle podem nos atacar pela mesma razão. Até meus próprios homens podem botar na cabeça que estou incapacitado e decidir dar um golpe. Acredito que esses não são resultados que você quer.

E posso ver que ela também sente...

A alegria estranha que vem dele.

— O que você diria para eles? — ela pergunta.

— O que você gostaria que eu dissesse? — ele retruca. — Diga-me, que eu repito palavra por palavra.

Ela estreita os olhos.

— Qual a sua jogada?

— Não tem jogada nenhuma — ele diz. — Eu podia ter morrido hoje e não morri. E não morri porque Todd me salvou.

Ele dá um passo à frente, com avidez na voz.

— Pode não ter sido o que você queria, mas se Todd me salvou, então eu mereço ser salvo, você não vê? E, se eu mereço ser salvo, então todos merecemos, todo este lugar, todo este *mundo*.

Viola olha pra mim em busca de ajuda.

—Acho que ele tá em choque — digo.

— Talvez. Mas não estou errado sobre falar com a multidão, Viola. Precisamos fazer isso. E depressa.

Viola agora tá olhando pra mim, pro uniforme que estou vestindo, à procura de alguma verdade. Tento deixar meu Ruído pesado, deixar que ela veja o que estou sentindo, tento mostrar a ela como tudo saiu de controle, como eu não quis que aquilo acontecesse, mas agora que aconteceu, talvez...

— Não consigo ouvir você — ela diz baixinho.

E eu tento me abrir de novo, mas parece que tem alguma coisa me bloqueando...

Ela olha pro Wilf, e sua testa franze ainda mais.

— Tudo bem — ela concorda, sem olhar pra mim. — Vamos lá falar com as pessoas.

{VIOLA}

— Viola — chama Todd atrás de mim, descendo a rampa. — Viola, *desculpa*. Por que você não me deixa nem dizer isso?

E eu paro ali, tentando lê-lo.

Mas há apenas silêncio.

— Você está mesmo arrependido? — pergunto. — Se você tivesse que escolher de novo, tem certeza de que não faria a mesma coisa?

— Como você pode perguntar isso? — diz ele, franzindo o cenho.

— Você viu o que anda *vestindo* ultimamente?

Eu olho para o prefeito, subindo a rampa lentamente, tomando cuidado com seus ferimentos, mas ainda sorrindo por trás do gel para queimaduras no rosto, ainda usando um uniforme impossivelmente limpo.

Assim como Todd.

— Vocês poderiam ser pai e filho.

— Não diz isso!

— Mas é verdade. Olhe para vocês.

— Viola, você me *conhece*. De todo mundo que sobrou neste planeta, você é a *única* que me conhece.

Mas estou balançando a cabeça.

— Talvez não conheça mais. Desde que parei de conseguir ouvir você...

Ele *realmente* franze o cenho ao ouvir isso.

— Então é isso que você quer? Tudo bem se você puder ouvir tudo o que eu penso, mas não o contrário? A gente é amigo desde que você tenha todo o poder?

— Não é questão de *poder*, Todd. É uma questão de confiança...

— E eu não fiz o suficiente pra você *confiar* em mim?

Todd aponta para o prefeito no alto da rampa.

— Ele está lutando pela paz agora, Viola. E está fazendo isso por *minha* causa. Porque *eu* mudei ele.

— É — digo, dando um peteleco na faixa dourada em sua manga. — E como ele mudou *você*? O suficiente para você salvá-lo, e não salvar Simone?

383

— Ele não me *mudou*, Viola...

— Você controlou Wilf para fazer com que ele pulasse da carroça?

Os olhos dele se arregalam.

— Eu vi isso no Ruído dele — digo. — E se isso incomodou Wilf, não pode ser uma coisa boa.

— Eu salvei a *vida* dele! — grita Todd. — Eu fiz isso pro *bem*...

— Então por isso não tem problema? Por isso não tem problema você ter me falado que não conseguia? Que *não faria* isso? Quantas outras pessoas você controlou para *o bem* delas?

Ele luta com as próprias palavras por um minuto, e posso ver arrependimento verdadeiro em seus olhos, arrependimento por algo que ele não me contou, mas que eu ainda não consigo ver por sua completa falta de Ruído...

— Estou fazendo tudo isso por *você*! — grita ele, por fim. — Estou tentando deixar este mundo seguro pra *você*!

— E eu fiz tudo isso por *você*, Todd! — grito em resposta. — Mas então descobri que você talvez não seja mais *você*!

E seu rosto está com tanta raiva, mas também tão horrorizado, tão chocado e magoado com o que estou dizendo que quase posso...

Por um segundo, eu quase posso...

— É ELE!

Uma única voz rasga através do **RONCO** da multidão reunida em torno da nave batedora.

— É O PRESIDENTE!

Outras vozes se seguem, uma, depois cem, depois mil, e o **RONCO** fica cada vez mais alto, até que parece que estamos em um oceano de Ruído, que sobe pela rampa e ergue o prefeito acima de tudo. Ele começa a descer devagar, a cabeça erguida, com o rosto radiante e a mão estendida na direção da multidão para mostrar a eles que, sim, ele está bem, ele sobreviveu.

Ele ainda é seu líder.

Ainda no comando. Ainda vitorioso.

— Venham Todd, Viola — chama ele. — O mundo espera.

[TODD]

— O mundo espera — o prefeito diz, pegando meu braço e me puxando pra longe de Viola, com os olhos na multidão que clama por ele, que **RONCA** por ele, e vejo que as projeções ainda estão passando, as sondas ainda estão programadas pra seguir a gente, *seguir ele*, e a gente está ali nas paredes dos prédios em volta da praça, com o prefeito à frente, eu sendo puxado atrás dele, Viola ainda parada na rampa com Bradley, e Wilf descendo atrás dela...

— Escute-os, Todd — o prefeito diz pra mim, e mais uma vez eu sinto o zumbido...

O zumbido de alegria...

Sinto isso até no **RONCO** da multidão...

— Nós podemos mesmo fazer isso — ele diz quando a multidão abre espaço pra gente caminhar até uma nova plataforma que o sr. Tate e o sr. O'Hare devem ter armado às pressas. — Nós podemos mesmo governar este mundo. Nós podemos mesmo fazer dele um lugar melhor.

— Me solta.

Mas ele não me solta.

Ele nem olha pra mim.

Eu viro pra encontrar Viola. Ela ainda está na rampa. Lee atravessou a multidão até ela, e eles estão todos vendo eu me deixar ser arrastado pelo prefeito, nós dois usando o mesmo uniforme.

— Me *solta* — falo de novo, puxando o braço.

O prefeito vira e segura meus ombros com força, e a multidão tá fechando o caminho entre mim e Viola...

— Todd — o prefeito diz, com um zumbido de alegria saindo dele como a luz do sol. — Todd, você não vê? Você conseguiu. Você me conduziu pela estrada da redenção, e nós chegamos.

A multidão ainda **RONCA**, muito alto agora que o prefeito está entre eles. Ele fica mais reto, olha em volta pros soldados e moradores da cidade e até mulheres ao nosso redor, todos vibrando, e com um sorriso no rosto, pede:

— Silêncio, por favor.

{Viola}

— Mas que *diabo*? — digo quando o RONCO da multidão desaparece quase instantaneamente, se espalhando em círculos até que os gritos e aplausos param, em voz e Ruído, o mais perto que este lugar pode chegar do silêncio.

Até as mulheres hesitam ao verem como os homens ficaram silenciosos.

— Eu ouvi — sussurra Bradley.

E Wilf sussurra:

— Eu ouvi também.

— Ouviram *o quê?* — pergunto, alto demais no novo silêncio, fazendo com que rostos na multidão se virem para trás para pedir que eu me *cale*.

— Apenas as palavras *Silêncio, por favor* — sussurra Bradley. — Bem no meio da minha cabeça. E juro que meu Ruído também está mais quieto.

— E o meu — diz Lee. — É como se eu tivesse ficado cego de novo.

— Como? — indago. — Como ele pode ter tanto poder?

— Ele tá engraçado desde a explosão — afirma Wilf.

— Viola — diz Bradley, botando a mão em meu braço. — Se ele pode fazer isso com mil pessoas de uma vez...

Eu vejo o prefeito parado à frente de Todd, olhando direto em seus olhos.

E saio andando na direção da multidão.

[Todd]

— Esperei minha vida inteira por isso — o prefeito me diz, e descubro que não consigo afastar os olhos.

Descubro que na verdade não quero fazer isso.

— Sem saber, Todd — ele está dizendo. — Tudo o que eu queria era botar este planeta sob meu controle e, se não conseguisse isso, destruí-lo completamente. Se não fosse meu, então não seria de mais ninguém.

O Ruído à nossa volta está quase completamente quieto.

— Como você está fazendo isso? — pergunto.

— Mas eu estava errado — ele continua. — Quando vi o que ia acontecer com mestra Coyle, quando vi que não tinha conseguido prever isso, mas *você* sim, Todd, e você me *salvou*... — Ele para, e juro que é porque está emocionado demais pra prosseguir. — Quando você me *salvou*, Todd, tudo mudou. Tudo se encaixou.

(e o zumbido, brilhando como um farol na minha cabeça...)

(aquela *alegria*...)

(é uma sensação *boa*...)

— Nós poderíamos tornar este mundo melhor — ele continua. — Você e eu poderíamos torná-lo melhor *juntos*. Com sua bondade, com tudo que há em você que sente e sofre e se arrepende e se recusa a cair não importa o que faça, Todd, se combinássemos isso com a forma como consigo liderar os homens, como consigo controlá-los...

— Eles não querem ser controlados — retruco.

Eu não consigo parar de olhar pros olhos dele...

— Não *esse* tipo de controle, Todd — ele diz. — Controle *pacífico*, controle benevolente...

E a alegria...

Eu *sinto* ela...

— Como o que o líder dos Spackle tem sobre seu próprio povo — o prefeito continua. — Essa é a voz que tenho escutado. A voz única. Eles são ele, e ele são eles, e é assim que eles sobrevivem, é assim que aprendem, crescem e *existem*. — Ele agora está respirando com dificuldade, com o gel pra queimadura no rosto fazendo parecer que ele acabou de sair da água. — Posso ser isso para as pessoas aqui, Todd. *Eu* posso ser a voz delas. E você pode me ajudar. Você pode me ajudar a ser *melhor*. Você pode me ajudar a ser *bom*.

E estou pensando...

Eu *podia* ajudar...

Eu *podia*...

(*não*...)

— Me solta — digo...

— Eu sabia que você era especial desde Prentisstown. Mas só hoje, só quando você salvou minha vida, eu entendi por quê. — O prefeito me segura com mais força. — Você é minha *alma*, Todd — ele diz, e a multidão à nossa volta fica empolgada com a intensidade das palavras dele, e o Ruído das pessoas confirma isso e responde. — Você é minha alma, e eu estava procurando por você sem saber. — Ele sorri pra mim, mostrando admiração. — E eu encontrei, Todd. Eu *encontrei* você...

Então ouço um som, um som diferente, vindo de algum lugar nos limites da multidão, um murmúrio no Ruído, roncando desde a outra extremidade da praça na direção da gente.

— Um Spackle — o prefeito sussurra, segundos antes de eu ver, surpreendentemente claro no Ruído da multidão.

Tem um Spackle vindo pela estrada num rinotanque.

— E... — o prefeito diz, franzindo levemente a testa e levantando pra olhar.

— E o quê? — pergunto.

Mas então eu também vejo, no Ruído da multidão...

O Spackle não tá sozinho...

Tem dois rinotanques...

E então eu escuto...

Escuto o som que vira o mundo inteiro de cabeça pra baixo...

{VIOLA}

Abro caminho à força através da multidão, cada vez menos preocupada se estou pisando nas pessoas ou empurrando quem está na minha frente, especialmente porque a maioria delas mal parece perceber. Até as mulheres parecem presas no momento, com os rostos cheios da mesma antecipação estranha...

— *Saiam da frente* — digo por entre os dentes cerrados.

Porque estou percebendo agora, tarde demais, tarde demais, que claro que o prefeito entrou na mente de Todd, *claro* que sim, e talvez Todd o *tenha* mudado, mudado para melhor, sem dúvida, mas o prefeito sempre foi mais forte, sempre foi mais esperto, e mudar para melhor não significa que ele algum dia vá chegar a ser bom, e *claro* que ele está mudando Todd também, claro que sim, como eu pude ser tão estúpida a ponto de não ver isso, a ponto de não falar com ele...

A ponto de não *salvá-lo*...

— Todd! — chamo...

Mas isso é abafado por um aumento repentino no Ruído da multidão, que se enche de imagens do fim da estrada, onde algo está acontecendo e sendo transmitido pelo Ruído das pessoas que o veem, se espalhando pela multidão...

Ruído que mostra dois Spackle chegando pela estrada...

Dois Spackle em rinotanques, um deles sentado em vez de em pé...

E levo um susto quando vejo que o que está de pé é o mesmo que me atacou...

Mas não há tempo para esse sentimento, porque o Ruído de repente se corrige...

E o Spackle sentado não é um Spackle...

É um *homem*...

E, no Ruído da multidão, passado como um bastão em uma corrida, eu ouço...

O homem está cantando.

[TODD]

Sinto um aperto no fundo do estômago, sinto que estou sufocando, minhas pernas se movimentam e eu me solto das mãos do prefeito com um puxão, sentindo machucar onde ele não quer largar...

Mas eu me solto...

Ah, meu Deus, eu me solto e *vou*...

— *Todd!* — ele chama atrás de mim, com choque verdadeiro na voz, *dor* verdadeira por eu estar correndo dele...

Mas eu estou correndo...

Nada vai impedir que eu corra...

— *SAI DA FRENTE!* — grito.

E os soldados e homens saem do meu caminho, como se nem decidissem por conta própria...

Porque eles não decidem...

Eu ainda ouço o prefeito chamar atrás de mim:

— Todd!

Mas está ficando cada vez mais pra trás...

Porque à frente...

Meu Deus, eu não acredito, eu não acredito...

— *SAI DA FRENTE!*

E estou tentando ouvir, tentando ouvir o som de novo, tentando ouvir a *canção*...

E a multidão continua em movimento, saindo de meu caminho como se eu fosse um fogo chegando pra queimar as pessoas...

E o Spackle que aparece no Ruído delas também...

É o 1017...

O Spackle é o *1017*...

— Não! — grito, e corro ainda mais...

Porque não sei o que significa o 1017 estar aqui...

Mas ali está ele, no Ruído da multidão...

Ficando mais brilhante e mais claro quando chego perto...

Bem mais claro do que o Ruído normalmente é...

Eu ouço atrás de mim:

— Todd!

Mas eu não paro...

Porque quando chego perto nem mesmo o Ruído crescente da multidão consegue encobrir...

A canção...

Clara como o ar...

Rasgando meu coração ao meio...

A canção, *minha* canção...

De manhã cedo, com o sol nascendo...

E meus olhos ficam molhados, e a multidão vai rareando, e o caminho que as pessoas abrem pra mim vai encontrando o caminho que abrem pro Spackle...

Só mais algumas pessoas...

Só mais algumas...

E a multidão abre...

E ali está ele...

Ali, diante dos meus olhos...

E tenho que parar...

Tenho que parar, porque sinto que não consigo nem ficar de pé...

E quando digo o nome dele, sai como pouco mais que um sussurro...

Mas ele escuta...

Eu sei que ele escuta.

— *Ben.*

{VIOLA}

É *Ben.*

Posso vê-lo claramente no Ruído da multidão, como se ele estivesse bem à minha frente. Ali está o Spackle que tentou me matar, o 1017, montado em um rinotanque, e Ben está sentado em outro atrás dele, e a canção que ele canta chega clara: *Ouvi uma donzela chamar lá do vale...*

Mas a boca dele não está se mexendo...

O que deve ser um erro do Ruído da multidão...

Mas ele está chegando pela estrada, e como ninguém ali o conhece, seu rosto deve ser preciso, deve mesmo ser Ben...

Posso sentir o remédio do prefeito correndo por minhas veias e uso minha nova disposição para começar a empurrar as pessoas do caminho com ainda mais força...

Porque, no Ruído deles, também posso ver o prefeito avançando à minha frente...

E vejo que Todd chegou até Ben...

Vejo como se eu estivesse bem ali...

Sinto como se eu estivesse bem ali porque o Ruído do próprio Todd se abriu quando ele se afastou do prefeito e se aproximou de Ben, tão amplo como costumava ser, se abriu com assombro e alegria e tanto amor que é quase impossível de olhar, e esses pensamentos estão voltando pela multidão como uma onda, e a multidão cambaleia sob eles, cambaleia sob o sentimento que Todd está transmitindo...

Transmitindo que nem o prefeito...

[TODD]

Não consigo nem dizer nada, simplesmente não consigo, não tem palavras pra isso enquanto corro até ele, passo correndo pelo 1017, e Ben está descendo do rinotanque, e o Ruído dele está aumentando pra me receber com tudo que sei sobre ele, tudo que sei desde que eu era bebê, tudo que significa que ele é mesmo Ben...

Mas ele não está dizendo isso em palavras...

E ele abre os braços, e eu me jogo no seu abraço e atinjo ele com tanta força que a gente cai pra trás em cima do animal que ele tava montando e...

Como você cresceu, ele diz...

— *Ben!* — digo, ofegante. — Ah, meu Deus, *Ben*...

Você está tão alto quanto eu, ele diz. *Grande como um homem.*

E eu quase não percebo que ele diz isso de um jeito um pouco estranho porque estou abraçando ele com força e meus olhos estão escorrendo e quase não consigo falar enquanto eu sinto ele ali, bem *ali*, bem *ali* em carne e osso, vivo, vivo, vivo...

— Como? — pergunto, por fim, me afastando um pouco dele, mas ainda abraçado, e não consigo falar mais nada, mas ele sabe o que quis dizer...

Os Spackle me encontraram, ele conta. *Davy Prentiss atirou em mim...*

392

— Eu sei — digo, e meu peito parece pesado, e meu Ruído parece mais pesado ainda, pesado como não ficava há bastante tempo, e Ben percebe isso e diz...

Mostre-me.

E eu faço isso, bem ali, antes mesmo de conseguir dizer uma frase decente, mostro a ele toda a história terrível do que aconteceu depois que a gente se separou e eu posso jurar que ele tá me ajudando a fazer isso, me ajudando a mostrar pra ele a morte de Aaron, o ferimento de Viola, a separação da gente, os ataques da Resposta, a marcação dos Spackle, a marcação das mulheres, a *morte* dos Spackle, e olho pro 1017 ainda em cima do rinotanque e também mostro tudo isso pro Ben, e tudo o que veio depois, Davy Prentiss ficando humano e depois morrendo pela mão do prefeito, e a guerra, e mais mortes...

Está tudo bem, Todd, ele diz. *Acabou. A guerra acabou.*

E percebo...

Percebo que ele me perdoa.

Ele perdoa tudo isso, diz que nem preciso ser perdoado, diz que fiz o melhor que pude, que cometi erros, mas é isso o que faz de mim humano e que não são os erros que cometi que importam, mas como reagi a eles, e posso sentir tudo isso vindo dele, sentir o Ruído dele dizendo que posso parar agora, que tudo vai ficar bem...

E eu percebo que ele não está dizendo isso com palavras, está enviando tudo direto pro meio da minha cabeça... na verdade, não, ele *não* tá fazendo isso, ele tá me *cercando* com o Ruído, deixando que eu fique no meio dele, sabendo que o perdão é verdadeiro, a — e essa é uma palavra que nem sei, mas de repente sei — *absolvição*, eu tenho a absolvição dele se eu quiser, absolvição por tudo...

— Ben? — pergunto, ficando intrigado, *mais* que intrigado. — O que está acontecendo? Seu *Ruído*...

Temos muita coisa para conversar, ele diz, mais uma vez não com a boca, e começo a achar isso esquisito, mas o calor dele está ao meu redor. O *Ben* está todo ali, e meu coração abre de novo e sorrio em resposta ao sorriso que ele está dando pra mim...

Então ouço atrás da gente:

— Todd?

A gente vira pra olhar.

O prefeito está parado no limite da multidão, observando tudo.

{Viola}

— Todd? — diz o prefeito quando paro bem ao lado dele...

Porque é Ben, é *ele*, não sei como, mas é mesmo ele...

E ele e Todd se viram para olhar, com uma nuvem deslumbrante de Ruído feliz girando em torno dos dois, se expandindo sobre tudo, inclusive o Spackle ainda no alto do rinotanque ao lado deles, e eu vou na direção de Ben, com o coração acelerado...

Mas eu olho para o rosto do prefeito quando passo...

E vejo *dor* ali, só por um segundo, tomando seus traços cobertos de gel brilhante, então ela desaparece, substituída pelo rosto que conhecemos tão bem, o rosto do prefeito, centrado e no comando...

— Ben! — chamo, e ele abre os braços para me receber.

Todd se afasta, mas os sentimentos de Ben são tão bons, tão fortes, que depois de um segundo Todd abraça nós dois juntos, e me sinto tão feliz com isso que começo a chorar.

— Sr. Moore — chama o prefeito, a alguns passos de distância. — Os relatos sobre sua morte parecem ter sido exagerados.

Assim como relatos da sua, responde Ben, mas de um jeito estranho, sem usar a boca, usando o Ruído da forma mais direta que eu já ouvi...

— Isso é bastante inesperado — diz o prefeito, olhando para Todd. — Mas alegre, é claro. Muito alegre, na verdade.

Mas não vejo muita alegria por trás de seu sorriso.

Todd, porém, não parece perceber.

— O que aconteceu com seu Ruído? — pergunta ele para Ben. — Por que você tá falando assim?

— Acho que tenho uma ideia — comenta o prefeito.

Mas Todd não está ouvindo.

— Vou explicar tudo — diz Ben, usando a boca pela primeira vez, embora sua voz esteja rouca e embargada, como se ele não a usasse há séculos. *Mas deixe-me dizer primeiro,* continua ele pelo Ruído, dirigindo-se ao prefeito e à multidão atrás dele, *que a paz ainda está ao nosso alcance. O Solo ainda a deseja. Um novo mundo de verdade ainda está aberto a todos nós. Foi isso que vim dizer a vocês.*

— É mesmo? — questiona o prefeito, ainda dando seu sorriso frio.

— Então o que *ele* está fazendo aqui? — pergunta Todd, apontando para o 1017 com a cabeça. — Ele tentou matar Viola. Ele não liga pra paz.

O Retorno cometeu um erro, diz Ben. *Pelo qual devemos perdoá-lo.*

— Como é que é? Quem fez o quê? — pergunta Todd, perplexo.

Mas o 1017 já está virando seu rinotanque de volta para a estrada, sem nos dar atenção, atravessando a multidão e se dirigindo para fora da cidade.

— Bem... — diz o prefeito com o sorriso ainda fixo.

Ben e Todd estão apoiados um no outro. Sentimentos emanam deles em ondas, ondas que fazem com que eu me sinta ótima, apesar de todas as minhas preocupações.

— Bem... — repete o prefeito, um pouco mais alto, tentando se assegurar de ter toda a nossa atenção. — Eu gostaria muito, muito mesmo, de ouvir o que Ben tem a dizer.

Tenho certeza de que sim, David, diz Ben, naquele jeito estranho com o Ruído. *Mas primeiro tenho muita coisa para botar em dia com meu filho.*

E Todd lança uma onda de sentimento...

E ele não vê o vislumbre de dor passar novamente pelo rosto do prefeito.

[TODD]

— Mas eu não entendo — digo, não pela primeira vez. — Isso significa que você é um Spackle agora ou alguma coisa assim?

Não, Ben diz por seu Ruído, mas de forma bem mais clara do que normalmente é uma fala no Ruído. *Os Spackle falam a voz deste planeta. Eles vivem dentro dela. E agora, devido ao longo tempo que passei imerso nessa voz, eu também faço isso. Eu me conectei com eles.*

E ali está a palavra *conectar* de novo.

A gente está na minha barraca, só eu e ele, com Angharrad amarrada do lado de fora de um jeito que bloqueia a abertura. Sei que o prefeito, Viola, Bradley e todos os outros estão ali fora, esperando a gente aparecer e contar o que está acontecendo.

Mas eles que esperem.

Ben está de volta e não vou perder ele de vista.

Eu engulo em seco e penso por um minuto.

— Eu não entendo — repito.

— Acho que esse pode ser o caminho para todos nós — ele diz com a boca, de um jeito rouco e estalado. Ele tosse e deixa que o Ruído assuma de novo. *Se **todos** pudermos aprender a falar assim, então não vai mais haver divisão entre nós e os Spackle, não vai mais haver divisão entre **humanos**. Este é o segredo deste planeta, Todd: comunicação, real e aberta, de modo que possamos finalmente entender uns aos outros.*

Eu limpo a garganta.

— Mulheres não têm Ruído — digo. — O que vai acontecer com elas?

Ele hesita. *Eu tinha esquecido. Faz muito tempo que não fico perto delas.* Então Ben fica animado de novo. *As mulheres Spackle têm Ruído. E se há uma forma de os homens pararem de ter Ruído...* Ele olha pra mim. *Deve haver uma forma de as mulheres começarem.*

— Do jeito que andam as coisas por aqui — respondo —, não sei se você vai conseguir muita coisa com esse tipo de conversa.

A gente fica sentado em silêncio por um momento. Bem, não em silêncio, porque o Ruído de Ben se agita constantemente em volta da gente, pegando meu próprio Ruído e se misturando nele como se fosse a coisa mais natural do mundo, e a todo instante posso saber tudo sobre Ben. Por exemplo, agora sei como, depois que Davy atirou nele, Ben foi cambaleando até os arbustos pra morrer e ficou lá deitado por um dia e uma noite até ser encontrado por um grupo de caça de Spackle e depois o que aconteceu foram meses de sonhos onde estava quase morto, meses distante em um mundo de vozes estranhas, aprendendo todos os conhecimentos e histórias que os Spackle sabem, aprendendo nomes, sentimentos e entendimentos novos.

Então ele acordou e estava mudado.

Mas também ainda era Ben.

E eu conto pra ele, através do melhor uso do meu Ruído, que está aberto e livre de novo como não acontecia fazia meses, tudo o que aconteceu aqui e como eu ainda não entendo direito por que estou usando este uniforme...

Mas tudo o que ele pergunta é: *Por que Viola não está aqui dentro conosco?*

{VIOLA}

— Você não se sente excluída? — pergunta o prefeito, andando em volta da fogueira mais uma vez.

— Na verdade, não — digo, enquanto o observo. — É o pai dele ali dentro.

— Não o pai *de verdade* — retruca o prefeito, franzindo o cenho.

— É de verdade o bastante.

O prefeito continua andando, com o rosto duro e frio.

— A menos que você queira dizer...

— Quando eles resolverem sair daí — diz ele, apontando com a cabeça na direção da barraca onde Ben e Todd estão conversando, onde podemos ouvir e ver uma nuvem de Ruído girando mais densa e intricada do que o Ruído habitual de qualquer homem —, por favor, mande Todd me buscar.

E sai, seguido pelo capitão O'Hare e o capitão Tate.

— O que aconteceu com ele? — pergunta Bradley, observando o prefeito ir embora.

É Wilf quem responde.

— Ele acha que perdeu o filho.

— O filho? — pergunta Bradley.

— O prefeito botou na cabeça que Todd é um substituto para Davy — digo. — Você viu como ele estava conversando com ele.

— Ouvi alguma coisa pela multidão — diz Lee, de onde está sentado perto de Wilf. — Algo sobre Todd transformá-lo.

— E agora o pai *verdadeiro* de Todd apareceu.

— No pior momento possível — opina Lee.

— Ou bem a tempo — digo.

A cortina da barraca se abre, e Todd bota a cabeça para fora.

— Viola? — chama ele.

E eu me viro para olhar para ele…

E, quando faço isso, posso ouvir tudo o que ele está pensando.

Tudo.

Mais claro que antes, mais claro do que parece possível…

E eu nem sei de devia fazer isso, mas olho para ele nos olhos e vejo…

No meio de tudo o que ele está sentindo…

Mesmo depois que brigamos…

Mesmo depois que duvidei dele…

Mesmo depois que eu o *magoei*…

Vejo o quanto ele me ama.

Mas também vejo mais.

[TODD]

— Então o que acontece agora? — Viola pergunta pro Ben, sentando ao meu lado na cama de campanha.

Eu peguei a mão dela. Não falei nada, apenas peguei, e ela deixou, e a gente está sentado lado a lado.

Paz é o que acontece, Ben diz. *O Céu me mandou para saber sobre uma explosão, para ver se a paz ainda era possível.* Ele sorri, e mais uma vez isso está por todo o seu Ruído, chegando na gente de um jeito que é difícil não sorrir também. *E é possível. É isso o que o Retorno está dizendo ao Céu neste momento.*

— O que faz você pensar que o 1017 é confiável? — pergunto. — Ele atacou Viola.

Eu aperto a mão dela.

Ela aperta a minha mão de volta.

Porque eu o conheço, Ben responde. *Posso ouvir sua voz, ouvir o conflito que há nela, ouvir o bem que quer sair. Ele é como você, Todd. Ele não consegue matar.*

Ao ouvir isso, eu olho pro chão.

— Acho que você precisa conversar com o prefeito — Viola diz pro Ben. — Não acho que ele está muito feliz com a sua volta.

Não mesmo, Ben concorda. *Também tive essa impressão, embora ele seja muito difícil de ler, não é?* Ele levanta e diz com a voz rouca:

— Mas ele precisa saber que a guerra acabou.

Ele olha pra mim e Viola ali sentados, dá outro sorrisinho, então deixa a gente na barraca.

A gente não diz nada por um minuto.

Nem por mais um minuto.

Então conto pra ela o pensamento que estou tendo desde que vi Ben.

{VIOLA}

— Quero voltar pra velha Prentisstown — diz Todd.

— O quê? — pergunto, surpresa, embora eu tenha visto isso girando em seu Ruído.

— Talvez não pra velha Prentisstown em si — explica ele. — Mas não quero ficar aqui.

Eu me sento, ereta.

— Todd, nós mal começamos...

— Mas a gente *vai* começar, e logo — diz ele, ainda segurando minha mão. — As naves vão chegar, os colonos vão acordar e então vai haver uma nova cidade. Toda com gente nova. — Ele afasta os olhos. — Depois de viver em cidades por algum tempo, acho que não gosto muito delas.

399

Seu Ruído está ficando mais silencioso, agora que Ben saiu, mas ainda posso vê-lo imaginando a vida depois do comboio, as coisas voltando ao normal, as pessoas se espalhando rio acima outra vez.

— E você quer ir embora — digo.

Ele olha novamente para mim.

— Quero que você venha comigo. E Ben. E Wilf e Jane, talvez. Bradley, também, se ele quiser, e mestra Lawson parece legal. Por que a gente não cria uma cidade? Uma cidade longe de tudo isso? — Ele dá um suspiro. — Uma cidade longe do prefeito.

— Mas ele precisa ser vigiado.

— Vai ter cinco mil pessoas novas que vão saber bem como ele é. — Ele torna a olhar para o chão. — Além disso, acho que talvez eu tenha feito tudo que posso por ele. Eu cansei.

O jeito como diz isso faz com que eu perceba como também cansei, como cansei de tudo isso, e como ele deve estar cansado, como *parece* cansado, como está desgastado e farto de tudo, e minha garganta começa a apertar com essa sensação.

— Eu quero ir embora daqui — continua ele. — E quero que você venha comigo.

E nós ficamos ali sentados em silêncio por um bom tempo.

— Ele está em sua cabeça, Todd — digo, por fim. — Eu vi. Como se vocês estivessem conectados.

Todd suspira novamente com a palavra *conectado*.

— Eu sei. É por isso que eu quero ir. Eu cheguei perto, mas não esqueci quem sou. Ben me lembrou tudo que eu preciso saber. E, sim, eu também estou conectado com o prefeito, mas eu tirei ele de toda essa coisa de guerra.

— Você *viu* o que ele fez com a multidão?

— Está quase acabando — diz Todd. — Nós vamos ter paz, ele vai ter a vitória dele e não vai mais precisar de mim, por mais que ache que precisa. O comboio vai chegar, ele vai ser o herói, mas vai ser minoria, e nós vamos dar o fora daqui, está bem?

— Todd...

— Está quase acabando — repete ele. — E eu posso aguentar até acabar.

Então ele olha para mim de um jeito diferente.

Seu Ruído fica cada vez mais quieto, mas ainda consigo ver...

Ver como ele sente a pele de minha mão contra a sua, ver como ele quer tomá-la e apertar sobre a boca, como quer sentir meu cheiro e como pareço bonita para ele, como estou forte depois de toda aquela doença, e como ele quer tocar delicadamente meu pescoço, *bem ali*, e como ele quer me tomar nos braços e...

— Ah, meu Deus — diz ele, de repente afastando os olhos. — Viola, desculpa, eu não quis...

Mas eu apenas toco sua nuca...

E ele diz:

— Viola?

E eu me aproximo dele...

E o beijo.

E é uma sensação de *finalmente*.

[Todd]

— Concordo totalmente — o prefeito diz pro Ben.

Concorda?, Ben pergunta, surpreso.

A gente está reunido em volta da fogueira. Viola está sentada do meu lado.

Segurando minha mão de novo.

Segurando como se nunca fosse soltar.

— Claro que sim — o prefeito responde. — Como eu disse muitas vezes, paz é o que eu quero. É o que eu *realmente* quero. Se não conseguirem acreditar que é por qualquer outra razão, ao menos por interesse próprio.

Excelente, então, Ben diz. *Vamos continuar com o conselho como planejado. Isso é, se seus ferimentos permitirem que você participe.*

Os olhos do prefeito brilham um pouco.

— E que ferimentos seriam esses, sr. Moore?

Tudo para quando a gente olha pro gel de queimadura cobrindo o rosto do prefeito e as ataduras na cabeça dele.

Mas não, ele não parece estar sentindo a dor de nenhum ferimento.

— Enquanto isso — o prefeito continua —, há certas coisas que precisam ser feitas imediatamente, certas garantias a serem estabelecidas.

— Garantias para quem? — pergunta Viola.

— As pessoas lá longe no alto do morro, por exemplo — o prefeito responde. — Elas podem ainda não ter se juntado ao exército da mártir, mas eu não me surpreenderia se mestra Coyle tivesse deixado instruções com mestra Braithwaite para a eventualidade de sua ausência. Alguém precisa voltar lá e resolver as coisas.

— Eu vou — mestra Lawson anuncia, de cenho franzido. — As mestras vão me escutar.

— Eu também — Lee diz, apontando seu Ruído pra longe de mim e de Viola.

— E nosso amigo Wilf vai levá-los de carroça — o prefeito diz.

Todos levantam os olhos quando ele diz isso.

— Eu posso levá-los na *nave* — oferece Bradley.

— E ficar fora a noite inteira? — o prefeito pergunta, com um olhar duro pra ele (e eu fico na dúvida se escuto o zumbido…). — E só voltar de manhã com uma unidade de tratamento de queimaduras que supera tudo o que temos na cidade? Além disso, acho que você, Bradley, precisa voltar para os Spackle *hoje*, agora mesmo, com Ben e Viola.

— O *quê*? — Viola diz. — Mas concordamos com amanhã…

— Até amanhã, a divisão que mestra Coyle queria pode ter assumido uma posição mais firme — o prefeito explica. — Não seria muito melhor se você, heroína das primeiras conversas, voltasse esta noite com o assunto já resolvido? Com, por exemplo, um rio correndo lentamente por suas margens?

— Quero ir com Ben — digo. — Eu não…

— Desculpe, Todd — o prefeito interrompe. — Desculpe mesmo, mas você precisa ficar aqui comigo, como sempre, e garantir que eu não faça nada que alguém desaprove.

— *Não* — Viola diz, surpreendentemente alto.

— Depois de todo esse tempo, você está preocupada *agora*? — o prefeito pergunta pra ela, sorrindo. — São só algumas horas, Viola, e com a morte de mestra Coyle, o crédito por vencer esta guerra recai exclusivamente sobre mim. Tenho muita razão para me comportar, acredite. O comboio pode até me coroar rei.

Há uma pausa longa quando todo mundo olha um pro outro, pensando sobre isso.

Preciso dizer que isso tudo parece bastante razoável, Ben diz, por fim. *Fora a parte de se tornar rei, obviamente.*

E eu observo o prefeito enquanto todo mundo começa a discutir o assunto. Ele olha diretamente pra mim. Eu espero ver raiva.

Mas tudo o que eu vejo é tristeza.

E eu percebo…

Que ele está se despedindo.

{Viola}

— Esse Ruído de Ben é incrível — diz Lee enquanto eu o ajudo a subir na carroça que vai levá-los de volta para o alto do morro. — É como se o mundo todo estivesse ali, e tudo é tão *claro*.

Decidimos, depois de um pouco mais de debate, seguir o plano do prefeito. Eu, Bradley e Ben vamos subir até os Spackle agora. Lee, Wilf e mestra Lawson vão até o alto do morro para acalmar as coisas. Todd e o prefeito vão ficar na cidade para cuidar da situação por aqui. E vamos todos tentar voltar a nos reunir o mais rápido possível.

Todd diz que acha que o prefeito só quer se despedir dele em particular, agora que Ben voltou, e que provavelmente seria mais perigoso para Todd *não* estar ali. Ainda argumentei contra isso, até Ben concordar com Todd e dizer que aquelas eram as últimas horas antes da paz de verdade e que, qualquer boa influência que Todd tivesse sobre o prefeito, agora era a hora em que ela seria mais necessária.

Eu, porém, ainda estou preocupada.

— Ele diz que é como todos os Spackle falam — explico para Lee. — Como todos os Spackle *são*, como eles evoluíram. Para se encaixar perfeitamente no planeta.

— E nós nem tanto?

— Ben disse que nós poderíamos aprender, porque *ele* aprendeu.

— E as mulheres? — pergunta Lee. — E elas?

— E o prefeito? Ele não tem mais Ruído.

— Nem Todd — comenta Lee, e ele está certo.

Quanto mais longe Todd fica de Ben, mais silencioso seu Ruído fica. Então vejo Todd no Ruído de Lee, vejo a mim e a Todd na barraca de Todd, vejo a mim e a Todd...

— Ei! — digo, enrubescendo. — Isso não aconteceu!

— Alguma coisa aconteceu — resmunga ele. — Você ficou lá dentro por séculos.

Eu não digo nada, apenas observo Wilf prender os bois à frente da carroça e mestra Coyle arrumar os suprimentos que quer levar para o alto do morro.

— Ele me pediu para ir embora com ele — digo, depois de um silêncio longo.

— Quando? — pergunta Lee. — *Para onde?*

— Quando isso tudo acabar. Assim que pudermos.

— E você vai?

Eu não respondo.

— Ele ama você, sua idiota — diz Lee, sem maldade. — Até um cego consegue ver isso.

— Eu sei — sussurro, olhando para trás, para a fogueira onde Todd está encilhando Angharrad para ser montada por Bradley.

— Tamo pronto — avisa Wilf, se aproximando.

Eu dou um abraço nele.

— Boa sorte, Wilf — digo. — Vejo você amanhã.

— Procê também, Viola.

Abraço Lee também, e ele sussurra em meu ouvido:

— Vou sentir sua falta quando você partir.

Eu me afasto dele e até abraço mestra Lawson.

— Você está com um aspecto muito saudável — diz ela. — Nova em folha.

Então Wilf estala as rédeas, e a carroça começa a seguir seu caminho ao redor das ruínas da catedral, passando pela torre solitária do sino, ainda de pé depois de tanto tempo.

Eu os observo até desaparecerem. Então um floco de neve pousa na ponta do meu nariz.

[TODD]

Estou sorrindo feito um idiota quando estendo a mão pra pegar os flocos que caem. Eles pousam que nem cristaizinhos perfeitos antes de derreterem quase instantaneamente na palma da minha mão, onde a pele ainda está vermelha por causa das queimaduras.

— A primeira neve em anos — o prefeito comenta, erguendo os olhos que nem todo mundo pra neve que cai feito plumas brancas, por todo, todo, todo lado.

— Isso não é incrível? — digo, ainda sorrindo. — Ei, Ben!

Eu começo a ir até onde ele está apresentando Angharrad pro rinotanque dele.

— Espere um momento, Todd — o prefeito pede.

— O quê? — pergunto com um pouco de impaciência, porque eu preferia muito mais estar dividindo a neve com Ben que com o prefeito.

— Acho que sei o que aconteceu com ele — o prefeito diz, e nós dois olhamos de novo pro Ben, que ainda está falando com Angharrad e agora com os outros cavalos também.

— Não *aconteceu* nada com ele. — rebato. — Ele ainda é o Ben.

— Tem certeza? — o prefeito pergunta. — Ele foi aberto pelos Spackle. Nós não sabemos o que isso pode fazer com um homem.

Eu franzo a testa e sinto o estômago revirar. É raiva.

Mas tem um pouco de medo também.

— Ele está bem.

— Digo isso por preocupação com você, Todd — o prefeito diz, parecendo sincero. — Posso ver como você está feliz por tê-lo de volta. O quanto significa ter seu pai novamente.

Olho fixamente pra ele, tentando decifrar ele, mantendo meu próprio Ruído leve, de modo que a gente é só duas pedras que não dizem nada uma pra outra.

Duas pedras ficando aos poucos cobertas de neve.

— Você acha que ele pode estar em perigo? — pergunto, por fim.

— Este planeta é informação — o prefeito diz. — O tempo inteiro, sem parar. Informação que ele quer dar a você, informação que ele quer pegar de você para compartilhar com todo mundo. E acho que você pode reagir a isso de dois jeitos. Pode controlar o quanto se dá, como você e eu fizemos calando nosso Ruído...

— Ou pode se abrir completamente pra ele — digo, olhando pro Ben, que capta meu olhar e sorri em resposta.

— E qual é o jeito certo? — o prefeito pergunta. — Bom, vamos ter que ver. Mas eu ficaria de olho em Ben se fosse você. Para o próprio bem dele.

— Você não precisa se preocupar — digo, virando novamente pra ele. — Vou ficar de olho nele pelo resto da vida.

E estou sorrindo quando digo isso, ainda satisfeito com o sorriso que Ben me deu, mas capto um brilho no olhar do prefeito, breve e evanescente, mas presente.

É um brilho de dor.

Que logo desaparece.

— Espero que você esteja por perto para ficar de olho em mim também — ele diz, com o próprio sorriso voltando. — Para me manter na linha.

Eu engulo em seco.

— Você vai ficar bem — respondo. — Com ou sem mim.

E a dor surge de novo.

— Sim — ele concorda. — Espero que sim.

{Viola}

— Você parece ter rolado em farinha — digo para Todd quando ele se aproxima de mim.

— Você também — responde ele.

Dou uma sacudida na cabeça e neve cai à minha volta. Já estou montada em Bolota e posso ouvir os cavalos cumprimentarem Todd, Angharrad especialmente, agora sendo montada por Bradley.

Ela é uma beleza, diz Ben ao nosso lado em seu rinotanque. *E acho que ela tem uma paixonite.*

Menino potro, diz Angharrad, curvando a cabeça para o rinotanque e virando a cara.

— Sugiro que o primeiro ponto a ser abordado seja a restauração da confiança — diz o prefeito enquanto se aproxima. — Diga aos Spackle que estamos mais comprometidos com a paz do que nunca. Então veja se consegue deles alguma ação prática imediatamente.

— Como o rio ser liberado — completa Bradley. — Concordo. Mostrar às pessoas que elas têm motivo para ter esperança.

— Nós vamos fazer o possível.

— Sei que vai, Viola — diz o prefeito. — Você sempre fez isso.

Mas eu percebo que ele mantém os olhos firmes em Todd e Ben enquanto se despedem.

São apenas algumas horas, escuto Ben dizer com o Ruído brilhante, quente e reconfortante.

— Toma cuidado — pede Todd. — Não vou perder você uma terceira vez.

Bom, isso seria um azar terrível, não seria?, diz Ben com um sorriso.

E eles se abraçam, um abraço quente e apertado, como pai e filho.

Eu não paro de olhar para o rosto do prefeito.

— Boa sorte — diz Todd para mim, se aproximando. Ele baixa a voz: — Continua a pensar no que eu disse. Continua a pensar sobre o futuro. — Ele dá um sorriso tímido. — Agora que a gente realmente tem um.

— Você tem *certeza* disso? — pergunto. — Porque eu posso ficar. Bradley pode…

— Eu já te falei. Acho que ele só quer se despedir. É por isso que tudo parece tão estranho. Na verdade, acabou.

— Você tem certeza de que vai ficar bem?

— Vou ficar bem — afirma Todd. — Eu consegui ficar esse tempo todo com ele. Posso aguentar mais algumas horas.

E nós damos as mãos novamente e as seguramos por um segundo a mais que o necessário.

— Eu vou, Todd — sussurro. — Eu vou com você.

E ele não diz nada, apenas aperta minha mão com mais força e a aproxima do rosto como se quisesse me respirar.

[TODD]

— A neve está ficando mais forte — digo.

Viola, Ben e Bradley estão na estrada tem algum tempo, e estou vendo a projeção enquanto eles começam a subir o morro até os Spackle, seguindo devagar por causa do clima. Viola disse que ia me ligar quando chegasse lá, mas não custa nada ficar de olho no progresso dela, não é?

— Os flocos estão grandes demais para ser motivo de preocupação — o prefeito diz. — É quando eles são pequenos e caem como chuva que tem uma nevasca de verdade a caminho. — Ele limpa os flocos da manga. — Esses são apenas uma falsa promessa.

— Ainda é neve — digo, observando os cavalos e o rinotanque a distância.

— Venha, Todd — o prefeito chama. — Preciso de sua ajuda.

— Minha ajuda?

Ele aponta pro próprio rosto.

— Posso dizer que não tenho ferimentos, mas o gel para queimaduras torna mais fácil acreditar.

— Mas mestra Lawson...

— Voltou para o alto do morro — ele retruca. — Você pode passar um pouco em suas mãos também. É eficiente.

Olho pras minhas mãos, que estão começando a doer de novo conforme passa o efeito do remédio.

— Está bem.

A gente segue na direção da nave batedora, pousada num canto da praça ali perto, sobe a rampa e entra na sala de cura, onde o prefeito senta numa das camas, tira a jaqueta do uniforme e bota ela dobrada do lado dele. Ele começa a tirar as ataduras da parte de trás da cabeça e da nuca.

— Você não devia mexer nisso — aviso. — Ainda estão novas.

— Estão apertadas — o prefeito diz. — Gostaria que você pusesse novas um pouco mais frouxas, por favor.

Eu dou um suspiro.

— Está bem.

Vou até as gavetas de tratamentos e pego algumas ataduras, assim como um pote do gel de queimadura pro rosto dele. Eu removo a embalagem das ataduras, digo pra ele inclinar a cabeça pra frente e ponho elas frouxamente em cima da faixa de queimaduras terríveis na parte de trás da cabeça dele.

— Isso não tá nada bom — digo, botando a atadura com delicadeza.

— Seria pior se você não tivesse me salvado, Todd.

Ele dá um suspiro de alívio conforme o remédio age na queimadura e circula pelo corpo dele. Ele senta preu passar o gel, mostrando o rosto, que tem um sorriso, um sorriso que quase parece triste.

— Lembra quando fiz um curativo em você, Todd? — ele pergunta. — Há tantos meses atrás?

— Dificilmente vou esquecer isso — digo, espalhando o gel na testa dele.

— Acho que aquele foi o momento em que nós nos entendemos pela primeira vez. Quando você viu que talvez eu não fosse de todo mau.

— Talvez — respondo com cautela, usando dois dedos pra espalhar o gel pelas maçãs do rosto vermelhas dele.

— Aquele foi o momento em que tudo isso começou de verdade.

— Isso começou muito antes *pra mim*.

— E agora aqui está você, fazendo um curativo em mim — ele diz. — No momento em que tudo acaba.

Eu paro, com as mãos ainda no ar.

— Onde o que acaba?

— Ben voltou, Todd. Não sou ignorante do que isso significa.

— O que isso significa? — pergunto, olhando pra ele todo desconfiado.

Ele sorri de novo, dessa vez um sorriso cheio de tristeza.

— Ainda posso ler você — ele diz. — Mais ninguém pode fazer isso, mas, afinal, mais ninguém neste planeta inteiro é como eu, não é? Eu posso lê-lo mesmo quando você está tão silencioso quanto a escuridão à frente.

Eu me afasto dele.

— Você quer ir embora com Ben — ele diz, dando de ombros. — Perfeitamente compreensível. Quando tudo isso acabar, você quer ir embora com Ben e Viola e começar uma vida nova longe daqui. — Ele faz uma pequena careta. — Longe de mim.

As palavras dele não são ameaçadoras, são na verdade a despedida que eu estava esperando, mas tem essa sensação na sala, essa sensação estranha…

(e o zumbido…)

(estou percebendo agora pela primeira vez…)

(ele desapareceu completamente da minha cabeça…)

(o que é de certa forma mais assustador do que ele estar ali…)

— Eu não sou seu filho — digo.

— Podia ter sido — ele responde, quase sussurrando. — E que filho você teria sido. Alguém para quem eu finalmente poderia passar meu legado. Alguém com *poder* em seu Ruído.

— Eu não sou como você — insisto. — Nunca vou *ser* como você.

— Não, não mesmo. Não com seu pai de verdade aqui. Embora nossos uniformes sejam iguais, hein, Todd?

Eu olho pro meu uniforme. Ele tem razão. É até quase do mesmo *tamanho* que o do prefeito.

Então ele vira a cabeça um pouco e olha prum ponto atrás de mim.

— Você pode sair agora, soldado. Sei que está aí.

— O quê? — pergunto, virando na direção da porta.

A tempo de ver Ivan entrar.

— A rampa estava aberta — ele diz, parecendo envergonhado. — Eu só estava me assegurando de que não havia ninguém errado aqui.

— Sempre procurando onde está o poder, soldado Farrow — o prefeito comenta, com um sorriso triste. — Bom, infelizmente ele não está mais aqui.

Ivan lança um olhar nervoso pra mim.

— Então eu vou embora.

— Sim — o prefeito diz. — Sim, acho que finalmente vai.

E ele calmamente pega a jaqueta do uniforme, bem dobrada na cama, e eu e Ivan ficamos ali parados observando ele enfiar a mão num bolso, pegar uma pistola e, sem mudar a expressão no rosto, dar um tiro na cabeça de Ivan.

{Viola}

Estamos no alto do morro, dando os primeiros passos no acampamento dos Spackle, com o Céu e o 1017 esperando para nos saudar, quando escutamos.

Eu giro para trás na sela e volto o olhar para a cidade.

— Isso foi um tiro? — pergunto.

[Todd]

— Você tá louco — digo, com as mãos levantadas, seguindo lentamente na direção da porta, onde o corpo de Ivan está escorrendo sangue pra todo lado.

Ele não mexeu nem piscou quando o prefeito levantou a arma, não fez nada pra impedir a própria morte.

E eu sei por quê.

— Você não pode me controlar — digo. — Não pode. Eu vou enfrentar você e vou ganhar.

— Vai, Todd? — ele pergunta, ainda em voz baixa. — Pare bem aí.

E eu paro.

Meus pés parecem congelados no chão. Minhas mãos ainda estão levantadas e eu não estou indo a lugar nenhum.

— Durante todo esse tempo, você acreditou mesmo que estava em vantagem?

O prefeito levanta da cama, ainda segurando a arma.

— Isso é quase doce. — Ele ri, como se tivesse gostado da ideia. — E sabe de uma coisa? Você *estava*. Enquanto agia como um filho adequado, eu teria feito qualquer coisa que você pedisse, Todd. Eu salvei Viola, salvei esta cidade, lutei pela *paz*, tudo porque você me pediu.

— Pra trás — digo, mas meus pés ainda não estão mexendo, ainda não consigo tirar eles da droga do chão.

— Então você salvou minha *vida*, Todd — ele diz, andando na minha direção. — Você me salvou em vez de salvar aquela mulher, e eu pensei: *Ele está do meu lado. Ele está mesmo do meu lado. Ele é mesmo tudo o que eu sempre quis em um filho.*

— Me deixa ir embora — peço, mas não consigo nem levar as mãos aos ouvidos.

— Então Ben chega à cidade — ele continua, com um brilho de fogo na voz. — No momento exato em que tudo estava completo. O momento em que eu e você tínhamos o destino deste mundo na palma das mãos. — Ele abre a mão como se quisesse me mostrar o destino do mundo. — E tudo derreteu como a neve.

VIOLA, penso na direção dele, direto na cabeça.

Ele responde com um sorriso.

— Você não está tão forte quanto antes, hein? — ele pergunta. — Não é tão fácil de fazer quando seu Ruído está silencioso.

Eu fico arrasado quando entendo o que ele fez.

— Não o que *eu* fiz, Todd — ele rebate, chegando do meu lado. — O que *você* fez. Isso é sobre o que *você* fez.

Ele levanta a arma.

— Você partiu meu coração, Todd Hewitt. Você partiu o coração de um pai.

E ele bate a coronha da pistola na minha cabeça, e o mundo fica preto.

O futuro chega

O Céu se aproxima de mim em meio ao gelo que cai delicadamente das nuvens. Ele desce como folhas brancas, espalhando um cobertor sobre o chão, sobre nós também, sobre os rinotanques nos quais ainda estamos montados.

É uma mensagem do que está por vir, mostra o Céu alegremente. *Um sinal de um novo começo, o passado apagado para que possamos começar um novo futuro.*

Ou talvez seja apenas o clima, mostro.

Ele ri. *É exatamente assim que o Céu deve pensar. É o futuro, ou apenas o clima?*

Sigo adiante até a borda do morro, onde consigo ver mais claramente o grupo de três atravessando o último campo vazio antes da subida. Eles estão vindo *agora,* sem esperar por amanhã, ansiosos sem dúvida por mais sinais de paz para acalmar a dissidência que os divide. O Céu já tem o Solo preparado onde nós bloqueamos o rio, pois sabemos que eles vão pedir para que ele seja liberado lentamente, deixando que retome seu curso natural.

E nós vamos lhes dar isso. Depois das negociações, mas vamos.

Como você sabe que eu vou ser o Céu?, pergunto. *Você não pode dizer ao Solo quem escolher. Eu vi isso em suas vozes. O Solo chega a um acordo depois que o Céu morre.*

Correto, mostra o Céu, ajeitando a capa de líquen ao seu redor. *Mas não vejo como o Solo poderia fazer outra escolha.*

Eu não sou qualificado, mostro. *Ainda estou com raiva da Clareira, e não sou capaz de matá-los, mesmo quando merecem.*

E você não acha que é o conflito que faz o Céu?, mostra ele. *Buscar uma terceira escolha quando as duas oferecidas parecem impossíveis? Só você sabe como é carregar esse peso. Só você já fez essas escolhas.*

Olho para baixo e agora vejo que, além da Fonte, vieram os dois da Clareira que estiveram aqui antes, o homem ruidoso de pele mais escura...

E aquela que é importante para a Faca.

E o que você pensa da Faca, pergunta o Céu, *agora que você o viu em carne e osso?*

Porque ali estava ele.

Correndo na direção da Fonte, me vendo, mas sem nem pensar em reduzir a velocidade, saudando a Fonte com tanta alegria, tanto amor, que eu quase tive que ir embora naquele exato momento. E a voz da Fonte se abriu tanto com os mesmos sentimentos que se expandiu ao redor de todos por perto.

Inclusive o Retorno.

E, por um momento, eu estava naquela alegria, estava no interior daquele amor e felicidade, no interior da reunião e da reconexão, e vi a Faca novamente como o membro com falhas da Clareira que ele era, e enquanto a Fonte perdoava a Faca, enquanto a Fonte fornecia absolvição por tudo o que a Faca tinha feito...

Por tudo o que *Todd* tinha feito...

Eu senti minha voz fornecer isso também, senti minha voz se juntar com a da Fonte e oferecer meu próprio perdão a ele, se oferecer para esquecer todos os males que ele fez contra mim, assim como todos os males que ele fez contra nosso povo...

Porque eu podia ver através da voz da Fonte como a Faca se punia mais por seus crimes do que eu jamais poderia fazer...

* * *

Ele é apenas mais um membro da Clareira, mostro ao Céu. *Tão comum quanto qualquer outro.*

Não é, mostra o Céu com delicadeza. *Ele é tão extraordinário entre seu povo quanto o Retorno é entre o Solo. E é por isso que você não conseguiu perdoá-lo quando chegou aqui. É por isso que seu perdão a ele agora, mesmo que apenas através da voz da Fonte...*

Eu não tenho vontade de perdoá-lo...

Mas você viu que é possível. E só isso já marca você como extraordinário.

Eu não me sinto extraordinário, mostro. *Só me sinto cansado.*

A paz está finalmente ao nosso alcance, mostra o Céu, botando a mão em meu ombro. *Você vai descansar. Você vai ser feliz.*

Sua voz está me cercando agora, e eu inspiro, surpreso...

Pois o futuro está na voz do Céu, um futuro do qual ele raramente fala, porque o futuro anda muito sombrio ultimamente...

Mas aqui está ele, tão brilhante quanto os flocos de gelo que caem...

Um futuro no qual a Clareira mantém sua palavra e permanece dentro de suas fronteiras, e onde o corpo do Solo que nos cerca no alto deste morro pode viver sem ser incomodado pela guerra...

Um futuro em que a Clareira também pode aprender a falar a voz do Solo, um em que a compreensão não é apenas possível, mas desejada...

Um futuro em que trabalho ao lado do Céu, aprendendo o que é ser um líder...

Um futuro em que ele me guia e ensina...

Um futuro de luz do sol e descanso...

Um futuro sem mais mortes...

A mão do Céu aperta meu ombro com muita delicadeza.

O Retorno não tem pai, mostra ele. *O Céu não tem filho.*

E eu entendo o que ele está dizendo, o que está pedindo...

E ele vê minha indecisão...

Porque, se eu perdê-lo como perdi aquele que era importante para mim...

É um futuro possível, mostra ele, ainda com calor na voz. *Pode haver outros.* Ele ergue os olhos. *E um está chegando agora.*

* * *

A Fonte vai à frente deles, com felicidade e otimismo na voz que o precede, e nos cumprimenta quando chega ao alto do morro. O homem da Clareira é o segundo, "Bradley" em sua língua, sua própria voz mais alta e dura e com muito menos alcance que a da Fonte.

E finalmente ela. Aquela que é importante para a Faca.

Viola.

Ela cavalga morro acima, e seu animal deixa marcas de cascos no branco acumulado do gelo. Ela parece muito mais saudável que antes, quase curada, e eu me pergunto por um momento sobre a mudança, eu me pergunto se eles encontraram a cura para a fita, que ainda dói e queima em meu próprio braço...

Mas, antes que eu possa perguntar, antes que o Céu possa saudá-los adequadamente, um *estampido* ressoa pelo vale, estranhamente abafado sob o cobertor branco.

Um *estampido* inconfundível.

Aquela que é importante para a Faca vira rapidamente em sua sela.

— Isso foi um tiro? — pergunta ela.

Uma nuvem surge imediatamente sobre o Ruído da Fonte e do homem da Clareira.

E do Céu. *Pode não ser nada*, mostra ele.

— Quando não foi nada neste lugar? — rebate o homem da Clareira.

A Fonte se vira para o Céu. *Seus olhos conseguem ver?*, pergunta. *Estamos perto o bastante para ver?*

— O que você quer dizer? — pergunta o homem da Clareira. — Ver o quê?

Espere um momento, responde o Céu.

Aquela que é importante para a Faca está segurando uma caixinha que tirou do bolso.

— Todd? — diz dentro dela. — Todd, você está aí?

Mas não há resposta.

Não antes que todos escutemos um som familiar...

— É a nave! — exclama o homem da Clareira, girando o cavalo para ver a nave se erguendo do fundo do vale.

— Todd! — grita aquela que é importante para a Faca para a caixa de metal...

Mas novamente não há resposta.

O que está acontecendo?, mostra o Céu, com autoridade na voz. *Nós achávamos que a pilota da nave tivesse morrido...*

— Ela morreu — diz o homem da Clareira. — E agora eu sou a única pessoa que sabe como pilotá-la...

Mas ali está a nave, erguendo-se pesadamente no ar do centro da cidade deles...

E começando a voar em nossa direção...

Com uma velocidade cada vez maior...

— Todd! — diz aquela que é importante para a Faca, cada vez mais em pânico. — Responda!

É Prentiss, mostra a Fonte para o Céu. *Só pode ser ele.*

— Mas como? — pergunta o homem da Clareira.

Não importa, mostra a Fonte. *Se é o prefeito...*

Nós precisamos correr, completa o Céu, se virando para o Solo e enviando a ordem instantaneamente, correr e correr e *CORRER...*

E há um som vindo da nave, que está quase sobre nós, um som que nos faz dar meia-volta do lugar para o qual já começamos a correr...

A nave disparou suas maiores armas...

Disparou-as diretamente sobre nós...

O FIM DO
NOVO MUNDO

A BATALHA FINAL

[TODD]

— *ACORDE, TODD* — a voz do prefeito diz pelo sistema de comunicação. — *Você vai querer ver isso.*

Eu dou um gemido e rolo pro lado...

E esbarro no corpo de Ivan, com filetes de sangue escorrendo pelo chão enquanto a nave balança...

E a nave *balança*...

Eu olho pros monitores. Nós estamos voando. *Voando*, caramba...

— Que *diabo*?! — grito...

O rosto do prefeito aparece numa das telas.

— *O que está achando de minha pilotagem?* — ele pergunta.

— *Como?* — digo, ficando de pé.

— *A troca de conhecimento, Todd* — o prefeito responde, e eu vejo ele ajustar alguns controles. — *Você não escutou nada que eu disse? Quando você se conecta à voz, passa a saber tudo o que* ela *sabe.*

— Bradley — digo quando compreendo. — Você entrou nele e aprendeu como pilotar a nave.

— *Isso mesmo* — ele confirma, e ali está aquele sorriso novamente. — *É surpreendentemente fácil. Depois que você pega o jeito.*

— Leva a gente pro chão! — grito. — Leva a gente pro chão agora mesmo...

— *Ou você vai fazer o quê, Todd?* — ele pergunta. — *Você deixou sua escolha perfeitamente clara.*

— Não é questão de *escolha*! Ben é o único pai que eu tive...

E assim que isso sai da minha boca, sei que é a coisa errada a dizer, porque os olhos do prefeito ficam sombrios como eu nunca vi, e quando ele fala, é como se a escuridão do espaço estivesse descendo do alto e saindo de sua boca.

— *Eu fui seu pai, também* — ele rebate. — *Eu formei você e ensinei você, e você não seria quem é hoje se não fosse por mim, Todd Hewitt.*

— Eu não quis machucar você — digo. — Eu não quis machucar ninguém...

— *Intenções não importam, Todd. Apenas ações. Como esta, por exemplo...*

Ele estende a mão e aperta um botão azul.

— *Observe, agora...*

— Não! — grito.

— *Observe o fim deste Novo Mundo...*

E nas outras telas...

Vejo dois mísseis saindo do lado da nave batedora...

Disparados direto pro alto do morro...

Bem onde *ela* está...

— Viola! — grito. — VIOLA!

{Viola}

Não há para onde correr, nenhum lugar onde possamos escapar dos mísseis que vêm em nossa direção a uma velocidade impossível, deixando faixas de vapor na neve que cai...

Todd, tenho uma fração de segundo para pensar...

Então eles atingem a terra, com dois grandes estrondos, e o Ruído dos Spackle grita, e destroços voam pelo ar...

E…

E…

E nós ainda estamos aqui…

Nenhuma onda de calor nem morte, o alto do morro não foi completamente destruído enquanto ainda estávamos sobre ele…

O que aconteceu?, pergunta Ben quando tornamos a levantar a cabeça.

Tem um sulco profundo no leito do rio e alguma fumaça vinda de onde um míssil caiu, mas…

— Ele não explodiu — digo.

— Nem aquele — avisa Bradley, apontando para a encosta do morro onde uma faixa de mato e arbustos foi arrancada, e dá para ver também a fuselagem do míssil partida em pedaços.

Destruído pelo impacto com a rocha, *não* por uma explosão.

— Eles não podem ter falhado. Não os dois. — Eu olho para Bradley e sinto uma onda de animação. — Você desconectou as ogivas!

— Eu, não — diz ele, encarando a nave batedora, pairando ali, com o prefeito sem dúvida também se perguntando como ainda estamos vivos. — Foi Simone. — Ele olha novamente para mim. — Nós nunca superamos eu ter Ruído, e achei que ela fosse próxima demais de mestra Coyle, mas… — Ele volta a olhar para a nave batedora. — Ela deve ter previsto o dano em potencial. — Eu percebo o Ruído dele engasgando. — Ela nos salvou.

O Céu e o 1017 também estão olhando para cima, e é possível ouvir sua surpresa por os mísseis não terem matado todo mundo.

Essas são as únicas armas da nave?, pergunta Ben.

Eu olho pra lá novamente, e a nave batedora já está fazendo a volta no ar…

— Os elos — digo, lembrando…

[TODD]

— *Mas que DIABO?* — o prefeito rosna…

Mas eu estou olhando pras telas que mostram o alto do morro…

Onde os mísseis não explodiram…

Eles só caíram, só isso, sem causar mais danos do que uma pedra grande caindo do alto...

— *Todd!* — o prefeito grita pra câmera. — *O que você sabe sobre isso?*

— Você atirou na VIOLA! — respondo, gritando. — Sua vida não vale nada, você me ouviu? NADA!

Ele solta outro rosnado e eu corro até a porta da sala de cura, mas claro que está trancada, então a nave faz um solavanco quando ele acelera pra frente. Eu caio nas camas, escorregando no sangue de Ivan, mas tento manter os olhos nas telas, tento ver ela em algum lugar no alto do morro...

E com uma das mãos tateio meus bolsos à procura do comunicador, mas claro que ele pegou...

Então começo a olhar em volta da sala, porque Simone costumava conversar com a gente da nave, não é? E se o sistema de comunicação desce até aqui desde o cockpit, talvez ele possa ir *pra fora* daqui, também...

Ouço mais dois ruídos...

Nas telas, mais dois mísseis disparam na direção do alto do morro, dessa vez de mais perto, e os dois batem com força na multidão de Spackle que está fugindo pelo leito do rio...

Mas ainda nada de explosões...

Eu escuto o prefeito dizer daquele jeito calculado que significa que ele está com *muita* raiva:

— *Então está bem.*

E a gente voa por cima do topo do morro dos Spackle...

E eles estão em número muito grande...

Como diabo a gente pensou que podia enfrentar um exército tão grande?

— *Eu acredito que há outro tipo de arma nesta nave* — o prefeito diz...

E as telas mostram uma vista de cima enquanto as bombas agrupadas caem nos Spackle em fuga...

Caem, mas também não explodem...

Eu ouço o prefeito gritar:

— *DROGA!*

Corro até o painel de comunicação por onde a voz do prefeito está saindo. Toco a tela ao lado dele e aparece uma lista inteira de palavras...

— *Que seja* — diz o prefeito com raiva na tela atrás de mim. — *Nós simplesmente teremos que fazer as coisas à moda antiga.*

E estou olhando pras palavras na tela e forçando minha concentração sobre elas, forçando tudo o que o prefeito me ensinou...

E devagar, devagar, devagar, elas começam a fazer sentido...

{Viola}

— Nós queríamos paz! — grita Bradley para o Céu, enquanto vemos os elos caírem sem causar praticamente nenhum estrago exceto pelos pobres dos Spackle bem embaixo deles. — Isso é a ação de um único homem!

Mas o Ruído do Céu não tem palavras, apenas *raiva*, raiva por ter sido enganado, raiva por sua posição ser fraca porque ele propôs a paz, raiva por nossa traição.

— Nós não fizemos isso! — grito. — Ele também está tentando nos matar!

E meu coração está saindo pela boca, preocupado com o que o prefeito fez com Todd...

— Você pode nos ajudar? — pergunta Bradley para o Céu. — Você pode nos ajudar a detê-lo?

O Céu olha para ele, surpreso. Os Spackle atrás dele ainda estão correndo, mas as árvores nas margens do rio estão começando a disfarçar seus números enquanto eles fogem da nave batedora, que parou de despejar os elos desarmados e está pairando de forma sinistra sob a neve que cai.

— Aquelas suas coisas de raios de fogo — começo. — Aquelas coisas que vocês disparam dos arcos.

Elas funcionariam contra uma nave blindada?, pergunta o Céu.

— Em grandes números, talvez — responde Bradley. — Enquanto a nave ainda está baixa o suficiente para ser atingida.

A nave está virando, agora, ainda pairando à mesma altura, e ouvimos uma mudança no som dos motores.

Bradley ergue o rosto bruscamente.

— O que é isso? — pergunto.

Bradley balança a cabeça.

— Ele está mudando a mistura de combustível — explica, e seu Ruído aumenta, confuso, mas alarmado, como se estivesse se lembrando de alguma coisa um pouco fora de seu alcance...

— Ele é o último obstáculo à paz — digo para o Céu. — Se nós conseguirmos detê-lo...

Então outra pessoa vai aparecer em seu lugar, retruca o Céu. *Esse sempre foi o mal da Clareira.*

— Então vamos ter que trabalhar *muito mais*! — grito. — Se conseguimos enfrentar o homem naquela nave até agora, você não acha que isso pelo menos mostra o quanto a paz significa para *alguns de nós*?

O Céu torna a olhar para cima, e posso ouvir barulhos de concordância, ali, barulhos de que minhas palavras são verdade, contra a outra verdade da nave parada no ar...

E das naves que estão por chegar...

O Céu se volta para o 1017. *Envie uma mensagem pelas Trilhas*, diz ele. *Mande prepararem as armas.*

(1017)

Eu?, mostro.

O Solo vai precisar aprender a escutá-lo, mostra o Céu. *Eles podem começar agora mesmo.*

E ele abre a voz para mim, e começo a enviar suas ordens na língua do Solo antes mesmo de saber o que estou fazendo...

Deixo que tudo isso corra por mim, como se eu fosse apenas um canal...

Corra por mim e se dirija às Trilhas, aos soldados e ao Solo que esperam à nossa volta, e não é minha voz, nem mesmo a voz do Céu falando através de mim, mas uma voz do Céu maior, do Céu que existe além de qualquer indivíduo que atenda por esse nome, do Céu que é o entendimento do Solo, a voz acumulada de todos nós, a voz do Solo falando consigo mesmo, a voz que o mantém vivo e seguro e pronto para enfrentar o futuro, é isso que fala através de mim...

Essa é a voz do Céu...

E ela chama os soldados para a batalha, chama o resto do Solo para lutar também, para reunir as chamas giratórias e as armas nas costas dos rinotanques em nossa hora de necessidade...

Está funcionando, mostra a Fonte para as pessoas da Clareira. A ajuda está chegando...

Então ouvimos um silvo acima, e todos erguemos os olhos...

E vemos uma cachoeira de chamas se derramar dos motores da nave...

Escorrendo como sangue de um ferimento, com fumaça e vapor subindo em torno dela no ar frio, derramando-se sobre o Solo e deixando-o em chamas, e quando a nave começa a fazer um círculo amplo ao nosso redor, as chamas aumentam e sobem do chão em colunas, queimando tudo, árvores, cabanas, o Solo, o mundo...

— Combustível de foguete — explica o homem da Clareira.

— Ele quer nos prender aqui — diz aquela que é importante para a Faca, girando sobre seu animal, que grita alarmado devido às chamas que nos encaram de todos os lados.

A nave sobe ainda mais no céu e faz um círculo ainda mais amplo, derramando fogo...

Ele está destruindo tudo, diz a Fonte. Ele está ateando fogo a todo o vale.

[TODD]

A nave me joga de um lado pro outro, e quase não consigo ficar de pé em frente ao painel de comunicação.

E nas telas, tem fogo pra todo lado...

— Mas o que você tá *FAZENDO?!* — grito, tentando não entrar em pânico enquanto me esforço pra entender as palavras no painel...

— *Um velho truque de piloto que Bradley esqueceu que seu avô lhe ensinou* — o prefeito diz. — *Você muda a mistura do combustível, a oxigena, e ela simplesmente queima sem parar.*

Eu levanto os olhos e vejo a gente mais alto no céu, voando acima da borda do vale, fazendo um círculo em volta dele e derramando a chuva de fogo nas árvores abaixo, e o fogo é grudento e superquente, mais ou menos como os raios de chamas dos Spackle, e embora tenha neve caindo, as árvores estão simplesmente *explodindo* com o calor, atingindo outras árvores, com o fogo *espalhando* mais rápido do que os Spackle conseguem correr, e as telas mostram uma faixa de chamas expandindo sem parar e seguindo a nave enquanto a gente voa, circundando o vale e aprisionando eles no lá no meio...

Ele tá tacando fogo no mundo inteiro.

Eu olho de novo pra tela de comunicação. Tem um monte de janelas que posso apertar, mas ainda estou tentando ler a primeira. *Comunicações*, acho que diz. *Comunicações reoentes.* Eu respiro fundo, fecho os olhos e tento deixar meu Ruído mais leve, tento sentir ele como era com o prefeito ali dentro...

— *Observe o mundo queimar, Todd* — o prefeito diz. — *Observe a última guerra começar.*

Comunicações recentes. É isso o que tá escrito, *recentes.*

Eu aperto.

— *Todd?* — o prefeito chama. — *Você está vendo?*

Eu olho pro rosto dele na tela. E percebo que ele não está me vendo. Eu olho de novo pra tela. Tem um círculo vermelho na parte de baixo, no lado direito, que diz: *Visual desligado.*

Essa eu leio de primeira.

— Pra você não importa quem vence, não é? — acuso.

Agora ele está fazendo um círculo amplo em volta de Nova Prentisstown, incendiando as florestas ao sul *e* ao norte com um fogo que vai acabar, em algum momento, chegando na cidade, e já vejo as chamas alcançando as primeiras casas, as que ficam mais afastadas do centro.

— *Quer saber, Todd?* — ele diz. — *Descobri que na verdade não me importo, não. Isso não é incrível? Desde que acabe, desde que tudo isso finalmente acabe.*

— Isso podia *ter* acabado. A gente podia ter paz.

A tela de comunicação agora é uma lista de *Comunicações recentes*, eu acho, e estou descendo por ela...

— *Nós podíamos ter feito a paz juntos, Todd* — o prefeito insiste. — *Mas você decidiu que isso não era importante para você.*

Com, leio. *Com, comunii, comuniica...*

— *E por isso eu devo lhe agradecer* — continua ele. — *Por me devolver a meu verdadeiro propósito.*

Comunicadr 1. Comunicador 1. É isso o que tá escrito, *Comunicador 1.* É uma lista de comunicadores que vai do 1 ao 6, embora não estejam em ordem. O 1 está no alto, depois o 3 (eu *acho* que é o 3), depois o 2, talvez, depois qualquer que sejam os outros...

— Você falou que tinha mudado — digo, suando enquanto olho pro painel. — Você falou que era um homem diferente.

— *Eu estava errado. Homens não podem ser mudados. Sempre vou ser quem sou. E você sempre vai ser Todd Hewitt, o garoto que não consegue matar.*

— Na verdade — respondo, com sentimento —, as pessoas mudam, sim.

O prefeito ri.

— *Você não está ouvindo? Elas não mudam, Todd. Elas não mudam.*

A nave dá outro solavanco quando ele volta pro vale, incendiando o mundo abaixo da gente. Ainda estou lutando com o painel. Não sei qual o número de Viola, mas se esses são recentes e estão em ordem, então ela deve ser o 1 ou o 3, porque...

— *O que você está tramando aí, Todd?* — o prefeito pergunta.

E o painel de comunicação fica vazio.

{VIOLA}

Mal conseguimos ver a nave batedora através da fumaça que se ergue por toda parte. Por enquanto estamos seguros no meio do leito rochoso do rio, mas não há como escapar com o fogo por todos os lados. O prefeito voou em torno do vale inteiro, que está queimando com tal força que é até difícil olhar diretamente...

Como pode haver tanto?, pergunta Ben, enquanto observamos o fogo arder pelas florestas, se espalhando de uma maneira absurdamente rápida.

— Algumas gotas disso foram suficientes para explodir uma ponte — digo. — Imagine o que uma nave inteira pode fazer.

Você não pode entrar em contato com a nave?, pergunta-me o Céu.

Eu ergo o comunicador.

— Nenhuma resposta — digo. — Vou continuar tentando.

Então, com a nave fora do alcance de nossas armas, diz o Céu, tomando uma decisão em seu Ruído, *só há uma ação possível.*

Todos olhamos para ele por um momento enquanto percebemos o que o Céu quer dizer.

— O rio — falo.

E há um ronco no ar que faz com que nós nos viremos...

— Ele está voltando! — grita Bradley...

E nós vemos, em uma brecha na fumaça, a nave batedora voando por cima da borda do morro, gritando pelo céu como um julgamento...

Vindo em nossa direção...

[TODD]

As telas, agora, são apenas fogo, fogo por todo lado, circundando o vale, circundando Nova Prentisstown, queimando no alto do morro onde Viola está, em algum lugar no meio de todas aquelas chamas...

— Eu vou te matar! — grito. — Está ouvindo? Eu vou TE MATAR!

— *Eu torço para que sim, Todd, finalmente* — o prefeito diz, com um sorriso estranho no rosto na tela que deixou aberta. — *Você esperou muito tempo.*

Mas já estou olhando em volta procurando outro jeito de entrar em contato com Viola (por favor, por favor, por favor). O painel de comunicação não liga de novo, mas juro ter visto mestra Lawson fazendo alguma coisa em uma das telas perto das camas de cura. Eu vou até lá e aperto uma delas.

A tela acende com um redemoinho de palavras quando toco nela.

E uma começa com *Comu*.

— *Eu provavelmente deveria lhe contar o que vai acontecer em seguida, Todd* — o prefeito diz. — *É importante que você saiba.*

— Cala a boca! — mando, apertando a janela de *Comunicação* na tela.

Um novo conjunto de janelas abre e, dessa vez, muitas delas têm palavras começando com *comu*. Respiro fundo e tento deixar meu Ruído em modo de leitura. Se o prefeito pode roubar aprendizado, então, droga, eu também posso.

— *Ordenei que o capitão O'Hare levasse uma pequena força para a batalha com os Spackle que vão inevitavelmente atacar a cidade* — o prefeito prossegue. — *Uma missão suicida, obviamente, mas o capitão O'Hare sempre foi dispensável.*

Conevao de Comunicagoes, leio. Aperto os olhos e respiro fundo outra vez. Por favor, por favor, por favor. *Conevao de Comunicagoes*. Não tenho ideia do que isso significa, por isso respiro fundo uma terceira vez e fecho os olhos (*eu sou o Círculo e o Círculo sou eu*). Abro de novo. *Conexão de Comunicações*. Isso é o que tá escrito. Eu aperto.

— *O capitão Tate já está levando o restante do exército até a Resposta no alto do morro* — o prefeito continua falando. — *Para se livrar dos remanescentes da rebelião...*

Eu levanto os olhos.

— O quê?

— *Ora, nós não podemos correr o risco de terroristas tentarem me explodir, podemos?*

— Seu *monstro* desgraçado!

— *Depois, o capitão Tate vai conduzir o exército até o oceano.*

Dessa vez eu *realmente* levanto os olhos.

— O oceano?

— *Onde faremos nossa última resistência, Todd* — o prefeito diz, e eu posso ver ele sorrir. — *Com o oceano às nossas costas e o inimigo à nossa frente. Que guerra melhor eu poderia pedir? Nada a fazer além de lutar e morrer.*

Eu olho de novo pra tela de comunicação.

E ali está: *Comunicações recentes.* Eu aperto. Mais janelas abrem.

— *Mas isso precisa começar com a morte do líder dos Spackle* — o prefeito explica. — *E lamento dizer que isso significa a morte de todos os que estão perto dele.*

Eu levanto os olhos de novo. A gente está bem perto da borda do morro, voando por cima dela e sobre o leito seco do rio na direção dos Spackle que estão fugindo...

Na direção de Viola...

Que eu agora posso ver nas telas...

Ver que ela ainda está montada em Bolota. Com Bradley e Ben ao lado, e o líder dos Spackle atrás, encorajando todos a correr...

— NÃO! — grito. — *NÃO!*

— *Será uma tristeza para mim perdê-la* — o prefeito diz, e a gente desce na direção deles, deixando um rastro de chamas atrás de nós. — *Ben nem tanto, para ser honesto.*

Aperto o botão de cima na tela de comunicação, o que diz *Comunicador 1*, e grito, com o volume fazendo minha voz vacilar:

— VIOLA! *VIOLA!*

Mas nas telas a gente já está em cima deles...

(1 0 1 7)

O Céu vira bruscamente seu rinotanque, encurralando os animais da Clareira ao seu lado e os empurrando para fora da trilha da nave, na direção das árvores em chamas na margem do rio...

Mas os animais da Clareira estão resistindo...

Fogo, posso ouvi-los gritar loucamente. *Fogo!*

A nave está se aproximando!, mostro, não apenas para o Céu, mas para todo o Solo ao meu redor, irradiando o alerta em todas as direções, e eu puxo meu animal na direção das árvores em chamas, onde há um pequeno espaço que podemos usar como proteção...

VÁ!, escuto do Céu, e meu rinotanque reage e faz a volta na direção do fogo enquanto os animais da Clareira fazem o mesmo, e então vêm a Fonte, o homem da Clareira e aquela que é importante para a Faca...

Ben, Bradley e Viola...

Seus animais agora estão correndo em minha direção, até o espaço pequeno entre as árvores em chamas, onde nós não vamos conseguir ficar por muito tempo, mas que talvez nos proteja da nave que mergulha fazendo muito barulho...

E, por toda a nossa volta, o medo do Solo corre por mim, seu horror, suas *mortes*, e sinto mais que apenas aqueles que consigo ver, os que estão passando correndo por meu rinotanque que avança, posso sentir *todos* eles, sinto os soldados que restam no norte do vale e os soldados ao sul, tentando se salvar em uma floresta onde todas as árvores estão em chamas, onde o fogo continua a saltar de galho em galho, mesmo sob o gelo que cai, saltando mais rápido do que muitos deles conseguem correr, e sinto o Solo rio acima, também, longe deste inferno, observando-o subir roncando pelo vale em sua direção, ultrapassando muitos dos que estão em fuga, e eu também vejo tudo, vejo através dos olhos de todo o Solo...

Vejo os olhos deste planeta, vendo a si mesmo queimar...

E *eu* queimo, também...

E ouço aquela que é importante para a Faca gritar:

— CORRA!

Então torno a me virar e vejo que ela está gritando para o Céu, cujo rinotanque ficou um ou dois passos para trás enquanto ele enviava ordens para o Solo se salvar...

A nave voa bem acima de nossa cabeça...

Chovendo fogo sobre o leito do rio...

E os olhos do Céu cruzam com os meus...

Eles se encontram com os meus através da fumaça, do fogo e do gelo caindo...

Não, mostro...

Não!

E ele desaparece atrás de uma parede de chamas...

{Viola}

Os cavalos saltam adiante quando a parede de chamas varre o leito do rio às nossas costas...

E não há nenhum lugar para onde escapar, as árvores à nossa frente estão em chamas, e as pedras na encosta acima também estão queimando, até os flocos de neve estão evaporando em pleno ar, deixando pequenos filetes de vapor onde flutuavam, e escapamos do primeiro ataque, mas se a nave voltar, não há nenhum lugar para onde ir, não há nenhum lugar mesmo...

— Viola! — grita Bradley, esbarrando Angharrad em Bolota, e eles se saúdam com relinchos aterrorizados...

— Como vamos sair daqui?! — digo, tossindo na fumaça, e eu me viro para ver um muro de chamas de dez metros de altura queimando no leito seco do rio onde estávamos parados pouco tempo atrás...

— Onde está o Céu? — pergunta Bradley.

Nós nos viramos para olhar para Ben, e percebo pela primeira vez que não conseguimos ouvir seu Ruído, que ele está focalizado em um lugar diferente de nós, que todos os Spackle próximos também pararam, como se estivessem congelados, uma visão mais que assustadora no meio de um inferno, embora não haja lugar nenhum para onde correr...

— Ben? — digo...

Mas ele está olhando para a parede de chamas no leito do rio...

Então nós ouvimos...

Um som dilacerante, como se o ar estivesse sendo rasgado ao meio, se aproximando por trás de nós...

O 1017...

Fora de seu rinotanque, a pé...

Correndo na direção das chamas, que já estão diminuindo sobre as rochas nuas...

Deixando pilhas de cinzas fumegantes...

Como no campo de batalha, quando os Spackle dispararam os raios de chamas...

Só que dessa vez são só duas...

O 1017 corre em sua direção, com seu Ruído fazendo o som mais horrível, mais cheio de raiva e tristeza que ouvi em toda a minha vida...

Enquanto ele corre na direção dos corpos queimados do Céu e de seu rinotanque...

(1017)

Eu corro...

Sem pensamentos na cabeça...

Sem sons em minha voz além de um lamento que eu mesmo mal consigo ouvir...

Um lamento que exige ser recolhido...

Um lamento que se recusa a acreditar no que vi, se recusa a aceitar o que aconteceu...

Estou apenas vagamente consciente da Clareira e da Fonte quando passo correndo por eles...

Vagamente consciente do *ronco* que se forma em meus ouvidos, em minha cabeça, em meu coração...

Em minha voz...

As rochas no leito do rio ainda queimam, mas o fogo já está se apagando ali quando me aproximo, então esse ataque foi um desperdício em termos de atear fogo a mais coisas...

Mas não foi um desperdício, porque a nave claramente tinha um único alvo...

Eu mergulho nas chamas, sentindo-as formar bolhas em minha pele, com algumas pedras brilhando vermelhas feito brasas...

Mas eu não me importo...

Chego até onde o Céu estava montado em seu animal...

Chego aonde ele caiu sobre as pedras...

Onde ele e seu animal ainda estão em chamas...

E começo a bater nas chamas, tentando apagá-las com as mãos, e o lamento fica mais alto, passa por trás de mim, sai de mim para o mundo, para o Solo, tentando apagar tudo o que aconteceu...

E pego o Céu por baixo dos braços em chamas e o puxo de seu animal em chamas...

E eu mostro alto: *Não!*

E minha pele está queimando nas pedras, meu próprio líquen ardendo lentamente devido ao calor...

NÃO!

Mas ele é um peso morto em minhas mãos...

E...

E...

E então eu o *escuto*...

E congelo...

Não consigo me mexer...

O corpo do Céu está em minhas mãos...

Mas a voz dele...

Removida de seu corpo...

Pairando no ar enquanto ele deixa seu corpo para trás...

Mas apontada para mim...

Mostrando...

O Céu...

Ele mostra para mim, *O Céu...*

Então ele se vai...

E no instante seguinte, eu as escuto...

Escuto as vozes de todo o Solo...

Todas elas congeladas...

Congeladas, embora alguns de nós estejam em chamas...

Congeladas, embora alguns de nós estejam morrendo...

Congeladas como estou, segurando o corpo do Céu...

Só que não é mais o corpo do Céu...

O Céu, escuto...

E é o Solo falando, agora...

A voz do Solo, se entrelaçando como uma só...

O Céu é a voz do Solo e, por um momento, ela foi cortada, libertada de si mesma, perdida e solta no mundo, sem uma boca para expressá-la...

Mas apenas por um momento...

O Céu, escuto...

E é o Solo...

Falando comigo...

Sua voz entrando em mim...

Seu *conhecimento* entrando em mim, o conhecimento de todo o Solo, de todos os Céus que já existiram...

Suas palavras também entram em mim rapidamente, de um jeito, agora vejo, ao qual sempre resisti, sempre *querendo* me manter afastado, mas em um instante eu sei de tudo...

Eu conheço todos eles...

Eu conheço todos *nós*...

E eu sei que foi ele...

Ele passou isso para mim...

O Céu é escolhido pelo Solo...

Mas em tempos de guerra, não deve haver atrasos...

O Céu, disse ele ao Solo enquanto morria...

E *O Céu*, diz o Solo dentro de mim...

E eu respondo...

Eu respondo: *O Solo*...

E me levanto, deixando o velho Céu para trás, deixando minha tristeza à espera...

Porque o fardo cai sobre mim *imediatamente*...

O Solo está em perigo...

E o bem do Solo deve vir em primeiro lugar...

Então resta apenas uma coisa a fazer...

Eu me volto para o Solo, para a Fonte, que também está me chamando de *O Céu* para o homem da Clareira e aquela que é importante para a Faca, com todos os olhos sobre mim, todas as vozes sobre mim...

E eu sou o Céu...

E falo a língua do Solo...

(mas minha própria voz também está presente...)

(minha própria voz, cheia de *raiva*...)

E eu digo ao Solo para liberar o rio...

Todo de uma vez...

{VIOLA}

— Isso vai destruir a cidade! — grita Bradley antes mesmo que Ben nos conte o que está acontecendo...

Porque dá para ver, no Ruído a nossa volta, o 1017 dizendo para liberarem o rio...

— Há pessoas inocentes lá embaixo — insiste Bradley. — A força de um rio represado por tanto tempo vai varrê-las do planeta!

Já está feito, diz Ben. *O Céu falou e já começou...*

— O Céu? — questiono...

O novo Céu, diz ele, e olha para trás...

Nós nos viramos. O 1017 está andando, saído da nuvem tremeluzente, sobre as pedras quentes do leito do rio, com um olhar diferente de antes.

— *Ele* é o novo Céu? — pergunta Bradley.

— Ah, merda — questiono.

Posso falar com ele, sugere Ben. *Vou tentar ajudá-lo a ver a coisa certa, mas não posso impedir a vinda do rio...*

— Precisamos avisar a cidade — diz Bradley. — Quanto tempo nós temos?

Os olhos de Ben se desfocam por um momento, e em seu Ruído vemos as represas dos Spackle segurando uma quantidade absurda de água que cobre a planície onde Todd e eu uma vez vimos um bando de criaturas que diziam *Aqui* umas para as outras e que se estende de horizonte a horizonte, mas agora está cheia de água, formando um verdadeiro *mar*. *É longe*, diz Ben. *E há trabalho a fazer para liberá-lo*. Ele pisca. *Vinte minutos, se tanto.*

— Não é suficiente! — exclama Bradley.

É o que vocês têm, responde Ben.

— Ben — chamo.

Todd está lá no alto, diz Ben, olhando em meus olhos, com o Ruído parecendo entrar direto em mim, e posso ouvi-lo de um jeito que nunca ouvi o Ruído de nenhum homem neste planeta. *Todd está lá no alto e ainda luta por você, Viola.*

— Como você sabe?

Posso ouvir sua voz, responde Ben.

— O quê?

Não com clareza, explica Ben, parecendo tão surpreso quanto eu. *Nada específico, mas eu o senti lá em cima. Eu senti **todo mundo** enquanto escolhíamos o Céu*. Seus olhos se arregalam. *E eu ouvi Todd, eu o ouvi lutando por você*. Ele se aproxima em seu rinotanque. *Você precisa lutar por **ele**.*

— Mas os Spackle estão morrendo — digo. — E as pessoas na cidade...

Se você lutar por ele, vai lutar por todos nós.

— Mas a guerra não pode ser pessoal — digo, quase perguntando...

Se é a pessoa que vai acabar com a guerra, diz Ben, *então não é pessoal, é universal.*

— Nós precisamos sair daqui — avisa Bradley. — Agora mesmo!

Levo um segundo para acenar com a cabeça para Ben, então viramos nossos cavalos para tentar encontrar um caminho seguro através do fogo...

E vejo o 1017 parado em nossa frente.

— Deixe-nos partir — diz Bradley. — O homem na nave também é nosso inimigo. Ele é o inimigo de toda criatura neste planeta.

E, como se tivesse havido uma deixa, podemos ouvir o ronco da nave batedora voltando em nossa direção, pronta para outra passagem...

— *Por favor* — imploro.

Mas o 1017 está nos mantendo bem ali...

E posso nos ver em seu Ruído...

Nos ver *morrendo* em seu Ruído...

Não, diz Ben, andando à frente. *Não há tempo para vingança. Você precisa tirar o Solo do caminho do rio...*

Mas vemos o conflito no interior do 1017, vemos seu Ruído se retorcer de um lado para o outro, desejando vingança, mas desejando também salvar seu povo...

— Espere — digo, porque estou lembrando...

Eu arregaço a manga, revelando a fita, rosada e curando e não me matando, mas que ficará ali para sempre...

Sinto a surpresa no Ruído do 1017, mas ele ainda não se mexe...

— Odeio o homem que matou seu Céu tanto quanto você — digo. — Vou fazer *tudo* o que puder para detê-lo.

Ele nos observa por um momento, com as chamas queimando ao nosso redor, a nave batedora voltando pelo vale...

Vão, diz ele. *Antes que o Céu mude de ideia.*

[TODD]

— Viola! — grito, mas ainda não vem nenhuma resposta pelo Comunicador 1 nem pelo Comunicador 3 e sinto faltar o chão debaixo dos meus pés. Eu olho pras telas e vejo a gente dar a volta, depois de ter deixado um fogo abrasador pelo leito do rio...

Mas tem fumaça demais e não consigo ver Viola nem Ben...

(por favor por favor por favor...)

— *Olhe para os Spackle, Todd* — o prefeito diz pelo comunicador, parecendo intrigado. — *Eles não estão nem correndo.*

Eu vou matar ele, eu vou mesmo *matar* ele...

Então eu penso: parar ele é uma coisa que eu *quero*, é a coisa que mais *desejo*, e se tudo for questão de desejo...

Pare o ataque, penso, me concentrando mesmo com o balanço da nave, tentando encontrar ele ali em cima, no cockpit. *Pare o ataque e pouse a nave.*

— É você que sinto batendo em minha porta, Todd?

O prefeito ri.

E vem um clarão no meio da minha cabeça, um clarão dolorido, branco e ardente, com as palavras que ele usava desde o começo, **VOCÊ NÃO É NADA VOCÊ NÃO É NADA VOCÊ NÃO É NADA**, e eu cambaleio pra trás, com os olhos turvos e os pensamentos confusos...

— *E você nem mesmo precisava tentar* — o prefeito diz. — *Parece que sua Viola sobreviveu.*

Pisco pras telas e vejo a gente voando na direção de duas figuras a cavalo, uma delas Viola...

(graças a deus graças a deus...)

Elas seguem na direção da borda do morro com toda a fúria, evitando o fogo quando podem, saltando através dele quando não...

— *Não se preocupe, Todd* — o prefeito diz. — *Meu trabalho aqui está feito. Se não estou enganado, o rio deve estar a caminho e devemos esperar nosso destino na beira do oceano.*

Respiro com dificuldade, mas cambaleio de volta até o painel de comunicação.

Talvez *meu* comunicador fosse o Comunicador 1, e o de mestra Coyle fosse o número 3...

Eu levanto a mão e aperto o Comunicador 2.

— Viola? — chamo.

E na tela eu vejo ela, bem ali, parecendo pequena nas costas de Bolota, chegando à borda do morro em chamas e descendo correndo até a trilha irregular...

Eu vejo ela piscar, surpresa, vejo ela e Bolota pararem de repente, vejo ela enfiar a mão dentro da capa...

Então escuto, com toda a clareza:

— *Todd?*

— *O que foi isso?* — o prefeito pergunta...

Mas eu continuo apertando o botão...

— O oceano, Viola! — grito. — Nós vamos pro oceano!

E sou atingido com outra rajada de Ruído...

{Viola}

— O oceano!? — grito em resposta no comunicador. — Todd? O que você quer dizer...?

— Olhe! — avisa Bradley, montado em Angharrad, um pouco mais abaixo na estrada em zigue-zague destruída.

Ele está apontando para a nave batedora...

Que voa através do vale, se afastando de nós, seguindo para o leste...

Seguindo na direção do oceano...

— Todd? — chamo novamente, mas não há resposta no comunicador. — *Todd?!*

— Viola, precisamos *ir* — diz Bradley, conduzindo Angharrad novamente morro abaixo.

Ainda não há som no comunicador, mas Bradley está certo. Há uma parede de água chegando e precisamos alertar quem pudermos...

Embora eu saiba, enquanto Bolota desce correndo o morro mais uma vez, que provavelmente haverá poucas vidas que possamos salvar...

Talvez nem mesmo as nossas...

[Todd]

Dou um gemido e levanto do chão, onde caí em cima do corpo de Ivan. Eu olho de novo pras telas, mas não reconheço nada, não vejo nem mesmo fogo, só árvores e morros verdes abaixo de nós...

Então estamos a caminho do oceano...

Pro final de tudo...

Limpo o sangue de Ivan de meu casaco, o casaco estúpido do uniforme exatamente igual ao do prefeito, e só de pensar em nós dois com a mesma roupa me encho de vergonha...

— *Já viu o oceano, Todd?* — ele pergunta.

E não consigo deixar de olhar...

Porque ali está ele...

O oceano…

E por um segundo não consigo tirar os olhos…

Enchendo todas as telas ao mesmo tempo, enchendo, enchendo e enchendo, uma extensão de água tão enorme que não tem fim, apenas a praia no começo, coberta de areia e neve, depois água até o horizonte enevoado…

Fico tão tonto com isso que preciso afastar os olhos…

Volto pra tela de comunicação onde consegui falar por um segundo com Viola, mas claro que ela está desligada, o prefeito desligou tudo que eu podia usar pra falar com ela.

Agora somos só eu e ele, voando pro oceano…

Apenas ele e eu pro acerto de contas final…

Ele foi atrás de Viola. Ele foi atrás de Ben. Se o fogo não matar eles, a inundação vai fazer isso, então, sim, nós vamos ter a M de um acerto de contas…

Sim, nós vamos…

E começo a pensar no nome dela. Começo a pensar muito no nome dela, com força, pra praticar, pra aquecer ele na minha mente, no meu *Ruído*…

Sentindo minha raiva, sentindo minha preocupação com ela…

Ele pode ter dificultado meu ataque quando deixou meu Ruído silencioso, mas se ele ainda pode atacar com o Ruído, eu também posso…

Viola, penso.

VIOLA…

(O Céu)

Devo mandar que o Solo passe pelo fogo para se salvar. Devo mandar que subam os morros em chamas do vale, passem pelas árvores ardentes, por cabanas secretadas que desabam e explodem, devo mandar que passem por um grande perigo para escapar de um perigo ainda maior que agora corre pelo leito do rio…

Um perigo maior que *eu* impus sobre eles…

Um perigo maior que o *Céu* achou necessário...

Porque essas são escolhas do Céu, são as escolhas que o Céu precisa fazer pelo bem do Solo. Grande quantidade dos nossos ia morrer nas chamas se deixássemos que o fogo continuasse a queimar pela floresta, uma quantidade enorme dos nossos ainda pode morrer queimada enquanto fugimos...

Mas, pelo menos, na segunda opção, vamos levar muitas centenas da Clareira conosco...

Não, ouço a Fonte mostrar, subindo pelo morro íngreme atrás de mim. Estamos em nossos rinotanques, tentando encontrar um caminho através do incêndio para nos posicionar acima do leito do rio antes que a água chegue. Os rinotanques estão sofrendo conforme avançamos, mas temos que forçá--los, na esperança de que suas armaduras os salvem.

O Céu não pode pensar assim, mostra a Fonte. Uma guerra contra a Clareira só vai destruir o Solo. Talvez a paz ainda seja possível.

Eu me viro para ele de onde estou de pé em minha sela, olhando para baixo, para ele está sentado na dele, como um *homem*.

Paz?, *mostro, ultrajado. Você espera* **paz** *depois do que eles fizeram?*

Depois do que **um** *deles fez, mostra a Fonte. A paz não é apenas possível, ela é* **vital** *para nosso futuro.*

Nosso *futuro?*

Ele ignora. A única alternativa é a destruição mútua completa.

E qual seria o problema disso?

Mas sua própria voz já está ardente de raiva. Isso não é algo que um Céu perguntaria.

E o que você sabe sobre o Céu?, mostro. O que você sabe sobre qualquer um de nós? Você falou em nossa voz por uma fração de sua vida. Você não é um de nós. Você nunca vai ser um de nós.

Enquanto houver "nós" e "eles", mostra a Fonte em resposta, o Solo nunca vai estar seguro.

Eu tento responder, mas a voz do Solo chama do vale a oeste, nos alertando. Nossas montarias começam a subir ainda mais rápido. Eu olho para o vale através dos flocos de gelo que ainda caem do céu, através das chamas que queimam dos dois lados, da fumaça que se ergue até as nuvens...

E pelo leito do rio desce uma parede de neblina vaporosa, correndo à frente do rio como o silvo antes de uma flecha...

Está chegando, mostro.

A neblina passa por nós, cobrindo o mundo de branco.

Eu dou uma última olhada para a Fonte...

Então abro minha voz...

Eu a abro para que todo o Solo possa ouvi-la, procurando as Trilhas para passá-la adiante, até que eu saiba que estou falando com *todo* o Solo, em toda parte...

E eu escuto os ecos da primeira ordem que enviei, a ordem para reunir nossas armas...

Esperando ali como se fosse um destino a ser cumprido...

Eu me agarro ao comando na voz e o envio de novo, envio mais longe que antes...

Preparem-se, digo ao Solo.

Preparem-se para a guerra...

NÃO!, grita novamente a Fonte...

Mas suas palavras se perdem quando água da altura de uma cidade desaba pelo vale, engolindo tudo em seu caminho...

{VIOLA}

Nós seguimos pela estrada na direção da cidade, com Bolota correndo tão rápido que mal consigo me segurar à sua crina...

Memima potra segure, diz Bolota, e ele consegue acelerar ainda mais...

Bradley está à minha frente em Angharrad, e a neve que cai se agita à nossa volta quando passamos por ela. Estamos nos aproximando rápido dos limites da cidade, onde a estrada encontra as primeiras casas...

Mas que diabo?!, escuto Bradley gritar em seu Ruído...

Há um pequeno grupo de homens marchando pela estrada. Eles estão em formação, liderados pelo capitão O'Hare, de armas erguidas e apreensão crescente em seu Ruído, como a fumaça que sobe no horizonte ao norte e ao sul.

— VOLTEM! — grita Bradley quando nos aproximamos deles. — VOCÊS PRECISAM VOLTAR!

O capitão O'Hare para, com o Ruído intrigado, e os homens atrás dele param também. Nós os alcançamos e os cavalos param bruscamente...

— Tem um ataque de Spackle chegando — explica o capitão O'Hare. — Recebi ordens...

— Eles liberaram o rio! — grito.

— Vocês precisam sair daqui, ir para um terreno mais elevado! — diz Bradley. — Vocês precisam alertar os moradores da cidade...

— A maioria deles já foi embora — informa o capitão O'Hare, com seu Ruído crescendo, vermelho. — Eles estão seguindo o exército pela estrada em marcha acelerada.

— Eles estão fazendo *o quê*? — questiono.

Mas o capitão O'Hare parece cada vez mais raivoso e dispara:

— Ele sabia. Ele *sabia* que isso era suicídio.

— Por que o resto das pessoas está subindo a estrada? — pergunto.

— Eles vão para o alto do morro das mestras — diz o capitão O'Hare, com amargura na voz. — Para *defendê-lo*.

E nós vemos em um clarão de seu Ruído exatamente o que *defender* significa.

Eu penso em Lee no alto daquele morro. Penso em Lee incapaz de ver.

— Bradley! — grito, estalando as rédeas de Bolota outra vez.

— Leve seus homens para um terreno mais alto! — repete Bradley quando passamos pelos soldados e pegamos a estrada novamente. — Salve o máximo de pessoas que puder!

Mas então escutamos o *ronco*...

Não o **RONCO** do Ruído de um grupo de homens...

O *ronco* e os *estrondos* do rio...

Nós olhamos para trás...

E vemos uma parede maciça de água absurdamente alta destruir o topo do morro...

[Todd]

As telas mudam. O oceano desaparece e surgem as sondas da cidade. O prefeito está com uma delas apontada direto pra cachoeira vazia...

— *Está chegando, Todd* — ele diz...

— Viola? — sussurro freneticamente, tentando encontrar ela nas telas, tentando desesperadamente ver se alguma das sondas está transmitindo ela cavalgar pela cidade...

Mas não vejo nada...

Não vejo nada além de uma parede dágua enorme chegar a toda pelo alto do morro, empurrando uma nuvem de névoa e vapor do tamanho de uma cidade à sua frente...

— Viola — sussurro de novo...

— *Aqui está ela* — a voz do prefeito diz...

E ele muda pra imagem de uma sonda que mostra Viola e Bradley a cavalo, correndo pela estrada que corta a cidade pra salvar a vida das pessoas...

E tem pessoas correndo também, mas elas não têm como serem mais rápidas que a água que despenca no pé da cachoeira e se lança pra frente com nuvens de vapor e neblina...

Uma onda seguindo na direção da cidade...

— Mais rápido, Viola — sussurro, apertando meu rosto na tela. — *Mais rápido.*

{Viola}

— Mais rápido! — grita Bradley à minha frente...

Mas eu mal consigo ouvi-lo...

O ronco da água atrás de nós é literalmente ensurdecedor...

— MAIS RÁPIDO! — grita Bradley de novo, olhando para trás...

Eu olho para trás também...

Santo Deus...

É quase uma parede branca sólida de água enfurecida, mais alta que o prédio mais alto em Nova Prentisstown, descendo pelo vale do rio, destruindo o campo de batalha no pé do morro instantaneamente e seguindo adiante *roncando*, devorando tudo em seu caminho...

— Vamos! — grito para Bolota. — *VAMOS!*

E sinto o terror dentro dele. Bolota sabe exatamente o que está vindo atrás de nós, o que está destruindo as primeiras casas de Nova Prentisstown, e sem dúvida o capitão O'Hare e todos os seus homens também...

E há outras pessoas correndo, gritando e saindo das casas, correndo para as colinas ao sul, mas elas também estão longe demais para chegar a pé, e todas essas pessoas vão morrer...

Eu me viro e torno a esporear Bolota com os calcanhares por puro medo. A boca dele está espumando devido ao esforço...

— Vamos lá, garoto — digo entre suas orelhas. — *Vamos lá!*

Mas ele não me responde, apenas corre e corre. Atravessamos a praça, passamos pela catedral e seguimos pela estrada para fora da cidade, e eu dou mais uma olhada para trás e vejo a parede de água passar destruindo os prédios do outro lado da praça...

— Nós não vamos conseguir! — grito para Bradley...

Ele olha para mim e depois para o que está atrás de mim...

E seu rosto me diz que estou certa...

[TODD]

Pelo canto do olho, vejo uma tela mostrando que estamos pousando na praia, e tem neve e areia e água infinita, e as ondas quebram e sombras escuras se movem logo abaixo da superfície...

Mas minha atenção está na sonda que segue Viola e Bradley...

Que segue os dois enquanto eles atravessam a praça, passam pelas pessoas deixadas pra trás, passam pela catedral e pegam a estrada pra sair da cidade...

Mas a água é rápida demais, poderosa demais...

Eles não vão conseguir...

— Não — digo com o coração rasgando no peito. — Vamos lá. *Vamos lá!*

E a parede dágua atinge as ruínas da catedral, finalmente derrubando a torre do sino que resistia de pé...

Ela desaparece em um lampejo de água e tijolos...

E eu percebo uma coisa...

A água está ficando mais lenta...

Enquanto atravessa Nova Prentisstown, enquanto *apaga* Nova Prentisstown, os escombros e os prédios estão reduzindo a velocidade dela, só um pouco, bem pouco, deixando a parede dágua um pouco mais baixa, um pouco mais lenta...

— Mas nem de perto o suficiente — o prefeito diz...

E ele está atrás de mim...

Eu viro pra olhar pra ele...

— Sinto muito dizer que ela vai morrer, Todd — ele continua. — Sinto mesmo.

E eu acerto ele com um **VIOLA** com toda a força que tenho...

{VIOLA}

— *Não!* — Eu me sinto sussurrar enquanto Nova Prentisstown é feita em pedaços às nossas costas, com a parede de água agora cheia de madeira, tijolos e árvores e sabe-se lá quantos corpos...

E olho para trás...

E a água está ficando mais lenta...

Represada por todos os escombros...

Mas não o suficiente...

Ela chegou ao trecho de estrada logo atrás de nós, se aproximando rápido, se aproximando com tudo, forte e brutal...

Todd, penso...

— Viola! — grita Bradley em minha direção, com o rosto retorcido...

E não tem jeito...

Simplesmente não tem jeito...

Memima potra, escuto.

— Bolota?

Memima potra, diz ele com o Ruído entrecortado devido à força que está fazendo...

Também ouço Angharrad à frente...

Siga!, diz ela...

— O que você quer dizer com *siga*? — pergunto, alarmada, olhando para a água a menos de cem metros às nossas costas...

Noventa...

Memima potra, diz Bolota novamente.

— Bradley? — chamo, mas eu o vejo agarrado tão firme à crina de Angharrad como estou à de Bolota...

Siga!, berra ela outra vez...

Siga!, responde Bolota...

SEGUREM!, berram eles juntos...

E quase sou derrubada por um aumento impossível de velocidade...

Um aumento de velocidade que deve estar rasgando os músculos em suas patas, que deve estar estourando seus pulmões...

Mas estamos conseguindo...

Eu olho para trás...

Estamos mais rápidos que a enchente...

[TODD]

VIOLA!, penso diretamente na direção dele...

E atinjo ele com toda a raiva que sinto por ela estar em perigo, toda a raiva por não saber o que aconteceu com ela, toda a raiva por ela poder estar...

Toda *essa* raiva...

VIOLA!

E o prefeito estremece e cambaleia pra trás...

Mas não cai…

— Eu bem falei que você ficou mais forte, Todd — ele diz, aprumando e sorrindo pra mim. — Mas não o suficiente.

E tem um clarão de Ruído na minha cabeça, tão forte que caio por cima de uma cama e desabo no chão, com o mundo reduzido ao Ruído que ecoa por mim inteiro, **VOCÊ NÃO É NADA VOCÊ NÃO É NADA VOCÊ NÃO É NADA**, e todo o resto encolhe e sobra apenas nesse som…

Mas então eu penso: *Viola*…

Penso nela lá fora…

E faço um esforço pra ignorar isso…

Sinto minhas mãos no chão…

Dou um impulso pra ficar de joelhos…

Eu levanto a cabeça…

E vejo o rosto surpreso do prefeito a cerca de um metro de distância, caminhando na minha direção, com alguma coisa na mão…

— Meu Deus — ele diz, soando quase alegre. — Ainda mais forte do que pensei.

E sei que outro golpe está a caminho, por isso ajo à moda antiga antes que ele consiga se preparar…

Eu dou impulso com força com os pés e pulo em cima dele…

Ele não estava esperando por isso, e eu acerto ele mais ou menos na altura da cintura e derrubo a gente em cima das telas…

(onde o rio ainda está correndo pelo vale…)

(onde não vejo Viola em lugar nenhum…)

E ele bate nas telas com um grunhido, meu peso em cima dele, e eu levanto o braço pra dar um soco nele…

E sinto um tapinha leve em meu pescoço…

Tão leve quanto um toque…

Tem alguma coisa grudada em mim, e coloco a mão ali…

Um curativo…

A coisa que ele estava carregando…

— Durma bem — ele diz pra mim com um sorriso…

E eu caio no chão, e as telas cheias dágua são a última coisa que vejo…

{VIOLA}

— Bolota! — grito em sua crina...

Mas ele me ignora, apenas continua sua corrida insana. Angharrad também, com Bradley à frente...

E está funcionando, nós chegamos a uma curva na estrada e o rio atrás de nós ainda se aproxima, cheio de destroços e árvores...

Mas está cada vez mais lento, baixando um pouco sua altura, mantendo-se mais nos limites do leito...

E os cavalos continuam a correr...

Pela estrada e para longe, com uma névoa acelerada nos alcançando, com seus tentáculos lambendo as caudas dos cavalos...

E o rio ainda se aproxima...

Mas fica cada vez mais lento...

— Vamos conseguir! — grita Bradley para mim...

— Um pouco mais, Bolota — digo entre seus ouvidos. — Estamos quase escapando.

Ele não diz nada em resposta, apenas continua correndo...

As árvores ao redor da estrada estão ficando mais densas, metade delas em chamas, o que reduz ainda mais a velocidade do rio, e reconheço aonde estamos chegando. Estamos nos aproximando da velha casa de cura onde fui mantida por tanto tempo, a casa de cura de onde fugi...

E encontrei o alto do morro com a torre de comunicação...

O alto do morro para onde o exército está marchando à nossa frente...

Talvez até já tenha chegado lá...

— Conheço um atalho! — grito, apontando para uma fazendinha mais adiante, à direita, no alto de um morro com uma floresta, onde o fogo não chegou. — Lá em cima!

Menina potra, ouço Bolota dizer em reconhecimento, e os cavalos se viram nessa direção, fazem a curva e sobem pela entrada, seguindo pela trilha estreita que sei que existe através da mata...

Há um enorme estrondo atrás de nós quando o rio atinge com violência a estrada que acabamos de deixar, jogando água, árvores e escombros por toda a parte, apagando o fogo, mas afogando todo o resto, e sobe pela entrada às nossas costas, engolindo a casinha da fazenda...

Mas estamos na mata, galhos estão batendo no meu rosto e escuto Bradley gritar uma vez, mas ele não solta Angharrad...

Depois de subir o morro, chegamos a uma área plana...

Depois subimos novamente...

Passamos por alguns arbustos...

Em seguida chegamos com batidas de cascos à clareira, em meio à multidão que se espalha gritando para um lado e para outro, e absorvemos a cena em um átimo...

Vemos as imagens das sondas projetadas nas laterais das barracas...

As pessoas sabem o que está acontecendo...

Sabem o que está chegando...

Eu escuto um grito de surpresa quando os cavalos passam correndo pelo meio do acampamento.

— Viola!

— Tire as pessoas da estrada e suba o morro com elas, Wilf! O rio...!

— Ó um exército! — grita Jane ao lado dele, apontando para a estrada do outro lado da clareira...

Onde podemos ver o capitão Tate liderando o que deve ser quase o exército inteiro...

Subindo o morro em marcha...

Com armas erguidas, pronto para atacar...

Com carroças cheias de artilharia prontas para explodir o alto do morro...

(O Céu)

O Céu escuta tudo.

Eu sabia disso antes, mas não *sabia* de verdade até agora. Ele escuta todos os segredos escondidos em cada coração do Solo. Ele escuta todos os detalhes, importantes e sem sentido, amorosos e assassinos. Ele escuta cada desejo de cada criança, cada memória de cada velha encarquilhada, cada desejo e sentimento e opinião de cada voz no Solo.

Ele é o Solo.

Eu sou o Solo.

E o Solo deve sobreviver, continua a Fonte para mim enquanto seguimos rumo ao leste pelas montanhas, velozes em nossos rinotanques.

O Solo **está** *sobrevivendo*, mostro para ele em resposta. *E vai continuar a fazer isso sob a liderança do Céu.*

Posso ver o que está planejando e você não deveria...

Eu me viro abruptamente para ele. *Não cabe a você dizer ao Céu o que ele deve fazer.*

A névoa e a neve combinadas reduziram alguns dos incêndios nas florestas que cercam o vale à medida que avançamos. As áreas ao norte ainda ardem, e posso ver nas vozes do Solo que vão continuar a queimar apesar do rio. Um dos danos causados pelo líder da Clareira será uma região queimada.

Mas o sul é mais rochoso. Há caminhos através das colinas onde as árvores são finas e os arbustos, baixos, e os incêndios não queimam com tanta força.

Então nós seguimos pelos morros ao sul.

Nós marchamos para o leste.

Todos nós. Cada membro do Solo que sobreviveu ao incêndio, cada Trilha, cada soldado, cada mãe, pai e filho...

Nós marchamos para o leste, em perseguição à Clareira.

Nós marchamos para o leste na direção do alto do morro distante.

Nossas armas estão prontas, armas que os fizeram recuar antes, armas que os mataram às centenas, armas que vão destruí-los agora...

Então escuto a voz de um soldado que monta ao meu lado...

Ele está trazendo uma arma para mim...

Pois o Céu não deve entrar em batalha desarmado.

Eu agradeço ao soldado. É um rifle de ácido do Solo, parecido com o rifle que a própria Faca carregava.

Parecido com o rifle que eu prometi usar um dia para...

Eu abro minha voz para o Solo.

Eu os convoco outra vez.

Convoco todos eles.

Estamos marchando para o leste, mostro a eles. *O Solo sobrevivente está marchando na direção da Clareira.*

Com que objetivo?, pergunta novamente a Fonte.

Eu não respondo.

E marchamos mais depressa...

{VIOLA}

— Viola, pare! — grita Bradley atrás de mim.

Mas já estou seguindo em frente, quase sem ter que dizer a um Bolota cansado que faça isso...

Galopamos em meio às pessoas no alto do morro, que começam a gritar e correr do exército que se aproxima, algumas delas erguendo as armas que receberam da Resposta, enquanto as mestras correm na direção de seu próprio estoque de armas...

A guerra está chegando, bem aqui, em uma miniatura insana. O mundo está em pedaços, e as pessoas daqui vão gastar seus últimos momentos lutando umas contra as outras...

Então escuto:

— VIOLA!

É Lee, na beira da multidão, virando a cabeça para ler o Ruído dos homens ao seu redor, tentando obter uma imagem do que está acontecendo, tentando me deter...

Mas eu não vou ser responsável por mais nenhuma morte, não se eu puder evitar...

Isso tudo começou com o míssil que eu disparei, *eu* tomei a decisão de nos envolver nesta guerra, uma decisão que passei todo o tempo desde então tentando retificar, e o que está me deixando com mais raiva, mais até mesmo que o fogo e a inundação e Todd sendo levado embora pelo prefeito, é que mesmo quando cooperação pacífica é a escolha óbvia, a única coisa que vai nos manter vivos...

Ainda há pessoas que não vão fazer essa escolha.

Eu detenho Bolota à frente dos soldados que avançam, *forçando* o capitão Tate a parar.

— ABAIXE ESSA ARMA! — ordeno. — AGORA MESMO!

Mas ele ergue o rifle.

E aponta para minha cabeça.

— E depois, hein? — grito. — Não tem mais cidade, e vocês vão matar as únicas pessoas que podem ajudá-los a reconstruí-la?

— Saia do meu caminho, garotinha — diz o capitão Tate, com um leve sorriso no rosto.

E eu fico arrasada ao ver a facilidade com que ele vai me matar.

Mas levanto os olhos para o exército atrás dele, para os homens que estão se preparando para disparar a artilharia.

— O que acontece depois deste ataque, hein? — grito para todos eles. — Vocês todos vão marchar até o oceano para encontrar a morte certa e ser abatidos por um milhão de Spackle? Essas são suas *ordens*?

— Na verdade, sim — responde o capitão Tate.

E ele engatilha o rifle.

— Vocês vieram para este planeta para serem soldados?

Eu ainda estou gritando, e agora também estou gritando para as pessoas do alto do morro atrás de mim. A Resposta e seus remanescentes, que estão pegando as próprias armas.

— Vieram? Era isso o que todos vocês queriam? Ou vocês vieram em busca de uma vida melhor? — Eu torno a olhar para o capitão Tate. — Vocês vieram criar um paraíso? Ou morrer porque um homem mandou que fizessem isso?

— Ele é um grande homem — diz o capitão Tate, olhando para a ponta do cano de seu rifle.

— É um assassino — retruco. — Se não pode controlar uma coisa, ele a destrói. Ele mandou o capitão O'Hare e seus homens para a morte certa. Vi com meus próprios olhos.

Com isso surgem murmúrios no exército atrás dele, especialmente quando Bradley se aproxima e abre seu Ruído para a visão do capitão

O'Hare e seus homens na estrada. Estou perto o bastante para ver uma gota de suor descer pela têmpora do capitão Tate, mesmo no frio, mesmo na neve.

— Ele vai fazer o mesmo com vocês — digo. — Ele vai fazer o mesmo com todos vocês.

Pela expressão no rosto do capitão Tate, ele parece estar lutando consigo mesmo, e começo a me perguntar se ele *consegue* desobedecer ao prefeito. Se o prefeito não fez alguma coisa para...

— NÃO! — grita ele. — Eu tenho minhas ordens!

Eu escuto Lee gritar ali perto:

— Viola...

— Lee, para trás! — grito...

— EU TENHO MINHAS ORDENS! — berra o capitão Tate...

E há um tiro...

(O Céu)

A neblina fica mais densa, se entrelaçando com a fumaça e o vapor que sobem do vale abaixo.

Mas névoa não detém o Solo. Nós simplesmente abrimos mais nossas vozes e seguimos adiante em passos pequenos, um de cada vez, até que uma imagem completa da marcha se abre à nossa frente e nossa visão física limitada na neblina se torna uma única visão em movimento.

O Solo não é cego. O Solo marcha.

Com o Céu à sua frente.

Posso sentir o Solo se reunindo atrás de mim, chegando do norte e do sul, seguindo sinuosamente através das florestas em chamas e dos morros em torno do vale, se reunindo às centenas para marchar, depois aos milhares, e ainda mais. A voz do Céu chega cada vez mais longe, passada pelas Trilhas e pelo próprio Solo, através de florestas que nunca vi, através de terras desconhecidas por todos da Clareira, chegando a vozes do Solo que parecem ter sotaques diferentes e...

Mas é a mesma, também, a mesma voz do Solo...

O Céu está chamando todos eles, toda voz, chegando mais longe que qualquer Céu já chegou...

Toda a voz do Solo se junta à marcha...

Todos nós reunidos...

Para enfrentar a Clareira...

E depois?, mostra a Fonte, ainda em seu animal, ainda nos meus calcanhares, ainda me perturbando...

Acho que é hora de você nos deixar, mostro. *Acho que é hora de a Fonte voltar para seu próprio povo.*

E mesmo assim você não me forçou, mostra ele. *Você podia ter feito isso a qualquer hora.* Sua voz ganha intensidade. *Mas você **não** fez isso. O que significa que você sabe, **o Céu** sabe que o que digo é correto, que você não pode atacar a Clareira...*

A Clareira que matou o Fardo?, mostro em resposta, com a raiva crescendo dentro de mim. *A Clareira que **matou o Céu**? O Céu não responde a esse ataque? O Céu dá as costas e permite que o Solo seja morto?*

Ou o Céu obtém uma vitória que vai custar a vida de todo o Solo mais tarde?, mostra a Fonte.

Eu lhe dou as costas. *Você deseja salvar seu filho.*

*Desejo. Todd é **meu** Solo. Ele representa tudo o que vale a pena salvar. Tudo o que o futuro **pode** ser.*

E eu vejo a Faca na voz da Fonte novamente, eu o vejo vivo, real, frágil e humano...

Eu o interrompo. Torno a abrir minha voz para o Solo. Digo a eles para acelerar o passo.

Então um som estranho se eleva na voz da Fonte...

{VIOLA}

Eu levo um susto com o som do tiro, esperando sentir a mesma ardência no corpo de quando Davy Prentiss atirou em mim...

Mas não sinto nada...

Abro os olhos, que eu nem tinha percebido estarem fechados...

O capitão Tate está esparramado de costas, com um braço torcido sobre o peito e um buraco de bala na testa...

— Pare! — grito, girando para trás para ver quem disparou, mas tudo o que enxergo são rostos confusos entre as mulheres e homens armados...

E Wilf parado ao lado de Lee.

E Lee com um rifle nas mãos.

— Eu acertei? — pergunta Lee. — Wilf mirou para mim.

Eu imediatamente volto o olhar para os soldados, todos fortemente armados, ainda segurando seu arsenal...

Todos piscando como se tivessem acabado de acordar, alguns parecendo completamente confusos...

— Não acho que eles o estavam seguindo voluntariamente — comenta Bradley.

— Mas era o capitão Tate? — pergunto. — Ou o prefeito *através* do capitão Tate?

E dá para ouvir o Ruído dos soldados ficar mais alto e mais claro quando eles olham para os rostos assustados das pessoas no alto do morro, em quem eles estavam prestes a atirar...

E dá até para ouvir a preocupação dos que estão mais atrás quando o rio passa perigosamente perto deles.

— Nós temos comida! — grita mestra Lawson, saindo do meio da multidão. — E vamos começar a armar barracas para qualquer homem que tenha perdido a casa. — Ela cruza os braços. — Que somos todos nós, agora, acredito.

E eu olho para os soldados e percebo que ela está certa.

Não há mais soldados.

De algum modo, são apenas homens outra vez.

Lee se aproxima de mim com Wilf, o Ruído de Wilf mostrando o caminho para ele.

— Você está bem?

— Estou — digo, vendo a mim mesma no Ruído de Wilf e depois no de Lee. — Obrigada.

— De nada — diz Wilf. — O que vai acontecer agora?

— O prefeito foi para o oceano — explico. — Precisamos chegar até lá.

Embora, pela forma como Bolota está respirando com dificuldade embaixo de mim, eu não saiba se ele vai conseguir...

Bradley engasga, um som repentino e alto, solta as rédeas de Angharrad e leva as duas mãos à cabeça, com os olhos arregalados...

E um som, um som muito estranho, ecoa por seu Ruído, ininteligível como idioma ou imagem, apenas *som*...

— Bradley?

— *Eles estão chegando* — diz Bradley, em uma voz que é a sua própria, mas também maior, ecoando de forma estranha e alta pelo topo do morro, com os olhos desfocados e escuros, sem ver nada à frente. — *ELES ESTÃO CHEGANDO!*

(O Céu)

O que foi isso?, pergunto à Fonte. *O que você fez?*

Olho mais fundo em sua voz, procurando pelo som...

E eu vejo ali...

E fico chocado demais para sentir a raiva que deveria.

Como?, mostro. *Como você conseguiu fazer isso?*

Eu estava falando a voz, diz ele, parecendo atônito. *A voz deste mundo.*

Há uma língua que ecoa por ele, não do Solo, mas também não exatamente da Clareira. É uma combinação mais profunda da língua falada pela Clareira com a voz do Solo, mas transmitida pelas Trilhas, através de *novas* Trilhas...

Por Trilhas da *Clareira*...

Minha voz se estreita. *Como?*

Acho que isso sempre esteve em nós, mostra ele, respirando com dificuldade. *Mas até você abrir minha voz, não éramos capazes. Acho que Bradley deve ser uma Trilha natural...*

Você os alertou, mostro com raiva.

Tive que fazer isso, diz a Fonte. *Eu não tive escolha.*

Levanto o rifle de ácido e o aponto para ele.

Se me matar vai lhe dar sua vingança, mostra ele, se vai deter essa marcha que trará apenas morte para todos nós, então me mate. Eu farei esse sacrifício de bom grado.

E vejo em sua voz que ele diz a verdade. Eu o vejo pensar na Faca, em Todd, com todo aquele amor outra vez, com um sentimento de despedida se isso significar salvar a Faca, eu o escuto ecoar através dele como a informação que ele enviou antes...

Não, mostro, baixando a arma. Sinto sua voz se elevar com esperança. *Não*, mostro outra vez. *Você virá conosco e verá o fim deles.* Eu me viro e retomo o passo, mais acelerado do que antes. *Você virá conosco e verá a Faca morrer.*

{VIOLA}

— Eles estão chegando — murmura Bradley.

— Quem? — pergunto. — Os Spackle?

Ele assente, ainda atônito.

— Todos eles — diz Bradley. — Absolutamente todos.

Ouvimos expressões de espanto das pessoas mais próximas, e o Ruído dos homens espalha aquela notícia ainda mais rápido.

Bradley engole em seco.

— Foi Ben. Ele me contou.

— O quê? Como...?

— Não tenho ideia. — Ele balança a cabeça. — Ninguém mais ouviu isso?

— Não — diz Lee. — Mas e daí, é verdade?

Bradley assente.

— Tenho certeza de que sim. — Ele olha para a multidão no alto do morro. — Eles estão chegando para atacar.

— Então precisamos montar uma defesa — diz Lee, já se voltando para os soldados, a maioria deles parada ali, sem objetivo. — Voltem para as fileiras! Preparem a artilharia! Os Spackle estão a caminho!

— Lee! — grito atrás dele. — Não há como ter esperança de derrotar tantos...

— Não — concorda ele, se virando, com o Ruído apontado direto para mim. — Mas nós podemos ganhar tempo para você chegar ao oceano.

Isso me detém.

— Pegar o prefeito é o único jeito de isso acabar — insiste ele. — E você tem que entender que Todd também tem um papel nisso.

Eu olho para Bradley, desesperada. Olho ao redor para todos no alto do morro, com os rostos esfalfados e cansados, que de algum modo sobreviveram por tanto tempo, a todas aquelas tribulações, esperando para ver se essa é realmente sua hora final. Uma neblina densa está rapidamente chegando em espirais do vale abaixo, embotando tudo, cobrindo tudo em uma névoa branca e diáfana, e eles estão parados ali como fantasmas.

— Entregar o prefeito a eles pode mesmo acabar com isso — concorda Bradley.

— Mas... — digo, olhando para Bolota, que ainda está com a respiração ofegante, e posso ver o suor brotar em seus flancos — ... os cavalos precisam de descanso. Não tem como eles...

Memina potra, diz Bolota, com a cabeça baixa, perto do chão. **Vá. Vá agora.**

Spackle, diz Angharrad, também arfante. **Salve o memino potro.**

— Bolota... — falo.

Vá agora, repete ele, com mais força.

— Vá — insiste Lee. — Salve Todd. Você pode salvar todos nós também.

Eu olho para ele.

— Você consegue liderar um exército, Lee?

— Por que não? — Ele sorri. — Todas as outras pessoas já tentaram.

— Lee... — começo a dizer...

— Não precisa — interrompe ele, estendendo a mão para meio que tocar minha perna, mas não exatamente. — Eu sei. — Então ele se volta outra vez para os soldados. — Eu disse para voltarem para as fileiras!

E sabe de uma coisa? Eles começam a fazer isso.

— Tente a paz se você puder — digo para Wilf. — Ganhe tempo, diga a eles que vamos trazer o prefeito, mantenha o máximo possível de pessoas vivas...

Wilf assente.

— Vou fazer isso. E cê se cuida, tá ouvindo?

— Pode deixar, Wilf — digo, e dou uma última olhada para Lee, para Wilf, para as pessoas no alto do morro.

Eu me pergunto se vou voltar a ver alguma delas.

— A estrada está embaixo d'água — diz Bradley. — Nós vamos ter que pegar as colinas e cavalgar por entre as árvores.

Eu me debruço entre as orelhas de Bolota.

— Você tem *certeza* disso?

Memina potra, tosse ele. **Pronto.**

E isso é tudo. Isso é tudo o que resta.

Bradley, Angharrad, Bolota e eu saímos pelo meio das árvores, na direção do oceano.

Sem saber o que vamos encontrar lá.

[TODD]

Pisco e abro os olhos, com a cabeça latejando. Tento sentar, mas estou amarrado.

— Não há nada para ver, Todd — o prefeito diz quando o ambiente começa a entrar em foco. — Estamos em uma capela abandonada em uma aldeia abandonada em uma praia abandonada. — Eu escuto ele suspirar. — Basicamente a história de nosso tempo neste planeta, hein?

Tento erguer a cabeça e dessa vez consigo. Estou em cima de uma mesa de pedra comprida, rachada no canto perto do meu pé esquerdo. Vejo bancos de pedra pelo chão, um Novo Mundo branco e suas duas luas entalhados na parede oposta em frente a um pódio onde um pregador ficaria, e outra parede que está desmoronando, deixando a neve entrar.

— Aconteceram tantas coisas importantes com você em igrejas que achei apropriado trazê-lo até uma para o seu último capítulo. — Ele chega mais perto. — Ou o primeiro.

— Me solta — digo, me concentrando pra controlar ele, mas minha cabeça está *muito* pesada. — Me solta e leva a gente de volta pra lá. A gente ainda pode parar tudo isso.

—Ah, não vai ser tão fácil, Todd.

Ele sorri e pega uma caixinha de metal. Ele aperta e uma imagem aparece no ar, uma imagem cheia de névoa branca e fumaça revolta.

— Não tô vendo nada.

— Um momento — ele diz, ainda sorrindo.

A imagem muda e tremula sob a névoa...

Então por um segundo ela abre...

E tem Spackle marchando pelos altos dos morros...

Muitos deles...

Um mundo inteiro...

— Marchando na direção do alto do morro — o prefeito diz. — Onde vão descobrir que meu exército já despachou meus inimigos antes de seguir sua marcha para cá. — Ele vira pra mim. — Onde você enfrentará sua última batalha.

— Cadê a Viola? — pergunto, tentando preparar minha voz prum ataque com o nome dela.

— Infelizmente as sondas perderam o rastro dela na neblina — ele responde, apertando botões pra mostrar imagens diferentes do vale, todas cobertas por neblina e fumaça, com chamas nos únicos espaços abertos, queimando e seguindo pro norte.

— Me solta.

— Tudo em sua hora, Todd. Agora...

Ele para e levanta o rosto, momentaneamente perturbado, mas não por nada que esteja acontecendo na igreja. Ele vira novamente pra projeção da sonda, mas é tudo neblina e não tem nada pra ver ali.

VIOLA!, penso diretamente pro prefeito, na esperança de pegar ele de surpresa.

Ele mal pisca, só olha pro espaço vazio outra vez, e sua testa se franze de um jeito cada vez mais profundo. Então sai da capela pela parede desmoronada e me deixa ali, bem amarrado na mesa, tremendo de frio, sentindo como se eu pesasse uma tonelada.

Eu fico ali, deitado e pesado, por um bom tempo, mais do que eu queria, tentando pensar nela lá fora, tentando pensar em todas as pessoas que vão morrer se eu não me mexer.

Então começo bem devagar a tentar soltar as cordas.

(O Céu)

A neblina está densa como uma noite branca, e o Solo marcha seguindo apenas sua voz, bem unida, mostrando o caminho quando nos aproximamos do alto do morro, chegando através das árvores...

E eu mando que a trombeta de batalha seja soada...

O som se derrama pelo mundo, e mesmo ao longe ouvimos o terror da Clareira com ele...

Eu toco meu rinotanque à frente, mais rápido através da floresta, sentindo o ritmo do Solo se acelerar atrás de mim. Estou à frente da guarda agora, a Fonte ainda comigo, à frente do primeiro de nossos soldados, suas chamas prontas para serem disparadas, e atrás deles...

Atrás deles a voz inteira do Solo...

Acelerando o passo...

Quase lá, mostro para a Fonte quando passamos por uma fazenda deserta da Clareira, transformada em pântano pelas águas, e subimos por uma floresta densa...

Nós marchamos por ela, mais rápido, mais rápido ainda...

As vozes da Clareira nos escutam chegar, ouvem nossa voz, ouvem nossa voz *incontável* cair sobre eles, ouvem a trombeta de batalha tocar novamente...

E marchamos por uma área plana de terra e subimos outra encosta...

E eu atravesso uma parede de folhagem com o rifle de ácido erguido...

E eu sou Céu...

Eu sou o *Céu*...

Liderando o Solo em sua maior batalha contra a Clareira...

A névoa está densa, e procuro a Clareira na branquidão, preparando minha arma para seu primeiro disparo e ordenando que os soldados levantem seus raios de chamas e os preparem para disparar...

Para eliminar a Clareira deste mundo de uma vez por todas...

Então um único homem da Clareira surge.

— Esperem — pede ele calmamente, desarmado, sozinho no mar de neblina. — Eu tenho uma coisa a dizer.

{VIOLA}

— Olhe para o vale — diz Bradley enquanto corremos pelas florestas no alto dos morros.

Em vislumbres à nossa esquerda, através das folhas e das ramificações da neblina que se dissipa, é possível ver o rio totalmente cheio. A primeira onda de escombros ficou às nossas costas e há apenas água à frente, estabelecendo seu curso fora do leito do rio, inundando a estrada que leva direto para o oceano.

— Nós não vamos chegar lá a tempo! — grito para Bradley. — É longe demais...

— Já percorremos um bom pedaço! — grita ele em resposta. — E estamos avançando depressa!

Depressa demais, penso. Os pulmões de Bolota começaram a rouquejar de um jeito enervante.

— Você está bem, garoto? — pergunto entre suas orelhas.

Ele não responde, apenas continua a seguir adiante, fazendo barulho e espumando saliva pela boca.

— Bradley? — chamo, preocupada.

Ele sabe. Está olhando para Angharrad, que parece melhor que Bolota, mas não muito. Torna a olhar para mim.

— É a única chance que temos, Viola — diz ele. — Sinto muito.

Menina potra, ouço de Bolota, em uma voz baixa e sofrida.

E é tudo.

Penso em Lee, em Wilf e em todos os outros que deixamos para trás, no alto do morro.

E seguimos em frente.

(O Céu)

— Meu nome é Wilf — diz o homem, parado sozinho na neblina, embora eu possa ouvir centenas atrás dele, ouvir seus medos e sua prontidão para lutar se for preciso...

E eles precisam...

Mas há algo na voz do homem...

Mesmo quando nossas primeiras fileiras se alinham ao meu lado em seus rinotanques, com as armas a postos, queimando e ardendo e prontas para a luta...

A voz do homem...

É tão aberta quanto a de um pássaro, quanto a de um animal de bando, quanto a superfície de um lago...

Aberta, verdadeira e incapaz de proferir mentiras...

E ela é um canal, um canal para as vozes atrás dele, aquelas vozes da Clareira escondidas na neblina, cheias de medo, cheias de temor...

Cheias de desejo que isso acabe...

Cheias de desejo de paz...

Vocês mostraram o quanto esse desejo é falso, mostro ao homem chamado Wilf.

Mas ele não responde, apenas continua parado, com a voz aberta, e mais uma vez tenho a sensação, a certeza, de que esse homem é incapaz de qualquer falsidade...

Ele abre mais a voz, e vejo mais claramente todas as vozes atrás dele, chegando através dele, enquanto ele filtra todas as suas mentiras, as remove e me dá...

— Eu só tô ouvindo — diz ele. — Só tô ouvindo a verdade.

Você *está ouvindo?*, mostra a Fonte, ao meu lado.

Não fale, mostro.

*Mas você está **ouvindo?**, mostra ele. Ouvindo como esse homem?*

Não sei do que você está falando...

Então eu escuto, escuto através de um homem chamado Wilf, com a voz calma e aberta, falando as vozes de todo o seu povo.

Como se fosse o Céu deles.

E, com esse pensamento, ouço minha própria voz...

Ouço o Solo se reunir atrás de mim, fluindo para este lugar, sob o comando do Céu...

Mas...

Mas eles também estão falando. Estão falando de medo e arrependimento. De preocupação com a Clareira e com a Clareira que vai chegar da escuridão acima. Eles veem o homem Wilf à minha frente, veem seu desejo de paz, veem sua *inocência...*

Eles não são todos assim, mostro para o Solo. *São criaturas violentas. Que nos matam, nos escravizam...*

Mas aqui está um homem chamado Wilf, com a Clareira atrás dele (e um exército pronto, posso vê-lo em sua voz, um exército assustado mas disposto, liderado por um homem cego), e aqui está o Céu, com o Solo atrás dele, disposto a fazer o que o Céu quer, disposto a marchar adiante e eliminar a Clareira deste planeta, se eu ordenar que façam isso...

Mas eles também têm medo. Viram a paz como a mesma *chance* que o homem chamado Wilf a viu, como uma *chance*, uma *oportunidade*, um jeito de viver sem ameaça constante...

Eles vão fazer o que eu disser...

Sem hesitação...

Mas o que digo a eles não é o que eles querem...

Eu vejo isso agora. Vejo tão claramente quanto qualquer coisa na voz do homem chamado Wilf.

Nós estamos aqui por vingança. Nem mesmo a vingança do Céu, mas a vingança do *Retorno*. Eu tornei esta guerra pessoal. Pessoal para o Retorno.

E eu não sou mais o Retorno.

É preciso apenas uma ação, mostra a Fonte. *O destino deste mundo, o destino do Solo, depende do que você fizer agora.*

Eu me viro para ele. *Mas o que eu faço?*, mostro, uma pergunta inesperada até para mim mesmo. *Como eu ajo?*

Você age, mostra ele, *como o Céu.*

Torno a olhar para o homem chamado Wilf, vejo a Clareira atrás dele através de sua voz, sinto o peso do Solo atrás de mim em minha própria voz.

A voz do Céu.

Eu sou o Céu.

Eu sou o Céu.

Por isso eu ajo como o Céu.

{VIOLA}

Estamos à frente da neblina agora, mas a neve continua a cair, mais forte aqui, mesmo com as árvores. Mantemos o rio cheio à nossa esquerda no vale abaixo e seguimos tão rápido quanto os cavalos permitem.

Os cavalos.

Bolota não responde a mais nada que pergunto a ele, com o Ruído focado apenas em correr em meio à dor nas patas e no peito, e posso sentir o quanto isso está lhe custando...

E percebo algo ao mesmo tempo em que percebo que ele já deve saber...

Ele não vai fazer a viagem de volta.

— Bolota — sussurro entre suas orelhas. — Bolota, meu amigo.

Menina potra, diz ele em resposta, quase carinhosamente, e ele segue com rapidez e estrondo por uma floresta que fica mais esparsa e se abre para um platô inesperado, com nuvens de neve acima e uma camada fina de branco que já se acumula no chão, e nós corremos em meio a um bando surpreso de animais dizendo **AQUI** uns para os outros, assustados, e pouco antes de tornarmos a mergulhar na floresta...

— Ali! — grita Bradley.

Nosso primeiro vislumbre do oceano.

É tão grande que fico estupefata...

Devorando toda a extensão do mundo até o horizonte nublado, parecendo maior do que a escuridão do espaço, como mestra Coyle disse, porque esconde sua enormidade...

Então voltamos às árvores.

— Ainda falta um pedaço! — grita Bradley. — Mas vamos chegar ao anoitecer!

Então Bolota desaba sob meu peso.

(O Céu)

Há um longo silêncio quando abaixo minha arma, o mundo todo esperando para ver o que quero dizer com esse gesto...

Enquanto eu também espero para ver o que quero dizer com isso.

E mais uma vez vejo a Clareira através do Ruído do homem chamado Wilf, vejo-os serem tomados por um sentimento sobre o qual conheço muito pouco...

É esperança, mostra a Fonte.

Eu sei o que é, mostro em resposta.

E sinto o Solo atrás de mim, esperando também...

E sinto esperança ali, também...

E essa é a decisão do Céu. O Céu deve agir para atender aos melhores interesses do Solo. Esse que é o Céu.

O Céu é o Solo.

E o Céu que se esquece disso não é Céu de forma alguma.

Abro minha voz para o Solo e passo uma mensagem de volta para eles, de volta para todos que se juntaram à luta, de volta para todos aqueles que se uniram atrás de mim quando eu os chamei...

E que agora se unem atrás de mim em minha decisão de não atacar...

Porque outra decisão acompanha essa. Uma decisão necessária para o Céu, necessária para a segurança do Solo.

Eu preciso encontrar o homem que nos atacou, mostro para a Fonte. *E preciso matá-lo. Isso é o melhor para o Solo.*

A Fonte assente e avança com seu animal pela neblina à nossa frente, desaparecendo por trás do homem chamado Wilf, e eu o escuto chamando a Clareira, dizendo a eles que não vamos atacar.

Seu alívio é tão puro e forte que a onda de sentimento quase me derruba de minha montaria.

Eu olho para os soldados à minha volta para ver se eles só concordam com a minha decisão por obediência ao Céu, mas eles já estão voltando suas vozes para as próprias vidas, as vidas do Solo, as vidas que agora vão, inevitavelmente, envolver a Clareira de maneiras que ninguém pode prever, mas em primeiro lugar para resolver os problemas causados pela Clareira.

Talvez até ajudando-os a sobreviver.

Quem poderá dizer?

A Fonte volta. Sinto sua preocupação ao se aproximar. *O prefeito seguiu com a nave até o oceano*, mostra ele. *Bradley e Viola já partiram atrás dele.*

Então o Céu deve fazer o mesmo, mostro.

Eu vou com você, mostra a Fonte, *e vejo por quê.*

A Faca está com ele, mostro.

A Fonte assente.

Você acha que vou matar a Faca, mostro em resposta. *Se eu enfim tiver a chance.*

A Fonte balança a cabeça, mas vejo sua incerteza. *Eu vou com você*, mostra ele de novo.

Olhamos um para o outro por um longo momento, então eu me viro para alguns soldados do Solo na linha de frente e mostro a eles minha intenção, e digo a dez deles para me acompanharem.

Acompanharem a mim e à Fonte.

Eu me viro novamente para ele. *Então vamos andando.*

E digo a meu rinotanque para correr na direção do oceano, mais rápido do que ele já correu antes.

{Viola}

As patas dianteiras de Bolota desmoronam no meio do passo. Eu caio com força no meio de alguns arbustos, bato o quadril e o braço esquerdo no chão com um grunhido de dor e ouço Bradley gritar:

— Viola!

Mas Bolota ainda está caindo para a frente, desabando sobre os arbustos.

— BOLOTA! — grito.

Então fico de pé e vou mancando rapidamente até onde ele está deitado, retorcido e alquebrado, e paro ao lado de sua cabeça. A respiração dele sai em grandes sons roucos, e o peito arfa com o esforço.

— Bolota, por favor…

Bradley e Angharrad se aproximam de nós. Bradley desmonta, e Angharrad aproxima o focinho de Bolota…

Menina potra, diz Bolota, com a dor destroçando seu Ruído, não apenas a dor em suas patas dianteiras, que vejo estarem quebradas, mas a dor no peito que o fez desabar. Foi demais, ele correu demais…

Menina potra, repete ele…

— Shh — digo. — Está tudo bem, está tudo bem…

Então ele diz…

Ele diz…

Viola.

Então ele fica em silêncio, e sua respiração e seu Ruído param em um último suspiro…

—*Não!* — grito, enquanto o abraço mais forte e enfio o rosto na crina dele.

Sinto as mãos de Bradley em meus ombros, e choro e ouço Angharrad dizer baixinho: **Siga**, enquanto esfrega o focinho no de Bolota.

— Eu sinto muito — diz Bradley, mais delicado que nunca. — Viola, você se machucou?

Não consigo falar, ainda agarrada a Bolota, mas balanço a cabeça.

— Sinto muito, querida — diz Bradley. — Mas precisamos continuar. Tem muita coisa em jogo.

— *Como?* — pergunto com a voz embargada.

Bradley faz uma pausa.

— Angharrad? — chama ele. — Você pode levar Viola o resto do caminho para salvar Todd?

Menino potro, diz Angharrad, com o Ruído forte à menção de Todd. *Sim, menino potro*.

— Não podemos matá-la também — digo.

Mas Angharrad já está botando o focinho embaixo de meu braço, insistindo para que eu me levante. *Menino potro*, diz ela. *Salvar menino potro.*

— Mas Bolota...

— Eu vou cuidar dele — diz Bradley. — Só chegue até lá. Chegue até lá e faça com que valha a pena, Viola Eade.

Eu olho para ele, vejo sua fé em mim, sua certeza de que o bem ainda é possível.

E dou um último beijo choroso na cabeça imóvel de Bolota, fico de pé e deixo que Angharrad se abaixe ao meu lado. Monto nela devagar, com a visão ainda turva, a voz embargada.

— Bradley.

— Só por você — diz ele, abrindo um sorriso triste. — Ele só pode ser salvo por você.

Eu assinto lentamente e tento me concentrar em Todd, no que está acontecendo com ele agora...

Em salvá-lo, em *nos* salvar, de uma vez por todas...

Descubro que não consigo me despedir de Bradley, mas acho que ele entende quando dou um grito para Angharrad e nós saímos correndo pelo trecho final até o oceano.

Estou chegando, Todd, penso. *Estou chegando...*

[TODD]

Não sei quanto tempo levo pra afrouxar só um pouco a corda em volta do pulso. O remédio que tinha naquela bandagem, ainda grudada no meu pescoço, coçando onde não consigo alcançar, foi o suficiente pra reduzir muito minha velocidade, no corpo *e* no Ruído...

Mas eu me esforço muito, e o tempo todo o prefeito está em algum lugar distante, no que eu acho que é a praia, uma pequena faixa de areia coberta de neve que vejo além da parede desmoronada. Também vejo por uma fresta as ondas quebrando, ouço um som constante com outro som por trás, um ronco que reconheço que é do rio, alto e cheio com toda aquela água que agora finalmente está retornando ao oceano. O prefeito deve ter voado direto até aqui e pousado pra esperar sabe-se lá o que vai acontecer. Os dois exércitos lutando a última guerra deles.

A gente morrendo sob um milhão de Spackle.

Eu forço outra vez a corda no pulso direito e sinto ela ceder um pouco.

Eu me pergunto como seria morar ali, criar uma comunidade perto da grande água pra pescar. Viola contou que é mais fácil os peixes desse planeta comerem você do que o contrário, mas seria possível encontrar maneiras de fazer uma vida ali, uma vida como quase fizemos no vale.

Os homens são uma coisa triste. Não conseguem fazer nada de bom sem serem tão fracos que a gente acaba estragando tudo. Não conseguem construir coisa nenhuma sem derrubar depois.

Não foram os Spackle que levaram a gente até o fim.

Foi a gente mesmo.

— Eu não poderia concordar mais — o prefeito diz, voltando pra capela.

O rosto dele está diferente, *bem* abatido, como se alguma coisa estivesse errada. Como se alguma coisa muito grande estivesse *muito* errada.

— Os acontecimentos escaparam de minhas mãos, Todd — ele explica, olhando pro nada, como se estivesse escutando alguma coisa, alguma coisa que decepcionou ele de um jeito inacreditável. — Acontecimentos no alto de um morro distante...

— Alto de que morro? — pergunto. — O que aconteceu com Viola?

Ele dá um suspiro.

— O capitão Tate falhou comigo, Todd — ele diz. — Os Spackle também falharam comigo.

— O quê? — pergunto. — Como você sabe disso?

— Este mundo, Todd, este *mundo*... — ele diz, me ignorando. — Este mundo que achei que podia controlar, e *controlei*. — Seus olhos brilham pra mim. — Até que encontrei você.

Eu não digo nada.

Porque ele está com uma aparência assustadora.

— Talvez você tenha me transformado, Todd — ele continua. — Mas não só você.

— Me solta que eu mostro como vou *transformar* você — digo.

— Você não está escutando — ele diz, e sinto uma dor na cabeça, o suficiente pra me fazer ficar quieto por um segundo. — Você me transformou, sim, e meu efeito sobre você não foi pequeno. — Ele caminha ao longo da lateral da mesa. — Mas eu também fui transformado por este *mundo*.

Pela primeira vez percebo como a voz dele está esquisita, como se não fosse mais inteiramente dele, toda cheia de eco e estranha.

— Este mundo, porque eu o percebi, porque eu o *estudei*... — ele prossegue — ... me distorceu até que eu ficasse irreconhecível frente ao homem orgulhoso e forte que eu costumava ser. — Ele para aos meus pés. — A guerra transforma homens em monstros, você me disse isso uma vez, Todd. Bem, muito conhecimento também. Conhecimento demais sobre os outros homens, conhecimento demais sobre suas fraquezas, conhecimento demais sobre sua ganância e vaidade patéticas, e como é ridiculamente fácil controlá-los.

Ele dá um risinho amargo.

— Sabe, Todd, só os estúpidos conseguem lidar com o Ruído. Os sensíveis, os *inteligentes* como você e eu, nós *sofremos* com isso. E pessoas como nós *precisam* controlar as outras. Para o próprio bem delas e para o nosso.

Ele se distrai, olhando pro nada. Eu forço ainda mais as cordas.

— Você me transformou, Todd — ele diz de novo. — Você me tornou melhor, mas só o suficiente para ver o quanto eu na verdade era mau. Eu nunca soube até que me comparei com você, Todd. Eu achei que estivesse fazendo o bem. — Ele para acima de mim. — Até que você me mostrou o contrário.

— Você era mau desde o começo — digo. — Eu não fiz nada.

— Ah, mas fez, Todd — ele rebate. — Esse era o *zumbido* que você sentia em sua cabeça, o *zumbido* que nos conectava. Era o bem em mim, o bem que você me fez ver. Algo que eu só conseguia ver através de você. — Seus olhos ficam mais sombrios. — Então Ben chegou, e você ia tirar isso de mim. Você me permitiu vislumbrar uma bondade que nunca consegui compreender por conta própria, e por esse pecado, Todd Hewitt, pelo pecado do autoconhecimento...

Ele estende a mão e começa a soltar minha perna.

— Um de nós vai ter que morrer.

{VIOLA}

Angharrad é diferente de Bolota, mais larga, mais forte e mais rápida, mas ainda estou preocupada.

— Por favor, fique bem — sussurro, nem exatamente para ela, porque sei que não vai adiantar nada.

Porque ela diz apenas *menino potro* e corre ainda mais rápido.

Nós avançamos em meio às árvores conforme o morro vai ficando mais plano, mais baixo e mais próximo do rio, que vejo com cada vez mais frequência à minha esquerda, imenso e correndo sobre as margens alagadas.

Mas ainda não vejo o oceano, apenas árvores. A neve continua densa, descendo em flocos grandes, rodopiando pelo ar e deixando depósitos perceptíveis mesmo na floresta fechada.

E quando a luz do dia começa a ir embora, tenho uma sensação ruim no estômago por não saber o que aconteceu no alto do morro, o que aconteceu com Bradley, o que aconteceu com Todd no oceano à frente.

Então, de repente, lá está...

Em meio a uma abertura nas árvores, perto o bastante para ver as ondas quebrando, perto o bastante para ver um cais em uma baiazinha com construções abandonadas, e ali, estacionada no meio disso tudo, a nave batedora...

Então ela desaparece por trás de mais árvores...

Mas estamos quase lá. Estamos quase lá.

— Aguente, Todd — digo. — Aguente.

[TODD]

— Vai ser você — respondo enquanto ele desamarra minha outra perna.

— Você é que vai morrer.

— Sabe de uma coisa, Todd? — ele diz com a voz baixa. — Parte de mim torce para que você esteja certo.

Eu fico imóvel até ele desamarrar minha mão direita, aí tento dar um soco nele, mas ele já está se afastando na direção da abertura que dá pra praia, observando enquanto eu solto a outra mão com uma expressão divertida no rosto.

— Estarei esperando por você, Todd — ele avisa ao sair.

Tento enviar **VIOLA** pra ele, mas ainda estou me sentindo fraco e ele não percebe antes de desaparecer. Puxo os últimos nós e estou livre. Pulo da mesa e passo um minuto grogue antes de me equilibrar, mas aí começo a andar e saio pela abertura...

Pra praia congelante lá fora.

A primeira coisa que vejo é uma fileira de casas em ruínas, algumas delas nada mais que pilhas de madeira e areia, com algumas de concreto, como a capela, um pouco mais intactas. À frente, tem uma estrada que segue na direção da mata, a estrada que sem dúvida leva até Nova Prentisstown, embora esteja coberta por um rio acelerado e transbordante logo na altura da segunda árvore.

A neve agora está caindo rápido, e o vento aumentou, também. O frio atravessa meu uniforme como uma punhalada de aço, e eu aperto a jaqueta em volta de mim.

Então viro na direção do oceano...

Ah, meu Deus…

É *enorme*.

Maior que qualquer coisa possível, seguindo até sumir de vista não apenas na direção do horizonte, mas pro norte e pro sul, também, como uma infinitude parada bem na sua porta, esperando pra te engolir no instante que der as costas. A neve também não tem nenhum efeito sobre ele. O oceano apenas continua agitado, como se quisesse lutar com você, como se as ondas fossem socos que está dando pra tentar te derrubar.

E tem *criaturas* dentro dele. Mesmo nas águas espumantes, lamacentas e revoltas na praia, mesmo nos borrifos e na espuma do rio que deságua dentro dele ao norte de mim, mesmo aí dá pra ver sombras se movimentando na água.

Sombras *grandes*…

Então escuto:

— Impressionante, não é?

A voz do prefeito.

Eu viro bruscamente, mas ele não está à vista. Eu giro outra vez, devagar, e percebo que tem um pedaço de concreto coberto de neve embaixo dos meus pés, como se isso tivesse sido uma pracinha, um calçadão da praia ou coisa do tipo, muito tempo atrás, saindo da capela onde pessoas podiam sentar ao sol.

Só que eu estou aqui agora, e estou *congelando*.

— APARECE, SEU COVARDE! — grito.

— Ah, covardia é algo de que você nunca poderia me acusar, Todd. — É a voz dele outra vez, mas parece vir de um lugar diferente.

— ENTÃO POR QUE TÁ SE ESCONDENDO?! — grito, virando de novo e cruzando os braços pra me proteger do frio.

Nós dois vamos morrer se ficarmos aqui fora.

Então vejo a nave batedora na praia, parada, sozinha, esperando…

— Eu não tentaria isso, Todd — a voz diz de novo. — Você estaria morto antes de chegar até ela.

Eu viro mais uma vez.

— SEU EXÉRCITO NÃO ESTÁ VINDO, NÉ? — grito. — FOI POR ISSO QUE O SR. TATE FALHOU COM VOCÊ! ELE NÃO VEM!

— Correto, Todd — o prefeito diz, e dessa vez a voz dele parece diferente.

Parece uma voz de verdade falando em um lugar de verdade.

Eu viro de novo...

E ali está ele, perto do canto de uma das casas de madeira destruídas.

— Como você sabe? — pergunto, aquecendo meu Ruído, me preparando.

— Eu ouvi, Todd. Eu disse a você que ouvia tudo. — Ele sai andando na minha direção. — E devagar, devagar, isso se tornou verdade. Eu me abri para a voz deste mundo. E agora... — ele para na beira da praça coberta de areia, com neve soprando por todo lado — ... agora eu escuto toda informação que há nela.

E eu vejo os olhos dele.

E finalmente entendo.

Ele *escuta* tudo.

E está ficando louco por causa disso.

— Ainda não — ele diz com olhos escuros e voz ecoante. — Não antes que eu acerte nossas contas. Porque um dia, Todd Hewitt, você vai ouvir isso também.

Estou estimulando meu Ruído, elevando a temperatura dele, envolvendo todas as palavras pra que fiquem o mais pesadas possível, sem me importar se ele pode ouvir, porque ele vai saber o que vai acontecer de qualquer jeito...

— É verdade — o prefeito concorda.

E ele manda uma explosão de Ruído bem na minha direção...

Eu desvio e ouço ela passar com um estrondo por mim...

Eu caio e rolo na neve e na areia e olho pra trás, pra ele chegando mais perto...

VIOLA!, disparo sobre ele...

E a luta começa...

(O Céu)

Você agiu certo, mostra-me a Fonte enquanto seguimos em nossos rinotan-ques em meio às árvores na direção do oceano.

O Céu não precisa de nenhuma confirmação de suas escolhas, mostro em resposta.

Nós seguimos em uma boa velocidade. Rinotanques são mais rápidos que os animais da Clareira, mais acostumados a árvores e a correr sem es-tradas. O rio se ajusta no vale abaixo de nós, talvez até mudando de curso. A neblina ainda está densa, a neve ainda cai, e alguns focos de incêndio ainda queimam no vale às nossas costas. Mas estamos em movimento, na direção de nosso inimigo que está do outro lado de uma planície repentina em meio a um bando de animais assustados...

Esperem, grita a Fonte, e percebo que estou deixando-o para trás, os sol-dados também. *Esperem!*, mostra ele novamente. *Estou escutando alguma coisa à frente...*

Não diminuo a velocidade, mas abro minha voz...

E ali está, ouvida antes que o vejamos, a voz de um homem da Clareira...

Bradley, ouço a Fonte chamar, então chegamos até ele, depois de passar por um trecho de árvores, e o encontramos se afastando rapidamente quando paramos os rinotanques.

— Ben? — pergunta o homem chamado Bradley, olhando para mim, alarmado.

Está tudo bem, diz a Fonte. *A guerra acabou.*

Por enquanto, mostro. *Onde está aquela que é importante para a Faca?*

O homem chamado Bradley parece intrigado até que a Fonte mostra *Viola* para ele.

Então vemos o corpo do animal, coberto de folhas e arbustos, agora com uma fina camada de neve sobre ele.

— O cavalo dela — explica o homem. — Eu o cobri e estou tentando acender uma fogueira...

E Viola?, mostra a Fonte.

— Foi para o oceano — diz Bradley. — Ajudar Todd.

Há uma onda de sentimento na voz da Fonte, uma onda que enche minha própria voz, uma onda de amor e medo pela Faca...

Mas eu já parti, acelerando meu rinotanque cada vez mais, avançando mais rápido que a Fonte atrás de mim e os soldados atrás dele...

Espere, escuto a Fonte chamar novamente...

Mas eu vou chegar ao oceano primeiro...

Eu mesmo vou chegar ao oceano...

E se a Faca ainda estiver lá...

Bom, eu vou ver o que tiver que ver...

[TODD]

Eu atinjo o prefeito com o primeiro **VIOLA** que atiro nele e vejo ele cambalear prum lado, lento demais pra desviar...

Mas ele já está virando e disparando Ruído na minha direção, e embora eu desvie de novo, sinto como se o topo da minha cabeça tivesse sido arrancado, e pulo da pequena parte plana de areia e concreto pra inclinação que desce na direção das ondas, rolando na areia e na neve e saindo da linha de visão do prefeito por um breve segundo...

Então eu escuto:

— Ah, mas eu não preciso *vê-lo*, Todd...

E *bam*, outra explosão de Ruído branco, gritando VOCÊ NÃO É NADA VOCÊ NÃO É NADA VOCÊ NÃO É NADA...

Rolo pra cima de novo, com as mãos na cabeça, e faço um esforço pra abrir os olhos...

E vejo o rio surgir na praia à minha frente, derramando no oceano, e olho pra água além dele e vejo destroços boiando, sendo jogados pelas ondas, destroços de árvores e casas e, com certeza, pessoas...

Pessoas que eu conheço...

Talvez até mesmo Viola...

E sinto a raiva crescer no meu Ruído...

E fico de pé...

VIOLA!

Penso na direção dele e percebo que estou fazendo isso sem precisar saber onde ele está, que eu apenas sinto instintivamente, disparo na direção dele e viro pra olhar, e ele caiu pra trás com força na praça de concreto, apoiado na mão.

Eu ouço seu pulso quebrar com um *crec* satisfatório.

Ele dá um grunhido.

— Muito impressionante — ele diz com a voz rouca de dor. — Muito impressionante mesmo, Todd. Seu controle está melhor e mais forte.

Ele começa a levantar com o braço que não está quebrado.

— Mas o controle tem seu preço. Você consegue ouvir a voz do mundo se reunindo às suas costas, Todd?

VIOLA!, penso novamente na direção dele...

E novamente ele cambaleia pra trás...

Mas dessa vez ele não cai...

— Porque *eu* posso ouvir — continua. — Posso ouvir tudo.

E os olhos dele brilham, e eu congelo...

E ele está dentro da minha cabeça, junto com o zumbido, conectado comigo...

— Você consegue ouvir? — ele pergunta de novo.

E...

E eu *consigo*...

Eu *consigo* ouvir...

Ali, como um *ronco* por trás do ronco das ondas, do ronco do rio...

Um *ronco* de tudo que vive neste planeta...

Falando em uma única voz absurdamente alta...

E por um segundo sou abalado por ela...

E isso é tudo o que ele precisa...

Há um clarão de dor na minha cabeça tão brilhante que eu apago...

Caio de joelhos...

Mas só por um instante...

Pois no ronco distante de vozes...

Embora não seja possível...

Embora ela não tenha Ruído…

Eu juro que escutei ela…

Eu juro que escutei ela chegando…

Então, sem nem abrir os olhos…

VIOLA!

E escuto outro grunhido de dor…

E fico de pé outra vez…

{Viola}

O chão começa a se inclinar de forma íngreme, e estamos vendo o oceano constantemente agora…

— Quase lá — digo, arquejante. — Quase lá.

Memimo potro, diz Angharrad…

E com um salto, passamos pela última linha de árvores e saímos na praia, onde os cascos de Angharrad levantam neve e areia quando ela gira para a esquerda, na direção da cidade abandonada, na direção do rio…

Na direção de Todd e do prefeito…

— Ali! — grito, e Angharrad também vê, correndo adiante pela areia…

Memimo potro!, grita ela…

— TODD! — grito…

Mas as ondas estão quebrando muito alto e são enormes…

E eu juro ouvir alguma coisa, Ruído vindo do oceano, e capto um vislumbre através da água revolta de formas escuras se movendo sob a superfície…

Mas mantenho os olhos à frente, gritando várias vezes:

— TODD!

E eu vejo…

Ele está lutando contra o prefeito, em uma espécie de praça coberta de areia em frente ao que parece ser uma capela…

E tenho uma sensação ruim devido a quantas coisas terríveis aconteceram comigo e com Todd em igrejas…

— TODD! — chamo novamente…

E vejo um deles cambalear para trás após o que deve ser um golpe de Ruído...

Então o outro salta para longe, mas leva as mãos à cabeça...

Mas a essa distância, não consigo saber quem é quem...

Eles ainda estão usando aqueles uniformes estúpidos...

E vejo novamente como Todd cresceu e ficou alto...

Tão alto que é difícil diferenciá-lo do prefeito...

E a preocupação provoca um aperto ainda maior em meu peito...

Angharrad também sente isso...

Memino potro!, chama ela.

E nós corremos ainda mais rápido...

[TODD]

Pra trás, penso na direção do prefeito, e vejo ele dar um passo pra trás, mas só um, e outro clarão de Ruído vem na minha direção, e dou um grunhido de dor e cambaleio pro lado e vejo um pedaço grande de concreto quebrado na areia, e eu pego ele e giro pra jogar no prefeito...

— Largue isso — ele zumbe.

E eu largo...

— Nada de armas, Todd — o prefeito diz. — Você não me vê armado, vê?

E eu percebo que não, ele não está armado, e a nave batedora está longe demais. Ele quer que a gente lute só com o Ruído...

— Exatamente — ele responde. — E que o homem mais forte vença.

E ele me acerta de novo...

Dou um grunhido e acerto ele também com um **VIOLA** e saio correndo pela pracinha, escorregando na neve enquanto vou pruma das casas de madeira em ruínas...

— Eu acho que não — o prefeito zumbe...

E meus pés param de correr...

Mas aí eu levanto um...

Depois o outro...

E começo a correr novamente...

Então escuto o prefeito rir atrás de mim.

— *Muito* bom.

Corro e me escondo atrás duma pilha de madeira velha e me abaixo pra ele não me ver, embora eu saiba que isso não adianta nada, mas preciso de um segundo pra pensar...

— Estamos no mesmo nível — o prefeito diz.

Eu ouço ele claramente apesar das ondas, apesar do rio, apesar de tudo que devia estar bloqueando a voz dele. Ele está falando bem dentro da minha cabeça.

Como sempre fez.

— Você sempre foi meu melhor discípulo, Todd — ele fala.

— Você CALA A BOCA com essa conversa! — grito de volta, olhando em volta da pilha de madeira, vendo se tem qualquer coisa, qualquer coisa *mesmo*, que ajude...

— Você controla seu Ruído melhor que qualquer homem, menos eu — ele continua, chegando perto. — Você controla outros *homens* com ele. Você o usa como uma arma. Eu disse desde o começo que seu poder superaria o meu.

E ele me atinge de novo, com mais força que nunca, e o mundo fica branco, mas continuo a pensar *Viola* na minha cabeça, agarro as tábuas, fico em pé e penso com o zumbido mais pesado que consigo reunir: *PRA TRÁS!*

E ele dá um passo pra trás.

— Uau, Todd — diz, ainda fingindo estar impressionado.

— Eu não vou ocupar seu lugar — eu falo, saindo das ruínas. — Não importa o que aconteça.

E ele dá outro passo pra trás, embora eu não tenha dito pra ele fazer isso.

— Alguém precisa ocupá-lo — ele diz. — Alguém precisa controlar o Ruído, dizer às pessoas como usá-lo, dizer a elas o que fazer.

— Ninguém precisa dizer nada pra ninguém — retruco, dando mais um passo pra frente.

— Você nunca foi um poeta, não é, Todd?

Ele dá mais um passo pra trás. Ele agora está na beira da praça coberta de areia, segurando o pulso quebrado, com um osso ensanguentado se projetando através da pele, mas não parece que ele está sentindo nenhuma dor. A única coisa atrás dele é uma longa descida até as ondas e as formas escuras à espreita por baixo delas...

E eu vejo como os olhos do prefeito estão escuros, como sua voz está se enchendo de ecos...

— Este mundo está me engolindo, Todd — ele diz. — Este mundo e a informação nele. É demais. É demais para controlar.

— Então pare de *tentar* controlar — digo, e o atinjo com um **VIOLA**.

Ele se encolhe, mas não cai.

— Não posso — ele responde com um sorriso. — Vai contra minha natureza. Mas *você*, Todd... Você é mais forte que eu. *Você* podia lidar com isso. Você podia governar este mundo.

— Esse mundo não precisa de mim — digo. — Pela última vez, *eu não sou você*.

Ele olha pro meu uniforme.

— Tem certeza disso?

Sinto uma onda de raiva e o atinjo com força com mais um **VIOLA**.

Ele se encolhe outra vez, mas não recua, e me acerta com o próprio golpe. Eu trinco os dentes e preparo mais um, pronto pra acertar o rosto sorridente estúpido dele...

— Nós podíamos ficar aqui a tarde inteira atacando um ao outro até virarmos destroços gaguejantes — ele diz. — Então deixe-me lhe contar o que está em jogo, Todd.

— Cala a boca...

— Se *você* ganhar, você toma o controle do mundo...

— Eu não *quero*...

— Mas se *eu* ganhar...

E de repente ele mostra o Ruído dele...

Era a primeira vez que eu via aquele Ruído, via todo ele, em não sei quanto tempo, talvez só na velha Prentisstown, talvez nunca...

E é frio, mais frio que essa praia congelante...

E é *vazio*...

Ele é cercado pela voz do mundo como a escuridão do espaço chegando pra esmagar ele sob um peso absurdo...

Me conhecer tornou isso suportável pra ele por algum tempo, mas agora...

Ele quer destruir, destruir tudo...

E eu percebo que é isso o que ele quer...

Que isso é o que ele quer mais que qualquer outra coisa...

Não ouvir *nada*...

E o ódio, o ódio no seu Ruído, o ódio *do* seu Ruído, é tão forte que não sei se vou conseguir derrotar ele, é mais forte que eu, sempre foi mais forte, e estou olhando direto pro seu vazio, o vazio que permite que ele destrua, destrua, e não sei se...

— Todd!

Eu afasto os olhos, e o prefeito grita como se eu tivesse arrancado alguma coisa dele...

— TODD!

E ali, no meio da neve, montada no *meu* cavalo, montada na droga do meu cavalo maravilhoso...

Viola...

E o prefeito me acerta com toda a sua força...

{VIOLA}

—TODD! — grito, e ele se vira para me ver...

E grita de dor após um ataque do prefeito, cambaleia para trás com sangue escorrendo do nariz, e Angharrad grita *menino potro!* e segue na direção dele pela areia, e ainda estou chamando seu nome, chamando-o com toda a minha voz...

— *TODD!*

E ele me escuta...

Ele olha para mim...

E eu ainda não consigo ouvir seu Ruído, apenas o que ele está usando para lutar...

Mas vejo a expressão em seus olhos...

E digo novamente...

— *TODD!*

Porque é assim que se derrota o prefeito...

Não sozinho...

Mas juntos...

— *TODD!*

E ele se vira para o outro homem e vejo o nervosismo no rosto do prefeito quando ouço meu próprio nome roncando tão alto quanto um trovão...

[Todd]

VIOLA

Porque ela está aqui...

Ela veio...

Ela veio por *mim*...

E ela chama *meu* nome...

E sinto a força dela fluir pelo meu Ruído como fogo...

E o prefeito cambaleia pra trás como se tivesse sido socado na cara por uma fileira de casas...

— Ah, sim — ele grunhe, com a mão na cabeça. — Seu apoio chegou.

Eu ouço ela chamar de novo...

— Todd!

E eu pego isso e uso...

Porque sinto ela ali, cavalgando até o fim do mundo pra me encontrar, pra me salvar se eu precisasse...

E eu precisava...

E...

VIOLA

O prefeito cambaleia pra trás novamente, segurando o pulso quebrado, e vejo um pouco de sangue escorrer dos ouvidos dele...

— Todd! — ela chama de novo, mas dessa vez de um jeito que me pede pra olhar pra ela, e eu faço isso, e ela para Angharrad na beira da praça e olha pra mim, olha direto nos meus olhos...

E eu leio ela...

E sei exatamente o que ela está pensando...

E meu Ruído e meu coração e minha cabeça se enchem até ficarem prestes a estourar, como se eu fosse explodir...

Porque ela está dizendo...

Ela está dizendo com os olhos, com o rosto e com o corpo todo...

— Eu sei — digo pra ela com voz rouca. — Eu também.

Então viro pro prefeito e sou tomado por ela, pelo amor dela por mim e meu amor por ela...

O que me faz ficar grande que nem a droga de uma montanha...

E eu pego isso e jogo contra o prefeito...

{VIOLA}

O prefeito é jogado para trás e desce rolando e deslizando na direção das ondas, antes de parar todo embolado...

Todd olha para mim...

E meu coração quase sai pela boca...

Ainda não consigo ouvir seu Ruído, mesmo sabendo que ele o está reunindo para outro ataque contra o prefeito...

Mas...

— Eu sei — disse ele. — Eu também.

E ele olha para mim agora, com um brilho nos olhos...

Com um sorriso no rosto...

E embora eu não consiga ouvi-lo...

Eu o conheço...

Eu sei o que ele está pensando...

Bem agora, neste momento, dentre todos os momentos, eu posso ler Todd Hewitt sem ouvir seu Ruído...

E ele me vê fazer isso...

E por um instante...

Nós conhecemos um ao outro novamente...

E eu posso *sentir* nossa força quando ele se vira outra vez para o prefeito...

E ele não o atinge com o Ruído...

Ele envia um zumbido baixo pelo ar...

— Pra trás — diz Todd para o prefeito, que está se levantando lentamente, segurando o pulso...

E ele começa a andar para trás...

Na direção da arrebentação...

— Todd? — pergunto. — O que você está fazendo?

— Você não consegue ouvir eles? — pergunta ele. — Não consegue ouvir como eles estão com fome?

E eu olho para as ondas...

Vejo as sombras, as sombras *enormes*, grandes como casas, nadando de um lado para outro...

Mesmo em meio à arrebentação...

E **comer** é o que escuto...

Essa única palavra...

comer...

E eles estão falando sobre o prefeito...

Se reunindo aos montes em torno do local para onde ele caminha de costas...

Onde Todd o está obrigando a fazer isso...

— Todd? — digo...

Então o prefeito pede:

— Espere.

[Todd]

— Espere — o prefeito diz.

E não é uma coisa controladora que ele está tentando, não é um zumbido voltando junto com o que estou mandando na direção dele pra fazer ele andar na direção do oceano, pra se afogar nele, pra ser devorado pelas criaturas que estão nadando cada vez mais perto, esperando pra dar uma mordida. Ele diz apenas:

— Espere.

Como se estivesse pedindo com educação.

— Eu não vou poupar você — digo. — Eu faria isso se achasse que dá pra te salvar, mas não dá. Desculpe por isso, mas você não tem salvação.

— Eu sei — o prefeito responde.

Ele sorri de novo, cheio de tristeza dessa vez, tristeza que sinto que é real.

— Você sabe que me mudou, Todd. Me mudou um pouco para melhor. O suficiente para reconhecer o amor quando o vejo. — Ele olha pra Viola e de novo pra mim. — O suficiente para que eu o salve agora.

— *Me* salvar? — pergunto, e penso *Pra trás*, e ele dá mais um passo pra trás.

— Sim, Todd — ele diz, com suor no lábio superior, tentando resistir. — Quero que você pare de me forçar na direção das ondas...

— Não tem a menor chance disso...

— Porque vou entrar nelas sozinho.

Eu pisco, sem entender.

— Chega de joguinhos — falo, forçando ele mais um passo pra trás. — Acabou.

— Mas, Todd Hewitt, você é o garoto que não consegue matar.

— Eu não sou nenhum garoto. E vou matar *você*.

— Eu sei — ele diz. — E isso vai deixá-lo um pouco mais parecido comigo, não é?

Eu paro e seguro ele ali por um segundo, com as ondas quebrando atrás dele, as criaturas começando a lutar entre si, e nossa, como elas são *grandes*...

— Nunca menti sobre seu poder, Todd — ele continua. — Poderoso o bastante para ser o novo eu, se você quisesse...

— Eu *não quero*...

— Ou poderoso o bastante para ser como Ben.

Eu franzo a testa.

— O que Ben tem a ver com isso?

— Ele também escuta a voz do planeta, Todd, como eu. Como você vai acabar fazendo. Mas ele vive dentro dela, se permite ser parte dela, se permite seguir sua corrente sem se perder.

A neve ainda está caindo, grudando no cabelo do prefeito em pedacinhos brancos. Eu percebo novamente como estou com frio.

— Você poderia ser eu — o prefeito fala. — Ou poderia ser ele.

Ele dá um passo pra trás...

Um passo que eu não o fiz dar.

— Se você me matar, fica um passo mais distante de ser ele — ele continua. — E se este é o tanto que sua bondade me mudou, o bastante para eu impedir que você *se torne* como eu, então foi o suficiente.

Ele vira pra Viola.

— A cura das fitas é real.

Viola olha pra mim.

— O quê?

— Eu botei um veneno de ação lenta nas primeiras fitas para matar as mulheres. Os Spackle também.

— O QUÊ?! — grito.

— Mas a cura é real — insiste o prefeito. — Eu fiz isso por Todd. Deixei a pesquisa na nave batedora. Mestra Lawson pode confirmar com facilidade. E este — diz ele, acenando pra ela com a cabeça — é meu presente de despedida para *você*, Viola.

Ele olha de novo pra mim, com um sorriso muito, muito triste no rosto.

— Este mundo será moldado por vocês dois por anos, Todd. — Ele dá um suspiro profundo. — E eu estou satisfeito por nunca ter que ver isso.

E ele vira e dá um grande passo na direção das ondas, depois outro e mais outro...

— Espere! — Viola grita pra ele...

Mas ele não para, continua a andar a passos largos, quase correndo, e sinto Viola descer, e ela e Angharrad vêm pro meu lado, e a gente vê as botas do prefeito chapinharem na água, e ele entra cada vez mais no oceano, uma onda quase o derruba, mas ele continua em pé...

Ele vira pra trás pra olhar pra gente...

O Ruído dele está silencioso...

O rosto, ilegível...

E, com um grunhido escancarado, uma das sombras na água surge na superfície, com aquela boca, os dentes pretos, a gosma e as escamas horríveis, e avança na direção do prefeito...

E gira a cabeça de lado pra agarrar seu tronco...

E o prefeito não faz nenhum som quando a criatura enorme derruba ele na areia...

E arrasta ele pra dentro dágua...

E rápido assim...

Ele desaparece.

{Viola}

— Ele morreu — diz Todd, e eu compartilho de toda a descrença em sua voz. — Ele simplesmente foi andando. — Todd se vira para mim. — Ele entrou direto no mar.

Ele está respirando com dificuldade, parecendo assustado e exausto pelo que acabou de acontecer.

Então ele me vê, realmente me *vê*.

— *Viola* — diz ele...

E eu o abraço e ele me abraça, e não precisamos dizer nada, nada.

Porque sabemos.

— Acabou — sussurro. — Não acredito. *Acabou.*

— Acho que ele queria mesmo ir — diz Todd, ainda me abraçando. — Acho que, no fim, tentar controlar tudo estava acabando com ele.

Nós tornamos a olhar para o oceano e vemos as criaturas enormes ainda em círculos, esperando para ver se Todd ou eu nos ofereceríamos em seguida. Angharrad enfia o focinho bem entre nós, batendo no rosto de Todd, dizendo *Menino potro* com força suficiente para trazer lágrimas aos meus olhos. *Menino potro.*

— Ei, garota — diz Todd, passando a mão em seu focinho, mas ainda me abraçando. Em seguida o rosto dele fica triste quando lê seu Ruído. — Bolota.

— Deixei Bradley para trás — explico, chorando de novo. — Wilf e Lee também, mas não sei o que aconteceu...

— O prefeito disse que o sr. Tate falhou com ele — conta Todd. — Disse que os Spackle também falharam com ele. Isso só pode ser uma boa notícia.

— Nós precisamos voltar.

Eu me viro em seus braços e olho para a nave batedora.

— Imagino que ele não tenha te ensinado a pilotar isso.

Então Todd fala de um jeito que me faz virar novamente para ele:

— Viola. Eu não quero ser como o prefeito.

— Você não vai ser — digo. — Isso é impossível.

— Não. Não foi isso o que eu quis dizer.

E ele me olha nos olhos.

E eu sinto chegar, sinto a força crescer dentro dele, finalmente livre da presença do prefeito...

Ele abre seu Ruído...

Abre, abre e abre...

E ali está ele, todo ele, aberto para mim, me mostrando tudo o que aconteceu, tudo o que ele sentiu...

Tudo o que ele sente...

Tudo o que ele sente por mim...

— Eu sei — digo. — Eu posso ler você, Todd Hewitt.

E ele dá aquele sorriso de lado...

Então ouvimos um som no alto da praia, onde as árvores encontram a areia...

(O Céu)

Meu rinotanque dá o último passo até a areia e por um momento fico deslumbrado com o oceano, com sua existência enorme enchendo minha voz...

Mas minha montaria continua a correr, virando na direção do povoado abandonado da Clareira...

Estou atrasado...

Aquela que é importante para a Faca está aqui com seu cavalo...

Mas não vejo a Faca em lugar algum...

Só o líder da Clareira com aquela que é importante para a Faca, seu uniforme uma mancha escura contra a neve e a areia, e ele a está segurando perto dele, aprisionando-a em seus braços...

Então a Faca deve estar morta...

A Faca deve ter morrido...

E sinto um vácuo surpreendente por causa disso, um vazio...

Porque mesmo quem você odeia deixa um vazio quando se vai...

Mas esses são sentimentos do Retorno...

E eu não sou o Retorno...

Eu sou o Céu...

O Céu que fez a paz...

O Céu que deve matar o líder da Clareira para garantir a paz...

Por isso corro adiante, e as figuras distantes se aproximam...

E eu levanto minha arma...

[Todd]

Aperto os olhos em meio à neve, que está ficando mais forte a cada minuto...

— Quem é aquele? — pergunto.

— Isso não é um cavalo — diz Viola, se afastando de mim. — Isso é um *rinotanque*.

— Um rinotanque? — questiono. — Mas eu pensei...

E o ar é arrancado dos meus pulmões...

(O Céu)

Ele afasta a garota ao me ver chegar, e tenho um alvo direto...

Escuto uma voz atrás de mim, gritando alguma coisa a distância...

Uma voz gritando *Espere*...

Mas a hesitação me fez mal no passado, estar no momento de agir e não agir...

E isso não vai acontecer agora...

O Céu vai agir...

O líder da Clareira está se virando para mim...

E eu vou agir...

(mas...)

Eu disparo minha arma.

{Viola}

Todd faz um som como se o mundo estivesse desabando e leva a mão ao peito...

Seu peito ensanguentado, queimando e fumegando...

— TODD! — grito, e salto em sua direção...

E ele cai para trás na areia com a boca aberta de dor...

Mas nenhum ar está saindo ou entrando, apenas sons arranhados, engasgados na garganta...

E eu me jogo em cima dele, bloqueando outro disparo se vier, levando a mão a suas roupas em brasa, que estão se desintegrando no peito dele, se vaporizando...

— TODD!

E ele está olhando em meus olhos, aterrorizado, com o Ruído fora de controle, girando com terror e dor...

— *Não* — digo. — *Não não não não não*...

E mal consigo ouvir o barulho dos cascos do rinotanque correndo em nossa direção...

Mal escuto outro conjunto de cascos atrás desse...

Escuto a voz de Ben ecoando sobre a areia...

Espere, grita ele...

— *Todd?* — chamo, arrancando de seu peito as roupas que derretem, vendo a queimadura terrível por baixo, sua pele sangrando e criando bolhas e ainda aquele som engasgado terrível em sua garganta, como se os músculos de seu peito tivessem parado de funcionar, como se ele não conseguisse respirar...

Como se ele estivesse morrendo asfixiado...

Como se estivesse morrendo agora, bem aqui, nesta praia fria e cheia de neve...

— *TODD!*

E os rinotanques estão se aproximando às minhas costas...

E escuto o Ruído do 1017, escuto que ele disparou a arma...

Escuto quando ele percebe seu erro...

Que ele achou que estava atirando no prefeito...

Mas ele não estava, *não estava*...

E Ben está vindo atrás dele...

E o Ruído de Ben se projeta adiante com medo...

Mas tudo o que consigo ver é Todd...

Tudo o que consigo ver é ele olhando para mim...

Com olhos arregalados...

Seu Ruído dizendo: **Não, não, agora não, agora não...**

Então ele diz: **Viola?**

— Estou aqui, Todd — respondo com a voz vacilando, gritando de desespero. — Estou *aqui*!

E ele diz novamente: **Viola?**

Perguntando...

Perguntando, como se não tivesse certeza de que estou aqui...

Então seu Ruído fica completamente silencioso...

E ele para de se mexer...

E olhando bem nos meus olhos…

Ele morre.

Meu Todd morre.

O FUTURO DO MUNDO

{VIOLA}

— TODD! — GRITO...

Não...

Não...

Não...

Ele não pode estar morto...

Não pode estar...

— TODD!

Como se dizer seu nome fosse tornar isso falso, fosse fazer o tempo andar para trás...

Fosse fazer o Ruído de Todd voltar...

Fazer seus olhos me *verem*...

— TODD!

Eu grito outra vez, mas é como se minha voz estivesse embaixo d'água, e tudo o que consigo ouvir é minha própria respiração em meus ouvidos e minha voz rouca dizendo seu nome...

— *TODD!*

Outro par de braços surge: Ben, caindo na areia ao meu lado, com a voz e o Ruído despedaçados, dizendo o nome de Todd...

E ele começa a pegar punhados de neve para botar sobre o ferimento de Todd, tentando impedir o fogo, parar o sangramento...

Mas já é tarde demais...

Ele está morto...

Ele está morto...

Todd está *morto*.

E tudo de repente se move devagar...

Angharrad chama *menino potro*...

Ben aproxima o rosto de Todd, tentando ouvir sua respiração, sem encontrá-la...

Eu o escuto dizer:

— *Todd, por favor!*

Mas é como se estivesse a uma grande distância...

Como se estivesse acontecendo fora de meu alcance...

E há mais passos atrás de mim, passos que consigo ouvir como se não houvesse outros sons no universo...

O 1017...

De pé ao lado do rinotanque, com o Ruído se revirando por seu erro...

Com o Ruído se perguntando se foi um erro, no fim das contas...

E eu me viro para olhar para ele...

(O Céu)

Ela se vira para olhar para mim...

E, embora ela não tenha voz, vejo o suficiente para recuar...

Ela fica de pé...

Eu dou mais um passo para trás e largo a arma na areia coberta de neve, só agora percebendo que ainda a segurava...

— *Você!* — diz ela bruscamente, vindo em minha direção, os trinados de sua boca fazendo um som terrível, um som de raiva, um som de *luto*...

Eu não sabia, mostro, me afastando dela. *Eu achei que ele fosse o líder da Clareira...*

(achei?)

— Seu *mentiroso*! — grita ela. — Eu posso *ouvir* você! Você não tinha certeza! Você não tinha certeza e atirou *mesmo assim*...

É um ferimento de uma arma do Solo, mostro. O remédio do Solo pode salvá-lo...

— É tarde demais! — grita ela. — Você o matou!

Eu olho para a Fonte atrás dela, que segura a Faca em seus braços, botando mais neve no peito da Faca, sabendo que não adianta, sua voz se rasgando de pesar, sua voz humana saindo em um lamento de sua boca...

E eu vejo que é verdade...

Eu matei a Faca...

Eu matei a Faca...

— CALE A BOCA! — grita ela...

Não foi minha intenção, mostro, percebendo tarde demais que isso é verdade. *Eu não **queria** matá-lo.*

— Bom, você *matou*! — diz ela com raiva...

Então ela vê minha arma caída na areia...

{Viola}

Eu vejo a arma, a arma dos Spackle que é um bastão branco, jogada no chão, bem ali, branca sobre o branco da neve...

Escuto Ben chorando às minhas costas, repetindo sem parar o nome de Todd, e meu próprio coração está doendo no peito, tanto que mal consigo respirar...

Mas eu vejo a arma...

Então eu me abaixo e a pego...

E a aponto para o 1017...

Ele não recua mais, apenas me observa erguê-la...

Desculpe, diz ele, erguendo um pouco as mãos, aquelas mãos compridas que mataram meu Todd...

— Desculpas não vão trazê-lo de volta — digo por entre dentes cerrados, e embora meus olhos estejam cheios de lágrimas, uma clareza terrível se abate sobre mim. Sinto o peso da arma em minhas mãos. Sinto a intenção em meu coração que vai me permitir usá-la.

Embora eu não saiba como.

— *Mostre-me!* — grito para ele. — *Mostre-me como usá-la para eu poder matar você!*

Viola, escuto atrás de mim a voz de Ben embargada com tristeza. *Viola, espere...*

— Eu *não* vou esperar — digo, com a voz dura e o braço ainda erguido. — MOSTRE-ME!

Desculpe, diz novamente o 1017, e mesmo em minha fúria percebo que ele está sendo sincero, percebo que ele lamenta *mesmo* ter feito isso, que seu horror só cresce, não apenas pelo que fez com Todd, mas pelo que isso vai significar para o futuro, que seu erro vai ter consequências muito além de nós, aqui, que é um erro que, se pudesse voltar atrás, ele não teria cometido por nada no mundo...

Posso ver tudo isso...

E não me importo...

(O Céu)

— Mostre-me! — grita ela. — Ou juro por Deus que vou matar você de pancada com essa coisa!

Viola, diz a Fonte atrás dela, ainda segurando a Faca nos braços, e eu olho em sua voz...

E o coração da Fonte está sofrendo...

Sofrendo tanto que contamina tudo, estendendo-se para o mundo...

Porque quando o Solo chora, nós choramos juntos...

E sua tristeza me deixa devastado, torna-se minha, torna-se a tristeza do Solo...

E vejo toda a extensão de meu erro...

Um erro que pode ter arruinado o Solo, um erro que pode ter custado nossa paz, um erro que pode destruir o Solo, depois de tudo o que fiz para salvá-lo...

Um erro que o Céu não devia ter cometido...

Eu matei a Faca...

Eu finalmente matei a Faca...

A coisa que eu quis por tanto tempo...

E não ganhei nada com isso...

Só o conhecimento da perda que causei...

Posso ver isso escrito no rosto daquela sem voz...

Aquela sem voz segurando uma arma que não sabe como usar...

Então abro minha voz e mostro a ela...

{VIOLA}

Seu Ruído se abre à minha frente e me mostra exatamente como usar a arma, onde botar meus dedos e o que apertar para lançar o clarão branco da ponta...

Ele está me mostrando como matá-lo...

Viola, ouço Ben dizer novamente atrás de mim. *Viola, você não pode fazer isso.*

— Por que não? — questiono, sem olhar para trás, mantendo os olhos firmemente no 1017. — Ele matou Todd.

E se você matá-lo, diz Ben, *onde isso vai parar?*

Isso faz com que eu me vire.

— Como você pode dizer isso?! — grito. — Como pode dizer isso, com Todd aí em seus braços?!

O rosto de Ben está tenso e fechado, seu Ruído emitindo tanta dor que mal consigo olhar para ele...

Mas ele ainda está dizendo...

Se você matar o Céu, a guerra vai recomeçar. E vamos todos morrer. Depois o Solo vai ser morto em grandes números a partir da órbita. Aí os colonos que pousarem aqui vão ser atacados pelo Solo que sobreviver. E não vai...

Ele não consegue prosseguir por um segundo, mas então se força a dizer na própria voz...

— Isso não vai ter fim, Viola — conclui ele, aninhando Todd junto ao peito.

Torno a olhar para o 1017, que não se mexeu.

— Ele quer que eu faça isso — digo. — Ele *quer* que eu faça.

— Ele não quer ter que viver com seu erro — explica Ben. — Ele quer que a dor acabe. Mas o Céu será melhor sabendo, para o resto da vida, qual a sensação de seu erro.

— Como você pode dizer isso, Ben?

Porque eu os escuto, responde ele com seu Ruído. Todos eles. Todo o Solo, todos os **homens**, *eu escuto cada um deles. E não podemos simplesmente deixá-los morrer, Viola. Não podemos. Foi exatamente isso que Todd conseguiu aqui hoje. Exatamente isso...*

Então ele não consegue continuar e abraça Todd mais forte.

Ah, meu filho, lamenta ele. Ah, meu filho...

(O Céu)

Ela se vira novamente para mim, ainda apontando a arma, agora com as mãos posicionadas para dispará-la...

— Você o tirou de mim — diz ela, com as palavras faladas vacilando. — Nós percorremos todo esse caminho, *todo esse caminho*, e *nós vencemos! Nós VENCEMOS, e você o matou!*

E ela não consegue dizer mais nada...

Desculpe, mostro novamente...

E isso não é apenas um eco da tristeza da Fonte...

É minha própria tristeza...

Não apenas por ter fracassado como Céu, por ter colocado todo o Solo em perigo depois de salvá-lo...

Mas por ter tirado uma vida...

A *primeira* vida que tirei...

E eu me lembro...

Eu me lembro da Faca...

E da faca que deu a ele seu nome...

A faca que ele usou para matar o Solo na beira de um rio, um membro do Solo que estava apenas pescando, que era inocente, mas que a Faca viu como inimigo...

Que a Faca matou...

E que a Faca se arrependeu de ter matado em todo momento depois disso...

Arrependimento evidente nele todo dia naquele campo de trabalho, todo dia enquanto ele lidava com o Solo, arrependimento que o deixou louco de raiva quando quebrou meu braço...

Arrependimento que fez com que ele me salvasse quando o Fardo foi todo morto...

Arrependimento que agora é meu para carregar...

Carregar para sempre...

E se esse para sempre durar apenas até a próxima respiração...

Que seja...

O Solo merece coisa melhor...

{VIOLA}

O 1017 está se lembrando de Todd...

Vejo isso em seu Ruído, vejo enquanto a arma treme em minhas mãos...

Vejo Todd atacando o Spackle com a faca quando nos deparamos com ele perto do rio...

Todd matando o Spackle mesmo quando eu gritei para ele não fazer isso...

E o 1017 se lembra de como Todd *sofreu* por causa disso...

Sofrimento que vejo o 1017 começar a sentir...

Sofrimento que me lembro de sentir também, depois de esfaquear Aaron no pescoço sob a cachoeira...

É uma coisa infernal matar alguém...

Mesmo quando você acha que foi merecido...

E agora o 1017 sabe disso tão bem quanto Todd e eu sabemos...

Quanto Todd sabia...

Meu coração está partido de um jeito que nunca vai ser curado, de um jeito que me dá a sensação de que vou morrer também, bem aqui nesta praia estúpida e congelante...

E eu sei que Ben está certo, sei que, se matar o 1017, não vai ter volta. Teremos matado um segundo líder dos Spackle, e com seus números maiores eles vão matar até o último de nós que puderem encontrar. Então, quando os colonos chegarem...

Guerra sem fim, mortes sem fim...

E é minha decisão outra vez...

Minha decisão de nos afundar ainda mais na guerra ou nos manter fora dela...

Eu escolhi errado antes...

É esse o preço que estou pagando por aquela escolha?

É alto demais...

É alto *demais*...

Mas se eu tornar isso pessoal outra vez...

Se eu fizer o 1017 pagar...

Então o mundo vai mudar...

O mundo vai acabar...

E eu não me importo...

Eu *não me importo*...

Todd...

Ah, por favor, Todd...

E, *Todd?*, penso...

Então eu percebo...
Meu coração doendo...
Se eu matar o 1017...
E a guerra recomeçar...
E formos todos mortos...
Quem vai se lembrar de Todd?
Quem vai se lembrar do que ele fez?
Todd...
Todd...
E meu coração se parte ainda mais...

Se parte para sempre...

E caio de joelhos na neve e na areia...
E dou um grito, sem palavras e vazio...

E largo a arma.

(O Céu)

Ela larga a arma.

A arma cai na areia sem ter sido disparada.

Então eu ainda sou o Céu.

Ainda sou a voz do Solo.

— Eu não quero ver *você* — diz ela, sem erguer os olhos, com a voz vacilante. — Eu nunca mais quero ver *você*.

Não, mostro. *Não, eu entendo...*

Viola?, mostra a Fonte...

— Eu não o matei — diz ela para a Fonte. — Mas se eu encontrá-lo de novo, não sei se vou conseguir me segurar mais uma vez. — Ela ergue os olhos na minha direção, embora não para mim, incapaz de me encarar. — *Vá embora daqui* — ordena ela. — Vá embora daqui!

Eu olho para a Fonte, mas ele também não está me vendo...

Toda a sua dor e tristeza, toda a sua atenção fixa no corpo do filho...

— VÁ! — grita ela...

E eu me viro, vou para o meu rinotanque e olho para trás mais uma vez. Vejo a Fonte ainda curvada sobre a Faca, a garota chamada Viola se arrastando lentamente na direção deles...

Me excluindo, se forçando a não me ver.

E eu entendo.

Eu torno a subir em minha montaria. Eu vou voltar para o vale, voltar para o Solo.

E vamos ver o que o futuro deste mundo reserva para todos nós. Tanto para o Solo quanto para a Clareira.

Salvo pela primeira vez hoje, pelas ações do Céu.

Salvo outra vez pelas ações da Faca.

Salvo novamente pelas ações daquela que é importante para a Faca.

E agora que fizemos tudo isso, vamos ter de fazer deste um mundo que mereça ser salvo.

Viola?, ouço a Fonte mostrar outra vez...

E percebo uma perplexidade crescer em sua tristeza...

{VIOLA}

Viola?, diz Ben novamente.

Descubro que não consigo me levantar, por isso me arrasto até ele e Todd, me arrasto ao lado das patas de Angharrad enquanto ela anda de um lado para outro, triste, repetindo *Menino potro, menino potro* sem parar.

Eu me forço a olhar para o rosto de Todd, para seus olhos abertos.

Viola, diz Ben novamente, olhando para mim, com o rosto marcado por lágrimas...

Mas seus olhos estão abertos, bem abertos...

— O quê? — pergunto. — O que é?

Ele não responde imediatamente, apenas aproxima o rosto do de Todd e olha em seu interior, depois olha para suas próprias mãos, pousadas em todo o gelo que ele apertou sobre o peito de Todd...

Você consegue...?, indaga Ben, parando novamente, uma expressão concentrada tomando seu rosto...

— Consigo o quê? Consigo *o quê*, Ben?

Ele olha para mim. *Você consegue ouvir isso?*

Eu pisco para ele, ouvindo minha própria respiração, as ondas quebrando, os gritos de Angharrad, o Ruído de Ben...

— Ouvir *o quê*?

Eu acho..., diz ele, parando novamente para escutar.

Eu acho que consigo ouvi-lo.

Ele ergue os olhos para mim. *Viola*, diz ele. *Eu consigo ouvir Todd.*

E Ben fica de pé, com Todd nos braços...

— Eu consigo ouvi-lo! — grita ele pela boca, erguendo o filho no ar. — *Eu consigo ouvir sua voz!*

A CHEGADA

— *E há um frio no ar, filho* — leio. — *E não estou falando apenas da chegada do inverno. Estou começando a me preocupar um pouco com os dias que nos aguardam.*

Eu olho para Todd. Ele continua deitado ali, com olhos vidrados, sem nenhuma mudança.

Mas, de vez em quando, algumas vezes, seu Ruído se abre e uma lembrança emerge, uma lembrança minha e dele quando conhecemos Hildy, ou dele com Ben e Cillian, de quando Todd era mais novo do que quando eu o conheci, e os três vão pescar no pântano perto da velha Prentisstown, e o Ruído de Todd simplesmente brilha de felicidade...

E meu coração bate um pouco mais rápido com esperança...

Mas então seu Ruído desaparece e ele fica em silêncio novamente...

Dou um suspiro e me recosto na cadeira feita pelos Spackle, sob a sombra de uma grande barraca feita pelos Spackle, ao lado de uma fogueira feita pelos Spackle, tudo isso em volta de uma laje de pedra feita pelos Spackle onde Todd descansa desde que chegamos da praia.

Uma pasta medicinal dos Spackle foi aplicada sobre as marcas e queimaduras em seu peito...

Que estão se curando.

E nós esperamos.

Eu espero.

Espero para ver se ele vai voltar para nós.

Fora da barraca, um círculo de Spackle nos cerca sem se mexer, seus Ruídos formando uma espécie de escudo. O Fim das Trilhas, é como Ben diz que se chama, onde ele dormiu por todos aqueles meses enquanto seu ferimento de bala curava, todos aqueles meses fora da vista dos vivos, à beira da morte, com o ferimento que devia tê-lo matado mas não matou por causa da intervenção dos Spackle.

Todd estava morto. Eu tinha certeza disso na época. Tenho certeza disso agora.

Eu o vi morrer, o vi morrer em meus braços, algo que me perturba até hoje, portanto não quero mais falar sobre isso...

Mas Ben botou neve no peito de Todd e o esfriou rapidamente, resfriando as queimaduras terríveis que o paralisavam, resfriando um Todd já frio, um Todd já *exausto* que estava lutando contra o prefeito, e Ben diz que o Ruído de Todd deve ter sumido porque Todd tinha se acostumado a não transmitir mais seu Ruído, que Todd podia não ter morrido, mais se *calado* pelo choque e pelo frio, então o frio maior da neve o manteve ali, o suficiente apenas para que ele não morresse...

Mas eu sei que isso não é verdade.

Eu sei que ele nos deixou, sei que ele não queria, sei que ele se segurou com toda a força, mas sei que ele nos deixou.

Eu o vi partir.

Mas talvez ele não tenha ido longe.

Talvez eu o tenha segurado ali, talvez eu e Ben tenhamos feito isso, o suficiente para que ele não fosse muito longe.

Talvez não tão longe que não pudesse voltar.

Cansada?, diz Ben, entrando na barraca.

— Estou bem — respondo, largando o diário da mãe de Todd, que eu li para ele todo dia nas últimas semanas, com a esperança de que ele me escute.

Com a esperança de que ele volte de onde quer que tenha ido.

Como ele está?, pergunta Ben. Ele se aproxima de Todd e põe a mão em seu braço.

— A mesma coisa.

Ben se vira novamente para mim. *Ele vai voltar, Viola. Ele vai.*

— Tomara.

Eu voltei. E eu não tinha você para chamar por mim.

Eu afasto os olhos.

— Você voltou mudado.

Foi o 1017 que sugeriu o Fim das Trilhas, e Ben concordou com ele, e como Nova Prentisstown não passava de um lago novo no pé de uma cachoeira nova, e como a alternativa era prender Todd em uma cama na nave batedora até a chegada do novo comboio — de longe o método preferido por mestra Lawson, que agora é a chefe de praticamente tudo o que ela não deixa Wilf ou Lee controlarem —, eu concordei relutantemente com Ben.

Ele assente para o que eu disse, tornando a olhar para Todd. *Eu acho que ele vai mudar, também.* Ele sorri para mim. *Mas eu pareço estar bem.*

Tenho observado Ben nesses últimos dias e me pergunto se estou observando o futuro do Novo Mundo, se todo homem vai acabar se entregando da mesma forma à voz do planeta, mantendo sua individualidade, mas permitindo a entrada de todas as individualidades de todas as outras pessoas ao mesmo tempo e se juntando de livre e espontânea vontade aos Spackle, se juntando ao resto do mundo.

Nem todos os homens vão fazer isso, eu sei. Não considerando o quanto eles valorizavam a cura.

E as mulheres?

Ben tem certeza de que as mulheres *têm* Ruído, e que se os homens conseguiam silenciar o deles, por que as mulheres não seriam capazes de acabar com o silêncio *delas*?

Ele se pergunta se eu estaria disposta a tentar.

Não sei.

Por que não aprendemos a viver do jeito que somos agora? E o que quer que seja escolhido por uma pessoa não é aceito pelo resto de nós?

De qualquer forma, estamos prestes a ter cinco mil oportunidades de descobrir.

O comboio acaba de confirmar, diz Ben. *As naves entraram em órbita uma hora atrás. A cerimônia de pouso vai ocorrer hoje à tarde, como planejado.* Ele ergue uma das sobrancelhas para mim. *Você vem?*

Eu sorrio.

— Bradley pode me representar muito bem. *Você* vai?

Ben volta a olhar para Todd.

Eu preciso ir, diz ele. *Preciso apresentá-los ao Céu. Gostando ou não, sou o canal entre os colonos e o Solo.* Ele afasta o cabelo de Todd da testa. *Mas depois volto direto para cá.*

Não saí do lado de Todd desde que o trouxemos para cá, e não vou fazer isso até que ele acorde, nem mesmo pelos novos colonos. Fiz até mestra Lawson vir até mim para confirmar o que o prefeito disse sobre a cura. Ela fez inúmeros testes, e ele estava dizendo a verdade. Agora todas as mulheres estão saudáveis.

O 1017, porém, ainda não.

A infecção parece se espalhar mais lentamente nele, e ele está se recusando a tomar a cura, dizendo que vai sofrer a dor da fita até Todd acordar, como um lembrete de tudo que aconteceu, de tudo que *quase* aconteceu, de algo para o qual não devemos nunca voltar.

Não consigo evitar. Fico um pouco satisfeita em saber que isso ainda o machuca.

O Céu gostaria de visitar Todd, diz Ben naturalmente, como se já pudesse ler o Ruído que não tenho.

— Não.

Ele arranjou tudo isso, Viola. Se nós tivermos Todd de volta...

— Se — digo. — Essa é a palavra-chave, não é?

Vai funcionar, diz ele. **Vai.**

— Certo. Quando funcionar, podemos perguntar a Todd se ele quer ver o Spackle que o botou aqui para começo de conversa.

Viola...

Sorrio para impedir que ele comece a discussão que já tivemos dezenas de vezes. Sobre como eu ainda não consigo perdoar o 1017.

E talvez nunca consiga.

Sei que ele muitas vezes espera do lado de fora do Fim das Trilhas. Às vezes consigo ouvi-lo. Neste momento, porém, tudo o que escuto é Angharrad mastigando grama, esperando pacientemente conosco por seu menino potro.

Com tudo isso, o Céu vai ser um líder melhor, diz Ben. Nós talvez consigamos viver em paz com eles. Talvez até no paraíso que sempre quisemos.

— *Se* mestra Lawson e o comboio conseguirem recriar a cura para o Ruído — retruco. — *Se* os homens e as mulheres que pousarem não se sentirem ameaçados por estarem em tamanha inferioridade numérica em relação à espécie nativa. *Se* houver comida suficiente...

Tente ter alguma esperança, Viola, pede Ben.

E ali está essa palavra outra vez.

— Eu tenho — digo. — Mas agora estou dando toda a Todd.

Ben torna a olhar para o filho. *Ele vai voltar para nós.*

Assinto para concordar, mas não sabemos se ele vai, não temos certeza.

Mas temos esperança.

E essa esperança é tão delicada que tenho medo de expressá-la.

Então fico quieta.

E espero.

E torço.

Em que parte você chegou?, pergunta Ben, indicando o diário com a cabeça.

— Estou perto do fim outra vez — respondo.

Ele se afasta de Todd e se senta ao meu lado, na outra cadeira feita pelos Spackle. *Termine de ler, diz ele. Depois podemos começar de novo do ponto em que a mãe dele estava cheia de otimismo.*

Há um sorriso em seu rosto e tanta esperança carinhosa em seu Ruído que não consigo não retribuir.

Ele vai ouvir você, Viola. Vai ouvir você e vai voltar para nós.

E nós tornamos a olhar para Todd, deitado na laje de pedra, aquecido pelo fogo, com as pastas medicinais dos Spackle cobrindo a ferida em seu peito, o Ruído surgindo e sumindo, como um sonho esquecido.

— Todd — sussurro — Todd?

Então pego o diário outra vez.

E continuo a ler.

Isso está certo?

Pisco e estou em uma lembrança, como essa aqui, de volta em uma sala de aula na velha Prentisstown, antes do prefeito Prentiss fechar a escola, e a gente está aprendendo por que os colonos vieram pra cá no início...

Então estou aqui outra vez, nesse lugar, onde ela e eu estamos dormindo em um moinho abandonado logo depois de deixar Galholongo, e as estrelas estão surgindo, e ela me pede pra dormir lá fora porque meu Ruído não está deixando ela cair no sono...

E agora aqui, com Manchee, com meu cachorro brilhante, quando ele pega a brasa ardente na boca e corre pra acender um fogo, o fogo que vai permitir que eu salve...

Permitir que eu salve...

Você está aí?

Você está *aí*?

(*Viola?*)

E então às vezes tem lembranças de coisas que nunca vi…

Famílias de Spackle em cabanas num deserto vasto que eu nem sabia que existia, mas que agora, quando estou parado nele, sei que fica do outro lado do Novo Mundo, tão longe quanto é possível chegar, mas estou dentro das vozes dos Spackle e estou ouvindo o que eles dizem, *vendo, entendendo*, embora a língua não seja a minha e eu possa ver que eles sabem sobre os homens do outro lado do planeta, que eles sabem tudo sobre a gente que os Spackle perto da gente sabem, que a voz deste mundo está em todo lugar, alcança cada canto, e se a gente pudesse…

Ou aqui, eu estou no alto de um morro perto de alguém cujo rosto não reconheço direito (Luke? Les? Lars? O nome dele está logo ali, mas fora do meu alcance…), mas reconheço a cegueira nos olhos dele e reconheço o rosto do homem ao lado dele, que sei que está de algum modo *vendo* por ele, e os dois estão tirando as armas de um exército e selando todas elas numa mina. Eles preferiam simplesmente destruir todas elas, mas as vozes em torno deles, todas elas querem as armas ali, só por garantia, só caso as coisas deem errado, mas o homem que vê está dizendo ao cego que talvez haja mesmo esperança…

Ou aqui, também, aqui estou eu, olhando do alto de um morro quando uma nave enorme, maior que uma cidade inteira, voa pelo céu e se aproxima pra pousar…

E ao mesmo tempo estou tendo uma lembrança de estar ao lado do leito de um riacho e tem um bebê Spackle brincando e tem homens saindo da mata e eles arrastam a mãe e o bebê chora e os homens voltam e pegam ele e botam em uma carroça com outros bebês e sei que isso não é uma memória minha, e que o bebê é, o bebê Spackle é...

E às vezes está apenas escuro...

... às vezes não há nada além de vozes que não consigo ouvir direito, vozes logo além do alcance, e estou sozinho no escuro e parece que estou aqui tem muito, muito tempo, e eu...

Às vezes não consigo lembrar meu nome...

Você está aí?

Viola?

E eu não lembro quem é Viola...

Só que preciso encontrar ela...

Que ela é a única que vai me salvar...

Ela é a única que *pode*...

Viola?

Viola?

"... meu filho, meu lindo filho..."

E pronto!

Isso!

Às vezes está ali no meio da escuridão, no meio das lembranças, no meio de onde quer que eu esteja, fazendo o que quer que eu esteja fazendo, às vezes mesmo no meio dos milhões de vozes que criam o chão em que eu piso...

Às vezes eu ouço...

"... gostaria que seu pai estivesse aqui para ver você, Todd..."

Todd...

Todd...

Esse sou eu...

(eu acho...)

(Sim...)

E essa voz, essa voz dizendo essas palavras...

"Diga 'num' o quanto quiser, Todd. Prometo não corrigir você..."

Essa é a voz da Viola?

É?

(É você?)

Porque eu estou ouvindo ela mais vezes agora, mais e mais com o passar dos dias, e estou voando pelas memórias e espaços e escuridões...

Estou ouvindo ela mais vezes no meio dos milhões de outras vozes...

"Você está chamando por mim, e eu vou atendê-lo..."

Vou atender...

Todd vai atender...

Viola?

Você está me chamando?

Continua me chamando...

Continua a fazer isso, continua vindo me salvar...

Porque cada dia você tá mais perto…

Eu quase posso ouvir você…

Quase posso…

Isso é você?

Isso é *a gente*?

É o que a gente fez?

Viola?

Continua a me chamar…

E vou continuar procurando você…

E vou encontrar você…

Pode apostar a vida nisso…

Eu vou encontrar você…

Continua me chamando, Viola…

Porque estou chegando.

MAIS MUNDO EM CAOS
UM CONTO INÉDITO DE PATRICK NESS

EXPIANEVE

Eu não teria sobrevivido se não fosse por Wilf.

— Volta! — gritou ele. — Volta pra nave!

Tudo o que eu conseguia ver em seu Ruído era o branco que nos cercava, a neve espessa e abundante que tinha chegado junto com o pesadelo e tomado tanto a terra quanto o céu. Sinto vergonha de dizer que entrei em pânico porque, honestamente, a sensação era muito parecida com ficar cego outra vez. Então, por meio dos olhos de Wilf, vi a mancha grande e vermelha na neve, grossa e funda demais para que a pessoa que a deixara ali ainda estivesse viva.

— Te peguei — disse ele, segurando meu braço e me puxando.

Ele me arrastou depressa, mas seu Ruído estava confuso, acelerado demais para que eu conseguisse lê-lo direito, então caí, afundando na neve.

Wilf já estava me levantando outra vez.

— Precisamo correr, Lee. Vambora daqui.

— Vai — falei. — Ajude os outros. Eu sou um estorvo nesse clima…

— De jeito nenhum, Lee…

Então ouvi o rugido novamente.

O monstro, o que quer que fosse, tinha voltado.

Wilf não disse mais nada, apenas me puxou por baixo dos braços e me pôs de pé novamente, mantendo-me na trilha só com a força dos músculos. Eu não conseguia ver quase nada, apenas o que Wilf via: o branco da neve, mais branco e mais neve...

O rugido atravessou a nevasca mais uma vez, bem ao nosso lado, a uma altura terrível e absurda, com o Ruído do monstro mostrando apenas o quanto ele queria nos matar. Wilf me puxou para uma pilha de neve, a coisa mais próxima que tínhamos de um esconderijo. Nós escutamos o barulho dos passos monstruosos vindo em nossa direção numa velocidade aterrorizante...

Mas o monstro passou por nós, e ao longe ouvimos um grito humano... Interrompido violentamente.

— Nós precisamos ajudá-los — falei.

— É — foi tudo o que respondeu Wilf, e vi seu Ruído zunindo.

Estava um dia claro quando deixamos a nave batedora, e não era para ter nenhuma ameaça lá fora. Nós vimos a tempestade se aproximar e decidimos voltar, mas as nuvens chegaram mais rápido do que conseguimos arrumar nossas coisas, atravessando com a força de um furação as árvores nuas.

E a tempestade trouxe algo com ela.

Foster carregava um rifle, mas foi a primeira a ser atacada. Ela também gritou, então, de repente, parou de gritar. O restante do grupo correu, tentando voltar à nave, mas, em meio à nevasca cada vez mais forte, todos estavam tão cegos quanto eu.

No Ruído de Wilf, então, eu o vi pensar nas armas com as quais toda nave batedora vinha equipada.

— Nós precisamos tentar — concordei.

— É.

Ele agarrou meu braço, e corremos mais uma vez, desviando de árvores e pedras, com o rugido parecendo nos cercar. Dava para ouvir os gritos aterrorizados dos outros também, em meio à brancura total. Eu tinha perdido completamente a noção de onde estávamos, mas Wilf devia saber, porque a sombra escura da nave surgiu em seu Ruído à nossa frente. Havia alguém parado perto da porta. Era Mikkelsen, acenando como um louco para que entrássemos.

— Depressa! — gritou ele.

— Armas? — perguntou Wilf enquanto subíamos a rampa para entrar.

— Já estou cuidando disso! — exclamou Collier do cockpit, com as mãos se movendo sobre as telas, que estavam seguindo o restante do grupo lá fora com visão infravermelha.

Wilf viu o que estava aconteceu, e eu vi por meio dele.

— Só dois? — perguntou ele.

— Foster, Zhiang e Stubbs estão mortos — disse Collier, com voz inexpressiva e os dedos apontando para os corpos imóveis nas telas, seu calor se dissipando enquanto passavam de vermelho para azul no brilho do infravermelho.

Em telas diferentes no painel principal, duas outras figuras estavam correndo em direções opostas. O computador as identificou como Fukunaga, à esquerda, e Jefferson, à direita. Estávamos todos observando quando uma enorme sombra azul, facilmente três vezes mais alta que Jefferson, emergiu por trás dela do meio da neve, ergueu do chão a forma laranja dela no infravermelho e a rasgou ao meio...

— Meu *Deus* — disse Mikkelsen.

— Estou armando os mísseis — disse Collier enquanto mexia nos controles das armas.

— O que é essa coisa? — perguntei.

— Cadê a Dawson? — perguntou Wilf, e eu pude sentir seu Ruído examinando atentamente todas as telas. Não havia sinal dela, nem viva nem morta.

— Está indo atrás de Fukunaga! — gritou Mikkelsen.

A sombra azul-escura era quase indistinta no brilho do infravermelho, como se fosse tão fria quanto o ambiente à sua volta. Ela deu as costas para onde Jefferson agora jazia e primeiro apareceu correndo em uma tela, depois em outra. Fukunaga era forte e saudável, mas estava com sessenta e tantos anos. Ela não tinha nenhuma chance de escapar...

— Mísseis armados — disse Collier, levantando a tampa que continha o botão de disparo. — Selecionando o alvo...

— Pera! — gritou Wilf. — Tem gente lá fora!

Por todas as telas, figuras menores — laranja no infravermelho, mas menos vívidas que Fukunaga, que continuava correndo — emergiam da neve. Cinco, dez, vinte. Fileiras delas, surgindo aparentemente do nada.

Havia um único indivíduo vermelho-escuro entre eles. O computador o identificou como Dawson.

— Spackle? — perguntou Mikkelsen.

— Impossível — respondeu Collier. — Disseram...

— O monstro tá fugindo — disse Wilf. — Tá indo embora.

Nós observamos a enorme sombra azul parar de perseguir Fukunaga e desaparecer de volta na floresta, os rugidos ficando mais baixos conforme se distanciavam.

Todos ficamos apenas arfando por um momento, em choque.

— Que diabo acabou de acontecer? — perguntei, por fim.

— Num sei — disse Wilf, voltando-se outra vez para a rampa que levava para o exterior, e no Ruído de Mikkelsen, eu pude vê-lo franzir o cenho. — Mas se tem resposta, quero saber de tudo.

Aquela neve devia ser um lugar vazio, ou pelo menos foi o que os diferentes enclaves Spackle que encontramos pelo caminho nos disseram sobre a área logo após as últimas árvores da floresta ártica. Era o limite de vegetação antes das extensões de gelo que cobriam o polo norte do planeta.

Hostil, impossível de se viver, a última fronteira.

Por que nós fomos até lá?

Por que não?

O primeiro grupo de colonos no Novo Mundo não tinha conseguido explorar muito, optando por permanecer — devido a guerras, privações e sua própria maldita estupidez — junto a um rio extenso que corria desde uma Prentisstown abandonada, no oeste, passava por Refúgio e desembocava no oceano a leste, no igualmente abandonado povoado de Horizonte.

Mas sempre houve um mundo inteiro ali fora, não é? Um mundo povoado pela espécie contra a qual entramos em guerra não uma vez, mas duas (ver a "maldita estupidez" já mencionada).

Não tenho idade suficiente para ter visto muito da primeira guerra.

Eu vi mais da segunda do que queria.

Eu, porém, aprendi. Todos aprendemos. Aprendemos a viver de novo. Aprendemos a aceitar ajuda quando ela era necessária, que desde o fim da segunda guerra era praticamente o tempo inteiro. Talvez também tenhamos aprendido a viver com um planeta inteiro de Spackle, além de uns com os outros, quando o novo grupo de colonos despertou do sono depois de sua viagem e descobriu o Ruído, descobriu a civilização em grande parte destruída de seus antecessores, descobriu um mundo que precisava de muita reconstrução.

Mas alguns de nós que já estávamos aqui também acordamos para nós mesmos. Eu fiquei cego depois de um ataque de uma arma Spackle, depois de ver pessoas de quem eu gostava morrerem por essas mesmas armas.

Se a guerra é dura — e ela é, sempre —, então o pós-guerra é igualmente duro, só que de um jeito diferente. Mas estamos fazendo o possível. *Eu* estou fazendo o possível. Uso o Ruído dos outros para ver, embora principalmente o de Wilf, e às vezes isso inclui os Spackle que estão nos ajudando, e quando vejo através dos olhos deles, às vezes acho que talvez tenhamos mais em comum do que ambos pensávamos, e que talvez as coisas não estejam tão ruins, que talvez haja esperança.

Às vezes.

Mas a reconstrução está em andamento. Casas novas para as pessoas novas, a reconstrução das destruídas para as antigas, e dessa vez isso está sendo feito de um jeito melhor.

Embora aqui eu precise dizer "às vezes" mais uma vez. Houve problemas, mas as pessoas estão se esforçando para resolvê-los. Elas estão tentando. E isso é tudo graças a alguns amigos meus. Amigos que ainda não conseguiram ver as coisas boas que nos proporcionaram porque…

Bom, enfim. As naves pousaram, os colonos novos acordaram e, de repente, havia cinco vezes mais gente do que qualquer pessoa aqui já tinha visto. Ruído como você não podia acreditar. Wilf e eu nos esforçamos para ajudar, escondendo a maior parte de nossa artilharia de guerra numa mina profunda (por mais que eu tenha defendido que todas as armas devessem ser completamente destruídas), limpando entulho, plantando lavouras de inverno, ensinado a homens e meninos recém-despertados como tornar mais fácil a convivência com o Ruído.

Um trabalho exaustivo. Sem descanso. Mas que valia a pena.

Ainda assim, quando alguns dos colonos recém-despertados sugeriram uma viagem de exploração, eu me interessei. Wilf também, embora sua esposa não tenha ficado muito satisfeita em vê-lo partir pelas quatro semanas que ficaríamos fora.

Éramos dez. Eu. Wilf. Collier, que era cuidadora numa das naves dos colonos e nossa principal pilota. Mikkelsen, um antropólogo que queria estudar e aprender com os diferentes enclaves Spackle que esperávamos encontrar pelo caminho. Dawson, Stubbs, Zhiang e Jefferson eram agricultores e ecologistas e esperavam encontrar alimentos nativos que pudessem nos ajudar. E Foster e Fukunaga eram, eu acho, como Wilf e eu: pessoas esforçadas que precisavam de uma folga e só queriam ver o que havia no resto do planeta. Nós fomos os sortudos escolhidos pelo novo Conselho para explorar, embora eu admita que Wilf e eu mexemos alguns pauzinhos.

Antes de partirmos, um de meus amigos que acabou com a guerra conversou com o líder dos Spackle — chamado de Céu —, e ele abriu caminho para nós, enviando mensagens de que deveríamos ser ajudados aonde quer que pousássemos com a nave batedora.

Na minha opinião, era o mínimo que ele podia fazer.

Então começamos a exploração rumo ao norte, indo o mais longe possível. Passamos por montanhas e planícies, por um grupo de lagos conectados que nenhum olho humano tinha visto, por florestas tão vastas que mesmo voando sobre elas você não conseguia ver seu fim. Paramos em todo tipo de lugar, conhecemos todo tipo de Spackle, vimos todo tipo de animais enquanto seguíamos para o norte.

— Quando vamos parar? — perguntávamos uns aos outros.

— Quando chegarmos ao fim — respondíamos sempre.

* * *

Vocês estão em segurança, mostrou-nos o líder dos Spackle em seu Ruído. *O Expianeve se foi.*

— O *quê?* — disse Mikkelsen.

Havia uma multidão de Spackle à nossa frente, várias dezenas, com Dawson e Fukunaga em segurança no meio do grupo.

Nós não tínhamos ideia de onde eles tinham aparecido.

— Cê tá bem, Connie? — perguntou Wilf a Fukunaga.

Ela estava com a mão na boca, tentando conter as lágrimas, mas assentiu. Wilf passou o braço em torno de seus ombros. Dawson se aproximou e abraçou os dois.

As pessoas costumam se juntar assim em torno de Wilf.

— Quatro mortos — disse Collier para o líder dos Spackle, procurando alguém a quem culpar. — Que diabo aconteceu? Disseram que...

Sentimos muito por sua perda, mostrou o líder dos Spackle, e foi estranho poder sentir que ele estava sendo sincero. Sentir sua tristeza com uma agudeza que silenciou todos nós. Eles pareciam estar passando sua tristeza uns para os outros, um de cada vez.

Então aconteceu uma coisa estranha.

Meu Ruído ficou cheio de um coral de Ruído Spackle, mas era diferente de qualquer coisa que eu já havia sentido antes. Ele tinha cores inimagináveis, sons e formas que pareciam ser sentimento puro, e eu estava nadando nisso, *girando* nisso...

Então acabou.

Havia silêncio por toda parte. Collier, Fukunaga e Dawson, as três mulheres humanas que restavam das seis que tinham vindo nessa viagem, olharam para nós, atônitas.

— O que foi *isso?* — perguntou Fukunaga. — Todo mundo simplesmente *congelou.*

— Eu me sinto... — disse Mikkelsen, olhando para as mãos como se fossem totalmente novas. — Eu me sinto diferente.

— Menos triste — acrescentou Wilf, embora não parecesse muito feliz por causa disso.

Ele, porém, estava certo. Eu me sentia da mesma forma, como se um pouco do fardo tivesse sido retirado de mim, levado pelos Spackle.

Por favor, venham, disse o líder dos Spackle. *Está anoitecendo. O tempo está mudando. Vocês vão precisar de abrigo.*

— Para ser honesta, prefiro esperar na nave — retruca Collier.

— A gente devia ir com eles — disse Wilf, e havia algo estranho em seu Ruído, algo que queria descobrir alguma coisa. — É, devia, sim.

E, como era frequentemente o caso quando Wilf falava, bastou isso.

Eles nos levaram para debaixo da neve.

Pensamos que eles iam nos levar de volta para as árvores, para cabanas de Spackle que de algum modo não tínhamos visto nas imagens dos scanners, porque não havia *nada* ao norte da floresta. Era realmente a linha final de tudo antes de um horizonte infinito de neve que se estendia por centenas e centenas de quilômetros na extremidade do planeta antes de descer pelo outro lado. Nós conhecíamos tão pouco sobre aquele lugar que não sabíamos nem se o gelo cobria um oceano, um continente ou os dois.

Mas foi nessa direção que os Spackle seguiram.

— Vocês não vão acreditar — disse Dawson, com o choque ainda marcando sua voz. — Vocês simplesmente não vão acreditar.

Isso foi tudo o que conseguimos tirar dela enquanto os Spackle nos conduziam, sem pressa, como se não houvesse nada a temer a respeito da coisa gigante que havia emergido da floresta e matado quase metade de nossa tripulação.

— O que foi aquilo? — perguntei a uma Spackle perto de mim, mas seu Ruído só mostrou a sombra desaparecendo na floresta.

Ela estava me dizendo que não havia nada a temer.

Então senti mais uma vez aquela falta de medo, senti o terror desaparecer de meu próprio Ruído...

Wilf resmungou de um jeito pouco convencido, mas não disse mais nada.

Eles nos levaram para o vazio, aparentemente indiferentes à neve que ainda caía. O líquen que cultivavam sobre a pele era o mais pesado que eu já tinha visto, mas ainda muito mais fino que nossos trajes de neve, que naquele momento não estavam nem de longe me aquecendo o bastante.

— Humanos não conseguem sobreviver aqui — tentou explicar Collier para eles. — Nós não somos tão aclimatados quanto vocês...

Mas o líder dos Spackle apenas mostrou: *Chegamos.*

Na parede de um monte de neve, um que parecia tão temporário e desolado quanto todos os outros, havia um buraco estreito formando uma passagem. Os Spackle seguiram por ele imediatamente, desaparecendo sob a neve. Dawson os seguiu sem dizer nada.

Nós, os cinco humanos restantes, olhamos uns para os outros.

A guerra tinha acabado. Havíamos feito a paz com os Spackle. Outros Spackle tinham nos ajudado muito em nossa viagem para o norte.

Mas ainda assim hesitamos.

Porque havia alguma coisa diferente ali.

— Vamo tentar descobrir o que é — disse Wilf, em seguida se voltou para Collier. — Mas sempre de olho na saída.

Nós entramos atrás do último Spackle. A abertura dava em um corredor de gelo brilhante, como se estivesse iluminado por dentro. Nós seguimos em frente, e as paredes permaneceram de gelo mesmo após o ponto onde parecia que já devíamos ter atingido terra ou rocha sob a neve.

— Deve ser um mar congelado — disse Mikkelsen às nossas costas.

— Tão perto de uma floresta? — perguntou Fukunaga, logo à frente de Wilf, que estava me conduzindo.

— A gente não sabe lá muita coisa desse planeta — disse Wilf, quase para si mesmo.

— E das pessoas que vivem nele — completou Collier à frente, e percebi pelos olhos de Wilf como ela estava observando com atenção os Spackle que nos conduziam.

— Nós veríamos se eles quisessem nos fazer mal — falei, mantendo a voz baixa.

— Eu sei — respondeu ela.

Mas novamente notei o desconforto. Eu sabia que os Spackle também podiam notar isso, mas eles não pareciam se importar. Estranhamente, me importei menos do que achava que deveria, embora essa fosse uma sensação difícil de explicar.

— Tem coisa aqui — disse Wilf quando chegamos a uma parte plana do corredor.

O lugar se abria numa sala grande, quase uma caverna, com as paredes iluminadas por aquela luz desconhecida e o chão coberto do que parecia uma mistura de peles e líquen espesso. Uma mesa enorme ocupava o centro do salão, aparentemente um lugar para se reunir, comer e negociar, com utensílios e peles sobre o tampo, e comida servida. Corredores saíam de todas as paredes e levavam a cavernas de gelo e a outras tantas depois delas.

Sabíamos disso porque ali e nas salas mais além havia centenas e centenas de Spackle, todos conectados por Ruído, nos recepcionando com uma serenidade completa e absoluta.

Era o lugar mais pacífico que eu já tinha visto.

Os Spackle cobriram as paredes com uma secreção que baixava ainda mais a temperatura do gelo, endurecendo-o e garantindo que não derreteria. Pelas imagens que eu podia ver em seus Ruídos, as cavernas se espalhavam por aproximadamente dois quilômetros ou mais na desolação gelada. Eles caçavam na floresta, mas também mais no fundo, onde o gelo era mais fino e havia buracos grandes para pescar. A secreção também fornecia a luminescência que estávamos vendo, produzindo luz suficiente para cultivar diversos tipos de plantas que conseguiam crescer no gelo em cavernas ainda mais distantes, além de permitir a criação de uma criatura semelhante a um coelho, que era a fonte de nutrição favorita deles.

Foi isso que nos serviram para comer. Não posso mentir, estava bom.

Tudo estava bom. Seu Ruído era como um milagre de calma. Eu sentia a tristeza em nosso grupo pelos amigos que tínhamos perdido, mas pelo menos em mim, Wilf e Mikkelsen isso foi afastado, como se não pudesse nos fazer mal.

Eu também me sentia calmo demais para me incomodar com essa sensação.

— Nós nem sabíamos que vocês estavam aqui — disse Collier para o líder dos Spackle, tentando ignorar a pena habitual que os Spackle sentiam de nossas mulheres por não entenderem por que elas não tinham Ruído. — Vocês não apareceram nos scanners da nave, e nenhum dos outros enclaves disse nada sobre...

Nem todo o Solo fala com a mesma voz, mostrou o líder. *A maioria, mas nem todo.*

Collier franziu o cenho.

— Eu não entendo.

— Acho que nem eu — disse Wilf, dando outra mordida naquele coelho das neves.

O líder dos Spackle levou um momento para formar as palavras — estava claro que ele não falava nossa língua e precisava aprendê-la com nosso Ruído quase ao mesmo tempo em que falava — e mostrou: *Nós somos...* Ele fez uma pausa para encontrar a expressão certa. *Autossuficientes?*

— Deu para perceber — disse Mikkelsen, olhando em torno da caverna outra vez, para o número de Spackle cuidando de suas vidas diárias, alguns nos observando com uma leve curiosidade, a maioria apenas se movendo calmamente de sala para sala, com uma sensação serena de propósito em todas as suas ações.

— Todo muito parece muito... — disse Fukunaga, também olhando ao redor.

— Relaxado? — perguntou Collier.

— Em paz — completou Fukunaga.

Isso é um problema?, perguntou o Spackle. *Porque posso ver... inquietação em suas vozes.* Ele olhou para Collier. *Naqueles de vocês que as têm.*

— Nossos amigos *morreram* — disse Collier, mostrando um quê de raiva. — Quer dizer, estou grata por vocês terem espantado o que quer que fosse aquela coisa, mas eu gostaria de algumas *respostas*.

— Eu também — acrescentou Wilf. —Agradeço a comida, mas quero mesmo é saber sobre o bichano que saiu da floresta. Agora, por favor.

Pela primeira vez, o líder dos Spackle pareceu desconfortável. *O Expianeve*, mostrou ele.

— Se cê diz — disse Wilf, tomando um gole.

O Spackle olhou para todos nós, e vi através de seu Ruído como retribuímos seu olhar. Fukunaga desolada e fria, Dawson tão em choque que assoviava uma música enquanto mexia na comida à sua frente, Collier cada vez com mais raiva, exigindo saber mais.

Mas também como Mikkelsen parecia pacífico ao comer, como se não tivesse acabado de ver quatro pessoas morrerem. Tenho vergonha de dizer que eu parecia quase tão confortável quanto ele. O rosto de Wilf estava ilegível, mas o rosto de Wilf é sempre ilegível.

Ainda assim, nós parecíamos tão calmos quanto os Spackle à nossa volta.

Então o líder dos Spackle abriu seu Ruído e começou a nos mostrar sobre o Expianeve.

— Você acredita nisso tudo? — sussurrei para Wilf de onde estávamos deitados, nas camas que os Spackle prepararam para nós.

A tempestade havia piorado do lado de fora, e os Spackle haviam nos oferecido um lugar para dormir até que ela passasse. Tínhamos uma pequena caverna para nós, aquecida por algum sistema misterioso desenvolvido pelos Spackle, embora não fosse quente o bastante para um humano tirar as luvas.

— Sei não — disse Wilf, embora eu pudesse ver como seu Ruído estava desperto e o quanto ele estava pensando naquilo.

— Você acha que é possível? — perguntou Collier de meu outro lado.

— Esse mundo — disse Wilf — é grande.

— É mesmo — respondeu Collier.

Mikkelsen estava roncando num canto distante, parecendo totalmente em paz. Fukunaga estava sentada um pouco afastada de nós, virada de costas, rezando. Dawson cantarolava sozinha em sua cama no outro canto. Nós não havíamos conseguido tirar muito dela desde toda a comoção. Era totalmente compreensível. Zhiang era seu marido, e ele jazia num túmulo feito de neve a algumas centenas de metros de distância.

— Mas você acha que tem alguma coisa que eles não estão nos contando? — perguntei a Collier.

No Ruído de Wilf, eu pude vê-la franzir o cenho.

— Eu acho que vocês não conseguem ver porque seu Ruído meio que impede isso — disse ela. — Ruído não vê Ruído.

— Como assim?

— Na verdade, não consigo descrever, mas há uma espécie de... ausência.

— Ausência? — resmungou Wilf.

— Um vazio. Uma parte faltando. Algo que estava lá antes, mas não está mais. — Ela rolou na cama e encarou o teto. — Não consigo explicar. Esses Spackle não são iguais a nenhum outro que já conhecemos, e agora o Ruído de vocês está um pouco parecido com o deles.

— Hum... — disse Wilf, refletindo.

— Talvez tenha algo a ver com o Expianeve — falei.

Collier deu um suspiro.

— Não sei bem se acho isso reconfortante.

O Expianeve, os Spackle nos disseram, era um bicho-papão do qual eles nunca tinham conseguido se livrar completamente. Uma criatura voraz que vivia na neve e de algum modo evoluíra para rastrear sua presa seguindo seu Ruído mais sombrio, as partes assustadas, as partes com raiva e em pânico. Em suma: as partes que brilhavam mais quando a criatura os caçava. Quanto mais assustada ficava a presa, mais ela brilhava, como um farol, para o Expianeve.

Ao longo de gerações, os Spackle dessas regiões tinham aprendido a se esconder dele fisicamente, embaixo da neve, mas também em seu Ruído. Isso foi a coisa estranha que aconteceu quando eu, Wilf e Mikkelsen de repente nos sentimos muito melhor. Os Spackle, ali, tinham encontrado um meio de remover a raiva e o medo de seu Ruído, tornando-os menos visíveis para o Expianeve. Com o benefício a mais de, bom, se livrar da raiva e do medo, tornando seu lar um dos lugares mais pacíficos em que eu já estivera naquele planeta cheio de Ruído.

— Mas três das quatro pessoas que ele matou eram mulheres — dissera Collier para o líder dos Spackle. — Elas não tinham Ruído.

Mais uma vez, houve uma onda de piedade pela falta de Ruído dela.

— E vocês podem todos calar a boca em relação a isso *agora mesmo* — repreendeu ela, ficando irritada.

Infelizmente, isso apenas confundiu mais o Expianeve, mostrou o líder. Ele ainda é um animal, afinal de contas, e o corpo de vocês claramente é mais quente que o nosso, mais fácil de farejar. É quase certo que ele não sabia que tipo de criaturas vocês eram, e se as ouviu gritar e fugir, mas sem falar com uma voz...

— Por que cês não matam ele? — perguntou Wilf.

Nós estamos tentando, mostrou o Spackle, e foi só.

Ainda assim, senti meu medo diminuir de novo, tanto que, quando Collier disse "Vocês com certeza estão fazendo um péssimo trabalho", eu fiquei envergonhado por sua grosseria.

— Se acostumaram com ele — disse ela. — Foi isso o que aconteceu. Eles se entorpeceram tanto com essa remoção de qualquer medo ou raiva que nem se dão ao trabalho de matá-lo.

— Ou talvez seja simbiótico — sugeriu Fukunaga, virando em nossa direção.

— Desculpa, Connie — disse Wilf, achando que tínhamos interrompido as orações dela.

Ela descartou isso com um aceno.

— Eu já tinha acabado. Mas Collier tem razão. Tem alguma coisa que eles não estão nos contando, e acho que pode ser simbiose. — Fukunaga nos encarou na luminescência fraca, com olhos tristes. — Eles têm um motivo para praticar uma vida pacífica, e a criatura lá fora dá a eles um meio de *mantê-la* pacífica.

Nós ficamos em silêncio ao ouvir isso, antes que Collier finalmente questionasse:

— Você quer dizer...

Mas ela não terminou.

— O quê? — perguntei. — O que você quer dizer?

— Eles não podem ser *todos* serenos assim — explicou Fukunaga. — E aquela coisa lá fora precisa comer.

— Cê não tá falando de *sacrifício* — disse Wilf. — Tá?

Tentei pensar nisso, mas meu Ruído ficava confuso toda vez que eu me aproximava da ideia, alguma sensação me dizia não, tudo estava bem, estava tudo bem. Era estranho, contraditório. Eu me sentia bem, mas era irritante como isso atrapalhava.

— Nós não vimos nenhuma ameaça no Ruído deles — falei. — Nada. Você não pode simplesmente acusá-los...

— Eu não estou acusando — disse Fukunaga. — E não haveria ameaça, haveria? Eles se sentiriam tristes em relação a isso, mas aí iam tirar a tristeza de cena.

— Mas os Spackle não são assim — insisti. — Eles têm sido prestativos conosco. O Céu disse a eles...

— Esses Spackle não estão conectados com o Céu — disse Collier. — Eles são autossuficientes, lembram?

— E, se isso for verdade — disse Fukunaga —, talvez haja uma razão. Talvez nenhum outro Spackle os queira por perto.

— Talvez eles tenham sido isolados de propósito — sugeriu Collier.

— Vocês estão inventando isso do *nada* — falei. — Uma coisa terrível aconteceu, mas vocês não podem deixar que isso...

— Estão mentindo para nós — disse Dawson, do canto. — Eles acham que eu não consigo ver. Mas consigo.

Ela ficou novamente de frente para a parede e voltou a cantarolar.

— Acho que ela pode estar certa — disse Collier. — As lacunas em seu Ruído, a forma como eles sempre o bloqueiam, removendo qualquer coisa ruim. No mínimo, tem algo que eles não querem que a gente saiba.

— Mas não é *sacrifício* — insisti. — Eles nos salvaram, lembram?

— É — disse Wilf, devagar, então repetiu: — É, é verdade. — Ele se envolveu com os braços. — Mas não gosto que tirem meu Ruído sem eu pedir. — Ele olhou de Collier para Fukunaga. — Vambora o quanto antes?

—Assim que possível — concordou Collier, e Fukunaga assentiu.

— Preciso dizer que essa foi a melhor noite de sono que já tive — disse Mikkelsen na manhã seguinte, sorrindo. — E eu já dormi por sessenta e sete anos.

Ele foi o único que conseguiu dormir. O resto de nós — menos Dawson, que ainda cantarolava distraidamente no canto — conversou a noite inteira, sem chegar a nenhuma conclusão. Havia ironia no fato de eu, que tinha menos motivo para confiar em qualquer Spackle depois que eles tiraram minha visão, ser quem mais os defendia. Dava para ver que tinha alguma coisa um pouco estranha ali, mas sem dúvida devia haver outras razões para um enclave estar separado da voz conectada dos Spackle. Talvez fosse apenas a grande distância, talvez fosse o clima, talvez fosse como eles precisavam viver.

Ninguém tinha uma resposta, mas todos continuavam determinados a partir.

Exceto, aparentemente, Mikkelsen.

— Por que a pressa? Eles são fascinantes. — Ele se sentou na cama. — Eu gostaria de ficar.

— *Ficar?* — perguntou Collier, desconfiada.

O Ruído de Mikkelsen não falava em uma visita curta. Ele falava...

— Nós viemos até aqui para explorar, não foi? — questionou ele. — Bom, é isso o que exploradores fazem, eles lidam com as diferenças.

— Mas tem coisa errada aqui — disse Wilf.

— E você está escolhendo ignorar isso porque eles fazem com que você se sinta bem — disse Fukunaga para Mikkelsen.

— Eu sou adulto, Connie — retrucou Mikkelsen, franzindo o cenho. — Posso tomar minhas próprias decisões.

— Decisões com base em um Ruído entorpecido — disse Collier.

— Melhor que uma decisão com base no medo — retrucou Mikkelsen.

A tempestade passou, mostrou uma voz vinda da entrada. O líder dos Spackle. *O céu está limpo.*

E, mais uma vez, pude sentir meu Ruído ficando mais leve e quente. Eu não sentia mais nenhum tipo de preocupação. Não queria mais discutir com ninguém. Na verdade, eu conseguia entender totalmente por que Mikkelsen queria ficar. Que ideia gloriosa. Esse povo, esse povo maravilhoso...

— Nós precisamos voltar para a nave — disse Collier com firmeza.

Eu me virei, surpreso, como se alguém tivesse jogado um balde de água gelada em mim. Até o Ruído de Wilf se assustou. Collier e Fukunaga estavam nos observando, desconfiadas. A remoção do medo obviamente não funcionava em pessoas sem Ruído.

E isso se revelou ser a coisa que provavelmente salvou nossas vidas.

Eu vou lhes mostrar o caminho, disse-nos o Spackle.

Eles não iam nos deixar ir embora sem nos encher de comida para a viagem.

— Estão nos engordando para agradar seu deus — murmurou Collier.

— Isso é uma bobagem odiosa e etnocêntrica — retrucou Mikkelsen, mas com tanta alegria que quase parecia delirante.

Eu não sabia o que pensar. Nem, dessa vez, Wilf, o que me deixou — e, eu acho, Fukunaga e Collier — ainda mais inquieto. Dawson seguiu atrás de nós, ainda cantarolando.

O líder dos Spackle nos levou de volta à abertura, seguidos pelas despedidas calorosas do resto do enclave. Nós chegamos à entrada, e o líder empurrou uma laje de gelo que se abriu como uma porta.

Um sol límpido e brilhante quase nos cegou, refletindo o horizonte branco infinito. Todo mundo botou os óculos escuros imediatamente, e através de seu Ruído meu mundo também escureceu a um nível tolerável. Havia branco por toda a parte, mas podíamos ver as árvores da floresta a distância. Nossa nave estava ali no meio, em algum lugar.

Nossa passagem para casa. Embora fôssemos voltar com quatro corpos que precisaríamos recolher no caminho, um trabalho pelo qual nem mesmo Mikkelsen, com seu Ruído feliz, ansiava.

— Nós vamos encontrar nosso caminho de volta sozinhos — disse Collier para o Spackle, não com raiva, mas também sem dar margem para discussão. — Obrigada por toda a sua bondade.

Mas é uma boa distância, mostrou o Spackle, surpreso. *Vocês podem se perder com facilidade...*

Collier ergueu um aparelhinho.

— Dispositivo de rastreamento. Nós vamos direto para nossa nave.

— Eu ainda não vejo por que precisamos partir — disse Mikkelsen, comendo alegremente um pouco da carne-seca que nos deram.

Seria melhor eu ir com vocês, para sua proteção, mostrou o Spackle. *O Expianeve normalmente não ataca com o tempo bom, mas posso ajudá-los a acalmar suas vozes...*

— Você não pode me ajudar a acalmar a minha — interrompeu Collier, gélida. — E, francamente, eu prefiro correr o risco.

Mas...

— Eles acham que vocês vão nos oferecer em sacrifício ou algo assim — disse Mikkelsen de boca cheia. — Quando qualquer tolo pode ver que o dia está bonito demais para algo assim acontecer.

O Ruído do Spackle ficou chocado. *Vocês acham que queremos fazer o quê?*

Dizer que o silêncio que se seguiu foi constrangedor seria um eufemismo.

— Alguma coisa que cês tão fazendo aqui num tá caindo bem pra gente — explicou Wilf, por fim. Ele apontou para Mikkelsen. — Ele tá tranquilo que nem uma pomba, e ela... — Wilf apontou para Collier — ... tá irritada que nem um lobo. — Ele franziu o cenho. — E nenhum deles é nem pomba nem lobo.

Nós descobrimos um meio de viver, explicou o Spackle, com o Ruído vibrando com uma indignação rara. *Um meio que aprimoramos ao longo de gerações. Um meio que nos dá uma vida agradável, sem igual em nenhuma outra parte da voz...*

— Vocês não estão conectados com a voz — disse Collier. — É quase como se estivessem escondendo alguma coisa.

O Spackle se aprumou. *Sinto muito,* **nós** *sentimos muito, que nosso meio de viver os tenha afetado desse jeito. Vocês não são criaturas com as quais estamos familiarizados, ainda assim nós os reconhecemos como irmãos, apesar da mudez de metade de vocês.*

— Eu não sou *muda* — retrucou rispidamente Collier.

E vocês retribuem nosso reconhecimento com raiva, desconfiança, acusação e ingratidão.

Ele prosseguiu com as palavras, selecionando o vocabulário diretamente de nosso Ruído, de modo que elas pareciam ainda mais precisas.

— Quatro de nossos tripulantes estão mortos — disse Fukunaga com a voz mais baixa, mas a seu modo tão firme e assustada quanto Collier.

Dawson estava afastada de nós, olhando na direção do horizonte, mas vendo, na verdade, sabe-se lá o quê. Mikkelsen continuava distraído com a comida, como uma criança comendo sobremesa.

A culpa não é nossa, disse o Spackle. *A culpa é de vocês, por entrar em nosso território sem saber que perigos os esperavam.*

— Ninguém tinha ouvido falar de vocês! — praticamente gritou Collier. — Ninguém sabia que estavam aqui. E isso aconteceu por quê...?

Acredito que já ouvi o suficiente...

— Vem neve por aí — murmurou Dawson.

Todos olhamos. O céu ao norte, acima do gelo, não estava mais azul. Nuvens chegavam depressa, como na véspera, mais rápido do que uma pessoa podia correr.

E foi então que o rugido ecoou na floresta distante.

Vocês o chamaram, mostrou o Spackle. *Com sua raiva...*

— *Sua* raiva — retrucou Collier. — Ele não pode me ouvir, lembra?

Mas o Spackle tinha parado de escutar. Ele fechou os olhos e...

Aquela sensação surgiu outra vez. Uma diminuição no peso de tudo. Até minha pontada de terror ao ouvir o rugido desapareceu, como se aquilo não tivesse a mínima importância.

Eu nunca havia me sentido mais em paz na vida.

Collier me deu um tapa no rosto.

— Saia desse estado! — gritou ela. — Venha! Precisamos voltar!

Mas o líder dos Spackle estava na entrada do túnel.

Bloqueando nosso caminho.

Vocês se tornaram indesejáveis, mostrou ele. *Não vou permitir que o enclave seja posto em risco.*

— Você vai nos abandonar aqui fora? — perguntou Fukunaga.

Vocês se abandonaram, mostrou o Spackle, e surpreendentemente havia tanta tristeza em seu Ruído que todos hesitamos pelo tempo exato para que ele fechasse a passagem para nós.

— Não! — exclamou Collier. Ela se jogou contra a placa de gelo, mas não havia apoio, nada em que se segurar, nada a fazer além de bater na placa, o que tinha o mesmo efeito de bater contra um monte de neve. Ela se voltou para nós, atônita. — Eles nos trancaram do lado de fora. Eles nos *deixaram* aqui.

Mikkelsen deu de ombros, despreocupado.

— Bom, é isso o que merecemos.

Pelo Ruído de Wilf — que estava tão erradamente sereno quanto o meu —, pude vê-la cerrar os punhos e se preparar para socá-lo, mas ouvimos o rugido novamente, o que nos fez paralisar.

— Ninguém tá normal — disse Wilf. — O troço no Ruído deles fez alguma coisa comigo, com Lee e com Mikkelsen, num foi? Mas aposto que tá mexendo com cês também, mas do jeito errado.

Collier cerrou o punho várias vezes, e eu podia ver que ela estava lutando com uma raiva desproporcional mesmo naquela situação, que já era bastante ruim.

— A gente precisa limpar a cabeça — prosseguiu Wilf. — Lembrar quem que a gente é.

Outro rugido chegou até nós, vindo dos limites da floresta. Não conseguíamos ver nada, e talvez o monstro fosse esperar sob a proteção das árvores, sem querer se mostrar em terreno aberto.

— Nós precisamos sair daqui — disse Collier. — E nunca mais voltar.

— É — concordou Wilf.

— Maria? — chamou Fukunaga, se aproximando delicadamente de Dawson e botando a mão em suas costas. — Nós precisamos ir.

Dawson apenas perguntou, com um sorriso contido no rosto:

— Nós não vamos conseguir, vamos?

— Vamos — respondeu Collier com firmeza. — Vamos, sim.

— Não vejo por que todo mundo está tão nervoso — disse Mikkelsen.

— Cala a boca — mandou Collier. — Agora mesmo.

Wilf me pegou pelo braço, pronto para me conduzir.

— Todo mundo junto, agora — disse ele, olhando na direção da margem da floresta quando outro rugido soou. — Precisamo enfrentar um monstro.

—A nave está naquela direção — informou Collier, apontando o rastreador para um lugar distante, à direita. Era, pelo menos, um pouco afastado do rugido. — Está dentro da floresta. O monstro pode facilmente ficar entre nós e a nave quando corrermos até lá, mas é nossa única chance.

— Concordo — disse Fukunaga.

— Eu também.

— É — falou Wilf. — A gente corre. Fica o mais junto que der.

Collier assentiu e lançou um olhar para Mikkelsen.

— Um plano tão simples que mesmo aqueles que não estão totalmente conosco podem seguir.

Ela pegou o braço dele. Mikkelsen parecia achar a proposta divertida. Fukunaga fez o mesmo, delicadamente, com Dawson.

O rugido nos alcançou outra vez, ainda fundo na floresta, mas se aproximando. As nuvens e o vento chegavam do norte. Elas nos cobririam em pouco tempo.

Uma tempestade congelante de um lado, um monstro do outro.

Então Collier disse:

— Corram.

E nós corremos.

O vento aumentava perceptivelmente conforme corríamos pela planície invernal. O Ruído de Wilf estava quase de volta ao normal, e por meio dele eu me sentia cada vez mais aterrorizado conforme o que estava acontecendo conosco parou de dar a sensação de estar acontecendo com outra pessoa. Dawson mantinha a cabeça baixa e corria com Fukunaga, sem fazer barulho, sem reclamar, mesmo quando tropeçava de vez em quando na neve fresca que caíra durante a noite. Só Mikkelsen, puxado por Collier, ainda parecia desatento. O máximo que eu conseguia ler de seu Ruído era uma confusão vaga sobre por que ele precisava correr tão depressa quando não havia nada errado.

O rugido ainda se erguia da floresta, como se o monstro soubesse que nos aproximávamos — o que, suponho, era verdade — e estivesse apenas esperando que cruzássemos o limite das árvores ou que a tempestade nos alcançasse para nos atacar de uma vez.

— Nós não temos armas — disse Fukunaga enquanto corríamos, e embora fosse algo que todos soubéssemos, ainda havia uma pergunta ali.

— Não — respondeu Wilf, me segurando quando tropecei.

— Duzentos metros até a nave! — gritou Collier, à nossa frente. — Continuem em frente. O mais rápido possível.

Estávamos quase chegando à linha das árvores; o vento estava tão forte então que parecia nos soprar na direção delas.

Ouvimos o rugido outra vez, tão perto que machucou meus ouvidos.

— Nós não vamos conseguir — disse Dawson com a voz muito baixa.

— Se nos separarmos — falei —, alguém precisa chegar na nave e…

— Ali está ele! — gritou Fukunaga.

Com uma avidez de quem sabia o quão perto estávamos, a sombra que tinha matado Foster, Zhiang, Stubbs e Jefferson se afastou das árvores gigantes e saiu da floresta à nossa frente.

E, antes que a tempestade turvasse nossa visão, antes que a neve realmente chegasse e nos capturasse...

Nós tivemos um vislumbre do monstro.

— Meu Deus — disse Collier ao meu lado.

Porque não era uma fera da neve, coberta de pelo e com presas e garras. Não era nenhuma versão do Novo Mundo de um urso, um tigre nem mesmo um dinossauro. Não era um dragão mitológico ou uma inimaginável criatura do gelo feita de neve com bordas irregulares, avançando para despedaçar nossos corpos frios.

Ela tinha quase cinco metros de altura.

Mas nitidamente havia sido um Spackle no passado.

A criatura parecia velha. Sua pele tinha rachado e curado e rachado e curado tantas vezes que seus traços eram mais parecidos com troncos nodosos de árvores antigas do que com qualquer tipo de animal. Tudo nela era grotescamente esticado e retorcido, sua pele de um branco azulado lívido pelo frio, aparentando ondular em cada dobra e junta, como se a carne tivesse vida própria sobre seu esqueleto enorme e deformado. Sua cara tinha olhos de Spackle, altos na cabeça, com o nariz nitidamente nos farejando, como qualquer predador faria com uma presa, a boca um pesadelo voraz e cheio de dentes.

Mas nada disso — seu tamanho, sua força, as mãos que nos rasgariam, a boca que nos comeria — era tão assustador quanto o Ruído que agora ouvíamos nitidamente.

Ele zumbia de forma mais tensa e furiosa do que a maioria dos Ruídos dos Spackle, e era muito mais *baixo*, mas não menos intenso por causa disso. Era o contrário, na verdade: como se, ao invés de se projetar para fora, cada fragmento de Ruído estivesse preso firmemente a ele, apontando para dentro, de modo que era impossível liberar a sensação. Ele estava acorrentado pelo próprio Ruído. O enclave dos Spackle tinha nos contado como a criatura era perigosa.

Mas não tinha nos contado tudo.

O Ruído do monstro ardia com fúria, tão potente e vertiginoso que era como o tipo mais desesperador de loucura, uma loucura que só sentia dor e sofrimento, não apenas em relação àqueles de nós cujo Ruído ele podia ouvir, mas em relação às mulheres de nossa equipe também, que ele conseguia farejar, mas não ouvir. Isso sem dúvida o enfurecia ainda mais, porque elas não sentiam a dor que ele claramente sentia e tinha sentido em todos os momentos de todos os dias de sua vida por quem sabe quantos anos, décadas ou mesmo séculos.

— Expianeve — sussurrou Wilf enquanto permanecemos parados por um instante, chocados, absorvendo tudo, começando a compreender a verdade. — Que nem bode expiatório.

— Eles não fizeram isso — disse Fukunaga em uma espécie de assombro. — Eles *não fariam* isso.

— Fascinante! — exclamou Mikkelsen, caminhando na direção da criatura, olhando para sua cara aterrorizante.

— Karl! — gritou Collier, tentando segurá-lo, mas Mikkelsen insistiu em se afastar dela.

— Nós precisamos investigar isso — argumentou ele. — Nunca vi nada igual.

— *Karl* — disse Wilf. — Sai daí!

Ouvimos um grito baixo e aterrorizado às nossas costas quando Dawson se soltou de Fukunaga e disparou furiosamente até a nave. Fukunaga correu atrás dela...

Wilf já estava me puxando, também.

— Karl! — gritou ele. — Maggie, se ele não vier, deixa ele aí!

Mas dava para ver que Collier estava dividida. O monstro ainda não tinha se movido, olhando fixamente e com perplexidade para Mikkelsen, que, enlevado, continuava a caminhar em sua direção, agitando os braços.

— Não, não — dizia Mikkelsen. — Está tudo bem. Está tudo bem. Tudo vai ficar bem.

— Karl, o que você está *fazendo?!* — gritou Collier.

Mikkelsen se virou em nossa direção.

— Vocês não conseguem ver que ele está sofrendo?

— Karl... — falei.

— *Olha* — disse Wilf.

E foi então que todos nós entendemos o que significava o "bode expiatório" de Wilf. Mikkelsen estava ali, parado em frente ao monstro, sem medo. Seu próprio Ruído tinha sido o mais afetado por qualquer que fosse o processo desenvolvido por esse enclave de Spackle ao longo dos anos, e nós podíamos ver esse processo acontecendo naquele momento.

Todo o seu medo, todo o terror que sentiria naquela situação, toda a sua raiva também, toda a sua tristeza pelo que tinha acontecido com os outros de nossa equipe... Nós víamos isso em seu Ruído.

Nós víamos isso *sair* de seu Ruído.

E entrar no Ruído que prendia o monstro.

E tornar essas amarras mais firmes.

O enclave Spackle tinha comprado paz, harmonia e serenidade.

Mas precisou pagar o preço.

Um Spackle entre eles, escolhido sabe-se lá como ou por quê, se tornou o depositário de todos os sentimentos negativos deles, toda a fúria, todo o sofrimento, todo o medo. Eles os derramaram naquele único Spackle.

Tornando-o um monstro. Retorcendo seu corpo, agigantando-o, forçando-o a crescer com uma dieta de fúria e dor.

O Expianeve. Seu bode expiatório, sofrendo para que eles não precisassem sofrer.

E a pior parte era sua confusão. No fundo, em meio a toda a raiva, ele não sabia *por que* se sentia daquele jeito, por que sofria tanto. Ele só conhecia desespero, solidão e confusão ao ser forçado a assimilar todo o medo que Mikkelsen deveria estar sentindo parado à sua frente.

— Karl — chamou Collier de novo.

Mas era tarde demais. O monstro estendeu as mãos gigantes e, em um simples movimento, arrancou a cabeça, os ombros e o braço direito de Mikkelsen do corpo.

* * *

— Vamos! — gritou Collier para mim e para Wilf.

Todos nós estávamos cobertos pela onda de sangue que espirrara do corpo de Mikkelsen, fazendo minha mão escorregar da de Wilf enquanto corríamos através das árvores. A tempestade tinha nos atingido em cheio, com o vento e a neve nos açoitando com raiva.

Depois de passar um momento deixando Mikkelsen muito morto, o monstro correu atrás de nós, abrindo caminho pelas árvores, rugindo com uma fúria que parecia dobrar o próprio ar à nossa volta. Qualquer que fosse o processo que tinha entorpecido Mikkelsen e o deixado naquele estupor não funcionava mais em mim e em Wilf havia algum tempo. Eu podia sentir meu próprio terror, e podia sentir o dele.

— ALI! — gritou Collier, e em meio à tempestade vimos a sombra da nave. Não havia luzes lá dentro, tampouco qualquer sinal de Dawson e Fukunaga.

— Corra! — gritei para Wilf quando senti que eu estava reduzindo a velocidade dele outra vez. — Vá sem mim!

— Depressa! — respondeu ele, nos puxando por cima de pedras escorregadias de gelo…

Ouvimos um passo enorme atrás de nós e um som de *trituração*…

— Wilf! — gritei quando um tronco de árvore arrancado passou voando sobre nossas cabeças, errando por pouco, mas então bateu nas pedras e o atingiu…

Minha mão encharcada de sangue escorregou da dele, e caí por cima das pedras sobre a neve compactada. Wilf também caiu, batendo com força.

Eu fiquei cego. Wilf tinha perdido a consciência, e não havia mais ninguém com Ruído por perto. Eu não conseguia ver nada, apenas sentia o vento me atingindo na escuridão.

— Wilf? — chamei. — Collier?

Ouvi novamente o rugido do monstro, muito perto, e recuei instintivamente na direção das pedras sobre as quais tínhamos acabado de cair…

Então percebi que podia ver.

— Wilf? — chamei novamente.

Mas não era Wilf.

Eu o via esparramado no chão, ainda sem se mexer.

Eu o via do alto.

Ele era apenas uma forma ali embaixo, uma marca na paisagem, seu Ruído inconsciente baixo demais para ser lido por humanos, mas ainda presente, ainda vivo.

Ainda precisando ser destruído.

Eu também conseguia ver meu próprio Ruído, erguendo-se de onde eu estava escondido. Meu ponto de vista moveu-se sobre a pedra, e pude me ver quando o monstro olhou para mim, quando o medo que eu estava sentindo subiu em espiral até ele, alimentando-o, causando mais raiva, mais dor, mais isolamento.

E, através de seus olhos, senti seu desespero, tive um vislumbre de como ele tinha sido escolhido no enclave, como tinha protestado...

Como tinha sido forçado. Era um Spackle homem, antes, parecido com todos os outros, com uma Spackle que era especial para ele e uma família, mas tinha perdido uma espécie de sorteio horrível e...

Sua raiva cresceu quando ele percebeu que eu estava vendo tudo isso...

Seu Ruído ficou vermelho de ódio...

Ele estendeu aquelas garras abomináveis para me despedaçar...

Um assovio soou no ar...

E, na última fração de segundo antes que o míssil o explodisse completamente, eu pude jurar ter sentido uma expressão final de seu alívio.

— Foi Dawson quem atirou — disse Fukunaga, passando o último pedaço de atadura no ferimento de Wilf.

Ele estava bem, já consciente (eu conseguia ver por meio dele mais uma vez), mas coberto, como eu, pelas vísceras do monstro que choveram sobre nós quando o míssil o atingiu.

— Ele matou meu marido — sussurrou Dawson de um canto da sala que usávamos como enfermaria.

— Você fez a coisa certa — disse Collier para ela com a voz gentil. — Eles teriam sido mortos também. Todos nós.

— Ele matou Henry — repetiu Dawson, afastando o olhar de nós.

— Acho que precisamos voltar para Refúgio — sugeriu Fukunaga. — Acho que nossa exploração acabou por enquanto.

— Concordo — disse Collier.

— É — acrescentou Wilf.

— Nós o libertamos — falei. — Senti isso enquanto ele morria. Nós o libertamos de toda aquela dor.

— Talvez seja melhor não dizer isso tão alto — disse Collier, indicando Dawson com a cabeça.

— Mas ele não conseguia se controlar — sussurrei. — Eles o forçaram. Eles o forçaram a receber todas as coisas que não queriam mais sentir…

— Provavelmente foi por isso que eles se isolaram do resto dos Spackle — argumentou Collier.

— Ou *foram isolados* — disse Fukunaga, balançando a cabeça. — Esse tipo de crueldade…

— Eles estão vindo — avisou Dawson.

Ela estava observando o exterior pelos monitores. Em meio à tempestade que piorava, vimos no infravermelho a forma de dezenas, talvez centenas, de Spackle se aproximando de nós.

— Não consigo imaginar que estejam vindo nos agradecer — disse Collier.

— Nós devolvemos a raiva para eles — retrucou Fukunaga.

— É melhor a gente ir embora antes que eles resolva usar isso aí — disse Wilf.

Collier assentiu e deixou a enfermaria. Em um minuto, ouvimos os motores ligando.

— Está ventando muito — avisou ela pelo comunicador. — Afivelem os cintos, a nave vai balançar bastante.

E não estava brincando. A nave balançou e mergulhou quando decolamos, com as formas em infravermelho dos Spackle nos observando partir, e mergulhou novamente quando eles atiraram em nós com suas armas de ácido.

— Vamos estar fora de alcance em alguns segundos — disse Collier no comunicador.

Os Spackle foram ficando cada vez menores nos monitores conforme nos afastávamos no céu, e alguns momentos depois, a nave se estabilizou quando rompemos a camada de nuvens e saímos na noite calma acima.

Nós fomos embora rápido assim. Ficamos em segurança. Deixamos para trás muita coisa. Quase parecia trapaça.

— Eles vai encontrar outro — comentou Wilf, esfregando a cabeça. — Vai fazer tudo de novo.

— Mikkelsen — disse Fukunaga em voz baixa. — Foster, Jefferson, Zhiang, Stubbs.

Ela levou a mão à boca quando as lágrimas brotaram novamente.

— Nós deveríamos contar ao Céu — falei. — Ele não deve saber sobre esse grupo. Nenhum dos outros Spackle que conhecemos sabia. Ele jamais permitiria isso.

— Isso já está resolvido — avisou Collier pelo comunicador. — Enquanto decolávamos, eu transmiti um relatório. As famílias de nosso povo precisam saber.

Ficamos sentados em silêncio depois disso. Eu sentia o espanto e a tristeza de Wilf, e não precisava sentir isso de Fukunaga, que chorou um pouco, nem de Dawson, ainda em choque, sem que o ato de disparar o míssil compensasse a perda de seu marido.

Na verdade, a vingança nunca compensa, não é?

Porque tudo o que se compra tem um preço que alguém, em algum lugar, precisa pagar.

Pensei em meus amigos em casa. Pensei na paz que eles tinham comprado.

Pensei no preço que eles precisaram pagar.

Mesmo a toda velocidade, sem parar, ainda estávamos a alguns dias de voo de casa. Ninguém falou muito. Nós nos limpamos, em seguida Fukunaga e eu preparamos o almoço em silêncio. Wilf e eu estávamos acabando de comer quando Collier emitiu um bipe pelo sistema de comunicação.

— Mensagem para você, Lee — avisou ela. — Para Wilf, também. Vou transferir para a enfermaria.

— Obrigado — falei, e usei o Ruído de Wilf para ir até um monitor, onde apertei os ícones certos para aceitar a mensagem.

Então um rosto familiar surgiu.

— Lee — chamou Viola calorosamente, com o rosto corado e os olhos cheios de lágrimas esperando para serem derramadas. — Acabei de saber.

— Nós estamos bem — foi a primeira coisa que eu disse. — Perdemos muita gente, mas eu consegui escapar, e Wilf…

— Hildy — disse Wilf, saudando Viola com o nome pelo qual a chamava e que nenhum dos dois nunca havia explicado completamente.

Ela esfregou o rosto.

— Sinto muito por vocês. Bradley está falando com algumas das famílias. — Ela olhou para Wilf. — Jane vai ligar para você assim que eu terminar aqui.

Wilf emitiu um som bem-humorado e amoroso.

— O Céu disse que havia rumores do Expianeve — continuou ela —, mas eles achavam que fosse um mito, algo que contavam às crianças Spackle na hora de dormir. Ele mandou o enclave Spackle mais próximo ir até lá para dar uma olhada, recuperar os corpos de nossa equipe e garantir que isso não torne a acontecer.

— Ótimo — falei, sentindo novamente o Ruído do monstro.

Toda aquela perda, toda aquela falta de esperança. Ninguém deveria ter que se sentir assim.

Houve um momento de silêncio, então Wilf se inclinou na direção da imagem de Viola.

— Que que tá acontecendo? — perguntou ele. — Tem mais, não tem?

Ela assentiu, e mais lágrimas escorreram. Ela não as enxugou.

— Foi por isso que eu liguei — começou ela, mas não parecia capaz de continuar.

— Hildy… — interveio Wilf.

— Desculpe — disse Viola. — Vocês passaram por muita coisa. É um momento horrível para dar uma notícia como essa…

Eu fiquei apreensivo.

Eu sabia o que era. Eu sabia a única coisa que poderia ser.

— Não — falei. — Não me diga que Todd…

Ela tornou a assentir…

Então Viola abriu um sorriso tão luminoso que foi como se o sol tivesse acabado de nascer.

— Ele acordou — completou ela, com lágrimas de alegria ainda escorrendo. — Lee, Wilf. Ele *acordou*.

1ª edição	DEZEMBRO DE 2022
impressão	CROMOSETE
papel de miolo	PÓLEN NATURAL 70 G/M²
papel de capa	CARTÃO SUPREMO ALTA ALVURA 250 G/M²
tipografia	FAIRFIELD LT STD